기적의 시대

기적의 시대
Vreme čuda

전해 오는 이야기

보리슬라프 페키치 장편소설   이윤기 옮김

VREME ČUDA
by BORISLAV PEKIĆ (1965)

이 책은 실로 꿰매어 제본하는 정통적인 사철 방식으로 만들어졌습니다.
사철 방식으로 제본된 책은 오랫동안 보관해도 손상되지 않습니다.

나의 친구들,
라도슬라프 파블로비치
프르보슬라프 요바노비치
도르디에 밀린코비치에게
이 책을 바친다.

| 머리말 | 9 |

기적의 시대
가나의 기적	17
얍느엘의 기적	36
예루살렘의 기적	129
실로암의 기적	154
가다라의 기적	171
막달라의 기적	201
베다니아의 기적	259

죽음의 시대
힌놈의 죽음	345
모리야의 죽음	465
가빠타의 죽음	486
골고타의 죽음	516

| **역자 해설** 바꿔 놓고 생각하기 | 539 |
| 보리슬라프 페키치 연보 | 543 |

머리말

무엇이나 다 정한 때가 있다. 하늘 아래서 벌어지는 무슨 일에나 다 때가 있다. 날 때가 있으면 죽을 때가 있고 심을 때가 있으면 뽑을 때가 있다. 죽일 때가 있으면 살릴 때가 있다. 허물 때가 있으면 세울 때가 있다. 울 때가 있으면 웃을 때가 있고 애곡할 때가 있으면 춤출 때가 있다. 연장을 쓸 때가 있으면 써서 안 될 때가 있고 서로 껴안을 때가 있으면 그만둘 때가 있다. 모아들일 때가 있으면 없앨 때가 있고 건사할 때가 있으면 버릴 때가 있다. 찢을 때가 있으면 기울 때가 있고 입을 열 때가 있으면 입을 다물 때가 있다. 사랑할 때가 있으면 미워할 때가 있고 싸움이 일어날 때가 있으면 평화를 누릴 때가 있다.
한 세대가 가면 또 한 세대가 오지만 이 땅은 영원히 그대로이다. 떴다 지는 해는 다시 떴던 곳으로 숨 가삐 가고 남쪽으로 불어 갔다 북쪽으로 돌아오는 바람은 돌고 돌아 제자리로 돌아온다. 모든 강이 바다로 흘러드는데 바다는 넘치는 일이 없구나. 지금 있는 것은 언젠가 있었던 것이요 지금 생긴 일은 언젠가 있었던 일이라. 하늘 아래 새것이 있을 리 없다.

―「전도서」 3:1

한 처음에 하느님께서 하늘과 땅을 지어내셨습니다. 그런 연후에 하느님께서 〈빛이 있어 생겨라!〉 하시자 빛이 생겨났습니다.

밤도 있고 낮도 있었습니다. 세상도 있었습니다. 이것이 첫날입니다.

하느님께서는 당신의 모습대로 사람을 지어내시되 남자와 여자를 지어내셨습니다.

밤도 있었고, 낮도 있었습니다. 사람도 있었습니다. 이것이 엿새째 되는 날입니다.

이윽고 최초의 인간이 최초의 죄를 짓고는, 에덴의 동쪽에 마련된 동산에서 쫓겨났습니다. 카인과 아벨이 태어났습니다. 카인은 들판에서 아벨을 죽였습니다. 낮도 있고 밤도 있었습니다. 그리고 범죄도 있었습니다. 그러나 그날이 어느 날인지는 아무도 모릅니다.

하느님께서는 사람의 수고를 보상하고 위로해 줄 겸해서 셋을 주셨습니다. 셋은 에노스를 낳았습니다. 그러자 이때부터 사람들은 천막 안에서도 하느님의 이름을 부르기 시작했습니다. 에노스는 90년을 살다가 죽었습니다. 그러나 에노스의 후손인, 라멕의 아들 노아는 90년의 아홉 배나 되는 세월을 살고 죽었습니다. 그는 자기 백성에게, 하느님의 경고가 담긴 40일 홍수를 표적으로 남겼고, 살갗이 서로 다른 세 아들, 즉 셈과 함과 세벳을 유산으로 남겼습니다.

그때도 저녁도 있고 아침도 있었습니다. 징벌도 있었습니다. 그날이 어느 날인지는 아무도 모릅니다.

축복받은 셈의 후손은, 재물이 많은 양치기인, 테라의 아들 아브라함과 혼인했습니다. 후일 자기 백성의 시조(始祖)가 되는 아브라함은 갈대아 땅 우르에서 가나안으로 가는 길에, 다시 한번, 오래 잊고 있던 아담의 하느님의 다음과 같은 음성을 들었습니다.

「네 고향과 친척과 아비의 집을 떠나 내가 장차 보여 줄 땅으로 가거라. 나는 너를 큰 민족이 되게 하리라.」 아브라함은 이 말씀에 따라 모리야의 산에서 하느님과 영원한 계약을 맺었습니다.

밤도 있고 낮도 있었습니다. 계약도 있었습니다. 계약이 맺어진 날이 어느 날인지는 아무도 모릅니다.

가나안 땅에서, 이스라엘 백성의 아버지인 아브라함에게서 이사악이 태어났습니다. 이사악은, 후일 에돔족의 조상이 되는 에사오와, 후일 이스라엘로 불리게 되는 야곱을 낳았습니다. 그리고 야곱은 아내와 소실들의 몸을 빌려, 르우벤, 시므온, 레위, 유다, 이싸갈, 즈불룬, 베냐민, 단, 갓, 납달리, 아셀, 그리고 후일 형들을 갬 땅의 고센 지방으로 이끌고 가게 되는 파란만장한 인생의 주인공 요셉을 낳았습니다. 야곱의 열두 아들은 각각 이스라엘 열두 족속의 조상이 되었습니다. 이때가 바로 첫 번째 볼모 시절이었습니다. 이스라엘 백성은 강제 노동에 동원되어 비돔과 라므세스 두 도시를 세웠습니다. 이때, 아브라함의 자손인 레위 가문에서 모세라고 하는 아이가 태어났는데, 이 아이는 장성하여 불기둥 — 즉 아브라함의 하느님이시자, 이사악의 하느님이시자, 야곱의 하느님이신 — 의 인도를 받으면서, 종살이하던 백성을 이집트에서 이끌어 내었습니다. 이것이 오늘날에도 〈출애굽〉이라고 불리는 사건입니다. 입법자이신 하느님은 모세에게 천둥의 소리로 말씀하셨습니다.

「나는 과거에도 있었던 하느님, 지금도 있는 하느님, 장차도 있을 하느님이다. 나는 너의 주 하느님이니 내 앞에서 다른 신을 섬기지 마라.」 눈에 보이지 않는, 형상이 없는 하느님은 호렙 산 떨기나무 안에서 불꽃으로 타올랐습니다. 타오르고 있는데도 떨기나무는 타서 없어지지 않았습니다. 그러나 그가 거룩한 말씀이라는 사실, 그가 선택된 백성에게 복종을 명할 권능이 있는 분이라는 사실은 의심할 나위가 없었습니다.

밤도 있고 낮도 있었습니다. 그리고 율법이 있었습니다. 율법이 내린 날이 어느 날인지는 아무도 모릅니다.

하느님께서 보내신 은혜로운 개구리, 등에, 메뚜기 떼에 힘입어 이스라엘 백성들은 마침내 고향을 향한, 무서운 여행길 떠날 용기를 낼 수 있었습니다. 그러나 백성들의 용기가 식어져 가자 모세는 네보 산으로 올라가 보이지 않는 하느님을 만나니, 히브리 백성들의 눈앞, 죽어 가는 입법자 모세의 눈앞에 펼쳐진 땅이 바로 약속의 땅 가나안이었습니다.

에레츠 이스라엘 — 야훼가, 사랑하는 백성에게 유산으로 내린 땅 이름 — 은 적갈색인 이두마이아 동혈(洞穴)과 잿빛인 아람 고원 사이, 기름진 요르단 분지와 지중해 사이에 나른하게 펼쳐져 있었습니다. 색깔이 짙은 나지막한 하늘에서 노란 숲, 노란 동혈, 노란 벌판으로 이어지는 땅은 모두 경작이 가능한 땅이었습니다. 하느님은 어째서 히브리인들을 선택하여, 당신으로서도 설명할 수 없으리만치 어마어마한 혜택을 베풀었을까요? 그 혜택이 베풀어진 날이 어느 날인지는 아무도 모르지만, 혜택과 함께 불행이 덤으로 따라붙어 온 것을 보면 이 불행은, 이 세상에서 가장 큰 혜택을 받은 백성은 가장 무서운 불운을 안은 백성임을 보여 주는 듯합니다. 노아의 방주에서 나와, 이집트로 쫓겨 가 종살이를 하다가 다시 거기에서 끌려 나와 내도도 모르는 약속에 매여, 불을 밝히기 위해 등잔에 던져지는 기름 덩어리 신세처럼 다시 가나안으로 던져지는 이스라엘 백성은, 가나안 땅을 정복한 다음에야 평화를 누리게 될 터입니다.

그러나 그들은 평화롭지 못했습니다.

그들은 장차 이 세상의 네 모서리로 뿔뿔이 흩어지게 됩니다. 그들의 고통은, 더 이상 회멸(灰滅)될 것이 없는 잿더미를 남긴, 더할 나위 없이 오래된 고통의 신화, 아직도 얼마든지 이야기가 덧붙여질 수 있는 고통의 신화, 그러나 아무도 그 끝을 알지 못하는 고통의 신화를 방불케 합니다.

다행스럽게도 이스라엘이 영원한 고통의 운명을 타고난 것은 아니었습니다. 신들의 말씀을 전하는 성난 해석자들인 선지자들은 다행스럽게도 이스라엘의 밝은 운명을 예언했습니다. 그들은 외쳤습니다.

「들어라, 이스라엘이여, 너희를 볼모살이에서 해방시키기 위해 당신의 양자(養子)를 보내셨던 하느님께서는, 이번에는 너희를 영혼의 굴레인 죄악으로부터 구원하시기 위해 독생자를 주실 것이다. 장차 이렇게 오실 분은, 어느 시대에서나 우리가 볼 수 있는 그런 가짜 구세주가 아니다. 그분의 왕국은 이 세상의 왕국이 아니라 저 세상의 왕국일 것이고, 그분이 손에 드신 것은 칼이 아니라 올리브 가지일 것이다.」 하느님의 은혜 때문에 버르장머리가 사나워졌다고 해서 이스라엘 백성이 하느님의 약속만 믿고 가만히 있었던 것은 아닙니다. 그들은 이웃한 백성들, 믿지 않는 자들과 끊임없이 싸움으로써 하느님께 보다 분명하고, 한층 더 구체적인, 하느님 은혜의 최종적인 징표를 요구했습니다.

주 하느님 말씀의 인도를 받고 선지자 이사야는 이렇게 예언했습니다. 「다윗 왕실은 들어라. 사람들을 성가시게 하는 것도 부족하여 나의 하느님까지도 성가시게 하려는가? 그러니 주께서 몸소 징조를 보여 주시리니, 처녀가 잉태하여 아들을 낳고 그 이름을 임마누엘이라 하리라.」

이사야의 예언은 이렇게 계속됩니다. 「그는 사람들에게 멸시를 당하고 퇴박을 맞았다. 그는 고통을 겪고 병고를 아는 사람, 사람들이 얼굴을 가리고 피해 갈 만큼 멸시만 당하였으므로 우리도 덩달아 그를 업신여겼다. 그런데 실상 그는 우리가 앓을 병을 앓아 주었으며, 우리가 받을 고통을 겪어 주었구나. 우리는 그가 천벌을 받은 줄로만 알았고, 하느님께 매를 맞아 학대받는 줄로만 여겼다. 그를 찌른 것은 우리의 반역죄요, 그를 으스러뜨린 것은 우리의 악행이었다. 그 몸에 채찍을 맞음으로 우리를 성하게 해주었고 그 몸에 상처를 입음으로 우리의 병을 고쳐 주었구나.」

이스라엘 백성은 기름을 제물로 드리고, 귀한 제물을 태움으로써 번제를 드렸으며, 정해진 기도문으로 기도하고, 세례 요한이, 살림 땅과 가까운 아에논에서, 〈너희는 주의 길을 닦고 그의 길을 고르게 하여라〉라고 한 예언의 주인공인 구세주를 기다렸습니다.

그런데, 성서의 예언이 이루어졌습니다.

그분은 옥타비아누스 아우구스투스 치세에 이 세상에 오셨습니다.

이것은 그분에 관한, 그분의 가르침과 그분의 제자들과 그분이 일으키신 기적과 그분의 고난에 관한, 거짓이 섞이지 않은 이야기입니다. 이것은 하고많은 왕국 중에서 그분의 새 왕국이 서게 된 경위에 대한, 거짓이 조금도 섞이지 않은 이야기입니다.

밤이기도 하고 낮이기도 했습니다. 그분은 여호수아 벤 요셉, 즉 요셉의 아들 예수, 나자렛의 예수, 이 땅의 구세주였습니다.

그분이 오신 날이 어느 날인지는 아무도 모릅니다. 날이면 날마다 오시므로.

기적의 시대

□ ■ □

그런데 요한은 그리스도께서 하신 일을 감옥에서 전해 듣고 제자들을 예수께 보내어, 〈오시기로 되어 있는 분이 바로 선생님이십니까? 그렇지 않으면 우리가 다른 분을 기다려야 하겠습니까?〉 하고 묻게 했다. 예수께서 그들에게 이렇게 대답하셨다. 〈너희가 듣고 본 대로 요한에게 가서 알려라. 소경이 보고 절름발이가 제대로 걸으며 나병 환자가 깨끗해지고 귀머거리가 들으며 죽은 사람이 살아나고 가난한 사람들에게 복음이 전해진다. 나에게 의심을 품지 않는 사람은 행복하다.〉

— 「마태오의 복음서」 11:2~6

가나의 기적

예수께서 하인들에게, 〈그 항아리마다 모두 물을 가득히 부어라〉 하고 이르셨다. 그들이 여섯 항아리에 물을 가득 채우자 예수께서, 〈이제는 퍼서 잔치 맡은 이에게 갖다주어라〉 하셨다. 하인들이 잔치 맡은 이에게 갖다주었더니 물은 어느새 포도주로 변해 있었다. 물을 떠간 그 하인들은 그 술을 어디에서 났는지 알고 있었지만 잔치 맡는 이는 아무것도 모른 채 술맛을 보고는 신랑을 불러, 〈오〉 하면서 감탄했다. 이렇게 예수께서는 첫 번째 기적을 갈릴래아 지방 가나에서 행하시어 당신의 영광을 드러내셨다. 그리하여 제자들은 예수를 믿게 되었다.
—「요한의 복음서」 2:7~11

우리 주 예수 그리스도의 사도이자 종이며 그분의 뜻에 따라 베드로가 된, 요나의 아들 시몬이, 우리 나그네와 함께 하나뿐인 참 믿음을 받아들여 주신 주교, 대집사(大執事), 집사, 장로 들에게, 유다인, 로마인, 고린토인, 에페소인, 필립보인, 골로사이인, 데살로니카인, 그리고 새로이 믿기로 작정한 분들에게 이 편지를 씁니다. 우리 아버지 하느님과 주 예수 그리스도의 은총과 평화가 함께하시기를 빕니다.

그대들이 어디에 있든, 나는 이 편지가 굳은 마음이 아닌 너그러운 마음의 소유자들인 그대들, 진리에 목말라 하되 아직은 그 갈증이 다 채워지지 않은 그대들에게, 진리의 말씀으로 귀가 열리게 하기를 빕니다.

그리스도 교회의 장로들에게 이 편지를 보내는 나는 겐네사렛 땅 베싸이다의 요나의 아들, 구세주께서 처음에는 〈게파〉라고 하셨다가, 당신께서 교회를 세우실 〈반석〉이라는 뜻으로 이름을 바꾸어 주신 시몬 베드로입니다. 성부와 성자와 성신의 이름으로 아멘.

그대들은 내가 찾아와 주기를 원합니다. 그대들은 내가 그대들에게 꼭 필요하기 때문에 나를 부릅니다. 고린토에서 없어서는 안 되는 사람이라서, 데살로니카에서 없어서는 안 되는 사람이라서, 예루살렘에서 없어서는 안 되는 사람이라서 나를 부릅니다. 하느님을 모르는 로마는, 내가 없이는 아무 일도 안 되니까 나를 부릅니다.

사기꾼들, 독신자(瀆神者)들, 위선자들이여. 그대들은 아직도, 없어서는 안 되는 것은 오로지 믿음뿐이라는 걸 모르나요? 대신할 것 없는 것이 오로지 믿음뿐이라는 걸 모르나요? 교리도 가르침도 아닙니다. 기도, 간증, 신자 같은 것은 없어도 됩니다. 없어서는 안 되는 것, 그것은 오직 믿음뿐입니다.

그대들은, 내가 어디에 있는지 모른다는 말인가요? 내가 로마의 감옥에서 썩어 가면서 아침을 기다리고 있다는 걸 모른다는 말인가요? 내일 아침이면, 그리스도 안의 형제들 육신을 허물어뜨린 저 십자가에 달리게 된다는 걸 모른다는 말인가요? 사기꾼들, 독신자들, 위선자들이여.

믿음이 없는 바에, 그대들이 이 베드로에게 무엇일 수 있는가요? 나눌 수 없다고 기록된 것을 나누고, 거역할 수 없다고 기록된 것을 거역하고, 부서질 수 없다고 기록된 것을 부수고, 그리스도 교회의 유산까지 허물어뜨리는 저 역질(疫疾) 같은 〈우르비 에트 오르비(포고문)〉가, 나의 죽음을 기별할 때만을 기다리는 그대들에게 이 베드로가 대체 무엇일 수 있는가요?

그리스도 교회에 헌신하는 어느 한 신도도, 어느 한 지도자도, 베드로의 희생만이 우리 믿음을 지켜 왔고, 능히 인간을 압도하기에 넉넉한 교회의 머릿돌인 베드로만이 줄기차게 귀한 것, 실다운 것을 지켜 왔다는 것을 믿지 못합니다. 우리가 영생을 누리자면 끊임없이 우리가 미덕이라고 믿던 것을 버리고 우리가 믿음이라고 믿던 것을 벗어야 한다는 것을 알지 못합니다.

그리스도 안의 형제들이여, 그대들의 헌신이 더 이상 내게 달갑지 않은 터에, 달갑더라도 그것을 기록할 내가 그 자리에 없으면 그 헌신이 마음의 울림을 지어낼 수 없는 터에, 내가 없어서 참 생명의 문 앞에 어정쩡하게 서 있는 자들의 가슴을 우렁차게 울려 줄 거룩한 종(鐘) 노릇을 하지 못하게 될 터에, 그대들이 내게 무엇일 수 있는가요? 형제들이여, 그대들은 하나같이 성질머리를 죽이지 못하고 나에게, 〈되었으니 이제 그만 하고, 그대의 그 무서운 극한, 영혼이 없는 무(無)의 세계로 들라〉고 합니다.

하나 이 끊임없는 매질과, 그대들 안에서 일어나고 있는 자책과 공포와 고통과 순교는 내 등에 박히는 저주의 손톱이랍니다.

그리스도 안의 형제들이여, 과연 내가 의로웠는지, 의롭지 못했는지를 나 자신에게 물어볼 시각이 가까워 오고 있는 터에 그대들이 나에게 대체 무엇일 수 있는가요? 대낮에도 날빛이 십자가의 화살 꼴 그림자를 던지는 이곳 감옥에는, 내 질문에 대답해 주는 이는 없답니다.

나 자신도 내가 장차 성인이 될지, 꿈이나 책에, 아니면 장차 이 세상에 와서 이미 세상을 떠난 우상을 부수고, 모독하고, 욕보일 무수한 자들의 입술, 혹은 흩어진 파편을 모아 그 영광스러운 모습을 재현하고는 그 앞에 부복할 자들의 입술에 버림받은 늙은이로 오르게 될지 확신하지 못하는 터에, 내가 대체 그대들에게 무엇일 수 있는가요?

그리스도 안의 형제들이여, 내가 흙손 — 그대들이 무수히 찬양하고 무수히 비난하고, 무수히 찬미하고 무수히 저주하는 — 으로 하나의 세상을 짓고, 그 세상에서 지은 자로서가 아니라 수혜자로, 통치자로서가 아니라 종으로서, 로마의 성인으로서가 아니라 겐네사렛의 어부로 살고자 한다면 내가 대체 그대들에게 무엇일 수 있는가요?

죽음이 이 세상의 추악한 것들을 쓸어버리고, 거친 것, 모자라는 것을 평평하게 골라 놓은 뒤에, 내가 내 일을 훌륭하게 마무리한 모습으로 나선다면, 그래서 교회와 그 교회를 지은 벽돌공이 하나가 되는 때가 온다면 그때 나는 그대들에게 대체 무엇일 수 있는 건가요?

내가 들은 바에 따르면 그대들은, 베드로가 하느님의 명을 조급하게 따르려고 하는 바람에 수많은 우리 귀한 형제들이 고통을 받았노라고 불평한다더군요. 그대들에게, 몇천 명의 그리스도인은 그리스도교 전체보다 더 귀한가요? 몇 명의 교회지기가 거룩한 교회보다 더 귀중한가요?

분명하게 말합니다. 하느님을 찬양하는 노래가 교회의 궁륭 꼴 천장 아래서 울려 퍼질 때, 그대들 중에 그 교회를 짓다가 목숨을 잃은 목수, 벽돌공, 성상 조각가, 기술자를 생각하는 사람은 하나도 없을 것입니다. 불길 속에서 사라져 간 어떤 즈가리야도, 바퀴에 치여 죽은 어떤 나홀도, 감옥에 간 어떤 요나도, 찢겨 죽은 어떤 여호수아도, 성읍의 망대 밑에서 벌어진 잔치판 옆에서 교살을 당한 어떤 야벳도 나에게 책임질 것을 요구하지는 않을 것입니다. 그리스도인들이 고통받았다고 해서 내가 하느님께 이들을 만나시라고 요구할 것 같습니까? 죽은 우리가 최후의 심판 날에 남을 기소할 수 있을 것 같습니까? 어림도 없는 일입니다.

하느님께서 갈증과 기아와 역질로 도와주시지 않았다면 이스라엘 백성이 이집트에서 빠져나올 수 있었을 것 같습니까? 없었겠지요. 그렇다고 해서 갈증과 기아와 역질이 축복인가요? 롯의 딸이 제 아비의 자식을 배지 않았다면 모압족과 암몬족은 생겨날 수 없었을 것입니다. 그렇다고 해서, 근친상간이 미덕이던가요? 만일에, 손에다 양가죽을 뒤집어씌움으로써 털이 많은 에사오의 손으로 가장하고, 앞 못 보는 이사악을 속여 장자 상속권을 가로채지 않았던들 야곱이 교부로 존경을 받을 수 있었겠습니까? 그렇다고 해서 거짓이 진실이던가요?

소돔과 고모라에서는 죄인과 죄 없는 자가 어떻게 나뉘었던가요? 죄인은 불길 속에서 타 죽고 죄 없는 자는 천국의 시원한 시냇가에 사는 축복을 받았던가요? 그렇다고 해서 의롭지 못한 것이 선한 것인가요? 에덴의 사과에서 쓰디쓴 과즙 한 방울이 떨어지면서부터 원죄가 비롯되고, 그 원죄에서 세상이 빚어졌는데도, 그 과즙 방울방울이 오늘날 살아 있는 모든 것들의 입에 침이 고이게 하고 있지 않은가요? 무지가 죄악인가요? 오늘날 이 세상의 어느 누가 감히, 죄악을 도구로 이용함으로써 죄악을 이 세상에 뿌리내리게 한 모세, 롯의 딸들, 야곱, 아담, 그리고 살아 계시는 하느님을 죄인으로 여기는가요?

그런데 어떻게 감히 베드로에게 침을 뱉을 수 있는가요?

교회가 그렇듯이 베드로는 그대들에게, 이교로부터, 이단으로부터, 교회 분리주의로부터, 나약함으로부터 그대들 자신을 지킬 수 있도록 예리한 칼을 주는 바입니다. 복 받으실 우리의 구세주께서 우리에게 만인에게 복음을 전파할 것을 약속하게 하셨듯이, 그분이 지니시던 이 땅의 권능을 상속받은 나도 교회의 지도자들에게, 로마의 대주교들에게, 최후의 심판 날까지 베드로의 자리에 앉을 이들에게 이 짐과 약속을 전합니다.

이것은 구세주의 설교가 아닙니다. 왜 그런가 하면, 말이라고 하는 것은 말하는 자, 듣는 자에 따라 다른 효과를 내기 때문입니다. 따라서 나는 황금의 혀를 가지신 하느님의 아들에 견주어질 수도 없고, 그대들 역시 황금 귀의 소유자들이었던 그분의 제자들에게 견주어질 수 없는 것입니다.

내가 여기에서 말하고자 하는 기적도, 그분이 베푸신 수많은 기적, 가령 벙어리의 혀를 풀어 주시고, 미친 자의 정신을 돌려주신 등의 기적이 아닙니다. 왜 그런 기적이 아닌가 하면, 벙어리의 혀를 풀면 고자질하기를 좋아하는, 그래서 배신하기를 두려워하지 않는 자가 생길 뿐이요, 앉은뱅이를 일으켜 세우면 발 빠른 자, 그래서 백성을 학대하는 병정만 생길 뿐이요, 소경의 눈을 뜨게 하면 호기심이 많은 자, 그래서 첩자 노릇을 두려워하지 않는 자만 생길 뿐이요, 죽은 자를 되살리면 죄인, 그래서 남의 원수 되는 자가 늘어 갈 뿐이기 때문입니다. 그러니 그리스도 안의 형제들이여, 그런 기적은 잊어버리시오.

무슨 까닭이냐 하면, 그런 기적은 수혜자를 회심(回心)하게 한 것은 좋으나 구경꾼들에게는, 하느님을 믿는 대신 하느님을 두려워하게 만드는 효과를 내기 때문입니다.

그래서 그대들의 충직한 목자 베드로는 그대들에게 특별한 기적을 전하니, 이 기적은 우리 눈앞에 펼쳐지는데도 어떤 특별한 것도 약속하지 않는 기적입니다. 이 기적은 의혹을 확신으로 바꾸는 기적, 우리를 무력하게 하고, 우리의 모자라는 믿음을 무력하게 하는 그런 기적입니다. 그것이 바로 갈릴래아 땅 가나에서 그분이 보이신 기적입니다. 그 기적이 있기까지의 전후 사정은 이렇습니다.

내가 주님께로 가고 나서 사흘째 되던 날입니다. 날씨가 몹시 무더운 그날 우리는 겐네사렛 호숫가에서, 오래 걷느라고 잔뜩 달아오른 발을 식히고 있었습니다. 그때 우리는 막연하게나마 무슨 일이든 일어나 주기를 기다렸습니다. 무슨 일이 일어나야, 그분의 설교에 대한 우리들의 공부 시간이 단축될 터였기 때문입니다. 그렇게 꾀를 부리게 된 것도 사실 무리는 아닙니다. 우리는 그분의 첫 번째 제자들이라서 사실, 헤로데 일파와, 바리사이파, 사두가이파 사람들을 피하라는 것밖에는 별로 배운 것이 없었습니다. 배운 것이 별로 없었기는 해도, 우리는 수중에 재물도 없고 입은 것도 신통찮은데도 불구하고, 쟁쟁한 이스라엘 사람들을 제치고 하느님 왕국의 복음을 전하는 제자들로 뽑혔다는 게 여간 자랑스럽지 않았습니다.

이렇게 뽑힌 사람 중에는 나와 내 아우 안드레아, 가리옷 사람 유다로 알려진 시몬의 아들 유다 — 가리옷 사람 유다라는 이 이름에 영원한 저주가 내리기를……. 내가 이렇게 유다를 저주하는 까닭은 유다가, 은 서른 냥에 우리 주님을 팔아넘김으로써 주님을 십자가에 달리게 한 장본인이기 때문입니다. 사람들은, 죄악에서 구원을 받을 세상을 예비하여 이 모든 것이 기록되어 있고, 기록되어 있는 것은 한 자 한 획 틀림없이 이루어질 것이라고 주장합니다. 그것은 사실입니다. 그러나 누가 기록했는지는 밝혀져 있지 않습니다. 따라서 선택하는 것은 우리들의 자유입니다. 그래서 우리는 생명과 충성과 사랑을 선택했고, 그는 죽음과 배신과 증오를 선택했던 것입니다 — 가 있었습니다. 우리들 셋 말고도, 제자들 중에는 베싸이다에서 시체 씻는 일을 하던 필립보, 그리고 가파르나움 출신인 제베대오의 쌍둥이 아들이 있었습니다. 선생님께서는 이 제베대오의 쌍둥이 아들을 늘 〈보아네르게스(천둥의 아들들)〉라고 부르셨는데, 까닭은 손힘이 어찌나 좋은지 가히 여름의 천둥 같았기 때문이었습니다. 이들 말고도 그 자리에는 갈릴래아의 가나 사람인 나다나엘이 있었습니다.

이 나다나엘은 순전히 호기심 때문에 우리와 합류한 사람이었습니다. 그는, 구세주의 고향인, 매음으로 유명한 나자렛에서 신통한 게 나올 리 없다고 생각하던 사람입니다. 그러니까, 주님이 어떤 분인지 한번 가까이 보고 싶어서 우리 동아리에 합류한 사람인 것입니다. 물론 이것은 나다나엘로부터 들어서 안 것입니다. 그러나, 나다나엘 같은 사람에게 도덕에 관심이 있다는 사실 자체를 반신반의하는 다른 사람들은, 그가 새 동무를 사귀기 위해 우리 동아리에 들었다고 주장합니다. 이렇게 주장하는 사람들에 따르면 나다나엘의 친구들은, 라마에서 헤브론에 이르기까지 모두 다 십자가에 달리고 없다는 것입니다. 그러니까 나다나엘은 산적이었다는 것이지요.

그러나, 그리스도 교회의 점잖은 장로들이여, 산적들이 매달린, 하나의 물질이고 하나의 구조물인 십자가는, 우리 가엾은 형제들이 매달린 로마의 십자가와 다를 것이 없다는 것을 알아 두세요. 비록 그 십자가는 오래된 것이었지만 그것을 져야 하는 사람들은 늘 새롭답니다. 그러니까 무수한 사람들이 죄인의 자리를 이어받는 것입니다. 따라서 십자가에 매달리는 사람들은 고통 때문에, 저들이 남기고 온 기억을 지움으로써 십자가 위에서 평등해집니다. 고통받는 이유를 지움으로써 결과에서 평등해집니다. 그래서 평범한 사람이 죄인과 나란히 십자가에 매달리고, 산적이 성자들 사이에, 범죄자들이 덕망 있는 사람들 사이에 매달리는 것입니다.

십자가에 매달린 사람들 사이에서는 말이 오가지 않습니다. 죄 많은 자는 죄 없는 자에게 탄원해 줄 것을 요구하지도 않고, 죄 없는 자가 죄 많은 자를 변호하지도 않습니다. 죄 많은 자가 죄 없는 자에게, 〈네 왕국에 들어가거든 나를 기억해 다오〉 하고 말할 수는 없습니다. 물론 죄 없는 자가 죄 많은 자에게, 〈진실로 말하거니와 그대는 오늘 나와 함께 천국에 갈 것이다〉라고 하는 일도 일어나지 않습니다.

내 분명히 이르거니와, 나다나엘이 어떤 자인지 잘 보아 두세요. 그리고 그대들 가운데 나다나엘 같은 자가 없는지 잘 살피세요. 만일에 있거든 이것은 가라지니까 뿌리째 뽑아내어 버리세요. 그래야 참 믿음의 가을걷이가 온전할 것입니다.

우리와 나다나엘이 만난 것은 무화과나무 아래서였습니다. 나다나엘은 무화과나무 아래서 쉬면서, 지나가는 우리를 멀거니 바라보고 있었는데, 우리가 외딴 곳으로 가 하느님의 진리를 묵상하다 돌아와 보았더니 그때까지도 여전히 우리를 기다리고 있더군요. 그는 필립보에게 다가가, 선생님이 어떤 분이신지, 그분의 가르침이 어떠한 것이었는지 묻더군요.

필립보는 나다나엘에게 그분의 가르침을 전할 수 없습니다. 까닭은, 그분 가르침의 광명이, 필립보라고 하는 단순한 인간의 영혼에 깃든 어두움을 완전히 몰아내지는 못했기 때문입니다. 그러나 필립보는, 선생님이야말로 수많은 선지자들이 오실 것으로 예언했던 바로 그분, 고통을 당하심으로써 우리 인간의 시조(始祖) 적부터 저질러진 죄악으로부터 세상을 구원하실 하느님의 아드님임에 분명하다고 하더군요. 필립보는 이어서, 선생님의 이름은 예수이시고, 나자렛의 목수 요셉과 마리아라는 여자 사이에서 태어난 아들 중의 한 분이시라면서, 이렇게 특별하신 분이 평범한 요셉과 마리아 사이에서 태어났다는 사실은 언뜻 보면 아무것도 아닌 것 같지만 사실은 굉장히 의미심장한 것이라는 말을 덧붙였습니다.

필립보에 따르면, 예수님의 탄생은 이런 의미를 지닙니다.

우리의 주님이시자 선생님이신 예수 그리스도는 마리아가 요셉의 아내가 되기 이전에 야훼에 의한 천사의 짤막한 고지(告知)로 잉태됩니다. 그러니까 구세주 자신은 반신(半神)이자 반인(半人), 반은 하느님에 의해 잉태된 신이자, 반은 여자에 의해 잉태된 인간입니다. 원래 이러한 이중적(二重的)인 조상에게서는 정의를 내리기 힘든 자손이 태어나는 법인데, 이들은 하느님도 인간도 아닌, 중간자적인 존재, 인간인 것처럼 보이나 실은 하느님이고, 하느님의 자질을 갖추고 있기는 하나 사실은 인간에 지나지 않는다……. 이게 바로 필립보가 한 말입니다.

나다나엘이 솔깃했던지 필립보에게 이렇게 말하더군요.

「나를 데리고 가서 이분을 만나게 해주시오. 나도 이분을 섬기고 싶소. 하늘과 땅이 이분 안에서 완벽하게 하나로 통일될진대, 내가 무엇 하러 나에게 실망만 안길 사람을 찾아다니겠소?」

그래서 필립보는 나다나엘을 주님께로 데리고 갔습니다.

가장 의로우신 분과 가장 죄 많은 자의 만남은 이렇듯이 이루어졌습니다. 이 자리에서 구세주께서는 나다나엘에게,

잔꾀가 없는 참 이스라엘 사람이라고 하셨고, 나다나엘은 그 자리에서 구세주를 하느님의 아들로, 그리고 주인으로 인정했습니다. 그 자리에는 그 둘밖에 없었습니다.

이 만남은 양자에게 어떤 의미를 지니는 것이었을까요? 모르기는 하지만 주님께서는 무법자를 하나 선택하심으로써, 당신 주위에는 세금장이, 전과자, 갈보 조방꾸니, 범죄 상습자들만 우글거린다고 한 바리사이파 사람들을 더욱 신나게 하신 셈입니다. 나다나엘 — 우리들에게는 〈바르톨로메오〉라는 가명으로 알려져 있던 — 은, 아주 장래가 유망한 산적 떼에 가담하게 되었다고, 짚어도 단단히 잘못 짚고 있었던 듯합니다.

내가 이 말을 하는 까닭은, 그대들도 나다나엘이 어떤 인간인지 알아야 할 것이고, 잘 알고 있다가 혹시 그대들 중에 이런 자가 보이거든 질그릇 부수듯이 부수어 버려야 할 것이기 때문입니다. 이런 자들은 교회에는 재앙이 될 자, 의혹의 씨를 뿌리는 자, 불신을 수확하는 자, 우리 영혼을 노략질하는 자이기 때문입니다. 이런 자들은 우리를 부패하게 하고, 우리를 하느님으로부터 멀어지게 할 자들일 것이니 어디 두고 보세요.

우리들 일곱과 선생님은 겐네사렛 호숫가에 있었습니다. 우리는 선생님께서 무슨 말씀인가 들려주시기를 기다렸습니다만, 하느님의 아들은, 앞서 온 수다스러운 설교자들과는 달리 잠자코 계시더군요. 그때 나다나엘이, 갈릴래아 지방 가나 마을의 부자인 할릴이, 예리고 사람의 딸에게 아들을 장가보내는데, 앉아서 하품만 할 것이 아니라 턱 운동이라도 좀 하면서 하느님의 나라를 예비하는 것도 괜찮지 않겠느냐, 이런 말을 합디다.

그래서 우리가 구세주께, 혼인 잔치 이야기를 했더니 필립보가 우리를 나무라고 나서더군요.

「초대도 안 받고 어떻게 가오? 그런 날에 초대도 안 받고 가는 관습이 이스라엘 어디에 있답디까?」

그러니까 유다가 필립보에게 이렇게 말합디다.

「보시오, 어린 양이 주리고 목마르오. 어린 양을 우리에 가두어 울게 내버려 두고도 주인의 진노를 피할 수 있답디까? 가나에 가서 기적이나 좀 일으킵시다. 하나쯤 일어날 때도 되었어요.」

우리는 가나를 향해 떠났습니다. 갈릴래아의 가나 마을이, 구세주께서 아버지 하느님의 기적을 보이시는 첫 번째 마을이어야 한다는 건 물론 몰랐지요. 그럴 수밖에요. 그분께서 초대받지 않은 곳에도 가시고, 묻지 않는데도 대답하시고, 가르침을 구하지 않는데도 가르치시고, 기도하지 않는데도 구원하시기 시작한 것은 가나의 기적이 있고 난 다음의 일이었으니까요.

그리스도 안의 형제들이여, 우리 주님께서 왜 이러셨을까요? 그것은, 주님께서 그때서야, 당신 손으로 구원해야 하는 세상은 고통을 당하면서도 고통스러워할 줄을 모르고, 고통스러워할 줄 알아도 치료받을 필요성을 전혀 느끼지 못하고 있다는 걸 깨달으시고는 슬픔과 분노를 느끼셨기 때문입니다. 로마의 굴레가, 죄악의 굴레보다 무섭다는 걸 깨달으셨기 때문입니다. 이스라엘 백성이 교만한 이교도들의 권능을 기꺼이 받아들이고, 탐욕스러운 카이사르에게 공물을 바치고, 새 땅, 새 노예 감을 찾아 다윗의 왕국을 거미줄같이 종횡으로 누비는 정복자의 통행로에서 강제 노동을 했다는 것은 슬픈 일입니다. 그런데도 이스라엘 백성이, 개인과 종족을 야금야금 갉아먹어 가면서도 이따금씩 중풍 환자나 문둥이나 미치광이를 통해서만 그 추한 형체를 드러내는 영혼의 고질(痼疾)을 나 몰라라 한 것은 더욱 슬픈 일입니다.

구세주께서는, 하느님으로부터 부여받으신, 사람들을 거듭나게 해야 하는 사명이 있었습니다. 그런데, 어떻게 구세주께서, 그 사람들의 요구가 있기까지 기다리실 수가 있었겠습니까? 부수어 버릴 수도 있는 문을 무엇 하러 가만가만 두드리시겠으며, 명하시면 될 터인데 무엇 하러 겸손하게 애원하시겠어요? 왜 그러셔도 좋았을까요? 그것은, 하느님께서는 일찍이 세상에서 죄악을 씻어 버릴 생각이 있으셨고, 그래서 구세주께 평생의 사업으로 세상을 넘겨주셨기 때문입니다. 그래서 구세주께서 땅에서 묶으시는 것은 하늘에서도 묶이고, 땅에서 푸시는 것은 하늘에서 풀리는 것입니다.

이렇듯이 더 높은 곳으로부터의 부르심이 있다는 것을 확신했기 때문에 아랫것의 초대는 무시할 수 있었던 것입니다. 잔칫집 주인 할릴의 초대는 없었지만 주님의 인도를 받고 있었던 우리는 당당하게 갈릴래아의 가나 마을로 가서 그 부잣집 문 앞에 섰습니다. 물론 우리를 초대한 사람은 없었습니다만, 가만히 보았더니 손님이 하도 많아서 초대받고 온 손님, 초대받지 않고 온 손님은 구별될 수가 없더군요. 가나의 잔칫집으로 가라는 하느님의 분부가 계셨기 때문에 우리는 우리들 역시 초대받은 손님으로 여기기로 했습니다. 요나의 아들이자, 교회의 첫 번째 문지기인 나 시몬은 여기에서 점잖은 할릴이 우리를 초대한 것으로 언명하는 동시에, 우리들의 가나 잔칫집 나들이에 대한 다른 해석은 모두 사탄의 해석임을 확인하는 바입니다.

우리는 꽤 오랜 시간, 어린 양고기를 먹고, 포도주를 마셨습니다. 무리도 아닙니다. 우리는 배가 고팠어요. 우리 일곱 제자들에게는 직업이 없었으니 품삯 받을 일이 없고, 품삯 받을 일이 없었으니 먹을 것을 사 먹을 수 없었을 터이니 당연하지요. 우리는 공중 나는 새처럼 살고 있었습니다. 말하자면 뿌리지도 거두지도 않았을뿐더러 바동거리지도 않았던 것입니다. 우리는 실컷 먹고 실컷 마셨습니다. 하느님께서 차리신 상이니만큼 그거야 당연한 것 아닌가요?

그때 예수님의 어머니이신 마리아가 왔습니다. 그런데 주님께서는 인사는커녕 못 본 척하시더군요. 이렇게 모른 척하심으로써 주님께서는 우리에게, 당신께서는 마리아를, 하늘에 계신 하느님의 보다 크신 뜻이 이루어지게 하는 데 필요한 육신의 다리 같은 것, 전지전능한 권능의 씨앗이 익어 가는 가마솥 같은 것으로 여기신다는 걸 몸소 보이셨습니다. 멀리 보시는, 지혜로우신 주님께서는 주님 뜻에 합당한 행실을 통하여 구원받을 자로 선택하시되 그 기준을 전하지 않으셨습니다. 거듭날 사람에게는 부끄러운 것이 있을 수 있고, 후회할 거리가 있을 수 있다는 것도 부인하지 않으셨습니다. 주님께서는 언젠가 우리에게 이런 말씀을 하신 것만 보아도 알 수 있습니다. 「너희 아버지와 어머니를 버리고 나를 따르라. 나도 내 아버지와 어머니를 버리고 주님을 따랐다.」

마리아는, 아들의 그런 태도는 모르는 척하고 다가와, 술을 마시러 다윗의 집을 찾아오는 것은 부끄러운 일이 아니냐고 아들을 책망했습니다.

그러자 예수님께서 이러시더군요.

「여인이여, 그것이 나에게 무슨 상관이 있다고 그러십니까? 아직 제 때가 오지 않았습니다. 그러니 나와 내 친구들의 잔에 포도주를 따르세요. 우리는 주님의 이름으로 이 집에

왔음입니다.」

알아주는 술꾼 나다나엘이 주님 말씀에 이렇게 덧붙입니다.

「이 세상을 다스리는 분이 누구신가요? 포도도 마땅히 그분이 다스리시겠지요?」

그러자 주님의 어머니 되시는 마리아는 술 마시지 않는 사람 특유의 짜증기를 감추지 않고, 우리가 당도하여 할릴의 집안을 영광되게 한 지 이틀, 가나의 혼인 잔치가 시작된 지 나흘밖에 되지 않았는데도 불구하고 남은 포도주가 없다고 말했습니다.

유다는 화를 내었지요. 유다는 처음에는, 덕이라는 게 썩 거추장스럽게 보이기는 했지만 그래도 제법 덕성스러운 데가 없지 않더니만, 자꾸 그렇게 화내기를 잘합니다. 왜 화를 내었느냐 하면, 유다는 하느님의 이름, 성서의 이름으로 시작되는 것들을 싫어했기 때문입니다. 유다는 욕지거리를 하기 시작했어요.

「갈릴래아여, 독사의 무리들이 우글거리는 너 갈릴래아에 화 있으라! 감히 하느님의 아들을 목마르게 하는, 믿음이 없는 가나에 화 있으라! 가나안 땅 중에서도 갈보 같은 너 가나 땅 포도밭에서는 포도 대신에 물이나 콸콸 솟아나거라!」

그런데 무슨 생각을 했는지 유다가 욕지거리하던 입을 꾹 다뭅니다. 그는 화가 나서 욕지거리를 했다기보다는 믿음을 찬양한답시고 욕지거리를 했던 것입니다. 그러고는 원래는 목욕통으로 만들어진 여섯 개의 돌 항아리를 가리키면서 주님의 귀에다 뭔가를 속삭이더군요. 그러자 주님께서 하인들에게 항아리 주둥이까지 찰랑거리도록 물을 채우라고 명하셨습니다. 항아리에는 각각 세 양동이씩의 가축용 빗물이 들어가더군요.

하인들이 시키는 대로 하자 구세주께서는 첫 번째 항아리를 가장 귀한 손님에게 보내어 안에 든 것을 맛보게 했습니다. 그 귀한 손님은, 그 물이 어떤 물인지 잘 아는 우리가 보기에는 놀랍게도, 누구든지 좋은 포도주는 먼저 내놓고 손님들이 취한 다음에 덜 좋은 것을 내놓는 법인데 이 좋은 포도주는 아직까지 있으니 웬일이냐면서 신랑을 칭송하는 것이 아니겠습니까? 이어서 그 포도주가 손님들에게 나뉘었습니다. 그러자 이것을 마신 손님들은, 가장 질 좋은 사마리아 포도주를 마신 사람들처럼 취기를 보이면서, 주 하느님께 감사를 드리고, 그분의 아드님께 절하고, 믿음을 서약했습니다.

그 많은 손님 중 가장 공손하게 절한 사람은 키레네 사람인 엘리에젤의 아들 시몬이었어요. 맏아들 로포를 데리고 예루살렘에서 가나로 와 있던 이 사람은, 이때에 믿음을 얻어 후일 골고타로 오르시던 주님을 대신해서 십자가를 지기도 합니다. 우리 중에 가장 먼저 천국에 들어간 사람도 바로 이 사람일 것입니다.

어쨌든 포도주가 몇 순배 돈 지 얼마 안 되어 손님들은 모두 바닥에 쓰러졌지요. 제베대오의 아들 요한이 놀라면서 이렇게 묻더군요.

「선생님께서 이 물로 포도주를 만드셨습니까? 그래서 사람들이 취해서 쓰러져 버린 것입니까?」

그러자 예수께서 그에게 말씀하셨습니다.

「맛을 보고 네가 대답해 보아라.」

그러자 둘이 함께 나서기를 좋아하는 제베대오의 쌍둥이 아들이 그 기적이 빚은 포도주를 맛보고는 가나 잔칫집 손님처럼 취해 버리니 그 술은 오래오래 깨지 않았습니다.

그런데 나다나엘, 혹은 바르톨로메오는 심술궂게 그 포도주가 물을 탄 포도주 같다고 말했어요. 그러니까, 항아리 바닥에는 기적이 미치지 않은 빗물이 조금 남아 있는 것 같다고 한 것이지요.

그러자 유다가 화를 벌컥 내면서, 가만히 서 계시는 주님께 이런 말을 했습니다.

「주님, 이 친구에게는 하늘의 포도주가 너무 싱거운 모양인데, 그러면 어떤 포도주가 입에 맞겠느냐고 여쭈어 보십시오. 이 친구를 쓰러뜨릴 포도주도 있겠습니까?」

이 말을 들은 나다나엘이 주님을 향해 소리쳤습니다.

「주님, 그런 것은 없습니다!」

이 말을 듣고 있던 유다는, 나다나엘은 저주를 받아야 주님께서 보이신 기적이 남아날 것이라고 했습니다. 유다의 말에 따르면, 첫 번째 기적이 부정당하면 다른 기적 모두 인정을 받지 못하게 될 터이고, 그렇게 되면 성서에 기록되어 있는, 하느님의 아들이 기적을 일으킨다는 예언은 성취되지 못하게 된다는 것입니다.

듣고 계시던 예수님께서 나다나엘을 저주하셨습니다.

「저주를 받으라. 장차 너는 하늘나라의 낙원에 살게 될 것이나 네게는 그것이 쓰레기장으로 느껴지게 될 것이다. 시중드는 이들이 너에게 단 고기를 가져다줄 것이나 네 입에서는 그게 썩은 고기 맛이 날 것이다. 시중드는 이들이 너를 비단으로 감쌀 것이나 네 살갗은 그걸 누더기로 느낄 것이다. 남들은 너를 사랑으로 대할 것이나 너는 그것을 매질로 느낄 것이다.」

그러자 유다가 이런 말을 덧붙이더군요.

「분명히 말하거니와, 이 물로써 취하지 못하는 자는 천국을 볼 수 없을 것이다.」

그리스도 안의 형제들이여, 분명히 일러 두거니와 이런 자는 하느님을 볼 수 없을 것입니다. 가나의 포도주에 몸을 맡길 수 없는 자는 조건 없는 믿음의 안개에도 젖을 수 없을뿐더러, 나날이 우리의 얼굴을 가리기도 하고 걷기도 하고, 영원히 무구하고, 영원히 아름답고 또 아름다운 미래와 함께 우주의 지평을 밝히는 하느님의 그림자도 볼 수 없을 것입니다.

내가 이런 말을 하는 까닭은, 그래야 그대들이 나다나엘이 어떤 자인지 알고, 사람들 속에서 이런 자를 만날 때, 참 믿음의 동산으로부터 이런 잡초 같은 것을 솎아 버릴 수 있겠기 때문입니다. 무슨 까닭에 솎아야 하는가요? 이런 자들이 그대들 속에서 말썽을 빚고, 그대들을 유혹하고, 그대들에게 거짓 징조를 퍼뜨리고, 그대들을 꾀어 태초부터 저희가 그래 왔듯이 악마를 섬기게 할 터이기 때문입니다. 악마의 포도주에 취한 이런 자들은 하느님의 포도주에는 취할 줄을 모르고, 포도주인데도 자꾸만 물이라고 우기는 것입니다.

잔치 손님들이 양껏 마시고는 탁자 아래로 곯아떨어져, 저희들에게 일급 포도주를 마시게 한 새 왕국의 영광을 찬양할 즈음에 이르자 유다는 저와 나도 포도주를 맛볼 차례가 되었다고 생각했던가 봅니다. 그때까지 우리는, 모든 것이 성서 그대로 되어야 한다는 것에만 정신을 쏟고 있었지 우리들 자신은 생각도 못하고 있었던 것입니다.

시중드는 사람들이 기적의 포도주 한 잔을 떠왔습니다. 유다는 덥석 그 잔을 받아 포도주를 한 모금 마셨습니다만 바로 뱉어 버리고는 욕을 하더군요.

「시몬이여, 시들어 버린 무화과나무 같은 시몬이여, 바위 중의 바위여! 이것이 대체 무엇이오?」

나는 겸손하게 대답했답니다.

「그리스도 안의 형제여, 포도주가 아닌가? 조금 전에 그대의 청을 받아들여 구세주께서 물로써 만드신 포도주, 온 세상을 곯아떨어지게 한 바로 그 포도주가 아닌가?」

그러자 유다는 나를 자기 앞에 불러 놓고는 소리치더군요.

「시몬이여, 황무지가 된 포도밭이여, 이것은 구정물이오. 택함을 입은 자, 의로운 자의 입에는, 죄인에게 포도인 것도 물에서 더도 덜도 아닌 것이오. 택함을 입은 자, 의로운 자에게 포도주인 것은, 죄인에게는 마지막으로 읽히는 생명의 책만큼이나 아득한 것이어야 하오.」

「날더러 어쩌라는 것이냐?」 나는 이렇게 물었답니다.

그러자 그가 대답하더군요.

「가서, 처음 만나는 포도주 가게에서 진짜 포도주를 사오시오. 사오되, 주인이 통 밑바닥에 있는 걸 따르지 않나 잘 보도록 하시오. 시몬이여, 서둘러 내 목을 축이게 하시오. 축복 받으실 이가 오늘 선보이신, 물로 포도주를 빚는 기적은 내일도 계속될 것이오.」

내가 포도주를 사오자, 유다는 그것을 맛보고는 이렇게 말했답니다. 「이것은 포도주이고, 저것은 물이오.」

우리는 갈릴래아 땅 가나의 잔칫집에 간 지 사흘째 되는 날까지, 잔치가 시작된 지 이레째 되는 날까지 계속해서 마셨습니다.

구세주께서, 〈베드로〉, 혹은 〈게파〉라고 부르셨고, 그 위에 당신의 교회를 세우겠다고 하셨던 나, 겐네사렛 호숫가 베싸이다에 살던 요나의 아들 시몬은 두 눈으로 보고 그리스도교 장로들에게 믿음과 전통의 첫 번째 약속으로 이를 써서 남깁니다.

성부, 성자, 성신이여, 복 받으소서. 아멘.

얍느엘의 기적

그때에 나병 환자 하나가 예수께 와서 절하며, 〈주님은 하고자 하시면 저를 깨끗하게 하실 수 있습니다〉 하고 간청했다. 예수께서 그에게 손을 대시며, 〈그렇게 해주마. 깨끗하게 되어라〉 하고 말씀하시자 대뜸 나병이 깨끗이 나았다. 예수께서는 그에게, 〈아무에게도 말하지 마라. 다만 사제에게 가서 네 몸을 보이고 모세가 정해준 대로 예물을 드려 네 몸이 깨끗해진 것을 사람들에게 증명하여라〉 하고 말씀하셨다.

—「마태오의 복음서」 8:2~4

겐네사렛 호수 남서쪽, 티베리아 배수로와 타볼 광야(제벨 엘 투라) 사이에 있는, 불탄 초원 — 벌집 같은 뱀 구멍 사이사이로 쥐구멍이 양념처럼 끼어 있는 — 한가운데로 난 참호열(塹壕列) 같은 메마른 얍텔 강의 하상(河床)은 구(舊)얍느엘과 신(新)얍느엘 성읍(城邑)의 경계선 구실을 하고 있었습니다. 그러나 구얍느엘은 요르단 강 오아시스의 냄새 향긋한 습지와, 그 습지의 공물(供物)인 해감내 나는 기름진 땅 — 주님의 것으로 성별된 열두 개의 우물로부터 물을 받으며, 짙은 종려의 서늘한 그늘과, 따뜻한 산들바람의 속삭임을 못 이겨 늘 졸음에 겨워하는 술 취한 유모 같은 — 을 은총으로 누리는 데 반하여, 신얍느엘은 더럽고 황량한 벌판과 진흙 구덩이와 제대로 자라지도 못하는 갈대로 둘러싸인 버림받은 곳이었습니다. 사막의, 뜨거운 햇볕에 그을린 모래가 두려워서 그랬는지, 아니면 율법에 따라 공개적으로 저주를 받아 공포의 대상으로 화한 쌍둥이 성읍이 무서워서 그랬는지, 하여튼 하상은 최후의 심판이라도 받는 듯한 느낌에 곱다시 항복하고, 세월이 흐름에 따라 자꾸만 잦아들다가 끝내는 매와 독수리의 그림자가 드리워지곤 하는 죽은 풍경 속으로 자취를 감추어 버렸습니다.

문둥이들의 삶터가 되어 버린 신얍느엘은 모세의 율법에 따라 〈부정한 성읍〉이라는 이름으로 불렸습니다. 반면에 야곱의 하느님이 좋아하시던 다른 얍느엘, 곧 구얍느엘은 〈정결한 성읍〉으로 불리었습니다.

아득한 옛날, 판관(判官) 기드온이 싸울 당시에 세워진 성읍 얍느엘은 쌍둥이 성읍으로 나란히 융성해 오되, 각기 그 형상에 따라, 하느님과 인간 사이에 묵시적으로 맺어진 성약(聖約)에 따라, 그 관습에 따라, 그리고 각기 그 숙명과 팔자에 따라 한쪽은 부정한 사람들이 사는 문둥이들의 성읍으로, 다른 한쪽은 정결한 사람들이 사는 건강한 성읍으로 발전해 왔습니다. 이 두 성읍은 서로 힘을 합해서 살아갈 이유도 없었고 또 그럴 의향도 없었습니다. 이러한 쌍둥이 성읍은, 입법자 모세 시절부터, 이스라엘 열두 종족의 조상이 되는 야곱의 열두 아들이 씨를 뿌린 곳이면, 갈릴래아 땅, 사마리아 땅, 유다 땅은 물론이고 이두마이아에서 시리아에 이르기까지, 지중해에서 사해(死海)에 이르기까지 어디에서나 볼 수 있었습니다. 이런 쌍둥이 마을이 생긴 까닭은, 모세가 출애굽 다음 해, 두 번째 달의 첫날에, 주님의 뜻을 따르는 데 걸신이 들려서 그랬는지, 걷잡을 수 없는 통치 야욕에 사로잡혀서 그랬는지는 모르겠지만 하여튼 문둥이라는 문둥이는 물론, 흠이 있는 자, 더럽혀진 자는, 셈에 들어가는 남자건,

셈에 들어가지 않는 여자, 아이, 혹은 짐승이건 모조리 자기네 천막 마을에서 몰아내어 버렸기 때문입니다. 그는 이들이 더럽힌 자리를 정화한답시고 불을 피우고는 그 불에다 이들이 쓰던 휘장, 광주리, 옷가지, 심지어는 병이 옮았을 것으로 믿어지는 털실까지도 모조리 처넣는가 하면, 병든 사람이 살던 집은 그 바닥까지 깎아 내고, 이들이 쓰던 공용 집기나 제구(祭具)는 귀중한 것이든 그렇지 못한 것이든 가리지 않고 파기했습니다. 이로써 이들이 역병 옮기는 것을 근절함으로써, 아브라함의 아들이 나선 덕분에 하느님의 백성으로 선택되어 창조주의 사랑받이가 된 이스라엘 백성을 치욕으로부터 구한다는 것이 그 까닭입니다. 단순한 사람들이 흔히 그렇듯이 성질이 불같은 데다가 현학적(衒學的)인 사람이었던 모세는 레위 지파(支派) 사람들에게, 문둥병의 증상을 진단하는 절차까지 마련하고 이를 아론의 직계 사제들로 하여금 지키게 했습니다. 그는 또, 자기로부터 문둥이로 손가락질을 당한 사람은 누더기밖에는 걸치지 못하게 하고, 하느님으로부터 벌을 받은 사람이라는 표지로 맨머리로 다녀야 할 뿐만 아니라, 입은 가리되 정결한 사람이나 정결한 사람이 사는 천막 옆으로, 돌을 던지면 닿을 만한 거리를 지날 때면 반드시, 〈부정 타오! 부정한 자가 이곳을 지나가오!〉 하고 외쳐야 합니다. 그래야 하는 까닭은, 선민(選民)은 워낙 수가 적은 만큼 헛되이 문둥병 같은 것으로 죽게 해서는 안 되기 때문이랍니다.

자, 바로 신얍느엘 성읍에 에글라라고 하는 문둥이 여자가, 시신 씻는 직업을 가진 역시 부정한 남자인 즈불룬 족속의 우리야라는 남자와 살고 있었습니다. 그런데 우리가 여기에서 구얍느엘 이야기를 굳이 꺼내었던 것은 에글라의 전남편 여로보암 이야기를 하고자 함입니다. 정결한 사람인 여로보암은 시돈 땅에서 와서 구얍느엘에 몸 붙이고 사는 난민으로, 당시 마을을 상대로 관청의 포고를 큰 소리로 외치는 관리인 전령관(傳令官)을 지내고 있었습니다.

에글라는 비록 초성 좋기로 이름난 여로보암을 잊지 못했기는 하지만, 힘이 세고, 위인이 단순한 거인인 우리야와도 참 잘 살고 있었습니다. 참 잘 살 수 있었던 데는 두 가지 까닭이 있습니다. 첫째는, 주님께서 이 에글라와 우리야를 선민의 부락에서 격리시킨 덕분에 이 둘은 서로에게 훨씬 뜨겁게 정성을 기울일 수 있었기 때문이고, 둘째는 두 사람 다 문둥이였기 때문입니다. 다른 고질병의 경우도 그렇듯이, 문둥병 역시, 그때까지만 해도 육체가 무엇인지 모르고 있던 평범한 농부 자식의 눈을 새로운 색정의 환상 쪽으로 뜨게 하는 바람에 우리야는 에글라에게 엄청난 양감의 사랑을 집중할 수 있었습니다. 여기에서 〈집중〉이라는 말을 쓰는 까닭은, 만일에 문둥병에 걸리지 않았더라면 우리야는 많은 아내와 소실을 거느렸을 테지만, 문둥병 때문에 에글라 한 여자에게만 사랑을 쏟을 수밖에 없었기 때문입니다. 여름철의 악역(惡疫)이 한차례 지나갈 즈음이 되면 우리야는 녹초가 된 채로 시체 가치장(屍體假置場)을 기어 나와, 자기 고객이 되는 재수 없는 유가족에 대해 상스러운 욕지거리를 퍼부음으로써 기운을 차리고, 시체를 주무를 당시와 비슷한 동작으로 아내를 애무하고는 했는데 에글라는 그럴 때도 우리야의 품 안에서 행복을 느끼고는 했습니다.

순진한 에글라는, 시체를 썻고 온 우리야에게서 공포를 느끼고는 했지만, 이 공포가 오히려 에글라를 들뜨게 하고는 했습니다. 구얍느엘에 관한 추억 중 가장 집요하게 에글라를 떠나지 않았던 것은 바로 절망의 경험이었는데, 바로 이 절망의 경험이 보다 싱싱하고 한층 인상적인 고통의 모습과 함께 에글라를 맹렬한 흥분 상태로 몰아넣었고, 이 흥분 상태는 걷잡을 수 없는 환상을 불러일으켰으며, 이 환상이 기어이 쾌락으로 이어지는 육신의 샘 뚜껑을 열게 되면, 고통은 결국 끝없이 이어지는 황홀경으로 변모하게 되고는 했던 것입니다. 에글라로서는, 고통을 통하여 흥분에 이르지 않고는 고통스러워할 수가 없었습니다. 에글라는, 억센 잿빛의 억센 체모(體毛)가 드문드문 나 있는, 송백나무 고목의 껍질 같은 우리야의 살갗 대신에 여로보암의 갓 씻어서 보드라운 하얀 살갗을 떠올릴 때마다 그런 경험을 하고는 했습니다. 그렇다고 해서 우리야의 살갗에 돋은 꺼칠꺼칠한 체모가 에글라를 성가시게 했던 것은 아닙니다. 오히려 콕콕 찌르는 그 감촉이 욕정을 부채질했을 테니까요. 그러니까 에글라가 고통스러워한 것은 우리야의 살갗에 돋은 그 꺼칠꺼칠한 체모의 감촉 때문이었던 것이 아닙니다. 에글라를 고통스럽게 한 것은, 〈사랑하는 여로보암은, 병 때문에 한층 더 날카로워지고 거칠어진 나의 이 체모를 얼마나 뜨겁게 좋아할 것인가?〉 하는 바로 이 상상력인 것입니다.

이러한 자극적인 심상이 육체적인 정열을 부추기고는 했습니다. 에글라의 정신적인 정열은 여로보암의 낮고도 묵직한 목소리를 열망했습니다. 여로보암의 목소리는, 대상(隊商) 나온 사람들이 서로 신호를 주고받을 때 쓰이는 양뿔 나팔 소리만큼이나 그윽하고도 맑았습니다. 그윽하고 맑아도 그 목소리는 더 이상 에글라의 욕정을 부채질하는 목소리, 주인의 명을 전하는 목소리, 과월절에 다윗의 잠언(箴言)을 노래하는 목소리가 아니라, 착취자이자 이스라엘 백성의 보호자인 로마인에 대한 이스라엘 백성의 의무를 상기시킴으로써 구얍느엘 성읍 사람들의 부아를 돋우는 목소리이기는 했습니다. 그러나 여로보암이 목소리 고운 석양의 새처럼 길게 허공을 향해 외치면 에글라는 자기도 모르게 우리야의 집 바깥으로 나가고는 했습니다. 이렇게 목소리에 끌려 나가면서도 에글라는 마을에 나돌게 될지도 모르는 고약한 소리 소문은 별로 두려워하지 않았습니다. 대개 여로보암의 목소리가 들려올 즈음은, 남편인 우리야가 부지런히 시신을 씻고 시신의 머리를 빗기고 있을 즈음이니까요. 하여튼 여로보암의 목소리는 에글라를 얍텔 골짜기로 꾀어내고는 했습니다. 에글라는 쫓기다 만 짐승처럼, 뜨뜻한 잡초 사이에 웅크리고 앉아 여로보암이 노른자위가 될 만한 말을 하기를 기다리고는 했습니다. 여로보암의 목소리는 커졌다가는 작아지고, 가까워졌다가는 멀어지고는 했습니다. 여로보암이 제 주인의 명을 고루 전하느라고 방향을 바꾸어 외칠 때마다 그 목소리는 하늘 높이 솟기도 하고 나지막하게 가라앉기도 했습니다. 당연한 일이지만 에글라의 눈에 여로보암은 보이지 않았습니다. 물론 손가락 끝으로 여로보암을 감촉할 수도 없었습니다. 율법은, 심지어는 정결한 사람과 부정한 사람이 대화를 나누는 것조차 금지하고 있었기 때문입니다. 그러나 여로보암이라고 하는 족쇄에 묶여 있는 듯한 에글라의 귀에, 비록 육신이 보이지 않는다고 하더라도 여로보암의 목소리는 암호가 되어 들리기에 부족함이 없었습니다. 하느님의 음성은 비록 하느님의 입 밖으로 나오지 않아도 신심(信心)이 깊은, 참 믿는 자에게는 알아듣기에 조금도 부족하지 않은 의미가 되듯이 말이지요. 그러나 하느님의 말씀은 하느님의 입 밖으로 나오지 않아도 여로보암의 경우는 다릅니다. 여로보암의 말은 입 밖으로 나옵니다. 나오되 에글라 한 사람을 위해서만 나옵니다. 그러니까 에글라밖에는 알아듣지 못하는 것이지요. 그렇다고 해서 여로보암이 하는 말 모두가 에글라에게 하는 말은 아니고, 오로지 에글라만을 상대로 하는 노른자위 같은 말만 그런 말에 속하는 것입니다. 다시 말해서 여로보암이 전하는 황제나 총독의 말이 아니라 여로보암 자신의 말이 바로 그런 말에 속하는 것입니다. 어째서 이런 일이 있을 수 있는가 하면, 둘 사이에 미리 약속이 되어 있었기 때문입니다. 그러니까 여로보암은 공적인 지위를 살짝 사적으로 이용하는 셈입니다. 즉 세금이나 십일조에 관한 새로운 명령 혹은 부역(負役) 소집 명령 사이사이에다, 에글라에게 전할 소식을 곁들이는 것입니다. 자, 어떻게 이런 약속이 있게 되었는지, 그 사연을 소개하지요.

이야기는 에글라와 여로보암이 구얍느엘에서 행복하게 살 때로 되돌아갑니다. 여로보암이 신부 에글라를 부모의 천막으로 데려온 지 한 달이 채 되지 않을 때의 일입니다. 어느 날 아침 에글라는 오른쪽 젖가슴께가 가렵다고 생각했습니다. 아픈 것은 아니고, 어떤 의미에서는, 부드러운 바람의 숨결이 젖가슴을 건드리고 지나가는 듯한, 따라서 기분이 좋기까지 한 그런 가려움이었습니다. 이 가려움증은 그날 밤에 감쪽같이 없어졌다가는 다음 날 다시 나타났습니다. 그런데 다음 날부터는 따끔거리기 시작했습니다. 그러나 대수로운 것은 아니고, 그 부분이 다소 축축하고, 부드러운 것에 긁힌 듯한 느낌을 받았습니다. 그런데 그날 저녁부터는 여드름 같은, 계피 색깔인 구진(丘疹)이 생겨나기 시작했습니다. 에글라는, 남편 여로보암에게는 아무 말도 하지 않고 흐르는 물에다 젖가슴을 깨끗이 씻었습니다. 여로보암이 일터에서 돌아와 함께 즐길 잠자리로 부르자 에글라는 머리가 아프다는 핑계를 대고 남편에게 가지 않았습니다. 그러나 씻어도 구진은 낫지 않았고, 언제까지나 두통 핑계를 대고 있을 수도 없었습니다. 그래서 어느 날 에글라는 무거운 마음으로, 침착하게, 당시에 이미 다른 쪽 젖가슴에까지 번져 있는 구진을 보여 주었습니다. 젖가슴을 가리고 있던 삼베에도 벌써 구진의 흔적이 묻어 있었습니다. 에글라의 젖가슴에 난 구진의 색깔은 붉은데, 삼베에 묻은 흔적은 썩은 실과의 색깔처럼 푸르뎅뎅했습니다.

여로보암은 불길한 예감을 느꼈지만 아내에게는 내색하지 않고, 아내의 살갗을 찾아온 천상의 손님이 결국 노리는 것이 무엇인지를 확실히 알게 되기까지는 아무에게도, 특히 친척이나 이웃이나 친구에게 아무 말도 하지 말라고 귀띔했습니다. 여로보암의 주장에 따르면, 에글라의 살갗으로 찾아온 천상의 손님은 좋은 징조로 해석될 수도 있고 불길한 징조로 해석될 수도 있는 것입니다. 그러니까 하느님을 진노하게 한 사람에게 안기는 불행이나 징벌의 표지일 수도 있고 대단한 명예의 표징일 수도 있다는 것입니다. 여로보암의 설명에 따르면 하셈은 당신의 참 의도를 잠시 잠깐 숨길 요량으로 어떤 사람을 일단 저주했다가는, 그 사람이 뜻하지 않을 때 예언력이나 영능(靈能)을 내리기도 합니다. 그래서 하느님과 가까운 많은 사람들이 오히려 하느님 때문에 옳고 그른 것을 판단하지 못해, 늘 하느님 뜻을 좇기를 바라면서도 오히려 하느님 뜻을 좇는 사람들에게 돌을 던지고는 한다는 것입니다.

사람이 판단하는 한, 천상의 손님이 내린 표적 중에서도 아주 나쁜 것에 속하는 이 표적의 액풀이를 하느라고 두 사람은 밤마다, 서로를 애무하는 대신 열심히 아도나이께, 만일에 모르고 지은 죄가 있으면, 만일에 행복에 들떠서 하느님의 진노를 산 일이 있으면 용서해 주실 것을 기도했습니다. 하지만 이를 어쩌지요? 이 부부가 저지르고도 잊어버렸을 터인 죄는 용서받게 될 것 같지 않았습니다. 야훼는 이 부부에게 속 시원하게 설명해 주시려 하지 않고, 에글라가 괴질을 앓고 있는 두 가지 원인 사이에서 우왕좌왕하시는 것 같았습니다. 요컨대 하느님은 귀머거리나 다름없어 보였습니다.

「하느님은 정말 귀머거린가 봐.」 참다못해 여로보암이 이런 말을 했습니다.

「하느님이 어떻게 귀머거리일 수 있답니까?」 에글라가 펄쩍 뛰는 시늉을 하면서 물었습니다. 그러자 여로보암이 설명했습니다.

「하느님께는 능치 못하신 것이 없네. 하느님은 전능하신데 항차 귀머거린들 못하실까? 우리에게는 확연하게 구분이 되는, 서로 반대되는 것도 하느님 안에서는 하나로 두루뭉술하다네. 그래서 어떤 사람에게는 하느님이 귀 밝으신 분일 수 있고 또 어떤 사람에게는 귀머거리일 수도 있는 것이야. 그분이 정말 하느님이시라면 천리안일 수도 있고 장님일 수도 있고, 귀 밝은 분일 수도 있고 귀머거리일 수도 있고, 마당발일 수도 있고 앉은뱅이일 수도 있는 것이네. 이런 뜻에서 나는 하느님이라는 분은 존재할 수도 있고 존재하지 않는 분일 수도 있다고 생각한다네. 신성(神性)의 양날 도끼라고 할 수 있는 하느님의 전지전능성과 무소부재성(無所不在性)은 바로 이 원리를 바탕으로 하는 것이라네.」

그러나 이 복잡한 교리가 에글라의 마음에는 와닿지 않았습니다. 에글라의 상식은 에글라에게 이렇게 속삭이고 있었습니다. 만일에 하느님이 천리안일 수도 있고 장님일 수도 있다면, 그것은 동시에 그럴 수 있다는 뜻일 게다. 하면, 무엇인가? 하느님은 하느님일 수도 있고 아무것도 아닐 수도 있다는 것이 아니냐? 그렇다면, 사라의 불임(不姙)을 걸고 묻거니와, 하느님이라는 분은 도대체 무엇이라는 말인가…….

여로보암은, 집안일을 소홀히 하는 것을 핑계 삼아 에글라를 정신 나간 사람이라고 나무랐습니다. 에글라가 건망기가 있어 집안일을 소홀히 해왔지만 한 번도 대놓고는 아내를 나무라지 않았던 여로보암입니다.

「꿈에라도 남을 탓할 생각은 말게. 내 이제 고백하거니와, 자네의 건망증이 내 부아를 돋운 일이 없지 않았으니 분명히 하느님의 부아를 돋운 일 또한 없지 않았을 것이네.」

에글라가 이 말을 받아 콧방귀를 뀌면서 이렇게 대꾸했습니다.

「그래요, 그래. 남정네들이란 늘 그렇게 서로 끼고 돕디다.」

여로보암이 빽 소리를 질렀습니다.

「어리석은 소리 작작 해, 이런 여편네 같으니! 하느님은 이것인 동시에 저것일 수 있는 분이시라고. 따라서 남성이실 뿐만 아니라 여성이실 수도 있는 것이야. 히타이트의 태모여신(太母女神)에게 수염이 달려 있는 것도 보지 못하였던가? 이 여신의 지아비 되시는 신에게, 비록 그대의 것만은 못하지만, 그대의 것과 비슷한 젖가슴이 있는 것도 못 보았던가? 거룩한 이시타르 알릴라트 여신의 턱에, 모세도 탐낼 만큼 푸짐하게 수염이 달려 있는 것을 보지 못하였던가? 나는 아도나이께서 남성이라고 주장하고자 하는 것이 아니야. 그분이야말로 이 세상 만물을, 심지어는 죄악까지도 적소(適

所)에 두시고, 필요하실 때마다 찾아 쓰시는 온고하신 분이라고 주장하고자 할 따름이야.」

여로보암은 이 말에 이어 자기 어머니 말키스를 예로 들고 어머니를 본받으라고 했습니다. 그의 어머니는 인간이 짓는 죄악을, 각기 서로 다른 종려나무 작대기 모양으로 구분하고, 그 죄의 용서를 비는 데 필요한, 가장 적절한 기도문을 고르고는 했답니다.

그러나 에글라는 여전히 코웃음을 쳤습니다.

「아, 당신의 어머니……. 하솔에서 라마에 이르기까지 몸을 피할 그늘이 없었던 게 다 시어머니 탓이었군요?」

다행히도 여로보암은 이 말을 듣지 못했습니다. 여로보암은 하느님을 게으르다고 여기는 에글라에게 하느님을 변호할 궁리를 하느라고 이 말을 듣지 못했던 것입니다.

「중한 일이 많아서 몹시 바쁘신 게지.」

「저의 살갗보다 더 중한 것이 또 있을까요?」

「지치셔서, 아무 일도 하고 싶지 않으신 모양이지.」

에글라가 이 말을 받아 따지고 들었습니다.

「어머니도 지친답니까? 자식을 낳는 것만으로 만사가 끝나는 것은 아니랍니다. 낳았으면 보살펴야 마땅한 것 아니던가요?」 이런 말을 하는 순간 에글라는 문득 야훼께서 자유의지로, 마법의 주문 한마디로써 창조한 한 세상을 생각했습니다.

여로보암이 중얼거렸습니다.

「하느님께서 히브리 말을 모르시나?」

「아도나이는, 이스라엘을 다스리시는 분이 아니던가요? 주님이 어찌 당신의 종인 이스라엘 백성의 말을 모르실 수 있겠어요?」

여로보암이 버럭 소리를 질렀습니다.

「이렇게 답답한 여편네를 보았나! 로마인들은 히브리 말을 모르고도 이 약속의 땅을 다스리고 있지 않으냐?」

밤마다 두 사람은, 기도를 하는 틈틈이 입씨름을 벌였습니다. 어느 날 물을 긷기 위해 우물을 내려다보던 에글라가 견딜 수 없는 가려움증을 느꼈는데, 그날 이후로는 그 가려움증이 나날이 심해졌기 때문입니다. 에글라에게, 가려움증의 시작은 곧 불행의 시작을 뜻했습니다. 에글라가 불행을 느낀 것은, 호르진, 가나, 나인은 물론이고 얍느엘에서 아주 멀리 떨어진 티베리아에서 가져온 고약도, 에글라의 몸에 돋기 시작한 열꽃에는 효험이 없었기 때문만은 아닙니다. 에글라를 정말로 견딜 수 없게 한 것은, 지아비 여로보암이 자기에게서 조금씩 멀어져 가고 있다는 느낌이었습니다. 에글라는, 제 발이 저린 여자 특유의 직관으로 어느 누구보다도 그것을 정확하게 느낄 수 있었습니다. 어느 날 나귀처럼 징징거리면서, 해봐야 응답도 없는 기도를 마친 직후, 에글라는 여로보암이 앉아서 기도하는 무릎 방석이 전날 밤에 견주어 자기에게서 한 자쯤 더 떨어져 있는 것을 알았습니다. 기도를 끝낸 여로보암이 침상에 쓰러지면서 코를 골 차비를 차리자 에글라는 기어이 마음에 담고 있던 말을 꺼내지 않을 수 없었습니다.

「나의 주인이시자 지아비인 여로보암이여. 이렇게 머리를 조아리고 시간을 낭비할 게 아니라 속 시원히 이야기나 좀 합시다. 당신은 아직도 아도나이가 저에게 호의를 가진 것으로 믿는 척하는데, 그럴 필요가 없습니다. 물론 저도, 아도나이가 왜 저를 저주했는지 그 까닭을 알지 못합니다. 그러나 저에게 허물이 없지는 않을 것입니다. 저에게는, 당신의 뜨거운 가슴에 안겨 있을 동안 사랑에 겨운 나머지, 당신의 사랑을 나누어 누렸으면 하는 생각에서 그분의 이름을 망령되이 부른 허물이 있습니다. 그럴 때 불러서는 안 되는 이름인 줄도 모르고 마구잡이로 부른 허물이 있습니다. 사랑에 들뜬 제 입에서 나가는, 우리 뜨거운 사랑의 말에 그분 이름을 섞은 것이 허물이라면 허물일 것입니다. 네, 지금 와서 드리는 말씀이지만, 거짓 맹세도 많이 했습니다. 맹세의 본바탕이야, 그분에 대한 찬송만 못할 것이 없지만, 대낮에 하는 이런 맹세는 저주와 다를 것이 없다고들 합니다. 하지만 어쩝니까? 기왕에 깨어진 접시이고 엎질러진 물인 것을요. 제가 아도나이의 분노를 산 모양이니, 이제 이것을 수습하는 일은 우리의 소관이 아니고 아도나이의 소관일 터입니다. 아도나이께서는, 제 허물의 값은, 이런 천형(天刑)으로만 치를 수 있다고 보신 모양입니다.」

「에글라여, 자네는 우리의 하느님을 증오하고 있구나!」 여로보암이 소리쳤습니다. 여로보암의 놀라움은 곧 공포로 변했습니다.

병든 여자는 겁 없이 그렇다고 고백했습니다.

「그래요, 아도나이를 증오합니다. 왜 아도나이는 저를 소금 기둥으로 만들지 않는다지요? 아도나이는 당신의 금제를 어긴 롯의 아내를 소금 기둥으로 만들어 버리지 않았던가요? 롯의 아내는 아도나이의 경고를 받았는데도 왜 저주를 받고 소금 기둥이 되었을까요? 왜 아도나이는 저를 벼락으로 쓸어버리지 않는다지요? 황금 송아지 주위를 돌면서 춤을 추던 여자들을 그렇게 쓸어버리지 않았던가요? 왜 아도나이는 저의 자궁을 닫아 버리지 않는다지요? 아브라함의 아내 사라와, 수많은 가나안 여자들의 자궁을 닫아 석녀(石

女)로 만들어 버린 분이 아도나이 아니던가요? 저의 사지(四肢)는, 의로운 것을 사랑하되 탐욕스럽게 사랑하는 그분의 손아귀에 들어 있답니다. 저의 살갗을 이렇듯이 망가뜨리지 않고는 저를 저주의 표본으로 삼을 수 없답니까? 신의 전지전능을 핑계 삼아, 밑도 끝도 없는, 그 부패한 상상력을 휘두르지 않으면 그 끔찍한 외로움을 달랠 수 없답니까?」

여로보암은 에글라에게 애원했습니다.

「여보게, 독신(瀆神)은 그만두게. 더 큰 매를 벌지는 말게.」

「이 에글라는, 그런 것에는 눈썹도 까딱 않는답니다.」

「하셈이시여, 이 여자의 말은 못 들은 것으로 하소서.」 여로보암이 하늘을 우러러 축수했습니다. 여로보암도 겁쟁이는 아니었습니다. 그러나 그런 여로보암도, 거리가 워낙 많이 떨어져 있는 만큼 전능하신 심판자가 자기 목소리와, 죄인인 자기 아내의 목소리를 구분할 수 있을 것으로는 보지 않았습니다.

「여로보암이여, 저 자신의 존귀함을 아는 여자라면 다 저같은 반응을 보일 것입니다. 여로보암이여, 분명히 이릅니다. 천하 없이 저주를 받은 여자라도, 한 여자의 존귀함으로 말하자면 남성 신의 존귀함에 못잖은 법입니다. 만물의 창조주이신, 위대하신 어머니의 직계 후손일 터인 어떤 여자, 매음굴에서 단골손님들의 자비에 몸을 맡기는 여자라도 그 존귀함으로 말하자면 그렇답니다. 하나 제 마음의 말은 그것이 아닙니다. 이제 우리 이야기를 해야 할 때입니다.」

여로보암은 조심스럽게 호기심을 나타내었습니다.

「우리 이야기? 우리 사이에 무엇이 있나?」

「없지요. 바로 그게 저를 견딜 수 없게 만든답니다.」

「에글라, 나의 사랑, 나의 비둘기여, 내가 자네를 사랑하는

데 무엇이 문제인가?」

「당신께서 저를 사랑하시는 것은 잘 압니다. 그런데 그 사랑이 저를 견딜 수 없게 한답니다. 당신이 저를 사랑하지 않으신다면 아무렇지도 않게 제 옆에 계실 수 있을 테지요. 제 옆에서, 어느 신의 원대한 계획에 따라 제 몸이 시시각각으로 으스러져 가는 양을 무심히 구경할 수 있을 테지요. 사람이 아닌 하늘의 뜻에 따라, 제가 흉측한 짐승 꼴로 변해 가는 양을 무심히 바라볼 수 있을 테지요. 당신이 저를 사랑하지 않으신다면, 저까지도 욕지기가 나는 이 흉측한 꼴 앞에서 아무 느낌도 일지 않을 테지요. 제가 기름도 빵도 없이, 옷도 소일거리도 없이 이 집을 떠나게 되는 날도 당신은 아무렇지도 않을 수 있을 테지요. 그러나, 저의 사랑하는 임이시자 주인이신 여로보암이여, 당신은 온 정성을 다 바쳐 저를 사랑하시었습니다. 그러므로 저의 이 끔찍한 변모에는 당신의 그 다정다감한 오관 중의 어느 하나도 견디지 못할 것입니다. 그리하여 당신의 무릎 방석이 저 문 앞자리까지 물러나는 날, 당신은 그 무릎 방석에 짐을 꾸려 말아 들고 제 옆에서 천리만리 떠나고 말 것입니다.」

「아도나이께 맹세코, 나는 자네를 버리지 않는다.」

「저에게 아도나이 이야기는 이제 하지도 마세요. 아도나이는 저에게 하고 싶은 대로 했어요. 자, 보세요!」 에글라는 이렇게 소리치면서 옷자락을 헤치고 젖가슴을 드러내었습니다. 지아비 여로보암은 고개를 돌리면서 아내를 달랬습니다.

「그러면 다른 신들에게 호소해 보면 될 게 아닌가. 그러니서 그 옷자락을 여미게. 내 들으니 키벨레 여신은, 당신과 하늘에서 공거(共居)하는 다른 신들을 심히 싫어한다고 하니, 이 여신에게 한번 빌어 보면 어떠하겠나? 그대 아버지의 양 떼 중에서 흠 없는 숫양 한 마리를 잡아 제물로 드리면 여신의 환심을 얻을 수 있지 않을 것인가?」

「키벨레는 여성입니다. 저는 여신에게 빚을 지고 싶지는 않아요.」

「그것은 그렇다. 하나 암몬 라 신(神)은 남성이시다. 이 신께서는 원반 같은 태양을 눈 삼아 온 세상을 내려다보신다. 이분께로 돌아서면 아마 우리를 도와주실 게야.」

그러나 에글라는, 신격(神格)을 상실한 겁쟁이 신, 거느리던 반신(半神)들과 함께 로마로 잡혀 와, 유피테르 카피톨리누스 신전에서 무릎이나 꿇고 있는 신은 믿을 수 없다고 했습니다.

이 말을 들은 여로보암은 아내에게 이렇게 물었습니다.

「그러면 조금 전에 내가 말한 로마의 신들은 어떠한가? 자네가 만족(蠻族)이라고 하는 로마인이 세상을 다스리고 있는 것을 보면 분명히 그들의 신이 다른 신들보다 더 나은 보호자 노릇을 하고 있기 때문일 것이야.」 에글라는 코웃음을 치면서, 지아비의 이 이로 정연한 제안도 거부했습니다.

「털바지 입고 다니는 야만인의 손을 빌려야 한다면 차라리 죽겠어요. 그리고 저에게는 상대가 누구든 빌 생각이 추호도 없어요. 신이라면 이제 진저리가 나요. 그렇게 말씀드렸는데도 당신은 아직도 제 마음을 모르시는군요. 사랑하는 여로보암이여, 그러니 날이 밝거든 저를, 당신 하느님의 종인 사제(司祭) 이스마이에게로 데리고 가주세요. 이스마이가 양단간 결정을 내려 줄 테니까요.」

몹시 졸리던 참이라 여로보암은 에글라의 말에 고개를 끄덕이면서, 다음 날 사제 이스마이에게 보여 병세를 진단하게 하고, 율법에 따라 정(淨)하게 하는 예식을 치르게 하든지,

추방하게 하든지 결정을 내릴 수 있게 하겠다고 약속했습니다. 솔직하게 말해서, 여로보암이 아내를 사랑한다고는 하지만, 무릎이 아파서라도 언제까지나 참회 기도만 하고 있을 수만도 없었습니다. 여로보암이 아내에게 헌신적이기는 했지만 맹목적이라고 할 정도는 아니었습니다. 따라서 한 달 뒤 혹은 1년 뒤 아내의 젖가슴이 어떻게 변모할지, 아내의 모습이 어떻게 바뀔지는 여로보암으로서도 예측할 수 없었습니다.

다음 날 두 사람은 라삐 앞으로 갔습니다. 여로보암이 라삐에게 이렇게 말했습니다. 「라삐여, 제 아내의 살과 옷에 문둥병의 증세 같은 것이 나타나는 것 같습니다. 한번 보아 주십시오.」

그러자 사제인 라삐 이스마이가 에글라에게 옷을 벗어 보라고 말했습니다. 몸이 성치 못한 사람에게는, 여느 사람들이 자기를 거역스럽게 생각하면 생각할수록 일종의 자기 확신 같은 것이 생겨나는 법입니다. 에글라는 바로 그런 확신에 가득 찬 몸짓으로 옷을 벗었습니다. 라삐 이스마이는 에글라를 동정하지도 거부하지도 않는 자세로 에글라의 병세와 병에 감염된 흔적이 있는 옷가지를 살펴보았습니다. 그리고는 에글라의 턱이 아직 하얗게 세지 않았다는 것을 확인하고는, 에글라 자신과 감염된 옷가지를 따로 떼어 이레 동안 둔 뒤에 다시 살펴보는 것으로 결정했습니다. 그리고 이레 뒤 에글라와 감염된 옷가지를 주의 깊게 살펴본 이스마이는 병균이 옷가지 전체로 퍼져 있다고 말하고는, 정식으로 그 옷가지가 부정 탔음을 선언하고는 불에다 태우라고 명령하고, 에글라의 몸에서는 별 변화가 보이지 않으니만치 이레 동안 더 격리시켜 두라고 했습니다. 이레째 되는 날 이스마이는 에글라의 터럭이 하얗게 세어 있고, 어루러기가 겨드랑이까지 퍼져 있는 것을 확인하고는, 문둥병이 분명한즉 에글라는 부정을 탔다고 정식으로 선언했으니, 만물의 근원이자 만물의 돌아갈 자리인 야훼를 찬양할 일이지요.

여로보암과 에글라는 놀라지 않았습니다. 실망이 되기는 했지만, 스스로 처한 입장을 확인하게 된 여로보암과 에글라는 오히려 안도의 한숨을 쉬었습니다. 여로보암은 장터로 에글라에게 달아 줄 구리 방울을 사러 갔습니다. 율법에 따라 그때부터 에글라가 차고 다녀야 할 방울입니다. 에글라는 나다닐 때마다 이것을 짤랑거림으로써 건강한 사람들에게 문둥병자가 지나가고 있다는 걸 알려야 하는 것입니다. 집으로 돌아온 에글라는 겉옷은 벗어서 갈가리 찢고, 신발과 머릿수건은 벗고 입은 가렸습니다. 그런 다음에 덮고 잘 것과 몇 가지의 옷가지를 챙긴 에글라는, 친척과 이웃에게는 작별 인사도 않은 채, 눈물을 뿌리는 지아비만 대동하고는 신얍느엘로 향했습니다.

사방은 숲속처럼 어두웠습니다. 귀에 들리는 소리라고는, 광야의 잡초를 뒤흔드는 황막한 바람 소리뿐이었습니다. 하늘에서는 몇 개의 별만이 성보 상자(聖寶箱子)에 새겨진 불가해한 문자처럼 빛나고 있었습니다. 구얍느엘에서 10로마 스타디아 되는 거리까지 걸었을 때부터 여로보암의 발밑에서는 자갈이 밟히면서 빠그락거리기 시작했습니다.

에글라는, 여로보암이 울고 있다는 걸 알고 있었습니다. 하늘이 맑고 달이 밝아서, 그 달빛 아래서 지아비의 얼굴을 볼 수 있었다면, 날이면 날마다 자기의 따뜻한 두 손으로 데워 주던, 동전에 새겨진 황제의 옆얼굴 같은 지아비의 얼굴을 볼 수 있었다면 문둥이 아내도 울음을 터뜨렸을 터입니다.

그러나 다행히도 사방은 저승처럼 어두웠습니다. 이윽고 두 사람은 얍텔 강가에 이르렀습니다. 드디어 헤어져야 할 시각입니다. 여로보암이 마침내 입을 열어 침묵을 깨뜨렸습니다.

「내 영혼이나 다름없는 에글라여. 그대는 내가 마을의 전령관(傳令官)이라는 것을 잘 알지 않느냐? 그렇다. 나는 저녁마다 얍느엘을 돌아다니며 백성들에게 무엇을 어떻게 해야 하는지, 무엇에 어떻게 세금을 물어야 하는지, 누구에게 무릎을 꿇어야 하는지, 총독의 자비가 우리에게 어떤 은혜를 베풀고 있는지, 많은 사람이 죽어 가고 있기는 하지만 총독의 자비가 살아 있는 사람들에게 어떻게 은혜가 되는지 외쳐서 가르치는 사람이다. 그러니 내가 백성들을 향하여 관청의 포고를 전할 때 이 골짜기로 오면, 만일에 바람이 순조롭기만 하면 내 목소리를 들을 수 있을 게다. 포고를 전하는 중간중간에 내 그대에게 전하는, 송두리째 그대의 것인 내 마음을 실으리라.」

이 말을 듣고는 에글라도 목이 메고 말았습니다.

「여로보암이여. 제 가슴에서 쉬던 한 다발 꽃 같은 분이여. 에글라는 매일 저녁 당신의 음성을 들으러 올 것입니다. 당신을 보지 못한다고 생각하니 제 가슴이 아픕니다. 이제 우리의 추억을 걸고 당부드리거니와, 포고문을 전하실 때 얍느엘 소식을 전하시는 것을 잊지 말아 주세요.」

이러면서 두 사람은, 강물만큼이나 싸늘한 어둠 속에 서 있었습니다. 여로보암은 곪아 가는 에글라의 축축한 젖무덤 사이에 얼굴을 묻고, 그 무거운 냄새를 맡는 상상을 했습니다. 성감(性感)이 예민하지 못한 전령관에게 그것은 상상만으로도 도저히 견딜 수 없는 것이었습니다.

「하느님께서 그대를 다시 정결하게 해주시기를 비네.」 희미한 달빛이 잘생긴 옆얼굴을 비출 즈음 여로보암은 이렇게 말했습니다. 그 말을 듣고 에글라가 소리를 질렀습니다.

「신들 이야기는 하지도 말아도요!」

그렇게 가까웠던 남자에게 더 이상은 접근할 수 없다는 것을 잘 아는 에글라는 더 이상 견디지 못하고 맨발로 골짜기를 건넜습니다. 에글라는 그 골짜기 건너편에 있는 신얍느엘에서 부정한 삶을 시작하게 될 터입니다. 세밧의 황량한 기둥처럼 쓸쓸하게 서 있던 여로보암도 발길을 돌렸습니다. 여로보암은 구얍느엘에서 정결한 삶을 계속할 터입니다.

자, 이제까지는 에글라와, 에글라의 첫 남편인 시돈 사람 여로보암 이야기를 했으니까 지금부터는, 비록 우리 이야기에서는 조금 덜 중요하기는 하지만, 에글라의 두 번째 남편, 즉 즈블룬 지파 출신인 우리야에게 주의를 돌려 보겠습니다.

우리야 이븐 미암, 즉 미암의 아들 우리야는 부정한 사람들의 삶터인 신얍느엘 사람입니다. 세메고리티스 호수 근방에 있는 옛 고향에서 레위 지파의 율법에 따라 문둥이 선고를 받은 우리야는, 미래의 신부인 에글라가 오기 오래전에 벌써 신얍느엘에 터 잡아 살고 있었던 것입니다. 오다가 가다가 황야에 쓰러져, 등으로 황무지에서 여문 실과나 터뜨리는 것만 제외하고는 아무것도 마다할 형편에 있지 않았던 우리야는 그래서 기꺼이 시체 씻는 일을 하기로 결심했습니다. 말하자면 품삯을 받고, 슬픔에 잠긴 유족을 대신해서 야훼 계신 곳으로 보낼 시신의 장례 준비하는 일거리를 붙잡은 것입니다. 그런데 이렇게 시작한 일인데도 솜씨가 좋은 바람에 벌이가 심심치 않았습니다. 그의 손에서는 일거리가, 아니 시신이 떨어질 날이 없었습니다. 우기(雨期)인 유다력(曆) 마르케스반 월(月)이나 키슬레브 월에는 특히 그러해서, 이때가 되면 그는 신얍느엘 성읍에서도 가장 바쁜 사람이 되고는 했습니다. 우리야는 유명한 사람도 못 되고, 더구나 부자도 아니었지만 일거리가 달리는 법이 없는 — 사람이라고 하는 것은 배변하거나 숨쉬기를 그만둘 수 없는 것처럼 때가 되면 반드시 죽어야 하니까 — 직업을 잡은 덕분에 앞날이 탄탄했습니다. 그래서 신이 없어도 살 수 있으리만치 평정한 마음의 상태, 신을 믿지 않되 만사에 일관되게 기울이는 낙천적인 기질, 세속적 경험을 하나로 요약하는 그의 다채롭고도 원대한 맹세, 하늘과의 관계에서의 튼튼하지 못한 무관심 같은 것도 그에게는 가능했습니다.

우리야는 하느님과 정색을 하고 싸움을 벌이는 짓은 하지 않았습니다. 물론 우리야가 하느님의 징벌을 받지 않았다고는 볼 수 없습니다. 그에게는, 하느님의 징벌을 받은 증거가 있었는데, 그 증거라고 하는 것은 바로, 아무 고통도 없이 날이면 날마다 살아 있는 살점이 뼈에서 떨어져 나간다는 것입니다. 그럼에도 불구하고 그는 그 〈작고 귀여운 문둥병〉 — 건강한 사람들이 자기 아내나 집을 일컬을 때 〈귀여운 마누라〉, 〈조그만 우리 집〉이라고 하듯이 그도 자기의 천형을 이렇게 부릅니다 — 을, 사후의, 말하자면 미래의 징벌을 상징하는 저주의 표적으로 보기보다는, 자기의 살갗에 생긴 희한한 장식쯤으로 여겼습니다. 그래서 그는 이런 말을 하고는 했습니다.

「하느님께서, 나중에 이 우리야에게 볼일이 남아 있다손 치더라도, 내가 문둥이였다는 걸 무슨 수로 알아봐? 내가 하느님께로 갈 때쯤이면 살갗은 하나도 남아나지 않을 텐데?」

그 나름의 이러한 설명은 유배지 사람들을 즐겁게 해주었습니다. 그의 이런 식의 설명은, 천형으로 고통받는 사람들에게 희망을 준다는 뜻에서 그 사람들에게는 위로가 될 수 있었습니다. 말하자면 고통받는 사람들로 하여금, 세상 만물이 다 그렇듯이 고통이라고 하는 것에도, 하느님께 귀속되지 않는 그 나름의 목적이 있다는 생각을 갖게 했던 것입니다. 그는 대단히 인기가 있는 일종의 선지자 같았습니다. 그러나 여기에서 말하는 선지자란, 우리가 아는 여느 선지자가 아니라, 인습적인 가르침을 타파하고, 그릇된 행위 때문에 영원히 천형에 시달려야 한다는 믿음으로부터 죄인들을 해방시킨 그런 자유분방한 선지자였습니다.

우리야와 에글라는, 과월절 축제 기간에 양을 도살하는 현장에서 알게 되었습니다. 이 구약 시대의 명절은 구얍느엘에서는 물론 신얍느엘에서도 어김없이 지켜지고 있었습니다. 신얍느엘의 버림받은 사람들은, 자기네 믿음이 부실해서 그런 불행을 겪고 있다는 일반적인 생각을 받아들이지 않고 고집스럽게 옛 명절 지키기를 계속하고 있었던 것입니다. 그들은 명절 지키기가 하느님을 기쁘게 하건 화나게 하건 그것에는 관심이 없었습니다. 물론 그들이 문둥이가 되었다는 사실 자체를 감사하게 여기지 않았다는 것만은 분명합니다.

아도나이의 심판에 관한 견해가 비슷한 점이 이 두 사람을 급격하게 가까워지게 했습니다. 그러나 견해가 아주 같았던 것은 아닙니다. 우리야의 견해는 무관심을 근간으로 하는 것이고, 에글라의 견해는 증오를 그 뿌리로 하는 것이었으니까요. 이렇게 가까워진 그들이 하나가 된 것은, 둘 다 천형을 죗값으로 보기를 거절했기 때문입니다. 그러나 역시 아주 똑같았던 것은 아닙니다. 우리야는 천형을 삶의 한 측면으로 받아들이면서 죗값으로 보기를 거절했지만, 에글라는 삶의 한 측면으로 보는 것은 물론 죗값으로 보는 것도 거절했습니다.

이렇게 되자 부당하게 추방당했다는 느낌이 두 사람을 더욱 가깝게 여기게 했고, 우중충한 주위의 분위기는 두 사람을 임시 동아리로 묶었습니다. 이렇게 동아리가 되었지만, 동아리가 되었는데도 불구하고 여로보암에 대한 에글라의 추억에는 흠집이 생기지 않았습니다. 우리야는 이로써 에글라의 샛서방이 된 셈이지만, 이로써 자존심에 상처를 입은 것으로는 보지 않았습니다. 이렇게 된 것은 다 실질적인 이유가 있었기 때문인데, 그 이유가 무엇이냐 하면 이로써 두 사람은 나날의 근심에서 벗어날 수 있었기 때문입니다. 이로써 두 사람은, 아담과 하와가 에덴의 동쪽으로 쫓겨나면서 배당받은 일을 하게 되었으니, 그 일이란 우리야에게는 두 몫을 버는 일이요, 에글라에게는 두 몫의 먹을거리를 짓는 일이었습니다.

자, 공평하게 하기 위해 여기에, 시체 씻는 일로 먹을거리를 버는 이 촌뜨기 우리야가 잘생긴 젊은이였다는 말을 덧붙일 필요가 있겠습니다. 물론 이것은 문둥이치고는 잘생긴 젊은이였다는 뜻입니다. 그 까닭은 그의 병세가 이른바 말기에 접어들어 있었기 때문입니다. 이 시기에 접어들었기 때문에 그의 흉측하던 모습은 흉측한 그대로 왕자(王者)같이 위풍당당한 균형을 되찾고 있었던 것입니다. 이러니 에글라가 그에게 반했을 결정적인 이유를 찾아내기는 어렵지 않을 듯합니다. 게다가 에글라는, 천형이라는 쓰디쓴 과일의 맛을 보자마자 신얍느엘로 들어간 여자입니다. 따라서 다시 문둥병 환자들의 관점에서 보자면 에글라는 신얍느엘에서 가장 성적 매력이 있는 젊은 여자였을 것입니다. 따라서 우리야가 마음을 결정한 까닭을 설명하기는 어렵지 않을 것입니다. 요컨대 두 사람은 사랑에 **빠졌습니다**.

그로부터 세월이 3년이나 흘렀습니다. 세월이 흐를 동안 신얍느엘에, 새 문둥병 환자들 — 천형은 하느님의 오판으로 인한 것이니만치 머지않아 정결함을 다시 얻고 그곳을 떠날 수 있으리라고 믿는 — 이 들어오고, 기왕에 있던 환자들이 죽는 것 이외에는 — 거기에서 빠져나갈 방법은 전혀 없었으므로 — 하나도 달라진 것이 없었습니다. 그동안 에글라도 변함없이 우리야를 사랑했습니다. 물론 전남편 여로보암에 대한 사랑은 조금도 손상시키지 않은 채 새 남편 우리야를 사랑했습니다. 이 말은, 즈블룬 지파 사람인 우리야에 대한 사랑을 조금도 손상시키지 않은 채로 계속해서 시돈 사람 여로보암을 사랑했다는 말과 같습니다. 비록 한 남정네는 온 밤과 낮 시간의 대부분을 들여서 사랑하고, 다른 한 남정네는 어두워지기 직전의 짧은 시간만을 들여서 사랑하기는 했습니다만 시간이 이렇게 배분되었다고 해서 누구를 더 사랑하고 누구를 덜 사랑했다는 뜻은 아닙니다. 약간 이상하게 들릴지 모르겠지만, 에글라는 우리야라는 존재가 옆에 있었기 때문에 더욱 여로보암을 잊을 수 없었습니다. 여로보암이라는 존재는, 매일 저녁이면 어김없이 새의 보드라운 날개처럼 얍느엘을 덮어 오는 그 낭랑한 목소리로 늘 에글라 주위를 맴돌았습니다.

  자, 얍느엘의 기적 이야기의 진짜 시작은 이렇습니다.

  티베리우스 카이사르 아우구스투스 황제가 즉위한 지 11년째 되는 해의, 유다력으로는 섣달이 되는 어느 날의 해거름에도 가련한 여자 에글라는 얍텔 골짜기에 나가 있었습니다. 여로보암의 포고령 고지(告知)가 시작되기 직전이었습니다. 석양은 나른한 광야로 비처럼 내리덮이고 있었습니다. 구얍느엘의 우뚝 솟은 성벽은, 제물이 된 황소의 허연 갈비뼈처럼 빛나고 있었습니다. 라마 길 양쪽으로 나란히 서 있는 시커먼 삼나무는 순례자와 참회자들의 우울한 행렬 같아 보였습니다.

 가엾은 에글라는, 젖가슴에서 하느님의 은밀한 손톱자국을 발견하던 그날 그 아침 이래로 그렇게 수금(竪琴) 줄처럼 팽팽하게 긴장해 본 적이 없었습니다. 에글라가 여로보암의 목소리가 들리기를 기다리는 그 순간은, 고요가 감도는 폭풍 직전의 순간과 같았습니다. 에글라의 팽팽하게 긴장한 몸은 손가락 끝에만 닿아도 금방 튀어 오를 것만 같았습니다. 그러나 에글라의 긴장은 오래가지 않았습니다. 여로보암의 음성이 들려오기 시작했기 때문입니다. 여로보암의 음성은, 처음에는 바라 소리처럼 희미하게 빈민촌인 구얍느엘의 북부 교외에서 들려오다가 차츰차츰 가까워지면서 선명해지기 시작했습니다. 전령관 여로보암은 마을 회당 근처, 혹은 번제양(燔祭羊)의 기름 발라내는 곳에 서서 포고문 고지를 시작한 듯했습니다. 그런데 거기에서 유다 교회당 앞에 이르렀는지, 그의 기름진 목소리는, 종추(鐘錘)가 종벽을 두드리는 소리 같았습니다. 우렁차기는 흡사 사울 왕의 악령을 하나하나 이겨 내면서 내지르던 다윗의 음성 같았습니다. 이윽고 명령과 포고를 전하는 대목이 되자 그의 목소리가 폭발했습니다. 명령과 포고는 단조로운 전령관의 음성에서 쇳소리로 울리면서 음절음절에서 천둥소리를 내다가 길게 여운을 남기면서 잦아드는가 하면 때로는 송곳 끝처럼 찔러 오기도 하고 때로는 끝이 불분명하게 어둠 속으로 잦아들기도 했습니다. 에글라는 바싹 귀를 기울였습니다. 루원의 가게 앞에서 들리는가 하면, 빈민가의 골목에서 들리기도 하고, 그 시각에는 사람의 발길이 뜸할 터인 저잣거리에서 들리는가 하면 엘리멜렉의 대장간 앞에서 들리면서 어지러운 망치 소리에 뒤섞이기도 했습니다. 그가 남문 초소에 이른 것으로 보일 즈음 그의 음성은 폭풍처럼 에글라의 귀를 두드리면서, 화려한 수식어로 꾸며진 포고문을 쏟아 붓는 것 같았습니다.

「아래 얍느엘과 위 얍느엘의 시민을 비롯하여, 사방의 교외 지역 및 인근의 자치 구역 신민들에게, 갈릴래아와 베레아의 관대한 왕이신 영주 헤로데 안티파스의 인사를 전한다. 우리가 걱정스럽게 여기고 이렇듯이 포고하는 것은 카이사르에 대한 세금 바치기가 지지부진하고, 참 신자 축에도 못 드는 자들의 둔사(遁辭)가 나라 세의 탈세를 조장하며, 노역의 의무를 가진 자들이 감히 그 책임 다하기를 회피함으로써 웃어른들을 노엽게 하고 있기 때문이다. 또한 우리는, 하느님 백성이 우리 아버지 하느님의 말씀에 순종치 아니하는 작태와, 사제가 뇌물을 받고 정결치 못한 자를 동아리에서 출송(出送)치 아니하며, 근친상간하는 자와, 씨앗을 낭비하되 사사로이 화간(和姦)하는 데 그치지 않고 매음을 퍼뜨리기까지 하는 자를 수수방관하는 작태를 눈여겨보고 있다. 어찌 이뿐인가. 신민이 우리를 섬기기는커녕, 우리를 〈에돔의 부랑자〉라고 부르고, 우리 거처를 〈알랑쇠 궁전〉이라고 부르며, 대역무도한 언사로 우리를 모욕함으로써, 주 하느님으로부터 기름 부음을 받은 우리, 참 신자의 피로 세례받은 우리에 대한 반역을 부추기니 이것을 어찌 좌시할 수 있겠는가. 그래서 이스라엘이, 하느님이신 그분, 이스라엘을 성별(聖別)하시되 뜻에 따라 성별하신 그분의 사랑을 변함없이 누리기를 바라는 갈릴래아와 베레아의 영주인 헤로데는 포고하거니와, 백성에게 속하는 것을 백성에게 치르지 않는 자는 매로 때려 십자가에 매달고 그 재산을 몰수하고, 하느님의 것을 하느님께 바치지 않는 자는 독신(瀆神)과 방종을 벌하여 혀를 뽑고 거세한 연후에 사지를 자르고 그 내장은 동방을 제외한 사방으로 던질 것이며, 카이사르의 것을 카이사르에게로 되돌리지 않는 자는 기록되어 있는 대로 벌할 것인즉, 그 재물을 몰수하고, 가죽을 벗기고, 혀를 뽑고, 백주에 눈을 지지고, 저잣거리에서 귀를 자르고, 망치로 사지의 뼈를 부수고, 거세한 연후에, 육시하고, 내장은 적출하여 동방을 제외한 사방으로 던질 것이며, 이래도 죽지 않은 자는 사흘 동안 십자가에 매달 것이라……. 나의 고운 짝이여, 그대는 파라오의 병거가 끄는 말과 같구나! 삼단 같은 머리채에 그대의 두 볼은 귀엽기만 하고, 진주 목걸이를 건 그대의 목 또한 고와라. 머리채는 길르앗 비탈을 내리닫는 염소 떼, 이는 털을 깎으려고 목욕시킨 양 떼 같아라. 입술은 새빨간 실오리, 입은 예쁘기만 하고, 너울 뒤에 비치는 볼은 쪼개 놓은 석류 같으며, 목은 높고 둥근 다윗의 망대 같아라. 용사들의 방패를 천 개나 걸어 놓은 듯싶구나. 그대의 젖가슴은 새끼 사슴 한 쌍, 나리 꽃밭에서 풀을 뜯는 쌍둥이 노루 같아라. 그대의 입술에서는 꿀이 흐르고, 혓바닥 밑에는 꿀과 젖이 괴었구나. 옷에서 풍기는 향내는 정녕 레바논의 향기로다. 나의 누이 나의 신부는 울타리 두른 동산이요, 봉해 둔 샘이로다. 나의 누이여, 나의 신부여, 바위틈에 숨은 나의 비둘기여, 벼랑에 몸을 숨긴 비둘기여, 모습을 보여 줘요, 목소리 좀 들려줘요, 그 고운 목소리를, 그 사랑스러운 모습을……. 연(連)하여 구얍느엘 백성들에게 헤로데 왕께서 내리시는 포고를 전한다. 우리는 이미 보고를 접하고, 하느님의 아들, 유다의 왕을 참칭하는 수단 좋은 말썽꾼이자 교회 분리주의자이자, 배교자(背敎者)인 나자렛의 예수라는 자가 하느님의 백성에게 그 탐욕스러운 손길을 뻗고, 무법자를 사면하고, 문둥이를 고치고, 죽은 자를 일으키고, 사지가 온전하지 못한 자를 온전하게 하고, 이로써 하늘에서 풀린 자를 묶고 하늘에서 묶인 자를 풀며, 하느님 모독하기를 손바닥 뒤집듯이 하고, 하느님 백성을 꾀고, 유혹하고, 욕보인다는 것을 알고 있다. 아도나이께서 수를 헤아리시어 당신 백성의 동아리에서 옆으로 밀어 두셨고, 내가 몽둥이로 어깻죽지 부러뜨린 자를 감히 세울 수가 있는 것이더냐? 그러므로 포고하거니와, 이자, 이 공중의 질서와 안녕을 해치는 이자를 아는 자는 가까운 경비 초소에 고변하라는 것이 카이사르의 뜻인즉, 이자를 알고도 소경 행세를 하는 자, 이자의 소문을 듣고도 귀머거리 행세를 하는 자는 공모자로 처단할 것인즉…… 사랑스러워라, 내 짝이여, 그대는 아름답되 디르사처럼 아름다우니, 약혼도 하지 않은 주제에 가브리엘 군단 사막 기병의 꾐에 빠져 시리아의 해안으로 도망친 아시야가 어찌 그대 같으랴. 예루살렘처럼 귀여운 그대여, 엄위하기는 기치창검을 벌인 군대 같구나. 그대의 배꼽은 향긋한 술이 찰랑거리는 동그란 술잔, 허리는 나리꽃을 두른 밀단이요, 젖가슴은 한 쌍 사슴과 한 쌍 노루와 같네요. 목은 상아탑 같고, 눈은 헤스본 바드랍빔 성문께에 있는 파아란 늪 같고요, 코는 다마스쿠스 쪽을 살피는 레바논 성루 같군요. 곱고도 아름다워라, 내 양을 훔치고 지금은 성읍의 감옥에서 옥살이하는 더러운 건달 야이라의 누이여, 종려나무처럼 늘씬한 키에, 앞가슴은 포도송이 같구나……. 이제 성읍의 의회가 정한 세금을 고지할 것인즉, 남자 하나마다 무화과 다섯 바구니씩을 바치되 썩었거나 벌레 먹은 것은 아니 되고, 남자든 여자든 어른 하나마다 기름 한 록을 바치되, 신 것은 아니 되며, 얍느엘의 집

안의 사내아이마다 타작마당의 밀을 한 자루씩 바치되, 까끄라기나 똥이나 모래가 섞인 것은 아니 되고, 호구 조사가 된 집마다 한 통의 포도주를 바치되 초같이 신 것은 아니 된다. 그리고 각 가구마다 우리에서 갓 몰아낸 암송아지를 한 마리씩 바치되, 다리를 저는 것도 아니 되고, 장차 새끼를 낳지 못할 것도 아니 되며, 털이 있을 자리에 부스럼이 있는 것도 아니 된다……. 바위틈에 몸을 숨긴 비둘기여, 벼랑에 몸을 숨긴 비둘기여, 모습 좀 보여 줘요, 목소리 좀 들려줘요, 그 고운 목소리를, 그 사랑스러운 모습을…….」

전령관의 임무는, 세 차례나 계속해서 울린, 끝이 길게 끌리는 양뿔 나팔 소리와 함께 끝났습니다. 소리라는 소리는 모두 정적 속으로 잦아들고 에글라의 귀에 들리는 것은, 양피지 구겨지는 소리 같은 바람 소리뿐이었습니다. 메아리가 되어 바위틈으로 잦아든, 여로보암의 목소리에 이끌려, 모래에다 마른 배를 대고 엎드려 있던 파충 무리는 엉금엉금 기어 잠자리로 찾아 들어갔습니다. 석양빛에 모래는 싸늘하게 식고 있었습니다. 수많은 분천(噴泉)처럼, 모래 위로 꽃잎을 펴고 있던 장미는 하늘을 향해 금방이라도 물줄기를 뿜을 것 같았습니다.

여로보암의 포고 외치기가 끝나자 에글라는 얍느엘의 남쪽 성벽에 시선을 묶은 채 가만히 서 있었습니다. 제 몸무게를 못 이겨, 살인적이라고 할 수 있는 열정에 못 이겨, 처음에는 선 채로 돌던 에글라는 흐느끼면서 앞으로 꼬꾸라졌습니다. 이렇게 꼬꾸라진 에글라는 한동안은 무릎을 댄 채로 돌다가 그나마 몸을 지탱하지 못하고 흙구덩이에 쓰러졌습니다. 에글라의 사지는 바위에 부딪치면서 상처투성이가 되었고 얼굴은 손톱에 무수히 긁혔습니다. 에글라는, 죽음의 고통에 직면한 어린 짐승이 제 눈물과 침과 땀과 오줌에 젖은 모래를 삼키면서 울부짖듯이 그렇게 울부짖었습니다. 에글라가 도는 속도는 믿어지지 않을 정도로 빨랐습니다. 에글라는 머리를 땅에 대고 거꾸로 선 채로 돌기도 하고, 다시 일어서서 발뒤꿈치를 대고 돌다가는 급기야는 다리와 머리는 든 채로 배만 땅에 대고 돌기도 했습니다. 이렇게 돌면서 사지를 동그랗게 말아 들인 에글라의 몸은 흡사 똬리를 튼 뱀 같았습니다. 에글라는 엄청나게 빠른 속도로 이 사지를 수시로 풀었다 감았다 하면서 돌았습니다. 몸이 풀릴 때는 땅을 치는 바람에 사지는 순식간에 피투성이가 되었고, 사지를 감을 때면 피에 젖은 살덩어리가 되었습니다. 바위에 스치면서 갈라지고, 절벽 모서리를 치면서 터지고, 나뭇가지에 걸리면서 찢기고, 가시에 스치면서 찔리고, 사막의 가시나무를 만나면서 무수히 긁힌 이 살덩어리는 정결한 사람들 땅과 부정한 사람들 땅의 경계를 나뒹굴었습니다. 그러나 얍느엘 성읍 쪽에서는 인기척도 없었습니다.

날 샐 무렵이 되었을 때 납달리 산 쪽에서, 먼지가 뽀얗게 앉은 여행복 차림의 사내들이 내려왔습니다. 나귀도 노새도 거느리지 않은 것으로 보아 장사꾼 같지는 않았습니다. 이윽고 아침 이슬 속에서 반짝이는 그들의 횃불이 에글라의, 갈가리 찢긴 몸을 비추었습니다. 그 동아리 중의 한 사람인, 머리카락이 붉고, 뼈대가 가늘고, 표정이 따뜻하면서 맑아 보이는 사람은 여자가 울고 있다고 생각한 모양입니다. 무릎을 중심으로 옷자락을 모아 쥔 그는 에글라 옆에 무릎을 꿇었습니다.

「왜 울고 있느냐, 여인아.」 나그네가, 약간 귀에 거슬리는, 그러나 위엄 있는 목소리로 물었습니다. 목구멍소리가 두드러지는, 갈릴래아 윗녘의 사투리였습니다.

「길손이여, 당신이 하느님인가요? 모르는 게 있으면 안 되게?」

에글라는 매섭게 대들면서 이런 생각을 했습니다. 나 좀 그냥 두고 갈 길이나 가시구려. 조금 있다가 이 피투성이가 된 몸을 끌고 문둥이 마을로 갈 테니까. 아, 여로보암이 읊어 주던 「아가」의 부서진 메아리가 아직도 내 몸속에서 비싼 접시가 깨어지는 소리처럼 감미롭게 울리는데…….

그러나 머리카락이 붉은 사람이 조용히 말했습니다.

「그래, 여인아……. 나는 나자렛의 예수니라.」

그는 참으로 쉽게 말했습니다. 그는, 가나안에서는 누구나 쉽게 하느님 노릇을 할 수 있는 것처럼 말했습니다. 그는 광야에서 지존하신 하느님 사귀기는 시온 길에서 짐을 진 나귀 만나기만큼이나 쉬운 것처럼 말했습니다.

동그랗게 몸을 말고 누워 뺨을 땅바닥에 댄 채 에글라는 살며시 눈을 떴습니다. 땅바닥이 조금씩 따뜻해지면서 밝아오고 있다고 에글라는 생각했습니다. 에글라의 눈에는 나그네의 초라한 신발밖에는 보이지 않았습니다. 에글라는 또 이런 생각을 했습니다. 이이가 바로 그 반역자인가? 총독이 포고를 내리면서까지 경계하기를 권하던 이, 사랑하는 여로보암이, 〈하늘에서 묶은 것을 푸는 자, 하늘에서 푼 것을 묶는 자〉라고 하던 그 자인가? 이런 생각을 하다가 에글라가 퉁명스럽게 대꾸했습니다.

「그러면 다 아시면서 물은 거군요?」

「그렇지 않다. 목자는 제 어린 양이 병으로 고통을 당하고 있다는 것은 안다만, 한 마리 한 마리의 어린 양이 무슨 병으로 고통을 당하고 있는지 다 알지는 못한다. 어린 양이라고 하는 것이 원래 그런 것이다.」

그때 에글라의 귀에는, 동아리 중 하나의 말소리가 들렸습니다.

「가시지요, 선생님. 날이 샙니다. 군병이 올지도 모릅니다.」

그 말에 붉은 머리 길손이 이렇게 대꾸했습니다.

「하늘이 있고 땅이 있는 한, 모든 것이 이루어지기까지는, 율법의 한 점 한 획도 바로 서지 못한다고, 틈만 나면 내게 이르던 게 바로 네가 아니더냐? 이리로 오는 도중에, 내가 가련한 사람들의 병을 고쳐야 하는 것으로 기록되어 있다고 한 것이 네가 아니더냐? 내가 제대로 보고 있다면, 우리 앞에 누워 있는 이 여인이 바로, 내가 낫게 해야 하는 사람이다. 너는 내가 도대체 어떻게 하기를 바라느냐?」

「선생님께서는 가파르나움을 떠나시면서 병자를 고치게 되어 있습니다. 저희가 아는 한 선생님께서는 시방 하솔에서 오시는 길이십니다.」

그러자 나자렛 사람이 노기를 띠고 말했습니다.

「시몬의 아들 유다야. 내 다시 한번 이르거니와, 너에게 모든 것이 다 드러날 날이 머지않다. 내가 이렇게 하는 것은 모든 것이 다 기록되어 있기 때문이다. 그러나 너의 행동은 다 기록되어 있지 않다. 장차 알게 되겠거니와, 네가 네 할 대로 하면 성서를 거스르게 될 것이다. 장차 알게 되겠지만, 너에 대한 약속이 다 이루어지려면 네 마음대로 일곱 번, 일흔일곱 번, 일흔일곱 번의 일곱 번을 해야 할 것이다. 무슨 까닭이냐? 말씀의 한 점 한 획이라도 이루어지지 않은 것이 있으면 이는 하나도 이루어지지 않은 것이나 마찬가지이기 때문이다. 그때 네가 어떻게 할 것인지 궁금하구나.」

「다 하겠습니다.」

예후다, 혹은 유다가 냉담하게 대답했습니다.

「가파르나움에서 나오는 길에 사람을 고치면 어떻고 하솔에서 나오면서 사람은 고치면 어떠냐? 장차 올 세상에서 이게 무엇이 다르겠느냐? 자, 여인아, 어디가 아프냐?」

나자렛 사람의 말을 들으면서도 에글라는 이런 생각을 했습니다. 우리야는 이 시각에 무엇을 하고 있을까? 지금쯤 정신이 반쯤 나간 채로, 내가 정결한 사람들 성읍과 부정한 사람들 성읍 사이를 헤매고 있을 것이라고 생각하고 사람들을 모아 나를 찾으러 다니고 있을까? 방울이 광야에 떨어져 돌 사이에서 찌그러지는 바람에 지나는 사람들에게 내 병을 알리지도 못하는 채 두 성읍 사이를 헤매고 있다고 여긴 모양인가? 아니야, 어쩌면 문지방에 걸터앉아, 양젖에 담근 보리떡을 먹으면서, 아무 걱정 없이 나 돌아오기를 기다리고 있는지도 몰라. 우리야는 무슨 일이 있어도, 설사 그것이 하느님 주재하신 일이 아니어도, 태연하게 물러서서 자기 마음을 다스릴 줄 아는 사람이니까.

「수족을 쓰지 못하느냐, 여인아?」

우리야는 약간 놀라고 있을 뿐 두려워하거나, 화를 내거나, 낙담하지는 않을 거야. 우리야는 자기 기분을 분명하게 드러내는 사람이 아니니까. 어쩌면 우리야도, 자기가 없을 때 내가 얍텔 길을 방황하더라는 마을의 소문을 모르지 않을 것이다. 소문을 낸 사람들도, 성읍 전령관의 포고 외치는 순간과 이 에글라의 밤나들이 시간이 일치되는 것이 우연의 일치는 아닐 것이라고 생각하고 그런 소문을 낸 것일 테지.

「아이를 낳지 못하느냐?」

길손의 끈질긴 질문을 성가시게 여기면서 에글라는 아니라고 대답했습니다.

「말하는 것을 보니 벙어리는 아닌 모양이구나. 듣는 것을 보니 귀머거리도 아닌 모양이구나. 여인아, 내가 보이느냐?」 길손은 다시 물었습니다.

「안 보입니다.」 에글라가 대답했습니다.

에글라의 귀에 다시, 예후다 혹은 유다라고 불린 사람의 메마르고, 표정이 없는 목소리가 들려왔습니다. 그 목소리는 흡사, 나무의 잔가지가 부러지는 것 같았습니다.

「선생님, 저는 현자인 척하자는 것도 아니요, 주제넘게도 예언의 권능을 받은 사람 노릇을 하고자 하는 것도 아닙니다. 그러나 참 믿음과, 이 뭇 세상의 구원에 관심하기 때문에 부득이 말씀드리지 않을 수 없습니다. 선생님, 선생님이 보이지 않는다는 이 매춘부 같은 여자는 주정뱅이처럼 헛소리를 지껄이면서 땅바닥을 뒹굴고 있습니다만, 하순과 가파르나움 사이에서 장님의 눈을 뜨게 하는 기적은 예언된 바가 없습니다. 예언에 따르면 선생님께서는 저기 저…….」

유다는 동남쪽을 가리키면서 말을 이었습니다.

「……게라사 땅에서 기적을 보이시기로 되어 있습니다. 거기에는 마귀 들린 사람 둘이, 마귀를 큰길 옆에 놓아먹이는 돼지 떼 속으로 쫓아내시기를 기다리고 있습니다.」

바로 그 순간 에글라는 조그만 나자렛 사람에게 연민을 느꼈습니다. 그의 진정이, 야비하게 생긴 다른 길손에게 전해지지 못하는 것 같았기 때문입니다. 그중에서도, 에글라 자신을 매춘부라고 부른 유다가 가장 야비해 보였습니다. 아도나이로부터, 무슨 원수 갚음이라도 받는 것처럼 천형을 얻었으니 유다로부터 고운 소리를 듣지 못하는 것은 당연합니다. 게다가, 예언된 바도 없고 약속된 바도 없다는 상황이니 나자렛 사람으로부터도 도움을 받을 수 있을 것 같지 않았습니다. 그래서 에글라가 말했습니다.

「유다여, 나는 매춘부가 아닙니다. 그대가 관심을 보여서 하는 말입니다만 나는 소경도 아닙니다. 내가 그대를 보지 못하는 것은 그대를 보고 있지 않기 때문이요, 내가 그대를 보고 있지 않은 것은 그대를 보고 싶은 생각이 없기 때문입니다. 그대뿐만 아니라, 내 앞에 있는 어떤 분도 보고 싶지 않습니다.」

에글라의 말을 받아 나자렛 사람이 말했습니다.

「네 말이 비록 거칠기는 하다만 조리에는 닿는다. 이제 네가 미친 여자가 아니라는 것을 알겠다. 네가 왜 이렇듯이 슬퍼하는지 그 까닭을 알 수 있다면, 저 요르단의 탁류에 빠져 죽어도 좋으련만……」

나자렛 사람의 말이 채 끝나기도 전에, 에글라로서는 처음 듣는 목소리가 들려왔습니다.

「선생님, 여기에서 이렇게 시간을 보내다가는 우리 모두가 요르단 강 탁류에 빠져 죽는 것과 다를 바 없는 일이 벌어집니다. 이러다가 아침을 알리는 나팔 소리가 들리면 군병들이 잠을 깨어 얍느엘 성문을 열 것입니다.」

이 말에, 몸집이 작은 나자렛 사람이 내뱉듯 응수했습니다.

「비켜나거라, 게파야. 사라지거라. 모두 사라지거라. 내 이 여자와 둘이서만 얘기를 나누고 싶구나……. 아니, 어디로 가느냐? 내가 사라지라고 하더냐? 내가 사라지라고 하는 것은, 너희가 내 옆에 있기를 바라기 때문이다. 내가 너희를 보고 비켜나라고 하는 것은, 너희가 내 옆으로 다가오기를 바라기 때문이다. 내가 너희에게, 꼼짝도 하지 말라고 명한다면 그것은 너희가 내게서 떠나가기를 바라기 때문이다. 내가 너희에게 가까이 오라고 명한다면 그것은 너희가 내게서 떠나 주기를 바라기 때문이다. 이런 돌머리들, 이런 무식쟁이들, 이런 백치들. 언표되는 것에서 너희가 마땅히 좇아야 할 나의 언표되지 않은 뜻이 익어 간다는 것을 어찌 모르느냐? 내 몸짓의 배후에, 너희가 나를 대신해서 해주어야 할, 드러나지 않은 몸짓이 숨어 있다는 것을 어찌 모르느냐? 있을 성부르지 않은 일을 통해서만 너희는 나를 구원할 수 있고, 그렇게 나를 구원하여야 너희는 내가 예비하는 왕국에서 차지할 자리가 있다. 그러니 가까이 와서, 언표되지 않을 내 말을 귀담아들어라…….」

나자렛 사람은 에글라 쪽으로 고개를 돌리고는 부드러운 어조로 말을 이었습니다.

「그래, 네 이름이 무엇이냐?」

「에글라라고 합니다.」

「그래, 에글라야, 너를 귀찮게 하는 것을 용서하려무나. 그리고 내 벗들을 너무 원망하지 마라. 사람으로 태어난 것을 어쩌겠느냐?」

「그분들이 사람으로 태어났다면 선생님은요?」

에글라는 이렇게 묻고는 대답을 기다렸습니다. 대답을 들어 보면, 살짝 돈 듯한 나자렛 사람이 왜 돌았는지, 어떻게 돌았는지 알 수 있을 것이었기 때문입니다.

그러자 나자렛 사람은 한숨을 쉬고는 대답했습니다.

「그래, 꽤 까다로운 질문이라고 하지 않을 수가 없구나. 그렇지만, 내 삶에서 네가 맡는 역할이 왜 중요한지, 왜 빠질 수가 없는 것인지 설명해 보기로 하겠다. 세상을 구하신다는, 구원(久遠)한 겨냥을 심중에 두시고 하느님께서는 나를 낳으시고, 나를 사람으로 죽을 수 있게 하셨다. 따라서 나는 사람인 동시에, 많은 예언자들이 말했듯이 때가 오면 하느님이 될 수 있기도 한 사람이다. 그러므로 지금 나는 하느님이자 사람인 동시에, 언제든 하느님인 동시에 사람일 수 있다. 내 생각에 잘못이 없다면, 이 두 가지 조건이 동시에 채워지지 않는 순간은 없을 게다. 내가 이 양자 사이를 넘나들어도, 만물에 대한 나의 권능이 달라졌으면 달라졌지, 나 자신도, 내 안에 있는 것도 달라지는 것은 없다. 나는 너를 통하여, 또는 너와 같은 인간을 통하여 그것을 깨닫는다. 바로 이 때문에 나는 지금은 내가 무엇인지 알 수가 없다고 할 수 있다. 또는, 몇 가지 기적을 일으키기까지는, 내가 신성(神性)을 빼앗길 것인지, 온전히 지킬 수 있을 것인지 알지 못한다고 할 수 있다. 내가 임시로 사람의 모습을 빌리거나 고통을 느낄 때 나는 인간의 모습을 빌리고 있음을 깨닫는다. 물론 나는, 사람의 모습을 빌리기 전에는 하느님이었다. 그러나, 늘 내 행동의 보다 높은 차원에 관심하고, 끊임없이 나에게 내가 맡은 의무를 일깨워 주는 내 사도 유다 덕분에 나도 내가 무엇이 되어야 하는지 알게 되었다……」

여기에서 그는 확신에 찬 어조로 말을 이었습니다.

「에글라야, 나는 하느님이 되어야 한단다.」

「그래요…….」

에글라는, 나자렛 사람의 호의를 배반하지 않으려고 애쓰면서 한숨에 섞어 이렇게 말했습니다. 지위가 높은 사람에 대해서는 행복한 경험을 별로 해보지 못한 에글라였지만, 가냘프게 생겼으되 선행에 관한 한 대단히 열렬한 설교자일 듯한 나자렛 사람으로부터는 연민을 거둘 수가 없었습니다. 에글라가 보기에, 수많은 의무를 요구하는, 그 나자렛 사람이 상상하는, 보다 높은 차원의 권능이 그에게는 너무 버거워 보였습니다. 그래서 다정하게 말을 이었습니다.

「선생님께서는 저를 다정하게 대해 주셨습니다.」
「그러하냐……」
 나자렛 사람이, 마음이 움직인 듯이 이렇게 말했습니다. 아닌 게 아니라, 수많은 사람들로부터, 몽둥이로 뼈를 바수어 죽여야 한다는 말보다 더 무시무시한 말로 저주를 받던 그 나자렛 사람에게, 비록 하찮은 것이기는 하나 이 찬사는 대단히 생광스러웠을 것입니다. 그는 이렇게 덧붙여 말했습니다.
「사람인 나에게는 너의 말은 참으로 듣기에 좋으나 사람의 아들인 나에게는 너의 찬사가 넉넉하지 못하다. 하나, 성에 차지는 않는다만 너의 말을 듣고 보니, 이번에는 내가 너에게서, 네가 줄 수 있는 것 이상의 무엇을 구해야겠구나. 나는 너에게서 무엇인가를 얻을 수 있을 것으로 확신한다.」
「선생님이 바라시는 것이 무엇인지요?」
「네가 왜 그렇게 슬피 울었는지 그 까닭을 얘기해 다오. 그것이 내가 너에게 바라는 것이다.」
「제가 장차 말씀드리면 어떻게 하시겠습니까?」
「너의 뜻을 거스르지는 않겠다. 네가 원하면 너를 도와주려고 애를 써보겠다.」
 에글라는 망설이느라고 잠시 잠깐 뜸을 들이다가 매섭게 물었습니다.
「누구를 돕고 싶으신 겁니까? 저를 돕고 싶으신 겁니까, 아니면 선생님 자신을 돕고 싶으신 겁니까?」
「이해가 빠르구나. 무섭게 빠르구나, 네 주제에 견주어서는…….」
「매춘부의 주제에 견주어서…… 그렇다는 것입니까?」
「아니다. 나는, 개인적인 불행이라는, 대단히 좋지 못한 모습을 통해서 하느님을 만나고 죽어 가는 여인의 주제에 견주어서, 이 지극히 색다른 상황의 어려움에 대한 이해가 빠르다고 하고 싶었다. 그래, 너에게도 도움이 되고 나에게도 도움이 된다고 하자.」

지극히 공평한 선행의 주고받기를 제안하고 그는 잠자코 에글라의 대답을 기다렸습니다. 나자렛 사람은, 에글라 자신에게는 밑져야 본전일 터인 일종의 상호 협력을 기대하고 있는 것입니다. 에글라는, 아도나이로부터 가혹한 저주를 받고, 오래전에 자기도 모르는 사이에 지은 죄에 대한 죗값으로 치부하고 있는 불행한 여자입니다. 그런 자기에 대한 대접치고는 너무나 친절하고 너그러운 대접이라는 것을 생각한 에글라는, 방금 떠나왔을 터인 납달리 숲의 송진 냄새와 걸어온 먼 길의 먼지 냄새가 어우러진 복잡한 냄새를 풍기면서 자기 옆에 다소곳이 앉아서 대답을 기다리는 정신이 돈 듯한 젊은이, 까닭이야 마귀만 알겠지만, 갈릴래아의 병 고치는 사람은 모조리 손을 씻고 돌아선 자기의 병, 찾아간 의사라는 의사는 모두 어찌할 바를 모르던 자기의 병을 고쳐주겠노라고 하는 그 나자렛 사람을 실망시키지 않기로 결심했습니다. 에글라는 잠깐 동안이기는 하지만, 이루어질 가능성이 없는 꿈을 즐기면서 이런 생각까지 해보았습니다.

몇 년 동안이나, 저 감미로운 여로보암의 음성을 들으러 얍텔 골짜기로 나오면서 나는 얼마나 달콤한 꿈을 꾸었던가? 그렇다면 이 나자렛 사람과의 만남은 내가 꾸어 온 꿈의 일부라는 말인가? 아니다……. 이 빨강 머리의 조그만 자칭 선견자(先見者)가 엉터리로 이적(異蹟)을 베풀었다면서 손을 턴 뒤 무리를 이끌고 가파르나움을 가버리고 나만 여전히 문둥이인 채, 산산조각이 난 꿈의 무더기 위에 외로이 남아 몸부림치게 되는 것은 아닐까? 그것도 아니다. 환상 — 재위로 퍼져 가는 자옥한 연기처럼 허망한 — 이 깨어져 본들 무엇이 달라질까? 깨어져 본들 그 환상이야 이 얍텔 골짜기에서 어디로 가겠느냐? 달콤한 꿈에서 엄연한 현실로 깨어 본 것이 어디 한두 번이더냐? 꿈에서 현실로 깨어나 더할 나위 없는 현실인, 문둥이인 마이암의 아들의 닳아 버린 몽당손으로 깨어난 것이 어디 한두 번이더냐? 이 갈릴래아 사람이 떠난 뒤에도 나는 꿈에서 그렇게 깨어날 테지.

거짓말일지도 모르는 나자렛 사람의 약속과, 그때까지 비현실 속에서의 에글라를 지켜 주던 꿈은 놀랍게도 둘이 아니라 하나였습니다. 그러나 에글라는 대답하기 전에 먼저 나자렛 사람에게, 예후다 혹은 유다라고 불리던 사람을 가까이 오게 하여 자기의 고백을 들을 수 있게 해달라고 말했습니다. 에글라가 이렇게 한 것은 예후다 혹은 유다라고 하는 자에 대한 앙심 때문이었습니다. 에글라는 자기의 속마음을 떳떳하게 고백하여 예후다 혹은 유다라는 사람을 놀라게 해주고 싶었습니다.

에글라는 여전히 고개는 들지 않고, 눈으로는 나자렛 사람의 신발을 바라보면서 입을 열었습니다.

「귀하신 선생님이시여. 그렇다면 제가 선생님께 무엇을 해드릴 수 있는지 말씀드리기로 하겠습니다. 선생님의 동행께서는 여자와 매춘부를 혼동하시는 모양입니다만, 그분에게 저를 대신해서 빈말을 하게 하지는 않겠습니다. 네, 사실은 저는 신얍느엘에서 시체를 돌보는 사람인 우리야와 함께 삽니다. 그런데도 저는 구얍느엘의 전령관인 여로보암을 사랑합니다. 그러나 제가 우리야를 사랑하지 않는다고 한다면 그것은 진실이 아닙니다. 저는 1백 명의 사내를 지아비로 섬길 수도 있고, 능히 섬길 의향도 있는 여자입니다. 그러나 제가 여로보암을 사랑하고 있다는 것을 두고는 어떤 지아비도 저를 비난할 수 없고, 어떤 지아비도 저의 부정을 두고 불평해서는 안 됩니다. 선생님께서, 언제는 하느님이 되시고 언제는 인간으로 머무는지 잘 모르시듯이 저 역시 언제 여로보암의 품 안으로 가게 될지, 언제까지 우리야의 품 안에 있을지 알지 못합니다. 그러나 어떻게 되든 저는 고통을 느낄 것입니다. 그 까닭은 한 사람의 품에 안기면 다른 한 사람의 품에는 안길 수 없기 때문입니다. 지금 제가 슬퍼하는 것은 여로보암에 대한 그리움 때문입니다⋯⋯.」

그러므로 에글라로서는 여로보암이 문둥병에 걸리게 하여 자기에게 오거나 자기가 정결함을 얻어 여로보암에게로 돌아가는 길을 선택할 수 있을 것입니다. 비록 그것이 자기 진심이었기는 해도 에글라가 보기에 여로보암이 문둥병에 걸려 신얍느엘로 오면 지아비 둘이 한 성읍에 사는 꼴이 될 터여서, 자기가 정결함을 얻는 쪽을 선택하고 나자렛 사람에게 이렇게 말했습니다.

「만일에 정결함을 얻을 수 있다면 저는 여로보암에게로 돌아갈 것입니다.」

에글라의 말이 끝나기가 무섭게 예후다가 소리쳤습니다.

「선생님 보십시오, 이 여자는 매춘부라고 하지 않았습니까? 이 여자는 제 지아비를 오쟁이 진 사내로 만들기 위해 구원을 요구하고 있습니다.」

그러자 나자렛 사람이 예후다를 타일렀습니다.

「시몬의 아들 유다야, 그런다고 해서 구원이 값이 깎이는 법은 없다. 내 너에게 이르거니와 네 때가 와서 너의 이성과 이 여인의 이성을 저울에 올려놓을 수 있을 때 네가 알게 될 것이다.」 그러고는 에글라를 내려다보면서 물었습니다.

「여인아, 네가 믿느냐?」

「아닙니다.」

에글라가 조용히 대답했습니다. 좋은 대답을 염두에 두고 있던 나자렛 사람은 이 대답을 듣고 놀라는 것은 물론 상처까지 받은 것 같아 보였습니다. 그러나 나자렛 사람은 당황하는 기색을 보이는 대신 대답을 알아먹지 못한 척하고 다시 한번 물었습니다.

「정말 조금도 믿지 않느냐? 그게 정말이냐?」

「조금도 믿지 않습니다.」

에글라는, 마음껏 심술을 부릴 수 있게 된 형편을 즐기면서 대답했습니다만 예후다 혹은 유다라고 불리는 사람 역시 자기처럼 만족스러워하게 되는 것은 마음에 걸렸습니다.

아닌 게 아니라 예후다가 소리쳤습니다.

「선지자의 예언을 좇으셔야 합니다. 선지자들의 예언에 따르면, 선생님께서는 티베리아 지역에서 문둥병자를 고치는 게 아니라 가파르나움 근처에서 고치게 되어 있습니다.」

그러자 기적을 일으킨다는 나자렛 사람이 대답했습니다.

「그것은 상관없다. 많이 나을수록 좋은 것이다. 만일에 이 여인이 믿는다면, 이 기적으로 우리가 얻는 바가 무엇이겠느냐? 정결함을 얻기야 하겠지만 얻은 뒤에도 계속해서 그 믿음에만 안주할 뿐 개종하려고는 들지 않을 것이다. 물론 이 더러운 모습은 새 모습으로 바뀔 테지. 그러나 바뀌는 것은 사람의 가죽인 살갗뿐, 영혼에는 감동도 깨달음의 충격도 일어나지 않을 것이다. 이러면 이 여인은 또 한 차례의 산고를 겪으면서 하느님의 어린 양으로 거듭날 것인즉, 이는 장차 이 여인이 간직할 믿음이, 믿음이 부족했던 이전의 부끄러움에 일곱 겹이나 싸여 있을 것이기 때문이다.」

 그 자리에 있던 어떤 사람도 거스를 수 없는, 이 엄숙한 선언을 끝마치자 나자렛 사람은 왼손은 에글라의 뒤통수에 대고 오른손은 자기 가슴에 대었습니다. 흡사 하늘과 자기의 몸을 의미심장하게 하나로 이으려는 몸짓 같았습니다. 귀에 거슬리는, 뜻 모를 말을 중얼거리면서, 한동안 온몸의 기운이라는 기운은 송두리째 소진시키는 듯한 표정을 하고 있던 나자렛 사람은 문득 에글라의 뒤통수와 자기 가슴에서 손을 떼고, 겉옷에 묻은 먼지가 다 떨어질 만큼 한 차례 몸을 흔들고 제자들에게 자기 옆으로 다가오라는 시늉을 한 뒤, 에글라에게는 한마디 인사도, 충고도, 변명도 없이 얍텔 쪽으로 걸어 내려가기 시작했습니다. 그러나 설사 나자렛 사람이 에글라에게 한마디 다정한 충고를 던짐으로써, 에글라에게 징벌하는 하느님 — 에글라는 나자렛 사람과의 만남을 통해 징벌하는 하느님을 용서하는 하느님으로 인식하기 시작하는 참입니다 — 과의 관계를 다시 세울 것을 촉구했다 하더라도, 설사 나자렛 사람이 지극히 의례적인 인사로 그런 말을 했다고 하더라도 에글라의 귀에는 그의 말이 들리지 않았을 터입니다. 이스라엘의 양식 만나로 뒤덮인 돌에 뺨을 대고, 투명한 사주(砂洲) 같은 지평선으로 흐르는 맑은 물을 바라보는 에글라는 무심결에 어떤 변화를 체험하고 있었기 때문입니다. 에글라는 다 느끼지 못하고 있었지만 이미 썩어 가는 에글라의 몸과 썩어 가는 옷에서는 분명히 어떤 변화가 일어나고 있었습니다. 물론 에글라는 이 시시각각으로 진행되는 변모 단계단계의 느낌을 다 따라잡을 수 없었습니다. 그러나 에글라의 느낌에도 조금씩 와닿기는 했습니다. 에글라는, 처음에는 호기심을 느끼고 제 몸을 만져 보고는 당혹하고 맙니다. 이 당혹은 곧 충격으로 변합니다. 그러나 아직 환희를 느낄 단계는 아닙니다. 에글라는 자기의 육신에 일종의 신속한 발효 작용 같은 것이 일어나고 있다고 여깁니다. 그 발효 작용은 초자연적인 재생 과정 같은 것입니다. 그러면서 원래의 살빛이 되살아나고 있다는 것을 느낍니다. 거칠던 것은 부드러웠고, 거뭇거뭇하던 것은 빛나고 있었으며, 가죽처럼 뻣뻣하던 것은 말랑말랑했고, 썩어 있던 것은 새살로 바뀌어 있었습니다. 옹이 졌던 곳이 가라앉고 갈라 터졌던 곳이 메워져 있는 형국은 흡사 천지개벽의 대지진을 치르고 세월이 흐르면서 제자리를 잡은 땅의 표면 같았습니다. 그러니까 에글라는 뭐가 뭔지 하나도 기억하지 못하는 상태에서, 제 아름다운 몸의 거듭남을 눈으로 확인한 최초의 목격자가 된 셈입니다.

에글라는 자기 팔을 내려다보면서도 도무지 믿을 수가 없었습니다. 믿어지지 않아도, 하느님의 자비로운 손길로, 자신에게 내렸던 바로 그 하느님의 섭리에서 헤어난 것만은 분명합니다. 에글라는 자기의 살갗이, 창가(娼家)에 갓 도착한 노예 처녀의 살갗처럼 완벽하게 해맑아졌다는 것을 인정하지 않으면 안 되었습니다. 부드럽게 자기 살갗을 문질러 보면서 에글라는 자기의 살갗이 그 꽃잎 같던 부드러움, 탐욕스러운 사내라면 누구나 요구할 그 촉촉한 물기를 되찾았음을 확신했습니다. 에글라는 살갗을 눌러 보고는, 그 마술사의 진정 어린 손길 혹은 영험한 신유의 손길 덕분에 손가락이 튀어 오르게 할 만큼의 탄력을 되찾았다는 것도 확인할 수 있었습니다. 그래도 믿어지지 않았던 에글라는, 이번에는 주도면밀하게, 시각과 촉각 이외의 감각을 통해서도 확인해 보았습니다. 역시 확인의 결과는 만족스러웠습니다. 살갗에서는, 갓 베어 낸 풀 냄새가 났습니다. 여운처럼 코끝을 스치는 가벼운 땀 냄새는 에글라의 살갗 냄새를 훨씬 현실적이게 했습니다. 에글라는 살갗에 살며시 혀를 대어 보았습니다. 살갗에서는, 쓴맛이 가신 짭짤한 편도 맛이 배어 나왔습니다.

아, 하셈을 찬양할진저……. 에글라는 정결함을 얻은 것입니다.

사랑하는 연인의 살갗에 그러듯이 에글라는 달라진 자기의 살갗에 입을 맞추어도 보고, 살며시 깨물어 보기도 했습니다. 처음에는, 살갗에 깃든 마법 자체에, 마법을 베푼 그 나자렛 사람에게 그러듯이 다소 촌스럽게 경의를 표하는 기분으로 그렇게 했습니다. 그러나 곧 에글라의 몸짓은 끝 가는 데를 모르는 짐승의 광기로 변했습니다. 에글라는, 새로 돋아난 자기의 살갗으로 곧 지아비의 온몸을 겉옷처럼 덮게 될 것이라는 걸 알기 때문에, 이런 행동을 순진무구한 행동으로 받아들이는 동시에 가벼운 죄의식을 느낍니다. 에글라의 자기만족에 음탕한 구석이 있는 것은 아닙니다만, 그래도 장차 맛보게 될 환희에 대한 에글라의 상상력에는 자위와 비슷한, 필경은 죄악일 터인 자기만족감 같은 것이 없는 것은 아닙니다. 문득 에글라는 심한 현기증을 느꼈습니다. 가엾은 에글라가 의식하기에, 복잡한 그림이 그려져 있는 거대한 바퀴 같은 세상이 눈에 보이지 않는 하나의 굴대를 중심으로 거대한 얍느엘 성문을 빙글빙글 도는 것 같았습니다. 에글라는 공중으로 솟아올랐다가는 그대로 돌기 시작했습니다. 불꽃처럼 부서지는 타원 꼴 영상들이 에글라의 온몸을 그을리면서 처음보다는 훨씬 빠른 속도로 잡아 돌리는 바람에 에글라의 몸은 소용돌이 꼴을 그리며, 엘레우시스 비의(秘儀)의 마약에 취한 무희처럼 건들거리며 돌았습니다. 저 자신의 가벼움 때문에도 돌고, 재생의 흥겨움에 못 이겨서도 돌았습니다. 처음에 에글라가 돌던 자리는, 전날 고통스러워서 돌던 바로 그 자리였습니다. 같은 자리, 몸짓도 다를 것이 없고 느낌도 다를 것이 없는데도 불구하고 그것은 그 자리가 아니었습니다. 그 자리는 바로, 먼지에 전 붉은 수염의 방랑자의 혀를 통해 자기에게 고지된 아도나이의 기적의 요람이었습니다. 에글라는 환희에 겨워 빙글빙글 돌았습니다. 그런데 이 원이 점점 작아지면서 에글라의 발길은 정결한 얍느엘 쪽으로, 열두 시간 전에 에글라가 꾸었던 꿈 쪽으로 향하게 합니다. 열두 시간 전에 에글라가 꾸었던 꿈은 여로보암의 양뿔 나팔 소리의 메아리와 함께 여전히 에글라의 귓가에 남아 있습니다.

문둥병이라는 천형을 받는 순간에 섬기기를 거부했던, 에글라의 조상의 하느님과의 관계는, 옛 몸을 되찾고 감사를 드리는 순간에 되살아난 셈입니다. 바로 그 조상의 하느님에 대한 믿음의 열정에 불타는 심정으로 얍느엘로 달려가면서 에글라는 환희에 젖은 채, 그러나 진중하게 외쳤습니다. 「하늘에 계신 우리 아버지, 온 세상이 아버지 하느님을 받들게 하시며…….」 그리고 여기에다 환희에 찬 기도를 덧붙였습니다. 「……땅에 계신 여로보암, 나로 하여 그 얼굴에 입맞춤을 퍼붓게 하시며…….」 에글라의 기도는, 진중한 기도와 환희에 찬 기도를 갈마들면서 이렇게 계속됩니다.

「……아버지의 나라가 오게 하시며, 아버지의 뜻이 하늘에서와 같이 땅에서도 이루어지게 하소서……. 여로보암의 뜻이 침실과 침대에서와 같이 땅에서도 이루어지게 하소서……. 오늘 우리에게 필요한 양식을 주시고…… 오늘 저에게 매일매일의 입맞춤을 허락하시고…… 우리가 잘못한 이를 용서하듯이 우리의 잘못을 용서하시고…… 제가 용서하지 못하듯이, 제가 집을 떠나 지은 죄를 용서하지 마시고…… 우리를 유혹에 빠지지 않게 하시고 악에서 구하소서……. 악에 빠지지 않을 만한 유혹이 있으면 저를 인도하시고…… 나라와 권세와 영광이 영원토록 아버지 하느님과 여로보암에게 있습니다. 아멘.」

오지그릇과 갈대 광주리를 짊어지고 얍느엘 시장에서 허겁지겁 돌아오던 농부 하나가, 에글라가 주님이신 하느님의 이름을 망령되이 일컫는 것을 듣고는 필시 미친 여자일 것으로 미루어 헤아리고는 조심스럽게 길옆으로 비켜서면서 에글라에게 길을 내주었습니다. 그 길은, 예전에 에글라가 가없은 여로보암의 배웅을 받으며 부정한 사람들의 마을로 가던 바로 그 길이었습니다.

초소 있는 곳을 지나자면 에글라는 규정에 따라 관리에게 자기의 입장을 설명해야 하는데, 에글라는 이것을 피하고자 세금장이 초소와 경비 초소 사이를 빠져나가려고 했습니다. 그러나 남문에 이르고서야 에글라는 그게 불가능하거나 아니면 가능해도 대단히 어려울 것임을 알았습니다. 귀찮은 질문에 시달리느라고 여로보암 만날 시간이 조금이라도 지체되는 것을 두려워하면서 에글라는 초소 앞으로 다가가 관리 앞에 새벽처럼 정결하고, 흐르는 물처럼 싱싱한 제 몸을 보였습니다. 목에 잔뜩 힘이 들어가서, 첫눈에 허풍쟁이로 보이는 그 관리는 에글라가 알지 못하는 사람이었습니다. 그는 소리를 지르는 사람, 협박하는 사람, 빈말로 맹세하는 사람, 애원하는 사람 들에 둘러싸여 있었는데, 에글라가 가만히 본즉 이들은 냄새나는 낙타 몰이와 나귀 몰이, 행상, 뇌물 건넬 거조를 차리는 밀수꾼, 머리에 허름한 광주리를 인 갈릴래아 농부(農婦)들이 대부분이었습니다.

이름이 옙타라고 하는 세금장이는 자기 초소 앞에서 초라한 사람들 무리를 내려다보고 있다가 이윽고 에글라 쪽으로 돌아섰습니다. 세금장이는 석연치 않은 얼굴을 하고, 에글라가 성읍으로 들어오면서도 아무 물건도 가지고 오지 않는 데 대해 약간 놀라워하면서 그 능수능란한 손으로 아름다운 에글라의 몸을 뒤지려고 했습니다. 그런 일 때문에 지체하고 싶지 않았던 에글라가, 대체 무슨 짓을 하느냐고 항변하자, 세금장이는 관리다운 말투로, 초소를 지나는 물건의 값을 어림해서 헤아리는 것은 자기의 본분이라고 말했습니다. 에글라는, 얍느엘 성읍으로 가지고 들어가는 것이라고는 어디에도 그 값을 견줄 수 없는 아름다운 몸뿐이니, 값을 매기고 싶으면 얼마든지 매겨 보라고 했습니다. 이 말을 들은 갈릴래아 사람들은 세금장이에게 알랑거리느라고 에글라를 향해 키득거렸습니다. 에글라를 비웃어 주면 저희 세금을 매길 때 좀 후하게 매겨 주겠지 하는 생각에서 그랬을 터입니다.

세금장이 옙타는, 여전히 에글라의 몸을 뒤짐질하면서 어디를 그렇게 급히 가느냐고 묻고는 수작을 걸었습니다.

「나의 무수한 밤 경험으로 미루어 보아, 자네의 물건은 세상 어느 곳에서건 낮에는 사고팔고 하는 것이 아닌 것 같다.」

「이것 보세요, 나는 아무것도 팔지 않는답니다.」

에글라는 이렇게 쏘아 주면서도 세금장이의 말이 별로 기분 나쁘게 들리지 않았습니다. 옙타는, 그러니까, 하느님 다음으로 에글라의 몸이 온전하게 옛날의 아름다움을 되찾았음을 인정해 준 사람인 셈이기 때문입니다.

에글라는, 자기는 성읍의 전령관 여로보암의 아내인데, 오래 단 — 필립보의 카이사리아에서 가까운 — 에 있는 시집 식구 집에 몸을 붙이고 있다가 집으로 돌아가는 길이라고 설명했습니다. 그런데 그 말을 듣고, 아무 데서나 나서기를 좋아하는 예르고암이라고 하는 촉새 같은 자가 나서서 자기는 여로보암과 그 아내를 아는데, 여로보암의 아내 에글라는 부정 탄 사람으로 성읍에서 추방된 지 오래라고 말했습니다.

에글라의 너무나 당당한 태도에 처음부터 기분이 상해 있던 세금장이가 소리쳤습니다.

「여인이여, 왜 거짓말을 하느냐? 그리고, 건달 같은 예르고암아, 거짓 증언으로 이 자리를 어지럽히고 공연한 수작으로 나의 환심을 사려고 하는 것은 아닐 테지?」

「나는 거짓말을 하고 있는 게 아닙니다. 내가 바로, 저 사람이 말하는 여로보암의 아내 에글라랍니다.」 에글라가 항변했습니다.

「하지만 에글라는 문둥입니다.」 예르고암도 소리쳤습니다.

에글라는 한차례 하늘을 우러러보고는, 더없이 행복에 겨워하는 얼굴을 하고는 말했습니다.

「그래요. 에글라는 문둥이였어요. 하지만 젊은 하느님을 만나고는 그 거룩한 손으로 정결함을 얻었답니다.」

「문둥이였다고?」

세금장이가 기겁을 하고는 뒤로 물러섰는데, 어찌나 크게 놀라 물러섰던지 그만 무리의 중간으로 들어간 형국이 되고 말았습니다. 이 바람에 에글라만 빈터에 남은 채, 반신반의하는 수많은 눈과, 쭈밋쭈밋 뒷걸음질 치는 수많은 사람들에게 둘러싸인 꼴이 되고 말았습니다.

「한때 문둥이였단다!」 무리가 놀라면서 웅성거렸습니다.

「그래요, 한때는 문둥이였어요. 하지만 말씀드리지 않았던가요? 주님이신 그분께서 다시 저를 동아리로 받아들여 주셨다고요. 자, 어디 내 몸을 한번 보시라고요!」

에글라는 이렇게 외치고는 옷섶을 가르고 무리에게 젖가슴 — 더 이상은 부끄러워할 것이 없는 하느님의 피조물인 그 젖가슴 — 을 드러내고는, 세상의 네 귀퉁이를 향해 고루 보여 주되, 특히 하느님이 계신 동쪽으로는 조금 더 오래 보여 줌으로써 하느님을 만족스럽게 하고자 했습니다.

정결의 증거물을 보여 주는데도 불구하고 옙타는 미친 듯이 손을 내저으면서 뒤로 물러서다가 그만 그 손이 에글라의 옷자락을 스치고 말았습니다. 옙타는, 눈에는 보이지 않는 것, 그러나 더할 나위 없이 더러운 것이라도 털어 내는 듯이, 에글라를 향해 그 손을 마구 내저으면서 소리를 질렀습니다.

「여인이여, 안 된다, 성읍으로는 들어가지 못한다! 그러니 제발 온 곳으로 되돌아가거라. 얍느엘의 선량한 백성들을 괴롭히지 마라. 그리고, 라멕, 너는 얌전히 줄 안으로 들어서 세금 낼 준비나 하거라. 설사 이 여자가 문둥이라고 하더라도 너는 문둥이가 아니니, 따라서 네 돈도 문둥이 돈이 아닐 터이다. 그러니 수작을 부리지 말고 세금 낼 준비나 하여라.」

에글라는, 같은 하느님의 보살피심으로 정결함을 얻은 데다 그 살아 있는 증거물을 눈앞에 보여 주는데도 왜 자기가 선량한 얍느엘 백성들을 괴롭힐 것이라고 생각하는지 그 까닭을 이해할 수 없었습니다. 그러나 아무리 하늘 이야기를 해봤자 듣는 사람들이 알아먹을 리 없을 터입니다. 그래서 에글라는 땅 위의 권력으로 겁을 주기로 마음먹고 그들에게, 여로보암이 의회의 막강한 보호를 받는 관리이고, 일반적으로 말해서, 황제의 포고문을 백성에게 전하는 전령관이니만치 황제의 위광이 미치는 영향력 있는 사람인 점을 상기시키고는 이렇게 덧붙였습니다.

「자, 그런 여로보암이, 자기 아내가 홀대를 당했다는 소식을 듣고 달려오면 그 앞에서 변명할 자신이 있나요? 도대체 우리의 아버지이신 하느님의 결정을 인정하지 않는 당신들은 어떤 사람들인가요?」

이 말을 듣자 세금장이가 사근사근하게 말했습니다.

「나는 하느님의 결정은 인정하되, 성읍의 관리인 나의 의무 규정과 일치할 때만 인정한다. 그러나 나의 의무 규정에는, 문둥이에 관한 하느님의 결정을 인정해야 한다는 규정은 없다. 오로지 무화과와 올리브기름과 포도주 등속의 물산(物産)에 관한 규정이 있을 뿐이다. 당신과 관련된 문제는 아무래도 경비대장의 소관인 것 같다. 거기에 있는 너, 천한 아므리는 듣거라……」

세금장이는, 손에 질항아리를 들고, 여차하면 대열에서 빠져 도망갈 틈을 노리는 추저분한 농부에게 소리쳤습니다.

「가서 경비대장을 모셔 오너라. 경비대장을 모시러 가되, 먼저 세금을 내고 성읍으로 들어가거라. 그리고 여인이여. 문둥이든 아니든, 그 자리에 서 있거라. 아무것도 만져서는 아니 된다. 누구에게든 가까이 가서도 아니 된다. 정결함을 얻었다고 한다만, 그걸 대체 누가 확인할 수 있겠느냐?」

「이것 보시오, 세리 양반, 하느님이 확인하셨소.」

에글라가 엄숙하게 대답했습니다. 되얻은 믿음이 에글라의 위엄을 되찾아 준 것 같았습니다.

「그러나 하느님은 그대를 만지지 않으니 위험할 일은 없다. 율법에 따라 입 가리기를 명하지 않는 것만도 고맙게 여겨라.」

이로부터 오래지 않아 세리의 초소 앞은 휑하니 비어 버렸습니다. 일부는, 깎자고 사정하는 법도 없이 부리나케 옙타에게 세금을 바치고는 성읍의 변두리로 자취를 감추었고 일부는 아무래도 장보기는 틀린 것으로 알고 얍텔 인근 지역으로 되돌아가 버렸기 때문입니다.

얼마 후, 아므리가 혼자 돌아왔습니다.

「말씀을 올렸더니, 관절염 때문에 꼼짝을 못하시겠다면서, 세리 나리께 안부를 전하고, 모든 것은 그럴 만한 자격이 얼마든지 있으시니 나리께서 알아서 처분하시랍니다.」

천한 농투성이인 아므리가 숨을 가누면서 보고했습니다.

엡타가, 경비대장이 자기를 알아주는 것으로 알고 기뻐했던 것 같지는 않습니다. 그는, 이번에는 아므리를 사제 이스마이에게로 보내기로 했습니다. 그는 아므리에게, 라뻬가 직접 와서 이 일을 매듭짓되, 오지 않으면 레위 지파의 엄중한 율법을 거스른 허물을 물어 성읍의 의회에 보고할 것이라고 단단히 일러 보내기로 했습니다.

「가서 그 늙은 병골에게 전하라. 문둥이 문제는 사제의 소관일 것인바, 나이 때문에 거동이 어렵다거든, 〈바이크로〉인지 〈레위기〉인지 하는 책을 좀 들쳐 보라고 해라. 그러면 이 일이 누구 일인지 분명하게 알 수 있게 될 터이니.」

세금장이의 푸념은 나 몰라라 하고, 에글라는, 노새 매는 데 쓰이는 바위에 걸터앉아 부드러운 머리카락 속으로 손가락을 찔러 넣고는 가볍게 쓰다듬고 있었습니다. 에글라는 성읍의 변두리에서 성내로 들어오는 절차, 부정한 사람들의 마을에서 정결한 사람들의 마을로 들어오는 절차, 그리고 그 반대의 절차에 대해서도 알고 있었습니다. 부정한 사람들의 마을에서 정결한 사람들의 마을로 들어오는 절차 — 사실상 이상 속에서나 가능할 터인 — 에도 일정한 법식 — 추방한 자를 다시 받아들인다는 일종의 사면 의식 — 이 있다는 것을 알고 있었습니다. 그래서 끈기 있게 사제를 기다렸습니다. 사제 이스마이가 와서 에글라의 몸을 꼽근하게 살펴보고, 정결함을 얻었다는 것을 확인한 뒤에 그것을 보증하는 서류만 만들어 주면, 에글라는 죄악에서는 물론이고 심지어는 죄악의 기억에서까지 해방될 터입니다. 그러면 백성들도 더 이상 에글라를 피하지 않을 터입니다.

이윽고 이스마이가 왔습니다.

이스마이는 한눈에 에글라가 누군지 알아보았습니다만, 아는 체하면 권위가 서지 않을까 봐 그러는지 에글라를 아는 체하지 않았습니다. 적어도, 에글라가 보기에는 그랬습니다. 문둥이였던 에글라는 그의 발 앞에 무릎을 꿇었습니다. 이스마이를 존경했기 때문에 그랬던 것은 어림없이 아니고 이 늙은 레위 지파 사람이야말로 에글라가 신유(神癒)를 처음으로 확인하는 시민이었기 때문입니다. 이스마이는 몇 걸음 물러서면서 이런 말을 두서없이 했습니다.

「이 여자가 정결함을 되찾았다는 것은 적어도 내 눈으로 이 몸을 보고 있으니만치 의심할 여지가 없다. 하나 영혼의 건강은 몸을 통해서 확인할 수 있는 것이 아닌 법······. 가짜 신 유피테르를 섬기는 이교의 사제들은 더할 나위 없이 깨끗한 순종 양의 배를 갈라 보고 그 내장을 꺼내고는······ 양이 무엇을 알겠는가만······ 그 간의 냄새를 맡아 보고는 하지 않았던가. 정결함을 되찾는 일이 어디 그냥 되는 것이던가. 정결함을 얻는다는 것 자체는 정결함을 되찾는 일의 서막에 지나지 않는 것. 태양이 빛을 통하여 우리를 따뜻하게 하듯이 정결은 예식을 통해서만 되찾아지는 것이다. 이 에글라라는 여자의 육신의 변모는 완벽하다만, 영혼의 건강을 되찾는 데는, 주 하느님께서 시나이 산에서 모세에게 직접 가르치신 정화 예식이 필요할 것 같구나. 이런 예식을 치러야 나도 에글라라는 여인이 정결함을 얻었다는 사실을 사후 확인할 수 있을 것이고, 그래야 그것을 현실로 인증할 수 있을 터이며, 속권(俗權)인 동시에 진정한 하느님의 뜻을 반영하는 고귀한 율법으로 하여금 이 여자를 지키게 할 수 있다. 무슨 까닭이냐 하면, 하느님의 뜻이라고 하는 것은 늘 명명백백하게만 드러나는 것은 아닌 것이기 때문이다. 사제의 직분이 바로 이 하느님의 뜻을 해석하는 것이 아니던가? 하느님의 뜻은, 하느님의 전지전능하심을 드러내는 것이니만치 늘 신비스러운 율법과 함께하시는 것이 아니던가.」

은밀한 교리의 뛰어난 해석자의, 참으로 심오하고도 공들여서 한 말이 아닐 수 없습니다. 일정한 거리를 두고 뒤에 서 있던 세금장이 옙타는 자기 귀를 의심했습니다. 다른 때, 다른 상황에서도 똑같은 말을 들은 것 같지는 않았기 때문입니다. 세금장이 옙타에게는 그렇게 들렸다고 하더라도 에글라의 귀에는 이스마이의 까다롭게 따지고 꼬치꼬치 캐는 듯한 신학 강의가 제대로 들렸을 리 없습니다. 에글라는 이스마이에게, 만일에 예식을 치르고 제물을 바치면 공시적으로 정결함을 얻게 되는 것이 분명하냐고 물어보았습니다. 이스마이가 말했습니다.

「에글라여, 죄악에 관한 한, 죄악의 뿌리에 관한 한 분명한 것은 아무것도 없다. 그대는 문둥이였다. 그대는 무슨 기적의 힘을 빌려 정결함을 얻었다고 한다만, 그것은 하느님만 아시는 일이다. 그러나 우리는, 이제 정결함을 얻었다고 하는 그대의 말을 믿을 수가 없다. 왜냐? 그대가 정결함을 얻었는지 얻지 않았는지 그것은 하느님만 아시니까. 하느님의 뜻을 앞질러 짐작하고자 하는 것은 하느님을 모독하는 일이고,

따라서 우리에게는 득이 되지 않는 일이니까……. 그러니 나를 따라오라. 여인이여, 나를 따라오라고 했지 나와 함께 나란히 가자고 하지는 않았다. 무슨 까닭이냐? 우리 레위 문중 사람들이 아론의 피를 받았다고 하나, 문둥병에까지 면역되어 있지는 않을 것이기 때문이다. 거기에다가 나에게는 어린 손자들이 있다.」

그래서 이스마이는 앞서 걷고 에글라는 적당히 떨어진 채 따라갔습니다. 진흙 구렁을 피하면서 토끼처럼 깡충깡충 뛰는 노인의 뒤를 따르면서 에글라는 그날 새벽 이래 처음으로 사지가 후들거리는 것을 느꼈습니다. 흡사 에글라로서는 구태여 떠올려 스스로를 맥 빠지게 만들고 싶지 않은 어떤 것들이 유다 교회당으로 가는 에글라의 발길을 거북하게 하고, 제대로 고개를 들지 못하게 하는 것 같았습니다. 에글라의 사지가 후들거리는 것은 피로 때문인지도 모르기는 합니다. 그렇다면 그 정도의 피로는 여로보암을 만나는 순간 말끔하게 사라지고 말 터입니다. 좌우지간 에글라는, 사제가 정화 예식에서 어떤 것을 요구하든 불평하지 않고 그대로 따르기로 결심했습니다. 그 정화 예식은, 자기와 여로보암 사이에 가로놓인 가장 심각한 장애물이었기 때문입니다.

회당 앞에서 이스마이는 조금도 망설이는 기색이 없이 장사꾼처럼 이렇게 말했습니다.

「이제 예식이 치러질 터인데, 이것이 비록 육신이 지은 죄로 인하여 더럽혀진 영혼을 정결케 하는 예식이기는 하나 약간 값나가는 제물이 필요하다. 가령 새, 밀가루, 숫양 같은 것들이 그런 제물이다. 그대에게 제물 값을 셈할 힘이 있느냐?」

에글라는, 제 손은 무일푼이나, 자기가 돌아왔다는 것을 알면 여로보암이 어떻게든 제물 값을 마련해 줄 것이므로 그때 갚겠다고 약속했습니다.

「그러면 비용을 여로보암에게 달아 놓기로 하겠다. 그렇지 않아도 여로보암에게는 지난 하누카 축일에 내게 진 빚이 있는데, 그 밑에다 달아 놓기로 하겠다.」

레위 지파 사람인 이스마이는 시중꾼들에게 예식을 준비하라고 이르고는 말을 이었습니다.

「여로보암이 그대를 어떻게 생각하는지 모르는 터이니, 내 그대를 믿고 외상으로 정화 예식을 치러 줄 터인데, 이것을 그대가 알아야 한다. 그리고, 살 힘이 있어도 그대로서는 제물 사기가 어려울 것인즉 내가 우리 회당 창고에 있는 새와 숫양과 새끼 양을 내어 주되, 시중의 값보다는 약간 비싸더라도 그대가 이해해야 한다. 사제도 그냥 되는 것이 아니니, 높으신 하느님 앞에서라도, 이렇게라도 해야 하지 않겠느냐. 정화 예식을 베풀어 주기는 하되 내게 싫은 마음도 없지 않다. 물론 추방당했던 사람을 다시 모둠살이로 맞아들이는 일이 보람 있는 일이기는 하다만, 병이라고 하는 것에는 절대적인 치료라는 것은 없는 법이고, 따라서 병균이 남아 있지 않으라는 법도 없으니 말이다. 씨는 익는 법이니, 남아 있던 병균이 나서서 우리를 치지 않으리라고 누가 장담할 수 있겠는가. 높고 높으신 하느님만 아실 일이지.」

「어르신네, 뭘 그렇게 혼잣말씀을 하십니까?」 에글라가 물었습니다.

「여인이여, 아무것도 아니다. 적어도 그대가 관심할 일은 아니다.」

이스마이는 어물쩍 이렇게 대답해 넘기고는 독경 사제와 시중꾼의 손을 빌려 정화 예식 준비를 했습니다.

「오래 걸리나요?」 이스마이가 예식 준비하는 양을 바라보면서 걸릴 시간을 나름대로 짐작해 보다가 에글라가 물었습니다.

「아니, 그렇게 오래 걸리지는 않아. 사실 우리는, 모세가 넉넉하지 못한 사람들을 위해서 만들어 놓은 약식 예식 규정을 따를 참이야. 하지만 우리 성읍의 전령관의 부인인데, 결례가 안 될지 모르겠구먼. 그대가 없을 동안 거룩하신 의회가 마련한 절차를 따를 생각이야. 전에는 이레 동안 격리시켰다가 정죄 의례를 받게 했지만 이 절차는 간단해.」

「그럼 어서 하세요. 좋을 대로 하시되, 빨리만 해주세요.」

이스마이는 시중꾼들에게, 회당 창고로부터 살아 있는 정한 새 두 마리 — 관례에 따르면 사제가 이 새 두 마리를 날려 주면 에글라는 사람들의 도움 없이 이것을 사로잡아야 하는데, 이 새들이 원래 예식용으로 길들여진 것이라 사로잡기는 어렵지 않았습니다 — 와 송백나무와 진홍 털실과 우슬초 한 포기와 허름한 오지그릇과, 흠이 없는 어린 숫양 두 마리와, 흠이 없는 암양 한 마리와, 기름에 반죽한 밀가루 10분의 3 에바와 기름 한 록을 가져오게 하고는, 에글라에게는 끊임없이 가까이 오지 말고 멀찍이 떨어지라면서 나머지 준비를 서둘렀습니다.

예식이 시작되기 직전에 그는 또 이런 말을 했습니다.

「내 말을 잘 들어 두어라. 정화 예식을 통해 정결함을 얻는다고 해도 정결함을 얻는 사람은 왜 이런 예식을 치러야 하는지 모르는 것은 좋지 않다. 이런 예식이 없어도 나는 이제 정결한데, 왜 이런 짓을 하는지 모르겠다고 생각하는 것도 좋지 않다. 정화 예식을 받는 사람은, 무엇 때문에 자기가 그렇게 무서운 벌을 받았는지 모르는 것이 좋다. 왜 그러냐 하면, 공연히 그런 벌받는 것을 부당하다고 항변하면 하느님의 진노를 사서 더 큰 벌을 받을 수 있기 때문이다. 우리를 보호하시기 위해서 하느님께서는 우리에게 우리를 심판하시는 죄목을 밝히지 않으신다. 우리는 죽을 때까지, 그래서 우리 죄목을 모르고 산다. 이로써 하느님께서는 우리로 하여금, 왜 당신께서 우리를 미워하시는지 그 까닭을 모르게 하신다. 바로 이 때문에 우리는, 하느님을 원망하다가 더 큰 벌을 받지 않을 수 있는 게다. 현명한 통치자는 죄지은 자를 처단할 때, 하느님께서 하시는 바를 그 본보기로 삼는다. 그래서 죄지은 것이 확인된 사람은 고통스럽게 죽는다. 이것은 하느님의 뜻을 따른 것인 만큼 우리가 비난해서는 안 된다. 보통 사람들을 보라. 날마다 서로 접촉하면서도 서로 감정을 상하는 까닭, 거친 행동을 하는 진짜 이유를 서로 터놓고 말하지 않는다. 그대에게도 이런 일이 일어나고 있을 것이다. 이 모두가 주 하느님께서 그대에게 자비를 베푸셨음이니, 그러므로 그대는 왜 하느님께서 그대를 여기에서 추방하셔야 했던가를 몰라도 되는 것이다.」

「이제 알겠습니다. 저와 제 지아비 여로보암이 머리를 맞대고 오래 고구했으나 그 까닭을 이해하는 데는 이르지 못했습니다.」

「모르면 모를수록 좋다. 나는 사람들에게 하느님 징벌을 면하기에는 무식한 것이 제일이라는 말을 자주 해왔다. 징벌을 면하기에는 기도하는 것보다 무식한 것이 나을 게다. 탄원을 하면 하느님께서 탄원하는 자의 죗값을 한번 셈해 보시겠지만, 무식한 자 앞에서는 침묵하실 것이기 때문이다.」

이스마이는, 멀찍이 떨어지라는 뜻으로 에글라에게 손짓하고는 말을 이었습니다.

「여인이여, 제발 부탁인데, 내 얼굴 앞에서 숨을 쉬지 마라.

꼭 쉬어야겠거든 입을 가리고 쉬어라. 그대는 이렇게 묻고 싶을 게다. 왜 참회해야 하는지 모르는데 왜 참회해야 하느냐고……. 나의 대답은 이렇다. 그대가 해야 하는 참회는 그대가 저지른 일에 대한 참회가 아니고, 무슨 일인지는 모르지만 반드시 무슨 일인가를 저질렀을 것이라는 데 대한 참회이다. 이 정화 예식은 그대에게 죄가 있었음을 보증하는 증거임을 명심하라. 왜냐? 그대에게 죄가 없었다면 정화 예식을 받을 필요가 처음부터 없었을 것이기 때문이다. 예식이 길어지면 길어질수록, 복잡하면 복잡할수록, 모이는 사람이 많으면 많을수록 지은 죄도 그만큼 크고 많았을 것임을 명심하라. 어떤 사람이 정화 예식을 받은 날은 온 백성이 즐기는 축일이 되고 있다는 것도 명심하라. 그대가 정화 예식을 받는 까닭도 여기에 있다. 그대는 그대 자신 때문에 정화 예식을 받는 것이 아니고 남들 때문에 정화 예식을 받고 있음을 명심하라.」

「알겠습니다, 알겠습니다. 그런 것은 아무래도 좋습니다. 그런데 왜 이렇게 질질 끄시는지요? 저는 바쁩니다, 이스마이 님!」

「곧 끝난다. 내가 강조해서 말해 두고 싶은 것은, 떠났던 자가 돌아올 때마다 거기에 상응하는 예식이 있어야 한다는 점이다. 추방당했던 그대의 귀향에만 예식이 있는 것이 아니다. 이런 예식의 범위는 그 죗값에 따라 결정된다. 방탕한 아들이 집으로 돌아오면 아버지는 환영 잔치를 열기 전에 먼저 그 아들을 회초리로 때린다. 이게 바로 생일과 비슷한 예식인 것이다. 이렇게 회초리질을 하고 잔치를 베푼 다음부터 아버지는 아들을 믿는 정도에 머무는 것이 아니라 아들에게 충심을 다하게 된다. 간통하고 달아났다가 회개하고 돌아오는 여자를 맞는 지아비는 먼저 용서의 예식을 베푼다. 이 용서의 예식에서는 매질이 있을 수도 있다. 이때부터 지아비는 아내를 존중하게 되겠지만, 다른 남정네가 있을 때 집에 아내를 홀로 두지는 않을 게다.」

「저에게 이런 말씀은 왜 하십니까?」

「여인이여, 이 정화 예식의 권능을 과대평가해서는 안 되기 때문이다. 그대의 참회가 진적(眞的)하여 예식이 죗값에 어울리게 잘 치러졌다고 해도 마찬가지니 명심하라. 내 이제 율법에 따라 그대를 정하게 하니 이는 나의 의무라, 반드시 해야 하기 때문이요, 그대가 진정으로 정결함을 되찾았다고 확신하기 때문이다. 그러나 내가 그대와 접촉하고, 레위 지파의 의무가 요구하는 것 이상으로 오래 그대와 같은 공기를 숨 쉴 것으로는 기대하지 마라.」

이어서 이스마이는 서둘러, 어떻게 보면 은근슬쩍 건성으로 예식을 진행했습니다. 이스마이는, 회당 밑을 흐르는 물 위에서 정한 새 한 마리를 죽이고, 그 피를 오지그릇에 받고는, 거기에다가 살아 있는 새와 송백나무 가지와 우슬초와 진홍 털실을 담았습니다. 그러고는 살아 있는 새를 들고 주랑(柱廊)으로 나와 이 새를 공중으로 날린 다음 ― 주랑에는, 레위 지파 사람인 시중꾼이 기다리고 있다가 이 새를 다시 사로잡습니다. 그래야 다음 예식 때 또 팔아먹을 수 있을 것이기 때문입니다 ― 문둥이였던 에글라에게 새의 피를 일곱 차례 뿌리고는 정함을 얻었음을 선언했습니다.

처음에는 예식 준비가 더디다고 짜증스러워하던 에글라도 곧 무아지경에 빠진 채 그 예식에 빠져 들었습니다. 그렇게 무아지경에 빠지고 보니, 신유의 손길이신 주님 하시는 일을 지루하다거나 역겹다거나 할 처지가 언감생심 아니었습니다. 이스마이의 명을 받자 에글라는 옷을 벗고 흐르는 물 속으로 들어갔습니다. 구약 시대의 관습에 따라 정결함을 얻은 몸과 정결함을 얻은 옷을 동시에 씻는 의식입니다. 부드럽게 살갗을 간질이는 물결이 에글라에게는 흡사 수백 배로 확대해 놓은 여로보암의 손길같이 느껴졌습니다. 찰랑거리는 물결, 물결에서 튀어 오르는 물방울의 감촉에 에글라는 알몸이 되었다는 것도 잊고 걷잡을 수 없는, 그러나 경박하기 짝이 없는 환희로 젖어 들었습니다. 이 예식은 마땅히 율법 어긴 흠집을 닦아 내는 데 엄숙하게 초점이 맞추어지는, 거룩한 재계(齋戒) 의식이 되어야 할 터이고, 따라서 정결하게, 하느님을 두려워하는 마음에서, 경건하게 치러져야 할 터입니다. 에글라는 마땅히 자신을 버림받음을 통해 상징적으로 얻게 되는 부정한 살갗으로 알고, 이를 문질러 닦고, 흐르는 물에 헹궈야 할 터입니다. 그러나 에글라는 깔깔대면서 킬킬대면서 첨벙거리면서, 말하자면, 도저히 용서받을 수 없는 몸짓으로 이 정화 예식을 즐기는 것 같았습니다. 사정을 모르는 사람이 보았다면 서방(西方) 어느 성읍에 있다는 공중 욕장에서 욕객(浴客)이 제 팔자 희롱하는 꼴을 보고 있는 줄 착각했을 터입니다.

 사제 이스마이는 힐책하지도 않고, 몸가짐을 바로 하라고 하지도 않았습니다. 그의 희미한 눈길은 이 죄를 닦는 이 거룩한 예식의 율동을 좇아 다니기에 바빴습니다.

 「아니, 뭘 하시는 거예요?」 놀란 에글라가 소리쳤습니다. 그러자 이 레위 지파의 사제가 엄숙하게 대답했습니다.

 「하느님을 찾고 있다. 하느님의 자비로우신 눈길이 내려다보셨을, 그대 몸에 혹 문둥병 자국이 없는지 살피고 있다.」

 두 번째 순서가 끝나자 이스마이는 두 마리의 양을 끌어내라고 명했습니다. 한 마리는 하느님의 율법을 어긴 죗값, 다른 한 마리는 순수한 죗값의 제물이 될 터입니다. 이스마이는 먼저 첫 번째 양을 잡았습니다. 그러고는 관습에 따라 고기는 자기 몫이니만치 자기 집으로 보내고 뜨거운 피는 에글라의 오른쪽 귓바퀴 끝과 오른 엄지손가락과 오른 엄지발가락에 발랐습니다. 그런 다음에는 기름을 아주 조금 자기 왼손바닥에 따라 놓고는 조금씩 찍어, 재빨리 연속적이고도 의례적인 동작으로 일곱 번, 주님이신 그분이 임재하시는 공중에다 뿌리고, 나머지는 에글라의 머리를 포함, 온몸에 발랐습니다. 이윽고 속죄 제물 — 두 번째 숫양 — 을 끌고 나온 다음 번제물로 바칠 양 — 암양 — 을 잡고는, 시나이 산에서 유래한 정화 예식에 따라, 여로보암의 아내는 정결함을 되찾았다고 엄숙하게 선언했습니다.

그렇게 고마울 수가 없었던 에글라는 이스마이의 손에 입을 맞추려고 했습니다만 이스마이는 기겁을 하면서 자기를 기다리시는 하느님께 기도드릴 일이 남아 있으니까, 한시바삐 그곳을 떠나라고 했습니다. 회당에서는 더 할 일도 없는 데다가 한시바삐 여로보암을 보고 싶어서 몸이 달았던 에글라는, 주님을 찬양하면서 거리를 뛰쳐나왔습니다.

「아, 한 분뿐이신 하느님이시여, 당신의 하늘은 이렇듯이 다를 수가 없습니다. 당신의 하늘은 밝고, 생기 있고, 가깝고, 다채롭습니다…….」

에글라에게 그 하늘은 우리야의 집 문턱에서 절망에 빠진 채 쳐다보던, 영원히 이를 수 없는 그런 하늘이 아니었습니다.

「신얍느엘의 대기는 물 밑 같은데, 당신의 대기는 부드럽고, 너그럽고, 정하고, 투명합니다. 골짜기 때문에, 사람들이 받은 무수한 저주 때문에 신얍느엘에서 일렁거리는 그림자는 짧기가 그지없는데, 이곳의 그림자는 짙고, 화려하고, 그렇게 분명할 수가 없습니다. 당신의 땅 제비는, 죄 많은 땅에 사는 무리는 본 척도 않고 하늘을 날다가 정결한 사람들이 사는 집 처마에 둥우리를 짓습니다. 거리의 먼지는 먼지 같지 않고, 낙타 똥은 구리지도 않습니다. 여기에서는, 약속의 땅이 나날이 보여 주는 모습이 그러하듯이 주검도 아름다운 죽음의 그림 같습니다. 짤랑거리는 소리는 더욱 투명하고, 웅얼거리는 소리는 더욱 깊고, 날빛은 더욱 밝고, 저 믿지 않는 사람들 놀이터의 불빛은 그렇게 밝을 수가 없으니 올빼미는 낮인 줄을 잘못 알지 말아야 할 것입니다.

오, 전능하신 하느님, 당신이 뜻하지 않게 내지른 한마디 비명 — 걸으시다가 단단한 것을 걷어차면서 발가락이 상하시는 바람에 그만 그런 비명을 내지르셨겠지요 — 에서 비롯된 이 세상, 혼돈의 존재와 혼돈의 사상(事象)으로 이루어진 이 세상, 하느님의 징조를 보여 주던 이 세상이 이제 이렇듯이 문둥이였던 여자 에글라를 용서하고, 문둥이였던 여자 에글라를 다시 맞아들이니 이 얼마나 놀라운 은총인가요?」

에글라가 말하는 하느님의 징조란, 에글라가 늘 다른 사람들을 위해서만 존재하는 것, 따라서 자기에게 적용된다면 그것은 하느님의 오해 때문일 것이라고 믿던 바로 그 징조입니다. 그렇기 때문에 징조라는 말만 나오면, 물정도 모르는 채 무자비하게 자기에게 불리하게만 해석하던 에글라입니다. 그런 에글라가 이제 하느님의 징조가 반드시 나쁜 것만은 아니라는 것을 깨닫게 된 것입니다. 그러나 그렇다고 하더라도 에글라가 알아야 하는 것은, 에글라가 뿌리 뽑혔던 세상, 이제 다시 뿌리내리는 세상은, 하나의 하늘 아래서, 같은 새 무리가 날아다니는 하늘 아래서, 같은 대기가 솟아오르는 거대한 가마솥 안에서, 같은 그림자 안에서, 같은 소리의 서로 다른 메아리 안에서는 하나인 세상, 같은 세상, 그것이 아니라면 적어도 서로 팔짱을 낄 만한 거리에서 나란히 존재하는 서로 닮은꼴의 쌍둥이 세상이라는 점입니다.

에글라가 예전의 제 집으로 향하는 길 연변의 가게라는 가게는 모두 문이 닫혀 있었습니다. 에글라에게는 그게 참 이상하게 보였습니다. 에글라가 기억하는 한, 그날은 축일도 아니요, 명절도 아닙니다. 부정한 사람들이 사는 신얍느엘에서도 축일이나 명절 지키기는 구 얍느엘과 다를 바가 없었습니다.

이게 무슨 변고냐. 농부들은 노새를 몰고 장터로 가지 않던가? 세금장이는 초소에서 일을 하고 있지 않던가? 이스마이는 나를 위한 정화 예식에, 그렇게 지성일 수 없지 않던가? 개들은 목줄에서 풀려난 채 거리를 자유롭게 누비고 다녔는데, 축일이나 명절에 그게 가당키나 하던가? 남문에서 만난 백성들 모두 평상복 차림이 아니던가? 집 중에, 심지어는 부잣집 중에도 문에 꽃다발 걸린 집은 없지 않던가? 조금 전에 나오면서 보았지만 회당도 축일 예배를 준비하는 분위기는 아니지 않던가?

에글라는 이윽고 엘리멜렉의 대장간 앞을 지났습니다. 망치 소리도, 대장간 머슴들의 고함 소리도, 말굽을 바꾸면서 지르는 말의 비명 소리도 들리지 않았습니다. 지나면서 대장간을 들여다보는 에글라의 눈에 나이 든 여자와 이야기를 나누고 있는 엘리멜렉의 모습이 보였습니다. 에글라는 어렵지 않게 그 나이 든 여자가 누구인지 알아볼 수 있었습니다. 산파(産婆) 푸바였습니다. 푸바는, 에글라를 비롯해서, 수많은 구얍느엘 사람을 흠 없이 받아 내어 준 아주 유명한 산파였습니다. 이 푸바는 또, 구약 시대의 이집트 산파 푸바와 이름이 같은 것으로 유명했습니다. 전해지는 이야기에 따르면 이집트의 산파 푸바는, 파라오가 야곱의 핏줄에서 태어나는 사내아이라는 사내아이는 다 죽이라는 포고를 내렸음에도 불구하고 많은 이스라엘 아기를 받아서 살려 낸 산파입니다. 모세도 그중의 한 아이인데, 푸바는 모세를 살려 역청 칠한 갈대 광주리에 넣어 나일 강에다 띄웠던 것입니다. 전설에 따르면 푸바는 어떤 의미에서는 모세의 제2의 어머니이기도 한 것인데, 구얍느엘의 산파 푸바도 많은 얍느엘 백성들에게는 제2의 어머니로 불리면서 수많은 아들 아닌 아들들로부터 존경을 받고 있었습니다.

 마음이 바쁘기는 했지만 에글라는 이 여자에게 인사를 하지 않을 수 없었습니다. 첫 번째로 태어날 때 그렇게 중요한 몫을 해준 푸바인데, 이제 얍텔의 계곡에서, 문둥이 거지의 멍석 위에서 거듭난 데 인사를 하지 않을 수 없었던 것이지요. 에글라는 울타리로 몸을 기대고는 엘리멜렉과 푸바의 이름을 불렀습니다. 에글라는 두 사람이 분명히 자기 쪽으로 고개를 돌렸다고 생각했습니다. 그러나 두 사람은 아무 대답도 하지 않고 황급히 집 안으로 들어가 버렸습니다. 에글라는 혼자 웃었습니다. 노인네들 같으니라고……. 벌써 사람을 못 알아볼 만큼 나이를 먹었나? 푸바같이 나이를 먹은 노인네에게 인사 받기를 바라다니. 엘리멜렉도 그새 귀가 어두워졌나 보구나…….

 드디어 에글라는 자기 집 앞에 이르렀습니다. 에글라는, 지아비를 놀라게 해주려는 재미있는 생각을 하고는 가만히 문 앞으로 다가갔습니다. 그런데 문에 빗장이 질려 있어서 에글라는 여로보암을 놀라게 해주는 것을 포기해야 했습니다. 문에 달린 사슬에는, 전령관의 양뿔 나팔 꼴로 만들어진 놋쇠 문 두드리개가 달려 있었습니다. 따라서 주인은 집 안에 있는 것이 분명합니다. 문 두드리개만 에글라가 못 보던 것일 뿐, 다른 것은 변한 것이 없었습니다.

에글라는 그 문 두드리개로 문을 두드렸습니다. 그러나 안에서는 아무 기척도 없었습니다. 출타했나? 시돈에 사는 동생 집에 갔나……. 그러나 그럴 리가 없습니다. 전날 밤에도 포고문을 외치던 여로보암이었으니까요. 그렇다고 해서 포고문 외치러 나가기에는 너무 이른 시각입니다. 여로보암이 일을 시작하는 것은, 지는 해가 의회당 정문을 비추기 시작할 시각이기 때문입니다.

에글라는 집을 돌아가, 벽에 직사각형으로 난 구멍 앞에 섰습니다. 마감질을 하지 않은 에브라임 돌 사이에 나 있는 이 직사각형 구멍은 그 집에서 창 노릇을 했습니다. 너비가 두 자 채 못 되는 좁은 구멍이었지만 에글라는 이 구멍을 통하여 잘 다져져 부드러운 진흙 바닥, 이불이 깔린 안락의자, 줄무늬 천에 씌워진 방석, 그 위로 쳐진 모기장 같은 것을 볼 수 있었습니다. 에글라 자신이 혼수로 마련해 갔던 송백나무 삼각대에 놓인 촛대도 보였습니다. 여로보암이 당번 때나 비번 때나 늘 들고 다니던 전령관의 공무(公務) 집물이라고 할 수 있는, 흑단 손잡이가 달린 포고문 두루마리, 양뿔 나팔도 거기에 있었습니다. 양뿔 나팔이 거기에 있다면, 주인이 반드시 집 안에 있을 것이라고 결론을 내린 에글라는 처음에는 지아비의 이름, 두 번째로는 서방의 별명, 마지막으로는 부부간에만 통용되는 애칭을 불러 보았습니다. 서방의 애칭은, 지아비의 품속에서, 서방의 늠름한 신체를 찬양하면서 에글라 자신이 붙인 이름입니다. 에글라가 이렇게 세 가지 이름을 번갈아 가면서 부르자 안으로부터, 이승의 것이 아닌 듯한 목쉰 소리가, 대체 누구냐고 물었습니다.

「저의 주인이시자 지아비이신 여로보암이여, 당신의 사랑, 당신의 에글라가 왔어요.」

한마디씩 할 때마다 가슴의 떨림이 소리가 되어 이빨 사이로 새어 나오는 것 같았습니다. 에글라는 가슴 떨리는 소리가 나지 않도록 애쓰면서 대답했습니다. 낫 같은 에글라의 음성에 가슴을 잘린 여로보암이 화들짝 문을 열어젖히고, 정결함을 얻은 아내가 몸 한가득 싸 가지고 온 아침을 맞을 순서입니다. 이렇게 되면 여로보암은 칭칭이와 북을 두드리면서 그날을 피의 축일로 선포할 것이고, 두 사람의 몸은 정화 예식의 밀가루와 기름이 그렇듯이 서로 한 덩이로 섞일 터입니다. 두 사람이 나누는 사랑의 말은 한 쌍의 독사처럼 어우러져 배배 꼬일 것이고, 두 사람의 눈빛은 하나가 되어 따뜻하고 투명한 열락의 바다로 흘러 들어갈 터입니다.

그런데 집 안에서 흘러나온, 떨리는 목소리는 이렇게 말했습니다.

「여인이여, 그대가 누구인지 모르나 나를 놀리지 마라. 내 아내는, 하느님과 불화하고 죽은 지 오래다.」

「여로보암, 당신의 아내는 하느님과 다시 화해했어요. 에글라의 목소리도 모르겠어요?」

「언제부터 죽은 사람이 말을 한다던가?」

「에글라의 발소리도 모르겠어요?」

「언제부터 죽은 사람이 걷는다던가?」

그 목소리 어디엔가 정을 떨어뜨리려는 듯한 어조와 두려워하는 기색이 묻어 있었습니다. 전날 밤만 하더라도 길르앗 언덕을 달려 내려오는 양 떼처럼 에글라의 머리카락을 울리던 그 목소리, 에글라의 코를 다마스쿠스를 내려다보는 레바논의 망대에다 견주어 노래하던 그 목소리였습니다. 에글라는, 양뿔 나팔을 더 보고 있을 수가 없어서 창에서 비켜섰습니다. 자기와 이야기를 나누는 상대가 지아비가 아니라 허수아비인 것 같았기 때문입니다. 두 사람을 동시에 놀리는 듯한 여로보암의 목소리는 여로보암의 뜻과는 상관없이 그 허수아비의 입에서 흘러나오는 것 같았습니다. 에글라는 문 앞으로 돌아 나왔습니다만 거기에도, 자기를 거부하는 듯한 조그만 양뿔 나팔 모양의 문두드리개가 있을 뿐이었습니다.

「그대는, 저승 문지기의 편지라도 가지고 온 것인가?」

「이런 바보 같은 양반, 뭘 가지고 와요? 에글라는 이렇게 에글라를 가지고 왔어요…….」 에글라는 이렇게 쏘아붙이고는 주먹으로 문을 탕탕 두드리면서 말을 이었습니다.

「여로보암, 주님의 이름으로 애원하거니와, 제발 바보 같은 소리는 그만 하고 이제 이 문을 열어 주어요. 그래야 이웃 사람들을 맞아 축하 잔치를 벌일 것 아닌가요? 여로보암, 여로보암, 뭘 하고 있어요? 에글라가 문 앞에 와 있어요. 당신의 에글라가 와 있어요. 벼랑에 몸을 숨긴 당신의 비둘기가 와 있다고요.」

집 안에서 기척이 나는 것으로 보아, 여로보암은 문고리를 잡고 망설이는 것 같았습니다. 그러나 여로보암은 문고리를 잡아당겨 문을 여는 대신에 무거운 목소리로 말했습니다.

「아, 문 두드리개로 내 문을 두드리고 있는 모양인데, 아도나이의 이름으로 애원하거니와, 제발 내 문 두드리개는 물론이고 내 집 물건에는 손대지 말아 다오. 나무에도 손을 대지 말고, 쇠붙이에도 손을 대지 말고, 양뿔에도 손을 대지 말아 다오. 또 무엇이 있더라……. 무엇이 더 있든, 내 집 물건에는 손대지 말고 물러서 다오. 나는 부자가 아니라서 이제는 정화 예식을 더 치러 낼 수도 없다. 그러니 창고 옆으로 물러서서, 우리 성한 사람들처럼 이야기나 좀 나누자.」

「하면, 당신은 문 앞에 서 있는 게 저 에글라라는 것을 알고는 있었군요……」 에글라가 중얼거렸습니다.

기적의 손길로 신유를 받은 이래 에글라는 두 번째로 다리가 휘청거린다는 느낌 ─ 처음으로 다리가 휘청거리는 것을 경험한 것은 사제 이스마이를 따라 회당으로 들어갈 때였으니까 ─ 을 받았습니다.

「예르고암이 세금장이 초소에서 그대를 보았다더라. 나는 듯이 달려와 내게 일러 주더라.」 여로보암의 목소리가 설명했습니다.

「그런데도 당신은 간통한 여자 대하듯이 이렇게 문을 잠가 놓은 채로 저를 맞이하는가요?」

「에글라여, 그렇게 화를 내지 마라. 내가 문을 잠근 것은 내 아내 에글라가 들어오지 못하게 잠근 것이 아니고, 율법을 어기고, 이름이야 내 입에 올리지 않는 것이 좋을 터인 자의 집에서 돌아옴으로써 이중의 죄를 지은 여인이 들어오지 못하게 잠근 것이다. 문둥병과, 문둥이 속에 든 죄악이 다른 사람에게 옮는다는 것도 모르는가?」

에글라는 흐느끼기 시작했습니다. 아, 이 사람은 내가 정결함을 얻었다는 것을 아직도 모르는 모양이구나. 성질 마른 년, 글러 먹은 년, 일러 주지도 않고 야속해하였구나. 하기야 압텔 골짜기에서 있었던 기적을 이 양반이 어찌 알 것인가.

「여로보암, 저는 이제 문둥이가 아니랍니다. 하느님께서 저를 고쳐 주셨고, 사제 이스마이가 제 몸을 샅샅이 보시고 정화 예식을 치러 주었어요. 저는 정화수에 멱을 감았고, 희생 제물도 외상으로 샀어요. 조금 있으면 이스마이 사제로부터 당신 앞으로 청구서가 날아올 거예요.」

「그것은 내가 치르겠지만, 그대가 정말로 하느님의 자비로 정결함을 얻었다는 것을 내가 어떻게 믿을 수 있을 것이며, 그대를 보고 그대를 만져도 그 병이 내가 옮지 않는다는 것을 내가 어떻게 믿을 수 있을 것이냐?」

「보세요……」

에글라는 문 앞에서 비켜서면서 옷자락을 열었습니다. 그러자 옷자락 사이로 젖가슴이 나와 가볍게 출렁거렸습니다.

「저의 주인이자, 저의 지아비이신 여로보암이여, 보세요. 제게 문둥병의 흔적은 이제 어디에도 없어요. 저는 이스라엘의 유수(幽囚)를 두고 통곡한 예레미야의 눈물만큼이나 정결하답니다. 보세요, 여로보암이여, 보시고 말씀하세요.」

여로보암은 문에 난 옹이구멍을 통해 아내를 보고 있었던 모양입니다. 그랬으니까 우물쭈물, 에글라의 살갗에는 병의 흔적이 없다는 것을 인정할 수 있었겠지요. 하지만 여로보암이 인정한 것은 외양뿐입니다.

여로보암의 말에는 적의가 내비쳤습니다.

「하지만 에글라여, 속은 어떤지 모르지 않는가. 이스마이 사제가 들여다볼 수 없는 그대의 속은 어쩌겠는가? 그대의 간은 어쩌고, 콩팥은 어쩌고, 쓸개는 어쩌겠는가? 그대의 염통은 어쩌고, 그대의 핏줄은 어쩌고, 달걀 속 같은 그대의 골은 어쩌겠는가? 그 골속에 문둥병의 씨앗이 우글거릴지도 모르는데, 그걸 어쩌겠는가?」

에글라로서는 그 말을 막아설 도리가 없었습니다. 속은 에글라 자신도 모르는 것이기 때문입니다. 에글라로서는, 자신을 하느님의 아들이라고 소개한 젊은 사람으로부터 신유를 얻었다. 따라서 그분이 티 없는 몸으로 만들어 주었을 것이라고 확신한다는 말만 되풀이할 수밖에 없었습니다.

「하느님 핏줄이 닿는 사람이든 아니든, 그 젊은이의 호의를 부인할 생각은 내게 없다. 그러나 문둥병이라는 것은 죄악과 마찬가지로 사람의 몸에 깊이 뿌리박고 있는 악마와 다를 것이 없다. 그것은 겉으로는 보이지 않아도 언제든지 골수든 마음이든 꿰뚫을 수가 있다. 이스마이 사제가 말했듯이, 겉으로 든 문둥병은 속으로 든 문둥병만큼 위험하지 않다. 겉으로 문둥병에 들린 사람은 조그만 방울을 가지고 다니니까 보고 조심하면 그뿐이다. 게다가, 그 이름이야 내 입에 올리지 않는 것이 좋을 터인 사자, 여우, 개 같은 등속의 괴물에 대해서 그렇듯이 겉으로 든 문둥병에 대해서도 사람들은 어느 정도 겪는 데 버릇이 들어 있다. 그러나 속으로 든 문둥병에 대해서는 아는 것이 없다. 속으로 든 문둥병 상처에는 정화수도 미치지 못한다. 성별된 양의 피를 손가락이나 귓불 끝에 발라 봐야 속으로 든 문둥병에는 미치지 못한다. 이것은 내 말이 아니라 이 얍느엘에서 이런 것이라면 어느 누구보다 박식한 이스마이의 말이다……. 설마 그대가 나를 망치려고 여기 온 것은 아닐 테지?」 여로보암의 마지막 한마디에는 노기가 서려 있었습니다.

이 대목에서는 에글라도 분명히 해두고 싶은 것이 있었습니다.

「맹세코 하는 말이지만, 당신을 망칠 생각이 있는 것은 아닙니다. 그리고, 하느님의 사랑이 제게로 되돌아왔다는 걸 당신에게 확인시킬 어떤 증거도 저는 가지고 있지 못합니다. 하지만, 아브라함의 하느님, 이사악의 하느님, 야곱의 하느님이 제 고통을 보시고 가엾게 여기시고 사면의 증표와 함께 아드님을 보내셨다고 해서 내가 비난을 받아야 합니까? 제가 하느님의 아드님이신 그분께 조른 것도 아닙니다. 조르기는커녕, 건방지게 굴고, 허풍 같아서 도저히 믿어지지 않는 그 약속을 비웃기도 했습니다. 심지어는, 물감을 푼 물 몇 방울 가지고 다니면서, 그걸로 대머리에 머리가 나게 한다, 아이 못 낳는 사람에게는 아이도 낳게 한다, 문둥병도 고친다, 귀신으로부터 산 저주도 푼다고 허풍 치는 떠돌이 약장수로 치부하기까지 했습니다. 네, 저는 그분을 놀려 먹었어요. 심지어는, 다 곧이듣는 척하고, 그 기적과 같은 약을 나누어 달라고 하면, 누구누구가 그 약으로 효험을 보았다면서 결국은 약값을 요구할 것이 아니겠냐는 말까지 했습니다. 그래요, 그분이, 자기는 사람의 아들인데, 곧 하느님이 될 거라는 말을 하면서 허풍을 떨 때 솔깃했던 것은 사실입니다. 그런데 그분은 물약 한 방울 없이 기적을 일으킬 거조를 차렸고, 결국 제 몸에 손을 잠깐 대었다가는 떼고 그 자리를 떠났습니다. 그때까지도 저는 나은 줄 몰랐어요. 그런데 그분의 은혜가 제 살, 제 지친 뺨에 미친 뒤에야 저는 정말로 기적이 일어난 걸 알았어요.」

「에글라여, 에글라여……」 여로보암이 소리쳤습니다. 그의 목소리는, 두 사람 사이를 가로막고 있는 문빗장같이 뻣뻣했습니다.

「그렇게 구차한 발명(發明)까지 할 줄은 몰랐구나. 내 말을 잘 들었더라면 그런 수고까지는 할 필요가 없었을 것을. 그런데도 그대는 하느님의 아들 어쩌고 하니, 정말 이런 독신(瀆神)은 듣다가 처음이구나. 게다가 기적을 일으키는 물약은 또 무엇이냐? 이제 나에게는 선택의 여지가 없어졌구나. 그러니까 내 말을 잘 듣되, 너무 섭섭하게는 듣지 않도록 하여라. 발병한 이래 그대가 내게 한 것을 생각하면, 나로서는 이렇게 할 수밖에 없다.」

「하시려면 빨리 하세요. 온 성읍이 술렁거리는 소리, 불길한 조짐이 벌써 내 귀에 들리니까요.」

「그래. 그러나, 내가 그대를 미워하는 것은 아니다. 그대는, 내가 그대를 사랑한다는 것, 무슨 일이 있더라도, 설사 이 세상이 망하더라도 변함없이 그대를 사랑하게 되리라는 것만은 알아주었으면 좋겠다.」

에글라는, 여로보암이 자기를 완전히 따돌릴 작정을 하고도 빗장 지른 문 뒤에서 듣기 좋은 말을 고르고 있다는 느낌을 받았습니다. 사랑 어쩌고 하는 것보다는 지아비가 그런 관심이라도 드러내고 있다는 게 에글라에게는 반가웠습니다. 그의 말은 이렇게 이어졌습니다.

「아, 그분의 뜻이 이루어지이다……. 하셈께서 그대의 고운 피부에 저주를 내리시는 바람에 그대가 신얍느엘로 떠나지 않을 수 없게 된 뒤로 나는 내 추억과 싸워야 했다. 나는 날이면 날마다 저 축복받아 마땅하신 솔로몬의 아름다운 노래에 충실할 것을 맹세하면서 그대의 추억과, 그대의 죄 많은 병이 우리 선량한 시민들의 영혼에 남기고 간 추억과 싸워만 했다.」

에글라는 여로보암이 입에 올리던 「아가」의 구절을 생생하게 기억할 수 있었습니다. 나의 고운 짝이여, 그대는 파라오의 병거를 끄는 말과 같구나……. 그대의 두 볼은 귀엽기만 하고, 진주 목걸이를 건 그대의 목 또한 고와라. 그대의 머리채는 길르앗 비탈을 내리닫는 염소 떼 같아라. 입술은 새빨간 실오리, 입은 예쁘기만 하고, 너울 뒤에 비치는 볼은 쪼개 놓은 석류 같고, 목은, 높고 둥근 다윗의 망대 같아, 용사들의 방패를 천 개나 걸어 놓은 듯싶구나. 그대 입술에서는 꿀이 흐르고, 혓바닥 밑에는 꿀과 젖이 괴었구나······.

「너무나 고통스러웠다. 그대는 낙원에 있었다고 말하려는 것이 아니다. 그러나 그대는 적어도 그대의 동아리, 그 이름이야 입에 올리지 않는 것이 좋을 터인 무리와 함께 있었다. 그랬으니 그대는 나름의 안락을 누릴 수 있었을 것이다. 그 동안 나는 허리가 잘린 삶을 살았다. 나의 영혼은 하릴없이 신얍느엘의 그대 곁을 맴돌았고, 내 육신은 여기 이 구얍느엘에서 총독을 섬겨야 했다. 말해서 무엇 하겠는가만, 사람들은 나를 〈문둥이의 서방〉, 〈부정한 여인의 지아비〉, 〈죄악의 동반자〉라고 불렀다. 동반자, 이 말이 공범자라는 말과 무엇이 다를 것인가. 이 말이 우리는 더 이상 서로 몸을 맞대고 사는 것이 아닌데도, 나는 더 이상 그대의 지아비가 아닌데도 그런 수모를 당하고 살아야 했다······.」

지아비의 말을 들으면서 에글라는 이런 구절을 생각했습니다. 그대, 나의 짝은 예루살렘처럼 귀엽구나. 엄위하기는 기치창검을 벌인 군대 같구나. 배꼽은 향긋한 술이 찰랑거리는 동그란 술잔, 허리는 나리꽃을 두른 밀단이요······.

「사람들은 나에게도 문둥병이 들어 있을 것으로 의심했다. 하지만 그대의 지아비였으니 어쩌겠는가? 나는 그들을 비난하지 않았다. 내가 알기로는, 문둥병이라는 것은 반드시 살갗에만 드는 것이 아니고, 사람 속의 내장에도 똬리를 틀 수 있는 것이다. 그렇게 똬리를 틀고 있다가 처음 징조를 나타낼 때는 누구도 그것을 하느님이 내리신 징벌의 표지로 알아보지 못하는 법이다. 내 동패 모두 나를 피했다. 그럼에도 불구하고 나를 쫓아내지 않았던 것은 성읍의 의회에 나만 한 목청이 없었기 때문이었다. 내가 쫓겨나지 않을 수 있었던 것은, 내 직분이 다름 아닌 전령관이었기 때문이다. 전령관은 사람을 접촉하는 대신 멀찍이서 포고만 전하면 되는 것이니까……. 설사 내가 속으로 문둥병에 들린 자라고 하더라도 카이사르의 포고문이 문둥병을 옮길 이치는 없으니까……. 포고라고 하는 것은 벽에다 붙이는 것이 아니라 입으로 외치는 것이니까……. 그러나 내가 당한 비운이 그것뿐이라고는 생각하지 마라. 그대 떠난 직후에 익명의 편지가 이스마이 사제에게로 밀려들었다. 그들의 주장에 따르면, 우리 집이 죽음의 집이라는 것이다. 죽음의 집이 그 명을 다하면서 죽음을 비늘처럼 뚝뚝 떨어뜨리고 있다는 것이다. 그대가 우리 집에서 문둥병에 걸린 것도 그 때문이라는 것이다. 그대는 밖에서 원망하고 있구나. 그대에게는 내 이웃을 원망할 권리가 없다. 문둥이가 옆에 있는 죄인의 옷에 그 병을 옮기고, 죄인의 옷이 그 방에 병을 옮기고, 그래서 이 사람에게서 저 사람에게로 건너뛰어 결국 온 마을을 문둥병 천지로 만든 일이 있었기로 하는 말이다.」

에글라는 또 여로보암으로부터 들었던 솔로몬의 노래 구절을 생각했습니다. 눈은 헤스본 바드랍빔 성문께에 있는 파아란 늪 같고요…….

「내가 이런 말을 하는 까닭은, 그들의 죄 없는 공포를 이해하고 나를 이해해 주기를 바라기 때문이다. 나는 이스마이 사제에게 내 집을 살펴보아 줄 것을 요구했다. 이스마이는, 여러 증인 앞에서 다락방에서 지하실에 이르기까지, 율법이 규정한 대로 이레 간격으로 내 집을 조사했다. 그러나 병이 옮아 있는 흔적은 발견되지 않았다. 세월이 약이었는지 나에게는, 내 집 안 물건에서는 감염의 흔적이 발견되지 않았다. 그래서 나는, 사람들이 이스마이에게 기울이고 있던 신뢰에 기대어서가 아니라, 스스로 감히 사람들과 어울리면서 영혼의 평화를 누리고자 했다.」

「저도 없이 평화를 누리고자 했다는 말인가요?」 에글라가 물었습니다.

「내가 누리고자 했던 것은 그대에 대한 추억과 함께 누리는 평화이다. 그러나 고백하거니와, 그 상황에서는 그대 없이 누리는 평화일 수밖에 없었다. 내가 그대에게 감정이 있었다면 아마 이혼을 요구하는 증서를 보냈을 것이다. 이 또한 하느님의 계명을 따르는 일인즉, 내가 이혼을 요구했다고 해서 나를 원망할 일이 아니다. 아내가 성읍에서 추방당할 경우, 이혼을 요구하는 지아비가 얼마나 많은가는 그대도 잘 알 것이다.」

에글라는 또 여로보암으로부터 들었던 솔로몬의 노래 구절을 생각했습니다. 바위틈에 몸을 숨긴 비둘기여, 벼랑에 몸을 숨긴 비둘기여, 모습 좀 보여 줘요, 목소리 좀 들려줘요, 그 고운 목소리를, 그 사랑스러운 모습을…….

「여로보암이여, 그러니까 이 문을 열지 않겠다는 건가요?」 에글라가 물었습니다.

「에글라여, 열 수가 없구나…….」 여로보암이 중얼거렸습니다. 그의 음성을 듣기는 에글라에게도 고통스러웠습니다. 여로보암은 말을 이었습니다.

「그렇다, 에글라여, 나는 열 수가 없다. 나는 문둥이가 두렵다. 아도나이의 이름으로 이르거니와 어서 그대가 속한 곳으로 되돌아가라. 그러면 나는 이전에도 그랬듯이, 매일 저녁 황제의 포고와 의회의 포고 사이에다 그대를 축복하는 노래를 전하리라.」

「하지만 여로보암, 저는 문둥이가 아니에요. 이스마이가 내 몸을 조사하되, 태어나던 날과 똑같은, 실오라기 하나 걸치지 않은 모습으로 조사했답니다. 나는 이제 당신의 것이지, 내가 속하던 성읍의 것은 아니랍니다.」

그러나 지아비는 꿈쩍도 하지 않았습니다.

「이스마이의 눈에는 이제 제물이 될 짐승도 보이지 않는다. 뿐이더냐? 나이를 먹어서 그런지 이제는 뇌물도 마다하지 않는다. 그대가, 작은 흉터는 눈감아 달라고 뇌물을 주었는지 주지 않았는지 내가 무슨 수로 확인할 수 있겠는가?」

에글라는 애원하기 시작했습니다.

「당신 가까이서만 살 수 있게 해주세요. 당신과 같이 살지 않아도 좋으니 가까이서만이라도 살 수 있게 해주세요. 한동안만이라도 살게 해주세요. 그러면 짐승 우리에라도 살면서, 사람들이 내가 온전하게 정결함을 얻었고, 따라서 저희들에게 아무 해도 끼치지 않을 것임을 확인할 수 있을 때까지만이라도 살게 해주세요. 당신에게는 다가가지 않겠습니다. 그저 보기만 하겠습니다. 당신이 두렵다면, 당신을 쳐다보지도 않겠습니다. 모퉁이에 꼼짝도 않고 웅크리고 살면서 사람들이 저를 믿게 될 때를 기다리겠습니다.」

여로보암은 대답하지 않았습니다.

에글라가, 지아비의 대답을 기다리고 있었던 것은 아닙니다. 여로보암이 대답을 망설이고 있을 즈음, 에글라의 시선은 각기 다른 방향에서 여로보암의 집을 향해 다가오고 있는 사람들 무리를 바라보고 있었습니다. 의회 쪽에서 오는 무리의 선두는 대장장이 엘리멜렉과 산파 푸바였습니다. 그리고 여로보암의 집에 가장 가까이 다가와 있는 무리의 선두는 바로, 속죄양 돌보는 일을 하는 에글라의 조카 마히르였습니다. 에글라는 약간 창피했습니다. 마을 사람들이, 에글라가 신유의 기적을 입은 것을 얍느엘은 물론 온 갈릴래아의 명예로 알고 이를 경하하러 몰려오는데, 자기는 자기 집에도 들어가지 못하고 잠긴 문 앞에서 애원하고 있는 꼴이니까요. 그래서 에글라는 이런 생각을 했습니다. 여로보암의 행위를 대체 어떻게 설명해야 한단 말인가? 어떻게 설명해야 여로보암을 의롭지 못한 사람으로 생각할 터인 이들을 달랜단 말인가? 내 입으로, 여로보암은 하느님의 기적을 인정하려 하지 않고, 신유의 기적을 거부한다고 어떻게 말한단 말인가?

에글라는 재빨리, 예르고암과 세금장이 옙타의 뒤를 따라, 뭐라고 떠들어 대면서 다리를 건너오는 무리를 보고는, 자기가 큰 오해를 하고 있었다는 것을 깨달았습니다. 위협적인 표정들을 하고 다가오는 무리는 하느님을 찬양하고 기도하기보다는 돌멩이를 주워 들 것 같았기 때문입니다. 그들의 얼굴은 신유 기적을 베푸신 하느님을 찬양하러 오는 평화스러운 얼굴이 아니라 하느님께 담판을 지으러 오는 험악한 얼굴이었던 것이지요.

세 번째 무리에는 수많은 아이들이 끼여 있었는데 이들은 부지런히 길가의 돌멩이를 주워 모으고 있었습니다. 선두는, 끝에 납이 박힌 목동 지팡이를 든, 젊어 보이는 라삐였습니다. 라삐의 뒤를 따르는 사람들은 모두 손에 손에 곤봉, 괭이, 물매줄 같은 것을 들고 있었습니다. 그들의 다리 사이에서는, 엄청나게 큰 개들이 침이 뚝뚝 듣는 주둥이를 내밀고 짖어 대고 있었고요.

에글라는, 젊은 하느님께서 안수(按手)를 통하여 자기 몸속으로 흘려보내 주던 힘이 송두리째 빠져나가고 있다는 느낌을 받았습니다. 하느님 권능에 대한 믿음 — 에글라는 자신이 그 권능의 수혜자라고 생각했습니다 — 은, 바로 그 하느님 백성이 험악한 얼굴을 하고 한 발 한 발 다가옴에 따라 시시각각으로 도륙을 당하고 있는 것 같았습니다. 언제 짐승으로 돌변할지 모르는 그 무리 중에는 펄쩍펄쩍 뛰는 사람도 있고, 껑충껑충 뛰는 사람도 있었습니다. 무릇 살인자라고 하는 것은 바로 그런 무리 속에서 짐승 같은 희열에 사로잡힌 채 야바위를 부리는 법이지요.

에글라는 비명을 질렀습니다. 「여로보암, 사람들이 저에게로 몰려와요! 손에 손에 몽둥이나 돌멩이를 들고, 개를 몰고 몰려와요! 여로보암, 하느님의 자비에 기대어 빌거니와, 문을 열어 주세요!」

엘리멜렉의 무리, 엡타의 무리, 라뻬가 이끄는 어중이떠중이 무리는 에글라에게 저주를 퍼부으며, 포말을 뿜으며 쏟아져 내리는 세 줄기 폭포와 같았습니다.

에글라는 외치기를 계속했습니다. 「여로보암, 저들이 점점 가까이 다가옵니다. 저에게 방울을 달라고 외치고 있군요. 부정한 것을 마을에서 쓸어 내라고 소리치고 있군요. 개들이 저를 향하여 뛰어듭니다. 사람들의 눈은 얼음처럼 차갑습니다. 저를 살려 둘 것 같지 않아요. 여로보암이여, 주님의 이름으로 바라건대 문을 열어 주세요!」

에글라를 향해 다가오는 사람들 대부분은 가난하고, 추한 노동자들이었습니다. 그러나 개중에는, 다마스쿠스 비단옷을 입고 금붙이를 지닌 데다가 하인들까지 거느린, 교양 있고 살빛이 좋은 사람들도 있었습니다. 뿐만 아니라 로마식 가마를 타고, 빨갛게 단 삼지창에 궁둥이를 찔리기라도 한 것처럼 이따금씩 아래위로 움찔움찔 몸을 움직이는 고관도 있었습니다. 무리의 발아래 짓밟히면서도, 껍데기 속에 든 채로 움직이는 달팽이처럼, 무릎 방석에 엉덩이를 딱 붙인 채로 다가오는 앉은뱅이도 있었고, 유유상종으로 저희끼리 떼를 지은 백치들도 있었으며, 미친 듯이 짖어 대는, 비루먹은 잡종개의 가죽 줄을 잡고 따라오는 소경도 있었습니다. 술집 앞에는 수염을 매끈하게 깎은 로마 군병들이, 천한 백성들이 연출하는 이 장관을 바라보면서 잔을 말릴 뿐, 우월감 때문에 그렇겠지만 개입할 생각도 하지 않았습니다. 아기를 안은 아낙네들도 많았는데, 이들은 흙바닥에 아기를 패대기치고라도 징벌의 돌멩이 줍기를 마다하지 않을 것 같았습니다. 분노를 드러내되 거룩하게 드러내는 신심 깊은 자들, 분노를 드러내되 운동장에서 놀이하듯이 순진하게 드러내는 열대여섯 살배기 소년들도 있었습니다. 이른바 〈투석꾼〉이라고 불리는, 전문적인 하인을 데리고 나온 양반도 있었습니다. 넝마주이, 오지그릇장이, 통장이, 바퀴장이, 목수, 땜장이, 대장장이, 직공, 금박장이, 가죽장이 등속의 기술자들…… 게으름뱅이, 월급쟁이, 서기, 여관 주인, 레위 지파의 사제, 소치기, 소매치기, 시의원, 갈보, 배우, 농부, 고리대금업자, 중매쟁이, 뜨내기 전도사, 선생…… 모두가 율법에 따라 무리를 지어, 여로보암의 집 앞에서 잠긴 문을 두드리며 애원하는 에글라에게로 다가오고 있었습니다.

「여로보암, 저들이 이제 다 왔어요! 개들이 아가리를 벌리고 제게로 뛰어들고 있어요! 여로보암이여, 하느님의 자비에 기대고 바라건대 제발 문을 열어 주세요!」

바로 이때, 아이 아니면 앉은뱅이가 십상이겠지만, 어쨌든 팔심이 시원찮은 사람이 던졌을 터인 첫 번째 돌멩이가 에글라 바로 옆에 떨어졌습니다. 에글라는 무리를 돌아보면서 소리쳤습니다.

「형제들이여, 나는 정결합니다, 나는 정결합니다!」

군중을 향해 날아간 에글라의 말이 기이한 메아리가 되어 날아왔습니다.

「부정하다, 부정하다!」

곧 돌멩이가 우박처럼 날아들었습니다. 무리는 그때까지만 해도 바싹 접근하여 괭이나 작대기 같은 것을 쓰기로는 하지 않은 것 같았습니다. 에글라는 그래서 담을 넘어, 퇴로가 막히기 전에 벌판으로 뛰어나가기로 했습니다. 그들은 에글라의 퇴로를 차단하지는 않았습니다. 에글라를 쫓아내고 일터로 되돌아가면 그만이지, 기어이 돌로 쳐 죽임으로써 마을을 더럽히려고는 하지 않았던 터이기 때문입니다.

구압느엘 사람들은 에글라를 좋이, 저희 성읍과 부정한 사람들 성읍의 경계선까지 쫓아내었습니다. 그중에서 용기 있는 사람들은 그 경계선까지 돌멩이를 던지기는 했습니다. 두 성읍의 경계선까지 온 죄인 에글라는, 지은 죄 때문에 부정한 마을로 쫓겨난 경험이 있는 여자니까 결국 제 죄악의 보호를 받게 된 셈입니다. 따라서 아득한 옛날의 법이 정한 죄인의 땅에서 평화롭게 지낼 수 있을 터입니다.

에글라는 그리로 들어갔습니다. 구압느엘 사람들은 하느님을 두렵게 알면서도 만족스러운 얼굴을 하고, 문둥이들의 땅을 향해 사라지는 에글라의 뒷모습을 바라보았습니다.

경계선에서 벌어진 소동에 놀란 신압느엘 사람들은 이미 〈코뿔소〉라는 별명이 붙은 아자일과 〈여우〉라는 별명이 붙은 요나답을 지도자로 삼아, 공포에 사로잡힌 신래자(新來者)들을 앞세우고 문둥이 성읍 앞 공터에 모여 있었습니다. 그들의 손에 손에도 끝을 뾰족하게 다듬은 몽둥이, 양쪽에 납을 박은 곤봉 같은 것들이 들려 있었습니다. 그러나 문둥이 성읍에 오래 산 늙다리들은, 어떤 피비린내 나는 싸움도 저희들에게는 위협이 되지 못한다는 걸 잘 알고 있었습니다. 그들의 생각은 이렇습니다. 야훼께서 우리라고 해서, 가을걷이를 듬뿍 할 수 있을 만큼 비를 내려 주시지 않던가? 하느님 덕을 입어 이번에도 여름의 역질은 선민을 비켜 가지 않던가? 로마 제국은 사악한 집정관을 소환하고 대신, 누군지는 잘 모르겠지만, 아무리 심술을 부려 봐야 문둥이들까지 위험을 느낄 정도로 위험하지는 않을 터인 새 집정관을 파견하지 않았던가? 더더욱 다행스럽기로, 영주를 괴롭히던 이른바 〈헤로데 병〉도 근자에 들어서는 물렁해지지 않았는가? 티베리우스 황제 즉위 6년째 되는 해에 이 〈헤로데〉의 병이 인구의 1할을 죽인 것은 어쩌면 당연한 일인지도 모른다. 그러나 그 뒤로는 연년이 가을걷이가 시원치 않을 뿐만 아니라, 헤로데의 담낭염이 죄인들에 대한 복수, 심지어는 거국적인 재앙을 요구한다지 않던가? 그랬거니와 지금은 만사가 순리대로 풀리고 있다. 말하자면 가나안은 번성하고 있는 게다. 정결한 자들은 태평세월을 구가하고, 부정한 자들에게도 두려운 것이 없으니까.

그런데, 황량한 지평선에 한 여자가 나타남으로써 예언은 실현될 모양입니다. 입성만 보고도 그들은, 전날 밤을 새면서 하릴없이 찾아 헤맨 우리야의 아내 에글라라는 걸 알 수 있었습니다. 햇빛을 받는 각도 탓일 가능성이 있기는 하지만 에글라의 입성이 여느 문둥이 여자의 입성보다 화려하게 보였습니다. 여자는, 아주 무거운 짐을 내려놓은 사람 모양으로 아주 활달한 걸음걸이로 걸어오고 있었습니다. 그게 전체의 의견이 되지는 않았지만, 문둥이들 중 일부는 여자가 노래를 부르면서 오고 있다고 주장하는 이들도 있었습니다. 어쩌면 얍텔 골짜기의 새들이 여자 뒤에서 재잘거리고 있었기 때문인지도 모르지요.

 여자가 다가옴에 따라 문둥이들의 얼굴에는 시시각각으로 근심이 어리고 있었습니다. 아자일은, 오고 있는 여자가 과연 우리야의 아내 에글라인지 그것을 의심하기 시작했습니다. 의심하면서 아자일은, 에글라임에 분명하다면 에글라에게 큰 변고가 생긴 게 틀림없을 것이라고 생각했습니다. 무리 중 일부는 그게 에글라가 분명하다고 주장했습니다. 즉, 에글라이기는 하지만 밤사이에 얼굴이 일그러지고, 모르기는 하지만 어떤 변고 때문에 문둥이다운 모습을 잃었을 뿐이라는 것이지요. 무리 중의 또 어떤 사람들은, 우리야의 아내 에글라가 아니라, 에글라의 쌍둥이 동생이 분명할 거라고 단언했습니다. 에글라에게는 쌍둥이 동생이 없다는 걸 뻔히 알면서 말이지요. 그런가 하면 또 어떤 사람들 ― 아자일도 여기에 속합니다만 ― 은, 모습이 에글라를 닮았을 뿐, 신얍느엘로 새로 오는 건강한 문둥이일 거라고 주장했습니다. 그런데 여자가 가까이 와서 아자일에게 소리쳤습니다.

「아니, 아자일, 우리야의 아내 에글라를 모르신다는 말인가요?」

 문둥이들은 웅성거렸습니다. 장로 아자일이 화를 냈습니다.

「약간 못생겨 보이기는 하다만, 그렇다고 해서 시체 씻는 사람 우리야의 아내를 닮았다는 걸 부정하는 것은 아니다. 그래, 그렇게 닮은 모습을 하고 온 까닭은 무엇이냐? 우리 동패 에글라는 문둥이다. 그런데 그대는 성한 사람이 아니냐?」

 에글라는 내심 미소를 지었습니다. 임종의 자리에서 안도의 한숨과 함께 짓는 그런 미소였습니다. 젊고 잘생긴 신인(神人)이 그렇듯이 다정한 뜻을 펴주었고, 이로써 기적을 일으켜 주었음에도 불구하고, 정화 예식이 이러한 기적을 적법하게 하였음에도 불구하고, 문둥이라고 하는 것에는 이렇듯이 희망도, 치유법도, 돌아갈 곳도 없는 것이구나……. 이런 생각을 한 것입니다. 문둥병이 치유 불가능하다는 사실 자체 역시 에글라에게는 좋았던 것입니다. 바로 그날 아침부터 에글라로 하여금 장막 진영 밖으로 나가 살게 한 것은 하느님에 의해 선포된 계약이지, 두 성읍 사이의 경계선에서 고동치던 에글라의 가슴이 아니었습니다. 이것이야말로 내 세 번째 태어남이 아닌가. 에글라는 이렇게 생각하고 있었습니다.

「여인이여, 무엇을 원하느냐?」 아자일이 물었습니다.

「내 방울요. 내가 잃어버린 방울, 율법에 따라 내 목에 차거나 내 옷에 달아야 하는 방울입니다.」 에글라가 대답했습니다.

문둥이들은, 신성이 모독되는 현장에 있었던 것이 송구스러웠던지 하늘을 우러러보면서 팔을 벌렸습니다. 아자일은 눈살을 찌푸렸습니다. 평소에 그리 친밀하게 지낸 것이 아닌데도 에글라는 아자일의 퉁퉁 부어오른 얼굴을 다정한 손길로 쓰다듬어 주고 싶었습니다. 그러나 이 문둥이의 우두머리는 기겁을 하면서 물러섰습니다.

「정신이 나갔느냐? 그대의 눈에는 내가 부정한 사람이라는 게 보이지도 않느냐?」

「그게 뭐 대숩니까? 나 역시 부정한 사람인걸요. 자, 어서 내게 새 방울을 달아 주세요. 어서 그 방울을 달고 싶어요. 그래야 사람들이 내가 문둥이라는 걸 알 게 아닌가요?」 에글라가 의기양양하게 말했습니다.

요나답이 이 요구를 거절했습니다. 그가 거절하는 까닭은 이렇습니다.

「방울이라는 것은 부정한 사람들만 달 수 있는 것이다. 방울을 통해서 문둥병과 문둥이는 정한 사람들로부터 구분된다. 모세 시절부터, 방울이라는 것은 역병이 거쳐 간 마을의 징표와 같은 것이었다. 그러므로 문둥이만 그 방울을 목에 걸 수 있는 것이지, 나은 사람은 걸 수 없다. 뿐만 아니라, 아무리 그럴듯한 이유가 있어도 여느 사람은 이것을 짤랑거리며 다닐 수 없다. 우리는 에글라가 문둥이가 아니었다고 하지 않는다. 여기에 있는 사람들은 모두 에글라가 한때 문둥이였다는 것을 안다. 그러나, 너무나 명백하게 보고 있듯이, 이제 에글라는 문둥병을 깨끗하게 고쳤다. 그러므로 이제 에글라는 신얍느엘의 동패가 아니라 구얍느엘의 동패인 것이다. 에글라 자신도 자기 모습이 어떠한지 알 것이다.」

에글라가 항변했습니다.

「나은 것은 겉뿐입니다. 속은 조금도 변한 것이 없습니다. 젊은 신인의 손가락이 닿은 것도 내 몸의 겉일 뿐, 속이 아닙니다. 정화 예식의 예물이 되었던 양의 피도 겨우 내 귓불 끝에 닿았을 뿐입니다. 나는 중증을 앓던 문둥이였을 뿐 아니라, 지금도 그렇다고 느낍니다. 자, 이제 또 무엇이 더 필요합니까? 구얍느엘의 사제 이스마이는, 속 문둥이는 겉문둥이보다 더한 문둥이라고 가르칩니다.」

아자일이 그 말을 받았습니다.

「이스마이가 가르치는 것은 구얍느엘에서나 통하는 것……. 여기는 신얍느엘이다. 여기에서는 우리의 가르침만 통한다. 시나이 시절부터 우리는 인간에 대한, 입성에 대한, 집에 대한 하느님 심판의 외부적인 징표에 따라서만 정결한 것과 부정한 것을 구분해 왔다. 우리는 내부적인 것을 의심스러운 것, 불확실한 것, 불안정한 것으로 여겨 대수롭게 치지 않는다. 우리는, 이럴 수도 있고 저럴 수도 있는 것은 대수롭게 치지 않는다. 그대의 속이 어떻게 되었든 우리는 거기에는 관심이 없다. 그대에게 문둥이의 조그만 흔적이라도 있으면 문둥이로 치겠지만, 그것이 보이지 않으니 결론은 불 보듯이 뻔하다. 우리는 그대가 방울 지니는 것을 금한다. 어떤 의미에서는 방울도 거룩한 것이다. 그대는 더 이상 우리의 권속이 아니다. 하느님의 자비가 그대를 되돌려 놓은 곳으로 가거라.」

요나답이 말을 이었습니다.

「만일에 에글라가 우리에게 문둥병의 작은 흔적, 딱지, 뾰루지, 하다못해 문둥병 나은 흉터라도 보여 줄 수 있다면, 조금 번덕스러운 여인이기는 하지만 에글라를 우리들의 누이로 받아들이겠다. 자, 에글라가 그런 것을 보여 줄 수 있을까? 보여 줄 수 없음에 분명하다. 따라서 에글라는 우리를 떠나야 한다. 부정한 사람과 정결한 사람 사이에는 어떠한 공통점도 없다. 부정한 사람에게는 죄가 있고 정결한 사람에게는 죄가 없다. 죄악은 부정한 사람과 정결한 사람 사이에 창조주가 놓아둔 돌아오지 못하는 좁다란 다리 같은 것이다. 정결한 자들은 문둥이를 두려워한다더라만, 문둥이에게도 정결한 자들을 두려워할 만한 이유가 있는 법이다.」

일이 이렇게 되자 에글라는, 부정한 사람들 마을에서 추방되어도 좋으니 추방되기 전에 우리야와 작별 인사라도 나누게 해달라고 애원했습니다. 허락이 떨어지자 에글라는 서둘러 시체 가치장으로 달려갔습니다. 에글라에게는 한 가지 희망이 남아 있었습니다. 그것은 우리야가 문둥이 형제들에게, 자기 아내는 속으로는 여전히 부정한 즉, 천형의 땅에 살아도 문둥이들에게 하등의 위험한 존재가 되지 않을 것이라고 주장하는 일입니다. 문둥이들은 멀찍이서, 우리야에게로 달려가는 에글라의 뒤를 쫓았습니다.

미얌의 아들 우리야가 일하는 시체 가치장은 잿빛 돌담이 쳐져 있을 뿐, 여느 공터와 다를 것이 별로 없는 곳이었습니다. 잿빛 돌담 위로는 대나무로 엮은 발이 지붕 구실을 했습니다. 돌담 옆에는 시체를 눕히는 평상(平床)이 있고, 그 옆에는 방부(防腐)에 쓰일 기름 가마가 있었습니다.

우리야는, 에글리의 겉모습이 바뀐 데 대해 별로 놀라움을 나타내지 않았습니다. 에글라가 입을 맞출 때도 우리야는 일손을 멈추지 않았습니다.

「나도 그간의 일은 들어서 알고 있다. 나 모르게 성읍을 빠져나간 것도 나무라지 않겠고, 하느님에게 알랑거려 자비를 받아 낸 것도 나무라지 않겠다. 떠나기 전에 작별 인사라도 하겠다니 고마울 뿐이다.」

우리야의 말에 에글라가 울음을 터뜨리면서 소리쳤습니다.
「무엇이 어쩌고 어째요? 떠나기는 내가 어디로 떠나요? 내게는 떠날 생각이 없어요. 나 역시 부정한 여자이니까요. 구얍느엘 사람들도 내가 부정하다는 걸 알고 나를 추방하지 않았던가요? 내 몸, 내 영혼으로 보아, 내가 살 곳은 이 문둥이 서리예요. 당신에게 작별 인사를 하러 온 것이 아니랍니다. 그러니까 나와 장로들 사이로 뛰어들어 손 좀 써주세요. 아자일과 요나답은, 당신 입에서 내가 문둥이라는 말 한 마디만 나와도 나를 여기에서 살게 해줄 거예요. 물론 방울도 줄 터이고요.」

우리야는 묵묵히, 양의 털가죽으로 만든 장갑 모양의 솔로 시체에 기름을 먹이고 있었습니다. 기름 먹이는 일이 끝나면 시체를 삼베 자루에 넣고 기운 뒤에 공터에서 기다리고 있는 유족들에게 넘겨줄 터입니다.

「우리야, 당신은 나를 사랑하잖아요? 그러니까 나를 도와

저 사람들을 설득해 주어야 해요.」에글라는 흐느끼면서 이렇게 말했습니다. 그러나 우리야는 뜻밖의 말을 했습니다.

「나는 그대를 사랑한 적이 없다. 내가 사랑한 것은 진짜 에글라, 문둥이였던 진짜 에글라이다. 그대와 진짜 에글라 사이에는 두루 통하는 데가 없다. 약간 닮았다는 점이 있기는 하나 그것은 끊임없이 흐르는 용암과 움직일 줄 모르는 바위가 두루 통하는 점과 같다. 그대는 온전하게 새 여자가 되었다. 그대가 새롭고, 온전하고, 건강하게 거듭났다는 것을 내가 어찌 모를까. 그러나 지금의 그 모습이 내게는 전혀 좋아 보이지 않는다. 전보다 훨씬 추해지고, 푸르뎅뎅한 색깔조차 없어진 그대는 이제 나와도 다르고, 우리 마을의 문둥이 식구들과도 다르다. 솔직하게 말하면, 그대의 그 모습이 내게는 구역질이 난다. 아니…… 심한 말을 하는 것이 아닌데, 미안하다. 그러나 이런 말을 하게 하는 것은, 그대가 물정 모르는 짓거리를 하고 있기 때문이다. 보아라, 그대와 내가 이제 부싯깃과 물 꼴이 된 것도 모르겠는가? 가벼운 부싯깃은 물 밑에 있을 수가 없다.」

「우리야, 그럼 나더러 어쩌라는 거예요?」

「그대의 동아리가 있는 곳, 구얍느엘로 가거라.」

「구얍느엘 사람들 역시, 내가 정하게 된 것을 인정하지 않았는걸요. 그런데 신얍느엘 사람들 역시 나를 이렇게 쫓아내려 하는군요.」

「글쎄, 그대가 어디로 가야 하는지는 나도 모르겠구나.」

「그래요. 내게는 갈 데가 없어요. 이제, 무슨 일이 있든지 여기에서 버틸 테예요.」

「여기에는 있을 수가 없다. 문둥이들이 가만있지 않을 게다. 아자일과 요나답은 우격다짐으로라도 그대를 출송하려고 할 게다. 그것이 바로 율법이다.」

「율법 따위는 아무래도 좋아요. 내겐 갈 데가 없어요.」

「왜 신얍느엘이 있고 구얍느엘이 있는 것인가? 우리는 오로지 하느님과의 계약을 준수하고 있음이 아닌가?」

「계약 따위는 아무래도 좋아요.」

「요나답과 아자일은 하느님 목전에서 우리 농아리의 이익을 지킨다. 그러므로 그대는 가야 한다.」

「신들 따위에게는 신경 안 써요. 나는 안 갈래요. 마당에 앉아서 버티겠어요. 아무도 나를 내 땅, 부정한 사람들이 사는 내 땅에서 나를 끌어내지 못할 거예요.」

「이 땅을 더럽히지 마라! 이제는 그대의 땅도 아니다. 그대의 땅은 저기 저쪽, 얍텔 골짜기 건너편에 있다. 가거라. 어서 여기에서 나가! 그대의 길로 나서라는 말이다!」

「못 갑니다. 그러니 당신네 아자일에게 어서 내 방울이나 내어놓으라고 하세요.」 에글라는 울부짖으면서 시체 가치장 앞마당에 털썩 주저앉아 다리를 꼬았습니다.

「마음대로 하거라만, 내가 경고하지 않더라는 말은 하지 마라.」

우리야는 이 말을 남기고 시체 가치장을 떠났습니다. 앞마당에 모여 있던 무리가 웅성거리기 시작했습니다. 에글라는 마당 한가운데 앉아 있었습니다. 에글라의 눈에, 평상에 놓여 있는 시체의 하얗고 커다란 발, 나무의 뿌리 같은 발이 보였습니다. 그 뒤에 있는 방부 기름 가마에서는 김이 오르고 있었습니다.

그 젊은 신인(神人)은, 에글라에게 그런 일이 일어나고 있다는 걸 알까요? 그는 에글라를 기억하지 못할 것임에 분명합니다. 새벽녘에 본 데다, 그때의 에글라는 얼굴이 뒤틀린 문둥이였으니까요. 에글라도 그 젊은 신인을 원망하지 않았습니다. 기적이 있었고, 그래서 몸을 되찾은 것뿐이다……. 에글라는 이렇게만 생각했습니다. 그러나 자기에게 일어날 일을 그렇게 잘 아는 사람이라면, 자기에게 장차 일어날 변화가 그렇게 중요한 것임을 아는 사람이라면, 자기가 그렇게 만들어 놓은 에글라에게 장차 돌멩이 세례가 돌아오게 되리라는 것도 알았을 것임에 분명합니다.

하면, 자기가 베푼 신유의 기적 때문에 에글라가 장차 돌멩이 세례를 받게 되는 것을 알았으면서도 왜 에글라의 문둥병을 고쳐 주었을까요? 이런 질문에 대한 해답도 그는 알고 있었을 것입니다. 모른다면 신인(神人)일 수 없는 거지요.

그러나, 돌멩이가 점점 가깝게 날아오고 있어서 에글라는 거기에도 앉아 있을 수가 없었습니다.

에글라는 앉은 채로 이런 생각을 했습니다. 영주 헤로데의 포고문이 무어라고 했던가……. 아도나이께서 수를 헤아리시어 당신 백성의 동아리에서 옆으로 밀어 두셨고, 내가 몽둥이로 어깻죽지 부러뜨린 자를 감히 세울 수가 있는 것이더냐……, 이러지 않았던가? 그렇다면 그 젊은 신인은 감히 아버지 하느님의 뜻과 한번 맞서고 싶었던 것일까? 어쩌면 그 신인은 하느님과 정면으로 맞서는 데 성공한 것인지도 모른다. 그런데 하느님의 진노는 왜 내 머리에 떨어지는 것일까? 아버지 하느님과 그 아드님 사이는 별로 좋지 않은 모양이구나…….

에글라는, 우박처럼 쏟아지는 돌멩이 세례를 받고 비틀거리며 일어나 돌담으로 둘러싸인 시체 가치장 문으로 뛰어들어 갔습니다. 머리에서 흘러내린 피 때문에 눈은 이미 보이지 않았지만, 그렇다고 정신을 잃을 정도는 아니었습니다. 문둥이들은 소리를 질러 대면서 에글라 가까이로 다가섰습니다. 에글라는 걸음을 멈추고 그들에게 따지고자 했습니다.

「형제들이여, 나는 부정한 사람입니다, 나는 부정한 사람입니다, 대체 왜 이러는 것입니까?」 에글라가 외쳤습니다.

그러나 되돌아온 것은 저주로 바뀐, 토막 난 메아리뿐이었습니다. 문둥이들이 외쳤습니다.

「정하다! 정하다!」

바로 그 자리에서 에글라는 그날 들어서 세 번째로 온몸에서 힘이 빠져나가는 순간을 경험했습니다. 에글라는 문둥이 마을 밖으로 통하는 길이 있는 쪽으로 돌진했습니다. 문둥이들은 에글라가 마음을 고쳐먹고 마을로 들어올까 봐, 얍텔 골짜기까지 따라오면서 돌멩이를 던졌습니다. 얍텔 골짜기에는, 구얍느엘에서도 유명한 외통수들이, 에글라가 밤을 도와 다시 구얍느엘로 숨어들어 저희와 자식들에게 문둥병을 옮길까 봐 경계선을 지키고 있었습니다. 에글라가 문둥이 마을에서 저희들 정결한 마을로 넘어올까 봐, 그날 낮부터 돌멩이를 모아 놓고 기다렸던 것입니다. 양쪽으로부터 돌멩이 세례를 맞으면서 에글라는 험한 골짜기를 따라 사람이 살지 않는 땅으로 들어갔습니다. 에글라 지키기에 지친 두 얍느엘 백성들은, 하느님과의 계약을 한 번 제대로 지켜 본 것을 만족해하면서 각기 마을로 돌아갔습니다. 하기야 하느님과의 계약을 본때 있게 지켜보고자 하는 사람들에게는 어떤 기도에도 견줄 수 없는 풍성한 수확이었겠지요.

이윽고 지친 에글라는, 사람들이 던져서 쌓인 돌무더기 위에 쓰러졌습니다. 얼마 뒤 정신을 차린 에글라는 그 돌로 조그만 돌집을 짓고는, 가시풀, 뱀의 알, 죽은 짐승의 고기 같은 것을 주워 먹으면서 그 골짜기에 붙박이기로 결심했습니다.

에글라가 살기 시작하면서 그 골짜기는 〈에글라의 땅〉, 돌집은 〈에글라네 집〉으로 불립니다.

몇 년 뒤, 순례자 차림을 한 두 길손이 메마른 얍텔 골짜기를 지나고 있었습니다. 두 길손 중 빨강 머리의 키가 작은 사람은 표정이 다소 상스러웠고, 눈빛은 흐리멍덩해서 흡사 종신 징역 선고를 받은 사람 같아 보였습니다. 보따리를 지고 있는 다른 한 사람의 눈은 믿음의 불길로 타오르고 있었습니다. 두 사람은 이윽고 햇빛에 달구어진 바위 위에 도마뱀처럼 널브러진 채 자고 있는 에글라 옆까지 이르렀습니다. 두 사람 중 젊은 사람이 말했습니다.

「선생님, 기억하시는지요? 몇 년 전 이 얍느엘 근방에서, 아니 바로 여긴지도 모르겠습니다만, 선생님께서는 젊은 문둥이 여자 하나를 고쳐 주셨는데요?」

나이가 많아 보이는, 눈빛이 종신 징역 사는 죄수 같은 길손이 대수롭지 않게 대답했습니다.

「아니다, 안드레아야, 기억이 안 난다.」

「그러셨습니다. 유다 덕분에 저는 똑똑히 기억합니다. 특히 예언과 관련된 대목을요. 가리옷 유다는, 이렇게 한적한 데서 기적을 일으킨다는 예언이 없다는 것을 이유로 그 문둥이 여자를 고치지 못하시게 했지요. 그러나 선생님께서는 기어이 하시었습니다. 또 하시겠습니까?」

예수 그리스도는 안드레아를 노려보면서 고개를 가로저었습니다.

「왜 하느냐? 그것과 이 늙은 여자, 몹시 늙은 여자와는 아무 관계도 없다. 거룩한 성에서 나를 기다리는 고통에 맹세하거니와, 나는 이 늙은 여자를 본 일이 없다.」

「선생님, 이 여자는 어쩌면 젊어지고 싶어 할지도 모르는데요? 인생을 처음부터 다시 한번 살아 보고 싶어 할지도 모르는데요? 하기야 선지자의 예언에는 회춘에 관한 예언이 없기는 합니다.」

사도의 말에 예수 그리스도가 응수했습니다.

「요나의 아들 안드레아야, 그 말은 이제 더 하지 마라. 네가 알다시피 예루살렘으로 죽으러 가는 하느님의 어린 양과, 여기에서 죽음을 기다리고 있는 이 여자는 조만간 내 아버지 앞에서 다시 만나게 될 것이다. 내가 이 여자에게 그런 영광 베풀기를 거절해야 하겠느냐?」

그리스도의 이 말을 끝으로 두 사람은 거룩한 성 예루살렘으로 발길을 재촉했습니다.

예루살렘의 기적

예수께서 벙어리 마귀 하나를 쫓아내셨는데 마귀가 나가자 벙어리는 곧 말을 하게 되었다. 군중은 이것을 보고 깜짝 놀랐다.

—「루가의 복음서」 11:14

 손톱에 겜 땅의 신성한 투구풍뎅이가 그려진 발레리우스 그라투스의 집게손가락 끝이 부드럽게, 서쪽 하늘을 물들이는 석양을 등지고 검은 절벽처럼 우뚝 서 있는 예루살렘 도성 건물의 윤곽을 가리켰습니다. 그 손가락 끝은 재빨리 움직였습니다만, 소환당한 유다 총독이, 손가락 끝이 향하는 건물의 이름을 제대로 대는 데 시간이 낭비되는 일은 없었습니다.

 총독 관저의 연회장에 마련된 발레리우스 그라투스의 자리 옆에는 로마에서 당도한 지 얼마 안 되는 신임 총독이 서 있었습니다. 신임 총독의 이름은 본디오 빌라도입니다. 아직 지중해의 따가운 햇살에 그을리지 않은 그의 풀기 없는 얼굴에는 다소 야비하고 심술궂은 표정이 떠올랐습니다. 지루해하고 있는 것은 분명할 터이나, 열심히 설명하는 전임 총독의 정성을 생각해서인지 그런 낌새는 얼굴에 표정으로 떠올리지 않았습니다. 그런데도 불구하고 그는 지쳐 있었습니다. 오스티아에서 야파까지 배를 타고 와, 야파에서 다시 예루살렘까지 고생고생 말을 타고 왔으니 무리도 아닙니다. 그러나 그로서 견딜 수 없는 것은 그런 고생보다도, 로마 제국의 하찮은 귀퉁이인 그 땅에, 세상이 다 아는 로마 제국의 인내심을 보여 주는 것은 좋지만, 관절염을 앓는 50줄의 점잖은 양반이 등줄기에 쥐가 나는 것도 감수하고 달려가게 해야 하느냐는 데 대한 불만입니다. 뿐만 아닙니다. 듣기로는, 저속하기야 하지만 그래도 화려한 성도(聖都)라고 들은 그에게 예루살렘은, 말을 타고 오면서 수없이 피해야 했던 똥 덩어리 때문에 인상이 좋을 턱이 없습니다.

이놈의 데는 하수도도 없나……. 그는 이런 생각을 합니다. 생각이 깊은 전임 총독은 유다 교도들이 지극 정성으로 섬기는 어느 선지자의 이야기를 하고 있었습니다. 그러나 저주받기로 선택된 백성의 비참하고 참혹한 삶에 얽힌 이야기, 개처럼 알랑거리며 2류 신에게 탄원하는 그 백성 이야기는, 동방이라고 하면 모든 것이 현란할 것이라고 생각하고 부임한 신임 총독에게는 인상적이기는커녕 구역질 날 지경이었습니다.

이놈의 데서 대체 목욕은 어디에서 하나……. 전임 총독의 설명은 듣는 둥 마는 둥 하면서 그는 이런 생각을 합니다. 전임 총독은 예루살렘의 성채가 얼마나 튼튼한가를 설명하면서 신임 총독에게, 그렇다고 해서 그 튼튼한 데 너무 의존해서는 안 된다는 말을 덧붙였습니다.

이놈의 데서는 운동을 어디에서 하나……. 눈으로는 전임 총독의 손가락을 쫓으면서도 그는 이런 생각을 합니다만, 기실 그가 생각하는 것은 로마입니다. 그는, 오스티아에서 불어오는 바닷바람과 맞부딪치는 시원한 로마의 북풍…… 부드러운 티베리우스 강안(江岸)을 간질이는 시원한 비…… 거룩한 산록의, 오랜 세월 풍상에 시달려 온 봉우리들을 생각합니다. 그는 신전을 생각합니다. 로마의 신전은, 되지 못한 것에 믿음을 기울이는, 변덕이 죽 끓듯 하는 얼간이들이나 거룩하게 여기는 예루살렘의 구조물이 아닙니다. 로마의 신전은 로마의 원로원에 의해 의미가 부여된, 그지없이 튼튼한 건물입니다. 사람의 형상에 따라 빚어진 수많은 신들, 어찌나 사람 같은지, 남신은 더러 진짜 사람들의 거래와 협잡의 대상이 되기도 하고, 여신은 잠자리 상대가 되기도 하는 그런 신들이 들어서 있는 신전입니다. 그는 주인을 상대로도 태연하게 속임수를 쓰는, 자기의 캄파니아 저택의 관리인들, 경기장에서 엄지손가락을 뒤집고 열광하는 관중들, 전차 경기장의 모퉁이를 급회전할 때마다 서로 부딪치는 전차들, 대리석 노름판 위를 구르는 주사위를 생각합니다. 그는, 로마의 안마용 안락의자 옆에 맥없이 놓여 있을, 테렌티우스 바로의 의견을 정면으로 되받아친 자기의 미완성 논문 『완벽한 농부』를 생각합니다. 향내, 낙타 똥 구린내, 썩어 가는 시체 냄새, 구역질 나는 향료 냄새가 진동하는 유다 땅, 지평선에는 벌겋게 마른 잡초만이 무성한 유다 땅에서 살아야 하는, 임신한 아내 걱정도 합니다. 그러나 역시 그의 머리를 떠나지 않는 것은 유다 땅을 다스리는 명예를 하사한, 혹은 인생의 황금기에 든 자신을 로마에서, 저희 신의 모습이 어떻게 생겼는지도 모르는 야만인들 사이로 쫓아 보낸 카이사르 티베리우스입니다. 빌어먹을 놈의 총독 자리, 빌어먹을 놈의 카이사르, 빌어먹을 놈의 유다 땅!

「빌라도 각하, 저기를 좀 보시오.」 발레리우스 그라투스가, 힌놈 골짜기를 내려다보는 거룩한 성, 기드론 골짜기를 내려다보는 아크라를 손가락질하면서 말을 이었습니다.

「이제부터 각하가 다스려야 할, 지리에는 도무지 상식이 없는 이 야만인들은, 아, 글쎄, 지옥의 문이 저희 집 근방에 있다고 믿는대요. 하기야 지옥문이 이것들의 눈앞에 아가리를 벌리고 있는 게 우리에게 그렇게 나쁜 일만은 아니지만 말이오.」

그의 손가락 끝이 조금씩 왼쪽으로 옮겨 갔습니다.

「저기 저, 오구구 모여 있는 오두막을 보시오. 로마의 늑대에게 쫓기며 달아나는 양 떼 같기도 하고 자갈 무더기 같기도 하지요. 저기가 모리야랍니다. 옛날 예루살렘의 중심이지요. 우리 로마의 광장을 모방한 모양이나, 내가 보기에는 졸작이랍니다. 한때는 지혜로운 솔로몬의 행궁(行宮)과, 그 아비 되는 다윗의 집이 저기에 있었더래요. 다윗을 아시지요? 우리 카툴루스가 클라우디아를 애통해했듯이 하느님을 애통해하면서 만가(挽歌)를 지었다는 저 멍청이, 좀도둑, 협잡꾼을 말이오. 어쨌든, 백성이 이자에게 깜빡 속았다니 하느님인들 속지 않을 도리가 없었겠지요. 내가 보기에, 원래 신이라고 하는 것은, 자기가 보호하는 백성보다 영리할 수 없는 법이고, 백성의 지력(智力)도 저희가 섬기는 신의 수준을 넘지 못하는 것 같소. 백성은 저희 분수에 맞는 신을 섬기고, 신은 저와 가장 비슷한 백성을 골라 단물을 뽑아 먹는다는 게 내 생각인데, 그래, 본디오 빌라도 각하의 생각은 어떻소?」

빌라도는 아무것도 생각하고 있지 않았습니다. 그는, 예루살렘으로 오면서 맡은 유다 시골의 똥 덩어리 냄새가 자기 코에 배어 있기라도 한 듯이 손수건을 코에 대고 있었습니다.

미간을 보고, 빌라도가 아무 생각도 하지 않고 있다는 것을 눈치챈 그라투스는 이야기를 조금 빠르게 진행시켰습니다.

「오른쪽에 있는 게 성전과 의회당이오. 각하의 임시 주인, 아니, 각하의 손님이라고 하는 게 낫겠소만, 그자가 있는 곳은 그 너머랍니다. 각하가 인계받게 될 정치 상황의 개요를 설명하는 별로 유쾌하지 못한 절차를 치를 때 그자 이야기를 더 하게 될 테지요.」

「대단히 감사합니다, 그라투스 각하.」

신임 총독은 이렇게 말했습니다만, 대단히 감사하는 것 같지는 않았습니다. 실제로 신임 총독 빌라도는 이렇게 생각했습니다. 되지도 않은 국을 끓여 내게 먹이려 하는 모양이다만…… 글쎄, 반역이나 혁명이 있다면 근위대로 보내는 나의 첫 지급보(至急報)에 그것이 반영되지 않을 리 없겠지.

「나에게, 총독을 저기 저 건물 있는 곳으로 안내하는 영광을 누리게 해주시겠소? 가까이서 보고 싶으실 텐데 말이오.」

본디오 빌라도에게는, 가까이서는 고사하고, 멀리서도 예루살렘의 건물들을 보고 싶은 생각이 없었습니다. 그러나 청을 거절함으로써 전임 총독을 모욕하고 싶지도 않았으니 부러 만족해하는 척하면서 고마운 제안이라고 황송해하는 수밖에요. 빌라도의 노예들이 두건이 달린 망토를 입혀 주고는 그 두건으로는 얼굴을 보이지 않게 가려 주었습니다. 이렇게 해서 로마 제국의 두 고관은 나란히, 후덥지근한 예루살렘의 새벽 거리로 나갔습니다.

그라투스 전임 총독이 설명합니다.

「이 거리로 가면 신전이 나옵니다만, 우리 로마 군병들은 이 거리를 〈로마의 거리〉라고 하고, 유다인들은 〈유다의 거리〉라고 하지요. 하지만 〈비렁뱅이 거리〉라고 해야 제격일

게요. 왜냐? 이 거리는, 동냥으로 먹고사는 떠돌이들의 모임 터이자 잔치 마당이거든요. 보세요, 빌라도 각하, 꼴이 썩 마음을 끄는 데는 아니지만, 동방의 모습을 생생하게 볼 수 있는 데가 여기랍니다. 각하가 지급보 형식으로 로마로 보낼 어떤 보고서에서도 이 모습을 다 묘사하기는 어려울 것이오.」

길 양쪽에서는 절름발이 거지들이 앉은 채로 졸고 있었습니다. 희끄무레한 새벽빛에 드러난 그들의 모습은, 줄줄이 늘어선, 폭풍에 가지를 잘린 나무들 같았습니다. 모두, 제대로 꾸어 보지도 못한 채 끝나 버린 꿈속의 그림들 같기도 했습니다. 어찌 보면 칠이 벗겨진, 방치된 격자 창살 같기도 했고요. 불가해한 어머니 대지의 변종들, 아이들이 기괴한 장난감을 가지고 노는 기이한 세상의, 태엽이 감기지 않은 장난감 같기도 했습니다.

「그라투스 각하, 나는 저자들이 총독의 면전에서 비럭질하도록 내버려두지 않겠습니다.」 빌라도가 덤덤하게 말했습니다.

그때까지만 해도 빌라도는, 그라투스의 치적에 대한 언급은 자제했던 터입니다. 그러나 우월감을 느끼고 있음에 분명한 그라투스의 미소, 혹은 자기에게 필요 이상으로 친절한 그라투스의 행동에 그만 속이 뒤틀리고 만 것입니다. 빌라도는 속으로 생각했습니다. 동방의 버르장머리가 몸에 배어도 단단히 배어, 시도 때도 없이 구린내를 풍기는 이 뚱뚱이 얼간이가 나를 햇병아리로 보고 있지를 않나? 이자는 내게 인계할 이 땅의 저 참상이 내 눈에는 안 보이는 줄 알고 있는 것인가? 암, 내 눈으로는 못 보는 줄 알고 있는 게 분명해…….

「금지시켜 봐야 금지되지 않는 게 공공연한 비밀이 된 터에 도대체 어쩌겠소?」 그라투스가 물었습니다.

그는 직업적인 호기심 사이로 묻어나는, 신출내기 총독에 대한 조롱기를 굳이 숨기려 하지 않았습니다.

「병대(兵隊)를 보내어 쫓아 버리지요.」

「여보, 총독 양반, 그렇게 하는 게 아니지요…….」

그라투스는 자기 방어 태세를 갖추었습니다. 동방풍으로 화장한, 두툼한 눈꺼풀 아래로 후임자를 내려다보면서 그라투스 총독은 생각했습니다. 전형적인 벼락출세꾼 아닌가? 전 주인이 아직 집을 비우지도 않았는데 벌써 새 주인 노릇을 하려는 데 그치지 않고 전 주인이 세워 놓은 것을 뒤집을 궁리까지 하고 있지 않나? 이 장대한 혼돈, 하나 자연스럽기 그지없는 혼돈에다 무엇이 어째? 군대를 투입하자는 것이냐? 유피테르 신께서는 아실 일이지만, 권력에 주린 이 천한 것들이 감히 내 앞날을 훼방하고, 이상적인 내 삶에 섞여 들어와 분탕질 치고들 있지 않나? 내가 이것들을 입히고, 살찌우고, 다독거리지 못할 바에는, 필경은 탄탄대로이던 나의 정치 입지의 꿈을 깨뜨릴 터인 이것들의 싹을 잘라 버리는 것만 같지 못하다. 하지만, 그라투스여, 내 앞에 있는 이 애송이가 나를 나태하다고 비난하고, 감히 나를 제 논문 『완벽한 농부』 첫 장에 나오는 게으른 촌것들에 견주고 있지만, 점잖게 웃어야지. 하지만, 애송이 본디오여, 아무리 작은 마을이라도 로마에서의 삶은 대지에서 뿌리 뽑힌 이곳 잡초의 운명보다는 나은 것이라네. 이 동방을 다스리는 일은, 그대의 유명한 저 농부들의 지침서에다 그려 놓은, 화살을 날려도 걸릴 것이 없을 만큼 반듯한 이랑 일구기와는 다르다네……. 그라투스는 이런 생각으로 속을 끓이면서도 겉으로는 사근사근하게 말을 이었습니다.

「암, 실책이 될 것이고말고. 내가 까닭을 일러 드릴 테니까 잘 들어 보시오. 세상에, 비참한 인간의 삶을 바라보는 것보다 더 재미있는 일이 어디 있겠소? 그 재미가 무슨 재미냐 하면, 튼튼한 인간이 병든 인간에게서 뽑아서 누리는 행복의 재미라는 것이오. 공공의 복지라고 하는 것은 이로써 가능한 것이오. 예루살렘의 수많은 병신들이 무엇을 요구합디까? 겨우 동전 한 닢의 자비 아니오? 만일에 이것들이 우리에게 새수로 건설을 요구한다고 생각해 보시오. 그러면 도대체 달란트가 금화로 얼마나 들겠어요? 그러니까 농업 실무에 관한 책을 쓰신다고 하니 신임 총독께서도 금화와 동전의 근본적인 차이, 특히 우리 수중에서 나가야 할 때 이 양자가 얼마나 서로 다른지를 아셔야겠소. 본디오 빌라도 각하, 이제 정무에 손을 대시게 되면 반드시 알아야 하는 것은 말이오……」

말은 이렇게 하면서도 그라투스는 빙그레 웃으며 속으로 생각했습니다. 글쎄, 안면으로만 제국에 충성하는 게 아니고 아주 출자까지 한 제국주의자인 그대 같은 돌대가리가 이해할 수 있을지 모르겠지만……

「한 놈의 진짜 유다인은 열 놈의 가짜 유다인 무리보다 훨씬 쾌적한 분위기를 만들어 준다는 것이오. 그리고, 우리의 이름으로, 우리의 요청에 따라 저희 하느님으로부터 벌을 받았다고 주장하는 이 병신들이 따지고 보면 가장 충성스러운 우리 로마 제국의 신민들이라는 것이오. 그러니 총독, 내 권면컨대, 이들에게 각별한 호의를 베풀어 주어야 할 것이오.」

본디오 빌라도는 유념하겠노라고 말했습니다. 본디오 빌라도의 판단에 따르면, 상황은 우선 관리 규모가 크고 거기에서 나오는 이익의 규모 또한 클 뿐, 자기가 논문에다 쓴 농정(農政)의 상황과 다를 것이 없다고 생각했습니다. 그는, 예리한 독자들이 자신이 논문에다 쓴 우사(牛舍)의 관리 방법을 제대로 이해해 줄 수 있기를 바랐습니다. 어쨌든 본디오 빌라도는 병신 비렁뱅이들에게 동전 몇 닢을 던져 줌으로써, 이 말썽 많은 촌것들의 환심을 사야 할 모양입니다. 그래야 새 총독인 자신에게, 황제에게 새 항구 건설을 촉구하라고 탄원하지 않을 터이기 때문입니다.

「내가 몇 녀석을 소개하리다.」 전임 총독이 제안했습니다.

「발레리우스 그라투스 각하, 좀 미루면 안 되겠습니까…….」

본디오 빌라도는, 허연 거품을 뿜어 대고 있을 병신들 무리를 생각해 보았습니다. 그 병신들 무리가 로마의 삼단노(三段櫓) 전함에서 날아간 길 잃은 석궁(石弓)처럼 총독 관저의 견고한 성벽 한 모서리를 허물 것 같은 기분이었습니다. 본디오 빌라도로서는 생각하는 것만으로도 구역질이 나는 것 같았습니다. 그래서 전임 총독에게 애원하다시피 했습니다.

「저는 어제부터 아무것도 입에 넣지 못했습니다. 이제 무엇을 좀 삼켜야 할 터인데, 글쎄요, 그런 비렁뱅이 무리와의 사귐이 제 식욕을 돋우어 줄 것 같지 않아서 드리는 말씀입니다.」

「하지만 오늘부터는 그것들도 각하의 충직한 신민들이오.」 그라투스가 우겼습니다.

「그렇다면야 어쩌겠습니까?」 본디오 빌라도도 더 이상은 싫다고 할 도리가 없었습니다.

전·후임 총독은 두건으로 얼굴을 가리고 거지들이 많은 거리로 나갔습니다. 거지들이 많은 거리는, 흡사 예루살렘 네 귀퉁이에서 불어온 바람에 날려서 그렇기라도 한 것처럼 꾸불텅거리면서 무수한 도로와 통하고 있었습니다. 병신들의 거리에서는 애걸하는 소리, 불평하는 소리, 읍소하는 소리가 낭자했습니다. 어조도 각각이고, 음조도 각각이고, 사투리

또한 각각이었습니다. 목구멍이 찢어지라고 떠들어 대는 자가 있는가 하면, 천식으로 캑캑거리는 자, 코맹맹이 소리를 내는 자, 느려 터지게 빼는 자, 끊임없이 재잘거리는 자, 더듬거리는 자, 징징 우는 자, 쉭쉭 소리를 내는 자…… 각양각색이었습니다. 올빼미 울음처럼 푸근한 소리, 모래 쏟아 붓는 듯한 깔깔한 소리, 태풍이 지나가는 듯한 공허한 소리, 갇힌 물이 콸콸거리는 듯한 소리, 가래 끝에서 가지 부러지는 듯한 소리…… 어두운 소리, 낭랑하게 울리는 소리, 웅얼거리는 소리, 매끄러운 소리, 부드러운 소리, 베 폭을 찢는 듯한 소리, 귓속을 파고드는 소리…… 망치로 때리는 듯한 소리, 송곳 끝처럼 날카로운 소리, 낫으로 자르는 듯한 소리, 서류 넘기는 듯한 소리, 톱질하는 듯한 소리, 이리의 이빨이 되어 듣는 사람을 갈가리 찢어 놓는 듯한 소리도 있었습니다.

발레리우스 그라투스는 이 아귀굴 같은 곳을 느릿느릿 태연하게 걷고 있었습니다만, 본디오 빌라도는 호통을 치고 싶다는 충동을 참아야 했습니다. 본디오 빌라도가 물색 모르고 호통을 쳤더라면, 제 목소리에 놀라 비렁뱅이들 사이에서 뒤로 나자빠졌을 타입니다.

「한 놈을 고릅시다. 말이 많지 않은 놈, 신세타령을 하지 않을 놈으로요. 그런 놈이라면, 이 시온의 비렁뱅이 중에는 벙어리인 메세제베일로밖에 없어요. 배냇병신인 벙어리인데, 지금은 아모낙 주점 앞에서 비럭질을 하고 있을 게요.」

전임 총독의 말이었습니다. 본디오 빌라도는 놀라다 못해 질려 버린 시선을 두건으로 가리고는 도로 양쪽으로 서 있는 듯한 절망의 벽을 두리번거렸습니다. 가장 두드러져 보이는 것은 역시 팔다리 병신들이었습니다. 병신들은 하나같이, 한 가지 병신에다, 그보다 훨씬 비참한 다른 한 가지 병신을 보태어 놓은 형국이었습니다. 애절하게 보이는 딱딱한 가면 하나를 쓴 듯한 얼굴로, 딱딱한 판석 위에 앉아 있는 소경들 옆으로는, 만물이 깊은 꿈에 잠기는 영원한 침묵의 세계 앞에서 수족관에 든 물고기처럼 몸을 뒤틀어 대는 농아 비렁뱅이들이 있었습니다. 농아 비렁뱅이들 옆으로는 저희들만이 아는 낙원의 행복에 잠긴, 귀신 들린 자들이 있었습니다. 귀신 들린 자들 중에는 험악한 눈길로 행인을 노려보는 자, 고함을 질러 대는 자, 징징거리는 자, 앉은자리에서 펄쩍펄쩍 뛰는 자들도 있었습니다만 공통되는 것은 다 이따금씩 횡설수설해 댄다는 것이었습니다. 수도 가장 많고 겉모양이 다양하기로는 역시 팔다리 병신들이었습니다. 허벅지 아래가 잘려 흡사 나무의 그루터기 같은 다리 병신, 가지가 잘린 나뭇등걸 같은 팔 병신, 한쪽 팔이 없되, 반대쪽 다리 하나가 없어 그럭저럭 균형이 맞아 보이는 팔다리 병신에서부터, 팔다리가 멀쩡한데도 불구하고 무릎 방석 위에 가만히 앉은 채로 넋두리를 늘어놓고 있는 앉은뱅이까지 이 역시 각양각색이었습니다. 본디오 빌라도는 병신들을 가짓수로 나누어 보았습니다. 코 없는 병신 이외에도 외눈, 외팔, 외다리, 외귀 등 이루 다 나눌 수가 없을 지경이었습니다. 외팔에 외귀, 외다리에 외팔, 외다리에 외귀, 외눈에 외귀도 있었습니다. 관헌에게 저항하다가 귀를 잘린 소경도 있었고, 혀를 뽑힌 외팔도 있는가 하면, 코를 잘린 앉은뱅이도 있었습니다. 소경, 귀머거리는 물론, 부러진 가지 끝으로 수액을 흘리듯이, 끊임없이 피를 쏟고 있는 자도 있었습니다.

「끔찍해라······. 문둥이만 빠지고 골고루 다 모였구나.」

자갈길을 건너면서 본디오 빌라도가 몸서리치는 시늉을 했습니다.

두 총독은 이미 아모낙 술집 앞에 이르러 있었습니다. 출입문에서 그리 멀지 않은 곳에 메세제베일로가 서 있었습니다. 메세제베일로는, 누더기 차림의, 잿빛 머리카락을 산발한 땅딸막한 이스마일 족속이었습니다. 그는 일그러진 손으로, 동전이 몇 닢 든 오지그릇을 하나 들고 있다가 행인이 지나갈 때마다 동전이 짤랑거릴 만큼 오지그릇을 흔들어 행인에게 너그러움을 빌고는 했습니다. 오지그릇을 들지 않은 나머지 손에는 실팍한 지팡이가 들려 있었습니다. 벙어리니까 물론 말을 하지 못합니다만, 그는 바싹 마른 입술 밖으로 한두 마디씩 외마디 소리를 내고 이로써 자기의 느낌과 생각을 나타내고는 했습니다.

발레리우스 그라투스가 그에게 인사를 건넸습니다.

「여, 메세제베일로, 잘 있었느냐? 그래 경기는 어떠냐?」

벙어리 겸 절름발이 비렁뱅이는 유다 총독을 알아보고는 땅에다 무릎을 꿇었습니다. 그의 무릎은 보이지 않는 걸레에 무수히 닦인 양 반짝거렸습니다. 로마의 고관인 그라투스가 일어서라고 하자 이 벙어리 겸 절름발이 비렁뱅이는 아주 거북해 보이는 몸짓으로 일어서면서 툴툴거리는 듯한 소리를 내었습니다. 벙어리의 말귀를 알아듣지 못하는 사람의 귀에는, 그날 벌이가 신통치 않다는 걸 불평하는 소리로밖에는 들리지 않을 그런 소리였습니다. 본디오 빌라도도 그런 소리로 알아들었는데 과연 알아듣기는 제대로 알아들었던 모양입니다. 메세제베일로가 보충 설명이라도 하듯이 오지그릇을 흔들어 그날 들어서 한 닢밖에 얻지 못한 동전을 짤랑거리게 했으니까요.

그라투스가 웃으면서 말했습니다. 「그게 무슨 뜻이냐? 너에게 동냥을 주는 사람들이, 새 총독이 겁이 나서 모두 파산

신고라도 해버렸다더냐? 하지만 걱정할 일은 아니다. 그 양반들이라고 해서 허구한 날 카이사르에게로 보낼 돈만 거두고 있겠느냐……」

그라투스는 오지그릇 속을 들여다보면서 말을 이었습니다.

「봐라, 그래도 아우구스투스 조폐국이 찍어 낸 〈쿠아드란트 본 에벤투스(행운의 동전)〉이구나. 메세제베일로야, 잘 간수하거라. 뒤에 찍힌 〈쿠아드란트 본 에벤투스〉라는 말마따나 이게 너에게 행운을 가져다줄 테니까.」

그라투스와 메세제베일로의 수작을 바라보면서 본디오 빌라도는 생각했습니다.

그라투스 이거 미친놈 아닌가……. 로마의 정치가답지 않게 유다인 거러지와 아주 놀고 있지를 않나……. 이 동방이라는 땅이 필경 날 미치게 하고 말지……. 발레리우스 그라투스에게 관심을 기울인다는 것을 핑계 삼아, 로마로 보낼 지급보에 이 창피한 사건을 언급하는 것도 나쁘지 않겠구나. 어쩌면 이 언급 자체가, 저희 땅에 지나치게 오래 머무는 로마인에게 동방인들이 앙심을 품는 까닭을 설명하는 데도 도움이 되겠구나. 그러면 오늘 아침 이 늙은이가 내게 부린 그 심술에 대한 앙갚음도 될 테지……. 본디오 빌라도는 지나치게 과도한 정무로부터 해방시켜 준다는 핑계를 달아 유다 총독 그라투스의 모든 명예를 박탈한 카이사르가 이번에는 그 피곤을 달래 준답시고, 급사장 자리만도 못한 내직(內職)으로 보냄으로써 그라투스를 정치적으로 추방시키는 광경을 어렵지 않게 상상할 수 있었습니다. 암, 한가한 내직으로 쫓겨 가면 시간도 충분할 테니까 나를 생각하면서, 사람을 맞을 때는 겉으로 정중한 체하면서 속으로는 골탕을 먹일 일이 아니라는 것을 깨닫게 될 수 있을 테지…….

본디오 빌라도가 이런 광경을 상상하고 있는데, 그라투스가 벙어리 비렁뱅이에게 물었습니다.

「동전이 여기에 있는 것으로 보아, 로마인이 네 앞을 지나갔다. 내 말이 맞겠지?」

메세제베일로가 한 차례 펄쩍 뛰고는 외마디 소리를 질렀습니다. 그렇다는 뜻일 터입니다. 그라투스가 다시 물었습니다.

「내가 거느리는 우리 로마 군단을 좋아하느냐?」

메세제베일로는 다시 한 차례 펄쩍 뛰고는 힘차게 소리를 질렀습니다.

「그럼 우리 로마인은 어떠냐? 우리 로마인을 좋아하느냐?」

메세제베일로는 펄쩍 뛰고는, 지팡이를 쳐들고 하늘과 땅을 번갈아 가리키며 깩깩거렸는데 본디오 빌라도가 듣기에는 흡사 쥐가 찍찍거리는 소리 같았습니다. 메세제베일로는, 상대가 알아듣지 못할 것을 염려해서 그랬는지 같은 동작을 한 차례 더 되풀이했습니다. 발레리우스 그라투스가 본디오 빌라도에게 벙어리의 시늉말을 풀이해 주었습니다. 「이자의 말은, 로마 제국으로부터 입는 은덕은 하늘과 땅 사이의 거리만큼이나 아득하다는 뜻이오. 동방 사람들이 과장을 좋아하기는 하나, 이만하면 동전 한 닢 값은 한 것 같지요?」

그라투스는 이러면서 벙어리 겸 절름발이 거지의 오지그릇에 동전 한 닢을 떨어뜨렸습니다. 동전이 짤랑 소리를 내며 오지그릇에 떨어지자 메세제베일로는 흡사 거인의 발길에 엉덩이를 걷어챈 것처럼 포석 위를 길길이 뛰었습니다. 입으로는 씨근거리면서, 식식거리면서 메세제베일로는 몇 차례고 지팡이로 하늘과 땅을 가리켰습니다. 감사하는 마음이 비쳐서 그런지 그의 표정은 밝기가 한량없었습니다. 말 못하는 메세제베일로는 그때 이런 생각을 하고 있었습니다. 우리 야훼께서 강림하신다, 야훼께서 이스라엘의 자식들을 구하려고 강림하신다! 하늘과 땅 사이는 넓은 듯하나 실은 좁아서 우리 야훼께서는 한달음에 이 사이를 건너뛰신다! 그분은 뜻하시면 언제나 세계를 건너뛰실 수 있는 분, 이 우주의 으뜸가는 뜀뛰기의 선수이시다! 너희 놈들에게는 땅굴을 파고 숨을 시간도 없고, 무쇠 방패 밑으로 숨을 시간도 없다. 야훼께서는 땅으로부터도 저주를 받고 하늘로부터도 저주를 받은, 흡혈귀이기도 하고, 괴물이기도 한 너희 로마 놈들, 더러운 우상 숭배자들인 너희 로마 놈들을 적발하실 것이기 때문이다. 너희 로마 놈들에게 저주 있으라. 하늘에서도 땅에서도, 땅 밑에서도 하늘 아래서도 저주 있으라……. 그는 속으로 이런 저주를 퍼부으면서 지팡이로 하늘과 땅을 번차례로 가리키면서 펄쩍펄쩍 뛰었습니다.

「알아들으시겠소?」

그라투스가 신임 총독 본디오 빌라도에게 물었습니다.

「못 알아듣겠습니다…….」 본디오 빌라도는 이렇게 대답하면서 내심 생각했습니다. 동방 놈들보다 동방 놈 행세를 더 하는, 이 허풍선이 같은 늙은이가 무슨 속임수를 쓰고 있는 게 아닐 것인가? 이 이야기가 돌아 사람들 귀에 그라투스는 알아듣고 빌라도는 못 알아들었다는 말이 들어가면 그라투스는 존경을 받고 빌라도는 비웃음을 당하는 것은 아닐 것인가? 그렇거니, 내 명예를 그나마 지켜 내는 길은, 이 서푼어치도 안 되는 놀음을 끝내는 방법뿐이겠구나. 그래. 모르는 것은 모른다고 하자……. 여기에서 또 한 수 지는구나.

「모르겠습니다. 그라투스 각하께서는요?」

놀랍게도, 전임 총독의 대답은 심히 모욕적이었습니다.

「나요? 물론 못 알아듣지요. 벙어리가 떠들어 대는 소리를 어떻게 알아듣소? 내 말은, 이자가 드러내고자 하는 바를 이해하겠느냐는 뜻이오. 지극히 웅변적인 저 몸짓의 뜻을 아시겠느냐, 이 말이오.」

「모르겠습니다.」 본디오 빌라도가 퉁명스럽게 대답했습니다.

「하면 내가 설명해 드리지요. 나는 이들에게는 이방인이고 또 점령군의 지도자이기는 하나 오래 유다인 사이에서 지내다 보니 자연히, 익히 알려진 언어로 표현되지 않았다고 하더라도 그 드러내고자 하는 느낌을 이해할 수 있게 되었지요. 이자의 지팡이가 하늘을 향하는 것은 무엇인가를 부르는 것이오. 그렇다고 해서 이 땅의 어떤 것을 부르는 것은 아니고, 말하자면 메세제베일로는 이로써 저희 하느님을 부르는 것이지요. 저희 하느님을 부른 직후에 이자의 지팡이가 우리를 향하지요? 이로써 이자는 저희 하느님에게, 지상에서 누리는 고마운 삶을 우리에게 감사한다는 뜻을 전하고 있는 것이오. 요컨대, 이자는 저희 하느님에게, 방금 제 오지그릇에 던져진 은전(恩典)의 값을 셈하여 주시오, 하는 것이랍니다. 그러니까 이자가 이런 행동을 여러 차례 되풀이하면 할수록 이자의 기도는 그만큼 더 경건한 것이고, 따라서 하느님으로부터 내려오는 갚음은 그만큼 크게 되는 것이라오.」

「대단한 해석이십니다.」 본디오 빌라도가 응수했습니다.

이로써 빌라도는 안도의 한숨을 내쉬었습니다. 약간 막연하기는 하나 이 설명을 그는 믿기로 했습니다. 결국 발레리우스 그라투스가 자기를 비웃고 있는 것은 아니었던 것입니다. 그렇다면 로마로 지급보를 보내는 일도 조금 고려해야 할 터입니다.

신임 총독과 전임 총독 사이에 이런 대화가 오갈 동안에도 메세제베일로는 계속해서 펄쩍펄쩍 뛰면서, 도저히 알아들을 수 없는 외마디 소리를 내질렀습니다. 그러면서 메세제베일로는 이런 생각을 합니다. 하늘에서 오시는, 오, 야훼시여, 땅에 내리셔서, 예전에 이집트를 치실 때 그러셨듯이 우선 이 [蝨]로써 경고하시고 연후에 쓸어버리소서. 오, 주님이시여, 학살자들과 폭군들을 치시되 천상의 벼락과 지상의 도끼로 치시되, 피 흘리는 그 시신을 땅에다 끄시고 하늘에다 거시어 지난 긴긴 세월 저희에게 고통을 안긴 자들에게 본때를 보이소서. 특별히 간구하오니, 여기 제 앞에 있는 이자, 여기 제 앞에 있는 이자를 먼저 치소서……. 메세제베일로는 이런 생각을 하면서 지팡이로 계속해서 발레리우스 그라투스를 가리켰습니다.

「이 병신이, 제 목숨을 온통 나에게 내어 맡길 모양이오. 내가 이곳을 떠난 뒤에도 필요할 때마다 내 이름으로 오늘같이 찾으면 축복이 있을 것이오.」 발레리우스 그라투스가 그 자리에서 발길을 돌리면서 말했습니다.

「각하의 말씀도 명심하고, 저자의 말도 귀담아듣기로 하겠습니다.」 본디오 빌라도가 대답했습니다.

「유다 땅의 신임 총독 각하. 잘 보셨겠지요? 이게 바로 진짜 동방의 모습이랍니다.」

메세제베일로는, 두 귀족이 티로포에온 거리 모퉁이로 사라진 연후에야 뛰기를 그쳤습니다. 그에게, 로마인 중에 가장 싫은 로마인이 있다면 그것은 바로 그라투스 총독이었습니다. 그 까닭은, 밤새 질탕한 잔치를 벌인 총독이 총독 관저의 창을 열고 아침을 맞을 때마다 메세제베일로의 눈에 띄기 때문입니다. 그라투스는 메세제베일로에게 정말 잘해 주었는데도 불구하고, 이따금씩 한두 닢의 아스페르 동전을 주었는데도 불구하고, 메세제베일로는 그럴수록 그만큼 총독을 더

미워했습니다. 만일에, 총독이 주는 돈은 고스란히 받으면서도 그로부터 은혜를 입는다는 느낌을 거둘 수 있었더라면 메세제베일로도 총독을 그렇게 미워하지 않았을 것입니다.

잠시 후 에사오 벤 코레이가 아모낙 술집에서 나왔습니다. 에사오는 하루의 대부분의 시간 — 그러니까 술에 취해 있는 시간 — 은 유곽에 마련되어 있는 제 사실(私室) 아니면 노름방에서 죽치고 지내는 지독한 게으름뱅이였습니다. 그는 주정뱅이라기보다는 건달이었습니다. 그를 잘 아는 메세제베일로는 그의 모습을 보는 순간, 또다시 뜀뛰기와 외마디 소리로 자기 느낌을 나타내었습니다.

「옛다, 먹어라, 벙어리야.」

에사오는 이러면서 동전 한 닢을 벙어리의 오지그릇으로 던졌습니다. 그러나 동전은 오지그릇을 빗나가 땅바닥에 떨어졌습니다.

메세제베일로는 지극히 온화한 얼굴을 한 채 그 동전을 주우면서도 마음속으로는 저주를 퍼부었습니다. 저놈의 팔이 오그라져 버리기를, 그래서 뭘 던져도 늘 이렇게 헛군데에만 떨어지게 되기를, 입술까지 술잔도 못 들어 올릴 만큼 저놈의 팔이 오그라져 버리기를……

에사오가 소리쳤습니다.

「어젯밤 주사위 노름에서 띠로에서 온 두 놈에게 껍질을 벗겼다. 내 지갑은 시나이 사막처럼 말라서 할 수 없이 아모낙 가게에서 쓰레기 같은 걸 사 먹었었으니까, 너도 그것이면 푸성귀는 살 수 있을 게다. 너는 주사위 노름이 싫으냐?」

메세제베일로는 외마디 소리를 내고 예의 지팡이로 하늘과 땅을 번차례로 가리키면서 생각했습니다. 우리 야훼께서 네놈을 하늘처럼 텅 비게 한 연후에 네놈의 몸 위에다 물먹은 흙같이 무거운 절망을 덮으시기를……. 야훼께서는 주사위 노름에 능하시되, 손속을 부리시는 날에는 이 세상에서는 견줄 데 없는 야바위꾼이시다. 그분이 나서시면 바람이 하늘의 옷인 구름을 벗기듯이 네 껍데기를 홀랑 벗겨 주실 게다. 그분이 손을 쓰시는 날 네놈의 몸은, 돌무더기에 던져진 접시처럼 텅 비게 될 게다. 그분이 그 마른 입술로 네 피를 빠시는 날, 네놈의 몸은 땅처럼 무거워도 그 비어 있는 양은 하늘과 같을 게다. 바라건대 똥으로 땅을 거두듯이, 우리 주님께서 저주로 너를 살찌우시기를……. 하느님께서 너에게 저주를 내리시고 벌을 주시되, 네 몸은 땅처럼 무겁게, 내 속은 하늘처럼 비게 될 때까지 내리시고 주시기를…….

「헛수작 부리지 마라, 이 벙어리야. 주사위는 하늘처럼 가벼운 것도 땅처럼 무거운 것도 아니었다. 성약궤(聖約櫃)에 맹세코 주사위는 좋은 것이었는데 이놈의 때가 내 편이 아니었구나.」에사오가 이러면서 제 집 쪽으로 사라졌습니다.

메세제베일로는 에사오가 준 동전을 꺼내어 앞뒤를 자세히 살펴본 뒤 이빨로 깨물어 보기까지 했습니다. 진짜 구리가 틀림없고, 수염이 없는 황제의 얼굴도 새겨져 있었습니다. 그러나 코레이의 아들 에사오의 손에서 나온 것이니만치 가짜이기가 쉬웠습니다.

이렇게 해서 후덥지근한 아침나절이 지나갔습니다. 메세제베일로는 아침나절을, 동업자인 병신들을 저주하면서, 야훼와, 이름이 기억나는 대로 온갖 신들의 이름을 부르면서 보내고 난 참인데, 거래를 트러 오는 시리아의 곡식 도매상을 보았습니다. 그는 거리로 들어오면서도 걱정기가 잔뜩 묻은 눈길을 연방, 지붕의 이엉처럼 마른 타무즈의 하늘로 던지고는 했습니다.

곡식 도매상에게 정중하게 절을 하면서도 메세제베일로는 이런 생각을 했습니다. 어서 오너라, 이 살진 멧돼지야, 깜부기 자루야, 우리 주님 포도원의 말라비틀어진 포도 덩굴아. 와서 한 닢 놓아 보아라, 이 시리아의 건달, 탐욕스러운 짐승아. 우리 주님께서 네놈의 눈을 멀게 하시면 이 부자 놈은 진흙 바닥에 질질 끌릴 텐데……. 주님께서 이 더러운 부자의 목뼈를 부러뜨리시고, 전지전능하신 손으로 하시거나, 저 전지전능하신 무릎에다 대고 하시거나, 이놈의 이 가느다란 모가지를 탁 부러뜨려 주셨으면 얼마나 좋을꼬……. 메세제베일로는 오지그릇을 계속해서 흔들어 대면서, 눈길을 하늘에 꽂은 채 다가오는 상인에게 비굴한 시선을 던지면서 생각을 계속했습니다. 오너라. 와서 썩은 자루처럼 탁 터지거라. 그래야 이 메세제베일로가 먹을 밀도 좀 쏟아지지 않겠느냐. 그래야 이 벙어리도 배를 채우고 하느님을 위해 춤이라도 좀 출 수 있지 않겠느냐? 오너라, 어서 오너라…….

시리아 장사꾼은 늘 그러듯이 절름발이들 앞을 지나갔습니다. 우는소리, 애걸하는 소리, 오지그릇을 짤랑거리는 소리에 이 장사꾼은 문득, 장사차 메대에 갔다가 보았던 물의 요정의 기우제를 떠올렸습니다. 그래서 메세제베일로에게 소리쳤습니다. 「네 메대에서 들은 바로, 비를 비는 데는 벙어리의 춤이 영험이 있다더라. 하느님은 아시듯이 비가 이렇게 안 오면 나 같은 사람은 파산하고 만다. 그러니, 네 이름이 무엇이건, 뛰어라, 춤을 춰라. 뛰면서 비를 빌어 다오. 하여, 네 기우에 응답이 있으면 내 밀 반 세겔을 주마. 옛다, 선금이다!」

메세제베일로는 자기도 모르는 사이에 뛰기 시작했습니다. 부자 장사꾼에게 비를 빌어 줄 요량으로 뛰면서도 메세제베일로는 이런 생각을 합니다. 이놈아, 비는 안 올 게야. 우리 야훼께서 비를 내려 주시지 않을 게야. 하늘의 물꼬가 막혔어(그는 이 대목에서 지팡이로 하늘을 한 번 쓰윽 그었습니다). 그러니 이 땅에 비가 내릴 턱이 있겠어(이 대목에서 지팡이로 땅을 한 번 쓰윽 긋고), 하늘에서 경세제민하시는 야훼께서 그걸 두고 보시지 않을 게야(이 대목에서 하늘과 땅바닥에 무슨 모양을 그리면서). 하늘은 마를 게야(이 대목에서 또 한 차례 하늘을 쓰윽 긋고), 말라서 주먹만 해질 게야. 그러면 하루는 바짝 오그라든 시리아 밀 한 알만큼이나 작아질 게고, 네놈의 밭(이 대목에서 또 한 번 땅을 긋고)은 악마의 손아귀 속에서 사라질 게야…….

메세제베일로는 침을 탁 뱉으면서 생각을 계속합니다. 이런 나쁜 놈아, 네놈의 비 여기 있다. 신들이 네놈에게 소나기를 보내신 것인즉, 어서 내 침으로 네놈의 밀농사나 짓거라…….

메세제베일로는, 장사꾼이 사라질 때까지 뜀뛰기를 계속했습니다. 장사꾼이 사라지자 메세제베일로는, 시리아 장사꾼이 뿌린 씨가 싹트기 전에 뭉개 버리는 듯이 발꿈치로 제 침을 싹싹 뭉개어 버렸습니다.

다음 행인은, 갈릴래아 농부 차림의 두 촌사람이었습니다. 메세제베일로는 오지그릇을 흔들면서 절을 하되, 행인의 초라한 차림새와, 무겁지 않을 터임에 분명한 두 행인의 지갑 무게에 딱 알맞게 절을 했습니다. 약게 구느라고 이렇게 하는 게 아닙니다. 버릇이 그렇게 들어 있을 뿐입니다. 앞을 지나는, 그렇게 초라한 행인에게는 별로 저주를 퍼붓지 않는 것도 그의 버릇 중 하나입니다.

두 사람 중 연장자인 듯한 사람이 그냥 지나가려고 하자 젊은 쪽이 그를 불렀습니다. 「선생님, 이 가난한 자에게 뭘 좀 주시지요. 천국이 이미 저들의 것이 아닙니까?」

연장자가 짜증스러운 듯이 대꾸했습니다. 「유다야, 조금 전에 내가 너에게 여행 경비나 좀 보태라고 했을 때 네가 무어라고 했느냐? 네 돈주머니에는 한 푼도 남아 있지 않다고 하지 않았느냐?」

「선생님, 저는 돈을 말씀드린 것이 아닙니다. 말씀에 기록되어 있으되, 주님은 자비로우시니, 내 그분을 찬양하리로다……. 그러니 쓰인 대로 이루어져야 합니다. 저는 선생님께서, 이 사람의 영혼이 간구하는 보물을 주셨으면 하고 생각하고 있습니다.」

메세제베일로는 허리를 훨씬 더 많이 굽히면서 생각했습니다. 오냐, 이자들이 〈보물〉이라고 하는데, 그것이 동화(銅貨)든 유화(鍮貨)든 내 침을 뱉으리라. 왜냐? 너그러운 척하는 것들은 기껏해야, 포도주 한 잔 값도 안 되는 동화나 유화를 던지기가 일쑤거든. 아니, 어쩌면 그보다 더 작은 청동 조각일지도 몰라. 청동화 두 개, 하나에 하나씩……. 꼴에 생각들은 하는구나, 이런 구두쇠 같은 개자식들. 오냐, 네놈들이 나를 기다리게 할 동안 우리 야훼께서도 기다리실 게다. 기다리셨다가 벼락을 내리실 게다. 온전하게 은화 한 닢을 내면 괜찮을 터이겠지만 반 닢을 내면 저주는 반밖에는 피하지 못할 게다. 메세제베일로는, 틈만 나면 저주를 퍼붓는 사람입니다. 그런데 그가 마음속으로 퍼붓는 저주에는 두 가지 흐름이 있습니다. 한편으로는 계산하고, 평가하고, 추측하고, 다른 한편으로는 단정하고, 질책하고, 저주하는 것입니다. 그런데 문득 그에게, 앞에 서 있는 두 사람은 변장한 백만장자들이라서 어쩌면 황제의 모습이 새겨진 은화, 아니면 동화에만 나오는 것이 아니라면 금화도 휙 던질지 모른다는 생각이 들었습니다. 그런데 왜 이렇게 꾸물거린담. 야훼시여,

이것들을 확 쓸어버리소서. 그러나, 돈을 낸 뒤에 쓸어버리소서…….

메세제베일로는 눈을 감았습니다. 그의 귀에 두 사람 중 연장자가 하는 말소리가 들렸습니다. 〈에파타……〉 무엇인가를 여는 기도였습니다. 돈주머니를 여는 기도일 테지. 메세제베일로는 입술 가를 스치는 부드러운 손가락의 감촉을 느끼는 한편, 기침 소리 비슷한 소리를 들었습니다. 그다음에는 느껴지는 것도 없고 들리는 소리도 없었습니다.

메세제베일로는 눈을 떠보았습니다. 두 사람은 사라지고 없었습니다. 그는 별 생각 없이 줄곧 흔들고 있던 오지그릇을 내려다보았습니다. 더 들어온 것이 없었습니다. 행운의 동전 〈쿠아드란트 본 에벤투스〉, 에사오의 동전, 그리고 장사꾼이 던지고 간 동전뿐이었습니다.

이때 본디오 빌라도가 모리야에서 돌아오는 길에 그 비렁뱅이 거리를 지나고 있었습니다. 발레리우스 그라투스는 옆에 없었습니다. 그라투스는 금방(金房) 볼일이 남아 있어서 모리야에서 본디오 빌라도와 함께 올 수 없었던 것입니다. 본디오 빌라도는 아모낙 술집 앞에 선 채로, 벙어리 메세제베일로를 보면서 웃고 있었습니다. 조금 전에 두 갈릴래아 사람들이 벙어리에게 하는 짓을 보고 있던 참이어서, 벙어리가 실망하는 모습이 재미있었던 것입니다. 오냐, 이 기회에 저 벙어리를 위로해 주자. 위로해 줌으로써 나를 진심으로 믿고 따르는 부하를 하나 만들어 두자. 그래. 조국에 대한 봉사를 이로써 시작하는 것이다. 본디오 빌라도는 이렇게 생각하면서 지갑을 열고 아그리파의 모습이 새겨진 꽤 굵직한 디나르 은화 한 닢을 꺼내어 벙어리 비렁뱅이의 오지그릇에 던졌습니다. 그러고는 물었습니다.

「이것 보아라, 전임 총독을 어떻게 생각하느냐?」

메세제베일로는 대답하지 않았습니다.

「괜찮다. 기탄없이 말해 보아라.」

그런데 이어서 도무지 일어날 법하지 않은 사건이 발생했습니다. 기겁을 한 유다 총독으로 하여금 그날 그때부터 모든 동방인 — 통치자건 범죄자건, 노예건 귀족이건 — 모두 불가사의한 인간들, 로마인의 입장에서 보면 어떻게 해볼 도리가 없는 인간들이라고 생각하게 한, 참으로 기상천외한 사건, 흡사 지남철처럼 거리의 비렁뱅이라는 비렁뱅이는 물론이고 심지어는 총독 관저 앞의 경비병까지도 그 자리로 우르르 모여들게 한 사건, 당사자인 메세제베일로조차 어안이 벙벙해진 사건이 발생한 것입니다. 메세제베일로는 두 갈릴래아 농부를 의심했습니다. 왜 그랬느냐 하면, 갈릴래아 농부들이 사라진 직후 메세제베일로가 아무리 그러지 않으려고 했는데도 불구하고 자기도 모르는 사이에, 야훼께서 두 사람 중 한 사람을 보호해 주시라고 기도하게 되어 버렸기 때문입니다. 그러니까 두 갈릴래아 사람이 다녀간 직후에, 어머니의 자궁 속에서 꼬여 버렸고, 따라서 태어날 때 이미 꼬여 있던 메세제베일로의 혀가 풀려 버린 것입니다. 이렇게 혀가 풀린 메세제베일로는 우렁찬 소리, 도발적인 음성, 비아냥거리는 어조로, 그때까지 제 속에만 담고 있던 가장 은밀한 생각을 언표해 버린 것입니다. 그의 음성은 광장 위로, 집집의 지붕 위로, 유다 교회당 위로, 그리고 온 거룩한 도성 예루살렘의 하늘로 퍼져 나간 것입니다. 만군의 주님이신 야훼의 군호(軍號)에 응답하는 선택된 백성의 함성으로 진동한 것입니다. 메세제베일로는, 강철 허파에서 뿜어져 나오는 듯한 소리로 이렇게 외친 것입니다.

「로마인이여, 그러니까 내 말을 듣고 싶은 것이냐? 그러면 말하리라! 로마를 타도하자! 티베리우스 황제를 타도하자! 유다 총독을 타도하자! 우리의 피를 빠는 로마의 개들을 때려 죽이자! 로마의 신들을 쳐부수자! 오, 이스라엘이여, 칼을 들어라! 오, 이스라엘이여, 불을 질러라! 오, 이스라엘 만만세!」

메세제베일로는 제풀에 놀라고 당혹한 나머지 눈을 까뒤집으면서 외쳤습니다. 놀라고 당혹한 까닭은, 아무리 외치지 않으려 해도 안 되었기 때문입니다. 생각을 끊으면 말이 나오지 않을 것 같아서 생각을 끊고자 해도 끊어지지 않았기 때문입니다. 그는 백정 앞에 선 짐승처럼 공포에 사로잡혀 있었습니다. 그러나 그는, 기절초풍을 한 본디오 빌라도가 경비병들을 불러, 잡아다가 법에 따라 심문하고, 채찍을 때려 십자가에 매달라고 명할 때까지도 로마와 로마의 학정에 대한 욕지거리를 그만둘 수 없었습니다.

본디오 빌라도의 얼굴에서 미소가 사라졌습니다. 그는 허리를 구부리고 먼지 구덩이에서, 벙어리 메세제베일로가 경비병들과 드잡이하느라고 떨어뜨렸던 〈쿠아드란트 본 에벤투스〉, 혹은 행운의 동전을 주워들었습니다. 그는 처음에는 그 동전을 불고, 다음에는 겉옷 소매로 닦았습니다. 그 동전을 주머니에 넣으면서 본디오 빌라도는, 모리야에서 볼일을 마치고 뒤따라와 있던 발레리우스 그라투스에게, 참으로 놀라운 것을 깨달았다는 듯한 얼굴을 하고는 말했습니다.

「발레리우스 그라투스 각하, 각하의 말씀이 옳습니다. 동방은 믿어지지 않으리만치 기이한 곳이군요.」

실로암의 기적

예수께서 길을 가시다가 태어나면서부터 눈먼 소경을 만나셨는데…… 예수께서는 땅에 침을 뱉어 흙을 개어서 소경의 눈에 바르신 다음, 〈실로암 연못으로 가서 씻어라〉 하고 말씀하셨다. 소경은 가서 얼굴을 씻고 눈이 밝아져 돌아왔다.
—「요한의 복음서」 9:1, 6~7

티마에우스의 아들 바르티마에우스는 여름 햇살에 부어 오른 눈을 감았습니다. 그는 구세주께서 사라지신 뒤에도 감히 자기 무릎 방석을 떠날 생각을 못했습니다. 떠나기는커녕, 안전한 뗏목 같은 그 무릎 방석에서 이방인들로 넘실대는 탁 트인 바다로 나갈 마음도 먹을 수 없었습니다. 갓 열린 그의 눈에 뒤틀린 형상으로 보이는, 파도 같은 이방인 무리는 그렇게 위협적일 수가 없었습니다. 그는, 기적을 일으키는 그분의 침이 뺨 위에서 마른 직후부터, 갓 열린 눈으로 세상 보는 것을 꾹 참고, 빈틈없이 정확한 귀에만 의지해서 그 길손이 어디로 갔는지 가늠하고 있었습니다. 그 길손은 자기에게 한마디 질문도 던지는 법이 없이 정말 황망하게 그 자리에서 사라졌던 것입니다. 그는 수많은 유다인들이 환호하는 것으로 미루어, 그 갈릴래아 사람이야말로 에브라임 광산에서 귀한 광석을 잔뜩 싣고 온 나귀처럼 하느님의 자비를 잔뜩 짊어지고 내려오신 다윗의 자손일 것이며, 여전히 실로암 연못가를 누비고 다니며 침을 탁탁 뱉음으로써 유다 땅 병신들을 무작위로 구원하고 있을 것임을 믿어 의심하지 않았습니다.

그는 장구통배를 흔들면서 외쳤습니다.

「호산나! 다윗의 자손이여!」

장구통배의 배꼽이 코앞에서 흔들리는 것에 저 자신도 놀란 그는 눈을 꼭 감았습니다.

그는 토요일만 제외하고 — 토요일은 안식일이니까, 기적을 일으키는 분의 자비도 쉬어야 하니까 — 매일 아침 실로암 연못가에다 갈대 무릎 방석을 깔고 앉아 있곤 했습니다. 실로암 연못에서는 탁한 성수(聖水)가 찰랑거리고 있었습니다. 연못에서는, 수많은 불구자들이, 성수가 썩는 냄새를 풍기는 여느 물로 돌아가기 전에 그 구정물에다 몸의 일부를 담금으로써 천사의 날개와 스치는 기회를 붙잡으려고 기를 쓰고 있었습니다.

바르티마에우스는 그 연못 앞에서 이런 생각을 합니다. 이놈의 연못을 알게 된 지가 무릇 몇 년이던가? 내가 여기에 오고 나서부터 알고 있던 연못이 아니냐? 그런데 저 천사라고 하는 빌어 처먹을 것은 왜 그렇게도 바쁜 척을 하던고. 이것은, 하느님의 일을 하는 게 아니라 하느님의 세금이나 걷어먹으러 내려오는 것 같지 않던가. 연못 물에 날개를 축이는 둥 마는 둥 하고 휙 공중으로 날아올라 가버리니, 신유(神癒)의 물결이 그저 한두 차례 일고 말 수밖에⋯⋯. 이러니 병신들이, 개구리밥으로 그려진 거룩한 물결 속으로 소리를 지르면서 뛰어들 수밖에⋯⋯. 물결이 그렇게 시원치 않으니 티눈

하나 제대로 나을 리가 있나. 그러니 그렇게 많은 병신들이 뛰어들어도, 티눈은 나을망정 꼬인 팔이 풀릴 리 없고, 꼬인 혀가 풀릴 리 없고, 먼눈이 열릴 리 없을 수밖에……. 그나마 천사의 하강에 때맞추어 연못 물에 몸을 담그기가 얼마나 어렵던가. 그런데도 천사는 내려오자마자 발도 제대로 안 담그고 가까이 있는 병신들의 머리를 딛고 지나가 버리니, 병신들의 머리가 어디 썩어 가는 수중교(水中橋)라더냐? 게다가 어디 물인들 넉넉하더냐? 거품을 내면서 지글지글 끓는 듯한 이놈의 구정물에 몸을 담가 봐야 알몸만 번질거릴 뿐……. 이놈의 배는 또 왜 이 모양이냐? 그게 어때서? 티마에우스의 아들 바르티마에우스야, 네가 예리고에서 실로암까지 그 머나먼 길을 더듬어 와서 겨우 네 배꼽에 놀라느냐? 이런 이집트의 얼간이야, 세상이 넓고 넓은데 겨우 배꼽 타령이 당하냐? 나머지 세상은 훨씬 아름다울 게다. 세상을 창조하신 야훼는 소경이 아니었을 테니까…….

바르티마에우스는 왼쪽 눈을 가만히 떠 보았다가는 황급히 도로 감아 버렸습니다. 몸이 길쭉한, 거대한 버러지 한 마리가 연못가에서, 삐죽이 나온, 산(山)사람의 얼음 깨는 도끼 같은 턱을 뻘에 담근 채 미끄덩거리고 있는 게 보였기 때문입니다. 그 성수에서 나오려고 발버둥치는 절름발이 바크부키의 모습이었습니다. 바르티마에우스는 생각합니다. 이런 빌어먹을, 겨우 온몸이 이[蝨]가 득시글거리는 바크부키를 보자고 눈을 떴단 말이냐? 아니지, 이렇게 생각할 일만은 아니지. 이 세상에 바크부키 같은 사람만 있는 건 아닐 테니까. 적어도 이 바르티마에우스가 찾은 광명 천지에 바크부키 같은 인간만 사는 것은 아닐 테니까. 이 세상에는 어떤 인간들이 살고 있을까? 고마우셔라, 광명을 주신 분이여……. 이 세상에는 보기 좋은 것들이 많을 거라…….

바크부키는 바르티마에우스와 지하 묘지에 함께 사는 절름발이입니다. 그런데도 바르티마에우스는 눈을 감은 채로 부끄러운 줄도 모르고, 바크부키에게 무덤에서 나가 달라고 하기로 결심했습니다. 앞을 못 볼 때는 함께 사는 사람이 어떻게 생겼든 전혀 관심이 없던 바르티마에우스입니다. 그러나 이제부터는 사정이 다릅니다. 완벽한 세계일 터인 새 세상을 살아가기로 작정하면서 그렇게 너저분하고 역겨운 것을 눈앞에 용납한다는 것은 되찾은 광명의 세계에도 그렇지만 특히 그 광명을 되찾아 주신 분에게 인사가 아닐 터입니다.

그런데 눈을 감고 있자니까 세상이 더 잘 보이는 것 같아서 좋았습니다. 안 보고 있으려니까, 앞으로 살아갈 세상에 대해 그럴듯한 상상을 마음대로 할 수 있어서 좋았고, 세상 만물이 그 추한 모습으로 자기를 실망시키거나 화를 돋울 것이라는 두려움이 일지 않아서 좋았습니다. 그는, 하느님도 눈을 감은 기분으로, 무(無)에서 창조하신 세상을 걸으셨을 것이라고 생각했습니다. 하느님의 창조에는 전형도 법칙도 금제(禁制)도 없었을 터이니, 하느님 역시 배냇소경과 같은 기분이었을 거라고 생각했습니다.

바르티마에우스, 어둠의 세계에서 네가 창조한 빛이 밝지 않다고 누가 너를 나무라더냐? 어둠의 세계에서 네가 창조한 빛이 이렇듯 찬란하고 이렇듯 눈부신 빛이 아니라고 누가 너를 나무라더냐? 그렇다. 어둠의 세계에서 네가 알던 빛은, 여름에는 몸을 태우는 뜨거운 바람, 살갗을 그을리는 검은 태양, 암흑 속에서 뜨거운 날빛이었고, 겨울에는 검은 고드름, 온몸을 얼리는 서릿발 같은 어둠, 암흑 속에서 차가운 날빛이었다. 네 세계의 만물이 온통 검은 색깔이었다고 누가 너를 나무라더냐? 만물이 검은 태양 아래서, 차갑고 검은 하늘 아래서, 암흑의 공간에서 때로는 움직이고 때로는 죽은 듯이 웅크리고 있었다고 해서 누가 너를 나무라더냐? 네 세계의 만물에는 모서리도 없고, 꼭대기도 없고, 옆구리도 없다고 누가 너를 나무라더냐? 네 세계의 만물이 혹은 비늘처럼, 혹은 종려나무 껍질처럼 거칠다고 누가 너를 나무라더냐? 네가 사는 검은 세계의 검은 얼굴은 시작도 끝도 없이, 형상도 없고 관계도 없이 뒤엉켜 있으면서도 상상 속에서 나름의 경계를 이루고 있다고 누가 너를 나무라더냐? 네 세계에는 거리가 있어도 네 걸음새로밖에는 그 너비가 재어지지 않는 거리가 있다고 누가 너를 나무라더냐? 네 세계에는 사물이 있되 너의 손가락으로 만져져야 비로소 그 윤곽이 드러나는 사물만 있다고 누가 너를 나무라더냐? 네가 겪는 수많은 일들이, 네가 그 검은 세계의 기이하고, 불가사의한 차원으로 해석해 들일 때 비로소 너에게 존재하게 된다고 누가 너를 나무라더냐? 그렇다. 아무도 너를 나무라지 않았다. 무슨 까닭이냐? 너만의 세계, 검은 거울에 비친 이 진짜 세계의 일그러진 형상과 흡사한, 자연의 법칙 너머에 존재하는 이 검은 세상에서는 모든 것이 수수께끼처럼 돌아가고, 모든 것은 기름 위를 미끄러지는 것처럼 움직이면서 빛나는 이중의 세계를 되풀이하고 있기 때문이다……

그래서 그는, 눈을 감고 있으려니 마음이 훨씬 편했습니다. 되찾은 광명 세계의 눈으로 보면 더할 나위 없이 답답한 느낌을 주는 주랑(柱廊)의 돌무늬도, 눈을 감으면 불확실한 암흑의 추억 위로 나른하게 떠오르는 것 같았습니다. 눈을 감으면, 그렇게 무섭고 놀랍던 병신들의 모습도 사슬에 묶인, 얌전하게 길든 모습으로 바뀌는 것 같았습니다. 눈을 감으면 뜨거운 날빛은 다시 검은 열기로 변했고, 세상의 거리(距離)는 걸음새로만 재어지는 거리로 바뀌는 것 같았습니다. 눈만 감으면, 예리고에서 온 소경, 티마에우스의 아들 바르티마에우스가 저만이 존재하던 세상, 저만이 창조자이자 전제 군주로 군림하던 세상으로 물러서는 순간부터, 신들과 경쟁한다는 생각도 없이 제 손으로 창조한, 하느님과는 아무 상관도 없는 세상의 만물 사이로 들어가는 순간부터, 세상 만물은 저마다 저만의 검은 무관심의 세계, 담담한 세계 속으로 은둔하기 때문에 그에게는 어떤 위협을 주는 대상도 되지 못했습니다.

바르티마에우스는, 벼락에 맞아 죽은 어린 나무들 같은 병신들만 우왕좌왕하는 연못가에 누운 채 이런 생각을 합니다. 이제 너는 눈을 떴으니까 세상을 볼 수 있게 되었다. 날빛을 받는 만물이 네 눈에 다 보인다고 해서 눈을 원망해서는 안 되는 일이다. 저기에 있는, 정신 나간 것들이 보인다고 해서, 눈이 그것을 창조한 것은 아니다. 정신 나간 것들…… 어쩌자고 저렇게 물가를 아직까지도 서성거리고 있는 것이냐? 어쩌자고 아직까지도, 날마다 내려오는 것도 아니고, 제 마음이 내킬 때나 내려오는 천사 따위를 믿는다는 말이냐? 다 부질없는 짓이지……. 그런데, 어디 보자……. 이것은 눈만의 문제는 아닌 게 분명하다. 내 눈에만 문제가 있는 것도 아니다. 구세주께서 내 눈에만 침을 뱉을 일은 아니었다. 세상의 모든 눈에 비치는 세상에 침을 뱉었어야 할 일이 아니냐? 그렇게 많은 침을 뱉자면, 어디 구세주 한 분의 입으로 될 일이냐? 천 명이라도 모자라겠다…….

바르티마에우스는 이런 생각을 하면서, 보는 데 익숙해 있지 않은 사람답게, 왼쪽 눈으로 본 것보다는 더 나은 것이 보이기를 바라면서 이번에는 오른쪽 눈을 반쯤 떠 보았습니다. 그 눈에 보인 것은, 군데군데 꼬마 악마의 눈 같은 고름 자국에 뒤덮인 두 개의 무릎이었습니다. 바르티마에우스는 소리를 버럭 질렀습니다.

「미니야민이구나! 이 벼락 맞을 사마리아의 상것, 이 천한 개구멍받이야!」 그는 이러면서 앉은뱅이 미니야민을 향해 돌멩이를 하나 집어던졌습니다. 앉은뱅이는 꼼짝도 하지 않았습니다. 이 좋은 눈으로 미니야민 같은 걸 바라보고 있을 필요는 없지. 그는 이렇게 생각하고는 다른 쪽으로 눈을 돌리는데, 이번에는, 머리에서는 피가 뚝뚝 듣는데도 불구하고 제 머리카락을 쥐어뜯고 있는, 마귀 들린 아나니아가 눈에 들어왔습니다.

「아도나이시여, 아도나이시여, 어찌하여 저런 머저리들이 제 잠을 방해하는 것입니까?」

바르티마에우스가 하늘을 우러러 부르짖었습니다.

「눈을 뜨고 나니 어떠냐? 보니까 세상이 마음에 드느냐?」 미니야민이 물었습니다.

「뭣 같다!」

바르티마에우스는 이렇게 내뱉고는 돌아누워 버렸습니다. 그러고는 돌아누운 채로 생각합니다. 곧 익숙해질 테니까, 조금만 참자, 티마에우스의 아들 바르티마에우스여. 좋은 걸 보겠다고 욕심을 부리지 말고 하찮은 것, 손가락 끝으로 만져 봐서 익히 그 모양을 아는 안전한 것부터 시작하자. 가령, 우리 거지들이 쓰는 무릎 방석 같은 것부터. 무릎 방석이야말로 우리의 요람이자 우리가 숨을 거두는 자리일 테니……. 바르티마에우스가 이렇게 생각하고 무릎 방석을 내려다보았습니다. 그런데 그게 죽은 쥐의 가죽같이 희뜩했습니다.

아이고, 이게 이렇게 끔찍했던가? 내 눈으로 보기 전까지는 깨끗한 것인 줄 알았고, 또 깨끗했었는데……. 그런데 눈이, 나의 이 고집통 같은 눈, 엉뚱한 눈, 아직은 길도 안 든 눈이 무릎 방석을 이렇듯이 더럽게 만들어 버렸구나. 그러나 그렇다고 눈을 원망할 일은 아니지. 비렁뱅이의 무릎 방석의 값을 어떻게 세상을 보는 능력에 견줄까 보냐…….

그는 또 돌아누웠습니다. 그때까지도 미치광이 몇몇이 상상 속의 괴물의 목같이 생긴 부주(浮舟)에 매달린 채 성수(聖水)의 수면을 찰방거리면서 정신 나간 천사를 기다리고 있었습니다. 그 미치광이의 모습은 흡사 동지 전후의, 물총새 둥우리 같았습니다. 그로서는 연못과, 하릴없이 천사를 기다리는 얼간이들의 부스스한 머리카락을 보지 않으려야 보지 않을 도리가 없었습니다. 그들은 천사가 날아가 버린 지 오래여서 더 이상 물결이 일 리 없는 그 연못가에서, 신유의 희망이 덧없는 것인 줄도 모르는 채 뺄로 몸을 문지르면서 시시덕거리고 있었습니다. 연못가로는 천사가 일으킨 물결이 아닌, 머저리들이 일으킨 물결이 잔잔히 번져 가고 있었습니다.

「아이고, 저런 머저리들……」 바르티마에우스가 신음처럼 내뱉었습니다. 그는, 태양 아래서 광명한 세상을 보기 시작한 바르티마에우스는 바로 그 태양 아래서 구역질을 느꼈습니다.

그는 일어서서 들고뛰었습니다. 그런데 뛰다 보니 무엇인가가 이마를 때렸습니다. 정신을 차리고 보니 벽이었습니다. 자기가 볼 수 있게 되었다는 걸 까맣게 잊고 눈을 감은 채 들고뛰다가 벽에 부딪힌 것입니다. 눈을 뜨고 사방을 둘러보니, 모래가 뿌려진 푸줏간 마당이었습니다. 가만히 보고 있으려니 그 마당에서는 비쩍 마른 황소들이 피투성이가 된 몽둥이의 세례에 차례로 쓰러지고 있었습니다.

 그는 또 달리기 시작했습니다. 그렇게 달리다가 자기 앞으로 오는 행렬을 보고는 드디어 볼 만한 걸 만나게 되었다고 좋아했습니다. 행렬은 다름 아닌 몇몇 로마 귀족들의 행렬이었습니다. 로마 귀족들의 가마를 메고 있는 사람들은 귀에 구리 귀고리를 단, 키가 크고 건장한 거인들인 누비아의 노예들이었습니다. 그에게는 참으로 볼 만한 광경이었습니다. 가마꾼들의 씩씩한 발걸음, 조각이 정교한 가마의 눈부신 외양, 다채로운 가죽 방석에 기대앉은 귀족들의 늘씬한 몸 생김새……. 그러나 이상하게도 그런 것들이 그렇게 놀랍게 보이지는 않았습니다. 놀랍게 보이기는커녕, 그 귀족의 가마에 앉아 있을 자기 자신의 모습을 생각하고 보니 서글퍼졌습니다. 자기로서는 도저히 앉아 볼 수 없는 가마였기 때문입니다. 이런 빌어먹을 놈의 눈! 이것이 이루어지지도 않을 것을 바라고 있지를 않나? 너는 어째서 아름다운 것을 아름다운 것으로 보는 것에 만족하지 않고, 주인인 나를 탐욕스럽게 만듦으로써 이렇듯이 구역질이 나게 하느냐…….

 제 눈의 생일이 저물 때까지, 그는 제 거처인 지하 묘지에서 지내기로 했습니다. 지하 묘지 안은 어두우니까 눈을 뜨고 보고 싶다는 유혹이 더 이상 자기를 괴롭히지 않을 것 같았기 때문입니다. 그 어둠 속에서는, 보고자 하는 것은 볼 수 없되, 오로지 보이는 것만 볼 수 있을 것 같았기 때문입니다. 그러나 눈이 어둠에 익으면서 바르티마에우스는, 지하 묘지에 함께 사는 사신(死神)이 인간과 비슷한 모습을 하고 있을 거라고 믿은 자기가 얼마나 어리석었는가를 깨달았습니다. 소경 바르티마에우스는 미신을 좋아하는 사람도 아니어서, 영혼은 육신 옆에 머물되, 육신이라는 것이 곧 썩으니까 필요 이상으로 머무는 것은 아니라고 믿었습니다. 인간이 생시에 그렇게 믿던 육체가 이렇게 붕괴되기 때문에 하기야 영혼이 오래 머물 일도 없을 터입니다. 그러나 볼 수 있게 되면서부터 바르티마에우스에게는 더 이상 그런 믿음이 없어져 버렸습니다. 바르티마에우스는 서둘러 넝마 보따리를 싸고는, 몇 년 동안 아무 일 없이 행복하게 살던 그 지하 묘지에서 도망쳐, 머리 위를 가리는 것이 하나 없는 거리로 나왔습니다. 내가 이제까지 얼마나 불행한 삶을 살아왔는지, 어떤 위험 앞에 드러나 있었는지, 적어도 이것만은 알게 되었구나. 그는 이런 생각으로 자신을 위로했습니다. 그는 구원을 받음으로써, 눈을 뜨게 됨으로서 자기에게 떨어질지도 모르는 불행을 피하기 위해서는, 구원받았다는 사실, 볼 수 있게 되었다는 사실을 인정하지 말아야겠다고 생각했습니다. 그러니까 볼 수 있게 된 것의 이점을 누리려 하지 말고, 소경이었을 적의 삶을 운명으로 알고 계속해서 그런 식으로 살기로 마음먹은 것입니다. 그러나 다음 날 밤, 소경이었을 적에 이따금씩 만나고는 했던 매춘부 요사베아와 동침하면서 바르티마에우스는, 볼 수 있게 되었다는 것은 곧 굉장한 저주를 받은 것임을 깨달았습니다. 요사베아의 모습을 뜯어보던 바르티마에우스가, 실로암으로 오고 나서는 처음으로, 아름다울 것으로 여기던 요사베아가 얼마나 추악한가를 두 눈으로 확인하게 된 것입니다. 바르티마에우스는 불같이 화를 내면서 저 자신을 저주하고 제 눈을 저주했습니다. 이런 천치 같으니, 저런 것을 아름다운 여자로 알고 있었다니! 그러나, 그렇게 알 때는 눈이 없었지. 그런데 이렇게 눈을 얻고 나니 사랑을 잃는구나. 그는 요사베아에게, 눈이라고 하는 것은 사나이로부터 사랑을 빼앗을 수도 있다는 말을 남기고는 유곽에서 도망쳤습니다.

그는 미친 듯이 실로암 거리를 방황했습니다. 호기심이 가는 광경이 자주 눈에 띄기는 했지만 다가가서 보면 그것은 곧 구역질이 나는 것으로 변했습니다. 시작될 때마다 희망으로 맞은 무수한 새날들이 절망 속에 저물고는 했습니다. 황혼은 그를 더욱 견딜 수 없게 했습니다. 온전한 암흑의 밤을 되찾아 보려는 기대가 날마다 무너질 때 오는 것이 황혼이었기 때문입니다. 이러저러한 일로 짜증에 시달릴 즈음 그는 나자렛 예수의 제자라는 한 갈릴래아 사람을 만났습니다. 눈을 뜨게 해준 사람의 제자라면, 그 눈으로 어떻게 살아야 할 것인가도 가르쳐 줄 수 있을 것이라는 기대감에서 바르티마에우스는 그에게 말을 붙여 보았습니다.

「이제 눈의 도움으로 그대도 하느님을 볼 수 있을 것이오.」 마태오가 말했습니다.

「나 자신의 하느님이라면 여태까지도 보고 있었어요. 어떻게 해야 우리 공동의 하느님을 볼 수 있다는 것인가요?」

「그대 주위의 만물에 하느님이 계시답니다. 그대가 눈을 돌릴 때마다 눈에 보이는 것은 모두 하느님께서 일으키신 기적이니까요. 우리 하느님은 만물에 깃들여 계시답니다. 하찮은 조약돌, 꽃 같은 것에도 깃들여 계시답니다.」

바르티마에우스는 잠자코 있었지만 속으로는 이런 생각을 했습니다. 만인에게 열린 하느님이 왜 하필이면 그렇게 너절한 것들을 거처로 삼으신담…….

「무엇을 바라시오? 무엇을 바라든 다 이루어질 수 있을 것이오.」 마태오의 말이었습니다.

「천만에요, 아무것도 더 바라지 않아요……. 제게는 이것으로 충분합니다. 소경이 보게 되었어요. 뭐가 더 필요하겠어요?」

 바르티마에우스는, 잘못했다가는 또 무슨 은혜를 입을지 모른다는 생각에 기겁하는 시늉을 하면서 소리쳤습니다. 그에게는 이미 받은 은혜만으로도 견딜 수 없을 지경이기 때문이었습니다.

「우리 동료 가리옷 유다는, 죄인이 어찌 구해야 할 것과 구해야 할 때를 알겠느냐는 말을 곧잘 한답니다. 그러니까 서둘지 말고 말해 보세요. 그대를 온전하게 해주신 분은, 지금은 우리와 함께 있지만 곧 보내신 이께로 가셔야 한답니다. 유다의 말에 따르면, 이분께서 보내신 분께로 가신 뒤로는, 우리가 찾아도 그분이 어디에 계시는지 알지 못할 것이고, 가고 싶어도 그분이 계신 곳으로 갈 수 없게 된답니다.」

 마태오의 이 말에 바르티마에우스는 뒤도 돌아다보지 않고 그 자리에서 도망쳤습니다.

 다음 날입니다. 기적을 일으키는 분을 다시 만나게 되고, 이로써 다시 또 하나의 자비 앞에 무방비 상태로 노출될 것이 두려웠던 나머지 바르티마에우스는 예루살렘까지 멀리 도망쳤습니다.

 예루살렘에 도착한 바르티마에우스는, 처음에는 수건으로 눈을 싸매고 다녔습니다. 까닭을 묻는 친구에게 바르티마에우스는 이렇게 대답했습니다.

「자비가 내렸고, 이로써 기적이 이루어졌다. 하지만 그 기적은 하느님의 것이 아니라 내 것이다. 다 내 할 탓인 것이다. 내가 이 눈을 쓰느냐, 쓰지 않느냐에 달린 것이다. 그런데 나는 눈을 얻고도 정말 볼 만한 것은 보지 못했다. 그래서 좋은 것을 볼 수 있을 때까지 내 눈을 이렇게 가린 채 건사할 참이다. 볼 만한 것이 정말 나타날 때까지, 그런 것이 나를 찾아

줄 때까지는 기적이 주신 나의 이 시력을 망치고 싶지 않다.」

그런데 바로 그날 밤, 의회당 광장에서 왁자지껄하는 소리가 들려 왔습니다. 호기심을 견디지 못한 바르티마에우스는 수건을 풀었습니다. 그의 눈에 띈 것은 총독의 경비병들 손에 이끌려 치욕의 기둥에서 끌려 내려오는 저 벙어리 메세제베일로였습니다. 로마 제국의 권위를 부정하고 모욕한 죄명으로 채찍으로 얼마나 맞았던지 메세제베일로의 몸은 이미 만신창이가 되어 있었습니다. 이제 메세제베일로에게 남아 있는 것은 십자가에 매달리는 순서뿐이었습니다. 치욕의 기둥으로 다가간 바르티마에우스의 코에 이미 죽음의 냄새가 났습니다.

바르티마에우스가 메세제베일로에게 물었습니다.

「내가 아는 한 너는 벙어리인데 무슨 수로 로마 제국의 권위를 부정하고 욕보일 수 있었더냐?」

그러자 메세제베일로가 끙끙거리면서 대답했습니다.

「그래 벙어리였지. 그런데 저 빌어먹을 놈의 나자렛의 선지자인가 뭔가 하는 자가 그만 내 혀를 풀어 놓았다네.」

「와, 그 양반, 정말 부지런하기도 하네.」

바르티마에우스가 혀를 내둘렀습니다. 벙어리였던 메세제베일로가 말을 이었습니다. 「벙어리였을 동안, 적어도 내가 하고 싶은 생각은 할 수가 있더니……. 이 지옥 같은 세상에서 난생처음으로 풀린 혀로 내 생각을 말했더니, 총독의 군병들이 나를 이렇듯이 두들긴다네.」

「뭐라고 했기에?」

「별것도 아니야. 늘 생각은 하고 있었지만 할 수가 없어서 말로는 나타내지 못하고 있던 말 한마디…… 로마 제국을 타도하자는 말밖에는 안 했다네.」

이것이 메세제베일로가 남긴 마지막 한마디입니다. 이 말이 끝나자마자 그는 바로 골고타 언덕으로 끌려갔으니까요.
　그로부터 며칠 동안, 예리고에서 요르단으로 온 비렁뱅이, 티마에우스의 아들 바르티마에우스는 온 시온을 누비고 다니면서, 기적의 은혜로 얻은 귀하디귀한 눈에 걸맞게 볼 만한 것을 찾았습니다. 그러나 그런 것은 어디에도 없었습니다. 흡사 세상의 모든 것들이 바르티마에우스의 눈을 욕보이려고 일부러 추악한 면만을 내보이는 것 같았습니다. 흡사 방방곡곡의 모든 것이, 바르티마에우스가 되찾은 눈을 욕보이기로 동맹을 맺고, 가장 추악한 것, 가장 구역질 나는 면만을 보여 주고 있는 것 같았습니다.
　그런 바르티마에우스에게 문득, 이스라엘에 도시가 어디 예루살렘뿐이냐는 생각, 눈 가진 사람들이 볼 만한 도시는 다른 데 얼마든지 더 있을 것이라는 생각이 들었습니다. 가령 가파르나움, 사마리아, 헤브론도 있고 바르티마에우스의 고향 예리고도 있을 터입니다. 따라서 생각이 있는 사람이라면 이승을 떠나기 전에 마땅히 그런 도시를 차례로 찾아보아야 할 터입니다. 갈릴래아, 사마리아, 유다도 좋고…… 아라비아의 사막에 있는 도시 에돔도 좋고, 시리아나 페니키아 해안 도시에도 바르티마에우스를 기다리는 비경(秘境), 오로지 티마에우스의 아들 바르티마에우스만을 위해 창조된 듯한 경치가 있다니까 세상을 원망하고 눈을 한탄하고만 있을 것이 아니라 어디 용기를 한번 내어 볼 필요가 있을 터입니다. 그러나 바르티마에우스는 바람에 흙먼지가 유난히도 날리던 유다력(曆)의 시반 월(月), 찾던 것을 하나도 찾지 못한 채 예루살렘으로 돌아왔습니다. 이렇게 돌아온 뒤에도 바르티마에우스는, 이 세상에 약속의 땅만 있는 것이 아닌 바에, 나일 강 유역이나 인도의 강 유역같이 아주 먼 왕국에는 자기의 눈에 차는 좋은 경계, 눈 얻은 것을 다행으로 여기게 할 만한 경치가 있을 것이라는 말을 입버릇처럼 하고 다녔습니다.

어느 날 그는 또 그런 것들을 찾으러 길을 떠났습니다.

이 주유천하(周遊天下)에서 돌아온 다음 날 바르티마에우스는 예루살렘 의회당으로 불려 갔습니다. 이렇게 의회당으로 불려 간 티마에우스의 아들은 벳 딘 하가돌, 안나스, 가야파 같은 유다인 원로들 앞에 서게 되었습니다.

의회의 우두머리인 압 벳 딘이 물었습니다.

「너의 이름이 무엇이냐?」

「티마에우스의 아들 바르티마에우스입니다, 어르신.」

「어디에서 왔느냐?」

「예리고에서 왔습니다, 어르신.」

「소경이었다는데 언제부터 언제까지 소경이었느냐?」

「배냇소경이었습니다, 어르신. 그런데 하셈께서 저에게 자비를 베푸셨습니다, 어르신.」

「누가 너를 고쳐 주었느냐?」

「그리스도라고 하는 나자렛 사람 예수입니다. 그가 진흙을 이겨, 그걸 제 눈에 발라 주고는, 실로암 연못으로 가서 씻으라고 하더이다. 그래서 가서 씻고 나니 보이더이다.」 바르티마에우스는 아무 생각 없이 대답했습니다.

그러자 그 종교 지도자가 물었습니다. 「네 눈을 열어 준 그 사람에 대해 할 말이 없느냐?」

바르티마에우스는 입을 다물었습니다. 이렇게 유식한 양반들에게, 눈을 얻고 나서 내가 본 욕을 일일이 설명할 필요가 뭐 있으랴…….

「바르티마에우스야, 너는 네 구세주에 대해서 어떻게 생각하느냐?」

바르티마에우스는 역시 침묵했습니다. 똑같은 질문이 세 번이나 계속되자 바르티마에우스가 울화통을 터뜨리며 대답했습니다.

「어르신들, 저야말로 그 양반을 좀 만나고 싶습니다요!」

「그자가 어디에 있느냐?」 대사제 가야파가 틈을 놓치지 않고 물었습니다.

「저야말로 그분이 어디에 계신지 알고 싶다니까요……!」

바리사이파 사람들과 유다의 지도자들은, 나자렛 사람을 만나고 싶다고 하는 것은 곧 그를 믿고, 그의 이단적인 가르침을 따르는 증거라면서 바르티마에우스야말로 유죄 판결을 받아야 한다고 주장했습니다.

「저는 소경이었다지 않습니까? 그런데 이제 이렇게 보게 되었어요. 그런데도 이렇게 만든 장본인을 만나고 싶지 않겠습니까?」

바르티마에우스가 이렇게 소리를 지르기 시작하는 순간 그들은 몹시 화를 내었습니다.

「네가 그렇게 그 사람을 변호하는 것을 보면 필시 그의 제자임에 분명하겠다?」

「그렇습니다.」

「그자는 하느님을 모독하고 다닌다!」 안나스가 소리쳤습니다.

「이자를 의회에서 내쳐라!」 가야파도 소리를 질렀습니다.

「채찍으로 때려야 합니다, 채찍으로 때려야 합니다!」

나머지 사제들과 벳 딘 하가돌도 소리를 질렀습니다.

바르티마에우스는, 경비병들이 들어와 자기를 치욕의 기둥으로 끌어내었지만 고분고분했습니다. 그런데 경비병들

손에 의회당 바깥으로 끌려 나오던 그는 문턱에 걸려 그 자리에 벌렁 나자빠졌습니다.

「이자가 소경인가, 문턱 있는 줄도 모르게?」 경비병이 창으로 바르티마에우스의 엉덩이를 찌르면서 투덜댔습니다.

「오냐, 그래 소경이다. 그러면 내가 무엇인 줄 알았더냐?」

바르티마에우스는 이렇게 대답하면서 바리사이파 사람들에게 자기 눈을 보여 주었습니다. 바르티마에우스의 눈알이 있어야 할 자리에는 뻥 뚫린 두 개의 구멍이 있었을 뿐입니다. 그 구멍은 신비스러운 암흑의 세계로 들어가는 싸늘한 문 같았습니다.

「아니, 어떻게 된 것이냐? 너는 우리에게 이른바 구세주라는 사람이 네 눈을 열어 주었다고 하지 않았느냐?」

가야파가 놀라서 물었습니다. 그러자 바르티마에우스가 웃으면서 대답했습니다.

「물론 그분이 제 눈을 열어 주셨지요, 어르신. 그러나 볼 것이 없어서 다시 닫아 버렸던 것입니다. 감고 있으려니까 힘이 들어서 아주 파내어 버렸다는 말씀입니다. 구원이라는 이름의 돌림병이 돌고 있으니 저희같이 소박한 사람은 마땅히 자구책을 마련해야 하지 않겠습니까? 그분의 제자가 되었다는 말씀을 벌써 드렸지요? 저는 이로써 저 자신을 구원한 것입니다요.」

뻥 뚫린 눈을 꼭 감은 채 바르티마에우스는 평화스러운 걸음걸이로 공회당을 나섰습니다. 공회당 문밖에서 들리는 바르티마에우스의 지팡이 소리가 그의 마지막 여로에서 메아리쳤습니다.

가다라의 기적

예수께서 호수 건너편 가다라 지방에 이르렀을 때 마귀 들린 사람들이 무덤 사이에서 나오다가 예수를 만났다. 그들은 너무나 사나워서 아무도 그 길로 다닐 수가 없었다. 그런데 그들은 갑자기, 〈하느님의 아들이여, 어찌하여 우리를 간섭하시려는 것입니까? 때가 되기도 전에 우리를 괴롭히려고 여기에 오셨습니까?〉 하고 소리를 질렀다.

―「마태오의 복음서」 8:28~29

둘 다 벌거숭이였습니다. 미치광이 아나니아는 몸에 털이 많고 뼈대가 튼튼한 거인이었습니다. 머리가 넓적했으니 당연한 일이겠지만 얼굴도 넓적했습니다. 그의 얼굴에서는 늘 약간 바보스러우면서도 천사처럼 천진한 어린아이의 웃음이 감돌았습니다. 함께 사는 미치광이 레기온 ― 〈레기온〉이라는 말은 〈마귀 군단〉이라는 뜻인데, 그가 이런 이름으로 불리는 것은 자그마치 1천 마리나 되는 마귀에 들려 있기 때문입니다 ― 의 모습은 아나니아의 모습과는 정반대, 말하자면 누가 일부러 그렇게 만들어 놓은 듯한 정반대의 판박이 같았습니다. 다시 말해서 레기온의 모습은, 아나니아의 모습을 굴곡이 심한 볼록 거울에다 비추어 놓은 것 같았습니다. 그래서 아나니아의 얼굴에서는 천진한 웃음이 떠나지 않는 반면 레기온의 얼굴에는 약간은 뒤틀린, 험상궂은 웃음기가 떠나지 않았습니다. 두 사람의 웃음은 사악해 보일 때가 있는가 하면 더할 나위 없이 행복해 보일 때도 있었습니다. 그러나 그들의 이러한 웃음과 이들의 감정과는 아무 상관도 없었습니다. 그래서 이들에게는 다정한 미소를 지으면서, 제국의 대로를 지나가는 길손들에게 돌을 던질 때가 있는가 하면, 험상궂은 얼굴을 하고도 길손들을 고이 보내 주는 일이 허다했습니다. 여기에서 말하는 제국의 대로란, 가다라에서 갈릴래아의 얍느엘로 통하는 길을 말합니다. 이 길은 바로 이들의 거처인 가다라 공동묘지 옆을 지나는 길이기도 합니다. 이들은 참으로 종잡을 수 없는 사람들입니다만, 그중에서도 가장 종잡기 어려운 것은 이름에 대한 이들의 종잡을 수 없는 태도입니다. 대개의 경우, 아나니아는 자기 이름이 아나니아라는 것을 인정하지 않았습니다. 인정하지 않는 데 그치는 것이 아니고, 자기 이름은 레기온이고, 레기온의 이름은 아나니아라고 주장하는가 하면 여기에서 그치지도 않고 자기가 꼭 레기온이 되기라도 한 것처럼 행동했습니다. 레기온에게는 이랬다저랬다 하는 버릇이 있었습니다. 그는 아나니아가 자꾸 자기를 아나니아라고 부르면, 아나니아 행세를 했습니다. 그러나 아나니아가 자신을 레기온이라고 주장하는 것은 인정하지 않고 꼭 엘리벨렛이라고 불렀습니다. 다행스러운 것은, 이름에 대한 이렇듯이 종잡을 수 없는 변덕이나 오해가 이들의 우정을 상하게 하는 일은 일어나지 않았다는 점입니다.

아나니아는 종종 자기가 유다 마카베오 군(軍)의 기병 장군이라고 생각하기도 하고, 그렇게 자주 있는 일은 아니지만, 모세에게 모습을 처음 드러내면서 하느님이 잠깐 변장했던 불타는 떨기나무라고 생각하기도 했습니다. 그런가 하면 레기온은 자기를 경험이 풍부한 정원지기, 혹은 보따리장수라고 주장했습니다. 딱 한 번뿐이기는 하지만 열매가 너무 많이 달리는 바람에 가지가 부러진 사마리아의 무화과나무로 행세한 적도 있습니다. 아나니아는 자기가 무엇무엇이라고 주장하면서도 그 무엇과 무엇의 관계를 전혀 고려하지 않았습니다. 그러나 이것과 저것의 상관관계를 중요하게 여길 줄 아는 레기온은, 무화과나무와 정원지기는 관계가 있지만, 기병 장군과 사막의 떨기나무는 아무 관계가 없지 않느냐면서 아나니아를 나무라고는 했습니다.

둘 다 상대가 무엇인지 알고는 있었지만 잘 알지는 못했습니다. 이들 둘은 같은 것을 전혀 다른 방향으로 이해했고, 같은 사실도 전혀 다르게 받아들였습니다. 레기온은, 마카베오 군의 장교들은 모두 옹기 땜장이로 여겼습니다. 그에게 마카베오 군의 장군은 여느 장교들보다 땜질에 훨씬 능한 옹기 땜장이라는 뜻이었습니다. 그런가 하면 아나니아가 이해하기에 훌륭한 정원지기라고 하는 것은 겐네사렛 나루를 건네주는 정체불명의 뱃사람입니다. 이들의 발목은 청동 사슬로 엮여 있어서 늘 서로 떨어질 수가 없었는데, 이들은 이 청동 사슬까지도 각각 다르게 이해했습니다. 말하자면 아나니아에게 그 청동 사슬은 해방 전선에서 영웅적으로 싸운 자기에게 제국이 내린 빛나는 훈장이었고, 평화를 사랑하는 레기온에게 그것은 자비로운 황후로부터 둘이서 함께 하사받은 금목걸이였습니다. 레기온은 그 자비로운 황후는 다른 사람이 아니라, 아나니아는 군인으로 섬겼고, 자기는 무화과나무를 가꾸는 정원지기로 섬긴 황제의 아내라고 주장했습니다. 이렇게 생각도 다르고 이해도 달랐으니, 청동 사슬이 이들의 발목에 채워진 까닭에 대해서는 늘 견해가 엇갈릴 수밖에 없었고 견해가 이렇듯이 달랐으니 합의가 이루어지기는 나날이 어려워져 갈 수밖에 없었습니다.

미치광이가 되어 한 세상을 살고 있기는 했지만, 그 세상에 대한 생각도 사뭇 달랐습니다. 이들은 때로는 한 세상을 함께 사는 것이 아니면 어쩌나 하는 생각으로 불안해하기도 했고, 또 때로는 각기, 자기만의 서로 다른 세상, 독립된 세상, 어떤 사람에게도 틈입이 불가능할 정도로 단단히 밀폐된 세상에 살고 있다고 믿기도 했습니다. 같은 시간대에서 같은 공간을 함께 누리면서 살고 있었는데도 불구하고 아나니아와 레기온은 서로 매우 달랐습니다. 그러나 그 다른 것조차 모순되는 경우가 많아서 일관성이라고는 도무지 없었습니다. 그런데 양자가 이해하는 이 두 세계는 서로에게 관대했습니다. 그러니까, 세상은 다르되 서로에게 관대하다는 사실을 깨달았으니만치 이 두 미치광이에게 죄 줄 일은 아닙니다. 엄연히 다른 두 세계가 있고, 이 두 미치광이가 각기 나름의 생각으로 서로 다르게 이해하고 있으니만치 이 두 미치광이에게 죄 줄 일은 아닙니다. 그런 세계를 사는 자유는 위험하기 짝이 없는 것이지만 그래도 이 두 미치광이는 그것을 누리면서 살고 있으니 이 두 미치광이에게 죄 줄 일은 아닙니다. 하느님께서 창조한 세상을 저희 뜻대로 다시 빚고 있기는 합니다만, 하느님 뜻에 없는 짓을 하고 있기는 합니다만 이들이 미치광이들인 만큼 죄 줄 일은 아니겠습니다.

그 일은 이렇게 시작되었습니다. 어느 날 아나니아와 레기온은 묘지 위에 쪼그리고 앉아 가다라를 내려다보면서 이런 이야기를 나누고 있었습니다.

아나니아(잔뜩 흥분한 어조로): 보아라. 무수한 파란 동굴이 파란 태양 아래서 파랗게 변했다. 보아라, 파란 갑옷을 입은 유다의 파란 용사들이 파란 목소리로 구호를 외치면서 언덕을 공격한다. 그런데 이상도 하다. 나는 어디에 있지? 나는 마땅히 선두에서 저 무리를 지휘하고 있어야 하는데, 내가 보이지 않으니 어떻게 된 일이냐? 나는 어느 곳에도 없으니 이게 대체 어떻게 된 일이냐?

레기온(믿어지지 않는다는 듯이): 내 귀에도 소리가 들린다만 그게 어디 파란 목소리냐? 내 듣기에는 풀처럼 초록빛인 소리구나. 잘 들어 보아라. 그게 어디 무장한 산사람들의 목소리냐? 내 듣기로는 초록빛 태양이 초록색으로 물드는 초록빛 폭포로 뛰어드는 초록빛 쥐 떼들 울음소리다. 그리고 이 옹기장이야, 네가 저기에 있지 않은 까닭은 여기에서 옹기에 땜질을 하고 있기 때문이다.

아나니아(짜증을 부리며): 내가 만일 여기에 있었다면 저 무리가 다 죽음을 당했지 저렇게 멀쩡할 까닭이 없다. 그러나 여기에 이렇게 칼이 있는데도 불구하고 너는 이렇게 살아 있다. 그러므로 나는 저기에 있었던 것이 분명하다.

레기온(어쩔 수 없다는 듯이): 하셈께 맹세코, 내가 실수를 한 것임에 분명하다. 나는 너에게 얘기하고 있는 줄 알았는데 아니었구나.

이들은 게라사 지방의 성읍인 가다라를 내려다보고 있었습니다. 무역의 중심지인 이 게라사 사람들에게는 이름만 다를 뿐 게라사나 가다라나 다 그게 그것이었습니다. 그러니까 게라사라는 이름이나 가다라라는 이름은, 같은 땅의 서로 하찮게 다른 이름이라고 보면 될 터입니다. 기분이 좋을 때면 이 두 사람에게 그 〈서로 다름〉이 확연했습니다만 화가 나 있을 때는 서로 다르다는 사실 자체를 서로 참을 수 없어 했습니다. 이들이 아는 한 세상이라고 하는 것은, 보는 사람 쪽으로 얼굴을 들이대고 있는 것입니다. 따라서 이것이 어느 누구의 종착 없는 뜻에 따라 달라질 수도 없는 것이고, 세상이 저 마음대로 놀아날 수도 없는 것입니다. 그렇다면 이 세상에 대한 이 두 사람의 견해는 서로 화해할 수 없을 터이겠습니다만 이들 사이에서는 기묘한 양보가 이루어집니다. 즉 아나니아와 레기온은 지칠 대로 지쳐 있어서 두 얼굴을 지니고 있는 이 세상을 서로 저에게 좋게 바꾸려고 하지 않는 것입니다. 어쩌면 두 사람이 어쩔 수 없어서 그러는 척하고 있는지도 모르기는 하지만요.

전쟁놀이에 재주가 있는 아나니아는 이따금씩 저희의 거처인 무덤 위로 기어오르려 하고는 합니다. 그럴 때면 제 상상의 정원 한가운데서 평화를 즐기고 있던 레기온은 아프다고 죽는소리를 내면서 이렇게 소리를 지르고는 합니다.

「아나니아, 이 개 같은 자야! 어찌하여 내 포도를 이렇듯이 짓밟으려 하느냐?」

그런데 이들은 사물의 크기, 너비, 위치는 물론이고 제 몸이 어디에서 어떤 상태에 있는지도 잘 알지 못합니다. 그래서 이런 경우 레기온은 상당한 자제력을 보여 줍니다. 그래서 제 친구에게 이런 말을 하고는 합니다. 「그렇게 짓밟지 마라. 포도원이 이렇듯이 넓으니, 내가 누워 있는 이 침상에서 물러나 다오.」 그러면 아나니아도, 약간은 자제하면서, 그러나 노기를 다 가라앉히지는 못한 소리로 응수하고는 합니다. 「나는 네 침상으로 걸어 들어가는 것이 아니고, 큰 나무의 굵은 가지에 매달린 채로 이스라엘의 원수들이 진치고 있는 드넓은 평원을 염탐하고 있다.」

이럴 경우 레기온은 자기 공간의 경계를 분명하게 함으로써 아나니아의 세계를 깨뜨리고자 합니다.

「네가 매달려 있는 데는 나무가 아니라 아름다운 유다 교회당의 반짝거리는 들보인 줄도 모르느냐?」

「유다 교회당? 천만에, 이건 나무다. 그래그래, 나무가 아니야. 백년 묵은 갈매기야.」

「내가 단단히 일러두겠는데, 백 년을 묵었든 천 년을 묵었든 네가 갈매기라고 주장하는 것은 갈매기가 아니라 여느 무화과나무, 나무와 흡사하게 보이려고 온갖 속임수를 다 쓰고 있는 난쟁이 무화과나무다.」

그러나 이렇게 서로 의견이 달라지고 서로를 오해하는 일이 자주 있는 것은 아닙니다. 따라서 두 사람의 관계가 아주 악화되어 버리는 일은 별로 없습니다.

두 사람은 가다라에서 멀지 않은 나지막한 언덕 위에 삽니다. 레기온은 이 언덕을 〈재산〉이라고 부르는 반면, 아나니아는 〈노영지(露營地)〉라고 하는데, 이들은 서로, 그 쾌적한 거처에 대한 상대의 호칭에 동의할 수 없습니다만 어쨌든 이 둘은 바로 이 언덕 위에 있는 묘지에서, 원주인이던 사자(死者)를 쫓아내고는 함께 살고 있습니다. 원주인이던 사자는 침상에서 쫓겨나 바닥에서 쥐와 석판의 이끼와 동숙합니다만, 이 두 미치광이는 그런 사자의 모습에 별로 개의치 않습니다. 그러나 무덤 자체에 관한 한 이 둘의 의견은 서로 매우 다릅니다. 레기온에게는 자기네들이 그 무덤에 살게 된 연유에 대한 독특한 의견이 있습니다. 그는 아나니아에게 다정하게 이런 말을 하고는 했습니다.

「보아라. 돌아가신 우리 아버지 살몬이 우리에게 상속하신 이 집은 참 안락하기도 하려니와 넓기는 또 얼마나 넓으냐.」

「우리가 형제가 아닌 터에, 어떻게 우리 아버지가 이것을 우리 둘에게 유산으로 남겼다는 것이냐?」 아나니아가 물었습니다.

「우리가 어째서 형제 아니냐? 너에게도 아버지가 없고 내게도 아버지가 없는데?」

그러자 아나니아가 점잖게 설명합니다.

「그것이 아니고, 우리의 거처는 이스라엘의 원수인 황제 발락의 궁전 자리에 있는, 이제는 폐허가 된 지하 묘지이다. 우리는 발락 황제의 포로가 되었던 것이야!」

「되지 않는 소리 하지도 마라, 아우야. 우리가 언제 포로가 된 적이 있더냐?」

「어느 누구의 포로가 되지도 않고 있었기 때문에 발락 황제가 우리를 포로로 잡은 것이 아니냐?」 아나니아도 지지 않고 대들었습니다.

반듯한 설명도, 복잡한 절충의 절차도 필요하지 않았습니다. 레기온은 제 아버지 살몬이 유산으로 물려준 집의 지붕 밑에서 잠을 잤고, 아나니아는 발락의 궁전 지붕 덕분에 비를 피할 수 있었습니다.

두 사람에게 하나의 세상은 서로 달라서 두 개의 세상이나 마찬가지였습니다. 그러니까 이 둘은 한 세상을 둘로 빚어서, 오래되어서 날강날강한 세상을 두 개의 새 세상, 서로 상대의 눈에는 보이지 않는, 각기 저에게만 독특한 두 개의 세상을 살고 있는 것입니다.

예기치 못하게도 우기의 소나기가 한차례 언덕의 악취를 씻어 간 어느 무더운 오후였습니다. 두 사람은 군데군데 빗물에 허물어진 언덕 위에 쪼그리고 앉아 있었습니다. 몹시 심심했던 두 사람은 진흙투성이가 된 채 시간이나 보낼 요량으로 돌멩이 던지기 놀이를 하기로 했습니다. 세상에 대해서는 저 나름의 생각이 있었지만 시간이라고 하는 것은 도무지 어떻게 해볼 수 없는 것이었던 모양입니다. 돌팔매질의 과녁은, 상대의 눈이었습니다만 놀이가 쉽지만은 않았습니다. 까닭인즉, 눈의 위치에 대한 합의가 이루어지지 않았기 때문입니다. 그래서 아나니아는 레기온의 정강이를 팔매질의 과녁으로 삼았고, 레기온은 아나니아의 이마를 과녁으로 삼았습니다. 과녁은 서로 달라도, 어쨌든 자기가 과녁이라고 믿는 것을 명중시킬 때마다 함성을 지르고는 했습니다.

거기에서 그리 멀지 않은 풀밭에는 돼지 떼가 풀려 있었습니다. 아나니아는 그 돼지 떼를, 순종 종마 떼라고 믿었고, 레기온은 쌍봉낙타 떼라고 믿었습니다. 한동안 돌멩이를 던지고 맞고 하던 이들은, 누가 먼저라고 할 것도 없이, 종마가 되었든 낙타가 되었든 제가 좋을 대로 타면 그만이니까 한 마리씩 잡아타고 가다라로 들어가자는 이야기를 했습니다. 그러나 아나니아가 시비를 걸었습니다.

「말발굽의 편자 소리도 안 들리느냐? 언제부터 낙타에게 편자를 해 박았다더냐?」

「여기 가다라에서는 어떤지 모르겠지만 요르단 강 건너 갈릴래아에서는 낙타에게도 편자를 해 박는다. 꼬리에는 몰약 주머니도 채운다더라.」

「그거야 몰약 주머니지 편자가 아니지 않느냐, 이 바보야.」

「그럼 그게 무엇이냐?」

「안장이라고 하는 것이다. 편자라고 하는 것은, 사람을 물지 못하도록 이빨을 모두 뽑아 버리고 다는 것이 편자다.」

「그렇지만 저기 저 짐승들에게는 이빨이 있지 않으냐?」

「입 안을 들여다보면 알겠지만 이빨이 없다. 이빨을 찾으려면 발굽을 뒤집어 보아야 한다.」

「어찌 되었건, 편자가 있건 없건 저건 낙타다. 그것도 쌍봉

낙타다.」

「편자가 있건 없건, 저건 종마야. 경주시키는 종마.」

「병신아, 종마는 말이 아니야! 이제 할 말 없지?」

「누가 그러더냐? 내가 그랬더냐? 나는 유명한 마구간에서 도망쳐 나온 종마라고밖에는 안 했다.」

「이것 보아라, 아나니아야. 무슨 상관이냐? 너는 종마를 타고 나는 낙타를 타면 되지 않느냐? 중요한 것은 어떻게 하면 저 짐승을 잡느냐 하는 게다. 그래야 가다라까지 안 걸어갈 것이 아니냐?」

한동안 망설이던 아나니아가 고개를 끄덕이며 말했습니다.

「좋다. 네 말이 맞다.」

「뭐가 맞아?」

「네가 한 말.」

「나는 말 안 했는데?」

「그러면 네가 말하지 않은 말이 맞다.」

「그래, 그렇게 하는 편이 좋겠다.」

레기온은 그제야 수그러들었습니다.

팔매질은 아나니아 쪽이 능했습니다. 그럴 수밖에 없는 것이, 아나니아는 레기온의 머리를 겨냥한 반면에 레기온은 머리보다 훨씬 작은 아나니아의 눈을 겨냥했기 때문입니다. 그러나 레기온이 손해를 본 것만은 아닙니다. 그 까닭은 미련한 아나니아는 제 머리만 한 돌을 주워 던진 것에 견주어 레기온은 제 팔심이 아나니아만 못하다는 것을 알고 조약돌만 집어서 던졌기 때문입니다. 이렇게 한동안 돌팔매질을 한 두 사람은 피와 땀 투성이가 되었습니다. 피와 땀은 무더위를 식혀 줄 수 있어서 좋았습니다.

팔매질 놀이를 그만 하자고 한 사람은 아나니아였습니다.

아나니아는 팔매질보다는 새 옷에 더 관심이 끌렸기 때문입니다. 아나니아의 새 옷이란 다른 것이 아니고, 진흙 옷입니다. 아침 비에 젖은 진흙 위를 나뒹굴었기 때문에 어느새 온몸에 붙어 말라 버린 진흙 옷입니다. 레기온도 그러자고 하면서, 가다라로 들어가면 친구가 더러운 옷을 빌려줄 터인데, 그러면 그 옷이 아나니아의 옷보다는 훨씬 좋아 보일 것이라고 주장했습니다. 그런데 아나니아의 권위 있는 해석에 따르면 그 진흙 옷은, 시리아의 폭군 아폴로니우스와 싸울 때 유다 마카베오 군이 입던 제복입니다. 레기온은 모험가와 전사를 존경할 줄 아는 점잖은 백성입니다. 레기온이 보기에 아나니아는 군인이 아니라 옹기 땜장이에 지나지 않았지만, 평소에 워낙 군인을 존경하던 참이어서 더 이상 토를 달지 않았습니다.

석양 무렵이 되자 멀리 야르묵 골짜기 위를 머물던 그림자가 누런 황혼 속으로 사위어 들고 있었습니다. 아나니아와 레기온은, 그 시각에 눈처럼 하얗게 비치는, 인적이 없는 제국의 대로로 내려왔습니다. 가만히 보니, 멀리 광야 쪽에서 비렁뱅이가 하나 염소를 몰고 오고 있었습니다.

아나니아가 외쳤습니다. 「저기 이스라엘을 치러 황제 발락이 오고 있다. 저놈을 쳐서 후세에 이름을 남겨야겠다!」

「이런 머저리 같으니라고. 저건 사제 발람이다. 왜 저 사람을 괴롭히려고 하느냐? 어찌하여 이스라엘의 벗을 해치려 하느냐?」 레기온이 응수했습니다.

「저것은 우리를 발아래 짓밟으려는 포악한 발락이다. 모압족을 박해하는 새빨간 왕홀(王笏)이 보이지도 않느냐? 사슬에 묶인 노예 앞세운 게 보이지도 않느냐?」

「이놈아, 저 양반이 든 것은 왕홀이 아니라 사제장(司祭杖)

이요, 저 양반이 앞세운 것은 노예가 아니라 번제물로 쓰일 황소다.」

「저건 발락이다. 죽여야 한다.」

「저건 발람이다. 그냥 지나가게 해야 한다.」

이렇게 서로 우기는 중에 아나니아가 아주 현명한 타협안을 내어놓았습니다. 두 사람의 사이는 종종 이런 타협이 이루어지기도 합니다.

「나는 발락을 죽이고, 너는 발람을 지나가게 하는 게 좋겠다.」

「그래, 그것참 좋은 생각이다.」

그러나 비렁뱅이는 그들 앞으로 오지 않았습니다. 무덤에서 미치광이들이 나오는 걸 본 비렁뱅이가 염소를 몰고 다른 방향으로 벌판을 가로질러 가버렸기 때문입니다.

「이스라엘의 원수 발락이 도망친다.」 아나니아가 소리쳤습니다.

「이스라엘의 수호자 발람이 가신다.」 레기온도 지지 않고 외쳤습니다.

제국의 대로는 다시 텅 빈 채, 근심 걱정으로 생긴 주름살 같은 두 개의 도랑을 끼고 부드러운 선을 그리며 달리고 있었습니다. 북쪽으로는 몇 그루의 위성류(渭城柳) 나무가 나지막한 하늘을 올려다보며 서 있었고, 햇빛이 비치지 않아서 서늘해 보이는 동쪽으로는 떨기나무가 군데군데 서 있었습니다. 이 떨기나무 무리는, 가만히 바람 냄새를 맡고 있는 들개의 무리 같은, 을씨년스러운 풍경을 빚고 있었습니다. 남쪽으로 보이는 무화과나무 숲은 버려진 로마의 십자가 같았습니다. 겐네사렛 쪽에서 휘파람 소리 비슷한 소리가 들려왔습니다. 티베리아로 가는 도선(渡船)의 출발을 알리는 고동

소리였습니다.

 가다라 쪽에서, 허름한 순례자 차림의 길손이 하나 다가오고 있었습니다. 그 길손은, 도랑에 두 미치광이가 숨어 있는 것을 알지 못하는 것 같았습니다. 게르게사 사람이 아니라서 묘지에 두 미치광이가 살고 있다는 걸 모르는 모양이었습니다. 길손이 다가오자 아나니아가 도랑에서 뛰어나왔습니다. 길손은 깜짝 놀라 방향을 바꿔 달아나려고 했습니다. 그러나 이번에는 그쪽에서 레기온이 역시 도랑에서 뛰어나와 퇴로를 막았습니다. 길손은 놀란 가슴을 진정시키려고 애쓰는 것 같았습니다만 그의 가슴은 수천 개의 조그만 가슴으로 쪼개어진 채 온몸에서 뛰고 있는 것 같았습니다.

 아나니아가 길손의 주위를 빙글빙글 돌면서 물었습니다.

「어디를 그리 급히 가느냐, 군병이여.」

 그러자 길손이 대답했습니다. 길손은, 자기가 군병이 아닌데도 불구하고, 군병이라고 부르는 아나니아의 말을 굳이 부정하지 않았습니다.

「티베리아로 갑니다. 다음 도선을 타야겠기에 달려가고 있습니다.」

「이것은 길이 아니고 강이다. 왜 강 위를 걸으려느냐? 왜 여느 행인들처럼 이 제국의 대로를 걷지 않느냐?」

 길손은 그만 어안이 벙벙해지고 말았습니다. 물론 제국의 대로를 따라 걸어온 길손입니다. 그러나 멀쩡한 길을 강이라고 우기면서, 벌거벗은 채 지평선을 턱 막고 서 있는, 행색이 지저분하기 짝이 없는 아나니아를 본 길손은, 말대꾸를 하기에는 너무 위험한 상대라고 판단했습니다.

「호수까지 가는 지름길인 것 같아서 그랬습니다.」 행인은 공손하게 대답했습니다.

「이런 나쁜 놈, 통행세를 내지 않으려고 그랬지?」 아나니아가 이러면서 길손의 뺨을 갈겼습니다. 길손의 뺨에는 금방 손자국이 났습니다.

「아닙니다. 통행세를 물지 않으려고 그런 것이 아닙니다. 하느님의 것은 하느님께 돌리고, 카이사르의 것은 카이사르에게 돌려야 하는 것을 제가 어찌 모르겠습니까. 하나 저는 초행이라 이곳 풍습에 어두워서 이런 실수를 저질렀습니다. 제국의 대로를 지키시는 점잖으신 어르신께서, 어떻게 해야 이런 실수를 다시 저지르지 않을 수 있을지 일러 주시면 시행에 착오가 없도록 하겠습니다.」

길손은, 미치광이로부터 벗어나 호수 쪽으로 갈 요량으로 사죄를 곁들여 사정을 설명했습니다. 길손의 말이 아나니아에게 괜찮은 인상을 주었던 모양입니다. 군병인지라 아나니아는 장황한 연설 같은 것은 좋아하지 않았습니다만 연설을 잘하는 사람을 만나면 은근히 존경심 같은 것이 느껴지는 것은 어쩔 수 없었습니다. 그래서 레기온의 손에 넘기기로 하고는 길손을 도랑으로 밀어 넣으면서 말했습니다.

「이 길로 가면 티베리아가 나올 게다.」

레기온은 도랑 바닥에 누워, 있지도 않은 장미꽃 향기에 취해 있었습니다. 이렇게 평화에 취해 있는 참인데 길손이 위에서 덮치는 바람에 그만 얼굴을 도랑 바닥에 찧고 말았습니다. 화가 난 레기온은 주먹으로 길손의 목을 치면서 소리를 질렀습니다.

「이 나쁜 자야, 어쩌자고 내가 그렇게 정성 들여 가꾸어 놓은 뜰을 짓밟느냐? 어쩌자고 내 일을 이렇듯이 망쳐 놓느냐?」

평소에는 얌전한 편인 레기온도, 누가 자기의 장미꽃밭이나 채마밭을 짓밟을라치면 굉장히 공격적인 사람이 됩니다.

길손은 진흙 바닥에 꼬꾸라진 채 안절부절못했습니다. 그는 길에서 내려다보는 아나니아와, 자기 앞에 웅크리고 앉아 있는 레기온에게 번갈아 가면서 눈길을 던졌습니다. 그는, 끊임없이 변하는, 도무지 이해되지 않는 상황을 이해하려고 무던히도 애쓰는 눈치였습니다.

「위에 계시는 저분께서, 이 길로 곧장 가면 된다고 하셨습니다.」

　길손이 사정을 설명했습니다. 그러자 레기온의 얼굴이 더욱 험상궂어졌습니다.

「이게 어디 길이냐, 이 머저리야! 이건 내 개인의 재산이다. 나는 이 황홀한 정원의 주인인 엘리벨렛이라는 사람이다.」

「아, 그렇습니까? 정말 아름답습니다.」

　길손이 놀라는 척하면서 이렇게 말하고는 황급히 길 위로 올라가려고 했습니다. 그러나 위에 있던 아나니아가 발길로 길손을 도로 도랑으로 차 넣었습니다.

「어디로 가려느냐, 이 멍청이야. 길을 두고 강으로 들어오다니, 빠져 죽고 싶으냐?」

　앙상한 무릎 위로 옷깃을 여미면서 길손은 도랑 바닥에 가만히 앉아 있었습니다. 무력해 보이는 길손은, 뱉을 생각도 않은 채, 입에 들어간 진흙을 씹기 시작했습니다. 도대체 이 진흙 도랑이 이 두 미치광이에게 무엇이라는 말인가? 여기에 무슨 대단한 것이라도 들어 있는 것처럼 굴지 않는가? 이자들은 분명히 환상을 보고 있음에 분명하다. 아, 내가 어쩌다 이 무자비한 자들에게 둘러싸이고 말았는가? 이렇게 생각하고 있는 듯한 그의 입에서 다음과 같은 말이 새어 나왔습니다.

「오, 주님, 제가 이 가다라의 도랑에서 죽어야 하나이까?」

레기온이 아나니아를 보고 부르짖었습니다.

「아우야, 보아라. 이 머저리가 내 정원 해놓은 꼴을.」

「그자는, 제가 어디로 다녀야 하는지도 모르는 자이다. 그것은 그렇고, 너는 왜 제국의 대로에다가 장미를 심었느냐? 사람들은 어디로 다니라고 그랬느냐?」

「사람들이야 길로 다니면 된다.」

「그게 바로 길 아니냐?」

「길은, 네가 밟고 서 있는 게 길이다. 이건 길이 아니라 나의 정원, 축복받은 뜰이다.」

「너는 지금 법을 어겨 가면서 길에다 정원을 꾸미고 있다. 그리고 내가 서 있는 이곳은 길이 아니라 강이다. 물이 내 허리까지 차올라 더 나아갈 수가 없구나. 소용돌이나 급류를 만날까 봐 두렵구나.」

아나니아의 이 말에 레기온이 고개를 끄덕였습니다. 비록 보이지 않는 강물이기는 하나 동료가 빠져 죽는 꼴은 차마 볼 수가 없었던 것입니다.

「오냐, 내 눈에 보이지는 않는다만, 네가 서 있는 곳이 강이 아니라고는 않겠다. 하지만 강도 길이 될 수 있다. 이자에게 새라도 한 마리 불러 타고 가게 해주지 그러느냐?」 흡사 물속을 걷는 듯이 발을 질질 끌면서 아나니아가 도랑 가까이 다가왔습니다.

「이자가 물에 빠져 죽는 것은 나도 원치 않는다. 네가 이자를 네 정원에서 쫓아내면 이자는 급류에 휩쓸리고 말 게다. 여기는 아주 깊다. 그러니까 그자로 하여금 네 땅을 지나 나루로 가게 하여라.」

「내 채소를 다 짓밟을 텐데?」

「하면 네가 그자의 손을 잡고 끌어 주려무나. 채소 없는 곳을 골라 딛게 해주려무나.」

레기온은 제 동료와 길손을 번갈아 바라보았습니다. 여전히 묵도를 올리고 있었습니다.

「채소가 아직 움이 터 오르지 않아서 안 보이는걸. 그러니 난들 어떻게 알겠나?」

「씨를 어디에 뿌렸는지는 알 것 아니냐?」

「내가 어떻게 알아? 아직 싹도 올라오지 않았는데?」

「그것참 난처하게 되었구나. 이렇게 된 바에 아무래도 이 자를 죽일 수밖에 없겠다.」 아나니아가 아주 명안이라도 내놓은 듯이 말했습니다.

길손은 넋 나간 얼굴을 하고, 크고 하얀 자기 손을 내려다보았습니다. 그 손바닥에서는 진흙이, 검은 꽃송이 색깔로 말라 가고 있었습니다. 그는 입술을 달싹거렸습니다. 그러니까 이 입술의 달싹거림은, 그가 두 미치광이의 말을 들었다는 증거, 그 뜻을 이해했다는 증거라고 할 수 있습니다. 그는 서둘러 하느님께 기도를 드렸습니다. 기도문의 낱말낱말은 길이 잘 든 사냥개처럼 서로 다투어 그의 입술 밖으로 새어 나오는 것 같았습니다.

「오, 주님, 당신을 섬기라고, 당신의 일을 이루라고, 그리하여 당신의 세계를 구원하라고 저를 선택하신 것이 아닙니까? 하느님을 모르는 이 성읍, 당신의 예언자들이 내다보지 못한 이 성읍은 도대체 누구의 성읍입니까? 주님, 저에게는 아직 때가 되지 않았습니다. 때가 되지 않았으니 이들로 하여금 저를 죽이지 못하게 하소서. 이들에게 저를 죽일 권리가 없으니, 이들로 하여금 저를 죽이지 못하게 하소서.」

그의 기도가 끝나자마자 아나니아가 물었습니다.

「너의 이름이 무엇이냐, 군병이여.」

「요수아 혹은 예수라고 합니다. 요셉의 아들 요수아, 혹은 예수라고 합니다.」

「모압족이더냐?」

「아닙니다. 나는 나자렛 사람입니다. 갈릴래아의 성읍 나자렛의 목수입니다.」

레기온이, 안됐다는 듯한 얼굴을 하고 말했습니다.

「그래, 아무래도 우리가 요수아가 되었든 예수가 되었든 나자렛의 목수를 목 졸라 죽여야 할까 보다.」

아나니아도 맞장구를 쳤습니다.

「요수아, 너는 나자렛의 목수가 아니라 발락의 군병임에 분명하다. 우리는 아무래도 너를 목 졸라 죽여야 할까 보다.」

「아닙니다. 나는 하느님의 군병입니다.」 길손이 애처롭게 말했습니다.

「그러면 하느님의 군병이라는 요수아를 죽여야 할까 보다. 하나 네가 저자를 업고 강을 건넌다면 살려 주마.」 레기온이 아나니아를 가리키면서 말했습니다.

「아니, 왜 하필이면 나냐? 왜 네가 아니고 나냐?」

「내 눈에는 강이 보이지 않으니까.」

「이 강은 깊고도 무서운 강이다. 이 강에는 여울목도 없다.」

아나니아는 이 대목에서 조금 망설이다가, 가다라 교외 쪽으로 뱀처럼 구불텅거리면서 사라지는 길을 손가락질하며 말을 이었습니다. 「보아라. 저 소용돌이 아래는 바닥도 없는 심연이다. 까딱 잘못하면 우리 둘 다 빠져 죽는다.」

레기온은 손으로 해를 가리는 시늉을 하면서, 아나니아의 손가락이 가리키는 방향을 보았습니다. 검은 바람이 벌판 위로 어둠을 날리고 있었습니다.

「그래, 아나니아야, 네 말이 옳다. 사람을 업고 저 바닥없는 심연을 건너뛸 자가 대체 이 세상 어디에 있겠느냐? 아무래도 이자를 죽이는 것만 같지 못하다.」

나자렛의 예수라는 사람은 도랑 한가운데 선 채 부들부들 떨면서 불안에 잠긴 눈으로 두 미치광이의 일거수일투족을 일일이 쫓았습니다. 어쩌면 눈으로는 두 미치광이를 쫓으면서도, 지극히 희박할 터인 도망의 가능성을 가늠해 보고 있었는지도 모르겠고, 아니면 그 연약한 몸으로 방비할 태세를 갖추고 있었는지도 모르겠습니다. 그것도 아니라면, 있는 힘을 다해, 죽음을 모면하는 데 필요한 평계를 마련하고 있었는지도 모르겠고, 가다라 쪽에서 사람이 달려와 자기를 구해 주기를 기다리고 있었는지도 모르겠습니다. 만일에 가다라 쪽에서 사람이 오는 기적이 일어난다면 그것은 늘 그 길손이 의지하고 기도하는 그분의 분부를 받고 오는 사람일 터입니다. 그러나 길은 텅 비어 있었습니다. 도무지 사람이 올 것 같지는 않았습니다. 하늘에도 누가 사는 것 같아 보이지 않았습니다. 세상은 벙어리로 보였습니다. 세상은 귀를 막은 채 길손에게 아무 관심도 보이지 않으려는 것 같았습니다.

「아무래도 너를 죽여야 할까 보다, 군병이여.」 아나니아가 사형을 선고했습니다.

「왜 나를 죽여야 합니까?」 예수라는 사람이 물었습니다.

「왜 너를 죽여야겠는고 하니, 너는 발락 황제의 포로인 우리를 고문하다 죽이라는 명을 받고 온 자일 터이기 때문이다.」

길손에게는 저항할 의사가 전혀 없어 보였습니다. 자기를 지켜 낼 방법이 없다는 것을 깨닫고 도랑의 진흙 한가운데 그 섬약한 육신을 세운 채 죽음의 순간을 기다리는 그의 모습은 연약한 한 포기 풀 같았습니다. 이제 두 미치광이가 손을 쓰기만 하면 길손은 예언자가 예언한 때가 오기도 전에 어머니 대지에서 뿌리 뽑혀 바람 속으로 사라져야 할 터입니다. 그러나 그는 여전히 기도를 계속하고 있었습니다.

「도와주소서, 도와주소서, 하늘에 계신 아버지시여. 저의 때는 아직 오지 않았고, 저의 날은 아직 차지 않았나이다. 당신의 뜻을 위해서라도, 제가 지고 가야 할 원죄를 보아서라도 저를 살려 주소서, 아버지시여. 만군의 주님이시여, 저를 구해 주소서.」

이 기도를 엿들은 레기온이 빠른 소리로 말했습니다.

「이자의 아버지가 떼를 몰고 오기 전에 어서 죽여 버리자.」

「그래, 아버지라는 자가 군대를 몰고 오면 곤란하니까.」

아나니아가 응수했습니다. 그러나 그럴 시간이 없었습니다. 아나니아가 도랑으로 내려오는 순간, 레기온이 옆으로 다가서는 순간, 예수라고 하는 길손이, 표정이 없어 보이는 캄캄한 하늘을 향하여 손을 들었다가는 벌판의 돼지 떼 쪽으로 돌아섰기 때문입니다. 예수는 주님의 이름으로 돼지 떼를 불러, 두 미치광이에게서 나오는 것은 무엇이든 받아들이라고 명했습니다.

몹시 놀란 돼지 떼는 꿀꿀거리면서 일제히 주둥이를 도랑 쪽으로 돌렸습니다. 아나니아와 레기온도 처음에는 변화를 느끼지 못했습니다. 저희들 몸속에서 나와 돼지 떼 쪽으로 가는 것도 눈에 보이지 않고, 저희들의 몸속으로 무엇이 들어오고 있는 것 같지도 않았습니다. 그런데도 이상한 변화가 일어나고 있었습니다. 처음에 이들이 느낀 것은 현기증 같은 것, 그것도 가벼운 현기증 같은 것입니다. 현기증을 느끼면 세상이 보이지 않아야 할 터인데 그게 아니었습니다. 현기증을 느끼는 가운데에도 세상이 변화하는 것이 느껴지기 시작했습니다. 세상은, 두꺼운 유리알에 비쳐 보이는 것처럼 마구 뒤틀렸다가는 새로운 모습으로 다시 빚어졌습니다. 잘못 짜여 있던 파편이 이상한 순서로 다시 짜이면서 온전한 모습으로 변하는 것 같았습니다. 이어서 고통스러울 정도로 눈앞이 어지러워지면서, 움직일 것 같지 않던 것들이 움직이기 시작했습니다. 이렇게 움직인 것들은 새로운 질서의 체계 속으로 자리를 잡으면서 새로운 의미를 지니기 시작하는 것 같았습니다. 흡사 역동적인 단어의 위치가 바뀜에 따라 글월 전체의 의미가 바뀌어 가는 것 같았습니다. 아니면 원래의 위치는 그대로 있는데도 불구하고 사물 자체는 무서운 힘에 의해 다른 것으로 바뀌어 버리는 것 같았습니다. 두 미치광이의 눈앞에서 언덕은 집이 되었고, 집은 무덤이 되었으며, 무덤은 물고기가 되었고, 물고기는 눈물이 되었으며, 눈물은 거품을 일으키는 황금빛 파도가 되었습니다. 두려움을 느꼈다기보다는 어안이 벙벙해진 채 이 두 미치광이는, 저희들의 근본 — 선택의 기회가 있었다고 하더라도 이 두 미치광이가 결코 선택하지 않았을 근본 — 저희가 두 개의 서로 다른 세계로 창조된 바탕 자리인 보편적인 진리의 탄생에 동참했습니다. 두 미치광이는 그 무서운 힘에 저항할 수 없었습니다. 앞에 무엇이 기다리고 있을지 모르는데 감히 어떻게 저항할 수 있었겠습니까. 저항을 포기한 채 두 미치광이는, 그 혼돈의 참상은 오로지 하느님만이 기억하실 천지창조 첫날의 산고(産苦), 세기의 탄생에 동참했습니다. 그 당시 이레 동안에 진행되었던 일이 그 자리에서는 단 한순간에, 놀란 가슴이 뛰는 것보다 훨씬 빠른 속도로 진행되었습니다. 이들의 가슴이 그렇게 빠른 속도로 뛰고 있었던 까닭은 창세의 진통이 이 두 사람에게만 되풀이되고 있었기 때문입니다. 그러나 그들 앞에 전개되는 광경은 무서웠습니다. 부서진 거울에 비친 것처럼 그 광경은 참으로 끔찍했습니다. 그렇게 오래 수고를 기울여 가꾸었던 레기온의 화원은 진흙이 질척거리는 도랑 속으로, 세 사람이 뜨물 냄새를 풍기며 진흙투성이의 기둥처럼 서 있는 그 도랑 속으로 사라지고 있었습니다. 아나니아의 급류가 소용돌이치는 강은 굳어 제국의 대로가 되면서 지평선 한가득 먼지를 피워 올리고 있었습니다. 두 미치광이가 살던 공간의 푸른 동혈, 초록색 폭포는 흔적도 없어지면서 대신 가다라의 성벽이 그 우중충한 모습을 드러내었습니다. 살몬으로부터 상속받은 상용 별장에서 모압의 황제 발락의 궁전 사이를 오락가락하던 그들의 거처 역시 잿빛 흙덩어리로 둘러싸인, 우중충한 무덤으로 바뀌었습니다. 이렇게 바뀌어 버린 세계에서 아나니아는 더 이상 시리아의 폭군 아폴로니우스 토벌대의 영웅이 아니었고, 레기온은 장미 가꾸기가 취미인 정원지기가 아니었습니다. 두 미치광이가 있던 자리에는 한 사슬에 엮인, 두 벌거숭이 떠돌이가 있었을 뿐입니다. 그들 앞, 그러니까 도랑 한가운데 서 있는 사람도 더 이상, 벌벌 떨면서 죽음의 순간을 기다리는 발락의 염탐꾼이 아니라, 진흙투성이가 된, 몸집이 작고 연약한 한 사나이에 지나지 않았습니다. 멀리 초원 위에서, 두 미치광이 기수를 기다리고 있던 종마 떼, 혹은 낙타 떼도 없었습니다. 그 자리에 있는 것은, 골짜기를 향해 달려드는, 미치광이들을 대신해서 미쳐 버린 돼지 떼였을 뿐입니다.

아나니아는 못마땅한 얼굴로, 바뀌어 버린 풍경을 둘러보았습니다. 그는 그 변화의 의미를 알지 못했습니다. 물론 꿈에 그런 풍경을 본 적이 있기는 합니다만, 아나니아의 꿈속에 나타났던 풍경은 그렇게 왜곡된 풍경, 그렇게 거역스러운 풍경은 아니었습니다.

「어이, 예수, 언덕이 모두 거꾸로 뒤집혀 버렸네?」 아나니아가 외쳤습니다.

「언덕은 조금도 변함없이 그대로 있다. 첫날 우리 아버지께서 세워 두신 모양 그대로 있다. 온전한 사람들 눈에는 다 그렇게 보인다…….」 예수가 대답했습니다. 갈 길이 바빴기 때문이겠지만 그의 말투는 그렇게 다정하지 못했습니다. 그에게는 유다와 만날 약속이 되어 있었습니다. 그의 말투로 보아 공포의 기억에서 온전하게 헤어난 것 같지는 않았습니다. 그러나 그는 자기 일신의 안위 때문에 두려워했던 것은 아닙니다. 자기에게 맡겨진 구원의 임무를 끝내지 못할 것을 두려워했던 것입니다. 이어서 길손은 하늘을 향해 외쳤습니다.

「유다여, 나의 스승이자, 친구이자, 형제이자, 아들이자, 아버지인 유다여, 내가 할 말을 제대로 했느냐? 성서에는 어떻게 기록되어 있느냐? 내가 창조주께 온전하게 기도를 드렸느냐? 너는 그 뜰을 지키시는 창조주께서 기도를 들으신다고 하지 않았느냐?」

「내 뜰은 어디에 있느냐?」 레기온이 사방을 둘러보면서 물었습니다.

「내 강은 어디에 있느냐?」 아나니아도 사방을 둘러보면서 물었습니다.

사방에서는 메마른 평원이 먼지 냄새를 풍기고 있었을 뿐입니다. 새로 태어난 두 어린아이는 이제부터 전혀 새로워진 세상을 호흡하지 않으면 안 되었습니다.

예수가 말했습니다. 「뜰 같은 것은 없다. 오로지 하느님의 뜰이 있을 뿐이다. 강 같은 것은 없다. 오로지 하느님의 강이 있을 뿐이다. 그 밖의 모든 것은 다 마귀에게서 나온 것이다.」

새사람이 된 두 미치광이에게 그것은 자상한 설명 같다기보다는 흡사 저주와 같았습니다. 레기온은 예수의 말을 믿지 않기로 작정하고 이렇게 외쳤습니다. 「하지만 내 뜰은 여기에 있었다!」

「그것은 마귀에게서 나온 것이다.」

「내 강도 여기에 있었다!」 아나니아도 외쳤습니다.

「그것도 마귀에게서 나온 것이다.」

두 사람에게 이때부터 세상은 적막해 보였습니다. 두 사람에게 세상은 비에 색깔이 씻겨 버린 그림 같았습니다. 자연이 의미를 거두어 가 버린 사물 같았습니다. 모든 냄새는 날아가 버리고, 모든 소리는 사라져 버리고, 모든 움직임은 석화(石化)해 버린 것 같았습니다. 그것뿐만이 아닙니다. 두 사람에게 가장 견딜 수 없었던 것은, 세상 자체의 변화입니다. 그제야 두 사람은 세상이 두 사람에게 똑같아졌다는 사실을 깨달았습니다. 두 사람에게 똑같아진 세상은 그렇게 좁아 보일 수가 없었습니다. 그것은 절망적이었습니다. 그러나 세상이 똑같아진 뒤에 어떤 일이 일어날 것인지는 알지 못했지만, 원인이 있으면 결과가 있다는 것만은 이들도 알았습니다. 까닭은, 이들도 이제는 미친 사람들이 아니었기 때문입니다. 이성으로 생각하기 시작했기 때문입니다. 이때부터 두 사람은 똑같아진 세상에 살아야 할 터입니다. 그런데 세상을 살아가자면 세상의 현실을 좇으면서 살아야 할 터입니다. 그러나 이 순간에는 그것이 얼마나 무서운 것인지 이들은 깨닫지 못했습니다. 이제 두 사람은 자기만의 현실에서, 자기가 창조한 것들에 둘러싸인 꼬마 신들 같은 행복을 누릴 수는 없을 것입니다. 이제는 장군, 정원지기, 옹기 땜장이, 뱃사공, 황제나 선지자, 뱃사람이나 기술자 노릇도 할 수 없을 터입니다. 한마디로 말하자면, 이제 이들은 자기 자신만의 현실에서 살 수는 없는 것입니다. 이들은, 장차 저희들이 살아야 할 세상이 어떤 세상이 될 것인지는 알지 못했습니다. 그러나 기분은 전혀 전 같지가 않았습니다.

레기온은 용기를 다 짜내어, 기적을 일으킨 길손에게, 냄새나는 도랑을 아름다운 꽃 만발한 정원으로 만들어 주던 마귀는 어디로 갔느냐고 물었습니다. 친구를 위해 먼지 자욱한 길을 아름다운 강으로 만들어 주던 마귀는 어디로 갔느냐고 물었습니다.

예수는, 골짜기 아래로 차례로 뛰어드는 돼지 떼를 가리키면서 대답했습니다. 「너희 마귀들은 저렇게 죽어 가고 있다.」

우리 마귀들이 죽어 가고 있다. 아나니아는 이 말을 듣고 이런 생각을 합니다. 우리가 살던 마귀의 세상은 죽어 가고 있다. 기화요초 만발하던 우리의 정원은 죽어 가고 있다. 굽이쳐 흐르던 급류, 황혼에 묻어 들리던 파란 소리, 초록색 소리, 그리고 우리의 종마 떼와 낙타 떼가 아주 죽어 가고 있다. 살몬의 화려한 객실은 부서져 가고 있다. 바람 소리 소슬하던 발락의 궁전도 부서져 가고 있다……. 레기온도 이런 생각을 합니다. 이제 길은 길이고, 도랑은 도랑이다. 이제 무덤은 무덤이고, 돼지는 돼지다…….

그러나 예수는 마음이 부드러운 사람입니다. 그는 자신을 괴롭힌 두 미치광이를 용서하는 마음으로 이렇게 말했습니다.

「너희들은 미치광이들이었다. 이제 내가 그것을 고쳤다.」

그러자 레기온이 조용히 물었습니다.

「우리가 그것을 고마워해야 하는가?」

예수는 대답하지 않았습니다. 기적을 일으켰던 그는 이미 나루 쪽으로 걸어가고 있었습니다. 도선은 그를 데카폴리스에서 갈릴래아로 건네줄 터입니다.

 아나니아와 레기온은 도랑에 쭈그리고 앉아 있었습니다. 밤은, 이 두 사람이 새로 태어난 험한 세상을 어루만지며 어둠의 장막을 덮고 있었습니다. 두 사람은 저희가 처한 새 세상을 조용히 생각해 볼 수 있었습니다. 말은 별로 하지 않았습니다. 이성적인 인간에게는 지껄이는 게 별로 소용에 닿지 않는다는 걸 알게 되었기 때문입니다.

 이윽고 아나니아가, 어두워져 가는 북동쪽을 가리키면서, 전혀 아나니아의 것 같지 않은 목소리로 물었습니다. 「저기에 보이는 것이 무엇이냐?」

 「가다라 성읍이 보이는구나.」 레기온이 대답했습니다.

 「그러냐? 내 눈에도 가다라 성읍이 보인다. 그러면 저 너머에는?」

 「겐네사렛 호수가 하늘에 비쳐 보이는구나.」

 「내 눈에도 그렇다. 하지만 서쪽에는 희망이 있을지도 모르겠다. 레기온아, 서쪽으로는 무엇이 보이느냐?」

 「언덕이 보인다. 너는?」

 「나도.」

 아나니아는 금방이라도 울음을 터뜨릴 것 같았습니다. 레기온은, 그때까지도 세상이 다르게 보일지도 모른다는 희망을 버리지 않고 물었습니다.

 「언덕이라면, 어떤 언덕이냐?」

 「시커먼 언덕이다. 네 눈에는 빨간 언덕으로 보였으면 좋겠다. 어떠냐, 레기온아, 빨간 언덕이지?」

 「틀렸다. 내 눈에도 시커먼 언덕이다. 나도 빨간 언덕으로 보였으면 좋겠다만, 아니다. 빌어먹게 시커멓다.」

 「오, 기적을 일으킨 자여, 이자가 우리 세계를 부숴 놓고 말았구나.」

아나니아가 탄식했습니다.

「이 짐승 같은 자가 우리를 고문하고, 우리를 죽이고 말았구나.」

레기온도 탄식했습니다.

「우리가 왜 그자를 죽이지 않았지?」

「우리가 왜 그자를 놓아줬지?」

「하느님의 아들, 나자렛의 예수여, 저주나 받아라!」

증오에 견줄 만큼 험악한 저주의 말, 절망의 슬픔에 견줄 만한 저주의 말을 찾지 못한 두 사람은 우선 이런 말로 그를 저주했습니다.

얼마 뒤 아나니아가 잔뜩 부은 소리로 말했습니다.

「우선 옷을 좀 찾아 입고, 이 사슬을 끊을 방도를 생각하자. 이러고 있다가는 다시 미치고 말겠다.」

아나니아의 왼쪽 발목과 레기온의 오른쪽 발목은 한 사슬에 엮이어 있었습니다. 사슬 때문에 두 사람은 다섯 발자국 이상은 떨어질 수 없었습니다.

「그렇다면 우리 가다라로 가자.」 레기온이 말했습니다.

「나는 가다라로는 가기 싫다. 나는 아무래도 도선을 타고 가파르나움으로 가야겠다.」

「가다라는 어때서?」

「어떻다는 건 아니다. 가파르나움으로 가고 싶을 뿐이다.」

「그럼 가거라. 누가 너를 붙잡았느냐?」

황야에서 모래 바람이 불어왔습니다. 두 사람은 화를 삭이며 가만히 있었습니다. 한동안 침묵이 흐른 뒤에, 레기온이 여전히 화를 삭이지 못한 목소리로 말했습니다.

「세상이 갑자기 변해 버렸구나. 조금 전만 하더라도, 네가 그렇게 고집을 피우기 전에는 이 세상이 그렇게 아름답더니…….」

「그렇게 싫으면 떠나면 될 게 아니냐?」

「이놈의 사슬만 없으면 나도 그러고 싶다.」

「그러면 가파르나움으로 가자. 거기에는 내가 잘 아는 대장장이가 있다. 군말 없이 사슬을 끊어 줄 게다.」

「왜 가파르나움으로 가느냐? 코앞에는 가다라가 있고, 거기에도 내가 잘 아는 대장장이가 있는데?」

「가다라로는 가기 싫어서 그런다.」 아나니아의 말입니다.

「나도 가파르나움으로는 가기 싫다.」 레기온도 지지 않고 우겼습니다.

「가다라가 좋으면 가거라.」

「가파르나움이 좋으면 가거라.」

두 사람은 다시 입을 다물고, 별밤의 침묵에 귀를 기울이고만 있었습니다.

「너는 미친놈이다.」 성질 급한 아나니아가 이번에도 침묵을 깨뜨립니다.

「누가 아니라느냐? 미치지 않고서야 어떻게 너 같은 자와 그렇게 오래 함께 살 수 있었겠느냐?」

「나도 그렇다. 너를 견딘 걸 보면 단단히 미쳤던 게다.」

두 사람이 과거지사를 입에 올린 것은 이것이 처음입니다. 두 사람은 도랑의 진흙 바닥에 쪼그리고 앉아 있었습니다. 둘 다, 이성을 되찾았기 때문에 몹시 화가 나 있었습니다. 기억력은 신통치 않았습니다만 둘 다 지난날을 떠올리면서 거의 같은 순간에 이런 생각을 했습니다. 전 같으면 어땠을까? 하나의 세계이면서도 각자의 세계로 나뉘어 있던 세계에 그대로 살고 있었더라면 어땠을까? 이런 불화는 어떤 식으로 끝났을 것인가? 아나니아가, 〈이쪽으로 가겠다〉고 했다면 레기온은 〈저쪽으로 가겠다〉고 했을 터입니다. 그러나 두 사람은 입씨름을 하면서도 어떤 방향이 되었건 한 방향으로 갔을 터입니다. 하나는 가다라로 간다고 생각하고, 다른 하나는 가파르나움으로 간다고 생각하면서, 말하자면 각기 제 뜻이 관철된 줄로 알고 말이지요. 왜냐하면, 이들이 원래 살던 세상에서 방향이라고 하는 것은 새 세상의 방향처럼 방위가 뚜렷한 것이 아니기 때문이고, 어느 하나가 왼쪽에 이르려면 오른쪽으로 가고, 내려가기 위해서는 올라가야 하고, 오르기 위해서는 떨어져야 한다고 주장한다고 하더라도 다른 하나가 이것을 수긍하게 될 것이기 때문입니다. 결국 이들은 팔짱을 끼고 각기 다른 방향으로 가면서도 필경은 모든 방향이 다 싸잡히는 하나의 방향을 향할 터입니다. 결국 이들은 다섯 걸음 벌어진 채 사슬을 찔렁거리면서 서로가 의도하던 성읍에 동시에 들어가게 되는 터입니다. 그런데 이제 그게 불가능하게 되어 버린 것입니다.

아나니아가 걸음을 멈추고 우깁니다. 「나는 가파르나움으로 가련다.」

레기온도 걸음을 멈추고 우깁니다. 「나는 가다라로 가련다.」

다음 날 돼지치기들이, 악령에 들려 골짜기로 뛰어든 돼지 떼를 보여 주려고 가다라 성읍 사람들을 데리고 그곳에 이르렀습니다. 가다라 사람들이 다가오고 있는 도랑 안에는, 두 미치광이가 여러 해 동안 둘을 하나로 이어 주던 사슬에 온몸을 두들겨 맞은 채 쓰러져 있었습니다. 둘 중 하나는 얼굴을 가다라 쪽으로 두고 쓰러져 있었고, 또 하나는 얼굴을 가파르나움 쪽으로 두고 쓰러져 있었습니다. 그러나 얼굴이 참담하게 일그러져 있어서 둘을 구분하기는 불가능했습니다. 레기온은 이미 숨이 끊어져 있었습니다. 아나니아는, 다가오는 무수한 가다라 사람들을 영문도 모르는 채 바라보면서 마지막 숨을 몰아 쉬고 있었습니다. 도랑 앞에서 사람들은 돌멩이를 무수히 던짐으로써 두 사람의 숨을 완전히 끊은 다음에야 도랑 앞으로 다가섰습니다.

막달라의 기적

그 뒤 예수께서는 여러 도시와 마을을 두루 다니시며 하느님 나라를 선포하시고 그 복음을 전하셨는데 열두 제자도 같이 따라다녔다. 또 악령이나 질병으로 시달리다가 나은 여자들도 따라다녔는데 그들 중에는 일곱 마귀가 나간 막달라 여자라고 하는 마리아, 헤로데의 신하 쿠자의 아내인 요안나, 그리고 수산나라는 여자를 비롯하여 다른 여자들도 여럿 있었다. 그들은 자기네 재산을 바쳐 예수의 일행을 돕고 있었다.

—「루가의 복음서」 8:1~2

광장의 군중들이 토해 낸 둔중한 한숨 소리가 막달라 여자 마리아의 귀에까지 들려왔습니다. 흡사 그 한숨 소리가 한달음에 거대한 문을 밀어 활짝 열어 버린 것 같았습니다. 이에 사람들 개개인의 한숨 소리가 군중의 한숨 소리의 뒤를 이었습니다. 그 한숨 소리는 위대한 설교의 조각난 메아리가 되어 막달라의 견고한 성벽을 두루 울리다가는 다시 설교에 공감을 나타내는 웅얼거림으로 이어졌습니다.

구세주께서 설교하고 있었던 것입니다.

그분은 평소에 좋아하는 우화 하나를 그날의 주제에 맞게 풀어 나가고 있었습니다. 막달라 여자 마리아는 이런 생각을 하·고 있었습니다. 나도 먼 후일에는 저런 우화, 줄거리 대신 뜨겁고 교육적인 전설만 담겨 있는 그런 우화를 입에 올릴 수 있을까……. 막달라 여자 마리아는 하느님의 아들이 하는 설교를 가슴으로 듣고 있지 않았습니다. 그분 곁에 서 있을 때는 늘 그랬습니다. 그분 곁에 서서 설교를 듣다 보면 다른 사람들의 목소리는 고스란히 남아 있는데 그분의 목소리만은 흔적도 없이 사라져 버리고는 해서 마리아로서는 한마디도 기억해 낼 수 없게 되고는 했습니다.

그런데 그러지 않을 때가 있었습니다. 아주 오랜 옛날, 딱 한 번 그런 때가 있었습니다. 그러니까 마리아가 나자렛 사람에 대해 연민이 뒤섞인 호기심 이외의 감정은 전혀 느끼지 못하던 때의 일입니다. 그런데 그 뒤부터는 모든 것이 달라져 버렸습니다. 그분과 만난다는 생각만 해도, 만날 가능성만 있어도 온몸의 힘이 다 빠져나가게 되어 버린 것입니다. 그에게 접근할 용기를 깡그리 잃고 난 뒤부터는 그의 말씀을 듣는 능력도 사라져 버린 것입니다. 그의 말씀을 듣는 능력과 함께 그에게 접근할 용기도 사라져 버린 것입니다.

이것은 물론, 마리아가 예루살렘에서 처음으로 그를 따르고 있을 때의 일입니다. 그러니까 처음의 일입니다. 시리아 접경에서 이두마이아에 이르기까지, 사해에서 약속의 땅 방방곡곡을 지나 가르멜 산기슭의 살아 있는 바다에 이르기까지 지친 다리를 끌고 여행하면서, 시골 마을의 시시한 목수로 변장한 하느님 독생자를 받아들일 준비 상황을 시험당할 당시만 하더라도 마리아에게는 용기가 있었습니다. 팔자가 비슷한 여자들과 함께 그분을 따르면서, 마리아는 기적을 일으키시는 분에게 접근하는 방법을 익히게 되었던 터입니다. 여행 도중에 그분을 가장 착실하게 섬기는 길은 그저 끈질기게 따라다니기만 하면 그것으로 족했습니다. 상황 — 가령 설교 끝머리에, 일상적인 교훈 이상의, 이적을 통한 충격적인 증거가 필요한 상황 — 에 따라서는 그냥 옆에 있기만 하면

족했습니다. 그러나, 옆에서 애원하거나, 잔소리를 늘어놓거나, 빌어야 하는 상황도 있었습니다. 그러나 상황이 어떠하든, 기적이 일어나는 데는 야훼와 예수의 관계에 대한 절대적 믿음의 표현이 필수적이었습니다. 그런 믿음이 분위기를 지배할 경우 야훼의 도우심은 지체 없이 나타났고, 따라서 기적은 확실하게 일어났습니다. 그러나 이러한 믿음이 없을 경우, 말하자면 편견이나 되지 못한 배움이나 〈모세 오경〉에 대한 지식이 분위기를 지배할 때, 의심 많은 자가 있어서 저희들도 하느님의 전지전능하심과 겨룰 수 있다고 과신할 경우, 야훼의 도우심은 그 자리에 내리지 않았고 따라서 기적은 일어나지 않았습니다.

그러나 마땅하지 못한 분위기 때문에 기적이 일어나지 않는다고 하더라도, 기왕에 일어났던 기적만으로도 마리아의 흔들리는 믿음을 지켜 주기에는 넉넉했습니다. 마리아의 마음속에는 의심이 들어설 자리가 없었습니다. 마리아는, 그리스도의 침이, 바르티마에우스의 눈을 열어 주는 것도 두 눈으로 보았고, 그리스도의 명에 따라 예루살렘의 벙어리 메세제베일로의 혀가 풀리는 것도 보았기 때문입니다. 마리아는, 죽은 자가 무덤에서 관을 등에 지고 나오는 것도 보았고, 미치광이들이 제정신을 차리고, 길갈 문 앞에 있던 문둥이들이 뱀이 허물을 벗듯이 부스럼투성이인 살갗을 벗는 것도 보았던 것입니다.

고통을 받고 있던 이러한 사람들이 우연히 그분을 만나게 되었는지, 아니면 하느님의 뜻에 따라 그분을 만나게 되었는지 그것은 마리아도 알지 못했습니다. 그러나 알든 모르든, 그런 것들은 기적 자체가 지니는 위대한 의미와는 상관이 없어 보였습니다. 신유 행위의 목적이 병자의 건강을 되찾아

주는 것 이상의 원대한 목적이 있는 것이어서, 병자는 전혀 원하지 않는 상황에서 은혜를 입게 되므로, 신유 기적의 목적은 초자연적인 힘과의 만남을 드러내는 데 있는 것이어서 병자는 우연히 그 은혜를 입게 되는 것이므로 병자와는 상관이 없습니다. 의술은, 치료를 통하여 가장 중요한 목적을 달성합니다만 의술이 치료 자체의 행위를 통하여 발전하는 것은 아닙니다. 이와 마찬가지로 의술의 최고 형태라고 할 수 있는 신유의 행위는 기적의 차원에서 이루어질 때, 다시 말해서 창조주와 직접 연관될 때, 그 기본적인 목적은 달성됩니다. 그러니까 이 병자 저 병자에게 기적의 형태로 베풀어질 때 기본적인 목적이 달성되는 것은 아닌 것입니다.

이러한 기적을 목격하기 전만 해도 막달라 마리아는, 나자렛의 예수라는 분은 도저히 접근이 불가능한 분이라고 생각했습니다. 그런데 이제 마리아는 예수에게 벽이 있는 것이 아니고 자신의 내부에 벽이 있다는 것을 알게 됩니다.

공정을 기하기 위해 반드시 여기서 짚고 넘어가야 할 것이 있습니다. 그것은, 막달라 마리아가 예수에의 접근을 망설이고 있다고 해서 이 나자렛 사람 예언자의 외모 때문에 그러는 것은 아니라는 것입니다. 그는 몸집이 작았습니다. 억센 갈릴래아 제자들에 둘러싸일 때의 그는 그렇게 작아 보일 수 없었습니다. 그가 입고 다니는 긴 겉옷은, 그의 지극히 앙상한 몸매를 가려 주기는커녕, 옷걸이 같은 어깨에 걸린 채 그것을 더욱 두드러지게 드러내고는 했습니다. 정직하게 말해서 그의 인격에서 천상적인 매력 같은 것은 찾아볼 수 없었습니다. 그의 목소리에는 울림도 없고 가락도 없었습니다. 흥분하고 있거나 화를 내고 있을 경우 그의 음성은 귀에 몹시 거슬리게 들리기도 했습니다. 만일 그에게 천상적인 듯한 것이 있었다면 그것은 조잡한 갈릴래아 윗녘 사투리로 하는, 도무지 요령부득인 그의 설교였을 것입니다. 알아듣지 못하는 사람들이 너무 많았으니까요.

 어쨌든 마리아는 이제 스스로, 자기의 우유부단을 이겨 낼 수 있을 것이라고 생각했습니다. 그래서 적당한 틈을 보아 그분에게 접근할 생각이었습니다. 만일에 고향 막달라에 있을 동안 그런 기회가 오지 않으면 하솔, 라마, 미스바, 기스갈라, 에브라임, 혹은 베델 같은 데서 기다릴 참이었습니다. 필요하다면 그분을 따라 세상 끝까지라도 갈 생각이었습니다. 마리아는 비둘기처럼 현명하되 뱀처럼 영악하게 굴되, 언제까지나 굴복하지 않을 참이었습니다. 그분을 둘러싸고 있는 무리가 너무 많으면 팔꿈치로 길을 열고 나갈 생각이었습니다. 그분이 걸음을 재촉하면 뛰어서라도 따라갈 생각이었습니다. 주무시면 깨워서, 그 발치에 무릎을 꿇고, 하소연을 드리기 전에 눈물로 그 발을 씻고 머리채로 그 발을 닦을 생각이었습니다. 막달라 마리아에게는 한 차례의 애무가 천상의 입맞춤에 견줄 만큼 고귀한 값으로 헤아려지는 것을 본 적도 있습니다.

 그러면, 어떻게든 될 테지. 이것이 막달라 마리아의 생각이었습니다.

 같은 곤경에 처해 있는 수산나의 경우도 마리아에게는 도움이 되지 않았습니다. 다른 사람의 불행을 볼 때마다 마리아에게는 자기의 불행이 늘어나는 것 같기만 했습니다. 다른 사람의 불행이 마리아에게는, 자기 불행이 몇 곱으로 늘어난 채로 비치는 거울 같았기 때문입니다. 남편이 와서 집으로 데리고 가버린 요안나의 경우도 마찬가지였습니다. 요안나는 죄를 지은 바는 있어도 죄인은 아니었습니다. 요안나는 죄악에 굴복한 여자가 아니었습니다. 요안나는 모르고 있었지만, 사실 요안나의 쾌락을 태우는 불길은 지옥의 불길이었습니다만 그렇다고 해서 요안나의 육신이, 요안나의 쾌락을 태우는 그 불길에 아직 다 탄 것은 아니었습니다. 사실, 죄악은 쿠차의 아내 요안나를 태우지 못했습니다. 요안나는 어쩌면 그 불길에 겨우 몸을 녹인 상태인지도 모릅니다. 불행한 결혼 생활의 기억밖에는 경험하지 못한 요안나에게 타인과 태우는 정열은 훨씬 황홀한 경험이었는지도 모릅니다. 그러므로 요안나는 간통죄를 범한 여인입니다. 따라서 성서를 기록한 분들이 이 요안나를 수산나 막달라 마리아 같은 매춘부 반열에 놓은 것은 분명한 실책입니다. 우리는, 성서를 기록한 분들에 의해 갑자기 성녀들로 둔갑하게 되는 이 이스라엘 매춘부들의 참삶을 여기에 정확하게 기록하는 데 최선을 다하되, 이로써 빚어지는 결과에는 개의하지 않을 정도로 최선을 다해야 합니다. 우리가 만일에 그들이 정결함을 얻은 상태에서 얼마나 다른 삶을 살았는지 정확하게 기술하는 데 성공한다면, 이로써 잘못 기록한 분들에게 어떤 누도 끼치지 않고 그 오류를 바로잡는 셈이 될 것입니다.

엘칸이라고 하는 수수께끼 같은 인물의 존재도, 우리가 앞에서 말했던 세 여인의 기분을 밝게 해주지 못했습니다. 엘칸은 여인들에게는 다가오는 일이 드물었을뿐더러 다가온다고 하더라도 늘 일정한 거리를 두었습니다. 엘칸은 예루살렘에서부터 그들과 동행이 되었습니다만, 여인들은 그 절름발이 엘칸이 자기네들을 따라오는 것인지 그리스도를 따라오는 것인지 알 수 없었습니다. 그는 좀 모자라는 사람, 사실을 말하면 배냇백치인 데다 두 다리를 다 절었기 때문에 걸을 때 보면 걷는다기보다는 흡사 일부러 두 다리를 꼬고 있는 것 같았습니다. 그래서 여인네들은 엘칸이 자기네들을 따라다니는 것이 아니라, 다리도 좀 고치고, 백치도 좀 면할 요량으로 구세주를 따라다니는 것이라고 생각하는 것을 좋아했습니다. 그러나 이 절름발이 백치는, 여행이 계속될 동안 한 번도 그분에게 다가간 적이 없었습니다. 다가가기는커녕 그분이 보시기만 해도 엘칸은 죽어라고 도망치기가 일쑤였습니다. 가만히 보고 있으면 엘칸이 따라다니는 사람이 그분이 아니라 여인네들이라는 주장에 일리가 있어 보일 때도 있습니다. 그는 이따금씩 여인네들에게 선물을 가져다주고는 했습니다. 그러나 그 캄캄한 머리가 선물로 헤아린 것이란 겨우 한 줌의 조약돌, 한 다발의 건초, 말랑말랑한 소똥, 그리고 특별한 경우에는 죽은 쥐였습니다. 그는 이런 선물을 가지고 여인들 주위로 다가와서는 조심스럽게 바위 같은 데다 놓고는 황급히 물러가 숨어서 여인네들의 반응을 관찰하고는 했습니다. 여인네의 반응이란 대개 길길이 뛰면서 욕지거리를 퍼붓거나 돌멩이를 던지는 것이기가 일쑤였습니다. 백치에다 절름발이에다 귀머거리, 벙어리까지 겸하고 있기 때문이겠지만 그는 욕지거리 같은 것은 못 들은 척하고, 후일 다시 선물 건네줄 날을 생각하면서 여인네들에게서 날아온 돌멩이를 주워 모아 정성스럽게 간수하고는 했습니다.

어쨌든 막달라 마리아는 어떤 사람들로부터도 도움을 기대할 수는 없는 입장이었습니다.

텅 빈 집 현관에서 서성거리면서 마리아는 자신에게 이런 질문을 던졌습니다. 저분은 도대체 설교를 언제 끝내려고 저러시는 걸까? 무리를 뚫고 들어가면 저분에게 접근할 수 있을까? 접근하게 된다면, 내 입장을, 내 생각을 명확하게 설명할 수 있을까? 나자렛의 예수님은 나를 도와주시려고 할까?

마지막 부분, 말하자면 가슴속에 품고 있는 계획의 노른자위가 되는 부분에 대해 마리아는 확신이 서지 않았습니다. 마리아는, 만일에 자기가 그분으로부터 도움을 받을 수 있게 된다면 그 도움은 어떤 의미에서는 반자연적(反自然的)인 도움이 될 것이라는 점, 이로부터 받게 되는 은혜 — 마리아가 보기에 그분이 보일 몸짓은, 패배를 자인하는 죄악의 화신에게 내리는 은혜일 수밖에 없었다 — 는 옛적의 기록으로부터 전해지는 구원의 소식과는 사뭇 다른 것이 될 것이라는 점, 그 도움 자체는 여러 대에 걸친 이스라엘 조상들과의 합작으로 아브라함이 야훼와 자세하게 맺은 계약의 조건을 일거에 파기하는 것이 될 것이라는 점을 알고 있었습니다. 그렇다면 새로 자기에게 베풀어질 기적은 그 이전의 기적을 송두리째 부정하는 것일 뿐만 아니라, 갈릴래아 땅 가나 마을의 혼인 잔치 마당에서 시작된 초기의 기적까지도 부정하는 것이 될 터입니다.

막달라(유목민들의 말로는 〈엘 메젤〉) 여자 마리아는 기적이 지니는 최고의 목적에 대해서는 알지 못했던 모양입니다. 말하자면 마리아는 기적이 지니는 희생적인 행위에 가까우리만치 신비스러운 의미에 대해서는 배운 바가 없으리라는 것입니다. 만일에 막달라 마리아에게 기적이 일어난다면 꽤 우스꽝스러운 일도 벌어질 터입니다. 왜냐하면 직업적인 매춘부를 두고 신학자들, 학자들, 신전의 율법 박사들이 편싸움을 하게 될 터이기 때문입니다. 그러나 마리아의 미래는 기적 및 기적을 일으키는 일 자체에 대한 마리아 자신의 앎에 달려 있습니다. 기적이라고 하는 것은, 자투리 시간을 보내는 데 요긴한 재미있는 소일거리로만 여겼던 마리아였습니다. 그러나 그리스도를 만나고부터 마리아는, 기적에 대해

많은 것을 생각하고, 이로써 폭넓게 알게 되면서부터 기적에 관한 앎은 구세주와의 관계를 새롭게 할 수 있는 것임을 깨닫게 되었습니다. 그래서 마리아는 기적의 역사를 배우고, 기적의 기능을 이해하되 언표된 수준 이상까지 이해해 보기로 마음먹었습니다. 마리아에게는 이해하기가 쉽지 않은 기적이 있었습니다. 가령 사라의 자궁이 기적적으로 열리면서, 후일 야곱의 아버지가 되는 한 아이가 태어나는 것과 함께 자궁이 다시 닫히게 되는 기적의 의미가 그랬고, 하느님이 단지 롯과 함께 살던 소돔 사람들에게 본때를 보이느라고 불로 소돔을 치시고는, 여자인 롯의 아내의 호기심까지 벌한 것도 그런 기적 중의 하나였습니다. 이런 기적들을 통해서 막달라 마리아는 아득한 아브라함의 시대에도 종교적인 기적이 있었다는 사실을 알게 되었습니다. 그래서 제법 이런 생각도 할 수 있게 되었습니다. 선지자 요나는, 하느님의 중재하심에 힘입었기 때문에, 고래만 한 물고기에 삼켜져 사흘 밤낮을 그 고기 배 속에 있다가도 다시 나와 마른 땅을 밟지 않았던가……. 거룩한 유다의 세 청년 사드락와 메삭과 아벳느고는 수사 땅에서 느부갓네살 왕 앞에서 일곱 번 달군 불가마에서도 걸어 나오지 않았던가. 하느님께서, 당신의 보이지 않는 손에서 떼어 보내신 손가락은 황제 벨사살에게 제국이 망할 날짜를 일러 주지 않았던가……. 이러한 기적은 성서에만 국한해서 기록되어 있다. 그런데 이러한 기적에는 지극히 제한된 목적이 있었다. 이러저러한 이스라엘 족속을 돕는다는 목적, 이러저러한 이방인 통치자들을 경고한다는 목적이 있다. 그리고 가장 중요한 것은, 선택된 백성의 믿음이 흔들릴 때마다 그 믿음을 바로 세운다는 목적이 있다…….

히브리 백성 이야기가 나왔으니 말이지만, 이 글을 읽는 분들이 유념해야 할 것이 있습니다. 그것은 다른 나라 백성들 일의 경우에는, 하느님이 그렇듯이 자주 간섭하신 적은, 혹은 지나치게 간섭하신 적은 없다는 점입니다. 이스라엘 백성의 종교에는, 하느님과 이스라엘 백성들 사이에 양해된 명확한 의무 규정이 정의되어 있지 않습니다. 그래서 찬양과 공들인 제사를 통해 성대하게 확인되어야 했던 하느님과의 합의가 언제 말세적 홍수, 외적의 침입, 메뚜기 떼의 내습, 혹은 역질과 기근 같은 일방적 징벌을 통해 임시로 파기될지 예견할 수 없었던 것입니다. 그러니까 이 양자, 즉 야훼와 야훼에 의해 선택된 백성들 사이에는 항구적인 계약의 안정적인 지속을 보증할 최종적인 의무 조항이 없었다는 것입니다. 다시 말해서 이 관계는, 한쪽이 참지 못하거나 한쪽에서 바람이 나면 끝나고 마는 주인과 첩실의 관계와 같다는 것입니다. 그렇다면 기적의 목적은 선택된 백성을 고무하여, 하늘과의 갑작스러운 관계 단절로 인해 야기되는 끔찍한 만행이나 대학살을 따르게 하기 위함인 것입니다. 『구약 성서』의 기적은 하느님 의향의 대외적인 상징 — 인간의 삶에 대한 하느님의 실제적인 참여의 징표가 아닙니다 — 인 반면에, 『신약 성서』의 기적은 선지자들이 약속했고, 속인들이 세상의 구원이라고 부른 필연적인 변모의 일부인 것입니다.

마리아는, 그리스도가 행한 기적과, 그리스도 이전에 하느님의 사자들이 보인 의미 없는 기적 — 속임수라는 말이 너무 심하다면 — 사이의 성격상의 차이와 의미상의 차이를 납득했습니다. 마리아는, 자기가 주님 앞에서 청원할 때 이 양립하기 어려운 성격상의 차이 및 의미상의 차이가 불러일으킬 혼란을 생각하면서 거북해했습니다. 그러나 마리아에게 다른 선택의 여지는 없었습니다.

「곧 끝나실까? 견딜 수가 없어.」 수산나가 말했습니다. 수산나는, 부풀어 오른 배 위에 깍지 낀 두 손을 올려놓은 채, 곰팡이가 핀 방 한구석에 쭈그리고 앉아 있었습니다. 텅 빈 마당에서는 엘칸이, 다리 부러진 새처럼 어기적거리고 다니면서 여인네들에게 줄 선물을 모으고 있었습니다.

마리아의 눈에 수산나는 참으로 딱해 보였습니다. 오랜 도보 여행과 믿음이 기울어지지 않는 불확실한 미래에 관한 생각이 수산나를 몹시 피폐하게 해놓은 것 같았습니다. 시돈에서부터, 제 어머니를 대동하고 온 무지몽매한 아샤와 함께 힘 닿는 데까지 수산나를 돌보아 왔던 마리아였습니다. 마리아는 마실 것과 먹을 것을 구해다 대었지만 병든 여인 수산나는 그것을 받아먹으려 하지 않았습니다. 마리아에게 가장 어려웠던 것은 수산나가 도움을 받으려 하지 않는다는 점이었습니다. 수산나는 구세주의 영광스러운 모습을 보기 전에 죽기 — 어떻게 죽을 것인지 그것을 모르는 사람은 없었습니다 — 를 바라는 것 같았습니다. 여인네들은 그런 수산나의 마음을 이해할 수 없었습니다. 수산나는 그전에 그리스도의 추종자들과 함께 그리스도를 보러 간 적이 있습니다. 그때는 그리스도를 보는 순간, 향유의 세례를 받기라도 한 것처럼 건강을 되찾았던 수산나입니다. 그러나 오랜 여행과 하릴없는 희망은 다시 수산나의 기운을 소진시키고 만 것입니다. 수산나는 건강을 되찾게 되건, 막달라의 도랑에 처박혀 세상을 하직하게 되건 그런 것에는 관심이 없어 보였습니다.

마리아는 그런 수산나를 정성스럽게 돌보았습니다. 그렇게 돌본 것은 두 가지 까닭 때문입니다. 즉 우선은 마리아가 원래 다정다감한 여인이기 때문에 그랬던 것이고, 두 번째로는 불행한 여인들이 모여 있으면 기적을 일으키는 그분에게 훨씬 강한 인상을 줄 수 있을 것이라고 생각했기 때문입니다. 병의 성격이 같고 원인이 같은데도 불구하고, 수산나의 증세는 마리아의 병에 견주어 훨씬 두드러져 보였습니다. 부풀어 오른 몸의 굼뜬 움직임, 뒤틀린 얼굴, 종잡을 수 없는 행동, 몸을 다시 일으키겠다는 의지의 상실……. 수산나의 증세는 어느 모로 보나 막다른 골목에 이른 것 같았습니다. 마리아가 보기에, 기적이 일어나기 전에는 도저히 수산나를 일으킬 수 없을 것 같았습니다.

「그분이 빨리 좀 와주셨으면 좋겠다. 사람들이 그분을 야유하고 있는 건 아닐까?」 마리아가 중얼거렸습니다.

「그분 주위에 레위 지파 사람은 없는걸. 오늘은 그분을 괴롭히지 않을 모양이야.」 아샤의 말이었습니다.

「그분 옆에는 늘 비아냥거리는 사람들이 우글거려……. 〈선생님, 왜 선생님은 모세가 가르친 대로 금식하지 않습니까? 선생님, 왜 늘 비유로만 말씀하십니까? 어른들 모르게 아이들을 재우듯이 말이지요. 안식일에 왜 이적을 행하십니까? 카이사르에게 세금을 내어야 할까요? 부모를 공경해야 할까요? 어떻게 하면 영생할 수 있습니까? 다른 사람들도 같은 구원을 얻을 수 있는 건가요?〉」

「그만둬, 그만두지 않으면 내가 소리를 지를 거야!」 아샤가 외쳤습니다.

「애야, 소리를 지르고 싶으면 질러라. 소리라도 지르면 속이 좀 후련해질 게다.」 아샤의 어머니가 한 말입니다.

아샤 모녀의 수작을 귓가로 흘리면서 막달라 마리아는 생각합니다. 질문, 질문, 질문……. 밑도 끝도 없는 설교가 끝나면 끝없는 질문……. 이야기 끝에는 설명. 그러고는 상징의 해석. 징조. 삶의 본보기. 그러고 나면 옛이야기에서 떠오르면서 그 옛이야기에다 못을 박는 새 이야기. 그러고 나면 새로운 질문, 질문, 질문. 설명, 해석, 표적, 예화……. 이렇게 끝없는 이야기가 이어지고 있을 동안 우리들 가련한 것들은 뻘이 질척거리는 도랑에서, 혹은 비가 새는 처마 밑에서, 혹은 뙤약볕에서 기다린다. 때로는 으르렁거리는 개들에게 둘러싸인 채 남의 집 뜰 앞에서도 기다린다. 우리는 아무것도 확신하지 못하는 채, 뵙고 싶으면 뵙고 싶을수록 무서워지는 하느님과의 끈을 놓칠지도 모른다는 생각으로 두려움에 떨면서 기다린다. 이윽고 무리가 흩어진다. 무리가 제각기 뱉어 내는 소리는 발소리와 함께 그분의 귓가를 스친다. 불평, 찬양, 제 육신을 구하기 위한 위선적인 경건…….

「하느님이시라면, 왜 그렇게 온 땅을 방황하고 있대요?」

「아니, 하느님께서는 아들을 내려 보내시면서 옷 한 벌도 변변히 안 입혀 보내신 모양이지?」

「그걸 내가 어떻게 알아? 물어보지도 않았는데?」

「여보게, 요셉, 들었어? 올리브 가지래. 그걸로는 로마 군은 고사하고 파리 떼도 못 쫓겠다, 안 그래?」

「특별한 올리브 가지인 모양이지? 모세가 바위를 찔러 물이 쏟아지게 할 때 쓰는 것 같은, 몽둥이 같은 가지 말이다.」

「여보게들, 솔직하게 말해서, 그분 말씀에 뭔가가 있었어.」

「헛소리하네.」

「일리가 있었어.」

「헛소리라니까.」

「요빌라, 자네는 저 양반을 어떻게 생각하나?」

「그 양반이 제자들에게 이렇게 말하는 거 들었어? 〈너희들에게는 하느님 나라의 신비를 알게 해주었지만 다른 사람들에게는 보아도 알아보지 못하고 들어도 깨닫지 못하게 하려고 비유로 말하는 것이다…….〉 우리에게는 가르쳐 주고 싶지 않은 모양인데, 그러면 왜 우리에게는 말을 하는 것일까?」

「우리 머리로 생각하게 만들려고 그러시는 것이 아닐까?」

「하지만, 〈마음이 가난한 사람은 행복하다. 하늘나라가 그들의 것이다〉 하셨는데, 이게 무슨 뜻일까? 먼저 생각하는 방법을 가르친 다음에 지옥으로 몰아가려는 것은 아닐까?」

「들리는 말로는 다윗 왕의 직계라던데?」

「라힐로, 내가 보기에는 왕손 같지 않던데?」

「그럼 누가 왕손 같던가?」

「우리 영주 안티파스. 잘생겼잖아?」

「하지만 저 양반도 그랬어. 얼굴이 준수하더라.」

「이 병신아, 왜 뺨을 때려?」

「다른 뺨을 들이대는가 보려고.」

「저 양반을 놀리지 마라.」

「멍청이야, 좀 놀리면 어때?」

막달라 마리아의 생각은 계속됩니다. 제자들에게 둘러싸여 있어서 그리스도가 보이지 않아. 그리스도께서는 이 새로운 믿음이 구워 낸 벽돌담에 갇히신 거야. 벽돌담 한가운데 그분이 계시다. 가시 옷을 입으신 채, 진주를 감추고 있는 조가비의 모습으로 계시다. 한바탕 소란이 이는 걸 보니, 무리가 그분을 떠나는 모양이구나. 이제, 이 은신처에서 나가 보아야 할 때. 다른 여자들도 나오고 있구나. 눈에 핏발이 선, 커다란 생쥐 같은 여자들이……. 하지만 머리가 빈 무리는 늘 뒤통수에서 억지를 쓴다. 억지 질문에는 코대답도 않으시는 분. 설명이 있어도 머리가 빈 무리가 알아들을 수 있을 리 없다. 무리가 설명을 알아듣지 못하면 모호한 말로 이루어진 생생한 비유는 곧 말이 바뀌면서 동화가 된다. 이어서 본보기……. 하나의 본보기, 혹은 여러 개의 예화. 그제야 만족한 무리가 제 갈 길을 간다. 이윽고 은신처에 몸을 숨기고 있던 여인네들이 나와 구세주에게로 다가간다. 절망. 그분 앞으로, 제자들로 이루어진, 뚫리지 않는 벽이 생긴다. 하느님의 열두 경호병. 뇌물도 통하지 않는 자들, 무자비한 자들, 엄혹한 자들…….

 막달라 마리아의 눈에는, 성질 급한 아샤가 제베대오의 아들 발치 앞으로 무너져 내리는 광경, 제베대오의 아들이 아샤를 걷어차는 광경, 아샤의 어머니 — 빌 것이 별로 없는 — 가 송곳 꽂을 틈도 없는 『신약 성서』의 육신을 비집고 들어가는 광경, 수산나가 무릎을 꿇은 채 주님을 지키는 털북숭이의 무지막지한 손아귀에 떠밀리면서 끊임없이 소리를 질러 대는 광경이 보이는 것 같았습니다.

 이윽고 구세주를 둘러싸고 있던 조가비가 벗어져 나갑니다. 여인네들은 그제야 그 조가비 속으로 들어가게 됩니다. 그러나 조가비는 비어 있습니다. 진주는 없었습니다. 얼굴에 피와 땀이 얼룩진 가련한 여인네들은 털썩 주저앉아 사도들의 발길이 일으킨 먼지만 삼킵니다. 여인네들은 가뭄철의 새들처럼 입을 벌린 채 길바닥에 주저앉아 구세주의 제자들이 재빠른 걸음으로 사라진 쪽을 멍하니 바라보고만 있습니다. 제자들이 사라진 쪽이 곧, 여인네들의 고통을 달래 줄 향유인 그분이 사라진 쪽일 것이기 때문입니다. 다시 한번 여인네들만 그 자리에 남았다가, 어두운 보존의 본능에 이끌린 듯이 다시 그리스도의 뒤를 따릅니다. 엠마오에서도 그랬고, 테보우에서도 그랬으며, 게밧사울에서도, 상하(上下) 벳호론, 딤나다에서도 그랬습니다. 그런 일이 일어나지 않은 도시, 벌판, 덤불, 농가는 없었습니다.

막달라 마리아가 말했습니다.

「이제 군중이 흩어진다. 아샤야, 어서 수산나를 일으키렴. 함께 그분께 가보자.」

「안 돼, 나는 움직일 수 없어.」 수산나가 우는소리를 했습니다.

「일어나. 또 저분을 놓치고 싶어?」 아샤는 병든 여인의 어깨를 잡아 일으키려고 했습니다.

「내 몸에 손대지 마. 내 몸은 바위 덩어리같이 무거워.」 수산나가 울부짖었습니다.

「송장처럼 무겁군그래.」 아샤가 응수했습니다. 아샤의 어머니가 수산나를 걷어차면서 소리쳤습니다.

「일어서, 이 잡년아!」

그러나 수산나는 움직이지 않았습니다. 수산나는 개미 같은 소리로 우는소리를 하고 있는 것이 아니라, 그 투박한 손으로, 시시각각으로 부풀어 오르는 듯한 배를 억세게 움켜잡고 있었습니다. 무표정한 시선으로 앞의 석벽을 노려보고 있는 수산나는, 똥이 새고 있는 똥자루 같았습니다.

막달라 마리아는, 사람들이 흩어지고 있는 막달라 광장과, 아샤 모녀가 일으키려고 애를 쓰고 있는 수산나를 번갈아 바라보았습니다. 아샤 모녀가 애를 써서 반쯤 일으켜 놓으면 수산나는 다시 쓰러지고는 했습니다. 시뻘건 누더기 차림으로 쓰러진 수산나의 모습은, 굳은 핏자국 같았습니다.

「수산나는 여기에다 두고 가야겠다……」

마리아는, 구세주를 만나면 수산나 이야기를 하기로 결심하고 이렇게 말했습니다.

「먼저 갈릴래아 사람들 속에서 하느님의 아드님을 찾아내어야 한다. 우리가 그분을 찾는다는 것은 수산나가 그분을 찾는 것이나 마찬가지다. 저렇게 괴로워하는 수산나를 반드시 데려가야 하는 것은 아닐 게다.」

그 말을 들은 아샤 모녀는 지체 없이, 애써 일으켜 세웠던 수산나의 몸에서 손을 떼어 버렸습니다. 수산나에게서는 역한 냄새가 났습니다. 세 사람은 서둘러 광장을 가로질러, 수다스럽게 떠들어 대는 막달라 사람들 속으로 들어갔습니다. 세 여인네들이, 그분이 서서 설교하던 샘 가로 다가갔을 때, 몇몇 막달라 사람들이 이런 말을 순서 없이 했습니다.

「저기 저거, 나흘의 외동딸 마리아 아냐? 반수가 넘는 막달라의 남정네들과 건초 더미 속에서 놀아난 것도 부족해서 아주 그 짓으로 업을 삼으려고 예루살렘으로 도망친 아이?」

「저기 저거, 예루살렘의 매춘부 아닌가? 어찌나 매춘에 열심인지, 별명이 〈일벌레〉라며?」

「보아라, 꽃값으로 먹고사는 막달라 마리아가 돌아왔다. 은전냥이나 쓸어 가려고 온 모양이다.」

그러나 돌멩이를 던지거나 대어놓고 모욕하는 사람은 없었습니다.

악마는 먼저 영혼을 침범합니다. 그러므로 육신의 결손은 물리적이고 중립적인 뚜쟁이 노릇밖에는 하지 못합니다. 여기에는 문둥이라든지, 소경이라든지, 벙어리라든지, 앉은뱅이라든지 하는, 밖으로 드러나는 특징이 있을 수 없습니다. 그러므로 악마의 행패는 하느님의 관할권 안에서만 이루어질 수 있는 것입니다. 따라서 악마의 행패는 하느님의 엄격한 감시 아래에 놓이게 됩니다. 여기에서 〈엄격한〉이라는 말이 쓰인 것은 하느님의 속성이 지니는 일반적인 무자비한 성질을 설명하기 위함이지 악마적인 행패, 혹은 그런 행패의 원인이 되는 죄악으로서의 탐욕과, 하느님과의 진정한 관계를 정의하고자 함이 아닙니다. 분명한 것은, 막달라 사람들이 매춘부에 대해 그같이 너그러운 태도를 보인다는 것 자체를, 하느님이 이 일에 관심을 갖지 않는 증거라고 보아서도 안 되고, 이들이 인간의 육신이 지니는 부도덕성을 너그럽게 보는 증거라고 생각해서도 안 된다는 것입니다. 실제로 하느님은, 순수하게 실제적인 이유에서 죄악에 대한 보복을 연기하고 있는 것뿐입니다. 성을 사고파는 행위보다 더 위험하고 사악한 행위는 얼마든지 있습니다. 매매의 대상이 되는 성이 아무리 사랑을 구역질 나게 왜곡한다고 해도 매춘이라고 하는 것은 적어도 사랑과 흡사한 사랑의 반영이기는 합니다. 물론 실질적인 내용물 대신 사랑에 대한 회상뿐이기는 하지만요. 어디 한번 견주어 볼까요? 도둑질에, 독신(瀆神)에, 사기에 무슨 아름다움이 있던가요? 살인에 고상한 감정 같은 게 있던가요? 위선자의 얼굴이라고 하는 것은, 왜곡된, 따라서 흉측한 얼굴일 뿐이지 여기에 무슨 덕성이 있던가요? 그러므로 하느님의 입장에서 보면 매춘 행위에 대한 징벌은 최후의 심판 날까지 미루어지는 것입니다. 말하자면 이 행위의 죗값이 정당하게 매겨질 수 있을 때까지 미루어지는 것입니다. 온 도시, 온 지역, 혹은 온 백성들이 이러한 악덕에 물들어 있을 경우 ─ 소돔과 고모라를 떠올리는 것만으로 충분하겠지요 ─ 하느님의 징벌은 바로 그때 그 시각에 떨어지겠지요. 그러나 그러한 악덕이 한 무리의 매춘부, 어쩔 수 없이 이런 데 물든 한 무리의 범법자들에 의해서만 자행될 경우에는 하느님의 징벌은 연기될 수밖에 없습니다. 성병 자체 혹은 성병에 걸린 자들이 사람들이 던진 돌맹이에 맞아 죽은 사례를 두고, 탐욕이라는 것은 약속된 사람들에게는 특권으로 면제받은 악덕이라는 결론을 내리는 것은 잘못된 것입니다. 돌멩이를 던진 것은, 인간의 정의를 부르짖는 손이지 하느님의 손은 아닌 것입니다.

막달라 마리아가, 사람들로부터 물리적인 희롱을 당하지 않고 광장의 우물가로 갈 수 있었던 것은 이 때문입니다. 막달라 마리아가 우물가지 갔지만 구세주는 물론이고, 사도들도 거기에는 없었습니다. 막달라 사람 둘이 우물 턱에 기대고 구세주의 정체에 관해 옥신각신하고 있었을 뿐입니다. 두 사람 중 한 사람은, 나자렛의 예수는 이 세상의 상처를 고칠 하느님의 아들이라고 했고, 다른 한 사람은 언변에 능하고 사기성이 많은 협잡꾼이니만치 마땅히 마을에서 쫓겨나야 한다고 했습니다. 마리아는 두 막달라 사람에게, 조금 전에 바로 그 자리에서 설교하던 갈릴래아 사람이 어디로 갔는지 모르느냐고 물었습니다. 그러자 그들은 자기네들은 모르고, 그 예언자들의 사도들이라면 그분이 어디에 있는지 잘 알 것이라고 했습니다. 그러나 주위에 사도는 한 사람도 없었습니다. 사도들이 옆에 없다는 것을 안 두 막달라 사람은 한 길손을 가리켰습니다. 만일에 막달라 마리아가 시장 거리 쪽으로 눈길을 돌리기만 했더라도 요나단의 가게 앞에 홀로 서 있는 그 사람을 볼 수 있었을 것입니다. 그는 그리스도의 무리 — 이 말은, 구세주를 믿는다고 고백한 사람들이 저희들 스스로를 일컫는 말입니다 — 에 합류하기 위해 막달라로 온 사람이니만치 틀림없이 그분의 행방을 알고 있으리라는 것이 두 막달라 사람의 설명이었습니다.

마리아는 두 막달라 사람에게 고맙다고 말하고는 돌아섰습니다. 마리아는 아샤 모녀를 데리고 그 길손에게 가까이 가보기로 마음먹었습니다. 그러나 망설이지 않을 수 없었습니다. 매춘부가 점잖은 길손으로부터 진정성 어린 관심을 끌기는 쉽지 않았기 때문입니다. 마리아는, 그 길손으로부터 진지한 대답을 들어 낼 수 있을 것인지 가늠해 보았습니다. 가늠해 보고 나니 아무래도 그럴 수 있을 것 같다는 느낌이 들었습니다. 값이 비싸 보이기는 하나 사치스러워 보이지는 않는 옷차림을 보고, 마리아는 그가 아직 공식적으로 그리스도의 무리에 가담하지 않았다는 것을 알았습니다. 만일에 공식적인 그리스도의 무리가 되었다면 그 역시 사도들은 물론이고 그리스도까지도 입고 있는, 거친 삼베옷을 입고 있었을 것이기 때문입니다. 그런 옷차림은 마리아에게 희망을 주었습니다. 정식으로 그리스도의 무리가 되지 않았기 때문에 그는, 마리아가 호소하는 고통이 어떤 것인지 속속들이 알지 못할뿐더러, 다른 사도들처럼 마리아 같은 여인네들을 무자비하게 몰아내지 않을 터입니다. 마리아가 길손에게 마음이 끌린 이유는 이것뿐만이 아닙니다. 그 길손은, 구세주가, 세상에 구원의 의미를 깨우치기 위해 기적을 베풀었다는 사실을 알고 있을 터입니다. 그렇다면 그 역시 마리아네를 도와줌으로써 그리스도의 무리로서의 의무를 다할 터이고, 그렇게 하는 편이 그에게도 유리할 터입니다. 이로써 새 스승 앞에, 불행한 자, 버림받은 자의 보호자로 나설 수 있을 것이니까요. 막달라 마리아는 마침내 그 길손 앞에 섰습니다. 마리아의 기분은 착잡했습니다.

 길손은, 금방(金房)인 요나단의 가게 앞에 진열되어 있는, 금강석이 박힌 다마스쿠스 팔찌를 내려다보고 있었습니다. 그의 손목이 가볍게 떨리고 있기는 했습니다만, 그의 조용한 눈매, 무심한 시선으로 보아, 그리스도를 따르게 되면, 그동안 몸에 지녀 오던 귀한 물건들을 능히 버릴 수 있는 사람으로 보였습니다. 마리아는 그의 관심을 끌되, 생각의 허리를 자르고 들어감으로써 그를 귀찮게 만들고 싶지는 않았습니다. 그래서 마리아는 아샤 모녀에게는 몇 발짝 뒤에 서 있으라고 손짓하고는 그 길손의 겉옷 자락을 살짝 건드렸습니다. 마름질한 맵시로 보아 겉옷에서는 헬라의 분위기가 풍겼습니다. 그는 돌아서면서 세 박복한 여인네들을 바라보았습니다만 세 여인을 안중에 넣고 있는 것 같지는 않았습니다.

「저희가 혹, 하느님에 관한 것임에 분명할 터인 어르신의 명상을 방해하지 않았는지요. 그랬더라도 너무 허물하지 말아 주소서……」

옷으로 보면 유다인, 점잖은 몸가짐으로 보면 귀족, 무사태평한 태도로 보면 유복한 사람, 혹은 공부를 많이 한 사람임에 분명했습니다. 그래서 마리아도 지극히 점잖은 히브리 말을 써서 말했습니다. 비록 마리아가 예루살렘의 유곽에서 배우고 연습한 것이기는 하나, 이렇게 점잖은 히브리 말은, 히브리인이라도 고상한 사두가이파 사람들의 만찬상 머리에서가 아니면 허투루 쓰이지 않는 말이었습니다.

「저와 제 일가붙이들은…….」

〈일가붙이〉라는 말을 쓸 수밖에 더 있겠습니까? 〈매춘부〉라는 말을 거기에서 쓸 수는 없는 것이니까요.

「……급히 나자렛의 예수님께 한 말씀을 여쭈어야 합니다. 저기에 있는 저분들은, 어르신이야말로 분명히 저희들을 그분께로 데려다 주실 분이라고 하더이다.」

길손은 팔찌에 다시 한번 시선을 던지고는 그 시선을 거두어 막달라 마리아에게로 돌렸습니다. 마리아는, 자신의 때 없는 훼방이 길손의 기분을 상하게 하였을까 봐 서둘러 자기 소개를 했습니다. 즉 자기의 이름은 마리아인데, 태어난 곳이 막달라여서 사람들은 모두 자기를 막달라 마리아라고 부른다고 말했습니다. 마리아가 소개할 수 있는 것은 다 해서 이 것뿐이었습니다. 마리아는, 이름을 듣는 순간 길손은 자기가 누구임을 알 것으로 여겼습니다. 예루살렘에서는 헤로데라는 이름만큼이나 유명한 이름이었으니까요. 그렇다면 그 길손은, 마리아의 직업이 무엇이라는 것도 알 것이고, 직업이 무엇인지 알면, 왜 그렇게 황급히 그리스도를 만나려 하는지도 알 수 있을 것이라고 마리아는 생각했습니다.

마침내 길손이 말했습니다. 이로써 그 길손은 자기 앞에 세 여인네가 서 있다는 점을 겸손하게 인정하게 된 셈입니다. 절제된 목소리, 사투리가 섞이지 않은 그의 말투로 보아, 그는 듣는 사람의 귀를 위해 말을 하는 것이 아니라 자기의 이해를 확인하기 위해 말을 하는 사람 같았습니다. 그는, 막달라 마리아라는 이름, 혹은 그와 비슷한 이름을 들은 적이 있다고 말했습니다. 그러나 왜 그런 말을 했는지, 그 이유에 대해서는 일언반구도 없었습니다.

마리아는 길손을 바라보면서, 짜증스러울 정도로 점잖은 사람이라는 생각을 했습니다. 그러나 과거 같으면 아주 좋은 인상을 받았을 터인, 예의가 깍듯한 그의 태도가 마리아의 신경에 거슬렸습니다. 마리아가 짜증스러웠던 것은, 마리아 자신이 그렇게 깎아 놓은 것같이 반듯한 길손과 노닥거리면서 시간을 낭비하고 있을 동안, 원래 언제 어떤 결정을 내릴지 도무지 종잡기 어려운 나자렛의 예언자는 막달라를 떠나 버릴지도 모르는 일이었기 때문입니다. 예언자가 막달라를 떠나 버리면 마리아네의 소원은 언제 성취될지 모르는 일이 되기도 합니다. 마리아는 이어서 아샤 모녀를 간단하게 소개했습니다. 아샤는, 길손이 점잖아 보여서 그랬겠지만, 여느 때와는 달리 형식을 차리면서 말을 하되, 〈예, 아니요〉에만 한정시켜서 말했습니다.

 길손이 말했습니다.「그대들은 하느님의 아드님에게 받아들여지기를 바라는 모양이구나. 참으로 고마운 일이다. 그러나 그분께서는 반드시, 무엇 때문에 도움을 받을 수 있으리라고 생각하게 되었느냐고 물으실 것이다.」

 마리아는 길손의 말에 이렇게 반문했습니다. 「어르신께서는 그분 앞에 무릎을 꿇고, 하늘나라 소식을 듣고 싶으셔서 이 막달라로 오신 것이 아닙니까? 기왕에 그분 앞에 무릎을 꿇으신 적이 없다면 장차 그러실 생각일 테지요?」

 길손은, 햇빛을 받아 반짝거리는 요나단네 가게를 다시 한 번 기웃거리고는 자신 없어 보이는 얼굴로 대답했습니다. 「그렇다. 나는 사실 그분과는 인연이 있다. 만일에 단 한 번 구세주와 나눈, 세상일을 버리고 하느님을 따르는 것에 대한 일상적인 대화가, 그분은 이끌고 나는 따르겠다는 약속일 수 있다면, 나는 사실 그분과는 인연이 있는 셈이다.」

 「그렇다면 그분께 얼마든지 다가가실 수 있겠군요.」

 막달라 마리아의 말에 그 유다인 길손은, 자기도 개종한 지 얼마 안 되는 사람임을 시인하고는 이런 말을 했습니다. 「나는, 믿기는 해도 그리스도의 가르침은 가슴으로 알지 못하는 사람, 믿음의 상징은 가슴으로 받아들이지 못하는 사람이다. 만일에 그대들이 나에게 영향력 같은 것을 기대한다면, 그것은 잘못된 것이다. 나는 그대들을 주님 앞으로 인도하는 데 적당한 사람이 되지 못한다. 그리고, 구세주에의 접근은 누구에게나 가능하다. 어떤 중죄인에게도 가능하다. 구세주께서 이렇듯이 만인의 사랑을 받는 까닭도 그분이 만인에게 끝없이 너그럽기 때문이다. 그분에게 다가가는 데, 중개인은 필요하지 않다. 아니, 중개인은 바람직하지 않다. 하느님과 인간, 하늘과 땅, 목자와 양 떼 사이에는 해석자가 필요하지 않다. 까닭인즉, 하느님과 인간, 하늘과 땅, 목자와 양 떼는, 그럴 이유가 있어서 잠시 반복하는 관계로 나뉘어 있지만, 원래는 한 몸이었기 때문이다.」

말은 이렇게 하면서도 그는 앞에 있는 여인네들의 존재는 무시한 채, 일정한 원칙을 되풀이해서 설명하고 있는 것 같았습니다. 자기가 드러내려는 의미를 분명하게 하기 위해, 홀로 그 말을 되씹고 있는 것 같았습니다.

마리아는 그런 길손을 바라보면서 생각했습니다. 이분이 대체 우리를 놀리는 것이냐, 아니면 자기 자신을 놀리는 것이냐? 저 잘생긴 얼굴에 어렴풋이 어려 있는 미소를 보면, 우리를 놀리는 것도 같고 자기 자신을 놀리고 있는 것 같지 않으냐…….

자신의 우유부단한 태도가 여인네들의 관심을 끌지 못하고 있다는 것을 깨달은 그가 정중하게 말했습니다. 「그분은 가까이 오는 사람이면 누구든 맞으시는 분, 귀를 기울이는 사람에게는 언제든지 말씀하시는 분, 도움을 구하는 사람에게는 도움을 베푸시는 분이다.」

더 이상 자제하지 못한 마리아가 응수했습니다. 「저희들의 경우는 특별합니다. 저희들은 심심파적으로 구세주의 말씀에 귀를 기울이고 있다가 나중에 이러니저러니 하는 사람들에게 견줄 수 없습니다. 저 마리아와 아샤 모녀는, 그분의 말씀을 들으려는 것이 아니라, 그분의 자비를 구하려는 것입니다.」

「글쎄, 그분은 그대들에게 아무것도 줄 수 없을 것이다. 그분에게는 아무것도 없으니까. 그분은 쥐만큼이나 가난하신 분이다.」

그는, 하느님의 아들을 상스러운 것에다 견준 것을 사과하려는 듯이 어깨를 한 차례 실룩거리고는 말을 이었습니다.
「양해하기를 바란다. 〈쥐〉라는 말은 많은 사람들이 비유로 말할 때마다 자주 쓰는 표현이니까……」

마리아는 한숨을 쉬었습니다. 그러면 그렇지. 이 길손은 우리가 그리스도께 돈 같은 것, 말하자면 세속의 명리 같은 것을 구하려는 줄 알고 있음에 분명하다. 이런 남의 피나 빨아먹는 진드기 같은 게으름뱅이들, 이런 악덕 고리대금업자들이, 물질에 귀한 것이 있으면 영혼에도 귀한 것이 있음을 알 리 있나. 이렇게 탐욕스러운 인간의 머리로 어떻게 새 약속에 다가갈 수 있을까 보냐.

어떤 의미에서 마리아는 그 길손 앞에서 우월감 같은 것을 느꼈습니다. 길손의 무지 덕분에, 마리아는, 길손의 점잖은 풍모 앞에서 무너졌던 자신감을 되찾게 된 것입니다. 그리스도를 따라 유다 땅, 사마리아 땅, 갈릴래아 땅을 누볐으니만치, 겨우 며칠 전에 그리스도를 알게 되었다고 고백하는 그 영적인 벼락부자에 견준다면 마리아 쪽이 하느님의 아들이신 그분이나 그분의 가르침을 알아도 훨씬 더 알고 있을 터입니다. 그 길손은 듣기만 했을 테지만 마리아는 그분이 일으키신 기적을 두 눈으로 본 사람입니다. 그중의 한 기적 — 마리아 자신을 일으키고, 기적을 일으키는 분을 뒤따르게 했던 기적 중의 기적 — 은 마리아 자신에게 일어난 기적이라고 할 수도 있을 정도입니다. 그러나 그럼에도 불구하고 마리아는 길손에게 도움을 구했습니다. 도움을 청함으로써 그에게 도움을 주고, 이로써 빚을 갚고 싶었기 때문입니다. 그러나 마리아는 자신에게, 신중하지 못한 행동은 자제하기로 다짐했습니다. 그래서 그 길손에게, 자기네들이 급히 그리스도를 만나고자 하는 것은 물질을 구하고자 함이 아니라 영혼과 밀접한 관계가 있는 것 때문이라는 설명을 할 때도 낱말을 조심스럽게 골랐습니다.

「영혼이라고?」 길손이 물었습니다.

「그렇습니다, 영혼입니다.」

「영생의 영혼을 말인가?」

「그 밖에 무엇일 수 있겠습니까?」

길손의 표정이 야릇해졌습니다. 존경과 짜증, 찬탄과 독신에 대한 나무람이 복잡하게 얽힌 표정이었습니다. 여인네들에게는 지극히 결정적인 바로 그 순간까지, 그는 여인네들에게 관심을 기울이고 있었다기보다는 자기 자신에게 관심을 기울이고 있었던 것입니다. 만일에 그가 여인네들에게 약간의 관심이라도 기울이고 있었다면 그것은 바로 자기 자신에게 관심을 기울이고 있었기 때문입니다. 그는 여인네들 앞에서, 그리스도의 가르침을 무조건 받아들일 것인지, 그리스도에 대한 자기의 직관적인 믿음과, 그리스도의 가르침에 대해 무수한 이의를 제기하고 싶은 자기의 이성과의 끊임없이 변화하는 관계를 검토할 것인지를 생각하고 있었던 것입니다. 여기에 있는 영혼, 저기에 있는 영혼. 영혼의 편재(偏在), 영혼의 무류(無謬). 영혼에서 영혼으로. 영혼을 통해 영혼으로. 나의 영혼, 너의 영혼, 그의 영혼. 우리의 영혼, 너희들의 영혼, 그들의 영혼. 살아 있는 것들의 모든 영혼, 더하기 태초부터 죽어 간 모든 죽은 것들의 영혼, 그리고 여자의 영혼. 새로 태어나는 것들의 영혼과 잉태되지 않은 것들의 영혼. 그렇다. 그것들에게도 영혼이 있다. 살아 있는 것들의 영혼, 살아 있지 않은, 사상(事象)의 영혼. 짐승과 그 짝의 영혼. 떨어져, 수많은 꼬마 영혼으로 나뉜 돌의 영혼. 갖가지 식물과 그 씨앗의 영혼. 시간과 공간의 영혼. 망상으로 뒤얽힌 갖가지 차원에서 빚어지는 사건의 영혼으로 가득 차 있음. 궁극적으로는 끝없이 조화로운 하느님의 영혼⋯⋯. 그런데 여기에 일찍이 그 전례가 없는 영혼, 뭇 영혼의 짐을 하나로 모아서 짊어지는 또 하나의 영혼이 있다. 모든 것을 싸안는, 시작도 없고 끝도 없는 영혼, 어떤 데도 예속되지 않은, 태고의 영혼⋯⋯.

이 길손은 사두가이파의 지도자 알칸의 아들 멜힛, 후일에 사도가 되어 〈의심하는 토마〉로 불리게 되는 디디모 사람 토마입니다. 그는 이런 생각 자체가, 하느님께서 창조하신 세상을 거짓되이 반영시키는 것이기 때문에 하느님에 대한 모독이 된다는 것을 알고 있었습니다. 그런데도 그는 거북살스럽게 이런 생각을 계속합니다. 내가 만일에 내 생각을 고집한다면 나는, 내 것은 물론이고 남이 나에게 짊어지운 것까지 싸잡아서, 배타적이고 이기적인 영혼의 무리 속에서 내 인생의 황금기를 낭비하는 셈이 된다. 그리고 만일에 저 나자렛 사람의 최면 능력에서 깨어나지 못하면 의미가 없는 삶, 자아가 없는 삶으로 되돌아오지 못한다. 이렇게 되면 나는 다시 영혼이 존재하지 않는, 고요한 예루살렘 오후에 그네 위에서 즐기는 낮잠과 인연을 맺지 못한다. 뿐인가. 가게에 진열되어 있는 영혼이 없는 머리띠, 해가 지면 꽃처럼 닫히되, 어느 누구에게도 가까이서 보아줄 것을 요구하지 않는 영혼이 없는 풍경, 영혼이 없는 창 아래서 성급한 사람이 나누는 입맞춤, 똑같이 영혼이 없는 창 아래서 벌이는 아이들의 숨바꼭질, 영혼이 없는 땅 위로 내리덮이는 차가운 손 같은, 영혼이 없는 달빛, 영원히 곧추세워진 하느님의 손가락 주위를 도는 영혼이 없는, 운명의 회전목마로 변하는 영혼이 없는 율법, 하느님의 영혼이 없는 율법을 방해하는 영혼이 없는 우연한 사건……도 나와는 인연을 맺지 못한다.

이 여자는 대체 무슨 소리를 하는 것인가? 매춘부가 약을 바라는 것을 보면 임질에라도 걸린 모양이다. 하면 왜 의원을 찾아가지 않는 것이냐……. 영혼에 관한 지식을 습득하지 않고는 저 갈릴래아 사람과 다닐 수가 없다. 따라서 믿음에서 영혼이 맡는 일 몫을 공부해야 한다. 영혼에 관해 샅샅이 공부할 수밖에 없다. 영혼의 구성, 영혼의 특징, 영혼의 가능성, 구세주에 의한 새로운 가치 기준에 따른 영혼의 가치에 이르기까지…… 배울 동안은 불평하지 말고 이 영혼의 난폭한 요구에 응할 수밖에 없다. 나는 영혼을 섬기면 어떤 것을 누리게 되는지도 알아야 한다. 이것이야말로 믿음의 교의와 같은 것. 여기에는 양보가 없다.

여기에 있는 여인네들을 보자. 무엇을 바라고 있는가? 이들이 바라고 있는 것은 더도 덜도 아니고, 죄 사함을 받는 것이다. 그런데도 이 여인은 그것을 인정하기는커녕, 저희가 바라는 것이 순결의 회복일 터인데도 그것은 암시조차 하지 않는다. 하지만 달리 무엇일 수 있겠는가? 인정하지 않으나 이들의 의도는 명백하다. 죄악에서 자유로워지는 것, 죄악에 물들지 않은, 신생아로 되돌아가는 것이다. 배에서 쾌락에 묵은 때를 씻고자 하는 이들의 열망이 추잡한 것인가? 앉은뱅이를 돕고자 한다면 일어서게 하면 된다. 소경을 돕고자 한다면 눈을 뜨게 하면 되는 것이고, 미치광이를 돕고자 한다면 제정신을 차리게 하면 되는 것이며, 죽은 자를 돕고자 한다면 다시 살려 내면 되는 것이다. 정결하게 하는 것이 아니라면 무엇으로 매춘부를 돕는다는 말인가.

영혼이라고 하는 것만 해도 그렇다. 내가 살아온 이 세상에서 대단한 순결의 의미를 지니는 것, 사람들의 삶을 한결

같이 간섭해 온 것이 바로 이 영혼이다. 사람들의 관습이 영혼을 편리하고 조직화된 회개의 연무장으로 전락시키고 만 〈모세 오경〉에서조차, 영혼이라고 하는 것은, 생식의 기관을 위시한 하나하나의 톱니가 개인 및 동아리의 삶에 대단히 중요한, 지극히 복잡한 기계 조직으로 그려지고 있다. 그런데 영혼과 육신의 균형은 중요하다. 그 까닭은 이 균형이라고 하는 것은 개인 및 동아리의 생존을 위한 〈시네 쿠아 논(필요 불가결한 조건)〉이 되기 때문이다. 만일에 이 균형이 무너지면 세계는 붕괴된다. 만일에 영혼의 무게가 육신의 무게보다 더 나갈 경우 세계는 미치광이의 소굴이 된다. 만일에 육신의 무게가 영혼의 무게보다 더 나갈 경우 세계는 역사의 비탈을 미끄러져 내리고 만다. 이스라엘 백성이 누리는 개인적인 삶의 양식에 따르면, 그리고 내가 받아 온 교육에 따르면 영혼은 육신의 고삐를 잡고, 육신은 영혼을 위한 구실을 만들어 낸다. 영혼과 육신은, 야훼 앞에서 저희들을 보호할 요량으로 하나의 암묵적인 약속을 한다. 말하자면 죄를 지을 경우에 대비하여 일종의 상호 협조 체제 같은 것을 구성하는 것인데, 이는 — 필요하다고 생각되면 언제든지 — 외양은 단순해 보이되 실은 엄격한 아버지 앞에서 아이들이 꾸미는 음모와 같다. 만일에 육체가 간통죄를 범하면 영혼은 그 자리에서 형편을 발명하고, 만일에 영혼이 죄를 지으면 육체는 육체 자체가 지닌 불완전성을 내세워 용서를 구한다. 이 모든 것은 우호적인 바탕 위에서 이루어진다. 영혼과 육체의 문제를 놓고 골머리를 썩인 사람들은 거룩한 의회의 율법 학자들뿐인데 그 까닭은, 사는 모습의 절반 이상을 악덕으로 몰아치는 무수한 금제를 만들고, 여기에 대하여 고통스러운 최후의 해석을 내려야 하는 것은 바로 이들이기 때문이다…….

그러나 그리스도 안에서의 우애를 위해서는 육체는 존재하지 말아야 한다. 그런데 육체라는 것은 태초부터 그리스도 안에 있어 온 것, 바로 창조주의 형상에 따라 지어진 것이다. 그러므로 육체는 마땅히 그 전능한 창조자의 손길에서부터 떠나야 하고, 육체가 섬겨 온 위대한 조상들에게 욕을 보이지 않기 위해서는 육체가 지니는 파괴적인 성향은 마땅히 악마에게 귀속시키지 않으면 안 되었다. 그리고 원죄를 앙갚음하자는 심사에서 원래가 불멸의 속성을 지닌 영혼은 불만을 터뜨리고 추악한 육체, 야만스러운 육체를 이끌고 하느님의 전능한 손길을 떠나게 되었다. 이때 육체는 하느님을 경배하는 데 쓰여야 할 시간을 훔쳐 나와 이를 유혹에 탕진하게 된다. 영혼은 이때부터, 육체만을 옷으로 삼을 수 없게 되었다. 그래서 침묵의 음모를 옷 삼아 걸친 채로 치욕을 견디지 않으면 안 되었다. 이때부터 영혼은 증오하고, 가차 없이 비방하고, 살인자와 폭군의 발아래로 던지고, 회개와 금식을 통하여 능욕을 당하게 하고, 업신여김으로써 무수한 육체를 죽음에 이르게 했다…….

토마는, 앞에서 탄원하는 막달라 마리아라는 존재에 불쾌감을 느끼면서 이런 생각을 계속합니다. 절대적인 순수 무구, 그것은 성인이 되는 경지, 혹은 성성(聖性)의 경지에 이르는 것이 아니냐? 여인아, 네가 그렇게 높이 겨냥하느냐? 하느님의 어머니 되시는 분과 어깨를 나란히 하기를 바라느냐? 성처녀에게라도 다가가고 싶은 게냐…….

토마는, 막달라 마리아의 말을 알아먹지 못한 척하고, 붙임성 있게 물었습니다. 「알겠구나. 이제 알겠구나. 그대는 병들어 있고, 그래서 신유(神癒)를 바라는 것이구나.」

그럴 만한 시간이 있었더라면 마리아는, 〈신유〉의 정확한 의미와, 자기네들이 구세주로부터 원하는 것이 무엇인가를 설명할 수 있었을 터입니다. 그러나 그럴 여유가 없었습니다. 예언자 같은 길손이 그 자리를 떠나 버릴까 봐 두려웠던 것입니다. 그래서 길손이 내린 정의를 부족하나마 시인했습니다. 길손이 내린 정의는, 신유 행위 자체에 대한 의미로는 옳을지 모르나 마리아의 궁극적인 겨냥은 제대로 짚어 내지 못한 것이었습니다.

「그렇습니다, 어르신, 저는 신유 얻기를 소원합니다.」

그러자 토마가 아샤 모녀를 돌아다보면서 물었습니다.

「저 여인네들은?」

「저들 역시 신유의 은혜를 소원합니다.」

「나를 보고 있는 것으로 미루어 그대가 소경이 아니라는 것을 알겠다. 말을 하는 것으로 보아 그대가 벙어리 아니라는 것을 알겠다. 말하는 것이 이로 정연한 것으로 보아 그대가 미치광이 아니라는 것을 알겠다. 그대가 만일에 문둥이나 앉은뱅이였다면, 내 그대를 보는 순간에 그런 줄을 알았을 터이다. 그대는 살아 있으니 죽은 것도 아닐 터이다. 그대는 하혈하고 있는 것도 아니지 않느냐?」

「그렇습니다.」 마리아가 대답했습니다.

아샤가 더 이상 견디지 못하고 소리를 질렀습니다.

「막달라 마리아야, 왜 빙빙 겉돌기만 하느냐? 그분에게 우리가 매춘부라는 말을 왜 하지 못하느냐?」

「닥치거라!」 마리아가 소리를 질렀습니다.

「창부라고, 매춘부라고, 소돔의 개딸년들이라는 말을 왜 못하느냐!」

「닥치라고 하지 않았느냐?」

「말하여라. 우리가 여기에 오기 전까지만 하더라도, 유다 땅 잡놈들의 반 이상은 우리와 잤노라고 말하여라. 아주 점잖은 체하고 있다만, 거기에 있는 그 양반도 어쩌면 우리와 잤을지도 모른다……」

아샤는 이러면서 토마에게로 다가섰습니다. 토마는 질겁을 하고 뒷걸음질을 쳤습니다.

「이거 왜 이러세요, 점잖은 양반? 여기에 있는 우리들 중 누구와 잤는지 어디 한번 말씀해 보시지 그래요? 거룩한 대답을 듣는 영광을 좀 누리게 해주시지 그래요?」

마리아는 아샤를 말리려고 했습니다. 그러나 소용없었습니다. 아샤의 푸념은 계속되었습니다.

「자, 이리 와봐, 이 덜 익은 사도 같으니! 우리들과 잤지? 새색시처럼 눈을 내리깔고 앙큼을 떨지 마시라고. 당신이 우리와 자지 않았다면 당신 같은 인간이 우리와 잤을 테지.」

「악령이 붙었구나……. 마귀에 씌었구나. 마귀에는 일곱 가지가 있다더니……. 영혼마다 하나씩의 마귀가 딸려 있다더니……」

토마가 탄식했습니다. 아샤가 제 엉덩이를 두드리며 외쳤습니다.

「암, 그 마귀, 바로 여기에 있다. 마귀? 정말 웃기는구나! 사내가 우리 살갗에다 묻히는 것은 더러운 쓰레기이지 영혼이 아니야! 우리를 수챗구멍으로 여기는 게 사내 아니야? 저희 좋을 대로 찾아들지 않더냐고? 돼지들 같으니. 은혜를 모르는 돼지들 같으니!」

그러나 아샤의 분노는 쉬 끓어오른 만큼 쉬 식었습니다. 아샤는 가만히 흐느끼기 시작했습니다. 요나단의 금붙이 가게의 벽에 기대선 아샤는, 창문 앞에다 말리려고 내어 걸어둔 누더기 같았습니다.

막달라 마리아가 토마 앞으로 다가서면서 속삭였습니다.

「어르신, 다 들으셨지요? 이런 상황이라면 저희들을 구세주께 데려다 주실 리 없겠지요?」

막달라 마리아는 눈물을 삼켰습니다. 아샤에게 절망한 마리아는, 모녀는 남겨 두고 혼자서 구세주를 만나 보려고 했습니다. 따라서, 토마가 구세주 계신 곳으로 데려다 주겠다고 했을 때 마리아가 얼마나 놀랐겠습니까? 토마는, 구세주께서 마리아네의 하소연을 들어주실지, 들어주시고 마리아네가 지은 죄를 용서해 주실지는 모르겠지만, 하여튼 구세주께서 그들의 고통을 이해해 주기를 바란다고 말했습니다. 이렇게 해서 세 여인네는 토마의 뒤를 따를 수 있었습니다. 분명히 〈뒤를 따른다〉고 했습니다. 토마가 분명히 〈따라오라〉고 했으니까요. 그것도 몇 걸음 떨어진 채 따라가야 했습니다. 토마가 어디로 가든 세 여인은 이제 토마의 뒤를 졸졸 따를 터입니다.

바람이 하늘의 구름을 쓸어 가고 있었습니다. 토마는 뒤도 돌아다보지 않고 광장을 가로질렀습니다.

앞장서서 걸으면서 토마는 생각했습니다. 갑자기, 말하자면 정식 정화 예식의 차례를 거치지 않고 죄를 닦게 되면 느낌이 어떠할까? 갑자기 어떤 순수한 상태보다 더욱 순수한 상태, 죄를 사하시는 하느님의 강가에서 죄를 닦는 상태, 음습한 어둠 속에 있다가 세상에 나와 색깔을 다시 찾는 낡은 그림처럼 이 속세의 해감에서 말끔히 해방되는 상태, 이상적인 모양새에 따라 원초의 순결을 되찾고 다시 한번 출발점으로 돌아가게 되는 상태란 대체 어떤 것일까? 처음부터 되시작하는 느낌은 대체 어떤 것일까? 이 여인네들은, 순수 무구에 대해 대체 무엇을 알고 있는 것일까? 어머니의 젖을 빠는 아기는, 비록 그 순수 무구한 상태에 가까이 있다고 해도 그것이 어떤 것인지, 그 느낌이 어떤 것인지는 알지 못한다. 아기들의 회상은 원초의 요람, 그 무구(無垢)의 상태로 되돌아갈 수 없다. 그런데, 무구의 상태를 경험해 보지 못한 이 여인네들이 결백 무구함을 느낄 수 있다는 말인가? 무구하신 하느님과의 교감을 통해서가 아니라면 어떻게 그런 상태가 마음에 비칠 수 있단 말인가……. 만일에 구세주의 용서를 받고 정결함을 얻게 될 수 있게 된다면 말이지만, 매춘부가 획득하는 새로운 상태, 그것은 여느 사람의 경우에 견줄 수 없을 정도로 희한하지 않겠는가……. 토마는 이런 생각을 하면서, 장성한 여인네로 하여금 신생한 아기와 같이 영혼이 순수한 상태에 이르는 보다 높은 권능이 무엇이냐고 묻고 싶은 충동을 억눌렀습니다.

토마의 뒤를 따르면서 막달라 마리아는, 기적이 일어나는 동시에 구세주를 따르는 악몽이 끝난다는 생각, 마리아 자신이 뜻이 있어서 빚었던, 왜곡되지 않은 진실한 삶, 이전의 상태로 돌아가게 되었다는 생각으로 전율하고 있었습니다. 이제 마리아는 기적을 일으키는 분의 말 한마디로 자유를 얻게 될 터입니다. 이렇게 되면 마리아는 삶을 활짝 열고, 운명의 힘, 운명의 오해에 의해 자기에게 묻게 된 모든 티를 닦아 낼 생각입니다. 바야흐로 자유를 얻게 될 터입니다. 마침내 마리아 자신만의 세계를 되찾게 될 터입니다.

앞서 걷는 토마도 나름의 생각에서 헤어날 줄을 모릅니다. 순진무구라는 것은, 마지막 한 방울의 물까지 비워진, 그릇의 텅 빈 상태 같은 것일까? 죽음이 마지막 한 방울까지 다 짜 마신 사자의 육체 같은 그런 상태인 것일까? 아무것도 깃들어 있지 않은 공(空) 같은 상태일까? 순수 무구함이란 나귀에 짐이 잔뜩 실리는 상태처럼 무구함이 채워지는 상태, 넘치는 상태를 뜻하는 것일까? 하느님의 밥상에 차려지는 칠면조처럼, 무구라는 것으로 양념이 되고 속이 채워지는 상태를 말하는 것일까? 아니면, 역청이 칠해진 — 성성(聖性)으로 봉인된 — 노아의 방주 같은 것일까?

마리아는 가슴 뿌듯하도록 기쁨을 느꼈습니다. 펄쩍펄쩍 기뻐 날뛰고 싶다는 생각에 쫓기면서 마리아는 노래를 불렀습니다. 연약하고 어리석은 아샤와, 덩치가 큰 아샤 어머니를 양옆으로 거느리고 걸으면서 함께 노래를 불렀습니다.
「주, 나의 하느님, 당신을 맞으러 아침에 일어나는 내 혼은 하느님의 은혜를 갈구합니다. 내 혼은 마른 땅, 목마른 땅, 물 한 방울 없는 땅에서 당신을 간구합니다. 내 음성이 하느님께 사무치니, 내가 그분을 찾음이요, 내 음성이 하느님께 사무치니, 그분이 내게 귀를 기울임이라. 내 영혼은 하느님 처소에서 평화를 얻으니, 하느님은 나의 구원이시라……」

이 노래를 들으면서 토마는 생각합니다. 어쩌면 기적이 빚어내는 순수 무구함이란, 삶에게, 무에서부터, 처음부터 다시 시작하는 기회를 주는 것에 지나지 않는지도 모른다. 어쩌면, 새 악덕, 새 악행, 새 방종, 새 유혹과 싸울 힘을 주는 것이 아니고 그 이전에 있는 것들을 지워 버리는 것에 지나지 않는지도 모른다. 그래. 기적이 빚어내는 순수 무구란, 여느 사람을 성인으로 만드는 것이 아니라, 그 사람을 새로운 유혹 앞에 드러냄으로써 하늘과 땅, 천당과 지옥, 악과 선을 자유 의지로 선택하게 하는 것에 지나지 않는지도 모른다.

마리아의 노래는 계속됩니다.
「감사합니다, 주님 감사합니다. 당신의 거룩한 이름으로 하여금 우리를 보호하게 하시고, 당신의 기적으로 하여금 당신을 즐거게 하시니 감사합니다……. 주님을 찬양하라, 그분의 선하심에는 끝이 없고, 그분의 자비는 영원하심이라……. 주님께서 다스리시니, 온 나라가 기뻐하고, 온 섬사람이 즐거워하리로다……. 여인네들아, 기뻐하고 또 기뻐하라. 기뻐하고 또 기뻐하라, 창부들아……. 그분을 위해 새 노래를 불러라, 주님께서 기적을 행하심이라…….」

토마는 마리아가 〈주님〉이라고 부르는 분에 대해 생각합니다. 참으로 이상한 일도 다 있지. 참으로 우스꽝스러운 일도 다 있지. 내가 아직도 저 사람에게서 헤어나지 못하다니. 저 사람에게서 도망치지 못하고 있다니. 헤어나기는커녕, 도망치기는커녕 조건 없이 믿게 되고 말다니……. 그래, 이것이 아니다. 이것은 서로 미친 수작이다. 나도 미쳤지, 어쩌자고 저 사람을 거부하지 못하고 미친 수작을 거들고 있단 말인가. 그래, 나는 저 미치광이들의 춤판에 끼어든 게 틀림없다. 미친 가락에 맞추어 미친 춤을 추고 있다는 걸 알면서도 그 춤을 제대로 배우려고 하니, 춤은 미친 춤이되 추기는 온전하게 추려고 하니, 이게 대체 어떻게 된 노릇인가…….

그래. 기록해 나가는 것이다. 일기를 쓰는 것이다. 이로써, 주님에게 집착한 하느님의 종 성 토마의 복음서를 쓰는 것이다. 그러나 당연한 일이지만 이러한 집착의 관점에서 쓰인 복음서가 정전(正典)이 되기는 힘들 터이다. 게다가 나의 믿음은 사도들 믿음만큼은 튼튼하지 못하다. 나를 반으로 자른다면 반쪽은 온전하고, 반쪽은 미치광이일 터이다. 온전한 반쪽이 미친 반쪽을 놀리면 미친 반쪽이 온전한 반쪽을 놀린다. 온전한 반쪽이 미친 반쪽을 믿게 하면 미친 반쪽은 온전한 반쪽을 혼란케 한다. 아, 아버지가 지금의 내 꼴을 본다면 어떤 얼굴을 하실까? 나를 보고 얼간이라고 하실 게다. 아버지는 귀족적이고 퉁명스러운 분이시니까. 아버지에게는 세상만사가 단순하기 짝이 없는 것이니까. 어쩌면 나는 구제가 불가능한 얼치기인지도 모른다.

「그리스도 안의 형제여, 어디를 그리 급히 가시는가?」

거친 삼베 겉옷을 입은 갈릴래아 사람이 하나 토마의 앞을 가로막았습니다. 그는 햇빛을 가리려고 두건을 내려쓰고 있었습니다. 얼굴은 흡사, 찌그러진 거푸집에다 넣고 찍은 석회 덩어리 같았습니다. 하얀 머리통은, 검은 두건 속에 구겨져 있는 것 같았습니다. 깡마르고, 마디진 데다, 모가 난 얼굴이었습니다. 옷만 벗고 있다면, 살림과 아에논을 떠돌면서 역청과 메뚜기를 먹고 사는, 세례 요한의 제자 같아 보였을 터입니다. 숱이 많지 않은 검은 수염은, 깎였다기보다는 뽑힌 것 같았습니다. 그는 두 손을 겉옷의 허리띠 짬에 찔러 넣고 있었는데, 손 때문에 약간 열린 자락 사이로는 더러운 속옷이 보였습니다. 그의 탐욕스럽고 강렬한 눈빛 — 영락없는 광신도의 눈빛인 — 은, 미지의, 위험하기 짝이 없는 권능에서 아름다움을 찾고자 하는 것 같았습니다.

그의 모습을 보는 순간 마리아는 생각했습니다. 끝났다. 다 끝났다. 차라리 시작하지 않은 것만 같지 못하다. 이것이 우리 주님의 종말이자, 우리 구원의 끝이다. 마리아는 고개를 돌려, 아샤 모녀가 이 사내의 등장에 어떻게 반응하는지 보고 싶었으나 고개를 돌릴 수가 없었습니다. 그러나 마리아는 보지 않고도, 아샤 모녀가 현행범으로 붙잡혀 한 줄에 엮이기라도 한 듯이 자기 뒤에 붙어 서 있으리라는 것을, 둘 다 얼이 빠져 벙어리가 된 채, 꼼짝도 못하고 서 있으리라는 것을 알았습니다.

「예후다, 그대였군요. 사람을 그렇게 놀라게 하는 법이 어디에 있소?」 토마가 태연하게 응수했습니다.

유다, 혹은 히브리 말로는 예후다라고 불리는 이 사내의, 이 말에 대한 대꾸는 전광석화와 같는 데다, 그의 한마디 한마디는, 갓돌에 새겨진 돌에서 튀어나온 양 그렇게 힘이 있을 수가 없었습니다.

「정결한 마음으로 주님을 따르는 사람에게는 두려운 것이 없는 법이라네.」

「생각에 몰두해 있는 중인데 느닷없이 소리를 질러서 그렇지요.」

「정결한 마음으로 주님을 따르는 사람은 생각할 필요가 없는 법이라네.」

「알았소이다.」 토마는 고개를 끄덕였습니다. 시몬의 아들 유다와 입씨름할 이유가 없었기 때문입니다. 사흘 동안 그리스도를 따르는 무리와 어울리다 나름의 결론을 얻은 것으로 알려진 유다였습니다. 유다는 늘 이렇게 결정적인 말을 할 준비가 되어 있는 사람, 그런 말을 해도 좋을 만큼 믿음이 강한 사람, 그러나 다른 사람의 믿음은 모두 오류로 치부하기를 좋아하는 사람이었습니다.

「토마 형제여, 어디 가느냐고 묻지 않았는가?」

「꼭 말해야 하나요?」

「정결한 마음으로 주님을 따르는 사람은 감추는 것이 없는 법이라네.」

「그리스도 안에서도 대접받는 형제여, 내가 왜 행동을 그대에게 설명해야 하는지 그 이유를 모르겠구려. 하나 거리 한복판에서 옥신각신하고 싶지는 않소. 그러니 말씀드리리다. 병든 이 세 여인네가 내게, 그대의 선생님 — 이제는 내 선생님이시기도 하오만 — 께 데려다 달라고 하는군요. 그래, 하느님께서 기꺼워하시게 이 여인네들을 데리고 가는 길인데 그대가 내 앞을 막아선 것이오. 이 여인네들은 어려운 지경에 있소. 따라서 지체하면 ― 형제여, 그대 때문에도 이렇듯이 지체되고 있소만 ― 뜻하지 아니하던 일이 벌어질 수도 있소.」

「그대가 근심하는 것이 그것이라면, 내가 벼락을 맞을 것이네.」

유다가 고개를 끄덕였습니다.

「내일 맞을 그대의 벼락이, 오늘 이 여인네들의 시름을 가볍게 하지는 못할 것이오.」

「그렇게 알뜰살뜰 돌보고자 하는데, 아는 여인네들인가?」

「내가 왜, 못할 일을 하오?」

이렇게 거머리 같은 자를 봤나? 그리스도의 사람답지 않게, 이렇게 지저분하게 참견하는 자를 봤나……. 토마는 내심 이런 생각을 했습니다.

「그대가 마땅히 해야 할 일을 하는지, 못할 일을 하는지는 하느님만 아신다네. 그러나 내 한눈에 보아하니, 초심자인 그대로서는 우리의 믿음을 전하는 일에 지나치게 열심을 내는 것 같네. 그대는 이 여인네들이 무슨 일로 고통받는지 알고 있나? 언제, 우리로서는 알 수 없는 하느님 일을 하시는 그분 앞에서 이들을 위해 탄원하기로 마음을 먹었나?」

「악령이 이들로 하여금 남정네들과 못된 일을 벌이게 했소. 똑같이 못된 일도 율법과 관습의 보호를 받을 때는 결혼이라고 불린답니다. 내 말을 알아들으시겠소? 뭣하면 그대들이 쓰는 쉬운 말로 하리까? 이 여인네들은 매춘부들이라오.」

「정말인가?」

「정말이고말고요.」

「확신하는가? 하느님 믿듯이 확신하는가?」

「확신하오. 하느님 믿듯이 확신하오.」 토마가 자신만만하게 대답했습니다.

참으로 놀랍게도 유다가 겉옷 자락에서 손을 뽑아 토마를 옆으로 밀쳤습니다. 이렇게 토마를 밀칠 때 유다는 조금 전보다 덩치가 훨씬 커 보였습니다. 그는 토마에게 외쳤습니다.

「비켜라, 이 잡놈아! 하느님의 길에서 비켜나거라!」 이렇게 토마를 밀친 유다는 마리아와 대면했습니다. 그의 몸가짐에서 거들먹거리는 품이 완전히 사라졌습니다. 조금 전까지만 해도 여인네들에게 별 관심을 기울이지 않던 유다가 우상숭배에 뒤지지 않을 만한 지극 정성으로 여인네들을 경배하니 토마의 얼이 빠졌을 수밖에요?

유다는 허리를 굽히고 이렇게 인사했습니다. 「막달라 마리아여, 평화가 함께하기를 기원합니다. 그대의 성별(聖別)된 발에 밟힌 흙에도 평화가 함께하기를 기원하고, 그대의 입술이 호흡한 대기에도 평화가 함께하기를 기원합니다. 그대의 순수 무구하심에, 그대와 함께하신 분들의 순수 무구하심에, 하느님 아들의 종이자 사도인 가리옷 유다가 경배 드립니다. 하느님 아들이 보이신 가장 크신 기적의 징표에 경배 드립니다.」

마리아는 한마디도 하지 않았습니다.

토마는 유다에게, 예루살렘의 매춘부에게 어째서 성인 대접에나 어울릴 격식을 차리는지 묻고 싶었습니다. 유다를 보고 있으면, 여인네들에게는 마땅히 그리스도를 만날 기회가 주어져야 할 테고, 그리스도를 만난 순간 이 여인네들 역시 그런 지존한 성녀가 될 것 같았기 때문입니다. 그러나 토마는 유다에게 묻는 것을 포기했습니다. 그의 눈에는 세상이 모두 미쳐 돌아가는 것 같았습니다. 막달라의 먼지 구덩이 속에서 성처녀를 꿈꾸며 떨고 있는 매춘부도 미친 것 같았고, 한편으로는 하느님을 찬양하면서도 다른 한편으로는 가장 천한 죄악을 찬양하는 구세주의 사도 또한 미친 것 같았습니다. 무엇보다도 가장 단단히 미쳐 보이는 것은, 구세주의 사도, 여인네들도 온전하게 여기는 토마 자신이었습니다.

유다의 말은 이렇게 계속됩니다. 「그대의 정결함이, 풍성한 은혜를 허락하신 우리 선생님의 거룩하심에 감사드리기를 요구하더이까? 그대는, 새 가르침, 새 말씀을 입어, 전지전능하신 창조자께 영광을 돌리고자 하시는 것입니까?」

마리아는 대답하지 않았습니다.

토마는 생각합니다. 이자를 말려? 아니다, 어디 두고 보자. 말로는 해봐야 소용에 닿을 것 같지도 않다. 돌멩이로 대가리를 한 대 쥐어박아? 토마는 주위를 살펴보았습니다만 돌멩이는 눈에 띄지 않았습니다. 토마는, 평소에 고깝게 굴던 유다가 이상한 행동을 하는데도 도무지 마음이 편하지가 않았습니다. 유다의 저 불가사의한 짓거리는 믿음에 대한 죄악이다. 따라서 저렇게 하지 못하게 해야 한다. 만일에 구세주의 애제자이고, 믿음의 가장 권위 있는 해석자인 유다가 암흑의 지배자인 마귀를 저렇듯이 찬양한다면 도대체 세상이 어떻게 될 것이냐? 저럴 수가 없다. 유다가 제정신으로 저럴 리가 없다. 터무니없는 착각, 짐짓 해보는 탈선, 저도 모르고 한 오해일 테지. 저 정도의 도덕성이 어찌 그리스도의 정신이 반영된 것일 수 있으며, 교리에 바탕을 둔 것일 수 있으랴! 저 정도의 도덕성이 어찌 믿음의 미래를 결정할 수 있을 것이며, 믿음의 정수를 드러낼 수 있을까 보냐! 저것은 믿음의 길에서 벗어난 인간의 행태임에 분명하다. 저자가 매춘부들을 찬양하고 있는 걸 보라. 형식은 그리스도 안에 있어도 믿음의 골수는 하나도 남아 있지 않다. 아니, 어쩌면 유다는 그리스도의 사도가 아닌지도 모른다. 어쩌면 다른 품삯을 받고 다른 신들을 선전하는 선동가인지도 모른다. 그래서 그리스도에 대한 믿음을 깨뜨리려고 그리스도를 따르는 척하고 있는지도 모른다. 어찌 되었든, 저자를 말려야 한다……. 토마는, 말려야 한다고 생각하면서도 실제로는 아무 짓도 하지 않았습니다. 유다의 말은 계속됩니다.

「성처녀여, 하느님의 아드님을 만나시고자 하는 것은, 그분께서 되돌려 준 그 처녀성으로 그대가 한 일의 자초지종을 일러 드리기 위함인가요? 상처를 빨아, 문둥병의 불을 끈 이야기를 들려 드리고자 함인가요? 그대가 자비롭게 위로한, 무수한 사자(死者)들의 이름을 일러 드리고자 함인가요? 이방인과 바리사이인과의 싸움에서 그대의 믿음이 입은 상처를 주님께 보여 드리고자 함인가요?」

그래도 마리아는 대답하지 않았습니다.

「아니면, 주님 앞에서, 저희같이 하찮은 것들과 자리를 함께하시려고요? 그러시다면 어서 오소서, 복 받을 성처녀여.」

어쩌면 유다는 이 매춘부들을 놀려 먹고 있는지도 모른다. 하느님의 아드님에게 가당찮게 용서를 구하고자 하는 것을 괘씸하게 여겨, 부러 죄상을 일일이 열거함으로써 벌을 주고 있는지도 모른다. 그러나 하느님 보시기에 그런 벌이 당할까? 유다는 죄인을 도우라고 파견된 사람이지, 죄인을 쳐부수라고 파견된 사람이 아니지 않은가?

유다는 주로 막달라 마리아를 상대로 말을 하면서 이따금씩 아샤 모녀 쪽을 흘끔거리고는 했습니다. 그런데도 이상한 변화는 아샤에게 맨 먼저 일어났습니다. 유다가 성처녀라고 찬양하고 있지만 사실 아샤는 깡마른 여자입니다. 제 어머니의 펑퍼짐한 어깨에 매달려 있는 이 깡마른 아샤를 성처녀라고 하기는 참으로 민망한 노릇입니다. 아샤는 유다의 수다에 정신이 나간 사람 같은 얼굴을 하고 있었습니다. 홉사 앞에서 영극(影劇)이 벌어지고 있는데도 대사 한마디를 귀로 담지 않는 것 같았습니다. 그러나, 정신 나간 듯이 가만히 있는데도 불구하고 아샤가 하는 행동은 분명히 육신과 영혼의 깊은 데서 무슨 일인가가 일어나고 있음을 암시하고 있었습니다. 말하자면, 여름 햇빛에 혼수상태가 된 파리의 몸짓을 연상시키는 아샤의 긴장병적(緊張病的)인 모습 위로, 뭐라고 정확하게는 설명해 낼 수 없는 다른 움직임이 실린 것입니다. 처음에는 이 움직임이 눈에 보이지 않았습니다. 아샤 자신은, 자기 몸속의 화로에서 열기가 치받치는 걸 느꼈습니다. 이 열기는 싸늘한 살갗까지 올라와서 식었다가는 다시 그 몸속의 화로로 되돌아가는 것 같았습니다.

치받치는 열기와 가라앉는 냉기의 규칙 바른 상호 작용이 되풀이되면서 아샤는 땀을 흘렸다가는 금방 몸을 부르르 떨고는 했습니다. 그러나 누더기 안에서 복근(腹筋)이 경련하고, 때 묻은 허벅지와 젖가슴이 흔들리고, 젖꼭지가 떨고, 머리가 좌우로 갸웃거리고, 사지가 움직이기 시작하면서부터 아샤의 움직임은 눈에 띄기 시작했습니다. 그 걷잡을 수 없는 힘 혹은 교미의 모습을 상기시키는 제의적인 춤의 율동에 거역할 수 있는 힘살은 한 올도 없는 것 같았습니다. 그런데도 이러한 움직임은 침묵 속에서 진행되었습니다. 아샤의 입술에서는 한숨 한 마디 새어 나오지 않았습니다.

토마가 아샤 앞으로 한 발 다가섰습니다. 그러나 유다가 그의 어깨를 붙잡아 당겼습니다. 유다만이 그러한 격변 —

지진과 관련된 용어를 써도 좋다면 — 이 있을 것임은 물론, 중간에 그것을 멈추게 할 수 없다는 것도 예견하고 있었던 모양이었습니다. 그는 그것을 멈추게 하는 대신 하느님의 권능과 예지가 일으키는 이 격변의 대목대목을 설명하는 데 최선을 다하는 것 같았습니다.

「정결한 아샤가 하느님을 보고 있네. 그런데 그대가, 아샤의 시선을 가로막고 나설 터인가? 성성(聖性)의 궁극적인 과녁을 막고 나설 참인가?」

토마로서는 그럴 수가 없었습니다. 토마는 하릴없이 뒤로 물러섰습니다.

아샤의 몸에서 일어나던 실룩거림이 걷잡을 수 없는 경련으로 변했습니다. 아샤의 전 존재는 심하게 진동하면서 채를 맞은 팽이처럼 돌았습니다. 돌면서 먼지의 소용돌이 속에서 기괴한 형상을 지어내었습니다. 이 광적인 춤에는 이윽고, 아샤가 더 이상 억누르고 있을 수가 없어서 터뜨리는 듯한, 무슨 소린지 알아들을 수 없는 절규가 뒤따랐습니다.

「지금 아샤는 하느님께 말씀을 여쭙고 있네.」 유다가 설명했습니다.

「하느님께 말씀 여쭙게 된 걸 좋아하는 것 같지 않은데요?」 토마가 물었습니다.

「그럴 리 없네. 행복하지 않다면 춤을 출 리 없으니까. 보게, 우리 눈에는 보이지 않는 하느님의 얼굴이 나머지 둘의 눈에도 보이는 것 같지 않은가?」

아닌 게 아니라 아샤 어머니도 아샤처럼 천천히 돌면서 춤을 추고 있었습니다. 마리아의 맨어깨도 간헐적으로 뒤틀리고 있는 것으로 보아 마리아 역시 같은 황홀경으로 빠져 들어가고 있는 모양이었습니다. 온몸을 지배하는 고삐 풀린 힘에 밀리면서 마리아의 몸은 팽팽하게 부풀어 올랐습니다. 정신이 가물가물해지는 중에도 마리아는 아샤 모녀를 사로잡고 있는 광란의 춤을 희미하게나마 의식했습니다. 간헐적으로 찾아오던 고통은 점점 그 주기를 좁히면서 엄습해 온다는 것도 의식했습니다. 제 육신에서 영혼을 몰아내어 버릴 수가 없어서 죽어 가는 사람이 느끼는 고통을 제외한다면, 어떤 상처 어떤 병으로 인한 고통도 이때의 고통에는 견주지 못할 터였습니다.

「너에게 저주 있으라!」 아샤가 부르짖었습니다.

「너에게 저주 있으라!」 아샤의 어머니가 외쳤습니다.

「너에게 저주 있으라!」 마리아가 소리를 질렀습니다.

「하느님께 대한 저주는 아니겠지요?」 유다가 하는 말이면 무슨 말이든 받아들일 준비가 되어 있는 토마가 물었습니다.

「물론 아니지. 하느님께서 저들의 몸을 권능으로 채우시고 떠나시자 이번에는 사탄이 들어와 저들을 괴롭히고 있는 것이라네. 저 성녀들은 좋은 싸움을 벌이고 있는 것 같네.」

「사탄으로부터 몸을 지키려고 저렇게 몸부림치고 있다는 건 이해하겠습니다. 그런데 왜 저들은 저런 얼굴로 우리를 노려보고 있는 것이지요?」

제각기 빙글빙글 돌아가던 세 여인네들이 서로 당구공처럼 부딪쳤습니다. 그러다 균형을 잃고는 땅바닥에 쓰러져 한 덩어리로 뒤엉켰습니다. 이렇게 뒤엉킨 여인네들은 있는 힘을 다해 서로 쥐어뜯기 시작했습니다. 이러한 드잡이는 상처에서 피가 뚝뚝 듣고, 붉게 피로 물든 살점이 땅바닥에 떨어질 때까지 계속되었습니다.

유다는, 설명을 보탤 때가 무르익었다고 생각했는지 이렇게 말했습니다. 「내가 짐작하기로 이 여인네들은 하느님을 기쁘게 해드리기 위한 자기 징벌을 통하여 사탄에게 경고하고 있는 것이네. 말하자면 사탄에게, 〈너의 형틀이 무엇이든 우리의 성성은 다치지 못한다, 우리의 성성 앞에서는 너의 지옥 가마도 무력하다〉, 이렇게 시위하고 있는 것이네. 여인네들의 자기 징벌이 가혹하면 가혹할수록 사탄은 그만큼 더 기가 죽을 테지. 그럼 결국 사탄은, 유혹에 호락호락한 희생자를 찾아 떠나게 될 테지. 보게.」

여인네들은 먼지가 자옥한 땅바닥에 죽은 듯이 가만히 누워 있었습니다. 흡사 비좁고, 사방이 새하얀 무덤 안에 누워 있는 것 같았습니다. 셋 다 꼼짝도 하지 않았습니다. 움직이는 것은, 규칙 바르게 오르내리는 젖가슴뿐이었습니다. 젖가슴 위에서, 연기 같은 흙먼지가 푸르르 떨리면서 땅바닥으로 떨어져 내렸습니다. 세 사람 모두 눈을 감고 있었습니다. 다리는 풀려 있었습니다. 꽉 움켜쥔 손아귀에는 고름과 머리카락과 헝겊과 땀과 피가 뒤섞인 채로 비어져 나와 있었습니다. 유다가 설명을 계속했습니다.

「보게. 악마는, 아무리 버티어 봐야 저 여인네들을 어떻게 할 수 없다는 걸 알고는 떠나 버렸네. 이제 저들은, 기저귀를 찬 딸아이들처럼 순수 무구한 상태에서 쉬고 있는 것이네. 그리스도 안의 형제여, 저들의 평화를 방해해서 좋을 게 없지 않은가. 그러니 가서 선생님이나 찾아보세. 이제 막달라를 떠나 데카폴리스로 갈 때가 무르익었네……. 처녀들이여, 복 받으소서.」

유다는 마지막으로 세 여인네를 축복하고는 발길을 돌렸습니다.

토마는 유다의 뒤를 따랐습니다. 유다는 황혼이 내리깔리는 막달라 거리를 걸어 내려갔습니다. 한참 뒤를 따라가던 토마가 조심스럽게 물었습니다.

「귀하신 형제여, 한 말씀 여쭈어도 사색에 방해가 되지 않을는지요?」

「묻게. 하느님을 기쁘시게 할 질문이라면 나도 답을 알 수 있을 터이고, 답을 알면 기꺼이 대답해 주겠네.」

「형제께서는 저 여인네들을 처녀라고 부르면서, 성인들 대하듯이 대했습니다. 이유가 무엇인지요?」

「그 까닭은 저들이 순수 무구하기 때문이네. 동정녀의 순수 무구함을 되찾음으로써, 하느님의 어머니, 동정녀 마리아의 성성을 함께 되찾았기 때문이네.」

「음부(淫婦)들인데 어떻게 순수 무구해질 수 있습니까? 매춘부가 어찌 동정녀 될 수 있습니까?」

토마의 이 말에 유다가 질겁을 하면서 소리쳤습니다.

「형제여, 하느님께서 들으신다! 누가 저들을 매춘부라고 하던가? 한때는 그랬지만, 이제는 그렇지 않다.」

「잠깐만요……」

토마는 유다가 하는 말을 믿을 수 없었습니다. 그러나 믿을 수 없다는 말을 하고 싶지 않았던 그는, 유다의 감정을 건드리지 않을 만한 말을 고르려고 잠깐 뜸을 들이고는 물었습니다.

「귀하신 유다 형제여, 그렇다면 저 여인네들이 악명 높은 매춘부들이 아니라는 것인지요?」

「물론 아니지. 순수한 마음으로 주님을 따르는 사람이, 어떻게 진실이 아닌 말을 입에 올릴 수 있겠는가?」

「하면 저들이 중죄인이 아니라는 말씀이신가요?」

「아니지.」

「언제부터 죄인이 아니었습니까? 그러면 구세주께서 저들의 순수 무구를 되찾아 주셨던 것입니까? 일곱 번째 계명을 범한 저들의 죄를 속량하셨다는 것입니까? 저는 구세주께서 저들의 배에 손을 대심으로써 저들을 다시 정하게 하시는 것을 본 적이 없습니다.」

「구세주께서는, 몇 년 전, 처음 예루살렘에 가셨을 때 그리하셨다네. 우리가 예루살렘에 처음 갔을 때, 서 죄악의 수렁, 황금 송아지의 마구간에서는 수많은 여자들이 사탄에 들린 채로 매춘질에서 삶의 위안을 찾고 있었네. 말하자면 여자들이 밤이면 밤마다 나타났다가 낮이 되면 감쪽같이 사라지는 일곱 마리의 사탄에 쫓기고 있었던 것이네. 구세주께서는 이들 매춘부 가운데 몇몇의 하소연을 들으셨는데, 이때 주님께 하소연한 여인네가 막달라 여자 마리아, 아샤, 수산나, 헤로데의 신하인 쿠자의 아내인 요안나였네. 주님께서는 저들의 배에다 무쇠 같은 손을 넣으시고, 흡사 삽을 쓰시듯이 그 손으로 저들의 배 속에 쌓여 있는 남정네들의 찌꺼기를 말끔히 떠내셨다네. 그 뒤로, 기왕에 지은 죄에서 자유로워진 이 여인네들은 다시는 죄를 지으려야 지을 수 없어서 순수 무구한 성녀의 본이 되고, 우리 믿음을 전하는 본이 된 것이네.」

토마로서는 기가 막히지 않을 수 없었습니다. 아니, 이날 이때까지 나는 잘못 알고 있었다는 말인가? 나는 저들이, 지은 죄의 용서를 구하고, 자기희생을 통하여 성성에 이르기 위해 구세주를 따르는 여인네들이라고 생각해 오지 않았던가? 그런데 이미 오래전에 성성을 얻고 악마와의 인연을 끊은 여인네들이라니……. 그런데 나는 이게 무엇인가? 아직까지도 사두가이파 이단자로서, 하늘의 왕국에 대한 복음을 부인하면서 살고 있는 나는 대체 무엇인가? 글쎄, 아샤라는 여인이 쓰는 말이 어떠했던가? 그게 성성을 얻은 여인의 말씨

일 수 있을까? 그것은 그렇다 치고, 저들이 만일에 이제 더 이상 매춘부가 아니고 순수 무구함을 되찾은 동정녀들이라면 왜 나자렛의 선견자를 만나고자 하는 것일까? 그분에게 또 무엇을 기대하는 것일까? 순수 무구함을 얻음으로써 순수 무구한 하느님 가까이 다가서 있다는데도 왜 저들은 하느님으로부터 이렇듯이 멀어 보이는 것일까? 막달라 여자 마리아가 뭐라고 하던가? 죄 사함을 받은 것은 육체지만, 신유를 받아야 하는 것은 영혼이라고 하지 않았던가? 왜? 왜 이 성녀들은 저토록 끈질기게, 저토록 열심으로 하느님의 아드님을 좇고자 하는가? 그분에게 저 여인네들이 바라는 것은 대체 무엇일까?

토마는 유다의 뒤를 따르면서도 내내 이런 생각을 어지럽게 했습니다. 결국 토마가 물었을 때 유다는 어깨를 실룩대고는 대답했습니다.

「내게도 그것은 알 길이 없네. 구세주께서 우리를 위해 세상을 뜨시기 전에, 거룩하게 해주신 것을 감사드리고자 함일까? 아니면 거룩함에 어울리는, 특별한 일 몫을 다하고자 하는 것인지도 모르지.」

이 유다가 알지 못한다? 하면, 알 만한 사람이 있을 테지. 그렇다. 유다가 알지 못한다고 해도, 혹은 모르는 척한다고 해도 저 동정녀들은 알고 있을 게다. 이렇게 생각한 토마는 유다에게, 죽마고우를 만난다는 핑계를 대고는 서둘러, 여인네들과 헤어졌던 네거리로 되돌아갔습니다. 유다를 따돌리려고 핑계를 댐으로써 토마 — 믿음이 그것밖에 되지 않으니 어쩔 수 없기는 하겠지만 — 는 두 가지 죄를 짓게 되는 셈입니다. 즉, 믿는 자는 마땅히 부모와 형제와 친구를 버려야 한다는 스승의 가르침을 가벼이 여긴 죄가 그것이고, 거룩함의 본질을 한번 따져 보고자 한 죄가 그것입니다.

세 여인이 누웠던 자국이 선명한 먼지 구덩이에는 정신 나간 엘칸이 뒹굴고 있었을 뿐, 네거리에는 여인네들의 모습이 보이지 않았습니다. 토마는 사방을 두리번거렸습니다. 그렇게 두리번거리는 토마의 눈에, 길모퉁이를 도는 여인네들의, 누더기가 된 치맛자락이 잠깐 보였습니다. 이것은 토마의 호기심을 위해서는 다행일지언정 영생하는 영혼을 위해서는 여간한 불행이 아닐 터입니다. 토마는, 어느 건물 입구에서 세 여인네들을 따라잡았습니다. 그 건물에서는 썩는 냄새가 진동했습니다. 지극히 미묘한 질문을 하자니 망설여지기도 했겠습니다만, 토마는 잠깐 서서 망설였습니다. 세 여인네는 그사이에 그 건물 안으로 들어갔습니다.

세 여인네를 따라잡으려면 더 이상 망설이고 있을 일이 아니었습니다. 토마는 조심스럽게 문을 열었습니다. 그의 눈앞으로 이상한 광경이 펼쳐지고 있었습니다. 열린 문으로 들어온 빛을 받으며 빈 벽 그림자 아래로 펼쳐지는 광경은 흡사 성난 서방(西方)의 신들과 믿음이 없는 신자들 사이의 대판거리를 새긴 벽면 부조(浮彫) 같았습니다. 세 여인네가 우뚝 서 있고, 그 앞에는 이끼에 덮인 돌 문턱 위에 등을 땅에 대고 또 한 여자가 누워 있었습니다. 죽은 여자였습니다. 여자의 살빛이 푸르뎅뎅하고 군데군데 반점이 찍혀 있는 것으로 보아, 살갗 아래에 있던 생명이 어떤 대가를 치르더라도 그 몸으로부터 빠져나가려 하던 최후의 순간, 모진 이빨과 무자비한 손톱이 이 생명을 도와 출구를 만들어 주었던 것 같았습니다. 배가 갈라져 있는 것만 보더라도 여자의 내부에 있던 생명이 체공(體孔)이나 기공(氣孔)을 통해 빠져나간 것이 아니라는 것은 명백했습니다. 무엇에 갈라졌는지는 분명하지는 않았지만 여자의 배는 정확하게 젖가슴에서부터 사타구니까지 갈라져 있었습니다. 그 틈을 통해 옆구리까지 흘러내려와 있는, 악취가 풍기는 내장은 흡사 말라 가는 가래침 같았습니다. 열려 있는 입가로는 통통한 파리 떼가 꼬이고 있었습니다. 여인의 몸에는 실오라기 하나 걸려 있지 않았습니다. 이상한 것은 가랑이 사이에 커다란 돌멩이가 하나 놓여 있었다는 점입니다. 몸은, 움직이지 않는데도 불구하고, 흡사 숨을 쉬고 있는 것 같았습니다. 어쩌면 생명의 힘이 계속해서 몸을 빠져나오면서 그날 낮에 시작된 부패의 악취를 몸에서 몰고 나오고 있었기 때문인지도 모를 일입니다.

수산나의 시체를 내려다보고 있는 세 여인네의 표정에 연민 같은 것이 어리어 있지 않았습니다. 그들의 표정에 어리어 있는 것은 공포에 가까웠습니다. 행방불명이 된 가족이나 친구의 주검 앞에서의 공포가 아닌, 미래의 어느 날에 만날 절망에 대한 공포 같아 보였습니다.

토마가 막달라 마리아를 돌아보면서 공손하게 말했습니다. 「막달라의 동정녀여, 이렇게 고통스럽게 세상을 떠난 영혼을 위해 기도하는 시간을 방해하는 것을 용서하기 바랍니다. 그러나 나는, 이 도시를 떠나시는 선생님과 급히 합류해야 하기 때문에 좀 바쁩니다. 그래서 지금 그대와 말씀을 나누지 않으면 안 되겠습니다.」

막달라 여자 마리아는 눈길도 돌리지 않았습니다. 그러나 토마는 말을 이었습니다. 「내가 이렇듯 그대에게 접근한 것부터가 신성의 모독일 터입니다만, 그대와 그대의 거룩한 동행들이 이미 수년 전에 얻으신 믿음의 비밀을 안 것이 조금 전이므로 이 실례를 용서받고자 합니다.」

역시 대답이 없었습니다. 수산나의 육신을 내려다보는 세 여인은 흡사 최면이라도 되어 있는 것 같았습니다.

「나는 그대들이 이미 성녀들이 되심으로써 매춘의 허물을 온전히 벗으셨으니 기탄없이 여쭙겠습니다. 어찌하여 그대들은 아직까지도 구세주를 따르려 하십니까? 그분에게서 무엇을 구하십니까? 물론 이런 것을 여쭐 때도 곳두 마땅하지 않다는 것은 알고 있습니다만……」

대답을 기다리다 지친 토마가 그 자리에서 물러서려 할 즈음에야 마리아가 대답했습니다. 「보세요, 길손이여, 당신의 질문에 대답하는 데는 이보다 더 좋은 때와 곳이 없겠습니다. 우리는 다시 매춘부가 되고자 합니다.」

토마가 기겁을 할 만큼 놀랐을 수밖에요?

「아니, 축복받으신 여인이시여……」

「말씀드리지 않았어요? 우리는 그분이 우리를 이전으로 돌려주시기를 소원하는 겁니다. 그분의 아버지가 우리를 만드신 상태 그대로 돌려주시기를 소원하는 것입니다. 우리는 다시 매춘부가 되고자 합니다. 그러니까 나를, 〈축복받은 여인〉이라고 부르지 마세요.」

「이해를 못하겠군요. 아니, 죄 닦기를 빌면서도, 전과 같은 죄인으로 되돌아가시겠다니요?」

「빌어요? 누가 빌어요? 아샤, 네가 비느냐?」

「아니.」

「아니면, 아샤 어머니, 당신이 빌어요? 당신이 동정녀가 되고 싶어 했나요?」

「오, 하느님, 제발 그런 영광은 거두어 주소서.」

마리아는 수산나의 시체를 가리키면서 말을 이었습니다.

「아니면 여기에 있는 수산나가, 악덕에서 헤어나고자 당신네 그리스도 뒤를 쫓았던가요? 유다가 당신에게 무슨 말을 한 것이군요? 그렇지 않고서야 당신이 이러실 리가 없으실 테지요. 사실을 말씀드리지요. 우리는 매춘을 하던 여인네들입니다. 〈창세기〉 말마따나, 우리는 우리의 땀으로 일용할 양식을 벌면서 행복하게 살고 있었습니다. 우리는, 당신네 일행이 오기까지, 남을 해코지하는 일이 없이 살았습니다. 그런데 불행히도 유다의 총독이 예루살렘에서 병신이라는 병신은 모두 내몰고 말자, 당신네 친구들에게는 기적을 일으킬 상대가 없어지고 말았지요. 그러자 예후다, 혹은 유다라고도 불리는 저주받을 자가 옛 선지자의 예언 하나를 기억해 내었지요. 무슨 예언이냐 하면, 미래의 구세주는 사람에게서 마귀를 몰아내게 된다는 예언이었답니다. 그래서 미치광이들을 상대로 기적을 베풀었지요. 그런데 이번에는 총독이 미치광이라는 미치광이는 모두 예루살렘으로부터 몰아내어 버렸습니다. 그러니까 당신네 동아리는 매춘부를 미치광이와 같이 놓고 보기 시작했어요. 무슨 근거로요? 당신네 동아리들은, 미치광이는 다른 세계를 살고, 매춘부는 다른 남자들과 사는 것을 이유로 내세워 미치광이와 매춘부는 아무런 차이가 없다는 결론을 내렸지요. 당신네 구세주는 유다의 주장을 옳게 여기지 않았어요. 당신네 구세주는, 우리 같은 매춘부는 영적인 권능을 받을 자격이 없다고 생각했어요. 하지만 유다는 끈질겼지요. 유다의 머릿속에 있는 것은 선지자에 의한 예언과 이 예언의 성취뿐이었어요. 나는 유다에게, 사막의 폭풍이 낙타를 기억하고 있다가 그 험한 길을 갈 때 낙타를 삼키느냐고 물은 일이 있어요. 그때 유다가 뭐라고 대답했는지 아시나요? 유다는 이러더군요. 〈바람은, 제가 불기로 한 방향으로, 하느님께서 정하신 방향으로 분다. 바람은 기억하기 위해 부는 것이 아니라 쓸어버리기 위해서 부는 것이다〉라고요. 길손이여, 내 말을 잘 들으세요. 바람은 제가 죽일 낙타를 잊어버리지만, 낙타는 죽을 때가 되면 저를 죽인 폭풍을 기억한답니다. 하여간에 유다가 구세주를 유곽으로 모시고 들어왔습니다. 만일에 우리가, 이로써 어떤 일이 벌어질지를 짐작이라도 할 수 있었더라면 그분을 들여놓지 않았을 것입니다. 순진하게도 우리는 해웃값[花代] 깎자고 덤비는 법이 없는 갈릴래아 농부들인 줄 알고, 주머니 끈을 끄르게 할 양으로 그분 일행을 안으로 모셔 들였습니다. 그런데 그분은 자기 주머니 끈 풀기는커녕 우리 육체의 문을 닫아 버렸습니다. 육체가 닫히는 순간 우리 동아리들은 그분을 저주했는데, 나는 아직까지 그렇게 험악한 저주는 들어 본 적이 없습니다. 그런데 그분은, 눈에 보이지 않는 동정(童貞)의 자물쇠로 우리의 육체를 잠가 버리신 뒤 유다를 데리고 나가 버리셨습니다. 우리에게는 아직도 욕정을 해소할 기계적인 기능이 있기는 합니다. 그러나 우리의 육체는 어떤 남정네들도 만족시키지 못하는 것은 물론 우리 역시 이로써 기쁨을 누리지 못합니다. 결국 우리의 육체는, 기적이라는 이름의 쇠고랑이 채워진 노예 신세가 되어 버린 것입니다. 따라서 육체의 입장에서 말한다면 동정녀가 된 것이 사실이기는 하지요.」

「그런데 문제는 영혼이겠군요?」

토마가 한숨을 쉬었습니다.

「하지만 그 기적이라는 것이 우리 영혼에는 어떤 변화도 일으켜 놓지 못했어요. 그 까닭은 영혼이라는 것은 불멸하는 것, 하느님의 영혼과 밀접하게 맺어져 있는 것, 따라서 다시 빚어질 수는 없는 것이기 때문입니다. 육체의 죄악은 우리 육체로부터 지워졌습니다. 그러나 우리의 영혼은, 스스로 기억하는 죄악, 스스로 간구하는 죄악에 사로잡혀 있습니다.

육체는 영혼에게 복종하지 않았고, 따라서 영혼은 자격을 상실한 육체 앞에서 역시 무능에 떨어지고 말았습니다. 그게 바로 우리에게 주어진 성성의 축복이었던 것입니다. 거리에서 광란하는 우리들을 보셨지요? 서로 쥐어뜯으며 땅바닥을 뒹구는 우리들을 보셨지요? 우리를 광란하게 한 것은 우리 육체와 싸우는 죄 많은 우리 영혼이었습니다. 우리의 영혼은 육체에서 놓여나고자, 육체를 갈가리 찢어 놓고자 우리를 그렇듯이 광란하게 한 것이랍니다. 육체를 갈가리 찢어 놓아야 기왕에 누리던 삶을 다시 누릴 수 있게 되니까요. 그런데, 우리의 영혼은 육체에서 놓여나지 못했고, 육체를 갈가리 찢어 놓지도 못했지요. 하지만 수산나의 경우, 영혼은 성공을 거두었습니다. 보세요, 길손이여. 동정녀의 육체에 갇혀 있던 수산나의 탐욕스러운 영혼은 남성에 대한 욕망을 부풀리다 기어이 이렇게 터져 버렸습니다. 보세요, 새 포도주가 발효하다가 낡은 가죽 부대를 터뜨리듯이, 제 육신을 이렇게 터뜨려 버리지 않았나요? 이로써 이 저주받은 여인이 얻은 것이 무엇인가요? 수산나의 영혼은, 기적의 이름으로 세워진 감옥을 탈출했습니다. 그러나 수산나의 영혼은 육체를 잃어 버렸습니다. 이제 수산나의 영혼은 세상을 방황할 것입니다만 그 영혼은 쾌락을 누릴 수도 없을뿐더러 평화를 찾을 수도 없을 것입니다. 길손이여, 나는 그렇게는 되고 싶지 않습니다. 나는, 보시다시피 젊습니다. 그리스도의 기적이 아닌, 또 다른 기적이 있을 것입니다. 어떤 이름으로 베풀어지는 기적이 되었든, 기적이 너무 늦기 전에 내 몸을 열어 주어야 합니다. 나는 혹 그분이 내 육체에 채워진 자물쇠를 열어 주기를 간구하는 마음으로, 그분이 나에게 내린 저주를 풀어 주기를 간구하는 마음으로 당신의 선생님을 쫓아다녔습니다. 그분은, 매춘부의 영혼과 동정녀의 육체는 함께할 수 없다는 것을, 이 양자의 싸움이 나를 얼마나 고통스럽게 하는가를 아셔야 합니다. 내가 만일에 그분 가까이 다가갈 수 있었다면 그분은 아마 나를 도와주실 수 있었을 것입니다. 우리는 몇 달 동안이나 그분을 따라 온 이스라엘을 다 누볐습니다만, 한 번도 그분과 독대(獨對)할 수가 없었습니다. 왜냐? 저 저주받을 유다가 늘 훼방을 놓았기 때문입니다. 왜 훼방을 놓았을까요? 그것은 유다가, 당신네 선생님의 마음에, 이적(異蹟)이 성취시키는 구원에 대한 의혹이 이는 것을 바라지 않았기 때문입니다. 그래야 당신의 선생님은 계속해서 기적을 일으킬 터이고, 또 그래야 저 저주받을 선지자들의 예언을 배반하지 않게 될 터이니까요. 바로 이런 이유에서 유다는, 우리가 여전히 악덕을 사랑하고 있다는 것을 인정하지 않으려 했지요. 그래서 유다는 계속해서, 우리가 동정녀로 살아가고 있다고 주장한 것이랍니다. 유다는, 우리가 왜 구세주를 따라다니는지 그 까닭을 알면서도, 안다는 것을 내비치지 않으려고 조심을 다했답니다. 길손이여, 나는 성녀가 되고 싶지 않습니다. 선지자의 예언, 하느님과의 계약 같은 것은 나와 아무 상관이 없습니다. 세상의 구원이라고요? 나에게는 쥐뿔도 아니랍니다. 나는 자유로워지고 싶어요. 기적이라는 흉물은, 내가 태어나면서 받은 축복을 지워 버리고 말았는데, 나는 기적의 이전 상태로 되돌아가고 싶은 것입니다. 그런데 당신네 구세주는 나를 도와주지 않았습니다. 그러니 이제 내가 나를 돕는 수밖에 없어요. 만일에 스스로 손을 쓰지 않으면 나도 수산나 꼴이 되고 말 것인데, 그렇게 되면 나는 숨을 거두는 순간까지 당신네들을 저주하게 될 것입니다. 자, 이제 궁금한 것은 다 아셨지요? 그러니 가세요. 당신은 물론이고, 그리스도 안의 형제들이라는 당신네 동아리는 이제 다시 보고 싶지 않답니다.」

그래서 토마는 그 자리를 떠났습니다. 떠나지 않을 수가 없었습니다. 여인네들을 위로할 수도 없는 일일뿐더러, 토마에게는 해결책으로 내놓을 것이 없었으니까요. 토마는, 자기가 저 음험한 유다의 눈을 피해 여인네들을 구세주 앞으로 데려갈 수 없다는 것을 잘 알았습니다. 그러고 싶어도 여인네들의 생각은 믿음의 길에서 어긋나 있을 뿐더러 반(反)그리스도적이어서 그럴 수가 없었습니다.

거리로 나온 토마는 떼 지어 몰려나온 수많은 막달라 시민들을 만났습니다. 벌써 마리아를 비롯한, 매춘부 노릇 하던 여인네들이 기적을 통해 성녀로 거듭나 이적을 행한다는 소문이 돌았기 때문입니다. 많은 막달라 사람들은 그들을 경배하면서 자기네들을 위하여, 혹은 자기네 자식들을 위하여 기적 베풀어 주기를 간청하려고 그렇게 몰려나와 있었던 것입니다. 이미 막달라 사람들은 문 앞의 빈터에 겹겹이 둘러서 있었습니다. 무릎을 꿇고 있는 사람들도 있었고, 문을 나서는 성녀들을 제대로 보기 위해 마차 위에 올라가 있는 사람들도 있었습니다. 개중에는, 「시편」 113편을 노래함으로써, 〈높은 데 자리를 잡으시고 하늘과 땅을 굽어보시며, 약한 자를 티끌에서 올리시고, 가난한 자를 거름 더미에서 끌어내시는〉 하느님을 찬양하는 사람들도 있었습니다.

토마로서는 견딜 수 없었습니다. 토마는, 거룩한 동정녀를 쥐뿔로 여기는 여인네들과, 그 거룩함을 섬기고자 하는 무리의 신심이 빚어내는 갈등을 보고 있을 수가 없었습니다. 그래서 토마는 눈을 감고 입은 다문 채 무리 사이를 지났습니다. 그렇게 지나갔어도, 어두워지는 막달라 성벽을 때리는 석양의 바람 소리가 들리는 것은 토마도 어쩔 수 없었습니다.

무리로부터 꽤 떨어진 곳에 이르렀을 때 토마의 귀에는, 동정녀들을 기다리며 무리가 부르는 「시편」 104편의 첫 부분이 들려왔습니다.

「야훼, 나의 하느님. 실로 웅장하십니다. 영화도 찬란히 화사하게 입으시고, 두루마기처럼 빛을 휘감으셨습니다. 하늘을 차일처럼 펼치시고…….」

무심히 걸어가는 토마의 귀에 나머지 부분을 노래하는 무리의 목소리가 희미하게 들려왔습니다.

「죄인들아, 이 세상에서 사라져 버려라! 악인들아, 너희 또한 영원히 사라져 버려라! 내 영혼아, 야훼를 찬미하여라. 할렐루야.」

베다니아의 기적

예수께서 말씀하셨다. 〈나는 부활이요 생명이니 나를 믿는 사람은 죽더라도 살겠고…….〉

— 「요한의 복음서」 11:25~26

먼저 좀 쉰 연후에, 화장단(火葬壇) 차릴 만한 곳을 찾아보아야겠소이다. 나는 손도끼를 땅에 놓고, 시신을 풀밭에 내려놓은 뒤 그 옆에 앉습니다. 피가 점점이 묻고, 흙과 땀에 전 삼베 자루 안에 든 시신은, 흡사 저잣거리로 나가는 감자 자루 같습니다. 아직 귀뚜라미 울 시각도 되지 않아서, 내게는 해 뜨기 전까지 하명(下命)받은 대로 할 시간이 넉넉히 있습니다.

내가 〈하명받은 대로〉라고 말하는 것은, 내가 남의 집 머슴이라서 이 말에 길이 들어 있기 때문입니다. 그러나 이 일에 관한 한, 나는 좋을 대로 하라는 당부 말씀을 들어 둔 바가 있습니다. 그래서 나는 올리브 산으로 올라와 있는 것입니다. 시간은, 우리 주인님에게 굉장히 중요한 의미를 지닙니다. 내 주인님은 나에게 밤에는 절대로 불을 피우지 말라고 했습니다. 주인님이 그렇게 말씀하신 것은 그 불빛이 엉뚱한 사람의 주의를 끌 경우 당신의 계획이 수포로 돌아가게 될 것을 염려했기 때문입니다. 이번의 경우 주인님은 모험을 하고 싶지 않았던 모양입니다. 그는 어떻게 하든지 주님과 접촉하고 싶어 했습니다. 주인님의 충직한 머슴인 나, 하므리 벤 엘가나안, 즉 엘가나안의 아들 하므리는, 조금 전에 말한 대로 주인님의 하명에 따라 이 일을 하고 있습니다. 정확하게 말하면, 시행에 필요한 구체적인 당부 말씀에 따라 이 일을 하고 있는 것이올시다.

우선 숨이나 좀 돌린 연후에 준비를 시작할 터입니다. 불행히도 내 뼈는 전같이 튼튼하지가 못합니다. 그럴 수밖에 없는 것이, 나는 이미 과월절 과자를 예순 번이나 챙겨 먹은 사람, 출애굽을 기념하여 베다니아의 문지방에다 양 피 뿌리는 걸 예순 번이나 본 사람이기 때문입니다. 자루 속에 든 분은, 십자가 위에서 피를 너무 흘려 돌아가셨을 것입니다만 무겁기는 마찬가지입니다. 나는, 사람들의 눈을 피해 이 자루를 짊어지고 올리브 산을 올라야 했습니다. 그러느라고 나는 하루 종일 십자가 아래에 있는 덤불에 몸을 숨기고 있어야 했는데, 그때 내가 먹은 것이라고는 주인님의 누이인 마르타 아씨가 마련해 준 얇은 옥수수 빵 한 덩어리가 전부였습니다.

게다가 나는 지금부터, 불쏘시개 될 만한 잔가지를 모아야 하고, 화장에 필요한 나무를 잘라야 하고, 땔나무가 마련되면 불을 지펴야 합니다. 제대로 먹고 기운을 차리지 않으면 이 일을 제대로 해낼 것 같지 않습니다. 그래서 나는 품 안에서 염소젖으로 만든 건락(乾酪) 덩어리를 꺼냅니다. 그러고는, 씹고 있을 동안에는 건락의 맛 이외의 것은 일체 생각하지 않으려 합니다. 건락의 맛은 씁쓸하군요.

 지금 바람이 불고 있지 않습니다만, 내 계산에 따르면 날씨가 계속 이럴 경우 일을 끝내는 데는 세 시간 정도가 걸릴 것 같습니다. 바람이 불어 준다면 두 시간이면 족하겠지만요. 하여간 장소는, 주인님의 계획에 딱 들어맞게 좋아 보입니다. 올리브 산의 빽빽한 관목 숲은 베다니아까지 펼쳐져 있고, 인적 없는 유다 광야의 동남쪽 사면이 눈 아래로 보이기는 합니다만, 올리브 산에서 벌어지는 광경이 거기에서 보일 리 없으니 소경의 눈이나 다름없지요. 내 주위에는, 두루미나 따오기의 울음소리에 이따금씩 깨어지기는 하나, 대체로 섬뜩할 정도로 괴괴한 엘룰 월(月)의 정적이 감돕니다. 이 정적 덕분에, 만일에 사람들이 나와 시신을 찾으려고 잡목 숲이나 동굴을 뒤진다면 그들의 움직이는 소리가 내 귀에 들릴 터입니다.

 나는 마른풀 위에 누워, 유다 땅에 말의 편자 모양으로 펼쳐져 있는 예루살렘을 내려다봅니다. 기드론 골짜기에는 인적이 없습니다. 무정한 예호사밧 들판은 평화롭게 이스라엘의 원수 손에 황무지가 될 날을 기다리고 있고, 열기에 짓눌린 시온은 현명하게도 골고타 언덕에서 들려오는 소리를 무시하고 있습니다. 내 귀에는, 오늘 오후 몇몇 살인자, 반역자, 소위 그리스도 교도가 십자가에 달려 죽은 골고타에서 절망에 빠진 자의 한숨 소리 비슷한 소리가 끊임없이 들려오고 있는데도 말이지요. 그리스도의 새 신도들을 생각하면 애석한 마음이 없지 않습니다. 그들 대부분이, 새 신(神) 맞는 것을 낙으로 삼는 가난한 촌사람들이니까요. 이런 사람들이니, 죽이는 것 이외의 방법으로는 정신이 번쩍 들게 할 수 없는 법이지요.

내 귀에는, 저 아래서 이런 사람들이 죽어 가는 소리가 들립니다.

그렇습니다. 내 귀에는 내내 절규하는 그들의 목소리, 도움을 청하는 애처로운 그들의 목소리가 들립니다. 그들은 인간에게 도움을 청하는 게 아닙니다. 제물을 흠향하시는 하느님, 고통의 순간을 짧게 하시는 하느님, 피난처 되시는 하느님께 도움을 청하고 있는 것입니다. 처형하는 형리야 그렇지 않겠지만, 죽어 가는 사람들이야 끈질기게, 마지막 숨을 몰아 쉬는 저희들 뒤에서 하느님께서 역사하신다고 믿을 테니 당연하지요. 형리들은, 죄수들에게 마땅히 수면제 섞인 포도주라도 한 모금 주어야 할 터인데도 그들은 그러지를 않습니다. 새로 부임한 총독이, 형장에서는 절대로 사형수에게 은전을 베풀지 못하게 했기 때문입니다. 흔히들 형장에서 형리들은 사형수들의 정강이뼈를 부러뜨려 주고는 했었지만 새 총독은 이것도 금지시켰습니다. 그래야 천천히, 더욱 고통스럽게, 한층 자연스럽게 죽는다나요.

하여간, 골고타 언덕에서 저렇게 애처로운 소리가 끊임없이 들려오는데 어쩝니까? 월계수 잎이라도 따서 귀를 막는 수밖에요?

오, 조상들의 하느님, 어찌하여 이 나이에 시신을 등에 지고 산자락을 헤매게 하십니까? 어찌하여 제가 이 고생을 해야 합니까? 누군가가 이 고생을 해야 한다면, 선지자의 예언에 그렇게 나와 있다면, 왜 다른 사람에게 이 일을 맡기지 않습니까? 이스라엘을 굽어보시는 선지자가 제 이름을 예언에다 박아 놓기라도 했단 말입니까?

선지자의 예언에 내 이름이 언급되어 있지 않은 것은 분명합니다. 부활의 이야기는 무성해도, 내 주인님의 이름도 나오지 않더군요. 그러니까 우리는, 예언을 성취시키기로 정해진 사람들이 아니라 무작위로 뽑힌 사람들임에 분명합니다. 말하자면 마침 우리가 뽑혔기에 기록된 예언이 성취되는 것입니다. 따라서 우리가 그 자리에 없었더라면 다른 사람이 뽑혔을 터입니다.

그런데 하필 우리가 거기에 있었던 것입니다.

내 주인 라자로와 나는, 주인집 땅의 소작인 몇 사람과 저녁을 먹고 있었습니다. 주인님의 누이 마르타 아씨가, 소작인들에게 음식이 제대로 골고루 돌아가는지 수시로 돌아보면서 시중을 들고 있는데 마르타의 동생인 마리아 아씨가 웬 길손 한 사람을 데리고 들어왔습니다. 내가, 이 수수께끼 같은 인물, 문턱에 서서 잠깐 망설이던, 세상을 초월한 듯한 이 인물을 처음 보고 받았던 느낌을 전하자면 아무리 지독한 말만 골라 써도 너무 부드러울 터입니다. 그는 길손 같다기보다는, 미지의 땅에서 온 이방인 같았습니다. 그러나, 유다인 식으로 머리 깎은 것으로 보나, 갈릴래아식으로 접힌 옷자락으로 보아 이방인일 리는 없었습니다. 그 사람은, 약효를 일일이 알아내고 싶어 하는 약초상(藥草商)에게 이방의 약초가 이상해 보이듯이 그렇게 이상했습니다. 서로 이웃해 있으면서도 결코 서로 섞이는 법이 없는 밤과 낮이 서로 이상할 터이듯이 그렇게 이상했습니다. 그 사람은, 옥수수 빵을 씹으면서 그에게 호기심 어린 시선을 던졌을 터인 들판의 일꾼들과 별로 다를 바가 없었습니다. 그러나 그런데도 그는 일꾼들과 판이했습니다. 문 앞에 서 있는 그 사람을 맞는, 장작불에서 타오르는 붉은 화염도, 흡사 불길로 슬픔에 잠긴 거대한 심장이라도 태우고 있는 듯이 그 사람의 얼굴은 밝게 만들어 주지 못했습니다. 아니, 불길은 그에게 붉은 그림자를 드리우고 있는 것 같았습니다. 나는 불꽃이 일렁거림에 따라 그 사람의 얼굴을 스치던 피의 물결 같은 것을 잊을 수 없을 것입니다. 그것은 형리의 손에 맡겨질 사람의 얼굴, 혹은 형리의 얼굴이었습니다. 내가 그 사람에게서 본 것이 어쩌면 순교의 징표 같은 것이었는지도 모르지요.

마리아 아씨는 오라버니 되시는 주인님께, 하룻밤 묵어가기를 원하는 성도(聖都)의 순례자라고 설명했습니다. 불행히도 우리 주인님은, 베다니아에서 조금만 더 가면 썩 괜찮은 여인숙, 어쩌면 길손들에게는 훨씬 편할지도 모르는 여인숙이 있다고는 말하지 못하는 분이었습니다. 당연히 주인님은 그 사람을 우리 집의 손님으로 맞아들였습니다.

갈릴래아 사람은, 환대를 받는 데 아주 이골이 난 사람 모양으로, 별로 고마워하는 기색 없이 주인님의 손님 대접을 받아들였습니다. 그런데 그 사람이 식탁에 자리를 잡자, 다음 날 추수하려면 좀 쉬어야 할 것이라면서 소작인들이 자리에서 일어났습니다. 예의가 아닌 줄을 알면서도 나 역시 일어나려고 생각했습니다. 뒤에 안 일이지만, 미신을 믿는 소작인들은 그 길손에게서, 악운의 징조를 읽었던 것입니다. 나의 생각도 비슷했습니다. 나 역시 출신이 비천한 데다 배운 것이 없는 사람이니까요.

이상한 것은 겉모습뿐만이 아니었습니다. 그 길손은, 세수(洗手)의 의례에 필요한 대야가 바로 앞에 있었는데도 불구하고, 식사 전에 손을 씻지 않았습니다. 그러니까 길손은 우리 앞에서, 모세의 시절부터 우리 이스라엘 사람들이 지켜 온 관습을 깡그리 무시한 것입니다. 팔목에 이르기까지 손을 씻는 의식이 반드시 의무적인 것은 아닙니다. 우리 주인님도 이 세수의 의례를 따르기는 하되 종교적인 뜻에서 따르는 게 아니라 위생적인 뜻에서 따르고 있었으니까요. 그러나 길손이 하는 짓은 우리의 마음속에 의혹이 일게 하기에 충분했습니다. 우리는 길손을 보면서, 사소한 율법도 무시하는 것을 보면, 삶과 죽음의 율법도 준봉하지 않는 사람일 거라고 생각했으니까요.

그런데도 마르타 아씨는, 부지런히 길손의 상을 보아주었습니다. 마르타 아씨의 동생인 마리아 아씨는, 몹시 시장했던 듯이, 그러나 먹을거리 같은 것은 자기에게 아무 의미도 없는 것이라는 듯이 우물우물 건성으로 씹고 있는 길손 옆에 붙어 앉아 길손을 찬찬히 뜯어보았습니다. 나는 매끄럽기 짝이 없는 마리아 아씨가, 어디로 보나 믿음 기울 데가 없는 갈릴래아 길손에게 관심을 갖는 이유를 이해할 수 없었습니다. 물론 이제 와서야 알기는 알지요. 그 저주받을 저녁 상머리에 있는 사람 중에 오로지 마리아 아씨만, 그 사람이 누구인가를 알고 있었던 것이지요.

식사가 끝나자 나와 라자로 주인님은 갈릴래아의 가축 시세를 이야기로 삼았습니다. 길손은 가축 시세에 대해서는 아무것도 몰랐습니다. 나는 그 사람을 보면서, 〈이 사람이 과연 암소와 황소 구별은 할 줄 알까〉, 이런 생각을 했을 정도입니다. 그는, 북쪽에는 그즈음 언제 비가 내렸느냐는 우리의 질문에도 대답하지 못했습니다. 길손의 무지는, 사람을 안중에 두고 있지 않다고 여겨질 정도였습니다만 주인님은 모르는 척하고, 길손도 거들 수 있는 방향으로 화제를 바꾸었습니다. 그러나 소용없었습니다. 그 사람에게는 아는 것이 하나도 없었습니다. 그 사람은, 씨를 뿌리지도 않고, 추수하지도 않고, 가축을 살찌워 잡지도 않는, 전혀 다른 세계에서 온 사람 같았습니다.

이러니 이야기가 될 턱이 없지요. 나와 라자로 주인님은 잠자리에 들 차비를 차렸습니다. 주인님은 방을 나오시기 직전 두 누이에게, 바로 그 방에다 잠자리를 보아주라고 당부했습니다.

주인님은 밖으로 나와, 올리브 산 — 바로 내가 지금 시신 곁에 누워 팔자를 한탄하고 있는 곳 — 에서 불어오는 시원한 바람을 쐬면서, 나에게 어떻게 생각하느냐고 물었습니다.

「무엇을 말씀이신지요?」 나는 될 수 있으면 대답을 피하고 싶었습니다.

「마리아가 데리고 온 자 말이다.」

「주인님, 이상하더이다. 참으로 이상하더이다. 마리아 아씨께서는 그 사람에 관해, 안다고 하는 것 이상으로 많은 것을 알고 있는 것 같아 보였습니다. 혹시 주인님께서는 그 사람을 보는 아씨의 태도를 눈여겨보셨는지요?」

「보았지. 조금 지나치다 싶기는 했다만, 왜 마리아가 그렇게 보았는지는 나도 모르겠다. 하므리, 마리아는 그 사람에게서 뭔가를 보아 낸 모양이더라. 마리아는 그 사람에게서 곱사등 같은 것이라도 보아 낸 눈치더라.」

「주인님, 아씨께서 보아 내신 것은 그 사람의 밖에 있는 것이 아니고, 안에 있는 것이기가 쉽습니다. 그렇지 않았다면 주인님이나 저도 보았을 터입니다. 보고는, 좋든 싫든 느낌이 있었을 터입니다.」

주인님은 고개를 끄덕였습니다. 주인님은 그 갈릴래아 사람을 다시 만나고 싶지 않다는 뜻을 드러내고는 등잔을 들고 방으로 들어갔습니다.

나는 외양간과 집 주위를 둘러보러 나갔습니다. 이건 내가 잠자리에 들기 전에 반드시 하는 나의 일거리입니다. 놀랍게도 가축은 나지막한 소리로 울며 외양간 바닥을 뒤척거렸습니다. 이것은 폭풍 직전에 흔히 있는 일입니다. 그러나 나는 이런저런 이유에서, 짐승이 보이는 이런 불안한 몸가짐은, 그날 우리 집에 이상한 손님이 든 것과 무관하지 않다는 생각을 하게 되었습니다.

나는 가축을 구유에 단단히 비끄러맨 다음 매듭을 확인하고, 창고를 점검한 뒤에 내 방 쪽으로 갔습니다. 식당을 지나가면서 잠깐 들여다보았더니 길손이 한숨을 쉬고 있더군요. 화톳불은 꺼져 있었습니다. 화톳불에서 가느다란 연기가 흡사 향연처럼 천장으로 오르고 있었습니다. 방은 납빛 그림자에 잠겨 있었습니다. 마르타 아씨는 바쁘게 접시를 닦고 있는데 방 안을 자세히 보니, 길손과 마리아 아씨는 우리가 사는 땅에서 쫓겨난 두 모사꾼들처럼 다가앉아 서로를 바라보고 있었습니다. 갈릴래아 사람은 걸상에 앉아 있었고, 마리아 아씨는 그의 발치에 쪼그리고 앉아 길손의 얼굴을 바라보고 있었던 것입니다. 길손은 마리아 아씨에게 무슨 설교를 하고 있는 모양이었습니다.

이게 우리에게 닥친 불행의 시작입니다. 바로 이 불행의 씨앗 때문에 나는 지금 올리브 산에 앉아, 주인님의 죽음을 애통해하기는커녕 경사로 여기고 있는 것입니다. 갈릴래아 사람은 다음 날 아침 우리에게 간다는 말도 없이 사라졌지만, 나는 그때만 하더라도 그에게 별로 나쁜 마음은 먹지 않았습니다. 그러나 마르타 아씨는 불같이 화를 내면서 이러더군요.

「하므리, 한번 상상해 봐요. 나는 하루 종일 노예처럼 집안 일을 하고 밤에는 혼자서 손님 시중까지 들었어요. 그런데 마리아는, 막상 거리에서 손님을 끌고 들어온 마리아는 그 손님의 발치에 앉아 재잘거리더라고요. 내가 마리아에게, 시중드는 걸 돕지 않는다고 소리를 질렀더니, 글쎄, 마리아는 가만히 있는데 그 양반이 일어서서 이러는 거예요. 〈내 앞에 앉아서 내 말을 들어준 마리아의 대접은 서서 일을 한 너 마르타의 대접보다 낫다. 너는 나에게, 네 손에서 나는 과실인 먹을 것을 주었지만, 마리아는 나에게, 하느님 손에서 나는 과실인 영혼을 주었다.〉 그래서 하도 기가 막혀서, 하느님께서 만일에 나에게 영혼을 주셨다면 나 같으면 내 집 문을 두드리는 길손에게 그 영혼을 줄 것이 아니라 하느님께 드리겠다고 했어요. 그랬더니 이러는 거예요. 〈그 말도 옳기는 하다. 그러나 하느님을 제때에 알아보는 자는 복을 받을 것이다.〉 나는 화가 나서, 식객(食客)에게 영혼을 줄 사람이 어디에 있겠느냐고 쏘아붙이고는 설거지를 계속했어요. 은혜를 모르는 그 양반과 마리아는 밤이 이슥토록 이야기를 나누더군요. 둘 다 눈을 붙이기는 했는가 몰라.」

이제 내 일을 시작할 시각이 되었군요. 나는 말라 죽은 나무를 한 그루 찾아내되 둥치가 너무 크지 않은 나무 — 굵은 나무는 더디 타므로 — 를 찾아내어 이것의 뿌리 짬을 찍어 쓰러뜨리고, 가지를 발라낸 뒤, 일정한 길이, 말하자면 여섯 자에서 일곱 자가 되게 다듬어야 합니다.

먼저 나는 시신을 관목 숲 속으로 끌어다 놓고, 풀과 나뭇가지와 흙으로 덮습니다. 그러고는, 내가 잠깐 일을 할 동안 들짐승이 욕을 보이지 못하도록 그 위에다 자그마한 바위 몇 개를 올려놓습니다. 그런 다음에야 손도끼를 들고 숲으로 들어갑니다. 오래지 않아 나는 내가 생각하던 것과 크기가 거의 같은 올리브나무 한 그루를 찾아 도끼로 두어 번 찍어 표를 해둡니다. 숲으로 들어감에 따라 형장의 소리는 희미해져 가다가, 만군의 주님께서 보우하사, 마침내 그 소리는 잎이 부스럭거리는 소리, 혹은 신음 소리 같은 고원의 바람 소리와 분간할 수 없게 됩니다. 이윽고 나는 나이를 먹어 말라비틀어지고, 가지가 서로 뒤엉킨 올리브나무 한 그루를 찾아냅니다. 그러고는 처음 만난 올리브나무에 그랬던 것처럼 표를 해두고 두 번째로 찍어 쓰러뜨리기로 합니다.

갈릴래아 사람이 하룻밤을 묵어가고 난 뒤 한 달이 채 못 되어 사두가이파 사람인 니고데모가 베다니아로 왔었습니다. 빼어난 의회의 판관들 중 한 사람인 니고데모는 주인님과의 독대를 요구했습니다. 예루살렘의 새 성전 건립을 위한 기부금 모금이 시작된 즈음이어서, 나는 대사제의 모임인 최고 법정이, 가장 존경받는 분이고, 가장 헌신적인 시민인 우리 라자로 주인님에게 베다니아 지역 일을 감독하게 하려고 그러는 것이거니, 하고 생각했습니다. 나는 당시 두 분이 대좌하는 자리에는 끼이지 못했습니다. 주인님은, 첫 번째 죽음에서 깨어나 정신을 수습하고 숨을 고른 직후에, 이때 있었던 이야기를 나에게 들려주었습니다. 주인님의 말에 따르면 두 사람의 이야기는 예루살렘 지역의 살림 형편에서 시작, 유다의 새 총독 이야기로 발전하고, 급기야는 사두가이파와 바리사이파 사이의 신학적 논쟁에 관한 이야기로 옮겨 갔습니다. 결국 이 두 분의 이야기는 새 선지자와 그 사람의 예언에 관한 방향으로 조금씩 조금씩 접근해 갔던 셈입니다.

니고데모는 주인님에게, 이사야의 예언이 이루어질 것으로 보느냐, 이 유다 땅 예언자가 말한 자가 정말로 나타나 이스라엘 백성들을 종살이에서 구해 낼 것으로 보느냐, 이런 말을 했습니다. 그 말에 라자로 주인님은, 모든 예언이 다 이루어졌으니만치 이사야의 예언 또한 이루어질 것이나, 그가 예언한 특정한 개인을 받아들이기에는 때가 무르익지 못한 것이 아니냐고 반문했습니다. 사두가이파 사람 니고데모는 주인님께 물었습니다.

「이사야가 예언한 선지자가 하느님의 혈족일 것으로 믿소?」

「야곱의 하느님과 혈족이든 아니든 그것은 큰 의미가 없다고 봅니다. 만일에 참 구세주이기만 하다면 하느님께서 은혜를 베푸실 테니까요. 하느님께서 싼 그릇에 감미로운 향유를 채우듯이 말씀입니다. 그러나 그렇다고 해서 구세주가 하느님이 되는 것은 아닐 것입니다.」

「기적을 일으키기도 할까요? 일반적으로 구세주라고 불리니 나도 구세주라고 하겠습니다만, 그가 정말 병든 자를 고치고, 미치광이에게 제정신이 들게 하고, 죽은 사람을 살릴 수 있다고 생각하시오?」

「성서가, 구세주에게는 그런 능력이 있을 것이라고 기록하고 있으나 저는 그렇게 생각하지 않습니다. 성서의 예언은 관습적인 것, 자연의 기적을 다소 과장해서 비유한 것이 아닐는지요?」

「하면, 그대가 잠자리를 제공한 그 혁명가는, 이런 기적을 보이기는 했지만 하느님께서 보내신 구세주는 아니지를 않겠소?」

「니고데모 어르신, 저는 제 지붕 밑에 혁명가를 재운 적이 없을뿐더러, 제가 호의를 베푼 뜨내기손님 중에 구세주를 자칭한 사람은 없었습니다. 거룩한 언약궤(言約櫃), 거룩한 제단은 물론이고 야훼께서 성별하신 어떤 것에다가도 맹세할 수 있습니다.」

주인님의 이 말에 니고데모는 교활하게 웃으면서, 두 누이를 보여 줄 수 있겠느냐고 물었습니다. 주인님이 두 누이를 부르게 하자 니고데모는 먼저 마르타 아씨에게, 근자에 길손이 그 집 지붕 밑에서 잔 적이 있느냐고 물었습니다. 마르타 아씨는 갈릴래아 사람이 다녀간 이야기를 하면서, 그 사람이 정말 은혜를 모르는 사람인 것 같더라는 말을 하면서 이렇게 덧붙였습니다.

「정말, 고마워할 줄을 모르는 사람이었습니다. 저희 집 음식을 먹는 것으로는 만족을 못하겠던지 저희 영혼까지 요구했으니까요.」

마르타 아씨가 이렇게 대답하는데 옆에 있던 마리아 아씨가 언니를 향해 고함을 질렀습니다.

「그 갈릴래아 사람은 은혜를 모르는 파렴치한 사람이 아니라, 요슈아 벤 요셉, 곧 요셉의 아들 예수이자, 나자렛에서 태어난 하느님의 아들이자, 우리 죄를 대속시킬 요량으로 하느님 아버지께서 보내신 어린 양이시다. 그런데도 언니는 언니 손으로 구워서 대접한 과자 몇 개로 인색하게 구니 이게 한심한 일이 아니냐!」

주인님은, 사색이 되어 이 하느님을 모독하는 믿음의 고백을 듣기만 했습니다. 감히 니고데모 쪽으로는 눈길도 던지지 못했지요.

처음으로 무덤에서 살아 나오신 직후에 주인님은 나에게 이런 말을 했습니다. 「하므리야, 저 정신 나간 아이가 하느님의 아들 — 수염이 없는 갈릴래아 사람 말이다 — 어쩌고저쩌고 하고, 우리는 말라비틀어진 무화과나무이고, 니고데모 어르신은 최후의 심판 날에 깨어질 질그릇인 것처럼 떠들어 댈 때는, 땅이 갈라지면서 나를 삼켜 주었으면 했다. 마리아의 웃음? 그게 소몰이의 웃음이었지 어디 베다니아에서 한다하는 집안 규수의 웃음이던가?」

일이 이렇게 되자 주인님은 맹세코 당신은 요셉의 아들 예수라는 사람이 누구인지 알지 못하며, 이스라엘 땅의 영주가 예수라는 인물을 수배하는 문서에 서명한 사실도 알지 못한다고 발명했습니다.

그러자 니고데모가 벌떡 일어나면서 말했습니다. 「나는 그대를 믿습니다. 그러나 거룩한 최고 의회를 설득시킬 수 있을지 없을지, 그것은 그대에게 달려 있어요. 자, 준비합시다, 베다니아의 라자로여. 나와 함께 예루살렘으로 갑시다.」

듣기에는 매우 정중한 요청인 것 같지만 이것은 유다인 경호대(警護隊)의 창날을 배경으로 삼고 주인님에게 내리는 명령과 같은 것이었습니다. 주인님은, 머리를 쥐어뜯으면서 우는 누이 마르타 아씨와, 마리아 아씨 — 나 같으면 땅바닥에 패대기를 쳤을 것입니다만 — 에게 작별 인사를 했습니다. 이로써 마리아 아씨는 어리석게도 자기 오라버니를 새 믿음의 첫 순교자로 만든 셈입니다. 주인님은, 애송이 같은 젊은이에 의해 전파되고, 역시 애송이인 마리아 같은 처녀의 지지를 받는다는 사실 이외에는 이 믿음에 대해 아무것도 알지 못합니다. 주인님은 나에게도 작별 인사를 하면서, 당신이 없을 동안 재산은 이러저러하게 관리하라고 일러 주고는, 두꺼운 양털 담요를 어깨에 두르고는 경호대원들을 따라 예루살렘으로 떠났습니다.

이때부터 나는 주인님을 만나지 못하게 됩니다. 물론 첫 부활 때까지 그렇습니다.

오래지 않아, 도끼로 찍어 내어 화장단 땔나무로 쓸 나무에 표를 하는 일이 끝났습니다. 내가 표를 한 나무는 말라비틀어진 올리브나무와 백송나무, 그리고 꽤 단단하고 실팍한 석류나무였습니다. 나는 이 석류나무를 화장단 맨 아래에다 쌓기로 했습니다. 나무 있는 곳이 모두 반경 쉰 걸음 안쪽이라서, 돌아다니는 수고는 할 필요가 없었습니다. 이렇게 가까이 있으니, 도끼로 잘라 낸 나무를 화장단 차릴 곳으로 운반하기는 쉬울 터입니다. 이제 제일 어려운 일이 남아 있습니다. 표를 해놓은 나무를 도끼로 찍어 넘기는 일이 그것입니다.

하므리여, 힘을 내어라! 도끼로 찍는 것이 나무가 아니라, 나자렛 예수의 사도, 그중에서도 가리옷 유다라고 생각하고 도끼를 들어라…….

주인님은 하루가 지나도, 이틀이 지나도 예루살렘에서 돌아오지 않았습니다. 식구들은 걱정하면서 나날을 보냈습니다. 마리아 아씨조차도 주인님을, 장차 우리가 우러러 경배하게 될 첫 순교자가 되었다는 식으로 말하는 대신, 억울하게 감옥에 갇히게 된 재수 없는 사람이라는 식으로 말하고는 했습니다. 사흘째가 되고 보니, 어쩐지 주인님은 돌아오지 못할 사람 같아 보였습니다. 두 아씨는 나에게 예루살렘으로 가서 주인님이 어떻게 되었는지 알아보고 오라고 간청했습니다. 두 아씨는 광주리 하나를 준비하고, 거기에 양유 건락(羊油乾酪), 숯불에 구운 양 다리, 여남은 개의 빵 덩어리, 무화과, 석류, 야자와 유자, 20년 된 포도주, 그리고 두 장의 삼베 수건과 같은 것을 넣어 주었습니다.

나는 성도(聖都) 예루살렘에 이르는 대로, 먹을 것도 좀 사고, 내놓고는 물을 수 없는 것도 좀 물어볼 요량으로 아모낙의 술집에 들렀습니다. 총독 관저 가까이 있는 이 술집에는 로마 군병들, 용병(傭兵)들, 면천(免賤)한 공민(公民) 같은 사람들이 모여 있었습니다. 공민들 중에는 총독 관저에서 허드렛일을 하는 사람들도 있었고, 개중에는 꽤 중한 일을 맡고 있는 사람들도 있었습니다. 순례자들, 성도를 거쳐 가는 뜨내기 장사치들도 있었습니다. 사람들은 모두 지저분한 식탁 앞에 놓은 긴 나무 의자, 또는 삼각(三脚) 걸상에 앉아, 청동 술잔, 오지 접시, 술잔, 보시기 같은 것을 코앞에 놓은 채로 이런저런 이야기를 나누고 있었습니다. 이상하게도, 사람들은 보이지 않는 벽에 의해 무리별로 나뉘어 있는 것 같았습니다. 이렇게 나뉜 채 용병들은 주사위 노름을 했고, 하급 관리들은 뇌물을 받았으며, 장사치들은 시세를 놓고 입씨름을 했고, 순례자들은 성도에서 받은 인상을 서로 나누고 있었습니다.

내 눈에, 따로 떨어진 유다인들 동아리가 보였습니다. 그들은 함께 앉아 있기는 해도 서로를 알지 못하는 것 같았습니다. 말하자면 서로 알기를 원하는 만큼이나 서로 알기를 두려워하는 것 같았습니다. 어색해 보이는 것이 있다면, 서로가 어색함이 없는 것을 어색해하고 있는 듯한 이상한 분위기였습니다. 남정네보다는 여인네가 많았습니다. 대개가 겐네사렛 호수 근방에서 온 갈릴래아 여인네들 같았습니다만, 개중에는 북방 유다 땅, 불레셋 해안, 사마리아, 요르단 강 건너 쪽에서 온 여인네들도 있었습니다. 이들에게는 공통되는 것 — 좋아하든 좋아하지 않든 간에 — 이 하나 있었습니다. 그것은 저마다 내가 가진 것과 비슷한 광주리를 하나씩 무릎 위에 올려놓고 있다든가 발치에 놓고 있다는 것입니다.

나는, 까닭은 모르겠지만 어쨌든 그들과는 동아리가 되겠다는 생각에서 그들에게 합류했습니다. 나와 그들 사이에 다른 점이 있다면, 그들은 광주리를 무릎 위에 혹은 발치에 놓고 있는 데 견주어 나는 어깨에 걸머지고 있다는 점 정도였습니다. 나를 반긴 것은 아니라고 하더라도 그들은 편하게 나를 받아 주었습니다. 나는 시글락 사람 옆에 앉았는데, 이 사람 역시 갈고리 같은 손으로 광주리를 하나 들고 있었는데, 어찌나 정성스럽게 감싸 들고 있는지 그게 갈대로 만든 광주리가 아니라 타조의 알이라도 되는 것 같았습니다. 나는 곧 그들이, 나뭇잎 부스럭거리는 소리와 비슷한 소리로 단조롭게, 그러나 숨을 죽여 가면서 차례 없이 속삭이고 있다는 걸 알았습니다.

「오늘은 광주리를 안 받아 줍디다.」

「받을 사람이 이감(移監)된 게지요?」

「이감되었으면 이감되었다고 할 겁니다.」

「늘 그런 것은 아니랍니다. 정문에 번(番)서는 사람에 따라 다르니까요. 오늘은 마침 사람이 싹싹한 그 젊은이입디다만.」

「그 자식요? 나 언제 그 자식에게 한 차례 당했어요.」

「총독 관저 앞에서 번설 때 그랬을 테지요.」

「무슨 포도주가 이래? 이게 낙타 오줌이지 포도주야?」

「뭘 가져왔어요?」

「건락 덩어리와 쇠고기를 좀 가져왔어요. 빵은 안 가져왔어요. 경비실에서 상하기 십상이니까요. 건락도 오래 두면 마음을 놓을 수 없지요.」

「볕에 말린 흑빵이면 괜찮을 텐데.」

「어제 오후에 세 사람이 십자가에 달렸대요. 요르단 강 건너편에서 온 사람이라는데, 여기에 요르단 강 저쪽에서 오신 분 없어요?」

「내가 거기에서 왔는걸요. 하지만 내 광주리를 받아 주던데요?」

「그렇다고 해서 반드시 그 사람이 감옥에 있다는 뜻은 아니랍니다.」

「경비의 말로는 만리우스가 그 사람에게 개인적으로 관심을 보인다고 하더군요.」

「로마 사람이 유다인에게 관심을 보이면 얼마나 보이겠어요? 놈들은 우리가 우리 손으로 서로를 죽이고 죽는 걸 바라는 판인데.」

「우리는 서로 죽이지 않아요. 놈들이 우리를 죽이는 거지.」

「저는 임신 6개월이나 되었어요.」

「임신 잘못하셨네요? 유산시키는 게 좋겠어요.」

「행복하기도 하셔라. 하지만 놈들은 무슨 핑계든 꾸며 댈 거예요.」

「우리 집 주인은 죄가 없어요.」

「그걸 당신이 어떻게 알아서?」

「한 이부자리 밑에서 자는데 그걸 몰라요?」

「그것은 그렇고, 〈그리스도〉라는 게 대체 뭔가요?」

「돈 놈들이에요. 시몬이 그럽디다. 하지만 구경은 할 만하다더군요.」

「어떠하길래요?」

「소경이 본답니다.」

「그거 말짱 장난이라고요. 그 소경은 진짜 소경이 아니었을 거예요. 우리들같이 멀쩡한 사람이었을 거라고요.」

「구세주를 믿지 못하는 당신이야말로 진짜 소경이구려.」

시글락에서 온 사람이 나에게 예루살렘에는 초행(初行)이냐고 물었습니다. 나는 그가 왜 그런 질문을 했는지 까닭을 모르면서도 그렇다고 대답했습니다. 그는 나에게, 거기에 있는 사람들은 모두, 새 구세주의 믿음을 따르다가 붙잡혀 감옥에 들어가 있는 죄수들의 친척이라고 했습니다. 시글락 사람이 나에게 말했습니다.

「저 여인네들 이야기는 들을 게 못 되오. 잘만 하면 바로 여기 이 술집에서도 일 처리를 다 할 수 있거든요.」
「어떻게요?」
「나는 벌써 거룩한 의회에서 일하는 관리 하나를 점찍어 두었답니다. 더러 이 술집을 출입하지요. 그래서 나는 만날 때마다 공손하게 인사를 해둡니다. 어제 그 양반이 나를 아는 체하더군요. 언제 틈을 봐서 이야기를 한번 건네 볼 생각입니다. 아직까지 십자가에 매달리지 않았다면, 그 관리를 연통하면 채석장 종신 노역 정도로 감형시킬 수 있을 겝니다. 그것은 그렇고, 누구 때문에 오셨소?」
「주인님요.」
「구세주의 사도랍니까, 아니면 누명을 썼답니까?」
「사도도 아니고 누명을 쓴 것도 아니에요. 그 양반을 하루 묵어가게 한 죄밖에 없어요.」
「그거면 충분하지. 십자가에 달릴 거요.」
「우리 주인님은 그 양반이 누군지 모르고 재워 주었는데도 말이오?」
「마찬가지예요. 십자가에 달립니다.」
「어떻게 했으면 좋겠소?」
「시신을 쌀 천하고 머리에 씌울 수건이나 준비하세요. 십자가에서 내려지면 바로 감장(勘葬)할 수 있도록…….」
시글락 사람의 말은 단호했습니다. 그는 나에게, 성도에는 죄수의 행방을 물어볼 만한 곳이 몇 군데 있지만, 헛걸음 앉을 생각, 구박 피할 생각은 아예 하지도 말라고 충고해 주었습니다.
그의 말에 따르면 시의회 지하 감옥은 별것이 아닌 벌을 받게 될 경범죄자들을 수용하는 곳입니다. 여기에 수감되어 있는 사람들은 손을 잘린다거나, 채찍으로 맞는다거나, 멧돼지 어금니로 불알을 잘리는 등의 대수로울 것이 없는 벌을 받습니다. 〈로마 감옥〉으로 알려져 있는 안토니아 탑은, 로마 제국을 비방했다거나 황제에게 반역을 기도한 사람들, 말하자면 국사범을 수용하는 곳입니다. 고문을 면할 방도도 없고, 편한 죽음을 선택할 수도 없는 이곳의 죄수들에게는 종종 공범자들을 포함해서 자기 죄를 참회하는 뜻에서 죄상을 자백하라는 요구를 받습니다. 그래서 가빠타에서 열리는, 이들에 대한 재판은 재미있습니다. 이들이 재판정에서 자기와 공범자들의 죄상을 일일이 자백하고 회개하는 뜻을 비치면 재판장에서 증인에 이르기까지 모든 사람들은 이들이 거짓말을 하고 있다는 것을 압니다. 더욱 재미있는 것은, 재판정에서의 참회가 참작되어 방면될 것이라는 약속과는 달리 사형 판결이 내려질 때 이들이 기절초풍할 정도로 놀란다는 것입니다.

거룩한 의회가 관리하는 세 번째 감옥은 교부(敎父)들의 믿음과 율법을 어긴 사람들을 수용하는 감옥입니다. 일단 전통적인 믿음의 체계와 율법을 어긴 것으로 기소된 사람들은 종교 지도자들의 심의를 받은 다음에 유다 땅 총독의 손으로 넘겨져 감옥으로 던져집니다. 이 감옥에는 수많은 유식한 종교 개혁주의자, 반개혁주의자, 가짜 선지자, 반선지자, 자칭 구세주, 이단자, 마법사, 요술쟁이, 점쟁이, 교회 분리주의자들이 투옥되어 있었습니다. 시글락 사람은, 이 감옥에 수용되어 있는 사람들은, 적어도 비슷비슷한 동아리들끼리 모여 있을 수 있고, 자기변호를 충분히 할 기회가 있을 뿐만 아니라, 이 방면의 권위자들 앞에서 평결을 받을 때면 자기의 믿음을 주장할 수도 있고, 상대의 주장을 공격할 수도 있는 만큼 운이 좋은 사람들이라고 말했습니다. 그의 말에 따르면, 의회 감옥에서 흘러나오는 갑론을박하는 소리가 바로 이들이 그런 자유를 충분히 누리는 증거입니다. 마지막으로 시글락 사람은, 예루살렘 도성 바깥에는 총독의 휘하에 있는 감옥과 임시 대기소가 있다고 했습니다. 이곳은 온 이스라엘 땅 죄수들의 집결지인데, 죄수가 로마 제국의 영토 안에 있는 머나먼 광산으로 노역을 떠나는 것도 바로 이곳입니다. 그러나 이곳에서 죄수의 행방을 물을 수는 없었습니다. 일단 형을 선고받으면 죄수는 여기에 이의를 제기할 수 없었습니다.

나는, 주인님이 한 짓이 로마 제국의 안녕과 관계가 없는 만큼 당연히 시의회 감옥 아니면 의회 감옥에 있을 것이라고 생각했습니다. 아모낙의 술집에서 시의회 감옥까지는 그리 멀지 않았습니다. 그래서 나는 그리로 가보았습니다. 그러나 주인님에게 전하려던 내 음식 광주리는 받아들여지지 않았습니다. 그들의 기록에 따르면, 베다니아의 라자로라는 사람은 그 감옥에 없다는 것이었습니다.

거룩한 의회 감옥에서는 그래도 운이 좋았던 셈입니다. 그 감옥 경비병들은 내 광주리를 받아들인 뒤, 과일은 썰어 보고, 빵은 헤쳐 보고, 고기는 잘라 보고, 포도주는 맛을 본 뒤, 거기에 놓고 가면 틀림없이 베다니아 사람 라자로에게 전해질 것이라고 했습니다.

이틀 동안 나는 베다니아와 예루살렘 사이를 오가면서 주인님에게 요긴할 만한 것은 모조리 져다 날랐습니다. 그런데 사흘째 되는 날 경비병은 나에게, 주인님이 국사범 감옥에서 재판을 기다린다고 했습니다. 나는 총독 관저로 가보았습니다다만 그들은 주인님이 다시 의회 감옥으로 넘어갔다고 말했습니다. 나는 서둘러 의회 감옥의 정문으로 갔습니다. 경비병은 나의 광주리를 받아 주지 않았습니다. 그래서 까닭을 궁금해하는 참인데 우연히 정문 경비 초소를 지나던 사두가이파 사람 니고데모가 경비병에게, 기름 먹인 삼베에 싸여 있는 내 주인님 라자로의 시신을 나에게 넘겨주라고 명했습니다. 나는 울부짖었습니다. 그러나 라자로 주인님의 죽음에 관해서만 울부짖었습니다. 될 수 있으면 말투로든 말 자체로든, 주인님을 죽였다고 사제들을 원망하는 실수는 하지 않았습니다. 그래도 내 정신은 온전했던 모양이지요. 니고데모는, 오래지 않아 감옥에서 만나면 전할 수 있게 되겠지만 우선 마르타 아씨와 마리아 아씨에게 자기의 심심한 위로의 뜻을 전해 달라면서 나에게 전후 사정을 말해 주었습니다.

올리브 산에서 주인님을 화장하는 데 쓰일 나무를 준비하는 내 귀에 그때 니고데모가 한 말과, 첫 번째로 부활한 직후 주인님이 하던 말이 생생하게 들리는 듯합니다.

사두가이파 사람 니고데모의 말에 따르면 전후 사정은 이러합니다. 주인님께 나자렛 사람 예수에 관한 질문을 하고, 주인님이 예수를 하룻밤 묵어가게 했다는 사실을 확인한 뒤, 그리스도에 의한 이단적인 믿음을 전파한 죄를 물어 유죄 판결을 내린 거룩한 의회는 주인님을 본디오 빌라도 총독에게 넘겼습니다. 빌라도는 의회 판결을 확인하기를 거부하고 이 사건과 주인님을 의회로 되넘겼습니다. 니고데모가 중간에 들어, 주인님을 대신해서 간곡하게 탄원한 보람이 있어서 주인님은 의회로 넘어오는 직후에 방면되게 되어 있었습니다. 그러나 총독 관저에서 의회로 오는 도중 라자로 주인님은 어리석게도 경비병의 손에서 도망쳤습니다. 그러나 라자로 주인님은 얼마 못 가고 군중에 둘러싸이게 되었는데, 의회의 경비병들이 구하러 달려갔을 때 주인님은 이미 군중의 돌을 맞아 숨이 끊어져 있었다……는 것입니다.

그러나 주인님으로부터 직접 들은 바에 따르면 전후 사정은 사뭇 다릅니다. 의회 사제들은 주인님을 심문하고 유죄 평결을 내린 뒤 본디오 빌라도에게 보냈습니다. 밑도 끝도 없는 종교 논쟁에 신물이 나 있던 빌라도는 주인님에게 걸려 있는 혐의를 벗기고 주인님을 의회로 돌려보냈습니다. 주인님은 의회당에 도착하는 즉시 방면되게 되어 있었습니다. 그러나 오는 도중 주인님은 건달들로부터 돌을 맞았는데 이 건달의 무리 중에는 의회의 하수인들도 섞여 있었습니다. 의회의 경비병은 주인님을 보호하려고도 하지 않았습니다. 연세를 보아서도 당연히 그럴 법하거니와, 주인님이 젊은 경비병들에게서 도망치려 했다는 것은 어불성설입니다. 주인님이 마지막 숨을 몰아 쉰 곳은 예루살렘 외곽 지대의 비좁은 골목길이었습니다. 주인님이 마지막으로 보았다고 기억하는 것은, 금박 입힌 그리스 문자로 이루어진 동그라미 안에 로마의 의신(醫神) 아이스쿨라피우스의 수탉이 그려져 있는 병원의 간판이었습니다.

하여간에 나는 노새 한 마리를 세 내어 가지고, 만신창이가 된 주인님의 시신을 싣고 베다니아로 왔습니다. 베다니아에는 주인님의 친척들과 친구들이 모여 있었습니다. 문상객들에게는, 주인님의 진짜 사인(死因)이 알려지든 알려지지 않든 그게 그것이었을 터입니다. 그러나 나는 두 아씨에게는, 주인님이 친구 분인 니고데모를 방문하고 오는 길에 미친 나귀에게 밟혀서 숨을 거두었다고 말했습니다. 실제로 주인님의 시신에는 멍투성이였습니다. 그러니 그게 나귀에게 밟힌 흔적인지 돌에 맞은 흔적인지 누가 알겠습니까. 말하자면 집단에 의한 응징의 흔적인지 사고의 흔적인지 알 사람이 없었다는 뜻입니다. 내장이 터지는 바람에 피를 토했기 때문에 그랬을 테지만 그분의 입 안에는 피도 고여 있었습니다. 우리는 시신을 씻기고, 법답게 염습한 뒤, 그분을 위해서 우는 한편 전지전능하신 하느님을 찬양함으로써 그분을 하느님의 손에 넘기고 베다니아의 묘지에 묻었습니다. 이게 바로 우리 라자로 주인님이 첫 번째로 세상을 떠나신 경위입니다.

이 올리브 산의 늙은 올리브나무들이 애를 먹이는군요. 하지만 일단 불이 붙으면 횃불처럼 타오를 것입니다. 나무 둥치 몇 개만 더 찍어 쓰러뜨리면 내 일은 거의 끝납니다. 나는 시신을 숨겨 둔 곳으로 갑니다. 골고타에서 들리는 소리는 애처로워서 흡사 근처에서 들리는 겁에 질린 새들의 울음소리 같습니다. 새들이 이렇듯이 우는 까닭은 숲 사이로 어둠이 내리는 데다 싱싱한 초저녁 어둠의 장막이 주위의 열기를 식히고 있었기 때문입니다. 그 싱싱함이, 십자가에 달려 있는 사람들의 원기를 북돋우면, 이렇게 원기를 되찾은 사람들은 다시 한번 영혼과 육체의 하나 됨을 경험합니다. 형장은 늘 그렇듯이, 아침은 애곡 소리로 가득 차고, 한낮에는 광기에 휩싸이고, 저녁이 되면 다시 애곡 소리가 터집니다. 죽음은 특정한 시간을 고르지 않습니다. 때로는 광기가, 삶의 원기를 되찾으려는 가슴의 노력을 무찌릅니다. 광기라는 것은 끝맺기를 서두를 뿐, 끝맺기를 쉽게 해주는 법은 없습니다.

거기에 대해서는 여러 차례 생각해 본 바가 있는 나입니다. 몇 차례, 특히 최근에 들어, 관목 숲 속 같은 데 드러누워, 십자가형(刑)의 비밀을 이해하려고 많이 애쓴 적이 있습니다. 왜 십자가형이 있는 것일까요? 이제 나는 그 비밀을 압니다. 책형의 비밀은, 고통을 연장시키는 데 있습니다. 희망을 갖게 하는 데 있습니다. 일체의 불필요한 행동을 거부하는 구제 불능의 겁쟁이를 터무니없는 고집쟁이로 만드는 데 있습니다. 그러니까 이로써 끝맺기의 과정을 연장시키는 데 있습니다. 하느님께서 허락하신다면 내 스스로 십자가 위에서 확인할 수 있을 티입니다. 나는 십자가 위에서 내가 어떻게 될지 잘 압니다. 십자가에 달리면, 몸을 떨고, 비명을 지르고, 몸을 비틀고, 돌리고, 피를 뱉으면서 죽음과 저항할 것입니다. 그러나 이런 것은 속임수에 지나지 않습니다. 왜 그러냐 하면 나는 쉬 올 수 있도록 죽음을 도울 테니까요. 그러나 하므리 엘가나안이 십자가에 달릴 것으로는 보이지 않습니다. 사두가이파 사람들이나 바리사이파 사람들에게는, 저 갈릴래아의 극단주의자를 저희 손에 넘길 터인 예수 혐오증 환자를 십자가에 매달 이유가 없을 것이니까요. 그렇군요. 역시 나에게는 십자가에 매달릴 기회가 올 것 같지 않군요. 하지만 만에 하나 온다면 나는 이렇게 외칠 것입니다.

「이날 이때까지 나는 망치와 모루 사이에서, 구세주와 구원받기를 거절하는 사람들 사이에서 온전하게 살아왔으니 주님의 이름을 찬양할지라!」

주인님의 장례식이 끝나고, 장례 음식으로 벌이는 잔치가 끝난 뒤, 나는 장례식 비용과 장례 잔치 비용 문제를 마르타 아씨와 상의하기로 마음먹었습니다. 마리아 아씨는, 갈릴래아 사람의 발치에서 그랬듯이 안락의자 옆에 쪼그리고 앉아, 쇠화로에서 연기를 내면서 타고 있는 낙타 똥을 물끄러미 바라보고 있었습니다. 엘룰 월이 유난히 추워 우리는 그때 이미 쇠화로에 낙타 똥을 태우고 있었던 것입니다.

「아무래도 가축을 좀 팔아야 할 것 같습니다. 시세는 별로 좋지 않지만요.」

「돈을 꿀 데는 없나요?」 마르타 아씨가 물었습니다.

「나, 꿈을 꿨는데…….」 마리아 아씨의 말입니다.

나는 언니 되는 마르타 아씨에게, 주인님 없이도 우리가 얼마나 살림을 잘 꾸려 나가는 것을 보아야 돈 꾸어 줄 사람도 마음 놓고 꾸어 줄 것이라고 말했습니다. 물론 시세가 별로 좋지 않아 가축을 팔면 손해를 볼 터입니다. 그러나 그렇게 해서 입는 손해는, 꾼 돈의 고리(高利)를 갚은 것에 견주면 견딜 만한 것이었습니다.

「이상한 꿈이었어.」 마리아 아씨가 말을 이어 보려고 했습니다.

「그래야 하게 생겼다면, 팔아야죠, 뭐.」 마르타 아씨가 고개를 끄덕였습니다.

「그럼 제가 내일 떼를 몰고 예루살렘 시장으로 나가 보겠습니다.」 내가 말했습니다.

「지금까지 꾸어 온 꿈과는 사뭇 다른 꿈이었어.」 마리아 아씨는, 싸움이라도 거는 듯한 얼굴을 하고 우리를 주시하면서 끈질기게 자기 말을 이으려고 했습니다. 「낮에 열심히 일하면 밤에 꿈도 안 꾸게 되는 법이야.」

마르타 아씨가 쏘아붙였습니다.

「들어 보지도 않고 남의 꿈을 어떻게 그렇게 말할 수 있어?」

「꿈이라는 것은 마귀의 선물이라더라.」

「내 꿈은 마귀의 선물이 아니야. 언제부터 마귀가 하느님의 은혜를 입었대? 언제부터 마귀가 하느님의 영광을 입었대?」

나는 자매의 입씨름을 듣고 있기가 뭣해서 마리아 아씨에게 꿈 이야기를 해보라고 했습니다.

「호숫가의 부두였어요. 옆에는 소나무 숲, 올리브나무 숲이 있고 포도밭이 있어서 시원한 부둣가, 도시의 그림자가 호수에 비쳐 일렁대는 그런 곳……. 고깃배가 한 척, 부두로 들어오고 있었는데, 노 젓는 사람들의 얼굴은 모두 갓 찍어 낸 금화처럼 빛났어요. 고깃배의 뱃머리에는 한 남자가 서 있었는데, 온몸이 부드러운 삼베 수건 같은 안개에 가려져 있어서 얼굴은 볼 수가 없었어요. 이 사람이 배에서 방파제로 올라서면서 사람들을 축복하자, 사람들은 무릎을 꿇으며, 〈호산나, 다윗의 자손이여〉 하고 소리쳤어요. 물결이 거세어지고, 나팔 소리가 천둥소리처럼 울렸어요. 내가 알기로 그것은, 온 이스라엘 사람들에게 아침의 번제물(燔祭物)을 준비하라는 신호였는데, 이스라엘 백성들은 너무 멀리 떨어져 있어서 그 소리를 들을 수 없을 터인데도 내 꿈속에서는 그렇지 않았어요. 그런데 아주 옷을 잘 입은 어떤 사람이 그분에게 뭔가를 간청했어요. 개미 떼처럼 뒤에 달라붙어 있는 경배자들을 거느리고 그분은 옷 잘 입은 사람의 뒤를 따랐는데, 옷 잘 입은 사람은 얼굴 없는 그분이 제대로 따라오는지 자꾸만 고개를 돌려 확인하더군요. 하지만 얼굴 없는 그분은 곧 무리에게 둘러싸이고 말았어요. 무리 한가운데서 이분이, 살갗과 코와 입으로 피를 흘리는 한 여자에게 손을 대자 이 여자에게서 피가 그쳤어요. 얼마 뒤 이 얼굴 없는 분은, 여자들이 호곡하고, 곡부(哭婦)들이 애곡하는 어느 집 앞에서 걸음을 멈추었어요. 그분이 손을 들자 모두가 조용해졌어요. 이때부터 내 꿈속에서도 소리가 사라졌어요. 흡사 물속으로 들어간 것 같았죠. 그분은 방 안으로 들어오셨는데, 방 안에 있는 관대(棺臺)에는 살갗이 검은 소녀가 누워 있더군요. 그분은 죽은 소녀의 손을 잡고 숨결을 불어넣으면서, 〈탈리다 쿰(아이야, 내가 네게 말하노니, 일어나거라)〉이라고 하셨어요. 그러니까 소녀가 살아나더군요. 그러자 사람들은 하느님의 은혜를 찬송했어요. 그런데 이때 그분의 얼굴에서 안개가 걷혔어요. 그제야 나도 그분이 누군지 알아볼 수 있었어요.」

「그래, 누굽디까?」 내가 물었습니다.

「하느님의 아드님이신 나자렛의 예수님이었어요.」

「저주나 받으라고 해라! 그자가 우리 오라버니를 죽인 것도 모르느냐?」 마르타 아씨가 고함을 질렀습니다.

「하지만 그분이라면 되살려 내실 거야. 그게 아니라면 왜 내가 이런 꿈을 꿨겠어?」 마리아 아씨가 자신 있게 말했습니다.

나는, 그 갈릴래아 사람에게 회개할 기회를 주어, 그날 밤의 방문으로 야기된 불행한 결과를 되돌릴 기회를 주는 것도 좋은 일이기는 하다고 말했습니다. 물론 그 갈릴래아 사람도 어쩌면 그렇게 나쁜 사람이 아닌지도 모르는 일입니다. 그러나 꿈에 나타난 그의 모습은 실제로 그의 모습이 아니라 그가 되고자 하는 사람의 모습이 반영된 것에 지나지 않을 터입니다. 아름다운 꿈이기는 하나, 내게는 부질없는 꿈같아 보였습니다.

마리아는, 자기 꿈이야말로 그 갈릴래아 사람에게서 날아온 사신(私信)과 같은 것이라면서, 그분의 권능에 대한 믿음에는 한 점의 의혹도 없는 것 같았습니다.

「언니, 그분이 그런 꿈을 꾸게 하신 것을 보면, 그런 기적을 일으키실 때가 임박한 모양이야. 꿈은 앞일을 내다보게 해. 꿈이 미래를 예언하기 때문이지. 이건 하느님께서 보이시는 징표야. 따르지 않는 것도 하느님을 모독하는 짓이 아니겠어? 내 꿈은 명명백백해. 그 소녀는 바로 우리 오라버니인 라자로야. 그리고 소녀의 몸에 숨결을 불어넣으면서, 〈일어나거라, 내 형제 라자로야〉, 하실 분은 하느님의 아들이신 나자렛의 예수님이시라고.」

내가 참다못해 소리를 질렀습니다.

「이 하므리가 살아 있는 한, 내 주인님의 몸에 아무도 숨결을 불어넣지 못해요. 최후의 심판 날이 되지 않은 터에, 누가 죽었다가 살아날 수 있답니까? 꿈 잘 꾸신 아씨, 최후의 심판 날에 그 갈릴래아 사람 — 어느 누구의 아들인지는 알아도 그만이고 몰라도 그만입니다 — 과 우리 주인님이, 날개 달린 치품천사(熾品天使)의 그늘에 서서, 천사의 눈을 응시하는 광경을 생각해 보세요. 갈릴래아 사람의 죄 짐의 무게와, 라자로 주인님의 순수 무구하신 인생의 짐 무게가 똑같을 터입니다. 누가 누구를 살릴 수 있다는 것입니까?」

나는 철부지 마리아 아씨의 억지를 더 이상 듣고 있으면 미쳐 버릴 것만 같아서 밖으로 나왔습니다. 하느님의 아들을 자칭하는 그 말썽꾼 — 새 생명을 약속하면서 기왕에 우리가 누리던 생명을 부수고자 하는 선동자, 큰 행복을 약속하면서 기왕에 우리가 누리던 작은 행복을 앗아 가려는 자, 우리에게 현실적인 복지보다는 허황한 동화나 안겨 주려는 자 — 은 어쩌면 마카베오의 동아리인지도 모른다고 나는 생각했습니다. 마카베오의 동아리는 자유의 이름으로 로마 창고를 불태운 자들입니다. 그들은 자유를 쟁취해야 한다고 주장했지만 사실은 거꾸로 로마인들에게, 밀가루 한 부대마다 유다인을 한 사람씩 십자가에 매달 권리와 자유를 준 자들이 아닌가요.

마르타 아씨가 정신 나간 동생을 타일러 줄 것이라고 믿고 나는 다음 날 내어다 팔 가축을 고르기로 했습니다. 가축을 고르면서 나는 마리아 아씨의 허황한 꿈에 관해서는 깡그리 잊었습니다.

나는 화장단 차릴 자리를 잡되, 여러 가지에 신경을 쓰지 않으면 안 됩니다. 숲속에 있되, 숲으로 불이 옮겨 붙지 않게 해야 하고, 그러면서도 남들의 눈에 뜨여서는 안 됩니다. 다행히도 내가 몸을 숨기고 있는 작은 소나무 숲은 꽤 은밀한 곳입니다. 따라서 소나무 숲 한가운데 있는 공터에다 화장단을 차려야 할 듯합니다. 그렇습니다. 나는 바로 그 공터에서 내 주인님의 육신을 자연으로 되돌리게 됩니다. 나무가 그리 배게 서 있지 않아서 다행입니다. 덕분에 그 사이로 불어 들어온 바람이 화장단의 풀무 노릇을 해줄 테니까요. 그러나 바람이 너무 불어 들어와도 야단입니다. 잘못하면 불이 숲으로 옮겨 붙을 수도 있는 것이니까요. 먼저, 내가 쓰러뜨려 놓은 나무를 화장단 앞으로 운반해야 합니다. 그런 다음에는 가지를 잘라 내어, 두어 발 길이로 가지런히 잘라야 합니다.

아주 근사한 화장단이 될 터입니다. 작은 화산 같은, 맹렬한 불길은 주인님의 육신을 소진시키고 한 줌의 재만 남길 것입니다. 그것은 주인님과 나 사이에 맺어진 약속입니다. 나는 주인님의 당부를 다시 한번 떠올렸습니다.

「하므리야, 뼛조각 하나라도 남겨서는 안 된다. 살점 하나라도 남겨서는 안 된다. 썩은 이빨 하나, 터럭 한 오라기, 손톱 발톱 하나라도 남겨서는 안 된다. 내 것이라는 증거가 없어도, 내 것은 어느 한 조각이라도 남의 손끝에 닿아서는 안 된다. 어떤 사람에게도, 그것이 나의 화장단으로 알아볼 수 있게 해서는 안 된다. 어떤 것이라도 남의 손에 이용되게 해서는 안 된다.」

나, 엘가나안의 아들 하므리는, 이름은 여기에서 입에 올리지 않는 편이 온당할, 한 분뿐이신 하느님, 우리 눈에는 보이지 않는, 전지전능하신 분 앞에서 반드시 그리하겠노라고 맹세했습니다.

마르타 아씨는 분별이 있는 분입니다만, 내 기대에는 미치지 못했습니다. 주인님 장례가 끝난 지 나흘째 되는 날, 예루살렘 시장에서 가축을 팔고 돌아온 그날, 저 갈릴래아 사람, 그날 밤의 유령, 형리와 사형수의 두 얼굴을 한 사나이 — 자칭 하느님의 아들이자 대속자라는 나자렛의 예수 — 가 나타났습니다. 표정이 음산한 농부 몇 사람도 그의 옆에 붙어 있었습니다. 그들은 흡사 방앗간 일꾼들 같았습니다. 암, 방앗간 일꾼들 같았고말고요. 사람을 빻는 방앗간 일꾼들……. 침착하자. 여기에는 저희들에게 빻일 만한 사람이 없다는 것을 보여 주자. 나는 이렇게 다짐했습니다.

나는 마당에서부터, 그들을 제지했습니다.

「주님의 이름으로 오시는 분에게 문을 열어 주지 않는 그대는 대체 누구인가?」 동아리 중 하나가 물었습니다. 나는 그 사람이 누군지 알았습니다. 가리옷 사람으로 알려진 유다 벤 시몬, 즉 시몬의 아들 유다, 바로 그 사람이었습니다.

「나는 세상을 떠난 라자로 주인님의 청지기올시다. 주님의 이름으로 왔다는 그대는 대체 누구시오?」

「살아 있는 하느님의 청지기니라.」

「하면, 청지기가 거처하는 행랑채에서 이야기를 나누면 되겠구려.」

그 동아리와 마리아 아씨를 될 수 있으면 멀리 떨어뜨리고 싶던 나는 이렇게 덧붙였습니다. 「가나안의 옛말에, 청지기를 보면 주인이 어떤 사람인지 안다는 말이 있지요. 그대의 신(神)이 이 민초(民草)의 지혜로운 옛말이 무슨 뜻인지 모르지는 않겠지요.」

그 기분 나쁜 갈릴래아 사람이 사실은 돌팔이이며, 하느님의 종이라는 영광스러운 노릇을 가로채고 있다는 걸 알고 있던 나는 주인 되는 그 나자렛 예수라는 사람을 모욕함으로써 일견 권능을 행사하려 드는 듯한 가리옷 유다와의 입씨름을 피하고자 했습니다.

그러나 가리옷 유다가 이렇게 응수했습니다. 「청지기를 보면 주인이 어떤 사람인지 알 수 있다면 주인을 보아도 청지기가 어떤 사람인지 알 수 있겠구나. 하면 주인이 죽었으니 그 청지기도 죽을 사람이겠구나. 자, 이래도 청지기를 보고 주인을 짐작해야 되겠느냐?」

이것은 명백한 협박입니다. 거룩한 성서는 지혜로운 속담이라는 비유를 통해서 믿음의 미덕을 가르치고 있는데, 어째서 대화에서는 이렇듯이 나에게 겁을 주는 것으로 둔갑하는지 모를 일입니다.

갈릴래아 사람 중 하나가 내게 속삭였습니다. 「유다의 말씀을 들었지? 문에서 물러서라. 그렇지 않으면 우리 선생님과 유다가 너를 위한 제문(祭文)을 읽을지도 모르는 일이다.」

나는 물러섰습니다. 하릴없이, 소작인들이라도 불러서, 자칭 구세주 동아리를 베다니아에서 몰아낼 생각을 하는 참인데 마르타 아씨와 마리아 아씨가 마당으로 뛰어나왔습니다. 마리아 아씨는 얼굴이 상기된 채, 초연한 얼굴로 문 앞에서 가만히 비켜서 있는 예수 한 사람만 바라보았습니다. 인정하고 싶지는 않지만, 거역하기 어려운 위엄이 그에게서 느껴졌던 것은 어쩔 수 없습니다. 마르타 아씨는, 원망(怨望)이 실린 내 시선을 자꾸 피하면서 마리아 아씨를 따르고 있는 것 같았습니다. 마르타 아씨는, 승산이 없다는 것을 알면서도 노름판을 깨려고는 하지 않는 노름꾼 같아 보였습니다.

그러니까 두 아씨가 작당을 하고 내 뒤에서 일을 꾸몄던 것입니다. 그러나 그게 어찌 내 잘못이겠습니까? 마리아 아씨가, 단순한 데가 있는 마르타 아씨를 꾀어 그 갈릴래아 사람을 베다니아로 부를 줄을 내가 어떻게 짐작이라도 했겠어요? 내가 어떻게 열여덟 살배기 마리아 아씨의 환상이, 그 희생자인 제 오라버니의 시신이 들어온 문으로 들어오게 할 만큼 집요할 줄을 짐작이라도 할 수 있었겠어요? 그러니까 마리아 아씨는 부활의 꿈을 실현시키기로, 혹은 자기가 선지자로 믿는 사람과 다시 한번 만나는 자리를 마련하기로 결심했던 것이지요.

마리아 아씨가 갈릴래아 사람을 향해 부르짖었습니다. 「주님, 주님께서 저희 집에 오시지 않았더라면 제 오라버니는 돌아가시지 않았을 것입니다.」

나도 가만히 있을 수가 없어서 거들었습니다. 「암요, 하느님의 거룩한 이름에 맹세코 말씀드리거니와, 이 갈릴래아 사람이 주인님을 대신해서 죽었으면 죽었지, 주인님은 절대로 돌아가시지 않았을 것입니다.」

「마리아, 네 오라버니는 다시 살아날 게다.」 예수가 말했습니다.

「여보, 젊은이, 그것은 우리도 알고 있소.」 내가 이렇게 말하자 마르타 아씨가 내 소매를 잡아당겼습니다. 예수의 제자들이 돌 씹은 얼굴을 하고는 우리를 노려보았습니다. 나는 덧붙여서 말했습니다. 「부활의 때가 오면 부활할 테지요만, 내가 보기에 우리 주인님은 그대와의 만남을 그리 유쾌하게 여기지 않을 것이오.」

「나는 부활이요 생명이다. 나를 믿는 사람은 죽어서도 살겠고, 살아 있는 자로서 나를 믿으면 죽지 않을 것이다. 마리아, 네가 믿느냐?」

예수가 마리아 아씨에게 물었습니다.

「믿습니다.」 마리아가 흙바닥에 엎드리며 대답했습니다.

나는 보고 있을 수가 없어서 소리를 질렀습니다. 「정말로 견딜 수가 없군요. 라자로 주인님의 누이인 아씨가 왜 이러는 겁니까? 머리가 어떻게 된 건가요? 정신이 나간 건가요? 오라버니를 묻으면서, 오라버니와 영원토록 함께하자고 머리도 함께 묻은 건가요? 왜 이 갈릴래아 사람에게 속는 건가요? 이 갈릴래아 사람은 당국이 수배하고 있는 사람이라는 것도 모르는 건가요? 의회의 어르신네들이 공식적으로 파문하고 저주한 사람이라는 것도 모르는 건가요?」

「닥쳐요, 하므리.」 마르타 아씨가 나섰습니다. 「우리 오라버니를 살릴 수 있을까요?」

마르타 아씨가 예수에게로 돌아서면서 덤덤하고 사무적인 말투로 물었습니다. 흡사, 베다니아 읍내의 수의사에게 병든 가축을 데리고 가서, 살릴 수 있느냐고 묻는 것 같았습니다.

「어디에다 장사 지냈느냐?」 예수는, 병든 가축을 보기 전에는 아무것도 약속할 수 없다고 주장하는 수의사처럼 반문했습니다.

「만가(晚歌)를 부른 지 벌써 나흘이나 되었습니다. 하므리가 오라버니의 무덤으로 안내해 줄 것입니다.」

마르타 아씨의 말에 내가 소리를 질렀습니다. 「나는 싫어요. 하므리는 밀고자가 아니올시다.」

「라자로에게 손해 갈 일은 하지 않는다.」 예수가 말했습니다.

「하고 싶어도 못할 거요.」

「하므리 형제여, 하지 못하는 것이 아니고 하지 않는 것이다. 나는 사랑이니라.」

예수의 이 말에, 마르타 아씨가 내 귀에다 속삭였습니다.

「이런 바보 같으니! 오라버니 무덤으로 데려가서 하므리 당신에게 손해 갈 게 뭐 있어요? 저분은 하느님일 수도 있고 아닐 수도 있잖아요? 만일에 저분이 하느님이면 오라버니를 살려 낼 수 있을 테고, 그러면 나는 저분을 믿겠어요. 만일에 하느님이 아니라면 오라버니를 살려 낼 수 없겠지요. 그러면 나는 저분을 의회에 고발하면 되는 거 아니에요? 간단한데, 뭘 자꾸 입씨름을 하고 그래요?」

그렇게 하는 것으로 결정 났습니다. 빈틈없는 안살림꾼의 논리에 무너져 버리고 만 나는, 웅얼거리는 그리스도꾼들을 데리고, 따가운 햇살을 받으며 베다니아 묘지로 갔습니다. 묘지에는 거칠게 다듬어진 돌이 덮여 있었는데 그 돌에는 주인님의 이름과 생몰 연도가 아람 문자로 기록되어 있었습니다.

갈릴래아 사람은 우리에게, 바위를 치우고, 동굴 같은 무덤에서 몇 걸음 물러서라고 말했습니다. 바위가 치워진다면, 굳이 그렇게 말하지 않아도 우리는 물러섰을 것입니다. 갈릴래아 사람들이 바위를 치우자 시체 썩는 냄새가 진동했으니까요. 냄새가 어찌나 나는지 냄새 자체가 진한 안개가 되어 사방으로 퍼져 나가는 것 같았습니다. 악취로 이루어진 안개의 그림자는, 흡사 거대한 나비, 살비듬이 좋고 날개가 큰 거대한 나비 같았습니다. 엘룰 월(月)의 열기를 견딜 수 없었던지 이 거대한 나비는, 악취를 풍기는 작은 나비들로 나뉘어 묘지 위를 날아다녔습니다. 라자로 주인님에 대한 존경심도 소용없었습니다. 우리는 손수건으로 코를 가리지 않으면 안 되었습니다. 누가 보았으면 울고 있다고 했을 터입니다. 갈릴래아 사람은 동굴 속으로 숨결을 불어넣으며 외쳤습니다.

「라자로야, 나오너라!」

아무 일도 일어나지 않았습니다. 갈릴래아 사람이 다시 불렀습니다.

「라자로야, 나오너라!」

역시 아무 일도 일어나지 않았습니다. 갈릴래아 사람은 세 번째로 불렀습니다.

「라자로야, 나오너라!」

아니…… 저게 무슨 소리야? 풀숲 속의 뱀? 아니면 잎새 사이에 갇혀서 떨고 있는 새의 날갯짓 소리? 아니다. 나무의 잔가지가 부러지는 소리, 돌이 구르는 소리다. 비명 소리가 들리는 골고타 쪽인 것으로 보아 예루살렘의 비탈길을 올라오는 소리다. 유다 평원의 들짐승들일까? 그랬으면 좋겠지만, 아니다. 사람들 소리다. 돌 위로 신발이 끌리는 소리, 관목 가지에 걸려 옷자락이 찢어지는 소리, 아람어로 뱉어 내는 욕지거리……. 오, 전능하신 하느님, 주인님 시신을 보호하소서. 저자들이 행여 주인님 시신에 걸려 넘어지기라도 하면 어쩝니까…….

나는 관목 숲으로 들어가 숨었습니다. 무슨 기도를 해야 주인님의 시신을 지킬 수 있을지 막막했습니다. 그럴 수밖에요? 삶을 얻지 않게 해달라는 기도문, 죽은 자를 죽은 대로 내버려 두어 달라는 기도문, 부활을 거부하는 기도문은 있을 턱이 없으니까요. 물론 사신(死神)을 부를 수 있기는 합니다만 사신은 벌써 우리와 함께한 지 오랩니다. 사신은 온전하게 주인님의 시신과 함께 삼베 자루에 들어 있으니까요. 문제는, 어떻게 하면 그 사신이 삼베 자루에서 빠져나가지 못하게 하느냐, 바로 이겁니다.

나는 다윗의 기도를 입속으로 되뇌었습니다.

「지존하신 하느님, 나에게 모든 것을 마련해 주신 하느님께 부르짖습니다. 하늘에서 보내시어 나를 살려 주시고 나를 박해하는 자들에게 망신을 주시고, 셀라, 하느님, 당신의 사랑과 진실됨을 보여 주소서. 나는 사자들 가운데, 사람을 잡아먹는 그들 한가운데 누워 있습니다.」

어쩌면 주인님을 되살리려는 무리가 아니고, 감독관들이 제재소에서 도망친 노예들을 다시 숙사로 몰아넣는 소리인지도 몰라……. 어쩌면 버섯 광주리를 들고 예루살렘에서 버섯을 따러 온 사람들인지도 모르지……. 그것도 아니라면 덫을 살펴보러 온 덫사냥꾼들인지도……. 아니다, 엘가나안의 아들이여, 저것은 예수를 따르는 무리의 발소리다. 사도라고 불리는 맹금(猛禽)의 무리다. 요나의 아들 시몬의, 반석 같은 음성이 들리고 있지 않으냐?

「그자는 여기 없는데 그래?」 세리(稅吏) 마태오의 당당한 음성도 들리고 있지 않으냐?

「여기에도 없는데 그래.」 그래, 제베대오의 두 아들의 음성도 들린다.

「우리가 찾고 있는 여기에는 없는 것이 분명해.」 가리옷 유다의 음성도 들린다…….

「올리브나무 숲에는 없는 모양이야.」

내가 할 수 있는 것은 오직 기도뿐……. 아도나이시여, 저의 둘레에다, 시신의 둘레에다 벽을 치소서. 죽음의 문같이 부서지지 않는 벽, 아도나이 당신의 얼굴같이 범접할 수 없는 벽을 치소서. 성전의 무희들처럼 저를 싸고도는 원수들의 눈을 멀게 하소서. 삼베에 고이 싼 시신을 노리고 도는 저들의 노고가 하릴없게 하소서. 엘로힘이시여, 그 시신은 당신의 것이 아닙니까……. 라자로 주인님, 나는 기도를 썩 잘 하는 사람이 못 되는지라 내가 생각할 수 있는 것은 이런 기도가 고작입니다……. 하셈이시여, 내 주인을 살피소서, 천국에 들어갈 준비가 되어 있는지, 살피소서. 덕행을 쌓았으니 인

치심을 받을 수 있게 되는지 살피소서. 주인은 세상을 떠났습니다. 그러니 나뭇가지를 걷으시고, 시신 싼 천을 떠들어 보신 연후에, 그가 참말로 세상을 떠났는지 확인하소서. 소돔에서 저주를 받고 소금 기둥이 된 죄인들처럼 온전히 죽었는지 확인하소서. 주인은 당신의 뜻에 따라 온전히 죽은 사람이오니, 당신께서 손가락만 까딱하셔도 사도(使徒)라는 이름의 저 승냥이들은 주인을 가로채어 가지 못할 것입니다. 수십 년 동안 바쳐 온 수많은 번제물, 수없이 죽은 속죄양의 이름으로, 베다니아 사람 라자로의 청지기인 이 하므리가 당신께 기도드립니다…….

아, 라자로 주인님의 이름에 영험이 있었구나. 사도들이 물러가고 있다. 저들의 목소리가, 예루살렘으로 통하는 가파른 비탈길을 내려가고 있구나. 비명이 자지러지는 형장 쪽으로 내려가고 있구나. 하느님 도성의 배꼽인, 고귀한 성전을 찌르는 독 묻은 창날 같은 형장 쪽으로……. 사도들이 쑤군거리는 소리가 지친 말발굽처럼 자갈 깔린 올리브나무 숲을 내려가 관목 숲을 지나면서 가시나무를 무수히 짓밟다가 유다 땅의 잠꼬대 속으로 잦아드는구나. 그래, 저자들은 길을 잃은 것이다. 사냥감을 놓친 것이다. 베들레헴의 화살은 과녁을 빗나간 것이다. 이제 도적 떼는 물러가고, 평화는, 하느님의 손바닥같이 부드러운 이 올리브나무 숲 속의 주인님 시신 위로 드리워진 것이다. 자, 이제 다시 나무를 쓰러뜨려 화장단을 만들자…….

화가 난 갈릴래아 사람이 세 번째로 주인님의 이름을 부른 직후, 내가 뭐라고 하려는 참인데, 놀랍게도 주인님이 무덤에서 걸어 나왔습니다. 그러나 주인님의 모습은, 하느님에게 불려 나오는 사람 특유의 위엄이 깃든 모습이 아니었습니다.

죽음을 이기고 당당하게 걸어 나오는 제왕 같은 모습도, 게슴츠레한 눈을 하고, 세상의 공기라는 공기는 한꺼번에 마셔 버리려는 듯이 찢어지게 하품을 하고 나오는 환희에 찬 자유인의 모습도, 뜻밖에도 다시 걸을 수 있게 된 사람이 조심스럽게 다리를 시험해 보면서 기지개를 켜는 모습도, 망아 탈혼(忘我脫魂)에서 깨어나 기뻐 날뛰는 그런 모습도 아니었습니다. 정반대였습니다. 주인님은 쑥스러워하고 있는 것 같기도 하고 슬퍼하고 있는 것 같기도 했습니다. 주인님의 모습은 부자유스러운 것 같기도 하고, 어색한 것 같기도 했습니다. 주인님은 신음하면서, 꾸물거리면서, 연방 기침을 해대면서, 코를 킁킁거리면서, 아람 말로 욕지거리를 해대면서 나왔습니다. 수의를 찢으면서, 찢어진 수의를 흩날리면서 무덤을 나오는 라자로 주인님의 모습은 흡사 짓밟힌 갈대 같았습니다. 주인님은 기지개를 켜면서 침에 젖은 흙과, 입 안에서 꾸물거리던 하얀 구더기를 뱉어 내었습니다. 이빨에서, 눈꺼풀에서, 손톱에서 인광(燐光)이 나는 부패제(腐敗劑) 부스러기가 떨어져 내렸습니다. 걸어 나온 것도 아닙니다. 주인님은 퍼런 손, 퍼렇게 언 손, 냄새나는 수의에 싸인 사지로 기어 나왔습니다. 턱 끝에는 넝마가 된 수의 조각이 매달려 대롱거렸습니다. 이렇게 나온 주인님이 기침을 하자 입에서 먼지가 나왔습니다. 그는 희미한 시선으로, 무덤 앞에 모여 서 있는 유다인들을 일별하고는 중얼거렸습니다.

「세상에, 냄새는 여기에서 났던 게로구나…….」

우리 라자로 주인님은 이렇게 해서 죽은 자 가운데서 살아났습니다. 두 누이의 인사를 받고, 나에게 손등에 입 맞추는 것을 허락한 주인님은 기적을 일으키는 갈릴래아 사람에게 고맙다는 말을 했습니다. 기적을 일으켜 준 데 대해 진심으로 고맙다는 인사를 하는 그의 말투에는, 자기를 돌로 쳐 죽였던 예루살렘 사람들에 대한 원망이 묻어 있었습니다. 이어서 그는 유다인들에게, 부활을 자축하는 잔치에 참석해 달라고 말했습니다. 손님들을 이끌고 집으로 돌아간 주인님은 먼저 몸을 씻고, 상처에 고약을 바르고는 잔치 때나 입는 옷으로 갈아입었습니다. 그러고는 나자렛의 예수와 나란히 상석에 앉고, 예수의 제자들을 손님으로 모셨습니다. 솔기가 없는 대신, 율법을 받아들인다는 뜻으로 가두리 장식이 있는 갈릴래아 옷으로 날아갈 듯이 차려입은 마리아는, 처음 만났을 때 그랬던 것처럼 예수의 발치에 쪼그리고 앉았습니다. 그러나 이 자리에서만은 우리도 마리아의 갈릴래아 사람 예배를 나무라지 않았습니다. 갈릴래아의 젊은이는 기적을 일으키는 데 성공했고, 마리아의 꿈도 개꿈이 아닌 것으로 확인된 터이기 때문입니다.

사도 중 한 사람인 알패오의 아들 야고보는 자랑스러운 듯이 나에게, 자기는 사람이 부활하는 것을 세 번째로 보았노라고 했습니다. 그의 말에 따르면, 처음으로 부활한 것은 가파르나움 사람인 야이로의 열두 살배기 딸이고, 두 번째로 부활한 것은 나인 사람인 과부의 외아들입니다. 건배를 제의하는 순서에서 가리옷 유다는, 라자로 주인님의 부활은 사두가이파 사람들에 대한 구세주의 개인적인 승리라고 말했습니다. 그의 설명에 따르면 그 이유는 대체로 이렇습니다.

「사두가이파 사람들은 기적을 믿지 않을뿐더러, 죽음 뒤의 삶도 믿지 않습니다. 따라서 사두가이파 사람들에게, 죽었던 사람이 다시 살아난다는 것은, 물에다 불을 붙이는 것만큼이나 도저히 될 성부르지 않은 일입니다. 내가 알기로, 사두가이파 사람들은 죄인들이고, 율법의 망나니들입니다.

이들은 최후의 심판 때와 함께 올 〈분노의 날〉이 되기 전에 사람이 부활할 수는 없다고 믿습니다. 그러나 〈분노의 날〉이 되어 부활해 봐야 사두가이파 사람들에게는 득 될 것이 하나도 없습니다. 모두 죄인들이라서 어차피 징벌을 면하지 못할 것이니까요. 그러나 구세주께서는, 오늘 라자로가 증명했듯이, 지금이라도 부활할 수도 있고, 〈분노의 날〉에 받을 심판을 오늘 받을 수도 있다는 것을 보여 주셨습니다. 이로써 구세주께서는 새 약속[新約]을 위한 싸움에서 큰 승리, 결정적인 승리를 거두신 것입니다.」

얼굴이 벌겋게 상기된 사도들은 이 승리를 자축하는 뜻에서, 헤브론 포도주를 한 잔씩 마셨습니다.

그들의 지도자인 예수만은 부활을 축하하는 이 잔치에도, 부활을 축하하는 노래판에도, 죽은 자들로부터 이 개인적인 부활과 최후의 심판 때의 보편적인 부활 사이의 차이가 주제가 된 그날의 입씨름 판에도 끼어들지 않았습니다. 우리와 한자리에 앉아 있었는데도 불구하고, 마리아 아씨의 검은 비단 수건 같은 머리카락이 앙상한 무릎을 따뜻하게 해주고 있었을 터인데도 불구하고 그는 외로워 보였습니다. 그는 관 속에 들어 있을 때의 우리 라자로 주인님보다도 더욱 고적해 보였습니다. 한마디로 그는 외로워 보이고 불행해 보였습니다.

부활한 라자로 주인님은 포도주를 마시고, 왕국을 세우게 될 예수 앞에서 새 왕국을 찬미하고 감사 찬송을 바쳤습니다. 그는, 포도주 탓인지, 무덤에서 나흘 동안이나 지낸 탓인지 음울하고도 거친 저음으로 노래했습니다. 방 안을 울리는 그의 목소리는 흡사 청동 가마솥 속에서 울리는 소리 같았습니다. 그러나, 죽어 있을 당시의 느낌이 어떠했는가에 대해서는 한마디도 하지 않았습니다. 흡사 죽어 있던 나흘 동안의 일은 하나도 기억에 남아 있지 않은 것 같았습니다.

우리는 오후 늦게까지 기적을 찬양했습니다. 그러던 중 유다의 신호를 받고 예수가, 드고아에서 할 일이 있다면서 양해를 구하고는, 라자로 주인님과 손님들과 식탁을 축복하고는 제자들을 거느리고 잔치 마당을 떠났습니다. 갈릴래아 사람들은 겨우 비틀거리는 정도였지만 우리는 만취했습니다. 우리는 처음에는 식탁을 돌며 춤을 추다가 곧 마당으로 나갔습니다. 우리는, 점점 흩어져 있는 구름 아래로 펼쳐진 하늘과, 유다 평원의 숫돌에서 빗살을 갈고 있는 듯한 햇빛 아래에서 빙글빙글 돌면서 춤을 추었습니다.

나는 손도끼로, 길이 석 자, 너비 두 자 되게 구덩이를 파고, 여기에다 화장단의 밑불을 지필 송백나무를 걸칩니다. 그러고는 이 송백나무와 교직하도록 다른 나무를 차례로 쌓으면서 켜마다 잔가지, 마른 풀, 가까이에서 모아 두었던 가축의 마른 똥을 재어 넣습니다.

술판에서 정신이 들면서 우리 주인님이 처음으로 본 것은 — 주인님이 두 번째로 부활한 직후 나에게 말한 바에 따르면 — 근심에 잠긴 듯한 사두가이파 사람 니고데모의 얼굴이었습니다. 그 얼굴은 까마득히 높은 데서 뚝 떨어지는 듯싶다가 다시 튀어 오릅니다. 얼굴은 흡사, 노인의 얼굴을 그려 놓은 빨간 공 같았습니다. 이 공은, 주인님이 숨을 몰아쉬는 데 따라 오르락내리락하기도 하고, 얼굴에서 가까워졌다 멀어졌다 하기도 했습니다. 그러다가 그 공 같은 물건은 공중에서 멎었습니다. 주인님을 내려다보고 있던 그 공의, 입에 해당하는 부분이 쩍 갈라지면서, 옛 히브리식 인사가 흘러나왔습니다.

「베다니아의 라자로여, 평강이 그대와 함께하기를!」

주인님은 꿈지럭거리면서 몸을 비틀었습니다. 니고데모의 공 같은 머리는, 주인님이 발작적으로 몸을 떨 때마다 흔들렸는데, 이것은 멀리 있는 창에 비친 햇빛처럼 일렁거리는 천장의 움직임과 묘한 조화를 이루었습니다. 주인님은, 처음에는 희붐한 빛줄기의 도움으로 사두가이파 사람의 얼굴을 알아보았고, 다음으로는 거룩한 의회의 재판을 받으려고 기다리던 바로 그 감옥이라는 공간을 알아보았습니다. 그는 누운 채로, 그리스 문자로 이루어진 동그라미 안에 든 의신(醫神) 아이스쿨라피우스의 수탉 표지를 찾아보았습니다. 그것이 보이면 죽어 가고 있는 것이고, 보이지 않으면 살아 있는 것이 분명할 터입니다. 그것이 보이지 않자 주인님은 이런 생각을 합니다. 예수의 기적은, 예수 자신의 이적을 기리는 잔치가 열릴 동안만 유효한 것인가? 내가 이렇게 관 속에 들어 있는 걸 보면? 그런데 이상하다. 내가 죽어 있다면 어떻게 따분한 내 신세를 의식할 수 있는가? 니고데모는 이 관 속에서 무엇을 하고 있는 것일까? 이자가 무슨 까닭으로 나를 축복하는 것일까?

「베다니아의 라자로여, 평강이 그대와 함께하기를!」

주인님의 머리가 이상한 소리를 내다가 터져 버리는 것 같았습니다. 그의 창백한 입술 위로는, 술통 위로 오르는 포도주 증기 같은, 냄새가 나는 구름이 걸려 있었습니다. 경련하는 그의 다리는 흡사 막대기같이, 감옥의 나무 의자 위에 올려져 있었습니다. 니고데모가 주인님의 얼굴에다 물을 끼얹는 데 쓰인 양동이는 공중에서 대롱거리고 있었습니다.

「베다니아의 라자로여, 평강이 그대와 함께하기를!」

주인님은 비틀거리면서 일어나 앉았습니다.

「포도주가 몹시 독했던 모양입니다, 어르신. 취중에 모세의 248금제(禁制) 중 어느 하나라도 어기지 않았으면 합니다만……」

「취했던 건 분명하나, 부적당한 짓은 한 것이 없소. 기소당하거나 파문당할 짓도 한 것이 없고, 의회의 재판을 받아야 할 짓도 한 것이 없소.」 사두가이파 사람 니고데모가 대답했습니다.

「그 말씀을 들으니 안심이 됩니다만, 제가 왜 여기에 있습니까?」 주인님이, 정신 나간 사람 같은 얼굴을 하고는 물었습니다.

니고데모는, 이 질문에는 대답하지 않았습니다. 그는 주인님에게, 의회의 지하 창고에서 포도주를 내올 테니 한잔하자고 말했습니다.

「숙취라는 놈은, 그것을 유발한 놈에게는 꼼짝을 못하거든……」

니고데모가 신호를 보내자 경비병이 항아리 하나와, 이스라엘의 상징인 포도와 포도 덩굴이 새겨진 청동 술잔 두 개를 가지고 왔습니다. 니고데모는 술잔 두 개에다 포도주를 따른 뒤 주인님에게 한 잔을 권하고 자기도 한 모금 마신 연후에 말을 이었습니다.

「경비병들이 그대를 보릿자루처럼 나귀 등에다 싣고 예루살렘으로 온 모양이오. 그대의 부활을 축하하던 손님들은 아직도 그대의 집 마당에 누워 있을 것이오.」

주인님은 놀랐습니다. 사두가이파 사람들은 부활이라는 것을 부정하는데도 불구하고 니고데모는 분명히 〈부활〉이라는 용어를 썼기 때문입니다. 시대가 어느 시대입니까? 소크라테스가 세상을 다녀간 지 반 천년(半千年)이 지난 시대,

하늘의 별은 인간의 운명을 주관하는 대신 상선(商船)의 뱃길잡이가 되는 시대가 아닙니까? 자연이 이제 무시무시한 동화의 세계이기를 그만둔 시대, 글이라고 하는 것은 외국어처럼 자자(字字)로 읽히는 대신 행복의 기도서로 읽히는 시대가 아닙니까? 사신의 존재를 규명하려고 시신을 해복(解腹)한 해부학자들은 사람의 간에서는 황달을 찾아내고 담낭에서는 담석을 찾아내는 그런 시대 아닙니까? 이런 시대에, 최후의 심판 날에 모든 사람들이 무덤에서 부활한다는 믿음은, 종교를 오해한 성서적 우화에 의해 싹이 터, 전통을 고수하려는 돌팔이 과학자 손에서 길러진 민간의 미신에 지나지 못합니다. 국가의 입장에서 볼 때 이러한 속신(俗信)은 민중들 삶의 한시적 양태, 에덴에서의 배신행위에 대한, 하느님의 부적절한 창조 행위에 대한 집단적인 원수 갚기에 지나지 못합니다. 두 발 짐승인 인간은 하느님의 부적절한 피조물입니다. 그런데도 하느님은 천벌에 대한 논의는 천당을 위해서만, 부활의 날을 위해서만, 창조주와 피조물 사이에 화해가 이루어지는 분노의 날을 위해서만 예비해 두고 이것에 관한 논의의 권리를 부정함으로써 인간을 버리고 말았는데, 인간이 하느님에게 집단적인 원수 갚기를 기도하는 까닭은 여기에 있는 것입니다. 바리사이파의 교리는, 로마 치하의 정치에 관한 언급이나, 로마로부터 독립한 유다 백성의 미래에 관한 언급을 하고 있기는 하나 기본적으로는 반국가적입니다. 사두가이파 사람들 역시, 우리의 결정은 이 세상에서가 아니라 장차 올 보다 나은 세상에서만 유효하다고 하면, 국가의 권위와, 지도자의 명성과, 미구에 사팔뜨기 — 한 눈으로는 세상을 힐금거리고 다른 한 눈으로는 하늘의 징조를 읽는 — 가 되고 말 문명은 어떻게 지켜질 수 있겠느냐고 펄쩍 뜁니다. 라자로 주인님은, 농사에 종사하는 귀족이기는 하지만 그래도 사두가이파의 교리 쪽에 더 믿음을 기울였고, 그래서 몇몇 사두가이파 사람과 사귀고 있는 터입니다. 그중에서 가장 지위가 높은 사람이 바로 공의회의 사제 니고데모 바르다라입니다. 니고데모는 라자로 주인님에게, 어느 몹시 뜨거운 예루살렘의 여름날 오후 자기 올리브나무 숲에서 쉬는 영광을 베푼 적도 있습니다.

우리 주인님은 니고데모의 약을 올리지 않으려고 조심합니다. 부활의 가능성은, 가나안의 밀 시세와 우리 집 곡식의 관계가 주인님에게 중요한 것만큼이나 니고데모에게는 중요합니다. 그러니까 니고데모는 삶이라고 하는 것은 되풀이될 수 없다는 생각에 전 생애를 걸고 살아가는 사람이고, 주인님은 농산물의 시세에 목을 매고 살아가는 사람인 것입니다. 주인님은, 상처의 통증을 느꼈습니다. 주인님의 상처는 부활의 교리와는 아무 상관도 없습니다. 그러나 니고데모는 주인님의 상처가, 부활이라는 오해의 산물이라고 주장합니다. 그러니까 주인님이 그 책임을 져야 하는 것입니다. 주인님으로서는 그런 상처를 또 입을 일이 생기는 걸 두려워했을 수밖에 없습니다. 주인님 역시, 부활을 경험하기 전까지는 부활이라는 것을 극구 부정했던 사람입니다. 그러나 더 이상 부정할 수 없게 되고 말았습니다. 묘지 덮개로 쓰이던 바위의 열림, 여전히 그의 코에 남아 있는 더러운 수의의 악취, 그가 뱉어 낸 구더기……. 이런 것들은 쉽사리 뇌리에서 지울 수 있는 것들이 아니었습니다. 주인님이 건달들의 돌을 맞고 숨을 거두었다는 것은 의원(醫員)에 의해 확인된 것입니다. 의원은 주인님이 출혈 과다로 숨졌음을 확인했던 것입니다. 그리고 그가 니고데모 앞에서 살아 있다는 것도 분명한 사실입니다. 따라서 두 가지 사실 — 아이스쿨라피우스의 수탉 휘장 아래서의 죽음과 니고데모 앞에서의 살아 있음 — 사이에는 또 하나의 사실, 즉 베다니아 묘지에서의 부활이라는 사실이 가로놓여 있는 것은 부인할 수 없을 터입니다.

「제가 여기에 있다는 걸 아는 사람이 있습니까?」

주인님이 물었습니다.

「그대의 누이들, 그대 집 청지기 하므리가 알고 있소.」

니고데모가, 지저분한 천장에 붙어 있는 파리 떼를 올려다보면서 대답했습니다. 이 지루한 대화를 끝내면 함께 갈 수 있도록 집에서 사람을 하나 보내 주었으면 좋겠는데……. 이자가 이번에는, 죽어 있을 때의 기분이 어떠하더냐고 물을 테지? 대답하지 말아야지.

주인님은 이런 생각을 했습니다. 그러나 니고데모는 그런 질문을 하는 대신 건배를 제의했습니다.

「베다니아의 라자로, 그대의 건강을 위해서…….」

주인님은 공손히 머리를 조아렸을 뿐 술잔에는 손을 대지 않았습니다. 술잔은 대리석 의자에 놓인 채 희미하게 빛나고 있었습니다. 아직 부기가 덜 빠진 주인님의 얼굴에는 될 대로 되라는 식의 자포자기와 경계의 빛이 한꺼번에 어려 있었습니다.

「내가 그대를 두고 〈부활〉이라고 한 것은, 마을 묘지에서 있었던 그 우스꽝스러운 사건을 두고 하는 말이오.」

사두가이파 사람 니고데모는, 옥수수 알같이 톡 튀어나온 심술궂은 눈으로 주인님을 노려보면서 말을 이었습니다.

「말하자면 그대가 혼수상태에서 깨어난 사건 말이오. 미신에 사로잡힌 농부들은 그걸 부활이라고 했을 테지만요.」

드디어 올 것이 온 것입니다. 니고데모는, 주인님이 숨을 거두었었다는 사실 자체를 믿지 않는 것입니다. 그는 잠시 의식을 잃었을 뿐이지, 숨을 거둔 것은 아니라고 생각하는 것입니다. 라자로의 죽음은 혼수상태에 지나지 않았다, 따라서 라자로의 부활은, 그것을 부정하는 측면에서 설명되어야 한다……고 니고데모는 믿는 것입니다. 그렇다면 예수는 내가 어떻게 혼수상태에 빠질 것을 미리 알았을까? 예수는 예루살렘에서 멀리 떨어진 에스드라엘론 계곡에 있는 키손에서 설교하고 있었고, 나는 아이스쿨라피우스의 수탉 휘장 아래서 죽어 가고 있었는데? 예수는, 상황을 전혀 몰랐던 만큼, 내가 혼수상태에 빠질 것이라고 짐작했을 가능성은 전혀 없다. 그런데도 그는 나를 살리겠다고 했다. 그렇다면 예수는 자기 권능을 확신하고 있었음에 분명하다. 하느님이 되었든 하느님의 아들이 되었든, 예수는 자기가 다리 노릇을 맡고 있는 신에 의한 부활의 권능을 확신하고 있었음에 분명하다……. 주인님은 이런 생각을 했지만 말은 하지 않았습니다.

「죽은 것이 아니라는 건 그대도 알고 있지요?」 니고데모가 물었습니다. 그러나 주인님은 대답하지 않았습니다.

「그대는 숨을 거두었을 리가 없어요. 사람이 죽었다가 살아난다는 것은 불가능한 일입니다. 자연의 법칙에 어긋나니까요.」

부활이라는 것이 자연의 법칙에 어긋난다는 주장에는 주인님도 동의했습니다. 따라서 이것은 주인님 개인의 친(親)사두가이적(的) 믿음입니다. 그러나 주인님은 자기에게 있었던 일은 자연의 법칙에서 살짝 어긋난 불가사의로밖에는 설명할 수 없었습니다.

「동의해 줘서 고맙소. 이러면 간단해지는 걸 가지고…….」 니고데모가 결론으로 줄달음칠 준비가 된 듯이 이렇게 말했습니다.

주인님은 속이 탔습니다. 물론 의회의 사제들이 예수의 기적 때문에 속이 상해 있을 것이라는 짐작은 가지만, 그것 때문에 자기가 박해를 받게 될 것이라고는 보이지 않았습니다. 주인님 자신은 기적의 객체에 지나지 않기 때문입니다. 즉, 기적이 신비스러운 기계라고 하면 주인님 자신은 하찮은 톱니 하나에 지나지 않는 것입니다. 갈릴래아 사람이 마음만 먹는다면 유다 땅의 어떤 시신을 가지고도 그런 기적을 연출할 수 있었을 터이기 때문입니다. 주인님 자신이 부활을 바란 것도 아니고, 예수로부터 부활하게 해주겠다는 약속을 받은 것도 아닙니다. 주인님 자신은 실험용 짐승에 지나지 않았던 것입니다. 그런데도 그 기적이라는 것이 시작되자 묘지의 어둠 속에 가만히 있을 수 없게 되었을 뿐이고 이로써 예수의 교리가 의혹의 그림자를 벗게 되었던 것뿐입니다. 주인님은, 베다니아의 기적은, 사두가이파 사람들에 대한 예수 자신의 개인적인 승리이자, 구약에 대한 신약의 승리라고 하던 가리옷 유다의 심술궂은 평론을 떠올렸습니다. 예수의 사도인 유다의 말을 들어 보아도, 새 생명을 얻었다고 해서 주인이 비난의 대상이 될 수 없다는 것은 명백해집니다. 말하자면 주인님은 그리스도의 추종자와 그 적대 세력 사이의 전쟁에 등장한 비장의 무기였을 뿐인 것입니다.

니고데모는, 그리스식 수염을 손가락으로 빗질하면서 말을 이었습니다. 「라자로, 불행하게도 말이지요, 사람이라고 해서 다 나와 그대처럼 이치에 밝은 것은 아니랍니다. 가령, 베다니아 사람들 — 이른바 그대의 부활 잔치에 왔던 단순한 유다인들 말이오 — 은 정말 그대가 부활한 줄 아니 이 아니 딱한 일이오? 그자들은 정말 그리스도라는 자를 믿는 것 같은데, 그대의 생각은 어떠시오?」

「네, 그들은 믿는 것 같습디다, 어르신네. 눈으로 보았으니 어쩔 수 없지 않겠습니까?」

사두가이파 사람 니고데모는 술잔을 옆으로 밀어 놓고, 하얀 사제복에 감싸인 무릎을 모으고는 부활한 주인님에게 기댈 듯이 하고는 지극히 교묘한 질문을 던집니다.

「그대는 어떻소?」

뒤에 주인님은 이때의 당신 생각을 들려주었습니다만 나는 이해할 수 없었습니다. 주인님은 사두가이파 사람들의 지지자이면서도 그들의 적으로부터 은덕을 입은 셈입니다. 주인님은 부활을 믿지 않았습니다만, 부활한 목숨을 살고 있기는 했습니다. 주인님은 당신이 숨을 거두었던 것으로 알고 있었지만, 그렇지 않았을 수도 있습니다. 그러나 부활의 사건은 부인해야 목숨을 부지할 수 있을 터입니다.

「그대는 어떻소?」

주인님은 니고데모의 말에 솔직하게 대답할 수 없었습니다. 직접 본 것도 아니고, 그저 객체 노릇을 한 것에 지나지 않기 때문이었습니다. 공평무사하게 무덤 위에서 구경한 것이 아니고, 허망한 세상과 숲과 수의 사이에 있는 곰팡내 나는 안식처에서, 벗어나 보려고 엎치락뒤치락했던 것에 지나지 않기 때문입니다. 예루살렘에서 그리스 문자에 둘러싸인 아이스쿨라피우스의 수탉 휘장을 보았을 때 그랬듯이, 어둠은 그의 앞에서 한 차례 하품을 하는 것 같았습니다.

「그대는 어떻소?」

「나는 믿지 않습니다. 본 것이 아니니까요.」 주인님은 당당하다고 해도 좋으리만치 자신 있게 대답했습니다.

니고데모는 한숨을 쉬고는, 우스꽝스러운 상상을 떨쳐 버리려는 듯이 고개를 한 차례 흔들고는 웃었습니다.

「그대와 나 사이가 이렇듯이 멀어서야 되겠소? 그대는 죽어 본 적이 없는 사람이고 나는 율법을 섬겨야 하는 사제가 아니오? 어쨌거나 가당치 않은 소문이오, 라자로…….」

니고데모는 진지한 얼굴을 하고 덧붙였습니다. 「그러나 그런데도 불구하고 이것은 예사 문제가 아니오. 천사에 대한 믿음이 그렇고 천국에 대한 믿음이 그렇듯이 참으로 어처구니가 없는 일이오. 어리석은 사람들은 날개 달린 천사가 하느님의 전갈을 가지고 하늘을 날아다닌다고 믿지요? 부리부리한 천사의 눈이 곧 별이라고 믿는다지요? 어리석은 자들은, 천당에서는 찢어지는 법이 없는 옷을 입고 육신의 복락을 누리고, 지옥에서는 흐르는 피에 몸을 담그고 있어야 한다고 믿는다지요? 이 어리석음을 어쩌지요? 하나 이것은 대단히 위험한 어리석음이에요. 얼마나 많은 얼간이들이, 천당에 가면 더 좋은 것을 누릴 것이라는 희망에서 이 땅의 재물을 포기하는지 아시오? 얼마나 많은 얼간이들이, 죽음이라는 것은 끝나는 데서 시작된다는 믿음 때문에 진짜로는 죽지도 살지도 못하고 있는지 아시오? 바로 이런 자들이 그대가 부활했다고 믿는 것이오. 이런 자들의 환상을 우리가 깨뜨려야 합니다. 자, 라자로, 우리가 어떻게 해야겠소?」

니고데모는 정말로 화가 난 것 같았습니다. 주름살투성이인 그의 얼굴은, 날빛 아래로 나온 파피루스 두루마리처럼 쭈글쭈글했고, 소매 사이로 비어져 나와 대롱거리는 그의 두 손은 창백한 두 송이의 시든 꽃 같았습니다. 그는 곡하는 여인처럼 몸무게를 양다리에 번갈아 실으면서 부르짖었습니다.

「오, 주님, 이스라엘이 어쩌자고 이러는 것입니까? 저희에게 약속된 이 아름다운 땅은 장차 어찌 되는 것입니까? 하셈이시여, 하셈이시여, 야곱의 자손들을 보살피소서!」

주인님으로서는, 당신의 부활과 이스라엘에 닥친 재앙 사이에 무슨 관계가 있는지 납득할 수 없었지만 어쨌든 니고데모 보기가 민망했습니다. 그래서 물어보았습니다. 「제가 무얼 잘못했습니까?」

니고데모는 몸가짐을 바로 하고, 포도주를 한 모금 마신 뒤 한마디 한마디에 힘을 주어 가면서 말했습니다. 그는 흡사 라자로의 귀라고 하는 모루에다 자기의 말이라고 하는 쇠를 벼르려는 사람 같았습니다.

「라자로, 이게 다 그대의 불찰이오. 우리가 믿는 자연의 법칙에 따르면 그대는 죽어 있어야 하는데 지금 이렇게 살아 있기 때문이오. 문제는 여기에서 시작되오. 이제부터 얼치기 촌것들은 그대를 만날 때마다, 〈죽어서 무덤에 나흘간이나 묻혀 있던 베다니아의 라자로를 보라. 이제 저렇게 되살아나 다니는구나. 이 얼마나 놀라운 일이냐!〉, 또는, 〈나자렛의 예수에 의해 부활한 라자로가 저기에 있다〉고 외칠 게요. 우리는 이제부터 날마다, 〈사두가이파 사람들은 부활이 없다고 주장한다, 그러면 라자로는 어쩌고? 사두가이파 사람들은 틀렸고 나자렛의 예수가 옳다. 예수는 정말 하느님의 아들이다!〉, 이런 소리를 들으면서 살아야 하오. 라자로, 그대는 우리의 입장을 이해해 주었으면 하오. 그대 때문에 사람들은 우리를 믿지 않을 것이고, 우리의 가르침에 콧방귀를 뀔 것이오. 유다인을 부흥시키는 계획을 수행하는 데 필요한 우리의 특권은 이로써 무너지는 것이오. 우리에게는 성서적인 임무도 있소. 우리의 선조 아브라함을 통하여 아도나이 엘로힘께서는 모리야 산에서 우리를 당신의 사자(使者)로, 이 세상을 비출 횃불지기로 우리를 선택하셨소. 그분께서는 우리에게, 무신론자들의 시선으로부터 그분의, 눈에 보이지 않는 얼굴을 지키라고는 명하시는 대신, 그 얼굴로써 무신론자들을 소경으로 만들라고 하셨소. 그분께서는 이사악이 에사오에게 명하듯이, 〈너는 사냥할 때 쓰는 화살통과 활을 메고 들에 나가 사냥을 해서 내가 좋아하는 별미를 만들어 오너라〉, 하고 우리에게 명하셨소. 세상은, 유다 민족이 하느님 발치에 놓을 별미와 같은 것이오. 라자로, 이제 우리의 이상을 아셨겠지요? 이 아니 창대한 이상이오?」

주인님은 니고데모가 말하는 사두가이파 사람들의 이상에 공감하고 있었습니다. 그래서 틈날 때마다 — 알렉산드리아 장터의 시세를 들을 때나 자기 재산을 셈하다 틈이 날 때마다 — 그 이상을 묵상하고 믿어 왔던 터입니다. 그렇게만 된다면 참으로 살 만한 세상이 될 것이라고 믿어 오던 터입니다.

니고데모는 말을 이었습니다. 「그렇게만 되면 셈족, 함족, 야벳족의 후예는 형제처럼 살 수 있을 것이고, 이리는 양 떼를 지킬 것이며, 뱀은 두꺼비와 한자리에서 잠잘 것이고, 고양이는 쥐에게 젖을 먹일 것이오. 그렇게 되면 아브라함, 이사악, 야곱의 믿음은 만민의 믿음이 될 것이고, 약속의 땅은 만민을 위한 땅이 될 것이오.」

주인님은 그것도 납득했습니다.

「그런데 그대의 우스꽝스러운 부활 사건이 여기에 의혹의 그림자를 드리웠소.」 니고데모는 이렇게 결론을 내리고는 자리에서 일어났습니다. 그렇다고 해서 사두가이파 사람 니고데모가 화를 내고 있는 것 같지는 않았습니다. 그는 그저, 한때는 이런 이상을 신봉하던 라자로가 이런 이상의 철천지원수가 되어 버린 상황을 애석해하는 것 같았습니다.

「라자로, 그러니 생각 좀 해보시오!」

이 말을 끝으로 하고 니고데모는 노란 백단향 향내와, 녹슨 자물쇠가 끽끽거리는 소리, 예레미야 같은 탄식의 반향만 남겨 두고 그 방을 나갔습니다.

혼자 남게 된 주인님은 니고데모가 하던 말을 되씹으며, 자기의 부활과, 유다 민족의 흥망 및 유다 민족이 수행해야 하는 국제적인 임무를 연결시키는 저 강철 같은 궤변의 허리띠에서 바느질이 허술한 곳을 찾아보려고 했습니다만, 니고데모의 논리가 기워 낸 허리띠에는 허술한 구석이 없었습니다. 오늘 나를 비난할 사람이 없다는 것은 명백하다. 그러나 내일은 어떻게 될지 아무도 모르지 않는가? 〈갈릴래아 사람들이 되살려 낸 라자로를 보라〉고 하는 대신, 〈죽었다가 제 힘으로 되살아난 라자로를 보라〉고 하지 않으리라고 누가 보장할 것인가? 주인님은 이런 생각을 했습니다. 두 번째로 감옥으로 찾아온 니고데모는, 주인님과 함께 먹는다면서 안식일 저녁을 준비하게 했습니다. 건초 상자에 담긴 채로 들어온, 여느 날에는 지을 수 없는 안식일 저녁 식사는 따뜻했습니다. 사두가이파 사람 니고데모의 기분은 썩 좋아 보였습니다. 그는, 전날 하다가 끊어진 대화를 잇고 싶어 하는 것 같지 않았습니다. 그의 말마따나, 안식일에 본무(本務) 이야기를 하는 것은 적절하지 못할 터입니다.

주인님이 공손하게 물었습니다. 「만일에 제가, 무슨 죄목으로 기소되었느냐고 여쭙는다면 그것도 본무 이야기가 되는지요?」

니고데모가 무화과를 비틀어 쪼개면서 반문했습니다. 「누가 그대에게 죄가 있다고 했소? 누가 그대가 기소되었다고 했소? 그대는 기소된 것이 아니오. 그대는, 그대의 부활 사건으로 위험에 처하게 된 일반적인 교리의 논의 상대로 이곳으로 모셔진 것뿐이오.」

니고데모는 주인님의 부활에 관한 전날의 논의를 계속하지는 않았습니다. 과연 안식일이라서 본무 이야기를 피하려고 그러는지 그는 화제를 유다 민족의 역사로 돌려 이스라엘을 위해 선조들이 했던 영웅적인 자기희생의 본보기를 무수히 소개했습니다. 그는 박식을 자랑하면서 성서에 대한 현하의 웅변을 토했는데, 특히 「창세기」, 「출애굽기」, 「민수기」, 「여호수아」, 「사무엘」, 「판관기」, 「열왕기」, 「역대기」 및 이들 성서가 전하는 대소 선지자들의 면면에 대해 박학했습니다. 그는, 하느님의 시험을 당하자, 주저 없이 사랑하는 아들을 죽일 거조를 차림 — 하느님의 자비로우심에 힘입어 결국 죽이게 되지는 않았지만 — 으로써 하느님의 사랑을 얻고, 땅을 기업으로 얻은 선조 아브라함 이야기도 했습니다. 백성들을 위해 자기를 희생할 결심을 하고, 불레셋의 갓 사람 골리앗과의 힘겨운 싸움에 뛰어든 이세의 아들 다윗을 우러러보고 있는 것 같았습니다. 또, 흩어진 백성을 구하기 위해 이국의 황제 아하스에로스와 혼인한 에스더 이야기도 했습니다. 또, 진리를 전하고, 목숨을 내어놓음으로써 하느님과 아브라함 사이의 계약을 지키고, 야곱의 자손들의 전통을 지켜낸 선지자들 이야기도 했습니다.

니고데모는 이야기를 하고 또 했습니다. 한 예화가 끝나면 다른 예화가 뒤를 이었고, 하나의 장엄한 광경이 소개되면 또 하나의 장엄한 광경이 뒤를 이었습니다. 주인님은 니고데모의 이야기에 토를 다는 대신, 아브라함, 다윗, 에스더, 그리고 조국의 영광을 위해 자기를 희생한 수많은 사람들의 입장에다 자기 입장을 견주어 보았습니다. 사두가이파 사람 니고데모는 자기가 한 말을 잘 생각해 보라는 말을 남기고는 감옥을 나갔습니다.

주인님은 잘 생각해 보았습니다. 니고데모가 요구하는 것이 무엇인가를 파악하기는 어렵지 않았습니다. 니고데모는, 안식일에는 업무 이야기를 하지 않는다면서도 사실은 업무 이야기를 한 것이고, 그 업무 이야기가 무엇인고 하면, 주인님은 어떻게든, 갈릴래아의 말썽꾼이 주인님을 죽은 자들 가운데서 살려 냄으로써 일으킨 말썽을 깨끗이 지우지 않으면 안 되는 것입니다.

하지만 어떻게? 생명을 준 사람의 은혜를 원수로 갚는 수밖에 없습니다. 사람들에게, 자기는 죽었던 것이 아니라고 할 수도 있습니다. 그러나 기적을 일으킨 그 사람을 부정하고 욕보이기가 어쩐지 망설여졌습니다. 게다가 죽었던 것이 아니라고 해봐야 효과도 없을 터입니다. 예수가 부활시킨 것은 아니라고 하더라도 그에게는 무덤의 바위를 치움으로써 주인님을 죽음에서 구한 공로가 있기 때문입니다. 재산을 정리하여 가나안 지방으로 옮겨 가서 사는 방법도 있습니다. 가나안으로 가면, 아무도 주인님을 나자렛 사람의 권능을 증거하는 징표로 알아보지 못할 터입니다. 아니면 아주 외국으로 가버리는 방법도 있습니다. 하느님이 누군지 아는 사람이 없는 수사라든지, 하느님의 뒤쪽에 있는 이베리아 반도 같은 곳으로 가버리는 방법도 있습니다. 그렇게 한다면 주인님으로서는, 니고데모가 침이 마르게 칭송하여 마지않던 역사적인 영웅들에게 견줄 만한 희생적인 본보기를 보이게 될 터입니다. 이것이 희생적인 본보기가 되는 까닭은, 주인님이 너무나 사랑하는 조국을 떠나게 되기 때문입니다. 주인님은 올리브 산의 어두운 날개 아래쪽으로 펼쳐져 있는 조국과 조국의 아름다운 골짜기, 예호사밧 평원을 너무나도 사랑합니다. 떠나지 않는다면 주인님은 조국의 산하와 농토에 둘러싸인 채로 평화롭게 유다의 원수인 사신(死神)의 심판을 기다릴 수 있을 터입니다. 주인님은 유다 땅의 기름지고, 그래서 넉넉한 냄새를, 기름진 땅을 가는 쟁기 날을, 가축의 나지막한 울음소리와, 하인들의 잠을 깨우는 방울 소리와 함께 어지러워지는 동쪽 고원 지대의 아침을 사랑합니다. 주인님은 마구간에서 나는 후끈한 냄새와, 두레박을 감아올리는 도르래 소리를 사랑합니다. 석양 무렵이 되면 황금빛으로 변하는, 눈에 보이지 않는 하느님이 검은 돌에 깃들여 계시는 하르 하바잇 대성전을 사랑합니다. 뾰족한 양뿔, 순례자를 태운 나귀의 재빠른 발걸음, 옹구에 짓눌린 나귀의 게으른 울음소리도 사랑합니다. 새벽녘에 하얀 성도(聖都)의 신기루를 향해 눈을 뜨자마자 눈앞에 와닿는, 검은 두루마리처럼 펼쳐져 내리는, 다채롭고, 기름지고, 시끌시끌한 풍경을 사랑합니다. 주인님에게는 이 이상은 가진 것이 없으므로, 이 이상의 희생은 있을 수가 없습니다.

니고데모가 세 번째로 찾아왔을 때 주인님은 절망을 감추지 않고 자기가 베다니아를 떠나겠노라고 말했습니다. 주인님은, 떠나기 전에 광장에서 무릎을 꿇고 진실을 밝히겠노라고 말했습니다.

「무슨 진실 말이오?」 니고데모가 물었습니다.

「갈릴래아 사람이 나를 되살리기 위해 무덤 앞에서 나를 부를 당시, 나는 죽어 있었던 것이 아니고, 사실은 살아 있었다고 할 생각입니다.」

니고데모는 주인님의 생각을 칭송하면서도, 그런 희생의

효과를 미심쩍어 하는 것을 숨기지 않았습니다. 눈으로 직접 본 사람들은 주인님의 말을 믿기보다는 저희들의 눈을 믿을 것이 아니겠느냐는 것입니다. 나흘 동안이나 무덤 속에서 살아 있었다는 것을 어떻게 믿게 하겠느냐는 것입니다. 음식도 없고, 물도 없고, 공기도 없는 데서 나흘 동안이나 살아 있었다고 하면 누가 믿겠느냐는 것입니다. 돌에 맞아 피라는 피는 다 흘린 상태에서 어떻게 나흘 동안이나 살아 있었느냐고 한다면 뭐라고 하겠느냐는 것입니다.

「인간은 그런 상태에서 살아 있을 수가 없어요.」 니고데모가 말했습니다.

깜짝 놀란 주인님이 니고데모에게 물었습니다.

「아니, 그럼 부활을 믿게 되었단 말입니까? 무덤에서 도저히 살아 있을 수 없었던 내가 이렇게 살아 있으니, 누군가가 나를 부활시킨 것이 분명하지 않습니까?」

「당치도 않은 소리 하지도 마라!」 니고데모가 말투를 바꾸어, 퉁명스럽게 꾸짖었습니다.

「나는 네가 설득해야 할, 멍청한 인간들 이야기를 하고 있는 것이다. 라자로, 따라서 너의 생각은 아무 쓸모도 없다.」

「그러면 내가 한동안 베다니아를 떠나 있으면 어떨까요? 셰리앗 엘 케비르 끝에 있는 길르앗의 펠라에 친척이 한 분 살고 있습니다.」

주인님은 요르단 땅 지명을 일부러 아랍 말로 했습니다. 이렇게 한 까닭은 만일에 히브리 말로 하면, 그렇지 않아도 야훼께서 떠나는 죄에다 신성을 모독한 죄를 보태는 것 같았기 때문입니다.

「안 된다. 네가 되돌아오면 사람들은, 〈부활한 사람이 돌아왔다〉고 할 게다. 〈구세주가 부활시킨 사람이 되돌아왔다〉

고 할 게다. 안 된다, 절대로 안 된다, 라자로야.」

「그러면 재산을 정리해서 북쪽 땅으로, 그러니까 갈릴래아 땅으로 가서 살 수도 있습니다.」

「그러면 그곳 사람들은, 〈보라, 죽은 자들 가운데서 되살아난 사람이 왔다〉고 할 게다.」

「이름을 바꾸면 어떨까요? 생판 낯선 곳으로 가서 새 이름으로 살 수도 있습니다.」

「그러면 그곳 사람들은, 〈무덤에서 되살아났다가 사두가이파 사람들 때문에 이름까지 바꾼 라자로가 바로 저분이시다〉, 할 게다.」

주인님은 하늘을 향하여 두 손을 들고 말았습니다. 이제, 자기 파멸의 길밖에는 주인님에게 남아 있는 길은 없습니다. 주인님은 이런 종류의 밑도 끝도 없고 시도 때도 없는 토론에서 공격을 당하고, 고문을 당하는 바람에 진이 빠지고 말았습니다. 논의는 하루도 빠짐없이 어두워질 때까지, 감옥에 밤이 올 때까지 계속되고는 했습니다. 이러한 토론을 제기하는 사람이 니고데모 바르 다라 한 사람뿐이었다면 그래도 다행이었겠습니다만 그게 아니었습니다. 수많은 의회 재판관들, 의회의 관리들과 신학자들, 거룩한 학문의 박학들 — 율법에 따르면 이들은 물리적인 폭력을 행사해서는 안 됩니다 — 이번차례로, 하나가 나가는가 하면 다른 하나가 들어오고는 했습니다. 들어오는 사람마다, 금빛 술 장식이 달린 사제복도 새것이었고, 토론을 제기하는 혀도 새것이었습니다. 이들은 지칠 줄 몰랐고, 물러설 줄도 몰랐습니다. 날카롭기는 송곳 같고, 강하기는 청동 같은 이들에게는 언제든지 토론하고, 설득할 준비가 되어 있었습니다. 주인님의 감각은 마비되는 것 같았습니다. 몸과 마음이 마비되어 나무 말뚝이 되었다가, 엉덩이를 대고 앉은 걸상이 되어 버리는 것 같았습니다. 주인님의 엉덩이는 짓물렀고, 눈에는 핏발이 섰습니다. 귀도 먹먹해졌습니다. 이들이, 근심에 잠긴 아버지 같은 말투로, 이제는 다른 방법이 없는 만큼 다시 한번, 그리고 마지막으로, 고귀한 사명을 다하는 셈 치고 죽어 주어야 한다고 설득해 올 때는, 잠도 자지 못하고, 먹을 것도 먹지 못한 주인님은 텅 빈 머리를 오른쪽에서 왼쪽으로, 왼쪽에서 오른쪽으로 가로젓고는 했습니다. 이들 중에는 선지자들처럼 분노하며, 교리를 배신했다고, 혁명가인 갈릴래아 사람과 음모를 꾸몄다고, 이로써 부활한 척 농간을 부렸다고 주인님을 질타하고 저주하는 사람도 있었습니다. 따라서 주인님은 구제가 불가능한 죄인, 따라서 가장 고귀한 자기희생을 통해서만, 모든 것을 내려다보시는 야훼의 구원을 받을 수 있는 사람이었습니다.

니고데모가 다시 감옥으로 왔을 때 주인님은 슬피 울면서, 우스 땅의 욥처럼 부르짖었습니다.

「오, 주님이시여, 나의 하느님이시여. 어찌하여 당신은 내 어머니의 태(胎)를 닫지 아니하셨습니까? 어찌하여 나에게 이렇듯이 궂은일을 당하게 하십니까? 내가 어찌하여 모태에서 죽지 아니하였으며 나오면서 숨지지 아니하였습니까? 차라리 죽는 것만 같지 못합니다.」

「바로 그것이다!」 사두가이파 사람 니고데모가 외쳤습니다. 그는 웃으며 손뼉을 치기까지 했습니다. 이스라엘의 상징이 새겨진 은잔 두 개가 나왔습니다. 그는 주인님의 등을 두드리면서 격려해 주었습니다. 마침내 결정적인 해결책을 찾아낸 주인님을 격려해 주었습니다. 이제 모든 것은 신속하게, 그리고 서로 기분 좋게 제자리를 잡을 터입니다.

「나더러 어떻게 하라는 말인가요?」 여전히 니고데모의 의중을 잘 모르는 주인님이 물었습니다.

「별것도 아니다. 다시 죽으면 되는 것이다.」 니고데모가 대답했습니다.

주인님은 그럴 수는 없다고 말했습니다. 결국은 무위로 돌아가고 말았습니다만, 한 번 죽어 본 것으로 충분할 터입니다. 무슨 죄를 지었는지 몰라도 또 한 번 죽는다는 것은 견딜 수 없었습니다. 이 높고 귀한 어른들이, 허파가 터지고, 의식이 바퀴 빠진 수레처럼 휘청거릴 때의 괴로움이 어떤 것인지 알 것인가? 물론 죽으면, 주인님의 애국적인 헌신은 교과서에 실릴 터이고, 순교한 선지자의 반열에도 들 수 있을 터입니다. 순교한 선지자들은 주인님에게, 〈이 사람이 바로, 믿음이 하도 튼튼해서 가짜 구세주도 부활시키지 못한 라자로다〉, 하고 말할 것입니다. 그걸 모르는 주인님이 아닙니다만, 다시 한번 죽는다는 것은 생각만 해도 견딜 수 없었습니다. 죽음에 견주면 부활 같은 것은 동화 같은 것에 지나지 못합니다.

후일 주인님은 나에게 이런 말을 했습니다.

「하므리, 나는 그럴 수 없었다. 그 사람들이 제안하는 나의 자기 구원의 방법은 내가 지은 죄에 비해 너무 무거운 것이었다. 아브라함과 다윗과 에스더에게 바치는 제물의 무게는 부활한 죗값에 비해 너무나 무거웠다. 나는 죽기를 거절했다. 하므리, 나는 그 가능성에 대한 논의조차도 거부했다.」

박식한 의회의 학자와 사제들이 주인님을 심문하고 있을 동안 나는 의회 감옥의 바로 옆방에 있었습니다. 그들도 나에게는 퍽 잘해 주었습니다. 엘룰 월 열아흐렛날, 그들은 나를 법정으로 끌어내었습니다. 그들의 말에 따르면, 의회는 교부들의 믿음을 부인한 라자로를 재판하는데, 내가 반드시 증인으로 참석해야 한다는 것이었습니다. 정리(廷吏)들은 나를 최고 법정으로 안내했습니다. 재판정에는 나, 70명에 이르는 재판관, 재판을 주재하는 아브 벳 딘, 즉 가야파뿐이었습니다. 곧 주인님이 정리들에 이끌려 재판정으로 들어섰습니다.

다소 지쳐 보이기는 했지만 주인님은 생기가 있었습니다. 주인님은 의로운 사람이 다 그렇듯이 힘찬 발걸음으로 재판정으로 걸어 들어왔습니다. 그의 시선은 재판정의 구체적인 사물을 피해 다니면서 보이지 않는 공간에서 자기 눈에 익숙해진 얼굴들을 찾고 있는 것 같았습니다. 그의 표정은 약간 우스꽝스럽게도 지복(至福)에 든 사람, 추상적인 뜻에서의 성자 같아 보였습니다. 투박한 사슬에 묶여 있는 주인님의 목에는 신성을 모독한 죄인의 표지가 걸려 있었습니다. 그러나 그를 지키는 것은 무장도 하지 않은 두 의회 관리들뿐이었습니다. 따라서 의회의 사제들은 주인님을 중죄인으로 여기지 않는 것이 분명했습니다. 그렇다면 죄인에게 욕을 보이는 재판은, 불가피하게 열려야 하는 요식적인 절차에 지나지 않을 터입니다. 나는 주인님의 표정에 생기가 있는 까닭을 나름대로 이해했습니다.

먼저 율법 학자가 주인님의 죄상을 열거했습니다. 나지막한 음성, 개성이 죽은 목소리로 그가 설명했습니다.

「베다니아 사람인 고(故) 자캐오의 아들, 지주이자 많은 가축의 주인이기도 한 라자로는, 엘룰 월 이렛날 밤, 자칭 기적을 일으킨다는 갈릴래아 사람, 요셉의 아들 요수아를, 조상들의 믿음을 거스른 죄로 수배되어 있다는 것을 알면서도 대접하고 재운 혐의로 유다 민족의 최고 의회에 기소되었습니다. 라자로는 이 나자렛 사람의 이단적인 가르침을 받아들이고, 자기를 현자로, 혹은 부자로 존경하고 따르는 많은 사람들에게 이를 열광적으로 전파했습니다. 정통의 교리를 따를 당시 라자로는 〈흔들리지 않는 의로운 신자들〉의 대중이 되었는데, 그는 바로 여기에서 요셉의 아들 요수아를 위해서 일했습니다. 요셉의 아들 요수아와 밀약하고 그를 위해 활약한 일 중에서 역시 가장 괄목할 만한 것은, 개종(改宗)의 가능성이 있는 추종자들을 그리스도의 추종자로 전향시킬 목적으로 베다니아 묘지에서 이른바 부활의 놀음을 연출했다는 점입니다. 기소의 증거물로는 하느님 앞에서 서원을 세운 목격자들의 진술과, 피고의 자백이 있습니다. 피고의 자백은, 피고의 사회적인 지위가 지위인 만큼 대단히 중요합니다. 피고는 자신의 사회적인 지위를 이용하여, 조상의 믿음을 부인하고, 갈릴래아 출신인 부랑자 예언자의 가짜 믿음을 전파하는 데 이용한 것입니다. 따라서, 인간적인 악의와 편견은 이 자리에 거론하지 않더라도 제기된 증거 자체만으로도 나는 베다니아의 라자로 피고에게 거룩한 의회의 최고형이 선고될 것을 권고합니다.」

기소장이 작성되었습니다. 주인님이 저지른 여러 가지 죄목 하나하나만 해도 각기 종교 사회로부터 추방당하거나, 대중의 돌팔매질을 당하거나, 대성전 노대(露臺)로부터 종교적인 저주를 받기에 충분했습니다. 그러나 나는 별로 걱정하지 않았습니다. 주인님에게 죄가 없다는 것을 잘 알았기 때문입니다. 주인님의 몇 마디 자기변호만 있어도 이러한 혐의는 한꺼번에 풀려 버릴 터입니다. 자, 내 생각이 이랬으니, 가야파라고 불린 아브 벳 딘과 주인님 사이를 오가는 대화를 듣고 내가 얼마나 놀랐을 것인지 상상할 수 있을 것입니다.

「베다니아의 라자로여, 그대는 율법 학자가 열거하는 그대의 죄상을 들었다. 무고(誣告)라고 여기느냐?」 대사제 가야파가 물었습니다.

「유죄입니다, 어르신.」 주인님이 대답했습니다. 나는 가슴이 철렁 내려앉는 것 같았습니다.

「그대는, 지은 죄를 회개하느냐?」

「그렇습니다, 어르신.」

「어찌해서 나자렛의 죄인에게 잠자리를 제공하고, 환대했느냐? 그 경위를 말하여라.」

「저는 오랫동안 그분의 교리를 전파했습니다. 오랫동안 저는 그분을 하느님의 아들로 믿었습니다. 오랫동안 저는 조상들이 하느님께 지은 죄악에 자비를 베푸시고, 용서하실 분이 바로 그분이라고 믿었습니다.」

「그러나 그대는 겉으로는 사두가이파를 좇고 그 교리에 동참하지 않았느냐?」

「공시적으로 사두가이파에 동참한 것은 저의 가면이었습니다. 그 가면 뒤에서 저는 그리스도와 그 사도들을 위해서 일해 왔습니다.」

「어떤 일을 했느냐?」

「먼저, 공소장이 밝히고 있는 것과 같은 일을 했습니다. 유다인들에게 새 믿음을 전파했습니다. 요셉의 아들 요수아에게, 그분에 대하여 사두가이파 사람들이 어떻게 하려 하는지를 밀고했습니다. 그리고 박해받는 그분 제자들에게 잠자리를 제공했습니다. 그러나 공소장이 빠뜨리고 있는 것도 많습니다. 저는 정기적으로 거룩한 금제(禁制)를 유린했습니다. 〈모세 오경〉이 가르친 관습과 규정을 무시했습니다. 그리고 그런 금제와 관습을 섬기는 의회 학자들에 대한 불신을 조장했습니다.」

처음에 주인님의 죄상을 열거한 율법 학자가 일어나, 자신은 주인님이 새로 자백한 죄상을 기왕에 자백한 죄상에 덧붙이기를 주장하나, 이미 지은 죄만으로도 인간이 받을 수 있는 벌은 다 받게 될 터인즉, 구태여 별도의 징벌을 요구하지는 않겠다고 말했습니다. 이어서 그는, 나자렛 사람에 대한 베다니아 사람 라자로가 죄상을 자백했고, 자백한 피고는 정상 참작의 대상이 되기는 하나, 피고는 한 번밖에는 죽을 수가 없으므로, 정상을 참작한다고 하더라도 달라질 것은 없을 것이라고 덧붙였습니다.

율법 학자의 이 같은 주장은 법정에 대단히 강한 인상을 주었습니다. 나는 주인님이 진지하게 이의를 제기할 것으로 믿었습니다. 그러나 그는 그럴 만한 용기를 짜내지 못하는 것 같았습니다. 그는 질문을 받을 때마다 단호하게, 그 죄상을 자인했습니다. 그는 흡사 죄상을 캐내고자 하는 재판관들의 노력에, 무덤을 파는 노력으로 대처하는 것 같았습니다.

이윽고 대사제 알렉산드르가 물었습니다. 「그대가 그대의 지붕 밑에 요셉의 아들 요수아를 재운 것은 한두 번이 아니렷다?」

「그렇습니다, 어르신.」

「그자의 정체를 알고 그랬느냐?」

「그렇습니다, 어르신.」

「그대는, 죄를 짓고 있다는 것을 알았느냐?」

「어르신, 당시 이미 저는 그리스도의 형제가 되어 있었습니다. 그분을 숨겨 드리지 않는 것이 죄일지언정 숨겨 드리는 것은 죄일 수가 없었습니다.」

「지금은 어떠한가?」

「지금은 더 이상 그리스도의 형제가 아닙니다. 이제 와서야 제가 잘못한 것을 깨닫고 제가 지은 죄를 회개하고 있습니다.」

주인님이 그리스도 교도라니! 저분이 대체 무슨 말을 하고 있는 것인가! 수면제라도 마셨는가? 오, 엘가나안의 아들 하므리야, 너는 지금 가면무도회를 보고 있는 것이 분명하다. 나는 기회 있을 때마다 주인님에게, 정신을 차리라는 신호를 보내면서 이런 생각을 했습니다.

주인님은 꽤 정확하게, 니고데모 바르 다라가 자기를 찾아왔던 이야기, 니고데모에게 죄상을 자백한 이야기, 체포되어 심문을 받은 경위, 예루살렘 골목길에서 돌멩이를 맞은 이야기를 했습니다.

대사제 안나스가 주인님에게 물었습니다.

「베다니아의 라자로, 그대는 재판에서 그런 형을 받지 않았는데, 누가 그대에게 돌멩이를 던졌단 말이냐?」

「대중이 그랬습니다, 어르신.」

「왜? 그 대중이 왜 그대를 돌로 쳤느냐? 그대 말마따나, 그대는 하느님의 정의를 지키는 의무를 다하고 있었는데?」

「어르신, 저는 저도 모르는 사이에 사탄을 섬기고 있었던 것입니다. 가짜 선지자 앞에서 믿음을 서약함으로써 저는 하느님과 하느님의 종이신 어르신들을 모욕한 것입니다. 대중은 저의 얼굴에서 사탄에 대한 믿음을 읽고는 돌로 쳤을 것입니다.」

가야파가 그 말을 받았습니다.

「대중은 얼굴만 보고도 그 사람이 어떤 사람인지 안다. 대중으로부터 고개를 돌리기는 참으로 어려운 법이다. 사람은 시작도 끝도 모르는 채 살다가 티끌이 되어 바람에 흩날리는 법이다.」

「아멘.」 의회의 사제들이 이구동성으로 축원했습니다.

대사제 요카난이 주인님에게 물었습니다. 「대중의 돌을 맞고 어떻게 되었더냐?」

「쓰러졌습니다, 어르신. 돌을 맞고 쓰러졌습니다.」

「죽었었더냐?」

「아닙니다, 어르신. 가사 상태였을 것입니다. 죽었던 것은 결코 아닐 것입니다.」

「자캐오의 아들 라자로, 그대는, 죽었던 것은 아니라고 했다. 잘 말했다. 그런데 죽지 않았다면, 어째서 사람들이 그대를 매장하고, 만가를 부르는 것을 그대로 두었느냐?」

「가사 상태였습니다만 문득, 돌을 맞고 죽었다는 소문이 널리 퍼지면, 제가 처한 그 절망적인 상태를 그리스도의 믿음을 펴는 데 이용할 수 있겠다는 생각이 들더이다. 그래서 저는 저의 청지기 하브리를 통해서 구세주에게 저가 죽은 체하는 까닭과 목적을 전하고, 묘지 안에서 죽은 체하고 있을 테니까 와서 〈부활〉할 수 있게 해달라고 전했습니다. 저는 이로써, 부활 자체를 믿지 않는 사두가이파 사람들의 믿음이 틀린 것임을 입증하고자 했습니다. 뿐만 아니라 저는 저의 소위 부활이 요셉의 아들 요수아가 하느님의 피붙이임을 증명할 수 있을 것으로 믿었습니다. 아시다시피 그런 기적은, 삶과 죽음의 비밀을 두루 관장할 권위가 있는 분만이 일으키실 수 있는 것 아닙니까?」

나는 이런 말을 하는 뜻이 내 주인님을 비난하는 데 있는 것이 아님을 분명히 밝히고자 합니다. 의회 사람들이 어떻게 했는지, 그렇게 자백하기까지 어떤 고문을 했는지는 주인님만이 아실 것입니다. 그러나 사실대로 말하면, 니고데모의 신호가 떨어지자 의회의 관리들은 나를 옆방으로 끌고 가 초주검이 되게 매질했습니다. 초주검이 되도록 맞은 것입니다. 정말이지 나는 구세주에게 주인님의 뜻을 전한 적이 없습니다. 그럴 이유도 없었고요.

「하면 부활 같은 것은 없었다는 말이렷다?」 가야파가 물었습니다.

「없었습니다, 어르신. 조작된 놀음이었습니다.」

주인님의 말이 끝나자 가야파 대사제가 엄숙하게 결론을 내렸습니다.

「죽은 자 가운데서의 부활은 지금까지 없었고, 지금도 없으며, 영원토록 없을 것이다.」

「아멘.」 의회 사제들이 이구동성으로 축원했습니다.

내가 죽도록 매를 맞고 들어온 뒤로 재판은 주인님의 도움 아래 일사천리로 진행되었습니다. 주인님이 자백한 덕분에 다른 증거는 사실상 필요하지도 않았습니다. 그들은 나의 증언도 요구하지 않았습니다. 증언을 요구받았더라면 나는 더할 나위 없는 궁지에 몰렸을 터입니다. 다행히도 그들은 나를 법정 밖으로 출송하고, 청문(聽問)이 끝나기까지 밖에서 기다리라고 했습니다. 주인님에 대한 판결이 유죄인지 무죄인지 여부는 더 이상 의심할 나위도 없었습니다. 얼마 후 정리가 나와 나에게 주인님은 모둠살이에서 추방당하고, 대중으로부터 돌로 쳐 죽임을 당한 뒤, 대성전 노대에서 공개적인 저주를 받게 된다고 말했습니다. 정리의 말에 따르면, 주인님에 대한 의회의 처벌은, 모든 유다 교회당에서 대중에게 이단을 경계하는 징표로 고지되게 되어 있었습니다. 주인님에 대한 선고는 즉각 시행되게 되어 있었습니다. 그 까닭은, 하느님이 중죄인이 하루라도 더 살아 있는 꼴을 못 보시기 때문이라고 정리가 설명해 주었습니다. 공시적으로, 법적으로 기록되어 있는, 주인님에 대한 의회 사형 선고의 계속성을 강조하기 위해 형은, 주인님이 처음으로 사신(死神)에 굴복했던 바로 그 자리, 그리스 문자로 둘러싸인 의신 아이스쿨라피우스의 수탉 표지 밑에서 집행되게 되어 있었습니다.

죄인을 호송하는 대열은 관례에 따라 악명 높은 힌놈 골짜기를 지났습니다. 대열은 꼬불꼬불한 골목길을 지났습니다. 골목길에서는, 대장간의 망치 소리 때문에 귀가 먹먹했습니다. 숫돌에다 칼을 가는 단조로운 소리, 집집의 벽에서 되울리는 청동 벼르는 망치 소리, 띠로와 시돈 상인들의 포목점에서 들리는 베 폭 찢는 소리, 유리 공장에서 들려오는 쩽그랑거리는 소리 ─ 유리 공장의, 눅진눅진한 유리는 날빛의 모양도 각각이고 색깔도 각각인 그릇으로 빚어지는 것 같았습니다 ─ 바닷가에서 들리는 파도의 불협화음을 방불케 하는 장터의 소음……. 의회 경비병들 뒤로 모습이 험상궂은 부랑자들이 두엇 따라붙었습니다. 얼마 안 있어 이들의 수는 여럿으로 늘어났습니다. 대열이 오지그릇 골목에 이르렀을 때 경비병 뒤를 따르는 부랑자들은 이미 무리를 이루고 있었습니다. 이들은, 〈모세 오경〉과 율법을 부정하는 중죄인이, 유다인의 하느님과 그 하느님의 선택된 백성을 욕보이러 이스라엘의 악마가 파견한 공모자가 날빛 아래 번연히 살아 있다는 사실을 견딜 수 없어 하는 것 같았습니다.

이윽고 대열은, 주인님이 첫 번째로 숨을 거두었던, 그 막다른 골목에 이르렀습니다. 멀리 아이스쿨라피우스의 수탉 회장이 조그만 태양처럼 빛나고 있었습니다. 주인님이, 신변에 닥칠 위험을 의식하지 못하는 것 같더라고는 말하지 않으렵니다. 그런데도 주인님은 그것을 즐기고 있는 것 같았습니다. 예언자 같은, 약간은 오만해 보이는 표정이 나의 그런 느낌을 확인해 주었습니다. 주인님의 발걸음은, 그 불길한 휘장에 가까워질수록 빨라지고 있었습니다.

이윽고 첫 번째 돌이 날아왔습니다. 팔매를 전문으로 하는, 아주 능숙한 군병이 던진 것인 듯한 이 돌은 주인님의 관자놀이를 터뜨리면서 살을 찢어 놓았습니다. 주인님은 무릎을 꿇으며 하늘을 향해 두 손을 쳐들었습니다. 그는 무아지경에 빠진 채로, 세상을 내려다보시는 전능하신 분의 미소를 요구하는 것 같았습니다. 피투성이가 되어 있는데도 불구하고 그는 그 고통을 기쁨으로 누리고 있는 것 같았습니다. 그는 흡사, 그런 고통을 선택하고, 고통을 받는 데 동의한 사람 같았습니다. 돌을 던지고 있는 사람들은 사두가이파 사람들이 고용한 사람들이 아니라 주인님의 은밀한 생명의 고난을 섬기기 위해 온 사람들 같았습니다. 그는 우박처럼 쏟아지는 돌을 맞으면서 외쳤습니다.

「라자로가 살아 있으면 이스라엘은 죽는다. 라자로가 죽으면 이스라엘이 산다. 이스라엘 만세!」

그는, 처음으로 돌을 맞고 숨을 거둘 때 그랬듯이 아이스쿨라피우스의 수탉 휘장 아래서 숨을 거두었습니다. 그는 놀랐던 것 같았습니다. 상황이 너무나 명백한데도 불구하고, 죽음까지는 예상하지 못한 것 같았습니다.

나는 주인님의 시신을 나귀에 싣고, 담요를 한 장 빌려 그 위에 덮은 뒤에 베다니아로 돌아왔습니다. 밤이 되자 나는 마르타 아씨와 마리아 아씨의 도움만을 받아 가면서 은밀하게 주인님을 처음과 같은 수의로 싸고, 같은 관에 넣어, 같은 무덤에 모시고는, 흙구덩이에서 뒹굴고 있던, 같은 바위로 덮었습니다. 바위에는 같은 이름과 같은 생몰 연대가 아람어로 새겨져 있었습니다.

드디어 화장단 마련이 끝납니다. 제왕의 화장단 같지는 못합니다만 그렇게 초라한 것만도 아닙니다. 나는 불이 아래위로 고루 붙도록 잔가지를 화장단 위에다 늘어놓습니다. 이제 시신을 파내고 수의를 벗긴 다음, 십자 모양으로 만든 막대기 위에 수의를 걸치고, 이것을 화장대 위로 올립니다. 그래야 연기가 덜 날 터이고, 연기가 덜 나야 나는 주인님의 시신을 무사히 화장할 수 있을 터입니다. 마지막으로 주인님의 알몸을 화장단 위로 올리되, 발을 야훼의 성전이 있는 예루살렘 쪽을 향하게 올리고 불길이 빨리 번지게 그 위에다 잔가지 부스러기를 뿌립니다.

앞에서 말한 바와 같이 우리는 엘룰 월 열아흐렛날 주인님의 두 번째 장례를 치렀습니다. 그런데 엘룰 월 스무이튿날 밤, 두 번째 장례식의 음식을 나누어 먹고 있는 참인데, 주인님이 악취가 나는 수의를 걸친 채 비틀거리며 집 안으로 들어섰습니다. 벽로(壁爐)를 찾는 그의 얼굴에는 슬픔과 공포와 분노가 어려 있었습니다. 기진맥진한 모양인지 터진 풀무 소리로 숨을 몰아 쉬면서 주인님은 긴 와상(臥床)에 누웠습니다. 나는 그의 몸에 난 상처에 고약을 바르고 붕대를 감았습니다. 나는 주인님이 어떻게 두 번째로 부활해서 집 안으로 들어서게 되었는지 궁금해서 견딜 수 없었습니다.

「또 예수가 그랬습니까? 나자렛의 예수가 그랬습니까?」 내가 주인님에게 물었습니다.

「그래, 이런 빌어먹을……」 주인님이 치를 떨었습니다.

두 번째로 돌에 맞아 죽음을 당하고, 이스라엘의 미래를 위해 자신이 마련한 희생의 제물이 하릴없게 된 주인님의 찢어지는 듯한 가슴에는 또 하나의 공포의 그림자가 자리 잡고 있었는데, 그것은 사두가이파 사람들이 그의 두 번째 부활을 알 경우 또다시 죽이려 들 것이라는 데 대한 공포, 그리고 세 번째로 맞아야 하는 부활에 대한, 죽음보다 더한 공포의 그림자가 그것이었습니다. 세 번째로 부활해도 그것으로 끝나는 것이 아닙니다. 부활을 부정하는 사두가이파 사람들은 그를 네 번째로 죽일 터이고, 예수가 또 살려 내면 그들은 또 죽일 터입니다. 결국 주인님은 예수와 니고데모 및 그 추종자들, 그리고 그 추종자들의 자식이 이 땅에 살아 있는 한, 끊임없이 죽음과 부활을 반복해야 할 터입니다. 그들의 가슴속에 믿음에 대한 고집이 살아 있을 동안, 어쩌면 영원토록 죽음과 부활을 되풀이해야 할 터입니다.

주인님의 분노가 삭을 때를 기다렸다가 나는, 왜 두 번째로 죽음을 자원했는지, 내가 본 바에 따르면 기꺼이 죽음을 선택하고 맞아들이는 것 같아 보였는데 그 까닭이 무엇이었느냐고 물어보았습니다.

「희생도 좋습니다만, 그 희생이라는 것이 곧 죽음인데 어째서 저항하시지 않았습니까? 그자들이 어떻게 했기에 주인님께서 항복한 것입니까? 하기야 그들로서는 반드시 주인님의 항복을 받아 낼 필요는 없었을 것입니다. 언제든, 어떻게든, 자기네들 좋을 대로 주인님을 죽일 수 있었을 테니까요. 어떻게 된 것입니까? 그들로서는 주인님께, 대중을 상대로 거짓말을 하라고 하지 않았을 리 없었겠습니다, 그렇습니까?」

주인님은, 돌에 맞은 상처와 죽은 뒤 부패 과정에서 생긴 종기를 매만지면서 대답했습니다.

「하므리야. 왜 죽음 앞에서 저항하지 않았겠느냐? 나는 저항했다. 그러나, 내 죽음이 나의 의로움을 증명할 수 없어서 저항한 것이 아니라 죽음 자체가 무서워서 저항했다. 나는 벌써 한 번 죽어 본 사람이 아니더냐? 그런데 내가 공부를 끝내지 못한 사람이 한 학년을 더 다니라는 요구를 받듯이 다시 한번 죽으라는 요구를 받았다. 정말로 절망적인 상황이었다. 그런데 니고데모가 한 가지 해결책을 제시했다. 즉, 내가 만일에 최고 법정에서 의회의 정책에 합당하게 죄상을 자백하고 용서를 구한다면, 선고는 하되 집행을 하지 않는 방법을 강구해 보겠다는 것이었다. 나는 동의했다. 물론 이것은 환상이었다만, 나는 나름대로 이렇게 하면 일거양득이 되겠다는 생각을 했다. 즉, 내가 의회에서 죄상을 자인하면 의회의 대중은 저희 믿음을 지킬 수 있어서 좋고 나는 내 목을 지킬 수 있어서 좋으니, 누이 좋고 매부 좋은 해결 방안이 아니겠느냐고 생각한 것이다. 내가 의회 재판정에서 어떻게 했는지는, 그리고 그 뒤 어떻게 되었는지는 너도 보았으니 알 것이다. 저 저주받을 아이스쿨라피우스의 수탉 휘장 아래에서 두 번째로 돌에 맞아 쓰러지면서도 나는 저들이 나를 죽일 줄은 알지 못했다. 천치처럼, 정말로 다시 죽게 될 줄은 몰랐다. 그런데 죽음의 고통이 오면서 정신이 돌아오더구나. 하지만 이미 때는 늦었더구나. 나는 두 번째로 죽을 수밖에 없었다.」

「두 번째 죽음이 어떠했습니까?」

주인님은 대답하지 않았습니다. 주인님에게 이미 과거는 돌림병이 묻어 버려진 옷가지처럼 아무 의미도 없는 것인 듯했습니다. 주인님이 관심 있는 것은 미래, 그것도 다음 죽음과 다음 부활까지의 미래에만 관심 있는 것 같았습니다. 이제, 사두가이파 사람들이 안다면 그를 살려 두지 않을 것임은, 그리스도가 안다면 그를 죽은 채로 내버려 두지 않을 것임은 불을 보듯이 뻔한 이치입니다. 이제 라자로라고 하는 사람 자체가, 세상의 구원을 두고 벌어지는 한바탕의 싸움터가 되어 버린 것입니다.

나는 주인님에게, 오래 궁금하게 여기던 것을 묻지 않을 수 없었습니다. 「그런데 주인님, 저를 왜 끌어들이셨습니까? 왜 거짓 증언을 하셨습니까?」

주인님은 내 손을 잡고 대답했습니다. 「내가 거짓말을 하였더냐? 아무것도 기억나지 않는다. 나의 친구이자 나의 청지기인 엘가나안의 아들 하므리야, 무덤에서 오면서 내가 처한 형편을 곰곰 생각해 보았다. 내가 처한 형편은 욥이 처했던 형편보다도 못한 것이었다. 내가 죽어도 나아질 것이 없으니 그렇지 않으냐? 나는 사두가이파 사람들의 손아귀에서 빠져나갈 수는 없다. 그러나 나자렛의 예수의 손아귀에서는 빠져나갈 수 있다. 내게 생각이 하나 있다. 내게는, 내 생각을 실행에 옮겨 줄, 헌신적인 사람이 필요하다. 그럴 사람으로는 너밖에 없다. 내가 시키는 일이면 뭐든지 하겠다고 약속해 다오.」

주인님은 이러면서 내 손을 꼭 쥐었습니다.

나는 약속했습니다. 그러나 입으로 약속하는 것으로는 성에 차지 않던지 주인님은 나에게 하느님께 맹세하라고, 주님의 이름을 망령되이 일컫기를 요구했습니다. 그런 연후에야 그는 자기의 생각을 나에게 실토했습니다. 나로서는 기겁을 하지 않을 수 없었습니다.

「하지만 주인님, 그것만은 안 됩니다. 그런 죄를 지으면 세상에서 빌 데가 없어집니다.」

「그 죗값은 내 머리 위로 떨어질 게다. 하느님이 내 죄의 증인이 되어 주실 게다. 죗값이 얼마가 되든, 내가 지금 당하고 있는 것에는 견줄 수 없을 게다.」

귀뚜라미가 울기 시작합니다. 하늘은 허연 연기처럼 잿빛으로 변해 갑니다. 나무는 대지에 그 서늘한 그림자를 드리웁니다. 이제 화장단에 불을 지필 때가 되었습니다. 내 앞으로 예루살렘의 대성전이 보입니다. 하느님의 거처인 이 대성전의 첨탑 위로는 새도 날지 못합니다. 나는, 나도 모를 말을 중얼거리면서 — 내가 지으려고 하는 죄에는 정죄의 의식조차 없습니다 — 하늘을 향해, 내 주인님이 지으려는 죄를 고변합니다. 하늘을 향해 나의 주인님이 로마식으로 불꽃을 통하여 그리로 간다는 소식을 전합니다. 흙을 통해서 가는 것이 아니라는 소식을 전합니다. 히브리인이라고 불릴 동안 선택된 백성은 마땅히 흙을 통하여 하늘로 가야 하는데 우리 주인님은 불꽃을 통하여 하늘로 가는 죄를 짓는다는 소식을 전합니다.

　천둥 같은 목소리가 계시는 — 우리는 그 목소리로 통하여 하느님이 거기에 계시는 줄 압니다 — 성전을 향하여 절하고 나는 기도를 올립니다.

　「만군의 주님이시여, 저는 베다니아 사람 라자로의 종이자 청지기인 엘가나안의 아들 하므리올습니다. 제 뒤에 있는 것이 보이지요? 이 화장단 위에 놓인 것이 제 주인 라자로가 이승에서 누리던 것의 전부입니다. 해가 지고 있는 이 시각에 주님을 귀찮게 해드려서 죄송합니다. 좋은 시각이 못 된다는 것은 저도 잘 압니다. 주님께서는, 이제 온 세상의 예배당의 기도와 찬송을 들으시는 데 지쳐 계실 테니까요. 제가 주님께 용서를 비는 것은 바로 이 시각입니다. 그러나 제 주인님은 바쁩니다. 저 역시, 이러고 싶지는 않습니다만, 서원에 묶여 있어서 마음이 바쁩니다. 주님, 많은 사제들, 신학자들, 말씀의 기자(記者)들은 당신을, 머리카락 올 수까지 세는 분이라고 합니다만, 저는 그 말을 믿지 않습니다. 시나이 산에서 인간이 주님을 만나 뵌 이래로 613가지 규약과 무수한 곁다리 규정으로 우리 의무를 매기고 우리 삶의 질서를 세운 가없은 영혼은 바로 이 규약과 곁다리 규정에 얽매여 당신의 모습이 저희 모습과 비슷할 것이라고 상상하고 이런 억지를 부립니다만 저는 그 말을 믿지 않습니다. 죽은 사람이 불꽃을 타고 가든, 서늘한 바람을 타고 가든, 물방울이 되어서 가든, 뻘 밭에다 발자국을 남기면서 가든, 저는 당신이 그 발자국을 일일이 본다고는 여기지 않습니다. 제가 판단하건대 당신의 부리부리한 눈 — 눈 대신 형상이 없는 것으로 보시는지도 모르겠습니다만 — 은 하도 커서, 태양보다 작은 것은 보이지도 않을 것입니다. 그 크신 눈에 비치면 태양도 우주의 회오리바람에 떠다니는, 불붙은 티끌에 지나지 못할 터입니다. 만일에 당신의 눈이 그렇게 크지 않다면, 시력이 그렇게 좋지 않다면 어찌 코앞에서 벌어지는 일까지 일일이 그렇게 헤아릴 수가 있겠습니까? 얼마 전에 당신의 백성을 억압하고, 에돔을 짓밟은 로마인에게 손을 쓰신 것도, 세금을 반으로 감하신 것도, 이 더러운 제국에서 우리가 그나마 명예를 부지하고 있는 것도 다 당신의 눈이 크고 시력이 좋은 덕분일 것입니다. 오래전에 가축 시장이 엉망진창이 된 것을 보시고, 거세한 수송아지 한 마리의 값이 곡마단 표 값보다 싼 것을 아신 것도 다 당신의 눈이 크고 시력이 좋은 덕분일 것입니다. 밀은 거두어 봐야 제국의 세리들이 몰수해 갈 터인즉, 가라지를 심으면 제국의 군병들이 우리를 매달 십자가 아래에서 불을 피울 땔감으로라도 팔릴 수 있을 터이므로, 차라리 밀보다는 가라지 심는 것이 더 낫다고 하신 것도 다 당신이 눈이 크고 시력이 좋은 덕분이었을 것입니다……」

하므리야, 자제하여라. 하느님을 비난해서 어쩌자는 것이냐? 하느님께 불평이나 해서 어쩌자는 것이냐?

나는 나 자신을 이렇게 타이르면서 기도를 계속했습니다.

「주님, 당신의 아드님, 혹은 당신의 아드님으로 불리고 있는 자를 아실 것입니다. 이자는 온 가나안 땅을 돌아다니면서, 저희들이 원하지도 않는 구원의 기적을 남발하는 바람에 그렇지 않아도 비참한 저희들을 더욱 비참하게 만들고 있습니다. 제가 지금 이렇듯이 지성으로 당신 앞으로 보내는, 베다니아 사람 자캐오의 아들 라자로도 바로 그 기적의 희생자입니다. 짐작건대 희생자는 이분 하나뿐만이 아닐 것입니다. 혹시 메세제베일로라고 하는 예루살렘의 소경 이름을 들어 보셨는지요? 당신의 아드님이 뜻밖에 혀를 풀어 주는 바람에 이자는 말할 수 없는 고초를 겪었답니다. 도다임의 한 미치광이는, 당신의 아드님이 정신을 온전하게 해주는 순간, 세상의 모습을 있는 그대로 보고는 절망에 빠진 나머지 자살하고 말았답니다. 그러나 이들 가운데 고초를 당하되 가장 심하게 당하고 있는 분은 바로 제 주인일 것입니다. 부활을 믿지 않는 사두가이파 사람들을 골려 주고, 부활의 가능성을 실증한답시고, 당신의 아들 구세주는 제 주인을 말할 수 없는 고초를 겪게 하면서 세 번이나 죽게 했습니다. 사과를 따 먹은 것에 화가 나서서 아담에게 하신 말씀을 기억하시는지요? 그때 당신께서는, 〈흙에서 난 몸이니 흙으로 돌아가기까지 이마에 땀을 흘려야 낟알을 얻어먹으리라. 너는 먼지이니 먼지로 돌아가리라〉, 하고 말씀하셨습니다. 그때 당신께서는, 사람은 한 번만 죽는 것으로 정하시지 않았습니까? 그래서 므두셀라가 다섯 번 죽었다가 다섯 번 되살아나는 일 없이 백여든일곱 살이나 되어 아들 라멕을 보았을 때만 하더라도 이 법이 유효했던 것으로 압니다. 그런데 당신의 이 엉뚱한 아들, 당신의 배다른 자식은 그렇게 생각하지 않는 것 같습니다. 사람이 사마리아 노새같이 튼튼한 것이 아닐 터인데도 당신의 아들은 필요하면, 시도 때도 없이 사람을 몇 번이고 죽이기도 하고 살리기도 하는 모양입니다. 주님, 사두가이파 사람들이, 부활이 불가능하다는 것을 입증하기 위해 제 주인을 죽이면 그때마다 당신의 아드님은 부활이 가능하다는 것을 입증하기 위해 제 주인을 살려 놓을 것입니다. 그럴 때마다 주인이 겪는 고초는 늘어만 갑니다. 주님, 죄 없기는 마찬가집니다만, 저 욥조차 주인만큼은 고통을 겪지 않았을 겁니다. 욥은 뽐내기라도 했습니다만 제 주인은 그런 적도 없고, 남을 착취하는 것으로 악명을 얻은 일도 없습니다. 당연한 일입니다만, 사두가이파 사람도 구세주도 제 주인의 개인적인 소망 같은 것은 안중에 없습니다. 이들은 이상주의자들이어서 어떤 희생을 치르더라도 기어이 저희 천년 왕국은 세우고 보겠다고 나섰습니다. 이들은 오로지 누가 천년 왕국을 어떻게 세우느냐 하는 것에만 관심 갖고 있습니다. 제가 보기에 제 주인 라자로는 부활하기 위해서는 죽어야 하고, 또 죽기 위해서는 또 부활해야 할 듯한데, 이러한 일은 양자의 관계가 청산될 때까지 계속될 것입니다. 그러나 주님께서 아시다시피 이 양자의 관계는 영원히 청산되지 않을 것입니다. 청산이 어찌 가능하겠습니까? 겨우 청산이 이루어지려 해도 새 일이 터지고 새 오해가 생길 터인데 이것이 어떻게 가능해지겠습니까? 이렇게 되자 제 주인은 자기의 주검을 보호해야 하게 되었습니다. 주검을 보호한다는 것은 죽음을 영원히 사라지게 하는 일을 뜻합니다. 그래서 제 주인은 저에게 애원하여 당신의 이름으로 서원을 세우게 한 뒤, 다음에 자기가 죽거든 로마식으로 화장해 달라고 했습니다. 그래서 제가 이렇게 준비한 것입니다. 저는 기꺼이 그렇게 하려고 합니다. 주인의 시신이 없으면 예수도 죽음에서 부활시킬 수 없을 터이고, 사두가이파 사람들도 다시 죽일 수 없을 터입니다. 사두가이파 사람들이야 또 어느 놈을 하나 붙잡아 죽일 테지만, 제 주인을 가지고는 더 이상 그 놀음을 벌일 수 없을 터입니다. 주님, 저도 이 화장의 의식 자체가 대죄를 범하는 짓인 줄을 압니다. 그러나 달리 방법이 없습니다. 보십시오, 당신의 아드님의 사도들은 제 주인의 시신을 찾기 위해 온 올리브 산을 누빕니다. 주인의 시신을 찾아 저희들 선생님에게 가져가려고, 이로써 또다시 죽은 자 가운데서 일으킬 수 있도록 저렇게 혈안이 되어 이 산을 누비고 있지 않습니까? 보십시오, 거룩한 의회의 군병들은, 예수가 부활시켜 놓으면 바로 잡아 죽이려고 저렇게 노리고 있지 않습니까? 그렇다고 하더라도, 그 이름을 감히 입에 올릴 수 없는 주님, 당신의 세계는 안티옥의 곡마단일 수도 없고, 그래서도 안 되는 일 아닙니까? 그러니 주님, 이 엘가나안의 아들 하므리가 비록 불꽃을 통해서 보내더라도 율법에 따라 흙을 통하여 보내 드린 듯이 저의 선한 주인인 베다니아 사람 라자로의 영혼을 받아 주소서. 이렇듯이 불을 통하여 흙으로 되돌리니, 바라건대 이 산의 두더지 굴이 되지 않게 하소서. 제 주인, 고생을 해도 많이 했습니다. 그러니 더 이상 고통받지는 않게 하소서. 주님, 악으로부터, 생명으로부터 제 주인을 지켜 주소서.」

 귀청을 찢는 듯한 양뿔 나팔 소리가 들립니다. 예루살렘은 저희가 섬기는 하느님 앞에 〈아멘〉을 바칩니다. 나는 짐승의 외마디 소리 같은 그 거룩한 악기인 양뿔 나팔의 소리를, 화장을 계속해도 좋다고 승낙하시는 하느님의 음성으로 듣습니다. 나는 주인님의 왼뺨에 남아 있는 살점에 입을 맞추고는, 골고루 잘 타오르도록 화장단의 네 귀퉁이에 고루 불을 붙입니다.

뱀처럼 쉭쉭거리는 연기와 뱀의 혀처럼 날름거리는 불꽃에 못 이겨 깃털이 갓 난, 그래서 주인님처럼 발가벗은 듯한 새 한 마리가 화장단 속에서 날아오릅니다. 어쩌면 새가 아니라, 하늘로 날아오르는 내 주인님의 영혼인지도 모릅니다.

두 번째로 부활한 뒤로 내 주인님은, 사두가이파 사람들이 알면 그냥 두지 않을 것이라면서 몹시 두려워했습니다. 그런데 아니다 다를까, 바로 그 다음 날 의회의 군병들이 우리 집으로 들이닥쳤습니다. 그들은 더 이상 토론하려 들지 않았습니다. 더 이상 발명(發明)하려 들지도 않았습니다. 더 이상 결론의 주위를 맴돌지도 않았습니다. 그들은 들어오는 즉시 주인을 붙잡아 등줄기에다 창날을 들이댄 채 예루살렘으로 끌고 갔습니다. 그러고는 유다 총독의 재가를 얻어, 이번에는 구세주의 권능도 어쩔 수 없기를 빌면서 바로 골고다의 십자가에 그를 못 박았습니다.

주인님이 세 번째로 죽음을 당하는 날 나는 형틀에서 그리 멀지 않은 덤불 속에 숨어 있었습니다. 주인님은 천천히, 그리고 침착하게 숨을 몰아 쉬었습니다. 그는 바로 이웃 십자가에서 나는 신음 소리조차도 듣지 못하고 있는 것 같았습니다. 그날 십자가에 달린 사람 가운데서 주인님은 죽는 경험이 가장 풍부한 사람이었습니다. 아니, 십자가에 달린 사람뿐만 아니라, 모든 인간들 중에서도 가장 경험이 풍부한 사람, 죽음으로부터 죽음을 개인적인 경험의 차원에서 말하는 것을 허락받은 사람이었습니다.

내가 숨어 있는 곳에서 그리 멀지 않은 곳에는 그리스도의 두 사도가 있었습니다. 마태오와 가리옷 유다였습니다. 이들은 우리 라자로 주인님의 숨이 넘어가는 것을 지켜보기 위해 거기에 와 있었습니다. 주인님의 숨이 넘어가면 이들은 저희 선생님인 구세주에게 그렇게 보고할 터이고, 구세주는 또 달려와 주인님을 부활시킬 터입니다. 나는 이들을 따돌리려고 무진 애를 썼지만 하릴없었습니다. 유다가 나에게 이런 말을 했는데 어떻게 이들을 따돌릴 수 있었겠습니까?

「이것은 너희 주인의 개인적인 문제가 아니다. 이것은 고차원적인 원칙의 문제이다. 부활은 가능한 것, 실재할 수 있는 것, 그리고 자연스러운 것인데도 사두가이인들은 부활이란 불가능한 것, 실재할 수 없는 것, 자연스럽지 못한 것이라고 주장한다. 우리가 믿기로는, 이승에서의 세속적인 행위에 의미가 있을 수 있다면 부활에도 그런 의미가 부여되어야 한다. 우리가 너에게 주려는 선한 세월, 새 왕국은 바로 여기에 그 바탕을 둔다. 수백만 인류의 운명이 걸려 있는 터라서 한 사람의 고통을 돌아볼 여가가 없다. 이것을 네가 이해해 주기 바란다.」

그렇다면 나는 약은 수를 쓰지 않을 수 없습니다. 나는, 이해할 수도 양해할 수도 없으면서도 유다가 하는 말을 이해도 하고 양해도 한다고 말했습니다. 그러고는, 경비병들로부터 시신을 옮겨 받는 즉시 그들에게 넘겨주겠다고 약속했습니다. 그런데 의회의 관리들이 형장에 얼쩡거리고 있는 것이 나에게는 큰 도움이 되었습니다. 나는 사도들에게, 사두가이파의 하수인들에게 우리 계획을 눈치 채이면 안 되니까 제발 골고타 언덕에 나타나지 말아 달라고 부탁했습니다. 사도들은 내 말에 일리가 있다고 여겼는지 자리를 피해 주었습니다. 주인님이 숨을 거두는 광경을 보고 있기는 쉬운 일이 아니었습니다. 그의 죽음은 십자가에 못 박힌 사람들의 죽음 가운데서도 가장 길고 고통스러운 죽음이었습니다. 메마른 골고타 언덕에서 주인님은 자기에게 예비된 시간을 기다리며 오래 신음했습니다. 핏발이 선 눈은 절망적으로, 그러나 끈질기게 나에게 자기와 한 약속을 상기시켰습니다. 한낮이 되자 드디어 자비로운 경비병이 도끼로 주인님의 다리뼈를 작신작신 부숴 주었습니다. 이 직후에 주인님은 숨을 거두었습니다.

경비병들은 라자로 주인님이 남긴 부러진 뼈마디와 찢긴 살점을 나에게 건네주었습니다. 나는 이것을 자루에 수습한 뒤, 사도들을 찾는 대신 반대 방향으로 가서 숲속에 숨어 버렸습니다.

사도들과 의회의 하수인들은 내가 사라진 다음에야 내가 도망쳐 버렸다는 것을 알고 아뿔싸 했던 모양입니다. 곧 대대적인 수색이 시작되었습니다. 화장단을 만든 바로 이 자리까지 도망쳐 오게 한 것은 주인님에 대한 나의 충성심이었을 것입니다.

희붐한 올리브 산에서, 올리브나무의 가지로 이루어진 난공불락의 요새에서, 나는 주인님의 살점이 불꽃 속에서 탁탁 소리를 내면서 타오르는 걸 바라봅니다. 불꽃은, 예수가 부활시킬 수 있는 것, 의회가 다시 죽일 수 있는 것을 태우고 있는 것입니다. 나는 껑충껑충 뛰어서 화장단 주위를 돕니다. 거룩한 춤을 추는 레위 사제처럼 나도 이로써 마지막 영광을 저 위대한 순교자, 베다니아 사람 라자로에게로 돌리렵니다.

그의 육신이 불꽃에 소진되자 나는 손도끼로 그의 뼈를 곱게 빻아 가루로 만듭니다. 동풍이 불기 시작한 지 오랩니다.

나는 이 뼛가루를 정성스럽게, 세계의 네 귀퉁이로 날릴 것입니다.

머리 위의 작은 나무에, 라자로 주인님의 영혼인 듯한, 깃털이 갓 난 새가 앉아 있습니다. 새는 이 땅의 고통을 모를 터입니다. 그러니 슬픔은 더 말할 나위도 없겠지요.

죽음의 시대

□ ■ □

그러나 이 모든 것은 예언자들이 기록한 말씀을 이루려고 일어난 것이다.
―「마태오의 복음서」 26:56

힌놈의 죽음

그때에 배반자 유다는 예수께서 유죄 판결을 받으신 것을 보고 자기가 저지른 일을 뉘우쳤다. 그래서 은전 서른 닢을 대사제들과 원로들에게 돌려주며······. 유다는 그 은전을 성소에 내동댕이치고 물러가서 스스로 목매달아 죽었다······. 이리하여 예언자 예레미야를 시켜, 〈이스라엘의 자손들이 정한 한 사람의 몸값, 은전 서른 닢을 받아서 주께서 나에게 명하신 대로 옹기장의 밭값을 치렀다〉, 하신 말씀이 이루어졌다.

— 「마태오의 복음서」 27:3, 5, 9

나는, 가리옷 유다라는 이름으로 알려져 있기도 하고, 그리스도 안의 형제들에게는 〈까다로운 유다〉, 〈예언의 노예 유다〉로 통하기도 하는 예후다 벤 시몬, 열두 사도 가운데서는 가장 나이가 어린 사도, 이승의 고통과 천상의 영광을 함께 지니신 분 이후로는 가장 먼저 이승을 뜨는 자, 이스라엘을 죄악으로부터 구하려고, 내 눈의 환상, 내 잠 속의 꿈, 내 은밀한 존재의 외침, 내 가슴의 박동이던 하느님의 독생자인 예수 그리스도를 배반하고 은 서른 냥에 대사제 안나스와 가야파에게 팔아 십자가에 못 박히게 함으로써 이사야의, 〈그는 고통을 겪고 병고를 아는 사람〉이라고 한 예언이 이루어지게 한 장본인입니다. 행여나 예언의 한마디라도 이루어지지 않거나 이루어져도 모르고 지나치는 일이 없도록 나는, 우리가 유월절을 지내려고 에브라임의 빈 들을 떠나 예루살렘으로 온 뒤인, 티베리우스 카이사르의 치세 15년째 되는 해 니산 월(月)부터 하루하루를 빠뜨리지 않고 한시 한시를 빠뜨리지 않고 금전출납부에 일용품, 기부금, 옷값, 음식 값, 그리고 개종자들과 미지의 독지가 — 구세주에게, 전능하신 하느님께, 그리고 장차 세상에 나올 여러분에게 한 것이 이 세상 끝날 때까지 칭송되고 기억될 — 의 헌금 명세 사이사이에다 아람어로 기록한 장본인입니다.

성부와 성자와 성신의 이름으로, 아멘.

겉옷 열세 벌(세탁)	1아스
부림절 축제 비용	1드라크마
북문에서 앉은뱅이 예호벳에게 준 돈	1아스
올리브 값	3미테
니산 월 초하루 비용 합계	1드라크마 반

에브라임에서 이레째 되는 날, 에브라임에서 스무이레째 되는 날, 에브라임에서 백스무이레째 되는 날. 에브라임에는 얼마나 머물게 되어 있습니까, 주님? 에브라임에는 얼마나 더 있어야 합니까?

유다는 사도들을 불러서 물어보지만 하릴없습니다. 유다는 「이사야」를 읽고, 「즈가리야」를 읽고, 다윗 왕의 「시편」 22편을 읽어도 하릴없습니다. 선견자 중의 선견자도 하릴없습니다. 하느님의 어린 양은 거룩한 도부(屠夫) 손에 맡겨질 터입니다.

주님은 침묵하십니다. 열한 제자들도 침묵합니다.

에브라임은, 메마른 유다 평원의 바위 사이에서 꿈을 꿉니다. 야곱의 자손들은 과월절에 잡을 양을 살찌웁니다. 여기에 있으면, 하느님이 천상의 덤불 속에서 엿보시는 것을 두려워하지 않아도 됩니다. 여기에 있으면, 죄악이 만연하는 이 세상, 처형장에서 들리는, 구원의 신호가 될 비명 소리를 기다리는 세상을 생각하지 않아도 됩니다.

여기에 있으면 자유를 부르짖는 거룩한 고함 소리 대신 하느님이 코를 고시는 소리가 들립니다. 에브라임에 영광 있으라, 하느님의 아들에게 영광 있으라. 사도들이 단잠을 잔다.

곧 니산 월로 접어들 터인데도 우리는 여전히 에브라임에 있습니다. 과월절이 곧 끝날 터인데도 우리는 여전히 에브라임에 있습니다. 주님, 이 꿈꾸는 에브라임에는 도대체 얼마나 있어야 하게 되어 있습니까?

자, 내 말에 귀 기울여 주기를 바랍니다. 유다의 귀에는 사도들이 부르짖는 소리, 이스라엘을 두고 예레미야가 애곡하는 소리가 들립니다. 유다의 눈은 붉은 하늘에서 바람 대신 부끄러움을, 구름이 좋이 낀 하늘에서 봄비 대신에 눈물을 봅니다. 하느님의 아들은 어디에 있습니까? 그분은 왜 오시지 않습니까? 왜 망설이고 있답니까?

유다는 끊임없이 사도들에게 맡은 임무가 무엇인가를 상기시키지만 하릴없습니다. 유다는, 사도들을 기다리는 영광을 기록하지만 하릴없습니다. 새 왕국은 십자가의 긴 그림자에, 어머니의 진통처럼, 세상을 거듭나게 하는 격랑에 희생되게 되어 있습니다.

그분은 침묵하십니다. 사도들도 침묵합니다.

건망증이 심한 에브라임은, 하느님을 모르는 길르앗 가까이서 코를 곱니다. 에브라임의 차가운 동굴에서 쫓겨난 신들이 웃음을 터뜨립니다. 대우상(大偶像)과 소우상과 몰록과 바알과 황금 송아지가 반역의 기치를 높입니다. 그들의 때가 가까워 옵니다. 그들은 기어이 기지개를 켜고 에브라임이 잠꾸러기의 사타구니에 손을 넣을 것입니다. 희생자가 없으므로 구원도 없을 것이고 단일 신을 섬기는 왕국은 위기의 벼랑으로도 몰리지 않습니다. 그런데 쫓겨난 신들은 이스라엘로 돌아오려고 짐을 꾸릴 수 있습니다. 이들도 저희를 섬길 목자를 거느릴 수 있을 것입니다. 그러면 이들도 잠든 이들의 꿈속에서 그 무서운 모습을 현몽할 것입니다.

이 과월절에 성서의 예언이 이루어지지 않으면 우리는 다음 해, 그 다음 해의 과월절을 기다려야 합니다. 그러나 예언이 성취되기를 기다리면서도, 다음 해, 그 다음 해 과월절에도 예언이 성취될지 되지 않을지 모르는 판국인데도 우리는 이것을 모르는 척합니다. 과월절 이전에 우리는 한 번은 예리고에서, 한 번은 헤브론에서, 한 번은 유다 인들의 거주지인 리다에서, 도합 세 번이나 예루살렘을 향해 떠났습니다만 우리는 세 차례나, 아직 때가 오지 않았다는 주님 말씀 때문에 되돌아오고 말았습니다. 때가 오지 않았다면 그때가 언제입니까? 야훼여, 어느 해가 저희가 고통받을 해로 정해져 있습니까?

유다가 「이사야」를 인용하는데도 선생님은 침묵하십니다. 그의 입술에서는 한마디 말씀도 떨어지지 않습니다. 유다가 일깨우고, 비난하고, 설득해도, 그분은 침묵하십니다. 땅바닥 위로 가죽 신발만 끌고 계십니다. 유다가 애원하려 하자 그는 가만히 그 자리를 빠져나가 버렸습니다.

유다는, 선택된 백성 가운데서도 선택된 사람들인 사도들에게로 돌아섭니다. 사도들에게로 돌아선 까닭은 사도들이야말로 그리스도의 공모자, 그리스도가 거둘 전리품의 공동 소유자, 그리스도가 받을 고통의 상속자들이기 때문입니다.

그들 같으면 이해할 것입니다. 그러나 그들 역시 침묵합니다. 그들 역시 자리를 떠나 버립니다. 아무도 유다에게 귀를 기울이지 않습니다. 아무도 유다의 말을 들어주려 하지 않습니다. 마침내 세리 마태오는 나에게 아주 대어놓고, 〈너는 우리의 돈주머니를 맡고 있으니만치, 하느님의 아들이 해야 할 일을 간섭할 것이 아니라 돈주머니나 잘 간수하라〉는 말을 합니다. 어린 양도 제 죽을 때를 아는데 항차 그리스도가 자기 처한 입장을 모르겠느냐는 것이 마태오의 주장입니다.

나는 이렇게 물어보지 않을 수 없습니다. 「아신다면 어째서 지체하시는 게요? 왜 예루살렘 입성을 서둘지 않으신답니까? 머지않아 예루살렘 사람들은 무교병(無酵餠)을 반죽할 것이고, 오래지 않아 가축의 주인은 제물에 쓰일, 일흔다섯 가지의 흠이 없는 가축을 고를 게요. 그때가 되면 양 우리에는 건강한 놈, 정결한 놈, 무구한 놈만 남게 될 거요.」

「우리 유다 땅에는 벌써 흠 없는 숫양이 많이 있다.」 마태오가 대답했습니다.

「하지만 하느님께서도 숫양의 피에는 질리셨습니다. 아모스의 아들 이사야는 하느님께서, 〈무엇 하러 이 많은 제물을 나에게 바치느냐? 나 이제 숫양의 번제물에는 물렸고 살진 짐승의 기름기에는 지쳤다. 황소와 어린 양과 숫염소의 피는 보기도 싫다. 더 이상 헛된 제물을 가져오지 마라. 이제 제물 타는 냄새에는 구역질이 난다〉, 이러시더라고 하지 않았습니까?」

만군의 주님께서는 숫양의 피를 바라시지 않습니다. 아도나이께서는 당신의 피를, 당신의 몸에서 비롯된 인간의 몸을 요구하십니다. 그분께서는 우리의 죗값으로 당신의 창조적인 입김이 임종을 맞아 목구멍으로 내는 가래 끓는 소리를 요구하십니다.

나는 요나의 아들 베드로를 한쪽으로 불러, 오래전부터, 이사야의 입에서 예언이 나온 이래로, 주님께서는, 이스라엘 사람들이 과월절을 명절로 쇠는 것을 좋아하시지 않는 모양이라고 말했습니다. 그러나 베드로는 내 말은 들은 척도 않고, 돈주머니에 돈이 얼마나 있느냐고 물었습니다. 가난한 고향 사람을 만났는데, 아무래도 좀 도와주어야겠다는 것이었습니다. 주님께서 몸소, 우리들 중에서 제물을 고르시는 판인데, 세상의 비렁뱅이 걱정이 당합니까? 이것 보세요, 게파, 하늘은 더 이상 숫양을 제물로 안 받는다고 하잖아요?

게파는, 이집트의 거대한 탑같이 튼튼한 다리를 쩍 벌리고 서서 그 자갈 같은 눈을 굴리며 나를 노려봅니다. 교회의 반석이 거기에 버티고 서서, 바위 벼랑 같은 가슴을 부풀리며, 금방이라도 나를 잡아먹을 듯이 을러댑니다. 「이 풋내기야, 도대체 네가 뭐냐? 네가 무엇인데 하느님의 뜻을 감히 입에 올리느냐?」

「나는 유다올시다. 더도 덜도 아니고 유다올시다. 무엇이든 다일 수도 있고, 아무것도 아닐 수도 있는 유다올시다. 열두 제자 중의 막내, 구세주의 총애를 받는 자, 진리의 수호자, 말씀의 기자(記者), 예언자의 나팔이올시다. 그분이신 하느님께서 신뢰하시는 자올시다. 게파(반석) 나리, 어쩌면 반석 위에 설 교회의 벽이 될 회반죽인지도 모릅니다. 얼마든지 물어보세요, 얼마든지 대답할 테니. 바위가 알아먹을 수 있을지는 모르겠지만요.」

나는 베드로를 떠나 제베대오의 두 아들을 찾습니다. 요한과 야고보는 풀밭에서 씨름을 하고 있습니다. 요한은 제 형 야고보에게, 최근에 배운 씨름 기술을 가르쳐 주고 있습니다.

「벌써 니산 월이 되었어요.」 내가 말을 걸었습니다.

「하나, 둘, 셋……. 먼저 오른쪽으로 감은 뒤에 왼쪽으로……」
요한은, 상대의 옷자락 잡는 방법을 가르치기에 여념이 없습니다.

「니산 월이 되었다니까요.」

「오른쪽으로 감았으면 또 왼쪽으로……. 다음에는 무릎 사이를 좁힙니다.」 요한과 맞붙어 야고보가 낑낑거렸습니다.

「곧 무교절이 됩니다.」

「꽉 잡아요, 형님.」

「예언자들이 말씀하시던 과월절이 목전에 와 있어요.」

「빨리 잡으라니까요.」

「예언자들 말씀에 따르면, 구세주는 과월절에 우리를 죄악에서 해방시키려고 고통을 받으시게 됩니다.」

「어차차차!」 요한이 힘을 주자 야고보는 부드러운 선을 그리며 날아가 땅바닥에 벌렁 나자빠집니다.

「이봐, 유다! 우리랑 운동 좀 하지그래? 요즘 안색이 안 좋아.」

「주님께서 말씀하시었소. 〈이제 황소와 어린 양과 숫양의 피는 보기도 싫다, 짐승의 피에는 이제 질렸다.〉」

나는 풀밭을 떠나면서 덧붙였습니다. 「주님께서 말씀하시었소. 이제 당신의 피를 가져오라고, 신약(新約)의 피를 가져오라고 하시었소.」

뒤에서, 제베대오의 아들 형제가 씨름하면서 질러 대는 소리가 들려왔습니다. 그 소리는 면도날이 되어 내 살을 에는 것 같았습니다.

벳호른 사람으로부터 헌금	4드라크마
갈릴래아 땅 나인 사람으로부터 헌금	3드라크마

돈주머니에 남아 있던 금액	1드라크마 반
여관 주인 안드로니고에게(빚 갚음)	7드라크마 반
니산 월 초이틀의 잔액	1드라크마

디디모스 사람 토마와의 은밀한 이야기. 무화과나무 그늘에서의 기탄없는 대화. 무화과나무 그림자는, 두꺼운 실로 짠 마른 그물처럼 우리 발치에서 떱니다. 나는 변죽을 울리는 대신 단도직입적으로 치고 들어갑니다. 거침없이, 거칠게, 툭 터놓고 말합니다. 그러나 나는 실제적인 사람이기도 합니다. 이제 토마로 하여금 제 입으로, 비록 죄악에 빠져 있기는 해도 세상은 몇 년만 더 있으면 구원을 받게 된다는 말만 하게 하면 됩니다. 죄악의 많고 적음은 구원의 기회와 상관없다. 고백하기만 하면, 말하자면 구세주에게 맡겨지기만 하면 죄악은 하나가 되었든 천이 되었든 마찬가지이다. 그러나 믿음은 기다리지 못한다. 믿음이라고 하는 것은, 인정을 받지 못하면, 식는 것은 물론이고 믿음의 주체를 향해 반기를 드는 법이다. 흡사 함정에 빠진 전갈처럼, 제 몸에다 그 무서운 독침을 박기도 한다. 우리의 믿음은 그리스도의 고통을 딛고 선다. 우리는 지체 없이 예루살렘으로 가야 한다. 가서, 이스라엘의 심장부에서, 대성전의 눈앞에서 예언자들의 말씀이 이루어지게 해야 한다. 설교는 이제 실제 행동에 마땅히 그 자리를 내어 주어야 한다. 담화는 그만 하고 이제는 몸으로 보여야 할 때다. 입으로 내뱉는 말에는 피가 묻어 있어야 한다. 말씀이라는 게 무엇이더냐? 오로지 갈보리의 약속을 통해서만 박해를 받고 있는, 얼마 되지도 않는 우리 동패는 믿음의 바다로 나아갈 수 있다. 한 방울 한 방울의 비에서 비롯되는 소나기만이 믿음 없는 이 땅을 적실 수 있다. 십자가는 우리

를 기다린다. 따뜻한 모성(母性)의 하늘로 향한 십자가 기둥과 가름대야말로 죄악의 강을 건너는 다리가 아니더냐…….

우리 동패 중 유일한 양반인 토마에게, 비록 셈을 할 줄 알기는 하나 갈릴래아의 촌뜨기이기는 마찬가지인 이 유다의 소박한 논리가 통했을까요? 그러나 세상은 역시 유다의 돈주머니보다는 깊은 것이었나 봅니다. 하느님의 뜻은 환전상(換錢商)의 생각보다는 복잡한가 봅니다.

토마는 흥미가 없으면서도, 말하는 사람이 화가 나리만치 끈기 있게, 꼴 보기 싫을 정도로 예의 바르게 내 말에 귀를 기울였습니다. 토마는 원래 그런 사람입니다.

암. 토마도 과월절이 가까워지고 있다는 걸 알 겁니다. 재미없게 읽기는 했겠지만 이사야의 예언서도 읽었을 터입니다. 타인에 대해 지나치게 호전적이고, 지나치게 자화자찬하고 있다는 것도 알고 있을 터입니다. 전통적으로 많은 사람들에 의해 죄를 짓지 않는 것으로 믿어지는, 따라서 이해의 폭이 넓지 못할 수밖에 없는 한 성자의 허영에 찬 자화자찬 아니면 소아병적인 궤변이라는 것도 알고 있을 터입니다. 그런데 이자가, 이 토마가 하는 말이 걸작입니다.

「그래서 바라시는 게 뭡니까?」

토마는 분명히, 내가 인용한 글귀, 야곱의 족속에 관한 글귀를 알고 있을 터입니다. 하느님은 짐승의 피에 이제 물렸다는 것을 알고 있을 터입니다. 그런데 토마는, 그러면 왜 하느님은 처음에는 죄 없는 짐승이 학살당하는 것을 좋아했을까, 이런 생각을 합니다. 물론 하느님도 학살당하는 어린 짐승의 울음소리, 쏟아지는 기름진 체액, 냄새나는 피, 김이 무럭무럭 나는 내장, 시체에서 나는 뜨뜻한 냄새를 좋아했을 리는 없었을 것이라고 생각합니다.

내가 토마에게 묻고 싶어 하던 게 무엇이었던가요?

예언입니다. 이사야, 즈가리야, 그리고 선견자적 안목을 지니고 있던 분들의 예언입니다. 그런데 토마는 그런 예언이 그토록 진지하게, 글자 그대로 해석될 줄은 몰랐던 모양입니다. 그런 인기를 얻게 될 줄은 몰랐던 모양입니다. 하느님의 아들이 십자가에 못 박혀 죽은 것은, 세상의 구원을 위한 필요 불가결한 조건입니다. 누가 이런 말을 했던가요? 누군가가 했습니다. 그러나, 분명히 예언에 나와 있기는 하나, 다시 말해서 우리 구세주에 관한 언급이 예언서에 나와 있기는 하나 그건 중요하지 않습니다. 불행히도 인간이라고 하는 것은 육체로 살기도 하는 것인데, 예언자들은 바로 이 육체를 언급하고 있는 것인지도 모릅니다. 육체라고 하는 것은 말씀의 연모, 운명의 조잡한 무기입니다. 연모를, 연장을 무시할 수 없듯이 육체를 무시해서도 안 됩니다. 육체는 제물의 가장 중요한 부분을 이룹니다. 예언의 십자가에 못 박힐 육체는 추상적인 것, 구원에의 탐욕스러운 갈증을 드러내는 시적인 비유가 아닙니다. 육체는 하느님의 형상에 따라 지어진 살아 있는 인간, 하느님의 몫과 인간의 몫으로의 분리가 불가능한 실타래 같은 것입니다. 불행히도 이 육체에서 인간의 몫은 고통을 받아야 합니다. 그런 연후에야 하느님의 몫은 하늘로 오를 수 있는 것입니다.

「알겠습니다만, 바라시는 게 도대체 뭡니까?」 토마가 물었습니다.

「아무것도 없네. 아무것도 바라지 않네.」 나는 이렇게 대답하지 않을 수 없었습니다.

나는 알패오의 아들 야고보를 찾으러 갑니다. 이윽고 이 황소 같은 인간에게 접근합니다만 기대는 하지 않고, 그저 은혜라고 베푸는 기분으로 — 주님, 이 자만심이라는 이름의 죄악으로부터 저를 구하소서 — 접근합니다. 당연한 일이겠습니다만 이자는 내 말을 이해하지 못하고 나를 미치광이로 여깁니다. 심지어는, 내가 미쳤으니까 우리 동패의 돈주머니는 다른 사도에게 맡겨야 한다는 뜻까지 비칩니다. 모르지요, 어쩌면 내가 미쳤는지도 모르지요. 하지만 내 광기는 버리지 않으렵니다. 내 광기는 아름다운 것이니까요. 아니, 미치기라도 했으면 좋겠습니다. 알패오의 아들 야고보의 귀는 당나귀 귀나 진배없습니다. 하지만 해보아야지요. 그래서 그에게, 예루살렘으로 가야 하지 않겠느냐고 말합니다.

「선생님도 그 생각을 하고 계실 것이야.」

이게 야고보의 말입니다.

「야고보 형제, 선생님께서는 어쩌면 예루살렘에서 고난을 당하실지도 모릅니다.」

「선생님은 고난을 당하실 생각까지 하고 계실 것이야.」

더 이상 참지 못하고 내가 고함을 지릅니다.

「당신, 알패오의 아들 야고보의 생각도 좀 들어 봅시다.」

「나? 없어. 나는 생각하지 않아. 믿을 뿐이지.」

알패오의 아들 야고보를 대할 때마다, 그의 단순하고 조잡하기 짝이 없는 믿음……

그리스도 안의 형제여, 평강이 그대와 함께하기를……. 그대를 만나려는 참인데 그대는 없고 그대의 치부책(置簿册)만 있어서 여기에다 하고 싶은 말을 남기네. 여관 주인 안드로니고가 우리에게, 과월절을 자기 여관에서 보내겠느냐고 하네. 여관을 쓰지 않으면 다른 사람들에게 빌려 주겠다고 하는군. 내가 하고 싶은 말은, 안드로니고는 헬라 사람이고 따라서 할례를 받지 않았다는 것이네. 이런 사람의 여관에서 과월절 쇠는 것을 율법에서는 어떻게 규정하고 있는지 모르겠네. 모세의 율법에 관심이 많은 그대가 한번 따져 보게만, 모르겠거든 이런 지식에 관한 한 큰 복을 받으신 선생님께 여쭈어 보게. 그대의 형제 마태오.

……의 벽 앞에서, 저항하기 어려운 내 믿음의 위치를 다시 생각해 보게 됩니다. 내 믿음과 야고보의 믿음의 차이는 어디에 있는 것일까요? 나는 야고보가 알지 못하는 것을 압니다. 나는 선생님께서는 우리를 생각하시고, 예언자들은 선생님을 생각하신다는 것을 압니다. 따라서 우리를 생각하는 것은 선생님이 아니라 바로 예언자들이라는 것도 압니다.

여관 주인 안드로니고가, 과월절을 자기 여관에서 쇠겠느냐고 물어 왔다고요? 마태오여, 농담 작작 하시오! 안드로니고가 물은 게 아니고, 당신이 물은 거요. 헬라인들이 어떤 사람들이라고 이 성수기(盛需期)에, 방 값도 제대로 못 주는 우리에게 방을 빌려주겠다고 한답니까? 마태오, 당신은 거룩한 성(城) 예루살렘으로 가고 싶지 않은 게로군요.

마태오는, 예루살렘에서 자기를 기다리는 십자가, 자기가 져야 하는 십자가가 두려운 것입니다. 에브라임에서 마태오는 행복합니다. 유다만 빼고, 모두 에브라임이 지내기에 좋습니다. 내가 예루살렘 이야기를 꺼낼 때마다 모두들, 무엇하러 기름솥에서 불길로 뛰어드느냐고 야단들입니다. 에브라임에는 우리를 푸대접하는 사람들이 없습니다. 우리에게 올무를 씌우려 드는 이단자들, 우리를 비아냥거리는 이단자들도 없습니다. 복잡한 교리 문답으로 우리를 궁지에 몰아넣으려는 서기도 없고, 바리사이파 사람들도 없고, 의회의 율법 학자들도 없습니다. 에브라임 사람들은 생각이 깊고, 바탕이 선하고, 믿음성이 있는 사람들입니다. 에브라임 사람들은, 박식한 신학자의 복잡한 설교보다는 율법 학자들이 들려주는 소박하기 짝이 없는 낙타와 바늘귀 이야기, 왕자의 혼인 이야기, 하늘나라의 어린이 이야기, 돌아온 탕자(蕩子) 이야기, 불쌍한 라자로 이야기를 더 좋아합니다. 개종을 강요하거나 의무를 강조하는 이야기보다는 도덕적인 가르침이 깃들어 있는 이야기, 그저 재미있게 들을 수 있게 하는 이야기를 더 좋아합니다. 에브라임에서 우리는 존경을 받습니다. 물론 존경을 받기 때문에, 뜨내기 약장수나 우스갯소리꾼의 호기심의 대상이 되는 값을 치르기는 합니다만 존경을 받는 것은 분명합니다. 그렇습니다. 에브라임에 있으면 이 유다의 돈주머니도 다른 어느 곳에 있을 때보다 무겁습니다. 하지만, 내 눈의 빛이자 자비로우신 하느님이신 우리 주님께서 근심에 잠긴 채, 부서진 기둥 밑 그늘진 곳에 쭈그리고 앉아 계시는 터에, 열한 제자들이 에브라임의 뜨거운 골목길을 하는 일 없이 배회하며, 낮에는 밤을 기다리고, 밤이 되면 아침을 기다리면서 세월을 보내는 터에, 그래서 영혼이 힌놈의 골짜기처럼 황량한 터에 에브라임 좋다고 할 것이 무엇이겠습니까?

좋습니다, 징수 세리(徵收稅吏) 마태오여, 내가 해보겠습니다. 내가 선생님께 여쭈어 보겠습니다. 그러나 여관 주인 안드로니고 핑계는 대지 않겠습니다. 에브라임에서 과월절을 보낼 것이냐고도 여쭙지 않겠습니다. 바로, 예루살렘으로는 언제 가실 것이냐고 여쭙겠습니다.

선생님을 뵙기 전에 나는 안드로니고를 찾아가 내 직권으로, 대단히 유감스럽지만 과월절을 여관에서 보내라는 친절한 제안은 거절하지 않을 수 없게 되었다는 말을 합니다. 물론 안드로니고는 몹시 당황한 척합니다. 안드로니고가 호의로 우리에게 그런 제안을 한 것은 물론 아닐 것입니다. 따라서 이제 우리가 거절했으니까 그는 다른 사람에게 빌려 줄 수 있을 터입니다. 그는, 자기 여관의 대접이 시원치 않아서 그러느냐고 했습니다. 나는, 과월절을 예루살렘에서 보내어야 하기 때문에 여관에는 묵을 수 없노라고 했습니다. 그는 내 말에 화를 벌컥 냅니다. 그제야 마태오의 장난인 것으로 드러납니다. 그래서 나는 안드로니고에게, 우리는 청구서대로 값을 치르지 않고 떠날 사람이 아니다, 남의 호의에 굶주린 우리가 당신의 호의를 거절하게 되어서 정말 미안하다, 하고 사과했습니다.

세리 마태오여, 그때조차 악마의 편에 서고 말았는가?

니산 월 초이틀로부터의 이월(移越)	1드라크마
교리 강독 시간에 거지에게	5미테
시 의회당 앞에서 가난한 사람을 적선함	2파라
니산 월 초사흘의 잔액	3미테

어젯밤에는 구름이 뚫렸는지 따뜻한 비가 쏟아졌습니다. 아침에 보니 온 에브라임에 김이 무럭무럭 났습니다. 새들이 숨을 죽이고 있는 처마 밑에는 공기가 누더기가 되어 걸려 있습니다.

우리가 묵고 있는 방 창 밑으로 사마리아 사람 둘이, 사제의 검사를 받으러 제물에 쓰일 양을 데리고 갑니다. 전령관 세벰이 에브라임 사람들에게, 과월절 전날은 회당이 몹시 붐빌 테니까, 늦어도 니산 월 초열흘까지는 제물 검사를 다 받아 두라고 외치고 있었습니다. 희미하게 들리는 세벰의 음성을 듣고 보니 문득 벼락 치는 듯한 하느님의 음성이 들려오는 것 같았습니다. 세상에, 딴에는 하느님의 뜻을 헤아린다고 하는 이 유다가, 사람들의 과월절 쇨 준비 하는 것도 모르고 있었다니, 짐승의 피가 또 한 차례 하느님을 속상하게 할 것도 모르고 있었다니……. 과월절이 오면 하느님의 자비를 구하면서 바치는 사람들의 제물이 하느님을 역겹게 만들다 못해 구토하게 만들 것이라는 생각을 하니 나 자신을 비참하게 하고 나 자신을 모욕하는 것 같았습니다.

손을 꼽아 보니 과월절까지는 열이틀이 남아 있습니다. 이 열이틀 동안 나는 어떻게든 형제들을 설득하여 선생님과 함께 예루살렘으로 가야 합니다. 때를 놓쳐 엉뚱한 사람에게 십자가의 고난과 영광을 빼앗겨서는 안 될 터입니다. 나는 허겁지겁 옷을 입고는 밖으로 나갔습니다. 한시라도 바삐 열한 사도 중 한 사람을 붙잡고 이야기라도 해볼 기회를 놓칠 수는 없는 일이기 때문입니다. 나는 평소에 늘 음울해 보이고, 그러면서도 성질이 벼락같은, 전직이 겐네사렛 땅 베싸이다의 장의사이던 필립보를 만났습니다. 그러나 그의 얼굴에서 화농 부스럼처럼 터지는 싸늘한 미소에 나의 전의(戰意)는 무장 해제를 당하고 나의 다급한 경고의 불길은 하릴없이 꺼지고 맙니다. 결국 나는 성서의 예언이 이루어지기 위해서 예수님의 고난은 불가피하다고 말했을 때 그의 미소는 위선적인 폭소가 됩니다. 결국 웃은 것은 필립보가 아니고, 내가 발음한, 그의 귀에 선 이사야, 즈가리야, 다윗, 성서, 야훼, 복음, 이스라엘, 세상, 예루살렘, 십자가, 고난, 부활 같은 말들, 그의 미소 앞에 들이댄 나의 말, 웃는 그분의 얼굴에 들이댄 나의 문장이었습니다. 그의 표정이 담아 낸 얼음은 내가 지핀 불길을 꺼뜨렸습니다. 나는 그만 입을 다물어 버렸습니다.

「유다, 나는 산 사람보다는 죽은 사람에 대한 경험이 더 풍부한 사람이네. 따라서 내가 이렇게 말한다고 해서 지나치다고는 여기지 말게. 유다여, 저주받을 거짓말쟁이여. 그런데도 자네는 그걸 모르고 있네.」 이것이 필립보가 내게 한 말입니다.

그는 이렇게 말하면 내가 그 자리를 뜰 줄 알았던 모양입니다. 그러나 나는 자리를 뜨지 않았습니다.

「듣고 있으니까 말씀 계속하세요, 필립보 형제.」 나의 몸은 걷잡을 수 없이 떨렸습니다.

「어쩌자고 그렇게 쓰레기 같은 말을 내뱉고 있는가? 그분의 고난이 누구를 위해서 필요한 것인가?」

「세상을 위해서요.」

「역시 쓰레기 같군. 뭐라고? 세상이라고? 주님의 고난은 〈자네〉에게 필요한 것이야. 자네에게 주님의 고난이 필요한 것이야.」

웃기만 하면 쥐어박고 말 테다……. 나는 이런 생각을 했습니다.

「유다에게는 세상에 대한 걱정이 필요 이상으로 많아. 그런데도 자네의 믿음은 그지없이 튼튼해. 자네는 자신의 믿음에 자만하고 있네. 따라서 죄가 있는 세상이든 죄가 없는 세상이든 자네에게는 세상 같은 건 필요하지 않아.」

주님, 결과야 어찌 되든, 이자를 쥐어박고 말겠습니다…….

「그러나 유다, 화강석 같은 그 믿음에도 흠절이 있네. 순수 무구한 육체를 지향하기 때문에 생긴 믿음 그 자체에 대한 걱정, 믿음 그 자체에 대한 공포가 그것이네. 흡사 양면이 다른 동전을 공중으로 던지는 것과 같네. 늘 뒷면만 나왔으면 좋겠지만 어디 그런가? 자네는 동전을 공중으로 던지면서도 앞면의, 보고 싶지 않은 얼굴이 나올까 봐 두려워하네. 믿음이 있음과 믿음이 없음 사이의 갈등⋯⋯.」

이제 이자를 때려 줄 수밖에 없다⋯⋯.

「우리 귀를 피곤하게 하는 자네의 그 예루살렘행(行)은 구세주나 이 세상과는 아무 관계도 없어. 유다는, 늘 그러듯이 동전이 뒷면이 나와 줄지, 아니면 이 힘든 여로의 막판에 앞면이 나오게 될지 그게 궁금해서 견딜 수가 없는 것이야. 자네는 자네가 의로웠다는 것을, 자네의 맹목적인 믿음이 헛되지 않았다는 것을 확인하고 싶어 견딜 수 없는 것이야. 그러자면 예언은 마지막 한 구절까지 성취되어야 할 테지. 한 구절이라도 성취되지 않는 예언이 있으면 자네는 파멸하고 말 것이야. 왜? 자네의 믿음, 혹은 자네 같은 사람의 믿음은, 조금이라도 의혹이 있으면 설 수 없는 것이니까. 그런 믿음은 완전무결할 때만, 포장지를 갓 풀었을 때만 튼튼하다네.」

나는 그를 때리지 않습니다. 나는 지껄이는 대로 내버려 두기로 합니다.

「유다, 나는 자네의 그런 믿음이 조금도 부럽지 않아. 더없이 충직한 믿음, 타협의 여지가 없는 믿음이기는 하지만 동시에 더없이 완고한 믿음이기도 하기 때문이네. 그 믿음이 땅에 떨어져 부서지고 나면 유다에게는 남는 것이 없네.」

「계속하세요, 필립보, 듣고 있으니까.」

나는 이렇게 말합니다. 혹은 말한다고 생각합니다.

「내 경우 만일에 내 믿음이 나를 배반하면 나는 다른 믿음에 기대어 살 것이네. 자네는 어쩌겠는가?」

필립보의 입가에서 웃음기가 사라집니다. 그의 얼굴은 싸늘하면서도 맑아 보입니다. 무표정한 가면 같습니다.

「잘 들어 두게. 만일에 우리 주님을 못살게 굴어 기어이 예루살렘으로 가시게 하는 사람이 있다면 그것은 자네일 것이야. 하지만 그건 자네의 길이지 주님의 길이 아니라는 것도 기억해 두게.」

나는 자리를 뜹니다. 〈그건 자네의 길이지 주님의 길이 아니라는 것도 기억해 두게……〉 나는 자리를 뜹니다. 〈자네의 길이지 주님의 길이 아니라는 것도 기억해 두게〉가 하루 종일 나를 따라다니며 한 폭의 그림을 그려 냅니다. 그 그림에 따르면 주님은 검은 십자가 밑에 깔린 채 신음하고, 그분에게 감사드리며 슬퍼하고 있는 군중과 함께 나는……

니산 월 초나흘을 위한 계획표.
주님께서 공회당에서 설교하심.
주제: 믿는 자는 구원을 받을 것이나 믿지 못하는 자는 구원을 받지 못할 것이다. 전날 이 설교를 위하여 내가 초안한 구절, 〈정말 잘 들어 두어라. 하느님을 믿으라. 의혹을 품지 않고, 굳게 믿는 사람은 이 언덕에 명하여 바다에 들어가라고 해도 명한 대로 이루어질 것이다〉를 잊지 않도록 주님께 주지시켜 드릴 것. 가능하면 안드로니고와 점심을 함께 할 것. 북문에서 절름발이를 셋 내지 다섯 고칠 것. 순서를 지킬 것. 만찬은 과부 나바이오스와 함께.

……있는 힘을 다해 부르짖습니다.
「지극히 높으신 분이시여, 영광을 받으소서!」
도망칠 수 있으면 얼마나 좋을까 싶었습니다. 돌아서 가는데 필립보가 흡족한 듯이, 〈그건 주님의 길이 아니라 자네의 길이야〉 하면서, 조금 전에 했던 말을 되풀이합니다. 걸으면서 나는 나 자신을 타이릅니다. 그래도 그것은 그분의 길이지 나의 길은 아니다. 아니, 어느 선까지는 공동의 길인지도 모른다. 이런 생각을 하는데, 그림에는 우리 둘이 짊어진, 십자가의 기둥과 가름대가 나타났습니다. 우리는 같은 십자가 아래서 고통을 받고 있는 것입니다.

문득 그림이 사라집니다. 나는 공회당 앞에 와 있습니다. 돌계단에 앉아서, 타대오라고 불리는 레위와 게파의 아우 안드레아가 수군대고 있습니다. 이윽고 내 귀에도 그들의 목소리가 들립니다.

「이런 젠장, 저 녀석이 또 오잖아? 저 까다로운 유다가……. 어서 가자. 우리를 만나면 죽으러 가자고 할 게다.」

결국 모두가 나를 피합니다. 내게는 〈예언의 노예 유다〉라는 별명이 붙어 있습니다. 그러나 레위가 도망갈 필요는 없습니다. 나는 옆 골목으로 접어들어, 잠든 에브라임 교외를 쏘다닙니다. 잠든 에브라임 위로 축축한 니산 월의 달이 헝겊 조각처럼 걸려 있습니다.

밤새 그렇게 쏘다닙니다. 수지(獸脂) 양초 같은 밤. 소금기가 묻어 날 것 같은 밤입니다.

누구의 길이라고? 독생자의 길? 유다의 길? 아니면 이 양자 — 어느 누구도 빠질 수 없는, 고통을 함께하기로 정해진 짝패 — 가 함께 가야 하는 길?

예수님은 선택되신 분이다. 그러나 너는 선택되신 분에 의해 선택된 사람, 선택되신 분에 의해 2차적으로 선택된 사람에 지나지 않는다. 아니다. 어쩌면 필립보의 말이 옳을지도 모른다. 어쩌면 이것은 나의 길인지도 모른다. 나의 길을 구세주가 이용하는 데 지나지 않는지도 모른다. 이것은 믿음을 창조하신 분 이전부터 나 있던 믿음의 길, 씨 뿌리는 자가 오기도 전에 뿌려진 가라지 밭인지도 모른다. 예언자들은 약속의 씨를 뿌림으로써 가라지를 몰아내고, 여기에다 자비의 말씀을 심었는지도 모른다. 그리고 이 길에다 약속의 이정표를 세웠는지도 모른다. 유다여, 너는, 따라서 그 길의 관리자, 길을 지키는 자, 종의 종, 선택되신 분에 의해 선택된 자에 지나지 못한다. 어쩌면 필립보의 말대로 너는 거짓말쟁이인지도 모른다.

달은 싸늘하게 빛나고 있습니다. 차디찬 하늘은 떨고 있습니다. 별들은 궁륭 하늘에 얼어붙어 있는데 나만 뜨겁게 타오르고 있습니다. 열이 있는 모양입니다.

나는 더 이상 열두 제자 가운데서, 주님의 심부름꾼들 중 가장 나이가 적은 유다가 아니다. 나는 말씀이다. 약속이다. 기록된 말씀이다. 세상은 내 등에 올려져 있다. 내 등은 죄인들의 안식처이다. 이스라엘은 이 죄인들 때문에 지금 신유의 손길을 기다리고 있다. 동전의 뒷면이 나오면? 그럴 리가 없다. 그러기에는 십자가가 너무 높다. 제물 역시 너무 귀하지 않은가? 내 하느님, 내 사랑하는 선생님의 삶은 그렇게 비참하게 끝나야 하는가? 유다는 그를 죽음의 길로 인도하지 않으면 안 되는가? 유다는, 속죄의 제단으로 양을 몰고 가야 하는 목동인가? 그렇다, 유다는 그런 목동이고자 한다. 그런 목동이어야 한다. 하지만 유다여, 왜? 누구를 위하여? 세상을 위해서다. 나, 유다를 위해서는 아니다. 그러면, 그분이 없으면 더없이 비참해질 네가 왜 그분의 죽음을 필요로 하는가? 필립보여, 나는 거짓말쟁이가 아니다. 나의 믿음은 인용된 말씀을 바탕으로 하는 것이 아니고 사랑을 바탕으로 한다. 유다가 믿느냐, 안 믿느냐 하는 것이 그렇게 중요한가? 유다야 어떻게 되든, 세상은 반드시 믿어야 한다. 사랑 대신 미움이, 영광 대신 오욕이, 명예 대신 치욕이, 미덕 대신 악덕이, 선행 대신 범죄가, 자비 대신 재앙의 음모가 똬리 틀고 있는 이 죄 많은 세상은 믿어야 한다. 다른 세상, 정결함을 얻은 세상에서는 유다도 달라질 것이다.

내일 아침 안드로니고를 만나, 과월절에 방을 남들에게 빌려줘도 좋다고 해야겠다.

토마의 말이 마음에 걸린다. 고통스러울까요? 당연히 고통스럽지. 뼈가 으스러지고, 골수가 쏟아지고, 도와 달라고 하늘을 향해 기도하다가 머리를 감싸는 손바닥으로 뇌수가 튄다. 이러한 고통은 한순간의 유예도 없이 몇 시간이고, 며칠이고 계속된다. 그게 내가 매기는 값이다. 자비에 매기는 세금이다. 토마여, 여기는 장터가 아니다. 야훼는 영광의 값을 에누리하시지 않는다. 이것은 전쟁이다. 한 치 앞이 보이지 않는 싸움이다. 영원한 전쟁이다.

내일 안드로니고를 찾아가, 과월절에 방을 남들에게 빌려주는지 알아보아야겠다.

절망이 감도는 싸늘한 바깥. 바람에서 풍겨 나는 향긋한 냄새. 밖으로 나와, 땅바닥에 누워 싱싱한 대지에, 불같이 뜨거운 뺨을 문지른다. 에브라임 산에서 흘러 내려오는 얼음같이 차가운 물에 몸을 담근다.

나의 하느님은 고난을 당하시게 된다. 당연히 고통스러울 것이다. 나는 그분을 인애로써 섬긴다. 하면 인애란 무엇인가? 아도나이께서 〈인애〉라는 말을 입에 올리신 적이 있던가? 선지자들이 인애를 말한 적이 있던가? 모세는? 약속의 말씀과 율법, 이것은 시작과 끝이요, 알파와 오메가이다. 이 양자 사이에는 오로지, 예루살렘으로 통하는, 하늘나라 왕국으로 통하는 비좁고 잘 다져진 길이 있을 뿐이다.

오, 주 하느님, 대체 누가 저렇게 코를 고는 것입니까?

라삐가 어떻게 겁쟁이일 수 있는가? 하지만 설사 겁쟁이인들 어떤가? 구원은 죽는 방법에 달려 있는 것이 아니라 죽음 자체에 달려 있다. 그는 죽어야 한다. 그러나 어떻게 죽어야 하는지, 영웅으로 죽어야 하는지 겁쟁이로 죽어야 하는지는 어디에도 기록되어 있지 않다. 이사야는 분명히, 〈그는 핍박을 당하고 조롱을 당하여도 입 한 번 벙긋하지 않는다〉고 했지만 이것은 그분이 용감하다는 뜻은 아니다. 어쩌면 그분은 두려워하면서도 잠자코 있을지도 모른다. 어쩌면 비명을 지를지도 모른다. 어쨌든 인간이니까, 하느님의 형상대로 빚어진 인간이니까. 인간은 비명을 지른다. 하지만 하느님은, 당신을 의지로 다스리시므로 비명을 지르시지 않는다. 인간이 비명을 지른다고 해서 그 안에 깃든 하느님을 욕보이는 것은 아니다. 하느님께서 비명을 지르시지 않는다고 해서 인간에게도 그렇게 하기를 요구하시는 것은 아니다.

바깥은 싸늘한 바다 같다. 나무를 흔드는 바람에 에브라임의 벽이 떨린다.

하느님, 담대하게 하소서. 나약해지는 저를 붙잡으소서.

나는 그분을 사랑한다. 내가 그분을 얼마나 사랑하는지 그것은 아무도 모른다. 그러나 그분은 죽어야 한다. 그분의 믿음은 나의 믿음, 어쩌면 하느님의 믿음보다 강하다. 믿음은 행동이다. 행동은 행동의 주체 위에 선다. 행동의 주체가 죽음으로써 행동이 야기될 때, 행동 주체의 죽음이 행동을 야기할 때는, 믿음과 행동이 병존할 수 없다.

유다, 저주받을 거짓말쟁이여…….

저 장의사 필립보의 더러운 음성을 내가 어이 잊으랴? 내 기어이 내 귀에 묻은 이 음성을 뜯어내어 내 믿음의 불길에 다 태우고 주님의 이름으로 그자에게 이렇게 말하리라.

「필립보여, 당신은 예루살렘을 두려워하고 있소.」

모두가 예루살렘을 두려워하고 있다.

유다여, 강건하라. 냉혹하라. 잔혹하라. 세상이 제 죄짐을 못 이겨 파멸한다 하더라도 예언은 반드시 성취되어야 한다.

기분이 한결 낫다. 나는, 돌개바람에 떨어진 나뭇잎처럼 땅바닥에 드러누워 있다.

필립보의 동전은 던져 볼 필요가 없는지도 모른다. 운명에는 도전하는 것이 아니다. 유다여, 동전 앞면이 네 믿음을 배반할 수도 있지 않으냐? 뒷면이 나오고, 예언의 말씀이 하나도 성취되지 않으면 어쩌려느냐? 예언자들이 저희 환상에 속았으면 어쩌려느냐? 그렇게 되면 너는 어쩌려느냐, 가리옷의 유다여.

아도나이시여, 아도나이시여! 자비를 베푸시어, 당신이 종의 손에 선택된 이 종을 굽어 살피소서. 혼란에 빠진 이 종의 고통은 견줄 데가 없습니다. 제 사랑과 당신의 진리 사이에서, 인간과 신인(神人) 사이에서, 그리스도와 세상 사이에서, 창조주와 그분의 피조물 사이에서 망설이는 저를 가르치소서. 저의 생각에 옳게 여기신다는 징표를, 저에게 자비를 베푸신다는 징표를 보이소서. 〈예루살렘, 예루살렘!〉을 외치는 선지자들의 음성이 제 귀를 어지럽힙니다. 아도나이시여, 이 모든 일을 주관하셨으니 이제 뜻을 일러 주소서. 그대로 따르겠습니다. 에브라임은 잠들어 있습니다. 한기가 도는 에브라임의 집집은 잠들어 있습니다. 싸늘한 우물. 공회당 앞의 싸늘한 나무 그림자. 소곤거리는 듯한 싸늘한 빗소리⋯⋯. 아도나이시여, 아도나이시여, 대답하소서.

대답이 없습니다. 그런데 이상한 소리가 내 귀에 들립니다. 화산처럼 터져 나온 말이 내 안에 넘칩니다. 일러 주는 뜻은 없습니다만 내 생각에는 그 뜻이 잡힙니다. 아도나이의 뜻은 내 생각과 그 모습이 같습니다. 하느님의, 인적 없는 골마루에서 그 뜻이 울려 나옵니다.

오만한 세대여, 너에게 저주 있으라! 금송아지를 둘러싸고 춤추던 것들의 부끄러운 종자야. 너는, 40일 동안 하늘 문을 열어 비를 내려 세상을 물바다로 만들고, 유황 비로 소돔과 고모라를 멸하고도 끝내 이 세상을 구원할 수 없어서 이번에는 한 인간의 고통을 이용하여 세상을 구원하려 한다고 생각할 것이다. 그래, 그래도 이 하찮은 세상을 구하려고 나는, 내 형상을 좇아서 빚었고, 하도 적적하여 엿새째 되는 날 내 숨결을 불어넣었던 진흙 망석중이의 자손 가운데서 나를 도와줄 만한 것들을 찾아보았다. 예후다야, 내 말을 듣고 있느냐?

주님, 듣고 있습니다.

그러나 내가 한번 입 밖에 낸 이상, 예언자들에게 내 생각을 드러내고 인간을 구할 것이라고 한 이상, 그것은 반드시 이루어져야 한다. 천지창조 이래로, 천지를 창조하던 바로 그 순간부터 세상을 멸하겠다는 생각은 이미 내 안에 있었다. 따라서 세상이 멸망을 맞는 것은 이제 피할 수 없다. 너는, 네 파멸에 동참했듯이 이제 너의 구원에도 동참해야 한다. 나는 네 지옥을 지었듯이 이제 천국을 지어야 한다. 그런 까닭에서 나는 너에게 나의 독생자를 보냈으니 이제 네가 우리 사이의 평화를 확인하는 제물로 내 독생자를 나에게 바쳐야 한다. 예후다야, 내 말을 듣고 있느냐?

주님, 듣고 있습니다.

너희가 죄짐을 지워 내게 바치는 늙은 양은 이제 신물이 난다. 그래서 내가 한 소리를 외쳐 이 늙은 양들을 빈 들로 쫓아 보낸 것이다. 천상의 양 우리에는 속죄양이 차고 넘치고, 우주에서는 노린내가 진동해서 내가 견딜 수 없다. 우주에는 이제 노린내를 맡지 않고 편히 쉴 만한 데는 없다. 내가 너를 정결하게 하지 않고, 너의 죄를 방치하면, 너는 계속해서 그 노린내 나는 짐승을 보낼 터이고 그러면 나는 필경 그 냄새에 질식하고 말 게다. 예후다야, 내 말을 듣고 있느냐?

주님, 듣고 있습니다.

그러면 무엇을 기다리느냐? 나의 독생자, 나의 어린 양은 무엇을 하고 있느냐?

자고 있습니다, 주님.

깨우지 마라. 신약(新約)의 피라고 하는 것이 내게는 생소하다. 내 아들은 고통에 겁을 먹은 나머지 이 아비는 아는 체도 하지 않는다. 모리야 산에서 아브라함과 언약한 너의 하느님, 너희를 이집트에서 약속의 땅으로 이끌어 낸 너의 하느님이 너의 영광을 기다리다가 속죄양 무리의 노린내에 질식해야 하겠느냐?

주님, 그러면 어찌하리까?

내 아들을 예루살렘으로 데리고 가거라. 그리고 뒷일은 내게 맡겨라. 진실로 말하거니와 너는, 화해의 교회가 세워질 반석이 될 게고 너의 허리띠에는 빈 돈주머니 대신에 새 왕국의 열쇠가 매달릴 게다.

나는 하느님께 여쭈어 보기로 마음먹습니다. 그렇게 마음먹은 까닭은 그분이 내 안에서 내 입술로 말씀하시기 때문입니다. 그러니까 나는, 하셈의 분노에 찬 말씀과 유다의 하소연을 번차례로 되풀이하고 있는 것입니다.

예수님은 어찌리까?

예수에 대해서는 다 기록되어 있다.

내 마음이 평화로워지는 것으로 보아 하느님은 떠나신 것이 분명합니다. 그렇다면 하느님께서는 내게 징표를 내리신 것입니다. 새 유다가 땅에서 다시 솟은 것입니다. 이제 하느님의 대리인이 된 유다는, 아이들이, 〈저기에 예언의 노예 유다가 온다〉고 해도 화를 내지 않을 것입니다. 시온의 딸들아, 이스라엘의 이빨에서 향내가 날 터이니 울지 마라. 선택된 백성들아, 하느님 아들이 나귀를 타고, 나귀 새끼를 타고 올 터이니 울부짖지 마라. 유다가 하느님 아들 대신 서원을 세운다.

에브라임은 잠들어 있습니다. 깨울 일은 없습니다. 하느님과 유다가 깨어 있으니까요.

안드로니고가 결국 방을 빌려주고 말았는지 가보아야겠다. 빚을 다 갚지 못하면 에브라임에 머물러 있어야 할 판이니, 빚 갚을 돈을 장만해야겠다. 빚은 7드라크마하고도 몇 렙타……. 선생님을 위해 노새 한 마리를 세 내어야 하고, 짐 실을 노새도 한 마리 있어야 한다. 여행 중에 먹을 음식도 준비해야 하고…….

공회당에서 막 설교를 끝내신 그분에게 다가갑니다. 그분은 꼼짝도 하지 않습니다. 숨도 쉬지 않는 것 같습니다. 그는 울퉁불퉁한 바위 위에 앉아 있습니다. 그의 두 눈에는 순백의 재가 덮여 있는 것 같습니다. 그 눈 속에서, 형장이 가까워 오고 있다는 데서 오는, 환상이 무너진 데서 오는 고통이 가물거립니다. 오로지 그분과 나에게만 모래 위에 그려진 검은 선화(線畵)가, 해방의 밑그림이 보입니다. 여섯 개의 교직하는 검은 선, 핏기 없는 얼굴 위로 떨어져 내리는 여섯 개의 들보 같은, 태초에 그려진 여섯 개의 검은 선……. 여기에서 세 개의 십자가가 급조(急造)됩니다.

그분은 내가 여기에 있다는 것을 압니다. 내 그림자가 그의 눈에 비칩니다. 그분의 눈은, 받아들이지도 않고 거부하지도 않는 거울 같습니다. 그분은 아직 새지 않은 날을 삽니다. 새지 않은 날의 매혹적이면서도 무서운 영상은 그분의 발밑을 맴돌면서, 핏빛 수렁 속에서 어우러진 고통과 영광의 모습을 비춥니다. 그분은 아직 새지 않은 날을 삽니다. 모래 위에 그려진 미래의 그림은 발바닥으로 뭉개어 지워 버리기에는 너무나 강렬하고, 최후의 신인(神人)을 영광의 심연으로 던지기에는 너무나 미약합니다.

그분은 내가 여기에 있다는 것을 압니다. 우리는 서로 접촉하지 않아도 서로에게 스며들어 있습니다. 우리는 말은 하지 않아도 우리는 이해하고, 저울이 없어도 서로를 알고 있으며, 다가가지 않고도 서로를 느끼고 있습니다. 그러한 삼투 작용을 통해서, 같은 중력이 지니는 두 균형 관계의 상호 작용을 통해서, 수원(水源)이 같고 하구가 같은 두 힘을 통해서, 우리는 우리의 운명을 느끼고 있습니다. 이로써 우리는 무자비하게 나뉘어 있되, 그 나뉨을 통하여 같은 영광스러운 행위를 섬기고 있습니다.

이 땅에는 두 마리의 희생 제물이 있습니다.

성서 말씀을 한마디도 틀림 없이 이루어지기까지 늘 나란히 걸어야 하는, 서로 사랑하는 사이이자, 원수지간이기도 한 나 유다와 예수는, 저희 둘만 빼고 온 인류의 죄를 구속하고 마침내 해방시킬 두 마리의 제물을 예루살렘으로 끌고 가야 합니다.

우리는 서로 사랑합니다. 우리는 붙어 있는 것도 아니고 나뉘어 있는 것도 아닙니다. 우리는 하나의 사슬에 묶여 있는데, 우리를 죽이지 않는 한 이 사슬을 풀 수 있는 자는 세상에 없습니다. 나는 그분의 살을 싸고 있는 가죽이요, 그는 나라고 하는 가죽 안에 있는 살입니다. 우리가 공유하는 이 몸을 통해서만 신약이라는 쓰디쓴 피, 새 왕국이라고 하는 달콤한 어머니의 젖이 순환합니다. 나 없이는 그분은 아무것도 아니며 그분 없이는 나는 아무것도 아닙니다. 남자와 여자가 고루 갖추어져 있지 않으면 자식이 날 수 없듯이 그분과 내가 함께 있지 않으면 이 세상의 구원은 없습니다.

이러한 우리의 관계에 관한 인식이 나에게 힘을 주었습니다. 그래서 나는 그분에게 말했습니다. 「라삐여, 니산 월입니다. 과월절이 머지않습니다.」

그분은 수지(樹脂) 빛깔이 나는, 무엇이든 다 알고 있는 듯한 조용한 시선으로 대답합니다. 그의 왼쪽 눈은, 〈그래서〉, 오른쪽 눈은, 〈뭐라고 했느냐〉고 묻습니다. 이어서 공포에 사로잡힌 듯한, 찌르는 듯한 눈빛은, 〈그래서 어쩌라는 말이냐〉고 묻습니다. 그분은 말은 한마디도 하지 않습니다. 흡사 그분은, 하루 종일 살아 있었는데도 불구하고 그 순간만은 살아 있는 것 같지 않았습니다.

「예루살렘으로 떠나야 할 때가 되었습니다.」

〈예루살렘〉이라는 말이 정곡을 찔렀던 모양입니다. 너무 익은 과일같이 느껴졌던 모양입니다.

라삐여, 이제 그 과일은 차버릴 수도 없고, 발뒤축으로 뭉개어 에브라임의 쓰레기가 되게 할 수는 없겠지요? 바로 이 에브라임에서 내일의 예루살렘의 성벽은 시커멓게 그을려 세 개의 허술한 십자가가 됩니다.

예루살렘……. 무슨 말인가를 덧붙여야 할 때입니다. 나는 그걸 느낄 수 있습니다. 그분도 느낄 것입니다. 예루살렘……. 나는 그분의 대답을, 변명을, 고백을 기다렸습니다. 그러나 대답 대신, 변명 대신, 고백 대신 나는 사무적인 흥정 같은 말을 들을 뿐입니다.

「왜? 여기 이 에브라임에서 준비하지 못할 것이 또 무엇이냐…….」

이어서 그분은 농담을 하고 싶었던지 이렇게 덧붙입니다.

「유다야, 에브라임은 양 값이 예루살렘보다 싸지 않으냐?」

이척 보척(以尺報尺)……. 주먹에는 주먹입니다.

「주님, 그래서 하느님께서 에브라임을 어여뻐 여기시지 않는 것입니다.」

시간이 없습니다. 새들은 처마 밑에서 지저귑니다. 처마 위로는 태양이 누런 바다처럼 저물어 갑니다. 나는 여기에서 그만둘 수 없습니다.

「라삐여, 성서 말씀에 따르면…….」

「또 성서 말씀이냐?」 그분이 짜증을 냅니다.

「이사야의 예언에 따르면…….」

「이사야가 말이냐…….」 이어서 그분은 표정이 없는 목소리로 이사야의 예언을 읊조립니다.

「보라, 주님께서 드신 손을 내리지 않으시니 저들은 살아남지 못하리라. 주님의 귀가 어둡지 않으니, 낱낱이 그 귀에 들어가리라.」

나는 불에 덴 듯이 놀랍니다. 나는 그분이 또 농담을 했거니 했는데 아닙니다. 그분의 생각이 말이 되어 나온 것입니다. 하느님의 〈드신 손〉에 관한 그분의 생각이, 그분이 그것을 알고 있다는 증거가 됩니다. 나는 니산 월에 각기 다른 세 곳에서 — 예리고에서, 헤브론에서, 리다에서 — 같은 말을 했습니다만 늘 결과는 같았습니다. 그분은 이번 니산 월은 다른 니산 월과 달라서 내 말에 넘어가게 될까 두려워하고 있는 것입니다. 그분의 귀가 하늘나라에 가 있지 않다면 그

귀에 십자가를 손질하는 끌 소리, 그분이 찾아들 마지막 안식처를 장만하는 망치 소리가 들렸을 터입니다.

「그래서, 예루살렘 여행을 준비하려고 합니다.」

그렇게 노려보지 마십시오. 제발, 우리에게 예정되어 있는 일들이 다 이루어지기까지는 저를 비웃지 마십시오. 어쩌면 저는, 주님께 용서받을 수 없는 고통과, 하늘나라가 붕대가 되어도 고칠 수 없는 상처를 주었다는 비난을 받게 될지도 모릅니다. 그러나 그런 고통과 상처는 주님 몫이 되고 말 것입니다.

「왜 그렇게 조급하게 구느냐, 유다야. 왜 하느님의 아들은 내가 아니고 너인 것처럼 구느냐?」

정말 내가 하느님의 아들이었으면 좋겠습니다.

「너는, 이사야가, 〈그는 사람들에게 멸시를 당하고 퇴박을 맞았다. 그는 고통을 겪고 병고를 아는 사람〉이라고 한 말이 마치 나를 두고 한 말이 아니라 너를 두고 한 말인 것처럼 구는구나.」

정말, 그랬으면 좋겠습니다.

「이사야가, 〈그는 우리가 앓을 병을 앓아 주었으며, 우리가 받을 고통을 겪어 주었구나〉라고 한 말이, 나를 두고 한 예언이 아니라 너를 두고 한 예언인 것처럼 구는구나.」

정말 그렇게 굴 수 있었으면 좋겠습니다.

「주님, 제가 그 짐을 지려 합니다.」 나는 비통한 심사를 달래면서 말했습니다.

「정말이냐? 지면 마음이 흡족하겠느냐?」

「모르겠습니다, 주님. 제가 그 짐을 지겠습니다. 이제 마음에 흡족하십니까?」

「사람의 아들보다는 유다 땅의 짐 실은 노새가 더 잘 알 것이다. 자, 이제 가거라, 내 벗이여. 나에게는 묵상해야 할 두려움이 있다.」

그분의 음성은 노기에 차 있었습니다.

나는 그분에게서 물러납니다. 그러나 나는 돌아갑니다. 내가 돌아간다는 것은 그분도 알고 나도 압니다. 그분은 나를 기다릴 터입니다. 그러나 우리 둘 다 이 재회의 시간을 좋아하지 않습니다.

니산 월 초닷새의 잔액	3렙타
보석상 팔리타의 아내로부터(헌금)	1드라크마
대장장이 미사일의 아내로부터(헌금)	1드라크마
직공(織工) 엘리삽의 아내로부터(헌금)	1드라크마
목수 구딜의 아내로부터(헌금)	7렙타
니산 월 초엿새의 총잔액	3드라크마 5아스

「주님, 때가 되었습니다.」
「어딜 그렇게 급히 가자는 게냐, 유다야.」
「주님, 예루살렘으로 가셔야 합니다.」
「그럼 가거라. 내가 너를 붙잡더냐?」
「주님, 주님께서 남으시면 저는 어떻게 합니까?」
「그럼 남아 있거라, 유다야.」

니산 월 초이레의 잔액	3드라크마 5아스
과부 나바이오스로부터(헌금)	1드라크마
도부(屠夫) 요아시로부터(헌금)	1드라크마 5아스
미지의 사마리아 사람으로부터	2드라크마
니산 월 초이레의 총잔액	8드라크마

「기다려라, 유다야.」

「주님, 벌써 과월절이 네 번 지나기까지 기다렸습니다.」

「예루살렘에서 죽어야 하는 자가 누구냐? 나냐, 너냐?」

「주님이십니다. 그렇게 기록되어 있습니다.」

「때도 기록되어 있느냐?」

「그렇습니다, 주님. 과월절이라고 되어 있습니다. 사람의 아들이 무교절에 고난을 당한다고 기록되어 있습니다.」

「어느 과월절 말이냐? 천지가 창조되고 난 뒤의 어느 과월절이라고 기록되어 있느냐?」

「그것은 아닙니다, 주님.」

「모세 이후의 어느 과월절이라더냐?」

「그것도 기록되어 있지 않습니다.」

「그러면 기다려라.」

그것뿐입니다. 나는 그러겠다고도, 그러지 않겠다고도 대답하지 않았습니다. 나는 기다릴 수도 있고, 기다리지 않을 수도 있습니다.

물품 대금	4드라크마
성전 앞의 앉은뱅이들에게	1드라크마 반
안드레아의 새 신발 값	2드라크마
지출 총액	7드라크마 반
니산 월 초여드레의 총잔액	50아스

오늘은 그분에게 이사야의 다음 예언을 읽을 테니 들어 달라고 합니다. 「〈그는 온갖 굴욕을 받으면서도 입 한 번 열지 않고 참았다. 도살장으로 끌려가는 어린 양처럼 가만히 서서 털을 깎이는 어미 양처럼 결코 입을 열지 않았다.〉」

「계속하여라.」

「〈그가 억울한 재판을 받고 처형당하는데 그 신세를 걱정해 주는 자가 어디에 있었느냐? 그렇다, 그는 인간의 모둠살이로부터 조리돌림을 당하셨다. 우리의 반역죄를 쓰고 사형을 당하셨다.〉」

「계속하여라.」

「〈폭행을 저지른 일도 없었고, 입에 거짓을 담은 적도 없었지만 그는 죄인들과 함께 처형당하고, 불의한 자들과 함께 묻혔다.〉」

나는 읽기를 그만둡니다.

「계속하라니까!」 그분이 고함을 지릅니다.

「〈야훼께서 그를 때리고 찌르신 것은 뜻이 있어 하신 일이었다. 그 뜻에 따라 그는 자기의 생명을 속죄의 제물로 내놓았다.〉」

불쑥 그분이 묻습니다. 「유다야, 예언자들이 이런 고통 말고는 더 하는 말이 없느냐?」

「없습니다, 주님. 〈시편〉에서 다윗 왕은 나머지 부분에 대해 쓰고 있기는 합니다만.」

나는 갈보리 언덕에 관한 묘사는 그분에게 들려드리기가 송구스러워 망설입니다. 그러나 그분은 계속해서 읽기를 명합니다.

「다윗 왕은 주님에 관해 이런 말을 하고 있습니다. 〈으르렁대며 찢어발기는 사자들처럼 입을 벌리고 달려듭니다. 물이 잦아들듯 맥이 빠지고, 뼈 마디마디 어그러지고, 가슴속 염통도 촛농처럼 녹았습니다. 깨진 옹기 조각처럼 목이 타오르고…….〉 계속할까요?」

「그래, 계속하여라.」

「〈개들이 떼 지어 나를 에워싸고 악당들이 무리 지어 돌아갑니다. 손과 발이 마구 찔려 죽음의 먼지 속에 던져진 이 몸은 뼈 마디마디 드러나 셀 수 있는데, 원수들은 이 몸을 노려보고 내려다보며 겉옷은 저희들끼리 나누어 가지고 속옷을 놓고는 제비를 뽑습니다……. 그러나 그는 주님이 구해 주실 것을 믿었습니다. 당신께 부르짖어 죽음을 면하고 당신을 믿고 실망하지 않았습니다.〉」

「유다야, 듣자니 노새를 세 내었다는데?」

「그렇습니다, 주님.」

「취소하여라. 예루살렘으로는 가지 않겠다.」

나는 그분 옆을 떠나면서, 「시편」에 나오는 〈나의 하느님, 나의 하느님, 어찌하여 나를 버리십니까? 살려 달라 울부짖는 소리 들리지도 않습니까〉 하는 대목의, 십자가 위에서 그분이 하실 말씀을 읽었으면 어떻게 되었을까, 이런 생각을 해봅니다.

그날 밤에 그분이 나를 깨웠습니다. 그분은 내 와상(臥床) 머리에 앉습니다. 그분의 얼굴은 어둠에 뚫린 구멍같이 빛납니다. 희미한 빛줄기가 새어 들어오는 창같이 빛납니다. 처음에는 아무 말 없이 그는 내 손을 잡고, 내 얼굴에 어린, 에브라임에서 기다렸던 세월을 봅니다.

나는 감히 그 명상의 평화를 깨뜨리고 싶지 않습니다. 날이 새기 직전에, 어둠 속에서 타오르던 불길 같은 그분의 옆모습이 식어 갈 무렵이 되어 그가 묻습니다.

「유다야, 네가 나라면 어떻게 하겠느냐?」

「주님, 이렇게 말씀드려서 송구스럽습니다만, 저 같으면 죽겠습니다.」

「주검이 되고자?」

「저는 죽겠다고 했지, 주검이 되고자 한다고는 하지 않았습니다.」

그분은 내 와상 끝에 걸터앉아 있습니다. 추방당한 사람처럼 초라하고 늙어 보입니다. 새벽의 파도에 시달리는, 초라한 밤 섬 같습니다. 아직 서른 살도 안 되었는데 말이지요.

「그래. 〈장사한 지 사흘 만에 다시 살아난다〉는 것도 나는 안다. 사흘째 되는 날 하늘로 오르게 된다는 것도 나는 안다. 그러나 그러기 위해서는 죽어야 한다. 그냥 죽는 것이 아니고 죽음을 견디어야 한다. 죽음이라고 하는 것은 순간에 이루어지는 것이 아니다. 긴긴 과정을 겪어야 한다. 말해 보아라. 이 과정은 얼마나 걸리겠느냐?」

「주님, 두렵습니까?」

「유다야, 두렵다.」 그분은 내 손을 잡습니다. 두 손 다 뜨겁습니다. 땀에 젖어 있습니다. 서로 맞잡힌 우리 손은 싸늘하고 축축한 무덤으로 들어가는 것 같습니다.

「유다야, 네가 나를 사랑하느냐?」

「그렇습니다, 주님.」

「그럼 너는 나를 이해하겠구나.」

희붐한 새벽이라서 아무 소리도 들려오지 않습니다. 그런데 조금 있으려니 창 앞 나무에 깃들여 있던 참새 지저귀는 소리가 들립니다. 그 소리는, 죽음을 기다리는 사람에게는 기가 꺾이는 소리입니다. 바야흐로 떠나려고 하는 죄 많은 이승의 삶이 발목을 잡는 듯한 소리입니다. 이것은 그분이 기다리던 기회인지도 모릅니다. 그분은 이 기회를 빌려 이렇게 물음으로써 자신을 욕되게 했습니다.

「유다야, 네가 나를 대신해서 죽어 주겠느냐?」

「주님, 그러고 싶습니다만, 유다는 주님을 대신해서 죽을 만한 가치가 없는 사람입니다.」

「가치가 있는 사람이라면, 내 삶과 네 삶 사이에, 인간이라는 존재와 신이라는 존재 사이에 건너지 못할 다리가 없다면, 인간과 버거운 짐을 진 신들을 가르는 차이를 문질러 지울 수 있다면 나를 대신해서 죽을 수 있겠느냐?」

「그렇게 차이가 없어지면, 구원이라고 하는 것은 필요하지 않게 됩니다. 필요하다고 한들, 누가 어떻게 얻을 수가 있겠습니까?」

참새는 희붐한 새벽빛에 잠긴 채 지저귑니다. 참으로 고통스러운 시간이 흐릅니다. 대기는, 고백을 주고받기에는 너무 맑습니다.

나는 그분에게 토마의 말을 상기시킵니다.

「주님, 주님께서는 연장입니다. 연장이 없이는 되는 일이 없습니다. 산 것의 육신이 뭇 제사에서 빠질 수 없듯이, 이 연장도 성사(聖事)에 없어서는 아니 됩니다. 조각하는 자가 좋은 칼 없이 어떻게 목상(木像)을 깎을 수가 있겠습니까?」

「연장이라는 것은 닳기도 하고 부러지기도 한다. 조각하는 자는, 칼이 무디어지면 다른 것으로 갈기도 한다.」

「주님, 신기료장수의 송곳 같은 것을 말하는 것이 아닙니다. 진짜 칼을 말하는 것입니다. 송곳이 칼 같은 칼이 될 수 없듯이, 유다가 하느님이 되고 그리스도가 될 수 없듯이, 그리스도 또한 인간이 되고 유다가 될 수는 없는 것입니다.」

「왜? 나는 인간이 아니더냐? 나는 여자가 진통하고 낳은 자식이 아니더냐? 인간이 나를 고통스럽게 하고 필경은 나를 죽일 것이 아니더냐? 이게 바로 내가 인간이라는 증거가 아니고 무엇이겠느냐?」

「네, 증거일 수 있겠지요. 하지만 증거를 따지신다면 제가 하느님이라는 증거는 어디에 있습니까? 안 됩니다, 주님, 송곳은 칼이 아닙니다.」

그분이 내 몸 위로 허리를 구부렸습니다. 옷가지와 육신과 공포로 이루어진, 한 송이의 시든 꽃 같았습니다. 그분의 갈릴래아풍 겉옷은 꽃잎 같았고, 그분의 지극히 섬세한 손길은 수술 같았습니다. 그 꽃에서 악취에 진배없는 에브라임의 꿈 냄새가 났습니다. 사방에서 유다 땅의 니산 월 초아흐레를 알리는 소리가 들려왔습니다. 가로장과 빗장이 벗겨지는 소리, 옆문이 삐걱거리는 소리, 가축과 노예의 목에 걸린 방울이 짤랑거리는 소리, 새 우는 소리와 비슷한 물장수가 외치는 소리도 들려왔습니다.

「그래도 사람을 찌를 수는 있다. 얼마든지 찌를 수 있다. 네가 만일에 나를 대신해서 죽으면 나를 대신해서 너는 하느님이 될 것이다.」

「주님, 그렇게 해서 되는 하느님은 가짜 하느님일 테지요. 제가 주님을 위해서 죽을 수는 있습니다. 그러나 저의 죽음으로는 예언이 성취되지도 않을뿐더러, 주님이 희생되어야 구속(救贖)될 인간의 죄도 구속되지 않을 것입니다. 주님, 그렇게 된다면 저의 죽음은 하릴없는 죽음이 될 것이고 주님의 삶도 하릴없는 삶이 될 것입니다.」

「하지만 네가 죽는다는 것을 누가 알겠느냐? 누가 우리 말을 엿들었겠느냐? 누가 우리를 보았겠느냐? 온 유다 땅에서 나를 아는 사람들이라고는 거지 몇 사람, 순라군 몇 사람, 라삐 몇 사람, 미친 여자 몇 사람뿐이다. 내가 이 땅의 영광이 이루어지는 날 형장에 오른들 그것이 나라는 것을 아는 사람이 몇이나 되겠느냐? 예언자들은 모두 죽었다. 열두 사도는 침묵할 것이다. 십자가에 달린 게 예수인지 유다인지 아는 사람이 도대체 몇이나 될 것이냐?」

「주님, 주님은 아시지요. 주님이 아시고 제가 알지요.」

「그래서?」

「두 사람이 알면 아는 것이 아닙니까?」

나이가 들어 보이는, 지칠 대로 지친 그분의 얼굴은 내 머리 위의 공중에 걸려 있습니다. 그 얼굴은 어둠 속에서는 창백하더니, 아침 햇살 아래서는 검어 보입니다. 그분은 내 얼굴을 스치는 어떤 표정도 놓치지 않습니다. 그분은, 베개를 베고 반듯이 드러누운 내 얼굴에 나타날지도 모르는, 미미하기 짝이 없을 터인 구원의 징표를 찾으려 합니다. 주님은 유예의 징표를 기다립니다. 그분은 자신의 고통을 피하고자 합니다. 피할 수 없으면 유예라도 받고 싶어 합니다. 당신에 대한 나의 사랑이 성서의 말씀이라고 하는 난공불락의 성을 잠시라도 깨뜨려 주기를 희망합니다.

그러나 나는 이렇게 되풀이해서 말하지 않을 수 없습니다. 「주님, 예루살렘으로 가셔야 합니다.」

그분은 나의 와상에서 벌떡 일어납니다. 인적이 드문 한적한 교외의 젊은 새벽이 그분의 얼굴을 스치고 지나다닙니다. 방 안에는 두 가지의 새벽이 있습니다. 창가에 와 있는 새벽과, 내 가슴에서 저주로 피어오르는, 증오와 독기의 새벽이 있습니다. 유다의 사랑은, 주님을 파멸로 몰고 가는 유다에게만 기울어질 터입니다. 나는, 원죄에 물들지 않은 유일한 손인 그분의 손으로 하여금 내 목을 조르게 하시고, 내 고통을 마무리하여 주시지 않는 하느님을 원망합니다. 그러나 그분은 내 뺨에 축복의 입맞춤을 남기고는 아무 말 없이 발소리를 죽이면서 밖으로 나갑니다. 예루살렘으로 가겠다는 말도 가지 않겠다는 말도, 갈 수 있다는 말도 갈 수 없다는 말도 하지 않습니다.

주님이 설교에 이용하실 비유 목록.

주인과 종의 비유, 지혜로운 처녀와 어리석은 처녀 — 그러므로 너희들도 잘 보고…… — 의롭지 못한 재판관과 치근거리는 과부, 방탕한 아들, 왕과 그 아들의 혼인 — 부름 받는 사람은 많으나 택함을 입는 사람은 극히 적다 — 선한 사마리아인, 포도원과 농부 — 처음 된 자가 나중 될 것이고 나중 된 자가 처음이 될 것이다 — 몇 가지 더 생각해서 설교에 반영시키도록 할 것.

「라삐여, 저는 전날 거룩하신 아버지 하느님의 말씀을 들었습니다.」

그분은 미심쩍어 하는 얼굴로 나를 바라보았습니다. 그때까지 전능하신 하느님과 대화를 나눌 수 있는 분은 그분밖에 없었습니다. 그러나 그분과 하느님의 대화는 이루어지지 않았습니다. 우리는 과월절을 앞두고 에브라임에 있었던 데다 그분이 자꾸만 하느님을 피했기 때문입니다.

「하느님께서는 주님에 대해 물으시고, 당신의 독생자이신 어린 양이 무엇을 하고 있느냐고 하셨습니다.」

갑자기 그분이 그렇게 작고 초라해 보일 수 없습니다.

「하느님께서는 과월절쯤 예루살렘에 계시겠다고 하셨습니다. 예루살렘에서 독생자를 맞아 끌어안겠다고 하셨습니다.」

「하느님께서 그러셨단 말이냐?」

나는 망설입니다. 하느님께서 정말 구체적으로 그렇게 말씀하신 것은 아닙니다. 그러나, 우리가 예루살렘으로 가기만 하면 나머지는 알아서 하시겠다고 약속하신 것은 그 뜻과 그리 멀지 않을 터입니다.

「그렇습니다, 주님. 하느님께서는 주님께, 예루살렘으로 가시되 뒷일은 모두 당신께 맡기라고 하셨습니다. 뒷일은 알아서 하시겠다고 하셨습니다.」

아닙니다. 이것은 거짓말이 아닙니다. 모든 것을 알아서 하시자면 하느님께서는 예루살렘에 계셔야 합니다. 솔직하게 말해서, 하느님께서 구세주를 끌어안겠다고는 하신 적은 없습니다. 그러나 결국은 그게 그것입니다. 승천의 예언이 바로 그것을 말하고 있습니다. 이제 더 망설이고 있을 수 없습니다. 그분은 한마디도 놓치지 않으려는 듯 내 말에 귀를 기울입니다. 그분은 보다 분명한 하느님의 의지, 보다 명확한 하느님의 뜻을 알고자 합니다. 예루살렘에서 기다리는 자신의 운명에 관해 다소라도 위안이 될 만한 하느님의 뜻은 없는지 찾아내고자 합니다. 내가 어찌 이렇듯이 좋은 기회를 놓칠 수 있겠습니까?

「제가 하느님 말씀을 제대로 새겨들었다면, 하느님께서는 주님을 고통으로부터 해방시켜 주실 것입니다.」

그렇습니다. 하느님께서는 뒷일은 모두 당신께 맡기라고 하시지 않았습니까? 그런 약속에서라면 어떠한 결론을 이끌어 내는 것도 가능할 터입니다. 유다여, 너는 거짓말을 하는 것이 아니다. 너는 하느님의 뜻을 너의 의미로 해석하고 있을 뿐이다.

그분은, 기쁨에 들뜬 얼굴로 나를 바라봅니다. 긴장되어 있던 손이 스르르 아래로 늘어지는 것으로 보아 안도의 한숨이라도 쉬고 있는 모양입니다.

「유다야, 그 말이 정말이냐? 맹세할 수 있느냐?」

「맹세할 수 있습니다, 주님.」 나는 숨을 깊이 들이마시고 대답합니다.

「좋다, 유다야, 네가 이겼다. 내일 예루살렘으로 떠난다.」

이 말을 남기고 저만치 걸어가던 그분은, 뭔가 중요한 것을 생각해 낸 듯이, 용서받은 순교자의 음성 같은, 근심과 걱정에서 해방된 목소리로 덧붙였습니다.

「내게 관심을 적지 않게 기울이는 성서의 말씀이 내 벗들을 잊지 않았기를 바란다. 때가 오면 내 이 대화를 기억하고, 내 벗들 중에서 누가 내게 가장 충성스러웠는지 생각해 보도록 하겠다.」

드디어 내가 이긴 것입니다. 까다로운 유다, 예언의 노예인 유다가 이긴 것입니다. 우리 이야기가 끝난 지 오래지 않아 라삐께서는, 과월절은 예루살렘에서 쇠겠다고 하시면서 사도들에게 길 떠날 준비를 하라고 이르셨습니다. 드디어 예언의 말씀이 성취될 터입니다. 세상은 더 이상 죄악의 진흙 구덩이를 뒹굴지 않아도 될 것입니다. 설사 그렇게 되지 않는다고 하더라도 유다의 믿음이 하느님으로부터 더 나은 약속을 받아 낼 수 있을 것입니다.

유다여, 그대는 거짓말쟁이다.

내가 그리스도에게 거짓말을 했던가요? 나는 거짓말을 하지 않았어요.

했다.

필립보, 나는 하지 않았어요.

너는 하느님의 임재(臨在)를 경험한 것이 선지자들이었지 네가 아니었다는 것을 밝히지 않았다. 하느님께서 구체적으로, 성서에 기록된 것은 그대로 이루어질 것이라고 말씀하신 적이 없다.

아닙니다. 하느님께서는 예루살렘에 계시겠다고 하셨습니다. 뒷일은 다 알아서 하시겠다고 하셨습니다. 당연히 유다는, 성서에 기록된 대로 되는 것을 볼 것입니다.

 예수님을 구해 준다고 해서 하느님의 가장 중요한 말씀을 어기는 것은 아니다. 하느님께서는 성서에 기록된 말씀을 바꾸실 수도 있는 분이시다. 성서에 기록된 말씀은 하느님의 것이다. 이사야는 인류의 구원을 위해 제물을 보관하고 있다가 성서에 기록된 고통으로부터 그 제물을 해방시키는 중개인에 지나지 못한다는데 이게 무슨 되잖은 말인가? 고통을 느끼지 않는 제물이 어디에 있다더냐? 하느님의 의중이 그러하셨다면, 네가 〈예수님은 어쩌리까〉 하고 물었을 때 하느님께서는, 〈예수에 대해서는 다 기록되어 있다〉고 대답하시지 않았을 것이다. 그러나 너무 상심할 것은 없다. 네가 설사 거짓말을 하였다고 하더라도 그 또한 세상을 위해서 그랬을 테니.

 나의 동지들이여, 그리스도 안의 형제들은 처음에는 거칠게 항의하더니, 그다음에는 반대하고, 그런 다음에는 예루살렘에서 우리를 기다리고 있는 위험을 지적하고, 호소하다가 마침내 주님의 결정에 번복의 가능성이 없는 것을 알고부터는 비난의 화살을 내게로 날렸습니다. 게파라고도 불리는 베드로는 나를 공개적으로 〈하느님을 죽이는 자〉, 범죄자, 어린 양을 도살장으로 인도하는 부끄러움을 모르는 사형수라는 말까지 했습니다.

 그러나 유다는 개의치 않습니다. 하느님께서 유다와 함께 하심입니다.

니산 월 초아흐렛날의 잔액	반 드라크마
예루살렘행(行) 소문이 난 뒤의 헌금	8드라크마 반
니산 월 초아흐렛날의 총액	9드라크마
지출 시작할 당시의 총액	9드라크마

노새를 세 내면서 지불한 돈	2드라크마
여관 주인 안드로니고에게 빚을 갚음	7드라크마
잔액	0

니산 월 초아흐렛날 정오에 우리는 에브라임을 떠납니다. 안식일입니다만 구세주께서는 일곱 번째 날이라고 여행을 삼갈 정도로 이 옛 규정을 섬기지는 않았습니다.

일이 제대로 되어 갑니다. 에브라임 체재는 끝날 터입니다. 우리 계획은 구체적이었고, 사도들도 잠에서 깨어 있습니다. 선지자들이 기뻐하고, 이사야는 자신의 환상이 현실로 성취되는 데 박수를 보낼 터입니다. 이스라엘이여, 기뻐하라. 에돔이 발길을 거두었다. 향긋한 장미여, 시온이여, 기뻐하라. 구세주가 다가가고 있음이라.

그런데 베델에서 예루살렘으로 가는 도중에 있었던 사건을 이야기해야겠습니다. 열한 사도들에 대해 나쁜 인상을 줄 수도 있을 터이니, 사건 자체를 여기에 기록할 필요는 없을 것입니다. 따라서 쉬쉬할 수만 있으면 그렇게 하는 편이 낫겠습니다. 그러나 나에게는 중요합니다. 그래서, 이것을 기록함으로써 얻는 득이 기록하지 않음으로써 입는 손해보다는 클 것으로 보고, 기록하지 않아야 하는 이유를 옆으로 제쳐 두기로 합니다. 더구나 이 유다가 순수한 정신의 소유자이고, 진리에 대한 믿음의 고갱이 같은 존재라면, 유다에게 좋은 것은 믿음을 위해서도 좋을 터입니다.

우리는 밤을 도와 여행했습니다. 우리 위로는, 에브라임의 검은 산 그림자가 달빛에 부서지고 있었습니다. 달은, 또 하나의 밝은 세계, 어둠에서 해방된 세계, 영원한 날빛의 세계로 통하는 창 같았습니다. 멀리, 엉겅퀴와 빈 들의 잡초 사이로, 달을 보고 짖는 들개의 그림자가 보이고는 했습니다. 근심에 잠긴 선생님이 혼자 우리 선두를 가고 있었습니다. 우리는 그분의 뒤를 따라갔습니다. 우리에게는 사기도 없고, 그럴 만한 힘도 없었습니다. 우리는 그저 생각에 잠긴 채, 예루살렘에서 그분을 기다리는 고난의 환상에 시달리면서 묵묵히 따르고 있었습니다. 그런데 베드로가 불쑥, 예루살렘에 이르는 대로 성서의 말씀대로 이루어진다면 우리에게는 지도자가 없어지는 셈이니, 최초의 그리스도 형제이고, 적법한 사도들이고, 세속적인 의미에서의 계승자들인 우리 열두 제자 가운데서 선생님으로부터 하느님 진리의 횃불을 건네받을 제자를 하나 선생님이 손수 뽑아 주었으면 좋겠다는 말을 했습니다. 베드로의 입장에서 본다면, 그럴 만한 자격이 있는 사람은 자기 하나뿐인 것으로 생각되었을 것입니다. 그러나 의도가 너무나 뻔한 이 제안은 심한 반대에 부딪쳤습니다. 사도들은 베드로가 최초의 개종자(改宗者)이자 최연장자라는 것은 인정하면서도 나이가 많은 사람이 그런 역할을 맡아야 한다는 논리는 인정하지 않았습니다. 맨 먼저 반박하고 나선 사람은 세리 마태오였습니다. 마태오는 행정적인 업무에 종사한 자기의 경험을 상기시키고, 가파르나움 세관에 납부해야 하는 세금의 액수를 들먹거렸습니다. 그의 말에 따르면, 앞으로 믿는 형제들이 수가 많아지면 나라 및 법률과 사사건건 부딪칠 텐데, 전직 세리가 아니면 누가 이런 업무를 효과적으로 수행하겠느냐는 것이었습니다.

토마 디디모가 그리스도의 유산을 그렇게 단순화시키고 그렇게 오해하는 것이 아니라면서 마태오의 의견을 반박하고 나섰습니다. 그의 말에 따르면, 먼저, 그리스도 안의 형제들은 그리스도의 후계자를 뽑는 데 필요한 기준 설정부터 무시하고 있었습니다. 마태오가, 믿는 형제들이 많아지고 교세가 확장될 것이라고 지적한 것은 잘한 일이나, 그 지적의 전제가 틀렸다는 것입니다. 토마에 따르면 기준이 되어야 하는 것은 교양, 교육 수준, 장래의 지도자로서의 사회적인 명망이어야 한다는 것입니다. 그런데 토마는 구세주보다, 우리 열한 사도 중의 어느 누구보다도 사회적 지위는 더 높습니다. 토마는, 믿음이라고 하는 것도 상류 사회의 심장부를 치고 들어가야 하는 것이지, 글도 모르는 갈릴래아 농민의 사투리로 해석되거나, 아무 데서나 코를 싸쥐고 오줌똥을 갈기는 천치들에게 맡겨지면 대단히 위험하게 되고 만다는 것입니다. 그렇게 되면 교회는 보편적인 믿음의 전당이 되는 대신 버림받은 자들의 피난처가 되고, 필경은 불한당들, 폭도들, 혁명가들의 소굴이 되고 만다는 것입니다. 역시 토마의 말을 들어 봐도 그럴 만한 인물은 토마밖에 없어 보였습니다. 그래서 사도들은, 부자가 천국에 들어가는 것은 낙타가 바늘구멍을 지나는 것만큼이나 힘든 일이라고 하지 않더냐면서 토마의 생각을 반박했습니다. 그러자 제베대오의 두 아들 야고보와 요한이 선생님에게, 저희들이 지닌 씨름꾼들의 근육을 자랑하고, 그리스도에의 믿음이 곧 불신자들의 완력을 만나게 될 터인즉, 다른 대안이 없으면 자기네들을 뽑아 주기를 원했습니다.

나만, 주님의 말씀을 기다리며 가만히 있었습니다.

주님은, 당신의 후계자는 우리 중에 있되, 당신의 피가 담긴 쓴 잔을 마실 수 있는 자, 당신이 경험한 고통스러운 세례를 받을 준비가 되어 있는 자가 될 것이라면서 이렇게 덧붙였습니다. 「내 후계자가 될 자는 앞으로 나서 보아라.」

사도들은 움직이지 않았습니다. 그분의 후계자가 되려는

자는 가장 먼저 죽음을 당할 터입니다. 따라서 후계자가 되는 자에게는, 그분의 권리를 이어받았음을 선포하고 그것을 즐길 여가도 없을 것입니다.

그러나 나 유다는 앞으로 나섰습니다.

「충성스러운 사도들 가운데서도 가장 충성스러운 자야, 나는 너를 기다리고 있었다.」

주님은 한 손을 내 머리에 얹고, 부끄러움과 부러움 때문에 얼굴이 빨갛게 된 다른 사도들 앞에서 나에게 세속적인 계승자의 권능을 넘겨주면서 덧붙였습니다.

「너는 내가 마신 잔에서 마시고, 내가 받는 세례를 좇아 세례를 받게 될 것이다.」

「유다 만세!」

「충성스러운 유다 만세!」

「주님의 계승자 만세!」

사도들이 외쳤습니다.

이윽고 우리는 베다니아에 당도합니다. 아침입니다. 마을 위로 올리브 산이 바위 천막처럼 우뚝 서 있습니다. 솔로몬의 더없이 사랑스러운 애인들이자 신부들인 시온의 탑들은 하늘을 향해 우뚝우뚝 솟은 채, 대성전에서 비치는 햇빛을 받으며 시시각각으로 그 빛깔을 바꾸고 있습니다. 양뿔 나팔이 온 유다 땅에, 아침의 첫 제물이 하느님께 바쳐졌음을 알립니다. 우리는 하느님 처소를 향해 기도합니다. 구세주는 기도하지 않습니다. 그분은 예루살렘을 노려볼 뿐입니다. 예루살렘 성(城)은 그 표정이 없는 궁안(弓眼)의 시선을 다윗의 자손이자 하느님의 아들인 황제에게로 돌립니다. 그 시선은 놀라움을 드러내지 않습니다. 그 시선은 구세주를 길손으로 보지 않습니다. 장사꾼처럼 흥정하려고도 들지 않습니다. 과월절 명절과의 만남은 예로부터 잘 알려져 있습니다. 자세하게 기록되어 전해지고 있었기 때문이지요. 덧붙일 것도 없고 뺄 것도 없습니다. 형리와 죄수의 만남, 도부와 어린 양의 만남에도 달라진 것이 하나도 없습니다. 시온의 향내 나는 장미인 도성의 흙벽은, 오래전에 예정된, 장차 벌어질 일을 알고 천천히 그 꽃잎을 접습니다. 희미한 예루살렘의 안개 속으로 에브라임 사막에 선 세 개의 십자가가 보입니다. 누군가가 그어 놓은 여섯 개의 검은 획 같은, 서로 교차하는 여섯 개의 검은 기둥이 다시 한번 풍경화 안에 그 자리를 잡습니다. 그리스도로서는, 이미 모든 것이 예언되어 있는 만큼 예루살렘에 관해서는 모르는 것이 없고, 따라서 더 알아야 할 것도 없습니다. 예루살렘도, 일찍이 예언자들에 의해 약속받은 것 이외에는 그리스도에게 요구할 것이 없습니다.

이윽고 베다니아 묘지에 이릅니다. 불쾌한 기억이 떠오릅니다. 하므리가 감춘 고(故) 라자로의 시신을 찾아 올리브 산을 오르내리던 불쾌한 기억. 선생님은 묘지로 들어가 보자고 합니다. 선생님은, 어쩌면 라자로의 시신이 무덤에 있을 것이라고 생각하는지도 모르겠습니다. 우리가 치욕에 떨며 베다니아를 떠난 뒤 저 간악한 하므리가 제 주인의 시신을 다시 무덤에다 장사 지냈는지도 모른다고 생각하는 것입니다. 그러나 하릴없는 일입니다. 우리가 패배한 전장은 비어 있습니다. 무덤의 입구를 막는 바위는 뒤집어진 채 우리를 조롱하고 있는 듯합니다. 이제 그때의 패배를 설욕하고 영광을 되찾기는 불가능합니다. 적어도 라자로를 통해서는 그렇습니다. 그러나 구세주는, 당신 자신의 부활을 통하여 당신이 옳은지 아니면 사두가이파 사람들이 옳은지 증명해 낼 터입니다. 그렇다고는 하나, 라자로와 나란히 팔짱을 끼고 예루살렘에 입성할 수 있었더라면 더욱 좋았을 것임은 물론입니다.

베다니아. 곱사등이 시몬의 집에서의 만찬. 고 라자로의 누이 마리아가 값비싼 나르드 향유를 예수님의 발에 붓고는 제 머리채로 닦습니다. 그 비싼 향유를 팔았다면 3백 데나리온은 받을 수 있었을 것입니다. 우리의 돈주머니는 비어 있는데 참으로 안타까운 일입니다. 과월절을 위해서 우리는 무엇을 준비해야 좋을지 모르겠습니다. 향유에 관한 대목은 성서 말씀에도 없습니다. 어리석게도 우리는 시간과 돈을 낭비하고 있습니다.

벳파게. 벳파게에 숙소를 잡습니다. 벳파게는 내일, 즉 니산 월 열하룻날 정오에 우리가 입성할 예루살렘에서 약 10스타디아 떨어진 마을입니다.

꼽추 시몬으로부터(헌금)	3드라크마
베다니아의 익명씨로부터(헌금)	2드라크마
벳파게의 익명씨로부터(헌금)	2드라크마
자캐오의 딸 마리아로부터(차용)	5드라크마
니산 월 열하룻날의 잔액	12드라크마

정오. 라뻬께서 출발 신호를 내립니다. 나는 성서의 예언에 따르면, 사람의 아들은 걸어서 거룩한 성으로 들어가는 게 아니라는 말로 항의합니다. 이 대목에 관한 한 예언자들의 예언은 너무나 분명해서 모호한 구석이 없습니다. 나는 즈가리야의 예언을 인용합니다.

「〈수도 시온아, 한껏 기뻐하여라. 수도 예루살렘아, 환성을 올려라. 보아라, 네 임금이 너를 찾아오신다. 정의를 세워 너를 찾아오신다. 그는 겸비하여 나귀, 어린 새끼 나귀를 타고 오신다.〉」

 당연히 제자들이 투덜댑니다. 도대체 나귀를 어디에서 구한다는 말이냐? 그들은 형식을 너무 따지고 세세한 것을 너무 따진다고 나를 비난합니다. 나는 세세한 것을 따지는 것이 아닙니다. 내게 중요한 것은 오로지 성서 말씀이 성취되는 것뿐입니다. 한 자 한 획이라도 성취되지 않는 것이 있으면 안 됩니다. 그래서 나는 선생님에게, 제베대오의 두 아들을 마을로 보내어 나귀와 새끼 나귀를 구해 오게 하라고 말합니다. 이들은 간 지 오래지 않아 나귀 두 마리를 끌고 옵니다. 하나는 암놈, 하나는 수놈인데, 두 놈 다 일을 너무 해서 그런지 다리를 접니다. 나의 울화가 그만 폭발하고 맙니다. 이 벳파게에, 사람의 아들이 타고 성도로 들어갈 나귀 한 마리가 없단 말이냐? 두 제베대오의 아들인 두 보나네르게스(우레의 아들)는, 마을 사람들에게는 구세주에 대한 이해가 전혀 없어서 노새 두 마리 구하는 데도 애를 먹었다면서 나에게, 그렇게 답답하면 왜 직접 가지 않느냐고 소리칩니다. 이어서 그들은, 마을 사람에게 주님이 타실 나귀가 필요하다고 말했더니 마을 사람들은 돈을 달라더라고 합니다. 그들에게 돈이 있을 리 없습니다. 그래서 돈 대신 축복을 내렸더니 마을 사람들은 침을 뱉으면서, 어디 축복을 탈 수 있다더냐고 하더라는 것입니다. 그래서 이들이, 나귀를 타고 예루살렘으로 가시려는 분이 도대체 누구신지 알기는 하느냐면서 성서 말씀을 들려주었지만, 마을 사람들은 글을 읽을 줄 모른다고 하더랍니다. 그래서 할 수 없이 빈손으로 돌아오다가 두 마리의 노새를 보고는, 말을 해봐야 공연히 주인과의 입씨름만 될 것 같아서 슬쩍 몰고 와버렸다는 것입니다. 이들은 그러면서 되레 나에게 소리를 지릅니다.

「주님이 예루살렘으로 들어가시기만 하면, 그래서 예언이 성취되면 되는 것이지 나귀를 타고 들어가든, 암소 아니면 황소를 타고 들어가든, 하다못해 노새나 염소를 타고 들어가든 그게 뭐 그리 대수냐?」

선생님도 그 말에 일리가 있다고 여기는 모양입니다. 선생님은, 예언이 성취되되 그것이 얼마나 엄밀하게 성취되어야 하는지 잘 모릅니다. 하솔을 떠나면서 압느엘에서 문둥이 여자 고치는 문제를 두고 나와 선생님은 입씨름을 한 적도 있습니다. 선생님은 예언에 기록된 대로 가파르나움으로 들어가면서 문둥이 여자를 낫게 해야 했던 것입니다. 나는 그런 식으로 넘어갈 수 없습니다. 유다는, 온갖 정성이 다 바쳐져야 하는 주님의 사업이 이런 식으로 얼렁뚱땅 넘어가는 것을 보고 있을 수가 없습니다. 나귀가 없다니 말이 됩니까? 그것은 우리의 게으름 탓일 터입니다.

나는 직접 벳파게로 가서, 우리에게 필요한 암나귀와 새끼 나귀를 구해 옵니다. 주인은, 주님이 나중에 백배로 갚아 줄 것이라고 했더니, 나귀를 빌려 주면서도 토를 달지 않더군요. 짐승들의 상태는 좋지 않았습니다. 가죽은 겉에 진흙이 달라붙었다가 마른 것 같았습니다. 적어도 나귀에게는, 내가 요구하는 그런 품위 같은 것은 없었습니다. 하지만 노새가 아닌, 나귀를 확보한 것은 틀림없습니다.

예루살렘 입성에도 약간의 연출이 필요합니다. 성서 말씀(「시편」 118편)의, 〈의로운 사람들이 집집에서 터져 나오는 저 승리의 함성. 문을 열어라. 내 기도를 들으시고 나를 구원하신 분께 감사 기도를 드려야겠다. 주님의 이름으로 오시는 이여, 찬미받으소서〉 같은 구절처럼 예루살렘 백성들은 구세주이자 구속자인 그분을 열렬히 환영하는 것으로 되어 있습니다. 그러나 실제 상황은 도무지 예언이 성취될 것 같지 않습니다. 주님이 나귀에 오르자, 옷자락을 흩날리며 성문으로 가서, 성서 말씀에 기록된 대로 종려나무 가지를 흔들며 이렇게 외치게 합니다.

「호산나, 다윗의 자손이여, 찬미받으소서!」
「주의 이름으로 오시는 이여, 찬미받으소서!」
「호산나, 세상에서 가장 높으신 이여!」
「유다의 왕이시여, 우리를 구속하실 이여!」
「나자렛의 예수여, 천세 만세를 누리소서!」

우리 일행이 예루살렘으로 들어가자, 영문을 모르고 있던 사람들은 사도들에게 합류합니다. 그들은 거리에서 한바탕 난동을 부리는 일에 굶주려 있습니다. 그래서, 우리들의 행렬이 예루살렘 도성을 떠들썩하게 한 것은 아니지만 적어도 겉보기에는 다윗 왕의 예언은 훌륭하게 성취된 셈입니다.

우리가 계획했던 대로 선생님은 성전 뜰에서, 기도하는 집을 강도의 소굴로 만들어 버린 환전상(換錢商)과 비둘기 장수들을 쫓아냅니다. 그러고는 앉은뱅이 몇 명을 고치고, 이어서 사제들과 율법 학자들과 설전을 벌입니다. 이것이 바로 우리가 입성한 첫날 예루살렘에서 있었던 일입니다.

내가 그토록 섬세하게 계획했는데도 불구하고 유감스럽게도 성전으로부터 환전상들을 내몬 일이 일반 시민들에게 강한 인상을 주기는커녕, 나는 공공질서를 어지럽힌 혐의를 받고 2드라크마의 벌금을 물어야 했습니다. 앉은뱅이 둘을 고친 것은 굉장한 반향을 불러일으킵니다. 그러나 역시 불행히도, 이 앉은뱅이들이 내륙에서 온 사람들이라서, 예루살렘 사람들에게는 그 얼굴이 알려져 있지 않습니다. 예루살렘 사람들 사이에는 이 두 앉은뱅이가, 기적을 일으키는 사람의 꼭두각시라는 소문이 돕니다. 그러니까 우리가 이 꼭두각시들을 데리고 마을마다 다니면서 연극을 하고 있다는 것입니다. 사제들과의 설전만 해도 그렇습니다. 박식과 박식이 충돌하는 입씨름이기는 했으나, 예루살렘에는 하루가 멀다 하고 그런 논쟁이 벌어지는 터여서 역시 유다 사람들의 흥미를 자극하지 못했던 것입니다.

그러나 나는 희망을 잃지 않습니다. 예루살렘 입성 첫날인 것입니다. 우리가, 주님을 잡아 죽이기로 되어 있는 불신자(不信者)들을 만나지 못한 것은 아직 때가 무르익지 않았기 때문이고, 과월절 양이 제물로 희생되지 않았기 때문일 것입니다. 강철 같은 예언서의 말씀에 의지해서 우리는, 주님과 함께 예루살렘에서 말썽을 일으키는 데 최선을 다하면 그때가 오게 될 터입니다.

    니산 월 열이튿날의 계획.

    아침: 예배 직후, 대성전 앞에서 절름발이 둘 — 본토박이 절름발이를 구해야 할 것임. 가능하면 소경을 겸하고 있으면 좋을 것임 — 을 고칠 것. 안토니아 탑 앞에서의 설교. 이 설교 — 포도원의 비유. 지주와 소작인의 비유 — 에서는 바리사이파 사람들을 맹렬하게 질타해야 할 것임. 사두가이파 사람들을 겨냥, 공회당 앞에서 부활을 주제로 설교하게 할 것. 헤로데 궁전 앞의 광장에서는 설교를 통해 불신자들을 저주 — 될 수 있으면 강한 어조로 맹세하고, 불신자들을 모욕하고 저주할 것 — 할 것.

    오후: 나귀를 타고 윗녘과 아랫녘을 지남. 이때 군중들 사이에 사도들을 묻어, 〈유다의 왕이신 나자렛의 예수 만세〉를 외치게 하면 효과가 클 것임.

    밤: 결산.

선생님이 공회당 앞에서 부활에 관한 설교 — 라자로 사건에서 우리가 패배한 것에 비추어 사두가이파 사람들에 대한 가장 효과적인 공격 방법은 못 되었던 것으로 보이는 — 를 하고 있을 동안 나는 청중의 반응을 조사합니다. 만족할 수준은 아닙니다. 한마디로 반응이 시원치 않습니다. 자칭 구세주의 출현이 율법 학자들의 신경을 건드렸음은 의심할 나위가 없습니다만 우리가 바라는 대로 선생님께 체벌을 가하려고 달려들 정도는 아닙니다. 그들은 실실 비웃을 뿐 제대로 상대해 주려고 하지 않습니다. 가장 큰 문제는 그들의 무관심입니다. 이대로 가다가는 죽도 밥도 안 될 터입니다. 도전이 훨씬 자극적이어야 할 듯합니다. 이로써 그들로 하여금 구세주를 박해하게 해야 합니다.

나는 여론 청취를 시작합니다. 한적한 골목길, 시장터를 돌아다닙니다. 예배당, 공장, 창고 같은 데로도 다닙니다. 총독 관저의 대기실도 기웃거립니다. 그런데 주님을 아는 사람 만나기가 쉽지 않습니다. 나귀 타고 다니는 걸 본 사람이 더러 있기는 합니다만, 어느 싱거운 사람이 갈릴래아 촌사람들을 골려 주려고 일부러 갈릴래아 사람 행세를 하는 줄 압니다.

그 젊은 친구, 꼴이 말이 아니더군. 유다의 왕이라기보다는 실업자 같더군. 그 젊은 친구가 어쨌다고?

안토니아 탑 앞에서 구세주의 설교를 들은 중년의 오지그릇 장수와 이야기를 나눠 봅니다.

괜찮은 설교였소. 하지만 말이 제대로 정리되어 있지 않아 산만한 인상을 주더군. 야유하는 사람이 있다고 해서 설교하는 사람이 열을 내어서야 쓰나? 그런데 그 젊은 양반은 맹세를 자주 하더군. 모세는, 맹세를 하지 말라고 했는데 말이오.

드고아에서 온 수레 짓는 목수가 나에게, 그 갈릴래아 사람이 누구냐고 묻습니다.

다윗의 아들이오.

어느 다윗 말이오? 시의회에서 서기 노릇 하는 다윗 말이오, 아니면 아크라 사람인 타라의 아들 다윗 말이오? 아니면 윗녘에서 수레바퀴 목수 노릇 하는 다윗이오?

아니요, 다윗 왕이오.

드고아 사람은 내 말을 농담으로 여깁니다. 내가 너무 심하게 말한 것일까요? 그가 비아냥거립니다.

다윗 왕은 10세기도 더 된 옛날 옛적 사람이오. 서른 살배기 젊은이가 다윗 왕의 아들이라니 말이 되오?

상황은 말이 아닙니다. 이틀만 있으면 과월절, 출애굽의 기억에 묻어 있는 이레 동안 정결함을 지키는 명절, 예언자들에 의해 하느님의 아들이 고난을 당하는 것으로 예언된 명절입니다. 과월절과 오순절(五旬節)은, 하느님의 계시를 받고 모세가 산에서 계명이 새겨진 계약판을 가져왔던 시절의, 시나이에서의 유랑의 기억이 새겨진 영광스러운 명절입니다. 그러나 불행히도 상황을 보아서는 구세주가 고난을 받게 될 것이라는 징조는 어디에도 보이지 않습니다. 사람들은 명절 분위기에 젖어 있고, 사제들은 구세주의 출현에도 별로 위협을 느끼는 것 같지 않습니다. 로마인들은 로마인들대로 갈릴래아 목수의 유다 왕권 주장을, 영광에 대한 유다인들의 강박 관념의 산물로 여깁니다. 사실 바로 유다인들의 그런 쓸데없는 강박 관념 덕분에 고스란히 유다 땅을 들어먹을 수 있었던 게 바로 로마인들입니다. 구세주라는 사람이 저희 유다인들을 상대로만 입씨름을 벌이는 한 로마로서는 개입할 하등의 필요성을 느끼지 못합니다. 로마인들이 보기에, 전지전능하고, 인간의 눈에 보이지 않고, 감히 그 이름을 입에 올릴 수 없는 하느님의 본질을 두고 입씨름을 벌이는 데 반세기의 세월을 허비하고, 그런 하느님을 어떻게 섬겨야 하느냐는 문제를 두고 입씨름을 벌이는 데 또 반세기를 쓴 유다인들 — 누더기를 걸친 가난뱅이들, 게으른 농투성이들, 서툴기 짝이 없는 목부(牧夫)들, 절름발이들, 예언자들, 기적에 미쳐 있는 미치광이들 — 은 여간 재미있는 존재들이 아닙니다. 물론 구세주라는 사람이 민중을 선동하여 폭동이라도 일으킨다면 군병들을 보내어 잡아 족쳤다가 성 밖으로 내치면 될 터입니다.

오, 하늘에 계신 하느님, 정말 이렇게 터무니없는 일, 이렇게 맥 빠지는 일이 일어날 수 있는 것입니까? 제가 그렇게 고심해서 짜낸 계획인데, 이렇게 웃음거리가 될 수 있는 것입니까? 안 됩니다. 예루살렘이 에브라임 같아서는 안 됩니다. 예루살렘에서 저희들이 보내는 세월은 잠이나 자는 세월이 아니라 고난을 당하는 세월, 새 왕국을 거룩하게 하는 세월이어야 합니다. 성서의 말씀은 성취될 것입니다. 이 유다가 하느님께, 진리의 서(書)에 기록된 말씀은 온전히 이루어지게 하겠다고 약속드립니다.

설교, 설교, 설교.

말씀, 말씀, 말씀.

나귀 등에서 흐르는 시간. 호산나, 다윗의 아들이여! 할렐루야!

또 설교, 설교, 설교……. 외식(外飾)하는 너희 서기들과 바리사이인들에게 화 있으라! 소경을 이끄는 너희 소경 지도자들에게 화 있으라!

나귀 등에서 흐르는 피곤한 시간, 시간, 시간. 거듭되는 설교, 맹세, 저주, 서원. 이 독사의 자식들에게 화 있으라! 예언자들을 죽이는 너, 예루살렘에 화 있으라! 총독 관저 앞에서의 장광설. 그러나 로마의 군병들은 아람 말을 모릅니다. 아크라에서의 장광설. 아랫녘에서의 장광설, 오지그릇 골목, 땜장이 골목, 포목점 골목에서의 장광설.

설교, 설교, 설교.
말씀, 말씀, 말씀.
그런데도 소득은…… 무(無).

> 니산 월 열사흘의 계획.
> 주님이 공회당 앞에서 자신을 하느님의 아들, 유다의 왕으로 선포할 것임. 성전을 허물었다가 사흘 안에 다시 지을 수 있다고 주장할 것임. 베세다에서, 예루살렘 교외에서, 여타 지역에서 같은 주장을 되풀이할 것임. 설교를 성문화(成文化)시켜, 헤로데주의자들을 도발하고, 로마인들의 의혹을 고무할 필요가 있음.

나는 과월절 전날 밤에 한숨도 자지 않고 머리를 굴립니다. 이게 도대체 어떻게 되는 것이냐? 하느님께서는 그렇게 소원하시던 제물인 당신의 어린 양을 흠향(歆饗)하시지 않는 것일까? 어디에서 잘못된 것일까? 나는 에브라임에서 예루살렘에 이르기까지의 과정을 일일이 점검하고 이것을 성서 말씀의 예언과 비교해 봅니다. 나는, 성서 말씀의 한 구절 한 획이라도 성취되지 않는 것이 있으면, 아무것도 성취되지 않는 것이나 마찬가지라는 것을 잘 압니다. 내가 보기에 제대로 되지 않은 것은 없습니다. 우리는 모든 것을 말씀의 성취라는 문맥에서 빈틈없이 계획했던 터입니다. 그런데 어디에서 예언과 현실의 아귀가 맞지 않았던 것일까요? 이사야, 즈가리야, 아모스, 예레미야……. 이 모든 예언자들을 다 만족시킬 수 있어야 합니다. 다윗도 마찬가지입니다. 「시편」 22편, 「시편」 41편…….

「시편」 41편!

내가 어떻게 그 대목을 지나쳐 볼 수 있었을까요? 갈보리 언덕에 이르는 길이 똑똑하게 기록된 그 시편(詩片)을 허투루 보았는지 모르겠습니다. 나는 화급하게 파피루스 두루마리에 쓰인 네모꼴 글자들을 더듬어 41편이야말로 바로 그 문제의 구절임을 확인합니다.

압살롬에게 쫓길 때에 읊은 「시편」 3편? 아니다. 성가대 지휘자를 따라 팔현금(八絃琴)에 맞추어 부르는 노래? 그것도 아니다. 22편? 25편? 26, 아니면 27편? 역시 아니다. 다윗의 노래? 성전 봉헌가? 아비멜렉 앞에서 미친 척하다가 쫓겨나서 읊은 시편? 그것도 아니다. 성가대 지휘자 여두둔의 지휘에 따라 부르는 노래? 41편? 바로 그거다!

나는 그 구절을 읽어 봅니다. 「〈흉허물 없이 사귀던 친구마저, 내 빵을 먹던 벗들마저 우쭐대며 뒷발질을 합니다.〉」

침묵.

열한 사도가 내 앞에 서 있습니다. 시몬의 아들 안드레아, 그의 형이 되는, 게파라고도 불리는 베드로, 제베대오의 아들 야고보와 요한, 나다나엘이라고도 불리는 바르톨로메오, 알패오의 아들 야고보, 다테오라고도 불리는 레위, 장의사 노릇 하던 베싸이다의 필립보, 세리였던 마태오, 가나안 사람 시몬, 그리고 맨 끝에 선 것이 토마입니다. 하나같이 굳어 있는 모습들을 보건대 나를 비웃고 나를 불신하고 있음에 분명합니다. 나를 향하는 그들의 얼굴은 하나같이, 부드러우면서도 거친 가죽 방패 같았습니다.

맨 먼저 침묵을 깨뜨린 사람은 게파입니다.

「유다, 그 시편을 다시 읽어 보게. 한 자 한 자 천천히 읽어 보게.」

「〈시편〉 41편 9절의, 〈……영영 일어나지 못하리라〉와 〈야훼여 나를 불쌍히 여기소서, 일으켜 주소서〉 하는 구절 사이에 문제의 구절이 있습니다. 〈흉허물 없이 사귀던 친구마저, 내 빵을 먹던 벗들마저 우쭐대며 뒷발질을 합니다.〉」

「이 구절을 자네는 어떻게 해석하나?」

「그리스도 안의 형제들이여, 말씀드렸듯이, 의미 자체가 지극히 간략하고 단정적이기는 합니다만, 이 구절이야말로 구세주가 받으실 고난이 직접적인 이유로서의 배반이 언급된 유일한 구절입니다. 55편 역시 웅변적으로 이것을 증거하고 있기는 합니다만, 이 대목은 간략한 대신, 배반자가 속한 무리를 단정적으로 언급하고 있습니다. 들어 보시지요. 〈나를 모욕하는 자가 원수였다면 차라리 견디기 쉬웠을 것을, 나를 업신여기는 자가 적이었다면 비키기라도 했을 것을. 그러나 그것은 내 동료, 내 친구, 서로 가까이 지내던 벗, 성전에서 정답게 어울리던 네가 아니냐.〉 예언자 오바댜는 배반과 관련된 상황을 섬뜩하게 그려 내고 있습니다. 〈너희 동맹국들이 돌아서서 너희를 국경선 밖으로 몰아내었지. 너희와 단짝이던 것들이 너희를 쳐부수고 너희와 한솥밥을 먹던 것들이 너희 앞에 덫을 놓았지.〉 이러한 예언의 의미는 의심할 여지가 없이 분명합니다. 여러분, 오늘 밤에 과월절 축제가 시작되었는데도 아무 일도 일어나지 않았지요? 이제 우리는, 예언의 자세한 부분을, 하찮다고 낱말 몇 개를 무시하지 않았더냐고 자문해 보아야 합니다. 왜냐하면 한 마디 한 획이라도 성취되지 않는 것이 있으면 그것은 예언이 하나도 성취되지 않는 것이나 마찬가지이기 때문입니다. 이것이야말로 가장 고귀한, 감히 말씀드립니다만 유일한, 믿음의 율법이 지니고 있는 본질인 것입니다. 어젯밤, 성서 말씀을 고구하다가 저는 운이 좋게도, 아니 전능하신 하느님께서 보우하사, 온전히 성취되되 한 마디라도 성취되지 않는 것이 있으면 이 세상을 영원한 지옥으로 떨어뜨릴 만한 예언의 구절을 찾아내었습니다. 그리스도 안의 형제들이여, 보세요.〈흉허물 없이 사귀던 친구마저……〉이것은 가장 가까이 지내던 동패 중 하나라는 뜻입니다. 그리고,〈내 빵을 먹던 벗들마저……〉이거야말로 배반자가 어디에 속하는 사람인가를 명백하게 밝혀 줍니다. 특히,〈빵〉이라는 낱말은, 우리를 살찌우는 믿음으로 해석해야 합니다. 그런데, 바로 그런 사람이〈우쭐대며 뒷발질을 합니다……〉다시 말해서 구세주에게 고난을 안깁니다.

다소 말을 빙빙 돌리고 있기는 합니다만,「시편」55편은, 배반자의 신상을 훨씬 깊이 있게 언급합니다. 이 구절은, 주님을 배반할 사람은,〈내 동료, 내 친구, 서로 가까이 지내던 벗〉이라고 합니다. 우리 모두는 아니라고 하더라도 우리 중 첫째가는 사람을, 주님은 당신 자신과도 견준다는 뜻입니다. 따라서 이 사람은, 지금으로 봐서는 유일하게 주님의 의중을 짚고 있는 사람일 것입니다.〈성전에서 정답게 어울리던〉이라는 구절을 분석해 보아도 문제의 배신자가 우리 열두 사도 중의 하나라는 것을 알 수 있습니다. 말하자면 주님이 이승에서의 일을 맡겼고, 예언이 성취되면 함께 기뻐할 사람들 중의 하나인 것입니다. 오바댜가 한 예언의 껍질을 벗겨 보면, 여기에 기록된 주님의 운명은 한층 명백해집니다.〈너희 동맹국들이 돌아서서 너희를 국경선 밖으로 몰아내었지〉에서〈국경선〉은 삶과 죽음의 경계, 고난의 고비, 순교자의 고난 중 가장 고통스러운 순간을 뜻합니다. 순교자의 이런 고통만이 희생 제물의 완전한 변모를 가능케 하는 것입니다. 〈너희와 단짝이던 것들〉이라는 구절 역시 우리를 가리키고 있습니다. 그 까닭은 이 거룩한 순간에 구세주와 운명을 함께하고 있는 것은 우리뿐이기 때문입니다. 결국, 〈내 빵을 먹던 벗들마저 우쭐대며 뒷발질을 합니다〉는 41편의 결론과 같은 것으로 해석되어야 합니다. 다시 말해서, 〈그〉가 구세주를 배반하고, 운명의 덫에 가둠으로써, 구세주가 겪으실 고난의 문을 연다는 것입니다.

형제 여러분, 대체로 보아 이 대목들은 유사한 언어로 구세주가 걸을 내리막길과, 그분이 내리막길을 걷기까지 우리가 맡게 되는 역할을 예언하고 있습니다. 주님과 같은 길을 걸어온 우리 열두 사람 중 하나, 주님이 보이시는 기적의 신비를 함께 나누어 온 사람이 주님에게 뒷발질을 하고, 주님을 덫으로 옭아 넣은 뒤, 주님을 배신하여 대사제와 불신자들 손으로 넘기고, 이로써 주님을 십자가에 못 박히게 함으로써 거룩한 말씀이 성취되게 한다는 것입니다. 한 가지 덧붙일 것은, 이 배신자는 주님을 배신함으로써 은 서른 냥의 사례비를 받아야 합니다. 그래야 즈가리야의 예언, 〈내가 그 장사꾼들에게 품삯을 주고 싶으면 주고, 말 테면 말라고 했더니, 그들은 은 30세겔을 품삯으로 내놓았다〉는 예언이 온전히 성취되는 것입니다.」

열한 제자들에게, 나의 예언 해석은 무리가 있다는 인상을 받았을 것입니다만 성서의 권위와 그 필연성은 공개적으로 부인될 그런 것이 아닙니다. 우리가 만일에 에브라임에 있다면 열한 제자들은 나에게 따졌을 것입니다. 하느님의 아들이 과월절에 고난을 받는 것으로 기록되어 있을 뿐, 어느 과월절이라고는 명시된 것이 아니잖냐고요. 어린 양이 그러면 거룩한 명절에 희생되지 언제 희생되느냐고요? 하지만 이미 주님의 고난은 시작된 것이나 다름없습니다. 우리는 이미 예루살렘에 와 있습니다. 되돌아가기에는 늦어 버린 것입니다.

가나안 사람 시몬은 그래도 내 말에 토를 답니다. 그의 말은 이렇습니다.

「우리 열두 제자뿐만이 아니라 우리 주님 주위에는, 우리와 믿음을 함께하면서 새 왕국이 오기를 기다리는 사람, 주님과 친근해서 때로는 빵을 함께 나누는 사람이 얼마든지 있다. 가령 아리마태아 사람 요셉은 베델에서부터 우리와 행동을 함께해 온, 따라서 우리 사도들 못지않은 지위를 획득한 사람이다. 스데판, 혹은 스데파노라고 불리는, 좀 모자라는 듯한 젊은이도 있다. 이 변덕이 죽 끓듯 하는 이 젊은이야말로 배신자의 역할에 가장 잘 어울릴지도 모르겠다. 뿐인가? 성서 말씀에는 배반자가 반드시 남성이라고 언급된 것도 아니다. 주님 주위에는 그분의 말씀에 반해서 따라다니는 수많은 여자들이 있지 않은가? 배반자를 왜 그 여자들에게서 찾으면 안 되는가? 라자로의 누이 마리아는 어떠냐? 믿음에 경도된 뜨거움으로 말하면 첫 여사도(女使徒)라고도 함 직하지 않은가? 살로메는? 마르타는? 주님은 벌써 여러 차례 라자로의 누이인 이 마르타와도 빵을 함께 드시지 않았는가?」

내가 시몬에게 대답합니다.

「시몬, 성서 말씀은 배반자를, 〈흠허물 없는 사람〉이라고 했지, 〈흠허물 없을 수도 있는 사람〉이라고는 하지 않았어요. 이 짐이, 예언이 우리에게 지우는 가장 무거운 것, 가장 무서운 요구라는 것은 나도 압니다. 어쩌면 주님이 지는 짐보다 더욱 무겁고 무서울지도 모릅니다. 그러나 우리는 이 짐을, 질 자격이 없는 사람의 어깨에 지워서는 안 됩니다. 성서 말씀의 사소한 한마디를 무시한다는 것은 곧 이미 성취된 예언 전부를 무시하는 것이기 때문입니다.」

안드레아는, 정반대되는 시각에서 보려고 합니다.

「오바댜의 예언은, 〈너희 동맹국들이 돌아서서 너희를 국경선 밖으로 몰아내었지〉라고 되어 있네. 따라서 배반자는 하나가 아니라 여럿이라는 뜻이 아니겠나? 이 말씀을 좇는다면 우리 모두가 주님을 배반해야 할 것 같아. 그게 공평하지 않겠나?」

「맞습니다. 하지만 이미 우리 모두가 그러지 않았습니까? 우리 모두가 주님을 죽음의 국경으로 모셔 오지 않았습니까? 우리 모두가 말입니다. 그러나 그분을 죽음으로 내모는 것은 한 사람이어야 합니다. 〈시편〉에는, 〈내 동료〉, 〈내 친구〉, 〈네가 아니냐〉로 되어 있기 때문입니다. 자, 열한 분 중에서 결정을 해야 합니다. 어두워지기까지 남아 있는 시간이 별로 없습니다.」

「유다, 어째서 열한 분인가? 우리는 열둘이지 열하나가 아니지 않은가? 우리의 돈주머니를 맡은 사람이 셈하는 법도 잊었는가?」

이렇게 항변한 사람은 필립보였습니다.

우리는 모두, 눈에 보이지 않게 서로에게서 떨어져 나갑니다. 믿음의 방벽은 열두 개의 고립된 단위로 나뉩니다. 그 단위조차도 저 자신이 두려워, 저 자신을 부정하면서 또 참담하게 부서집니다.

나는 베드로의 아우에게 묻습니다. 「안드레아, 당신이 하느님의 아들을 배반하여 영원한 이름을 벌겠소?」

안드레아는 머리를 조아리고 침묵합니다. 그의 믿음은 허약하고, 그의 영혼은 너무나 범용하여 그처럼 어마어마한 기회를 잡을 엄두를 내지 못합니다. 그래서 거절합니다.

「베드로는 어떻습니까?」

「베드로는, 하느님과 함께 이 세상을 구원하기에는 너무나 초라하다네.」

이런 늙은 건달 같으니.

나는 제베대오의 두 아들에게도 같은 질문을 합니다. 야고보가 대답합니다. 「유다, 기꺼이 하겠네. 하지만 제베대오의 아들은 둘이지만, 성서 말씀에 따르면 배반자는 하나 아닌가? 우리 둘 다 주님을 배반할 수도 없는 일이고, 하나는 배반하고 하나는 않을 수도 없으니 사양하겠네.」

필립보가 빙그레 웃습니다. 예루살렘으로 오기 직전 에브라임에서 나를 무장 해제시키던 바로 그 기분 나쁜 웃음입니다. 나는 필립보에게도 주님을 배반하겠느냐고 묻습니다.

「유다, 미안하네. 나도 성서 말씀을 섬기네만, 내게는 가르침 이상으로 주님이 소중하다네.」

「마태오는?」

「하느님, 저를 비켜 가게 하소서…….」

「시몬은?」

「다른 사람들이 많은데 하필 왜 내가? 스데판은 어때?」

나는 알패오의 아들 야고보에게는 물어보지 않기로 합니다. 야고보는 좀 둔한 사람이라서 의회의 대사제들에게는 고사하고 우물에도 마음 놓고는 보내지 못할 사람입니다.

「토마는?」

토마는, 예루살렘에서 고등 교육을 받은 사람 특유의 아주 복잡한 어법을 구사하는 사람, 세상이 종말을 맞게 된다는 말을 들으면, 〈무엇 때문에?〉 하고 물을 사람입니다. 그는 예언의 말씀이 이루어져야 한다는 것은 이해하지만, 그토록 아비한 범죄 행위가 새 왕국의 머릿돌이 되어야 한다는 것은 이해하지 못하는 사람입니다. 만일에 주님을 배반하는 데 성공한다면, 그 배반의 임무를 자기에게 맡긴 사람을 탓하지 않을 사람이 바로 토마입니다. 그러나 그는 그 임무를 맡을 사람은 못 됩니다. 남을 탓하게 되든 탓하지 않게 되든, 그런 기회 자체를 거부할 사람이기 때문입니다. 그는, 스스로 거룩한 일을 할 기회를 박탈당한다는 것을 알고 있습니다. 그는 아쉽지만, 이상주의적인 이유 때문에, 주님을 배반하는 건달이 될 수는 없는 것입니다.

그건 나도 예상했던 일입니다. 귀족의 얼굴을 한 돼지, 이게 토마의 모습입니다. 그는 자신의 믿음이 정결한 믿음이기를 원합니다. 그러나 믿음을 정결하게 하는 방편이라고 하더라도 손을 더럽히기는 거절할 사람입니다. 우리의 때가 왔을 때, 세상의 종말을 맞아 오지그릇이 부서질 때 토마 같은 인간이 얼마나 철저하게 부서질 것인가는 불문가지입니다.

나는 타대오의 아들 레위를 찾습니다만 보이지 않습니다. 이 생쥐 같은 위인은 어느새 사라져 버린 것입니다. 바르톨로메오가 보입니다.

「바르톨로메오, 주님을 따르기 전에 당신은 강도에다 살인자였소. 하느님의 아들을 배반함으로써 영원히 타는 지옥 불에서 놓여날 생각은 없소?」

「유다, 하고 싶지만 못하겠네. 나는 겁이 나네. 하늘에 계신 아버지 하느님의 독생자를 배반할 운명, 생각만 해도 끔찍하네.」

「무얼 겁내요? 배반당하는 사람의 운명이 필연적이듯이 배반하는 사람의 운명도 필연적이오. 이 양자는 같은 예언의 앞뒤와 같은 것이오. 배반하는 사람 없이 배반당하는 사람은 있을 수가 없소. 이 세상의 구원에 쓰인 연장으로, 당신은 당신에게 이 일을 맡긴 예언자들로부터 보호를 받게 될 게요. 예수님이 아버지 되시는 하느님의 오른편에 앉는다면, 배반자와 배반당하는 자는 구속이라는 이 위대한 사건의 두 얼굴인 만큼 당신은 하느님 왼편에 앉게 될 게요.」

내 말이 떨어지기가 무섭게 필립보가 비아냥거립니다.

「그것은 그렇고, 유다, 자네는 왜 자네가 주님을 배반할 생각은 않는가? 예언의 말씀을 보면 배반자가,〈가까이 지내던 벗〉,〈내 친구〉라는 구절이 나오는데 이거야말로, 주님께서 총애하시는 자네를 가리키는 말씀이 아닌가? 주님과〈정답게 어울리던 자〉,〈동료〉가 자네 말고 또 있던가? 자네야말로 진리의 수호자인 유다, 예언에 미친 유다가 아닌가? 그러니까 겁쟁이처럼 자꾸 다른 사람에게 맡기려고 할 게 아니라 성서 말씀이 내리신 이 짐은 자네가 지도록 하게.」

우리는 두 강둑처럼 마주 보고 서 있습니다. 강둑은, 떨어져 있음으로써 그 사이로 물이 흐르는 것을 가능하게는 하지만 서로 만날 기회는 영영 없는 법이지요. 유다가 한쪽 둑이라면 열한 제자는 다른 한쪽 둑입니다. 이 두 둑은 서로 뚝 떨어져 있어서 서로에게 접근할 수 없습니다. 결국 나는 이렇게 말하지 않을 수 없게 됩니다.

「그럼 주님께 결정해 달라고 합시다.」

니산 월 열나흗날에 잊지 말아야 할 사항.

주님은, 베세타 우물가에 있으면 물동이에 물을 길어 가는 사람이 있을 것인즉 그 사람을 따라가, 우리가 과월절 음식을 나눌 방이 어디 있느냐고 하면 마련해 줄 것이라고 하셨음. 그 집에 이르는 대로 쓴 약초, 소금에 절인 파슬리, 세데르용(用) 무교병을 준비할 것. 빵에 누룩이 들어 있지 않다는 것을 단단히 확인할 것. 하느님께서는 양 피와 염소 피에 질리신 만큼, 과월절이라고 해서 짐승을 잡아서도 안 되고, 우슬초로 문턱에 피를 발라서도 안 될 것임. 구세주 자신이 오늘 밤에, 우리로 인하여 하느님 아버지 앞에서 어린 양이 될 것이므로.

날이 어두워지기 전에 선생님은, 과월절을 어떻게 쇠어야 할 것인지 상의해야겠다면서 나를 불렀습니다. 나는 이 기회를 이용하여 그분에게, 구세주의 고난과 관련해서 내가 예언서와 다윗의 시편에서 찾아낸 구절을 일러 주었습니다. 그분은 당연한 일이지만 크게 놀라는 눈치를 보였습니다. 그분은 예언의 구구절절을 검토하고 나에게 질문을 던지거나 당신의 의견을 드러내 보였습니다. 특히 「시편」 55편에 충격을 받는 것 같았습니다. 그래서 나는 그분이 아예 외어 버릴 수 있도록 몇 차례 되풀이해서 읽었습니다. 이어서 나는 열두 제자 중 어느 누구 하나가 주님을 배반해야 한다면서 예언이 지체 없이 이루어지게 하기 위해서는 당신 손으로 직접 배반자를 정해 주어야겠다는 말까지 했습니다. 그분은 웃었습니다. 에브라임으로 간 이래로 그분의 굳어 있던 얼굴에 처음으로 떠오른 쓰디쓴 웃음이었습니다. 입술과 눈가의 살갗도 움직이게 하지 못하는 이 쓰디쓴 웃음은 눈앞에 있는 모든 것을 싸늘하게 식혀 버리는 것 같았습니다.

「알았으니까 내게 맡겨 다오.」 그분이 중얼거렸습니다.

우리는 베세타에서 가장 깨끗한 여인숙에서 과월절 지낼 준비를 했습니다. 우리는 될 수 있으면 〈양의 문(門)〉에서 가까운 데 있고 싶었습니다. 〈양의 문〉은 바로 베다니아로 가는 길, 우리의 숙소인 문둥이 시몬의 집으로 가는 길로 통하고 있었습니다. 우리가 빌린 방은 굴속같이 비좁은 데다가, 불이라고는 배배 꼬인 양뿔에 꽂힌 횃불 하나뿐이어서 몹시 컴컴했습니다. 식탁에는 상보도 없었습니다. 소나무로 만든 시커먼 식탁 위에는 초록색 약초 접시, 세데르 접시에 담긴 무교병, 열세 개의 오지 포도주 잔이 놓여 있었습니다.

우리는 여느 때처럼 앉았습니다. 선생님을 상석에 모시고 나는 오른쪽에, 시몬 베드로는 왼쪽에 앉았습니다. 다른 제자들은 특별한 순서 없이 앉았습니다만 여느 때와 다른 것은, 선생님에 의해 배반자로 선택되는 것이 두려워 될 수 있으면 멀찍이 떨어져 앉으려 했다는 것입니다. 우리는 모두 활시위처럼 팽팽하게 긴장되어 있었습니다. 명절 행사의 엄숙함 때문에 긴장했던 것이 아닙니다. 배반자가 선택되는 마당이라서 그랬던 것입니다. 우리가 식탁을 둘러서는 대신 각기 자리를 잡고 앉았던 것도 바로 이 선택이 임박한 데서 오는 긴장 때문이었지 이 명절을 업신여겼기 때문이 아닙니다. 우리는 허리띠를 졸라 맨 채, 발에는 신발을 신고 손에는 지팡이를 든 채, 이집트에서 보내던 유다 백성의 어려운 날을 생각하면서, 공포에 질린 채 서둘러 명절 음식을 먹었습니다.

그분은 망설였습니다. 일부러 선택을 미루는 것 같았습니다. 이로써 우리를 정신적으로 고문하는 것 같았습니다. 여느 때의 그분은 구약의 의식(儀式)을 알뜰살뜰하게 좇는 사람이 아니었습니다만 — 바로 이런 식으로 과거를 무시했기 때문에 신약이라고 하는 미래를 꾸밀 수 있었던 것입니다 — 이 날만은 전통적인 의례를 그대로 좇되, 견딜 수 없이 꾸물거리면서 과월절 의례의 규칙이나 율법이 규정한 의례의 범절을 하나도 빼지 않고 좇았습니다. 뿐만 아니라 그분은 고대 레위 지파에서 행하던 이 의례에다 빵을 자르는 의식을 덧붙이기까지 했습니다. 그분은 이로써 그날 밤에 자기를 기다리는 끔찍한 운명을 생각하면서 빵을 자르는 의식에 새로운 의미를 부여했을 터입니다. 그분은 이날만은 되도록 정확하게 의례의 옛 모습을 좇으려고 했습니다. 늘 입버릇처럼, 율법이나 예언을 폐하러 온 것은 아니라고 하던 그분이 아닙니까? 그러면서도, 그 외형은 그대로 두되, 의례의 절차를 바꾸거나 새로운 절차를 덧붙임으로써, 고대의 의례에 싱싱한 시대정신을 구현해 왔던 분입니다. 이러한 그분의 모습은 전통주의자들과 종교적인 현학가(衒學家)들의 무장을 해제시키는 동시에, 그리스도라는 사람이야말로 구약을 폐하지 않으면서도 신약을 세운다는 환상을 갖게 했던 것입니다. 그러나 이날부터 과월절은 더 이상 파라오의 손으로부터 유다 백성들을 해방시켜 준 하느님께 드리는 감사절이 아닐 터입니다. 하기야 따지고 보면 노예 상태였던 유다 백성을 해방시켰다고 해서 야훼께 감사드려야 하는 것도 아닙니다. 왜냐하면 야훼의 도움을 입기는 했으되, 이집트인으로부터 해방되어 로마인들의 노예가 된 데 지나지 않으니까요. 아닙니다. 구세주는, 이런 것들을 생각하고 있지 않았을 것입니다. 그날 아침 나는 — 다윗의 시편에만 마음을 두고 있었던 것이 아니라 — 그분이 행해야 하는 성찬의 절차 — 물론 새로운 의미가 부여된 — 를 마련했습니다. 그러니까 그렇게 마련된 성찬의 절차가 조심스럽게 되풀이되고 있는 것입니다.

그분이 빵을 축복하고 정해진 의례를 되풀이할 차례가 되었습니다. 그런데 그분은 빵을 열두 조각으로 나누고, 한 조각씩 우리에게 나눠 주고는 다음과 같은 말로 성찬식을 베풀었습니다. 「받아먹어라. 이것은 내 몸이다.」 이어서 그분은 포도주 잔을 들어 기도를 올리고는, 마시라고 우리에게 주었습니다. 잔이 식탁을 돌고 있을 동안 그분이 말했습니다.

「너희는 모두 이 잔을 받아 마셔라. 이것은 나의 피다. 죄를 용서해 주려고 많은 사람을 위하여 내가 흘리는 새 계약의 피다.」

드디어 그분이 우리에게 누가 배반자로 선택되었는지 말할 차례가 되었습니다. 그러나 그분은 그 말은 하지 않고, 고난의 때가 오면 우리가 자기를 버리고 뿔뿔이 흩어질 것이라고 말했습니다.

나는 도저히 더 견딜 수 없었습니다.

「주님……」 나는, 자신을 포도 덩굴에, 야훼를 포도원지기에 비유하는 그분의 말꼬리를 가로챘습니다.

「……참으로 정교하고 도덕적인 설교를 이렇듯이 방해하는 것을 용서해 주십시오. 시간이 자꾸만 가고 있는 만큼, 주님께서 하셔야 하는 일을 지금 끝내어 주셨으면 합니다. 누가 그 일을 해야 할 것인지 말씀해 주십시오. 그 말씀을 먼저 하신 연후에, 비유를 마저 들려주셨으면 합니다.」

「응, 그래. 〈내 빵을 먹던 벗들마저 우쭐대며 뒷발질을 합니다〉라고 하는 〈시편〉의 말씀대로 나에게 뒷발길질을 할 사람 이름을 대라는 말이지?」

「그렇습니다, 주님.」

「내가 꼭 해야 하느냐?」

「그럼 누가 하겠습니까, 주님. 주님의 고난입니다. 모든 실마리의 끝은 주님께서 들고 계십니다.」

주님은 한숨을 쉬었습니다.

「오냐, 좋다. 그러면 너희 중 누가 나를 배반하게 되는지 말하겠다.」

......빨리 좀 하세요. 그런 이야기는 저희들이 다 하지 않았습니까? 누굽니까? 누굽니까? 누군지 그것만 말씀하세요.

「누굽니까, 주님?」

「내가 빵을 적셔서 줄 사람이 바로 그 사람이다.」

그분은 빵 조각을 약초 즙에 적셔서 나에게 주는 것이 아니겠습니까!

그러고는 말을 이었습니다.

「네가 할 일을 어서 하여라.」

나는 일어섭니다. 그분은 아주 희미하게 웃습니다. 나에게만 보이는 미소입니다. 나 때문에 짓는 미소입니다. 나는 일어섭니다. 열한 제자는 나를 올려다봅니다. 그 자리에서 일어서는 유일한 사람인 나를 봅니다. 그들은 나에게서 새 성찬의 열두 번째 성체를 보아 내지 못합니다. 그들은 역겨워하는 동시에 나를 존경하는 듯합니다. 그들의 감정 표현은 내 귀에 들리는 듯이 역력합니다. 나는 일어섭니다. 나는 나를 변호해야겠다는 생각을 합니다. 소리를 지르거나, 자반뒤지기를 하거나, 그러한 명예를 준 데 대해 고맙다는 말을 공들여 할 생각을 합니다. 그러나 나는 아무 말도 못합니다. 내 허파에서 공기가 휘파람 소리를 내며 새어 나가고 있었기 때문입니다. 형제들의, 묘석 같은 시선에 기가 질렸기 때문입니다. 바로 그 묘석에 새겨진 듯한, 비아냥거리는 묘비명 같은, 그분의 보이지 않는 미소에 기가 질렸기 때문입니다. 나는 치욕과 자랑스러움을 동시에 느낍니다.

나는 아무 말도 하지 않고 밖으로 나옵니다. 문을 나서는 나의 귀에 감미로운 그분의 음성이 들려옵니다.

「유다야, 너도 알다시피, 사람의 아들은 성서에 기록된 대로, 그리고 네가 바라는 대로 죽음의 길로 가겠지만 사람의 아들을 배반한 그 사람은 화를 입을 것이다. 그는, 차라리 태어나지 않았더라면 좋을 것을…… 하면서, 이 세상에 태어난 것을 후회하게 될 것이다.」

예루살렘의 니산 월 열나흗날 밤.

주님, 왜 하필이면 접니까? 왜 제가 뽑혔습니까? 왜 이 유다만, 믿음의 풀밭에서 잡초 뽑듯이 뽑는 겁니까?

온 예루살렘이 출애굽을 찬미한다. 오로지 최초로 성체를 맛본 유다만이, 선택된 한 분의 선택을 받은 유일한 사도이자 대리자인 유다만이 미친개처럼 꽁지를 다리 사이에 넣은 채 빈 도시 사이를, 집집에 켜진 기름등잔과 화톳불과 촛불과 횃불 사이를 방황합니다. 관습에 따르면 남정네들은 야훼 하느님의 보호를 받을 수 있도록 아침이 올 때까지 피가 뿌려진 문턱과, 어린 양의 뜨거운 피가 듣는 상인방 안에서 밖으로 나오지 않아야 합니다. 하느님의 은혜를 찬미하되, 야훼께서 그렇게 기름진 제물 흠향하시기를 즐긴다는 착각에 사로잡혀 있어야 합니다. 사방에서, 아래위에서, 명절을 즐기는 사람들의 고함 소리가 들려옵니다. 시온의 한적한 골목길에 이르기까지 웅성거리는 소리, 노래하는 소리, 이 웅성거리는 소리와 노랫소리의 반향이 감사 기도의 바다를 이루고 있을 뿐, 지나가는 사람 하나, 무릎 방석에 앉은 앉은뱅이 하나, 술에 취해 도랑에 빠진 사람 하나 보이지 않습니다. 모두 어디에선가 동아리끼리 어울리고 있기 때문일 터입니다. 오로지 유다만이, 모리야 언덕 위를 맴도는 독수리처럼 예루살렘을 맴돌다 의회당 쪽으로 가고 있을 뿐입니다. 그러나, 이날 밤따라 작은 요새 같은, 대문이 걸어 잠긴 집집에 가로막히면서, 거룩한 성을 울리는 가지각색의 노랫소리에 쫓기면서 의회당에서는 점점 멀어집니다. 예루살렘은, 파라오 군대들의, 무지막지한 허깨비 — 곤봉과, 유다 백성의 아기의 머리가 꽂힌 창으로 무장한 채로, 여전히 이스라엘의 겁에 질린 아이들을 찾고 있는 — 에 대한 기억이 두려워, 이 과월절의 적막한 밤에 문을 걸어 잠근 채로 오들오들 떨고 있습니다.

왜 베드로가 아니고 나여야 합니까? 왜 필립보여서는 안 됩니까? 왜 토마여서는 안 됩니까? 왜, 하느님께서 가장 사랑하시는 자가 가장 사랑하는 나여야 합니까?

그분이 너를 가장 사랑하시므로. 그분이 자기의 임무를 오로지 너하고만 함께하시기를 원하시므로, 너하고만 이 거룩한 직무 가운데서 영원히 살고자 하시므로.

나를 진정으로 사랑한다면, 그분은 이 직무의 완수에 필요한 악역은 나에게 맡기고 노른자위는 자기가 맡지는 않을 것이다. 나를 진정으로 사랑했다면, 위대한 제물의 배설물이나 모으라고 나를 보내지는 않을 것이다. 앞으로 올 세상 사람들은 이 직무에 두 개의 얼굴이 있다는 걸 알 것이다. 하면, 그들은 유다와 예수를 구별할 수 있을 것인가? 인간의 죄를 대속하는 범죄와 인간의 죄를 대속하는 희생을 구별할 수 있을 것인가?

고기를 굽는 역한 냄새, 여럿이 어울려 듣기에도 어지러운 노랫소리, 닫힌 창 저쪽에서 들리는 이빨이 부딪치는 소리, 믿음이 깊은 자들이 나누는 은근한 밀담의 웅얼거림, 벽로의 재가 묻은 얼굴들……. 해가 뜨기까지는 아무도 밖으로 나오려 하지 않을 터입니다. 그것이 율법입니다. 도끼와 몽둥이로 무장한 이집트 군대의 허깨비들이 골목골목에서 지키고 있을 것이기 때문입니다. 이것이 역사입니다.

유다여, 이것은 너의 밤이다. 이 황량한 예루살렘을 방황하는 너의 밤이다.

그분이 정말 나를 증오하는 것은 아닐까? 복수하고자, 나에게 약초 즙에 적신 빵을 준 것은 아닐 것인가? 자기 발밑에다 왕국을 건설하려는 이가 왜 복수 같은 것을 하려고 했을까? 예루살렘으로 오자고 한 것이 나였기 때문이다. 나와 예언자들 때문인 것은 물론이다.

그분은 이러지 않았던가? 좋다, 유다야, 네가 이겼다. 내일 예루살렘으로 떠난다. 내게 관심을 적지 않게 기울이는 성서의 말씀이 너를 잊지 않았기를 바란다. 걱정 마라. 말씀이 너를 잊은 건 아닐 게다. 나는 이미, 운명에 갇혀, 예언에 갇혀 성서 말씀에 들어 있다.

주님, 어찌해야 합니까? 어찌해야 좋습니까? 성취되게 하리까, 성취되지 못하게 하리까?

초라한 목수가 약초를 쥐어 접시에 담고는 해방의 영광을 찬미하면서 우적우적 먹습니다. 하느님이 주신 만나와 시나이의 이끼로 연명하던 조상의 자손답습니다.

필립보는 날더러, 저주받을 거짓말쟁이라고 한다. 나는 거짓말쟁이가 아니다. 내가 어떻게 거짓말쟁이가 될 수 있는가? 내 혀는 내 것이 아니다. 내 말은 성서 말씀에서 나온다. 그런데 내가 어떻게 거짓말을 할 수 있다는 말인가?

유다여, 너는 은밀하게 주님의 손에 배반자로 선택되기를 바란 것은 아니냐? 이 나서기를 좋아하는 천박한 자여, 너는 너만이, 구세주의 희생보다 고귀한 이 희생의 제물이 될 자격이 있다고 생각한 것이 아니냐? 너만이, 구세주의 사랑보다, 구세주의 정결함보다 더 나은 범죄를 저지를 자격이 있다고 생각한 것이 아니냐? 구세주는 인간의 죄를 대속하려고 죽을 팔자를 타고난 육신을 희생시키지만 너는 영원한 영혼을 희생시킨다고 생각한 것이 아니냐?

아니다. 나는 그것을 바란 것이 아니다. 그분이 잠들어 있을 동안, 잠을 이루지 못한 채로 그분을 지킨 이가 누구냐? 유다가 아니냐? 그분을 먹인 자가 누구냐? 딤나다에서 그분 앞에 서서, 날아오는 돌멩이로부터 그분을 지킨 자가 누구더냐? 그분에게 예언의 말씀을 일일이 상기시킴으로써, 하느님의 버림을 받지 않게 한 자가 누구더냐? 이 유다가 아니냐?

너는, 그분에게보다는 그분의 직무에 더 관심을 쏟았다. 좋든 싫든, 창조된 세상을 지키기 위해서는 창조주를 지켜야 하는 법.

그분같이 초라한 사람을 나는 얼마나 성심껏 사랑하던가? 그분같이 사악한 사람을 나는 얼마나 성심껏 섬기던가?

인적이 끊긴 골목, 인적이 끊긴 광장, 인적이 끊긴 문간, 인적이 끊긴 예루살렘. 예루살렘은 유다 하나만으로, 유다의 발소리만으로, 그 반향만이 반향만으로도 차고 넘친 하늘의 빛나는 휘장에서 유다의 그림자가 파르르 떨립니다.

의회당에서는 대사제들이 과월절 잔치를 벌입니다. 안나스와 가야파와 의회 사제들은 모두 거기에 있습니다. 나는 의회당으로 가야 합니다. 가서, 이렇게 말해야 합니다. 여기에 그리스도가 있소. 그러니까 내게 은 서른 냥을 주시오. 오냐, 여기에 쉰 냥이 있다. 안 되오. 서른 냥만 필요하오. 이 가격은 예언의 말씀에 정해져 있소.

그럴 수는 없다…….

유다여, 너는 비웃음 사기를 두려워하고 있구나. 유다여, 그분의 이름은 하느님 은혜로 정결함을 얻어 입에 올리는 자마다 정결함을 얻게 될 것임에 견주어, 네 이름은 썩은 시체처럼 똥구덩이에 던져지게 되는 게 두려우냐? 두려운 것이 아니다. 이것은 공정하지 못하다. 이것은 너무 잔혹하다.

비웃다니? 누가 감히 나를 비웃는단 말이냐? 누가 감히 하느님의 뜻을 이루는 이 예언 성취의 연장 노릇을 하는 나를 내려다본단 말이냐? 내가 없으면 구원도 없다. 구세주는, 그분이 아니라 나다. 그분은 범용한 제물, 범용한 어린 양에 지나지 않는다. 십자가 위에서 피 몇 방울 흘리는 어린 양에 지나지 않는다.

사탄이여, 나를 옹위하라.

조그만 식탁에 둘러앉아 식구들이 게걸스럽게 과월절 음식을 먹습니다. 그것이 율법입니다. 빨리 먹어야 합니다. 하느님의 입에서 언제 출애굽의 명이 떨어질지 모르니까요. 보따리도 이미 꾸려져 있습니다. 야훼의 명에 따라 값나가는 이집트 물건은 이미 다 보따리에 꾸려져 있습니다. 야훼의 명이라서 억지로 그러기는 했습니다만 이것은 강제 노역의 임금과 같은 것이니 정당합니다. 비돔과 라므세스의 탑 아래에서는 얼마나 많은 이스라엘 백성의 뼈가 썩어 갔던가요? 그러니 그 정도는 값으로 쳐서 받는 것이 당연합니다. 어서 먹고, 서둘러 준비하여라……. 곧 하느님의 명이 떨어지면 빈 들로 나가야 할 터입니다.

「들어라, 이스라엘아!」 예루살렘이 노래합니다. 두더지 굴같이 어두운 거리에서 찬송하는 소리가 울려 퍼집니다.

문득 정신을 차리고 보니, 의회당 앞에 서 있습니다. 초병이 내 어깨를 툭툭 칩니다.

「뭐야, 젊은이? 이 거룩한 밤에 뭘 찾겠다고 기웃거리고 있느냐?」

뭘 찾다니? 글쎄, 내가 뭘 찾고 있더라? 결단? 위로? 진리? 하느님? 구원?

「네 것이나 찾아 먹지그래.」

나는 군병을 먹고 있다. 나는 군병을 먹고 있다. 불룩불룩 씹어 삼키고 있다. 나는 나의 어린 양인 그리스도를 도살하고 있다.

내가 돌아서서 뛰기 시작하자 초병이 웃습니다. 초병의 웃음은 나를 쫓아와, 내 덜미를 잡고, 내 뺨을 갈기고, 날카로운 조롱의 손톱으로 내 얼굴을 할큅니다.

유다여, 멀구나, 아직은 네 운명이 순간에서 너무 멀구나. 달려라, 도망치거라. 도망쳐서 쥐구멍을 찾아라. 찾아보아서 없거든 하나 파려무나. 이 쓰레기야, 이 겁쟁이야. 세상, 믿음, 하느님, 예언자……가 어디 네 소관이더냐? 구멍에 틀어박혀 있되 내다보지 마라. 그 비좁은 구멍에 들어가 있는 것이 네 신상에 좋을 게다. 그 구멍에만 틀어박혀 있으면 너는 바다처럼 정결하고, 시체처럼 순수할 수 있을 게다.

나는 오두막집 앞에 서서 창에 비치는 사람들 그림자를 봅니다. 여러 개의 그림자는 어린 양의 뼈를 집어 드느라고 서로 모이기도 하고 떨어지기도 합니다. 뼈가 으스러집니다. 이빨 부딪치는 소리가 들립니다. 서둘러라, 이스라엘아, 하느님이 언제 너희를 종살이에서 풀어 주실지 모르므로.

나의 어린 양은? 그는 식탁 앞에 앉아서 기다릴 터입니다. 웃고 있을 터입니다.

유다야, 시간이 되었다. 무슨 시간이 되었습니까? 나를 배반할 시간이 되었다. 주님, 저는 할 수 없습니다. 주님을 배반할 수 없습니다. 유다야, 해야 한다. 성서의 말씀은 성취되어야 한다. 어떻게든 이루어져야 한다. 잘 알면서 그러느냐?

그래……. 이 길밖에 없다. 너는 배반자로 선택되었다. 이제 너는 그것을 바꾸지 못한다. 너는 기어이 그분을 예루살렘으로 데리고 오지 않았느냐? 그분으로 하여금 사제들과 바리사이파 사람들을 자극하게 하지 않았느냐? 성전으로부터 환전상들을 몰아내게 한 것도 내가 꾸민 일이 아니더냐? 독사의 자식들아, 이 매춘부들아, 무법자들아, 죄 많은 비렁뱅이들아……. 그분이 성전에서 한 말은 바로 네 말이 아니더냐? 잊었느냐? 그분에게 따른 잔을 마시려는 자 앞으로 다가서던 일을? 이로써 그분에게 예비된 것과 같은 세례를 받고자 하던 일을? 자, 여기에 치욕의 잔이 있다. 마시거라! 여기 이 식탁에는 적신 빵이 있다. 하느님의 접시에서 덜어 낸 빵이다. 그러니 삼키거라!

아, 저 지긋지긋한 노랫소리! 너의 믿음은 어디에 있느냐? 내가 저지르고자 하는 일이 정말 죄악일 것인가? 믿음은 죄악을 모른다. 오로지 죄악의 좌절을 알 뿐. 너의 사랑은? 미움은 사랑을 모른다. 오로지 방법을 알 뿐. 네 불멸의 영혼은 어디에 있느냐? 믿음은 영혼을 모른다. 오로지 영원한 행위를 알 뿐. 저 지긋지긋한 노랫소리! 언제 끝나려나?

노랫소리가 멎습니다.

대사제로 기름 부음을 받은 가야파가 노인 특유의, 빛이 바래어 창백한 눈으로 나를 아래위로 훑어봅니다. 적어도 여든 살은 되었을 터입니다. 가야파 뒤에는 대사제복을 입은, 가냘파 보이면서도 날래 보이는 안나스가 서 있습니다. 안나스는 허리끈을 꽉 조인 채, 나그네의 지팡이를 손에 들고 있습니다. 이 지팡이는, 이집트에서 첫 과월절 음식을 먹던 시절의 그 다급하던 상황을 기리기 위한 것입니다. 식탁에는 거룩한 의회의 몇몇 사제들이 어린 양의 뼈를 씹으면서 양의 배에서 내장을 꺼내고 있습니다. 내 말을 듣는 사람은 사두가이파 사람 니고데모뿐입니다.

「나자렛 사람이라는 게 대체 누구입니까?」

가야파가 장인 되는 안나스에게 물었습니다.

안나스는 어깨를 들었다 놓습니다. 안나스에게도 요셉의 아들 예수라는 이름은 생소합니다. 갈릴래아에서는 흔하디 흔한 이름입니다. 사제 오호지오가 가야파 어른에게, 티마에우스의 아들인 소경 바르티마에우스 사건을 상기시킵니다. 아주 오래전의 일입니다. 〈요셉의 아들 예수〉인가 뭔가 하는 자가 이 바르티마에우스의 광명을 되찾아 주었는데, 어떤 이유에서였는지는 몰라도 그 직후에 눈을 파내어 버린 사건, 그래서 기적이 일어나기는 했으되 곧 끝나 버린 사건입니다. 가야파는 그 사건을 기억해 내지 못합니다. 안나스도 기억하지 못합니다.

유다에게도 아직은 희망이 있는지도 모릅니다. 어쩌면 내가 꾸민 일도 일거에 물거품으로 돌아갈지도 모릅니다. 그러나 이러한 나 자신의 생각 자체가 싫습니다. 유다가 살아난다면 그 값은 곧 이 세계의 파탄, 세계의 구속에 바탕을 두고 있는 믿음의 패배일 터이니까요.

니고데모는 가야파에게 그리스도에 관한, 그다지 정밀하지 못한 정보를 전합니다. 갈릴래아 사람이다. 농부, 정확하게 말하면 시골의 목수다, 기적을 일으키는 사람이다, 눌변가다, 어떤 의미에서는 음모가, 선동가이다, 바탕은 순진한 사람이다……. 니고데모는 큰 벌을 내리자는 말을 하지 못합니다. 따라서 그리스도는 채찍이나 좀 맞고, 성도를 쫓겨나는 정도의 벌을 받을 터입니다.

내가 사이에 끼어듭니다.

「대사제 어르신, 제 생각은 니고데모 어르신과는 조금 다릅니다. 그리스도라고 하는 자는 자기를 하느님의 자식으로 여깁니다.」

「이것 보게, 젊은이, 우리 모두 하느님의 자식일세.」 가야파의 말입니다.

「하지만, 그리스도라고 하는 자는, 자기는 하느님의 외아들이라고 주장합니다.」

어린 양의 뼈를 걸터듬던 사제들의 손길이 멎습니다.

「뿐만 아닙니다. 자기가 왕이라고 주장하고 다닙니다.」

「왕이라? 하면 왕국은 어디에 있다던?」

「하늘나라에 있다고 합니다.」

「먼 데 있군.」 안나스가 중얼거립니다.

나는 그들이 내 배반을 받아 주기를 바라기도 하고, 받아들이지 않기를 바라기도 합니다. 이 두 가지 서로 상반되는 기도는, 폭풍의 바다에서, 서로 반대 방향에서 상대를 향해 돌진하는 파도와 같습니다.

「어르신, 그자는 율법을 어깁니다.」

「여보게, 젊은이. 그거야 버르장머리 없는 녀석들이면 누구나 한번 해보는 짓 아닌가?」 가야파가 서글프다는 듯이 말했습니다.

「그자는 기적을 일으킵니다.」

사제들은 다시 어린 양의 뼈를 빨기 시작했습니다.

「그것도 안식일에요.」

나는 율법 학자들의 심기를 사납게 하기 위해 이 결정적인 말을 덧붙였습니다. 그러나 그게 되지 않았습니다. 이 대목에서 나는 그만 이성을 잃고 말았습니다.

「어르신, 이렇게 지껄이는 것을 용서하시기 바랍니다. 이 나자렛 사람은 공공연히, 거룩한 의회당은 돼지 새끼의 소굴이고, 대사제 어르신은 우두머리 돼지라고 외치고 다닙니다.」

그제야 가야파가 식탁 앞에 앉은 사제에게 명했습니다.

「오호지오, 이 젊은이에게 군병 몇을 딸려 보내어 이놈의 독신자를 이리로 끌어오도록 하게.」

유다는 바야흐로 예언에 기록된 대로 성취시키고 있는 셈입니다. 그래서 나는 나에 대해서 기록되어 있는 대로 그들에게 외칩니다.

「제가 한 짓이 온당한 짓이라면 값을 주십시오. 온당한 짓이 못 되면 그만두어도 좋습니다만……」

의회는 나에게 내릴 상의 무게를 셈합니다. 은전 마흔 냥이 내려옵니다. 나는 서른 냥만 갖습니다. 값을 받은 뒤에야 나는 의회의 군병들을 이끌고 여인숙으로 갑니다. 방은 비어 있습니다. 다 타들어 간 양초에서는 촛농이 떨어지고 있고, 식탁은 빵 부스러기, 뒤집어진 술잔, 약초 잎으로 잔뜩 어질러져 있습니다. 여인숙 주인은 주님이 게쎄마니로 갔다고 내게 일러 줍니다.

예루살렘은 아직도 노래를 부르고 있습니다. 하늘로 펼쳐진 집집의 지붕들도 노래합니다. 어둠 속으로 창백하게 보이는 시온의 탑도 노래합니다. 자갈길, 성벽, 피 묻은 문설주도 노래합니다. 예루살렘은 탐욕스럽게 제물을 먹고 있습니다. 오로지 유다만이 제 제물을 도살하러 달려가고 있습니다.

나는 의회 졸개들을 이끌고 기드론 시내를 건너, 새벽안개에 덮인 게쎄마니로 갑니다. 곧 사도들 옆을 지납니다. 사도들은 겉옷을 덮은 채로 잠들어 있습니다. 그들은 일이 어떻게 돌아가는지 알지 못합니다. 아니, 알고 싶지 않은 것입니다. 부지런한 일꾼인 그리스도와 나는 세상을 구원하는 직무에 잠을 설치고 있는데도 불구하고 사도들은 코를 곱니다. 그분의 모습은 보이지 않습니다. 도망친 것일까……. 우리는 게쎄마니를 샅샅이 뒤집니다. 군병들은 도망친 어린 양을 찾으려고 창으로 덤불을 푹푹 쑤시고 다닙니다. 그런데 내 귀에 누군가가 구시렁거리는 소리가 들려옵니다. 소리는, 어둠이 물러가고 있는 곳에서 들려옵니다. 구세주가 기도하고 있습니다.

「아버지, 아버지의 뜻이 어긋나는 일이 아니라면 이 잔을 저에게서 거두어 주십시오.」

주위는 고요합니다. 하늘은 그 기도에 대답하지 않습니다. 예루살렘도 더 이상 노래를 부르지 않습니다. 과월절의 영광을 노래하던 사람들은 바야흐로, 새벽을 맞는, 어린 양의 피가 묻은 문지방 넘을 준비를 합니다.

「아버지, 아버지의 뜻이 어긋나는 일이 아니라면 이 잔을 저에게서 거두어 주십시오.」

응답이 없습니다. 응답이 있는데도 내가 모르고 있는 것일까요? 아닙니다. 침묵뿐입니다. 그 침묵이 바로 우리 두 겁쟁이에게 내리는 응답, 최종적인 응답입니다. 그분이 요구하는 자비에 대한 응답, 내가 요구하는 치욕에 대한 응답입니다. 하느님은 진정한 제물을 바라십니다. 하느님은 어린 양, 송아지, 암소의 피에 질리셨습니다. 유다여, 주저하면 안 된다. 주저하면서 과월절을 허송해서는 안 된다. 그분은 체면 차릴 겨를이 없었는지, 맑고 고요하고 평화로운 하늘에 견주어 훨씬 검고 어두운 땅바닥에 주저앉아 있습니다.

나는 그분에게로 다가갑니다. 그분은 재빨리 일어섭니다. 그러나 내 뒤에 아무도 없다는 것을 확인한 순간, 새벽빛에 비친 그의 얼굴은 안도합니다. 내가, 하느님의 응답일 터인 형리들을 데리고 오지 않은 데 적이 안도한 모양입니다. 마지막 입맞춤 ― 내가 보내는 작별의 입맞춤, 그가 보내는, 잘못 태어난 데 대한 감사의 입맞춤 ― 과 함께 모든 것은 끝납니다. 성서의 말씀은 더 이상 말씀에 머물지 않습니다. 얼굴을 마주한 채, 그러나 영원히 갈라진 채, 우리는 반반씩 구원의 직무를 마무리 짓습니다.

이윽고 우리 둘 다, 등잔을 흔들며 다가오는 의회 졸개들의 발소리를 듣습니다. 그 등잔에는 새날의 새벽, 고난의 날의 새벽이 가득 채워져 있습니다.

니산 월 열나흗날의 총잔액	12드라크마
과월절 방값	3드라크마
채소 6게라, 밀가루 반 말	4드라크마
무교병	1드라크마 반
칼(빌림)	반 드라크마
초, 등잔, 횃불	1드라크마
과월절 첫날의 지출	10드라크마
과월절 첫날의 수입	은 30냥
니산 월 보름. 총잔액은	은 30냥 및 2드라크마

유다에게는 남은 것이 없습니다. 진리의 수호자 유다에게는 아무것도 없습니다. 예언에 미친 유다에게도 아무것도 없습니다. 까다로운 유다도 텅 비고 말았습니다. 다 말라 버리고 말았습니다. 배반자 유다에게는, 구세주 유다에게는 무엇이 좀 남아 있을까요? 낡은 유다가 가버린 지금, 새 유다에게는 무엇이 좀 남아 있을까요?

없습니다. 치욕도 긍지도 없습니다. 공포도 자만도 없습니다. 슬픔도, 잔혹도 무관심도 없습니다. 과거도 없고 미래도 없습니다. 성서 말씀도 없습니다. 하지만, 배반을 보상하는 자유는 어디에 있습니까? 믿음도 없고 믿음의 부족함도 없습니다. 권위도 없고 권위의 부족함도 없습니다. 승리도 패배도 없습니다. 유다에게는 아무것도 없습니다. 공허함조차 없습니다. 공허함보다 더한 것이 유다에게 남아 있습니다. 그것은 무(無)라는 것입니다. 무관심보다 더한 것이 남아 있습니다. 그것은 무라는 것입니다. 무보다 더한 것이 남아 있습니다. 바로 무입니다.

전날 밤만 하더라도 예루살렘은 비어 있었고 유다는 차 있었습니다. 이제 예루살렘은 다시 차 있는데 유다는 비어 있습니다. 전날 밤에는 인적 없는 거리를 제 몸으로 채웠던 유다입니다. 그러나 같은 거리를 걷는데도 유다는 아무것도 없어서 채우지 못합니다. 전날 밤잠을 설치고 기다리던 예루살렘 시민들이 이 거룩한 성을 채우려고, 마른 피가 묻은 문지방을 넘고 있습니다. 그러나 같은 순간 유다는 거룩한 성을 빈 채로 남겨 두고 지나가야 합니다. 낮의 생기발랄한 뺨이 거멓게 말라붙은 어린 양의 피 위에 머무는 바로 이 순간에, 이스라엘의 아이들은 유다의 부재(不在) 사이로, 유다의 질식할 듯한 부재 사이로 나옵니다. 이스라엘의 아이들은 아무도 없는 복도에서 나의 소리 없음을 향해 부르짖습니다. 그 소리는 유다의 행적(行績)이라는, 아무도 없는 벽 사이로 메아리칩니다.

기도와 불면으로 부석부석해진, 메마른 얼굴들이 지나갑니다. 우물에 들어갔다가 나온 듯이 축축한 얼굴들이 지나갑니다. 이끼 낀 고목 같은 얼굴, 오래된 동전 같은 얼굴, 기름방울 같은 얼굴, 털실 뭉치 같은 얼굴, 성찬식으로 잠을 설친 얼굴, 무교병 트림을 하는 얼굴이 지나갑니다. 명징한 날빛이, 창을 든 파라오 군대의 허깨비를 몰아냅니다. 내 눈에 노란 얼굴, 파란 얼굴, 빨간 얼굴, 검은 얼굴, 초록색 얼굴, 잿빛 얼굴, 황금빛 얼굴, 샛노란 얼굴이 보입니다. 짙은 향연(香煙)에 잠긴 가면들이 지나갑니다. 예언을 성취시키지도 못한 채 깡그리 비고 말았지만 나는 그 가면들의 정체를 속속들이 압니다. 식구들을 거느리고 아침 산책을 나온 석탄같이 까만 대장장이가 지나갑니다. 거룩한 양뿔 나팔이 울리기 전에 성전에 당도하려고 서둘러 가는, 아론의 후예인 레위 지파 사람도 있습니다. 어지러이 오가는 사람들 사이로, 굳은살 박인 무릎으로 기어가는 앉은뱅이도 있습니다. 장창(長槍)에 기대선 제10군단의 노병은, 동방의 쓰잘데없는 무리 사이에서 보낸 12월의 야만적인 동지제(冬至祭)를 꿈꿉니다. 노병은 불쌍하고 외로워 보입니다. 그러나 불쌍하기는 내 주님같이 불쌍하고, 외롭기는 군주처럼 외롭습니다. 몸집이 작은 매춘부 하나가 내게 기대서서 과월절을 원망합니다. 사람들이 제 집에서만 명절을 보내는 바람에 손님 구경이 어려운 데다가, 혹 매춘부를 위로하고자 하는 사람도 무지막지한 헤로데 왕 군병의 곰 발바닥 같은 손아귀에 이끌려 억지로 금욕당하고 말기 때문입니다. 푸른 채소를 배불리 먹고 나온 거리의 아이들은 명절 행인들로 이루어진 난공불락의 성벽을 무너뜨립니다.

텅 빈 구원의 복도를 통해 나오듯이, 유다를 통해 구원받은 무수한 무리가 쏟아져 나옵니다.

나는 다시 의회당 앞에 서 있습니다. 이 의회당의 육중한 문을 통하여 한 사도가 들어왔다가는 배반자가 되어 나갔습니다. 문지기도 있습니다. 전날 밤에는 하나였습니다만 이제 여럿으로 불어나 있습니다. 안에서는 재판이 열리고 있습니다. 우리 주님을 재판하고 있는 것입니다.

「네가 하느님의 아들이냐?」

「그것은 네 말이다.」

「네가 유다 백성의 왕이냐?」

「그것은 네 말이다.」

「네가 율법을 범하는 자냐?」

「그것은 네 말이다.」

「네가 기적을 일으키는 자냐?」

「그것은 네 말이다.」

「네가 안식일에 기적을 일으키는 자냐?」

「그것은 네 말이다.」

맞은편에 있는 푸줏간 마당에서는 열한 사도가 재판의 결과를 기다립니다. 나는 그리로 다가갑니다만 모두들 가만히 고개를 돌립니다. 고개만 돌리는 것이 아니고, 모세가 문둥이와 파문당한 자를 접촉할 때 유지하라고 한 거리만큼 물러나 버립니다. 이 유다에게서 일곱 걸음을 물러납니다.

희생 제물로부터 일곱 걸음? 구세주로부터 일곱 걸음? 야, 이놈들아, 네놈들이 그러자고 해서 한 일이 아니더냐? 내가 한 일이더냐? 너희들의 비겁한 손, 너희들의 주문을 외는 혀, 너희들 생각이 하나 되어서 한 일이 아니더냐? 이 죽일 놈들아, 일곱 걸음이 대체 무엇이냐?

「게파!」

게파는 대답하지 않습니다.

「토마!」

토마도 대답하지 않습니다.

「필립보!」

필립보도 대답하지 않습니다.

「알패오의 아들 야고보!」

주님의 돌대가리야, 내가 언제 너에게 관심을 갖더냐? 야고보도 침묵합니다.

이런 죽일 놈들, 개아들 놈들, 더러운 개구멍받이들!

이윽고 게파가 입을 엽니다만 일곱 걸음 안으로 들어오지 않으려고 애를 씁니다. 게파는, 나는 아무것도 아니라는 듯이, 보아서는 안 되는 것이라도 되는 듯이 엉뚱한 곳을 보면서 말합니다. 다리 놓을 수 없는 강을 사이에 두고 있는 듯이, 게파는 엉뚱한 곳에다 나를 설정해 두고 있습니다. 그러고는 저 자신의 관심과 자비로운 음성에 도취됩니다.

「오, 유다여, 우리의 영광이여, 믿음의 영웅이여!」

열한 사도가 한목소리가 되어 답송(答頌)합니다.

「할렐루야, 할렐루야! 우리 중에서 가장 높은 유다여, 영광이 그대의 것이로다.」

「오, 유다여, 으뜸가는 자 중의 으뜸가는 자여, 큰 사도 중의 큰 사도여, 구원받은 자들 중의 구세주여!」

역시 사도들이 답송합니다.

「할렐루야, 할렐루야! 우리 중에서 가장 높은 유다여, 영광이 그대의 것이로다.」

「그대의 희생에 고개를 숙이니, 죄악에서 구원을 얻었다!」

그렇다면, 일곱 걸음은 무엇이란 말인가? 신성화(神性化)는 무엇이고 ─ 그것은, 초인간적인 행적을 인정하고 신성 앞에 겸손을 떠는 것일 터이다 ─ 허공에다 시선을 박는 것은 또 무엇이라는 말인가? 저것은 하느님을 찾는 시선이 아니라 하느님이 이곳에 있음을 당연하게 여기는 시선이다. 신심이 깊은 자들의 시선이다. 하느님이 하늘로 올라가고 있는가? 그래서 술에 취한 자만 제외하고 온 예루살렘이 보고 있는 것인가? 하느님은, 여전히 고귀한 영광 앞에서 머뭇거리면서 시온 푸줏간의 진흙 마당에 서 있는 저 초라한 갈릴래아 사람의 핏빛 그림자처럼 지붕 위로 오르고, 유다 교회당 위로 오르고, 성벽 위로 오르고 있는 것인가? 그렇다면 저 닫힌 얼굴은 무엇인가? 사도들의 얼굴에는 모양이 없지 않은가? 표정이 없지 않은가? 숨겨진 것을 샅샅이 들추어내는 듯한, 따갑고 잔혹한 니산 월 태양 아래 열한 구의 죽은 신도들, 열한 자루의 썩은 육신이 있지 않은가?

유다야말로 예수 이상으로 위대한 신이 아니던가? 나는 예수보다 더 많은 약속을 했고, 더 많은 희생을 했고, 더 많은 고난을 당했다. 나는 인간 이상 가는 존재이다. 신 이상 가는 존재는, 그럼 아닌가? 신 이상 가는 존재이기 때문에 인간 이상 가는 존재인가? 나는 바로 그분이신 하느님에게 필적하는 존재이고, 예수는 내가 원하는 대로 된 인간에 지나지 못하는 것이 아닌가? 예언자들은 나를 통해서 예언했다. 그렇다. 바로 유다의 음성을 통하여 한마디 한마디의 예언을 전하지 않았던가? 여기에 견주면 예수는 그 예언을 읽으려고도 하지 않았다. 예수는 예언이라고는 한마디도 못했다. 심지어는 자기 말을 하고 있는데도 알지 못했다. 예수를 예루살렘으로 오게 한 사람이 누구던가? 유다 아니던가? 누가 예수를 나귀에 태웠던가? 유다 아니던가? 누가 예루살렘 사람들로 하여금, 〈호산나, 다윗의 자손이여, 찬미 받으소서! 호산나, 세상에서 가장 높으신 이여!〉를 외치게 한 것이 누구던가? 유다였다. 예루살렘 설교를 준비한 사람이 누구던가? 유다였다. 마지막 과월절을 준비한 사람이 누구던가? 유다였다. 은 서른 냥에 예수를 팔아 성서의 예언이 성취되게 한 사람이 누구던가? 유다였다. 이루어진 일은 모두 유다를 통해서 이루어졌다. 예수는 손가락 하나 까딱하지 않았다. 이제 예수가 해야 하는 일은 사흘 뒤에 죽은 자 가운데서 부활하고 승천하는 일뿐이다. 어쩌면 그것도 예수 혼자서는 못하게 될는지도 모른다. 어쩌면 유다가 그 일을 대신해 줌으로써 끝마무리까지 지어야 할지도 모른다.

나는 이제 열한 사도의 행동을 이해할 듯합니다. 모세 율법에 나오는 일곱 걸음의 규정을 지키는 것은 내가 두려워서가 아니라 나를 존중하기 때문일 터입니다. 내게서 일곱 걸음 물러서 있는 것은 나를 조롱하고자 해서가 아니라 나를 섬기고자 하기 때문일 터입니다. 그렇다면 결국 구약은 바야흐로 신약이 된 것입니다.

문득 게파가 그 무거운 침묵을 깨뜨리고, 지극히 사무적인 어조로 이렇게 말했습니다.

「네가 배반했으니 잘 알 것이다만, 놈들은 우리 주님을 의회의 심문에 부쳤다가 본디오 빌라도 총독에게로 호송하였다. 재판이 진행 중이니만치 총독 관저에서 어떤 일이 벌어지고 있는지는 아무도 모른다. 그러나 너는 그들이 주님에게 유죄 판결을 내림으로써 예언을 성취시킬 것으로 확신하고 있을 것이다. 예언자들에게 미쳐 있던 너 — 지금도 그럴 것이라고 확신한다만 — 는, 그다음 예언이 어떻게 되어 있는지도 잘 알 것이다. 그렇다. 주님은 두 도적과 함께 십자가에 못 박히실 것이고, 사흘 만에 죽은 자 가운데서 되살아나셔서, 환상을 통해 우리가 잘 알고 있는 바와 같이, 승천하실 것이다. 그다음에 구속(救贖)의 역사(役事)가 이루어지고, 이루어져야 할 것이 다 이루어지면 성서 말씀은 한마디 빠짐없이 성취되는 것이다. 가리옷 유다, 너에 관한 예언만 빼고는 온전히 성취되는 것이다.」

암. 나는 죽어서 주님의 왼쪽에, 구세주와는 불가분의 관계인 성삼위일체가 될 것이오. 유다*Judas*, 야훼*Jehovah*, 예수*Joshua*······. 이로써 3J가 되는 것이오. 그때가 되면야 여기 이 땅에서 나를 섬기든 안 섬기든 그게 뭐 그리 대수겠소. 나는 게파에게 말합니다.

「게파, 너무 조급하게 굴지 않도록 합시다. 나에 대한 성서 말씀의 언급은, 친구처럼 지내다가 뒷발질을 하리라는 것, 은 서른 냥을 받고 하느님을 모르는 자들에게 주님을 팔 것이라는 것뿐입니다. 이 이상은 나오지 않아요.」

내 말에 게파가 응수했습니다. 「너에 대한 예언은 그것뿐이지. 하지만 너에게 이 사악한 노릇을 맡기면서 주님께서는, 〈네가 바라는 대로 죽음의 길로 가겠지만 사람의 아들을 배반한 그 사람은 화를 입을 것이다. 그는, 차라리 태어나지 않았더라면 좋을 것을······ 하면서, 이 세상에 태어난 것을 후회하게 될 것이다〉라고 하셨다.」

나는 고함을 질렀습니다. 「예수는 예언의 주체가 아니라 도구일 뿐이오.」 나는 나의 도구, 이 유다의 도구라고 말하고 싶었습니다만 그 말만은 참았습니다. 행위는 행위의 주체를 선행한다, 행위에서 벗어난 행위의 주체는 불꽃을 벗어난 온기와 같은 것이다, 창조 행위는 창조주보다 더 중요하다, 가르침은 선생보다 중요하다, 구원은 구세주보다 더 중요하다······. 나는 게파에게, 베드로에게 이런 말을 하고 싶은 것입니다.

게파의 말은 계속됩니다. 「유다, 너를 공박하는 것을 용서하라. 그분에 앞서 예비된, 그분에 대한 예언은 변하지 않는다. 그런데 그분이 이제 예언을 향하여, 다른 것들을 불변하게 할 권리를, 예언이 준비되기 이전 상태로 돌아가기를 요구한다. 성서의 말씀에서 태어나신 그분은 이제 다시 예언을 잉태하신다. 그분이 새 말씀을 낳으시는 것이다. 주님은 구약의 마지막 말씀으로 이 땅에 오셨다. 이제 그분으로부터 새 신약의 새 말씀이 이루어지게 된다. 유다는 그 신약의 첫 말씀이 되어야 할 것이다.」

「내게서 뭘 더 바라는 것입니까?」

베드로 게파는 설명을 망설입니다. 알패오의 아들 야고보는, 최후의 만찬이 과했던지 벽에 기대어 졸고 있습니다. 필립보의 얼굴에는, 에브라임에서 짓던 예의 그 졸음에 겨운 듯한 미소가 어리어 있습니다. 제베대오의 두 아들은, 원형 경기장에 들어선 권투 선수처럼 적의에 찬 눈길을 내게로 던지고 있습니다. 그리고 늘 그렇듯이 겁쟁이 바르톨로메오는 잔뜩 놀란 듯한 얼굴을 하고 있습니다. 뭐가 어떻게 돌아가는지 눈치채지 못하는 바르톨로메오는 여차하면 이 복잡하기 짝이 없는 일에 연루되지 않고 빠질 궁리를 합니다.

이윽고 베드로 게파가 말을 잇습니다.

「유다, 우리는 네가 참회하고, 은 서른 냥을 사제들에게 돌려주기를 바란다. 그래야 그들이 그 돈으로 옹기장이의 밭을 사서, 나그네의 묘지로 사용하게 되지 않겠느냐? 그래야 그 묘지가 〈아겔다마〉, 즉 〈피의 밭〉이라고 불릴 수 있게 되지 않겠느냐? 우리는 네가, 〈사람의 아들을 배반한 그 사람은 화를 입을 것〉이라고 하신 예언을 성취시켰으면 한다. 요컨대 우리는 네가 죽기를 바란다. 내 생각으로는, 네가 성 밖으로 나가 가만히 목을 매었으면 한다.」

「그럴 수는 없어요······.」 나는 소리를 지릅니다. 그러나 내 귀에 들리는 소리는, 종잇장을 구기는 듯한, 거친 속삭임뿐입니다. 「왜 내가 목을 매어야 합니까? 왜 내가 비난을 받아야 합니까? 성서의 말씀을 성취시킨 내가 아닙니까?」

「유다, 우리도 그걸 알고 있다. 너의 그 위대한 희생 앞에는 우리 모두 고개를 숙인다. 그러나 예언이 온전히 성취되지 않는 바에, 네가 스스로 목숨을 끊지 않는 바에, 네가 쫓아온 분의 권능과 진리를 누가 믿으려 하겠느냐? 사람들은 물을 것이다. 도대체 무슨 하느님이, 자기를 배반하고, 자기를 죽이고, 자기의 율법을 그르친 자에게 벌도 내리지 않느냐고……. 이렇게 되면 우리가 어떻게 이 믿음을 지킬 수 있겠느냐? 이렇게 되면 우리가 교회를 세울 땅이 없다.」

유다여, 베드로가 지껄이는 것은 바로 너의 말이다. 너의 어휘다. 너는 지금 착한 학생이 되어 네가 퍼뜨린 진리에 귀를 기울이고 있는 것이다. 행위는 행위의 주체를 선행하고, 창조는 창조주를 선행한다, 그러므로 세상에 종말이 오는 한이 있어도 예언만은 성취되어야 한다고 주장한 것은 바로 네가 아니더냐? 네가 늘 너에게 하던 말이 아니더냐?

베드로의 말은 계속됩니다. 「이것은 바로 너에 관한 예언이기도 하다. 〈시편〉 109편, 지휘자를 따라 부르는 다윗의 노래를 알고 있을 것이다. 〈부랑배를 내세워 그를 치자. 그 오른편에 고발자를 세우자. 재판에서 죄를 뒤집어쓰게 하자. 그의 기도마저 죄로 몰자.〉」

유다는 기도도 할 수 없습니다. 그들은 재판하되 변호의 기회를 주지 않습니다. 범죄자가 범죄를 선행하고, 악행의 주체가 악행을 선행합니다. 이런 개구멍받이들이 대체 어디에 있습니까?

「〈이제 그만 그의 명을 끊어 버리고, 그의 직책일랑 남이 맡게 하자.〉」

베드로야, 이 개아들 놈아! 그 꼴이 되어야 하는 것은 바로 네가 아니더냐?

「〈빚쟁이가 그의 재산을 모조리 잡아 버리고, 남이 와서 그의 수입을 털어 가게 하자.〉」

이 개아들 놈이, 내게서 내가 한 일을 빼앗아 가고 있는 것이 아니냐? 내 고통으로 저희를 살찌우고, 내 끝없는 믿음으로 배부르자고 내 희생을 더럽히고 있지 않느냐?

「〈그에게 동정하는 사람도 없게 하고, 그 고아들을 불쌍히 여겨 주는 사람도 없게 하자.〉」

유다에게는, 동정을 받아야 할 자식도 없다. 오로지 유다뿐이다. 그래, 오로지 나 유다 한 사람뿐이다. 이 세상에 유다를 위해 그 무덤에 입을 맞추는 사람도 있을 것인가? 예언이 그러하고 성서의 말씀이 그러한데도 불구하고?

「〈그 후손은 끊기고, 이름은 다음 세대에서 없어지게 하자.〉」

신성(神聖)을 바치더니 벌써 저주하는구나. 영광에서 저주의 나락으로 굴러 떨어지는구나. 조금 전만 하더라도 하느님보다 위대하더니 이제 사탄보다도 비천하구나. 이 개아들 놈아, 진리가 어디에 있느냐? 진리는 하나가 아니고 둘이더냐? 둘 다 진리더냐? 같은 세상에서, 같은 곳에서, 같은 시간에 서로 모순되면서도 서로 상응하는, 두 개의 적대하는 진리도 있더냐? 세상에 그런 진리가 온전하게 참될 수도 있다더냐?

「〈그 아비가 저지른 잘못이 잊히지 않고, 제 어미가 지은 죄가 지워지지 않게 하자.〉」

유다여, 나는 세상을 구원할 수 있으되 나의 어머니는 구원할 수 없다……. 이것은 바로 유다 너의 생각이 아니었느냐? 너는 유곽을 나서는 막달라의 냄새나는 매춘부를 성녀로 만들 수 있으되, 네 어머니가 너를 낳은 죄는 닦아 줄 수 없다고 한 것은 바로 유다 네가 아니었느냐? 그런 유다가 매춘부 때문에 얼굴을 붉혀야겠느냐? 개아들 놈들 앞에서, 개구멍받이들 때문에 얼굴을 붉혀야겠느냐?

「〈야훼여, 이자들을 항상 눈앞에 두시고, 이 땅에서 그들의 기억을 없애 버리소서. 사랑을 베풀 생각은커녕 가난하고 가련한 자들을 들볶으며 마음이 상해 있는 사람을 목 조릅니다. 남 저주하기를 좋아했으니, 그 저주를 자기가 받게 하소서. 남에게 복 빌어 주기를 싫어했으니, 그 복이 그를 떠나게 하소서.〉」

내가 사랑 베풀기를 마다했던가? 세상을 구원하는 일이 하찮은 일인가? 그것은 자비가 아닌가? 세상을 구원한 것은 내가 아닌? 성서의 말씀인가? 예언이 세상을 구원했는가? 당연히 예언이 세상을 구원했으되 그 값은 유다가 치른다.

그래, 나는 가련한 자들을 들볶았다. 이로써 내가 어디에 와 있는지 보라. 마음으로나마 나는 죽음을 구하고 있지 않느냐? 대답해 보아라, 이 개구멍받이들아. 짖어 보아라, 이 개 떼들아!

「〈저주를 옷처럼 둘렀으니, 그 저주가 뜨거운 물처럼 살 속 깊숙이, 뜨거운 기름처럼 뼛속 깊숙이 스며들게 하소서. 저주가 옷처럼 그 몸을 뒤덮고, 허리를 맨 띠처럼 풀어지지 않게 하소서.〉」

그러자 열한 사도가 이구동성으로 외쳤습니다.

「아멘. 가리옷 유다여, 저주를 받으라!」

또 한 차례 수많은 얼굴들이 번개처럼 내 앞을 지나갑니다. 유다의 눈앞을 어지럽게 하는 수많은 얼굴들의 격랑이자 홍수이자 폭포입니다. 나 유다의 주위에서 얼굴로 이루어진 무수한 자줏빛 꽃이 핍니다. 얼굴로 이루어진 수많은 열매가 망울을 터뜨리면서, 시나이 빈 들로 발길을 재촉하던 야곱의 자손들처럼, 살갗에 개기름이 흐르는 무리, 솔기 없는 옷을 입은 무리, 나자렛식으로 수염을 기르고 목자의 지팡이를 든 무수한 야수의 무리의 소용돌이 속으로 휩쓸려 듭니다. 나는 내 꿈속에서 어디론가 도망치고 있는 것 같습니다. 아무리 달려도 이르는 곳이 있기는커녕 몸이 움직이지도 않습니다. 예루살렘 백성들 무리의 함성이 내 주위에서 오릅니다. 몸이 움직이지 않는데도 나는 진리에서, 내 운명에서, 「시편」 109편에서, 푸줏간 울타리 앞에 앉은 사도들로부터 자꾸만 멀어집니다.

니산 월 보름, 우리 주 예수 그리스도를 장사 지내는 데 필요한 수건과 깨끗한 수의를 마련할 것. 몰약 한 오카와 방부(防腐)할 침향(針香)도……. 장례 절차는 여자, 특히 살로메와 마리아 글레오파와 상의할 것. 묘지도 물색할 것. 아리마태아 요셉과도 상의할 것.

왜 내가 이런 것을 쓰고 있는가? 이게 어째서 내가 관심을 기울여야 하는 일이란 말인가? 나는 저주를 받고, 동패에서 쫓겨났는데 왜 아직도 의무랍시고 이런 일들을 하고 있는가?

이런 걱정은 열한 사도들에게나 하게 하자. 장례는, 저 쓰레기 같은 게파에게나 맡기자. 아니, 필립보가 바로 베싸이다에서 시체 씻는 일을 하던 사람이 아닌가? 유다여, 너는 네 일이나 걱정하여라. 서둘러라. 서둘러 튼튼한 나무를 한 그루 찾고, 잘 꼬인 밧줄을 구하고, 네 목을 올가미에 걸려면 올라서야 할 것이 있어야 할 터이니 큼지막한 돌이나 하나 보아 두어라. 한 구절도 남김없이, 한 낱말도 남김없이 네 최후에 관한 예언이나 성취되게 하여라. 회개하고, 은 서른 냥은 사제들의 발치에 던지고, 예루살렘 성 밖으로 나가, 튼튼한 나무를 보는 대로 거기에 목을 매되, 하느님의 처소인 예루살렘과 끝없는 동녘 하늘을 보면서 목을 매거라.

서둘러라, 유다여. 세상이 기다리고 있다. 네가 세상에 빛진 것은 이제 목숨뿐이다. 살아 있는 한 너에게는 구원도 없고 평화도 없다. 목을 매고, 이로써 항문이 찢어지는 꼴을 보기 전에는 아무도 마음을 놓지 못한다.

서둘러라, 유다여.

가서 목을 매어라. 세상을 위하여 네 목숨을 버려라. 네 어머니를 위해 버리는 것이 아니다. 뱃놈들의 머리 위에다 생선 대가리를 토해 놓는 카이사리아 부두의 매춘부들을 위하여, 예루살렘의 쓰레기를 위하여 버리는 것이다. 네 어머니를 위해 버리는 것이 아니다. 가야파와 매춘부인 그 어미, 안나스와 매춘부인 그 어미를 위하여 버리는 것이다. 유다를 낳은 네 어머니를 제외한, 세상의 모든 어머니를 위하여 버리는 것이다.

어서 가거라, 유다여. 가서 목을 매거라. 예언이 온전하게 이루어지도록 가서 네 내장을 쏟아라. 교회와 믿음을 위하여 네 배를 가르거라. 네 얼굴로 날아와 앉은, 분노한 자들의 침을 닦지 마라. 서리에 마른 호박처럼 그렇게 교수목(絞首木) 위에서 시들어 가라.

어서 가거라, 유다여.

관리가 예루살렘 길을 엽니다. 골고타 언덕으로 가는 행렬이 꾸불텅거리면서 가까워집니다. 맨 앞에는, 총독의 관저에서 나온, 술 취한 군병들 무리입니다. 이어서 예루살렘 구경꾼 무리 사이를 비틀거리며 세 개의 빈 십자가 같은 여섯 개의 검은 기둥이 다가옵니다. 군병들이 주님을 골고타로 데려갑니다. 주님의 오른쪽과 왼쪽 십자가에 달릴 — 그래야 성서의 말씀이 제대로 성취됩니다 — 두 강도들은 십자가를 가볍게 둘러메고 옵니다. 그러나 주님은 당신의 십자가에 짓눌리고 있습니다. 그분은 구경꾼들로 이루어진 좁다란 예루살렘의 골목길을 비틀거리며 옵니다. 말랑말랑한 인신(人身)의 벽이 허락하는 공간에서 오른쪽으로, 왼쪽으로 번차례로 쏠립니다. 십자가의 긴 가름대가 자갈길에 끌리다가 이따금씩은 구경꾼의 무릎을 치기도 합니다. 구경꾼들은 그분을 저주하면서, 십자가의 가름대가 무릎을 칠 때마다 힘껏 걷어차길 저쪽으로 떠밀려 가게 합니다. 그분은 꼬꾸라집니다만, 마지막 안식처 — 이 안식처의 자리는 곧 역전됩니다 — 를 생각하고는, 피로 얼룩진 누더기 사이로 내비치는 창자루같이 앙상한 무릎으로 다시 일어섭니다. 그러나 일어서 있는 것도 잠깐, 또 다시 만신창이가 된 그 몸으로 땅을 치면서 쓰러집니다. 의회당의 군병들은, 가시관 때문에 차마 머리는 때리지 못하고 창자루로 십자가를 두드립니다. 내 옆에 있던 자가 목쉰 소리로 주님께 외칩니다.

「어서 말하시오, 〈주여, 이들을 용서하소서. 이들은 저희가 무슨 짓을 저지르고 있는지 모릅니다〉 하고 말하시오. 어서 말하시오, 유다의 왕이여. 바라빠는 벌써 제 몫의 말을 했어요. 그러니 당신도 당신 몫의 말을 하세요.」

그분은 다시 일어서서 비틀거리며 실겜 문을 향합니다. 그러다가, 활시위처럼 팽팽한, 예루살렘 구경꾼들의 벽에 부딪치면서 반대쪽으로 튀어나옵니다. 바로 그곳에서, 예루살렘 성 밖으로 나가는 문에서, 한 나그네가 주님을 대신해서 그 앙상한 어깨로 십자가를 메었습니다.

아니, 이 나그네가, 제 몫도 아닌 십자가를 메는데, 어찌하여 유다는 예언된 십자가도 메지 못하는가? 최후의 심판 날에, 이름도 성도 없는 한 유다인이 이 가리옷 유다의 영광을 앞지르는 것은 아닐 것인가? 유다를 놓고, 〈너는 뜨겁지도 차지도 않으니, 너를 내 입에서 토해 내리라〉는 소리가 나오게 할 수는 없지 않은가? 구속은 너의 사명이다. 네 수고의 과실, 네 고난의 상(賞)이다. 더 이상 지체해서는 안 된다. 네가 설사 믿지 않는다 하더라도 지체해서는 안 된다. 하나 너는 믿고 있지 않느냐? 그러므로 저주 속에서, 태어나는 것부터가 잘못이었다고 불평하면서 죽어 가게 되지는 않을 것이다.

그래서, 과월절 예배가 끝난 직후, 골목길을 울리는 양뿔 나팔 소리가 다 잦아지기도 전에 나는 성전으로 가서 원로 사제들에게 은 서른 냥을 돌려주기로 합니다. 그러나 사제들은 그것을 되돌려 받지 않으려 합니다. 그래서 나는 그 돈을 성전 바닥에 내던집니다. 속량금은 그분의 아버지 집 바닥을 구릅니다. 성전을 나오기 전에 나는 그들에게, 그 돈으로 옹기장이의 밭을 사서, 나그네의 묘지로 만들고, 그 묘지를 〈아겔다마〉라고 명명하라고 소리칩니다.

이어서 나는 밧줄을 마련하러 나갑니다. 과월절이라서 가게라는 가게는 다 닫혀 있습니다. 그래서 나는 사도들에게 밧줄 마련해 주기를 부탁합니다. 여전히 일곱 걸음 떨어져 선 채 사도들은, 목을 매라고 할 수는 있어도 목매는 일에 참가할 수는 없다고 거절합니다. 사도들의 도움에 관해서는 성서 말씀에도 쓰여 있지 않습니다.

나는, 돈주머니에 남아 있던 2드라크마를 꺼내어, 사마리아의 대상(隊商) 우두머리로부터 몇 발은 실히 될 만한 노새 고삐를 사려고 합니다. 유다의 밧줄 값이 공금으로 치려져야 하는 것은 당연합니다. 나는 노새 고삐를 시험해 본 연후에 값을 치릅니다. 나는 노새의 고삐, 혹은 멍에로 목을 매고 죽을 터입니다. 나와 사마리아 노새는 팔자가 비슷합니다. 둘 다 등짐으로 남의 짐을 지고 있으니까요.

이제 장소를 골라야 합니다. 예언을 읽어 보지만 별로 도움이 되지 못합니다. 예언서에도, 고난의 역사를 시작한 자가 어디에서 고난을 당하는가에 대해서는 기록하고 있지 않습니다. 장소에 관한 한 유다는 완전한 자유를 누릴 수 있을 터입니다. 어디가 되었든, 목 맬 장소는 마음대로 고를 수 있는 것입니다.

성서의 말씀에 내가 제시한 조건은 예루살렘 성〈밖〉이면 된다는 것입니다. 그렇다면 이건, 적당한 장소를 찾을 때까지 얼마든지 세상을 떠돌아다녀도 좋다는 뜻일까요? 유다는 헤라클레스의 기둥이 있는 곳에서 히르카니아 해(海)에 이르기까지 돌아다니면서 죽을 데를 찾아도 좋다는 뜻일까요? 얼음의 땅 스칸디아에서 남명(南冥)의 바닥없는 골짜기까지 뒤지고 다녀도 좋다는 뜻일까요? 그러나 유다는 생쥐가 아닙니다. 유다는 에브라임에서 그분과 나눈 대화를 고스란히 기억하고 있습니다.

「때도 기록되어 있느냐?」

「그렇습니다, 주님. 과월절이라고 되어 있습니다. 사람의 아들이 무교절에 고난을 당한다고 기록되어 있습니다.」

「어느 과월절 말이냐? 천지가 창조되고 난 뒤의 어느 과월절이라고 기록되어 있느냐?」

「그것은 아닙니다, 주님.」

「모세 이후의 어느 과월절이라더냐?」

「그것도 기록되어 있지 않습니다.」

「그러면 기다려라.」

나도 그분에게, 내 때가 기록되어 있느냐고 물어볼 것을 그랬습니다. 그러면 열두 사도들에게, 내 때가 아직 이르지 않았다고 할 수 있을 테니까요. 그러나 내 안에서는 이런 명이 떨어집니다.

유다여, 네가 주님을 예루살렘으로 데리고 왔으니 이제 너를 교수목으로 데려가거라.

예루살렘 성 밖에 있는 곳으로 그럴 만한 데는 세 군데 있습니다. 힌놈 골짜기와 예호사밧 골짜기, 그리고 골고타 언덕입니다. 골고타에는 하느님께 바쳐질 제물과, 제물의 제물들이 나란히 십자가에 달려 있을 터입니다. 예수는 십자가에 달리고 유다는 나무에 달린다? 볼 만한 광경일 터입니다. 구원의 표면(表面)과 이면(裏面)이 한자리에서 만나게 된 셈이니까요. 이렇게만 된다면, 구원의 표면에 대한 예언서의 찬양이 그 모든 표현을 취소하기 전에, 그리고 이면에 대한 역겨움이 아직 깊게 각인되기 전에 동일한 계시의 시간에 통일된 행위가 이루어지는 셈입니다. 사람들도 많이 모일 터입니다. 고난의 현장 구경을 즐기는 사람들이 구름같이 몰려들 터입니다. 그들은 점심을 싸 들고 와, 풀밭에 돗자리 같은 것을 펴고 앉아서 구경할 것입니다. 구경하다가 구역질을 하기도 할 것입니다만 그 정도는 감수해야 할 테지요. 이따금씩 군병들이 구경꾼들을 쫓으면 이들은 아무 항변도 하지 않고 순순히 물러갔다가 다시 다른 쪽으로 몰려들 것입니다. 구경꾼들은 언제든지 있기 마련입니다. 구경꾼들은 그 고난의 현장에서, 저희들에게는 도무지 가능하지 않은 낯선 묘기를 구경하게 될 것입니다. 그들은 아무 생각 없이 이 묘기를 가슴에 새기게 될 것입니다. 그들은 혹, 유랑 극단이 연출하는, 비극적인 죽음을 상기시키는 장면이 나오면 웃음을 터뜨리기도 할 것입니다. 생명의 씨앗의 원천은 환희가 아니라 고통이라는 지극히 위협적인 느낌을 받아도 웃을 것입니다. 남들이 지고 있는 십자가, 치욕과 거짓과 고통과 용서의 아픔과 참회의 고통으로 인한 흉터가 각인되어 있는 저희 어깨의 십자가와 똑같다는 것을 알아도 웃을 것입니다. 자기네들의 십자가를 보게 되어도 그들은 형장을 떠나지 않을 것입니다. 웃으면서, 눈물을 참으면서, 역겨움을 느끼며, 분노하면서도 형장에 있지 집으로 돌아가지는 않을 것입니다. 십자가 밑에 있지 식탁 앞에 있으려 하지는 않을 것입니다. 그들은 집으로 돌아가 자기 아이들을 보기보다는 무시무시한 죽음의 얼굴 — 주님 자신이 고통 속에서 태어났다는 의미에서 주님의 경우에는 죽음과 태어남에는 아주 중요한 차이가 있기는 합니다 — 을 구경하려고 할 것입니다. 그들은 누가 죽어 가고 있는지, 다음 날의 저녁 상머리에서 나눌 이야기가 누구의 고난인지 알지 못합니다. 개중에는, 누가 먼저 죽을 것인가, 기다리다 지친 형리가 누구의 정강이뼈를 부숴 줄 것인가, 하는 것을 두고 내기를 하는 사람도 있을 것입니다. 골고타 언덕. 대중의 무리들. 집에서는 우유가 끓고 있을 터인데도 아낙네들은 형장 위에서 생명이 끊는 것을 구경합니다. 꿀술, 야자, 달콤한 포도 즙, 포도주, 시원한 물을 파는 장사치도 있을 것입니다. 어린아이들은 어른들의 다리 사이를 빠져 다니며, 십자가와 관목 사이를 빠져 다니면서 숨바꼭질을 할 것입니다. 앉은뱅이들도 마침내 멀쩡한 사람이, 저희가 당한 불행보다 더 큰 불행을 당하는 꼴을 목격하게 될 것입니다.

아닙니다, 주님. 골고타는 유다의 포도원이 아니올시다.

예호사밧 골짜기는, 성서 말씀과 더 잘 어울립니다. 그 기름진 — 너무 기름진 — 평원에서 주님은 이스라엘의 원수들을 심판하실 것입니다. 그러나 나는 이스라엘의 원수가 아닙니다. 나는 이스라엘의 구세주입니다. 그런데 내가 최후의 심판 날에 대기실에서 기다려야 할 까닭이 어디에 있습니까?

이제 한 곳, 힌놈 골짜기가 남아 있습니다. 전승(傳承)이

전하는 바에 따르면 지옥의 문은 바로 힌놈 골짜기의, 메마르고 황량한 불모지에 있습니다. 그러나 그 땅은 이미 모두 팔려 나가 예루살렘의 이렇다 하는 사람들의 밭이 되었습니다. 그러니까 예루살렘 사람들은 지옥 근방에다 기름진 밭을 재산으로 가지고 있는 셈입니다. 그렇다면 나는, 장차 사제들이 사서 나그네들의 묘지로 삼을 밭에서 목을 매면 되겠습니다. 하지만 나는 예루살렘의 나그네가 아니던가요? 나야말로 내 땅에 버림받을 사람이 아니던가요? 내 구속(救贖)의 역사(役事) 속에서도 구속받지 못하게 되는 자가 아니던가요? 예언자들은 유다의 묘지에 대해서는 생각해 보지 않았던 모양입니다. 유다의 뼈는 개나 물어 갈 것이라고 생각했겠지만 만일에 예언자들에게 조금이라도 생각이 있었다면, 아젤다마를 유다의 공로상으로 선택했을 것입니다. 운명에도 그 자체의 운명이 있고 한계가 있는 법입니다. 아무 생각도 없고 분별도 없는 예언이 한 세기를 지어낸다는 것은 한심한 일입니다.

자, 유다여, 어서 힌놈 골짜기로 가자.

힌놈 골짜기로 가는 길은 예루살렘의 윗녘을 지나게 되어 있습니다. 죽음의 길이 유곽을 지나게 되어 있습니다. 그 치욕의 집 유곽의 창에 막달라 마리아가 나타납니다. 그렇습니다. 어떤 의미에서는, 마리아 역시 나의 작품입니다. 마리아는 투명하리만치 가녀린 손을 흔듭니다. 나는 돌아보지 않습니다. 마리아에 대한 역사는 주님이 다했기 때문입니다. 내 입에서 나도 모르는 사이에 이런 말이 흘러나옵니다.

「주님, 당신은 앉은뱅이를 걷게 했고, 소경을 보게 했고, 벙어리를 말하게 했습니다. 당신은 부정한 자를 정결하게 했고, 죽은 자를 죽은 자 가운데서 살렸습니다. 당신은, 〈그분은 세리와 매춘부와 죄인과도 나란히 걸었다〉고 하신 말씀대로, 예루살렘 윗녘의 매춘부 막달라 마리아를 성녀로 만들었습니다. 막달라 마리아의 육신을 닫아 무덤같이 만들었습니다. 주님, 당신은 남자들로부터 마리아를 닫았습니다. 남자들에게 마리아 자신을 열 수 없게 했습니다. 그래서 마리아의 육신은 아무리 두드려도 열리지 않습니다.」

  당신은 그 집으로 들어갔지요. 나도 당신과 함께 들어갔습니다. 당신은 돈을 치렀습니다. 사실은 내가 우리 공동의 돈주머니에서 치렀지만요. 당신은 사렙다 출신의 뚜쟁이와 말을 건넸고, 뚜쟁이는 처음에는 당신에게 갈대 같은 여자라면서 시리아 여자를 소개했고, 그다음으로는 누미디아 여자를 소개했습니다. 그러나 당신은 유다인 여자 막달라 마리아를 택했지요. 마리아가 워낙 바쁜 여자여서 당신은 기다려야 했습니다. 이윽고 차례가 오자 당신은 2층으로 올라갔습니다. 나는 또 한 차례의 기적이 일어날 것을 알고 따라 올라갔습니다. 당신은 막달라 마리아의 방 번호를 찾았습니다. 방의 번호는 「시편」의 번호처럼 1, 2, 3, 4, 7, 8로 되어 있더군요. 후끈한 복도에서는 더러운 이불 냄새와 시큼한 가래 냄새가 났습니다. 침대가 삐걱거리는 소리, 쉰 목소리로 속삭이는 소리가 사방에서 들려왔습니다. 당신은 안으로 들어갔고 나는 밖에서 기다렸지요. 모든 일은 문 안쪽에서, 쇠덫 같은, 열쇠 구멍 안에서 일어났습니다. 낡은 이불이 깔린 침대 모서리, 군데군데 굳은살이 박인 주님의 발바닥, 벽에 걸린 등잔불에 희미하게 빛나는 막달라 마리아의 허벅지. 바로 그날 밤 당신은 그 여자를 닫아 버렸습니다. 나는 열쇠 구멍으로 들여다보아서 압니다. 늘 그랬듯이.

  예루살렘이여, 안녕. 자물쇠 채워진 막달라의 처녀여, 안녕.

유다의 침대이자 유다의 마지막 베개인 힌놈 만세.

힌놈은, 얼빠진 새들이 선회하면서 땅바닥에다 그림자를 드리우는 평평한 황무지입니다. 오른편, 기드론 골짜기 옆에는 나무 한 그루가 시들어 가고 있습니다. 유다의 나무입니다. 유다를 위해 정성스럽게 길러진 나무, 유다를 위해 예약이 되어 있는 나무입니다. 나와 나무 사이, 아무 죄도 없는 이 두 예언의 도구 사이에는 아무것도 없습니다. 아, 죄 없는 나의 나무여. 이 달밤에 너에게 달려와, 너의 포옹 속으로 몸을 던지는 내가 누군지 알기나 하느냐? 이제 유다의 몸무게를 감당하기에 충분하리만치 자랐구나. 실제로 나무는 저에게 마련된 운명을 따를 뿐입니다. 나무조차도, 기록된 성서의 말씀에서는 빠져나갈 수 없습니다. 성서 말씀에 기록되어 있으면, 바위는 마땅히 굴러 내려야 하는 곳에서 굴러 내립니다. 물은 마땅히 큰물이 기다리는 곳으로 흘러가고, 날빛은 석양을 향하여 저물어 갑니다. 다윗의 아들로서 예루살렘의 왕이었던 설교자는, 〈지금 있는 것은 언젠가 있었던 것이요, 지금 생긴 일은 언젠가 있었던 일이라. 해 아래 새것은 있을 수 없다〉고 합니다. 오, 인간은 왜 사는 것이지요? 성서를 읽고, 예언에 귀를 기울이고, 시편을 노래할 일입니다. 무슨 까닭인가요? 이사야가, 어떻게 살아야 하는가를 일러 줄 터이기 때문입니다. 즈가리야는 이미 우리의 죽음을 준비해 두었기 때문입니다. 요엘은 이미 우리의 고통을 헤아려 두고 있기 때문입니다. 아모스가 우리를 이쪽으로 밀면, 오바댜는 저쪽으로 밀 것이기 때문입니다. 에제키엘이 바라니까 우리는 마땅히 이쪽으로 가야 할 것입니다만, 이 장(章), 저 절(節)에서 다니엘이 금하고 있으므로 우리의 목적지에 이르기는 어려울 것입니다. 재채기가 나올 때는, 「말라기」를 훑어보세요,

그러면 이런 구절을 만날 것입니다.〈그때 그가 재채기를 하였도다.〉

내 나무만 해도 그렇습니다. 내 나무는, 내가 거기에 목을 매달면 곧 마를 것입니다. 더 이상 소용없게 되면 죽는 것입니다. 나와 내 나무가 누리는 자유에는 아무 차이도 없습니다. 나무가 이렇듯이 자라날 수 있었던 것은 내 목을 매게 하기 위함이요, 내가 태어난 것은 거기에 목을 매기 위함인 것입니다. 이제 곧 땅이 흔들리면서 구세주의 죽음을 알릴 것입니다. 아니, 벌써 흔들리기 시작합니다. 다 성서의 말씀에 기록되어 있는 것입니다. 맑은 하늘 ─『구약 성서』를 외고 있지 못한 사람에게는 이렇게 말해 봐야 소용없을 것입니다만 ─ 아래로, 짙은 소나기구름이 모입니다. 그러고는 여남은 차례 번개가 칩니다. 이것도 다 기록되어 있기 때문입니다. 폭우는 자연적인 것이 아닌 만큼 오래가지 않습니다. 밤하늘은 다시 맑아지면서 힌놈 골짜기를 드러냅니다. 당연하지만 내 나무는 여전히 서 있습니다. 어떤 벼락도 내 나무를 때릴 수는 없습니다. 기록되어 있지 않으니까요.

가만있자……. 만일에 유다가 목을 매지 않으면 어떻게 되는가? 이사야의 예언, 에제키엘의 예언, 즈가리야의 예언을 무시하면? 예레미야의 예언까지 무시하면 어떻게 되는가? 예언이라는 예언에는 모조리 침을 뱉고, 나의 나무는 그대로 둔 채로 예루살렘으로 돌아가 버리면 어떻게 되는가? 그러면 이 세상을 구원하는 일은 어찌 되는가……. 성서에 이르기를 〈말씀의 한 점 한 획이라도 이루어지지 않은 것이 있으면 이는 하나도 이루어지지 않은 것이나 마찬가지라〉하지 않았는가…….

땅이 흔들렸습니다. 구세주의 죽음과 함께 세상은 구원을 받은 것입니다. 이제 나의 자살은 불필요할 터입니다. 나의 자살이 누구에게 무슨 소용이 있겠습니까?

유다, 네 이놈! 하느님을 모독하지 마라. 너는 주님과 나눈 말도 잊었느냐?

주님, 예루살렘으로 가셔야 합니다.

고통스러울 텐데, 두렵구나.

주님, 예루살렘에서 고난을 당하는 것으로 기록되어 있습니다.

고통스러울 텐데, 두렵구나.

바로 그 고통을 통하여 주님은 원죄를 대속할 것입니다.

고통스러울 텐데, 두렵구나.

그리스도의 죽음에는 의미가 있지만 유다의 죽음에는 그것이 없습니다. 유다의 죽음은 개죽음입니다.

그러나 유다여, 네가 목을 매지 않으면 교회가 무너진다.

고통스러울 텐데요, 겁이 나는데요.

네가 목을 매지 않으면 누가 정의를 믿겠느냐?

고통스러울 텐데요, 겁이 나는데요.

네가 목을 매지 않으면 주님의 권능이 어디에 서겠느냐?

고통스러울 텐데요, 겁이 나는데요.

나는 내 나무를 쓰다듬습니다. 주름 잡힌 껍질은 거칠기 짝이 없습니다. 나무는 나를 기다리면서 나이를 먹어 왔을 것입니다. 그러나 나무도 시들고 싶지는 않을 것입니다. 나무일지라도 살고 싶을 것입니다.

주님, 예루살렘으로 가셔야 합니다. 주님, 나귀에 오르시지요. 주님, 사두가이파 사람들을 저주하십시오. 주님, 이자를 좀 고쳐 주시지요. 저자를 좀 살려 주시지요. 주님, 십자가를 지시지요.

나와 나의 나무가, 이루어지지 않은, 몇 구절 안 되는 예언의 말씀으로 남으면 어떻게 될까? 우리가 성서의 말씀보다 한술 더 뜨면 어떻게 될까?

에브라임에서부터 따라온 질투하는 하느님이 다시 나타나시어 내 안에서 나를 통하여 호령하신다. 유다야, 나무로 다가서라. 나무로 냉큼 다가서라! 나는 그 잔을 내게서 비켜가게 해달라고 빕니다. 견딜 수 없으리만치 우렁찬 그분의 음성 사이로 외칩니다. 서른 살이라는 나이는 죽기에는 너무 젊습니다.

지상(地上)에 있는 내 아들, 내 아들은 몇 살에 십자가에 못 박혔더냐?

저는 아직 하루라도 제대로 살아 본 날이 없습니다.

내 아들은 몇 날이나 제대로 살았다더냐?

저는 미친 예언자들의 구역질 나는 환상 때문에 죽고 싶지는 않습니다.

유다야, 나무로 다가서라!

하느님께서 호령하십니다. 그분의 무서운 음성은 내 불평의 숲을 파고듭니다.

〈유다야, 나무로 다가서라. 냉큼 다가서라!〉

주님, 못하겠습니다.

〈그러면 내 아들은 어떻게 했겠느냐?〉

그분에게는 죽음 너머로 겨냥한 것이 있습니다. 그러나 내 죽음은 그분의 고난에서 비롯된 것입니다. 저의 남은 삶은 이제 저 쓸개 빠진 예언자에게 속한 것도 아니고, 예언자들의 쓰레기 같은 예언에 속해 있는 것도 아닙니다. 저의 남은 삶은 유다에게 속해 있습니다. 기록된 바도 없고, 예언된 바도 없는 유다, 자유로운 유다에게 속해 있습니다.

〈유다야, 나무로 다가서라. 냉큼 다가서라!〉

저에게도 이제 제 마음대로 할 권리가 있습니다. 목을 맬 것인지, 말 것인지 제 뜻으로 결정할 권리가 있습니다. 그 까닭은 이제 저는 더 이상 하느님께서 주관하시는 창조의 행위에 속하지 않기 때문입니다. 하느님께서는, 조금 전 땅이 흔들릴 때 그 권리를 제 손으로 넘겨주셨기 때문입니다.

〈유다야, 나무로 다가서라. 냉큼 다가서라.〉

나는 겉옷 안에서 밧줄을 꺼내어 올가미를 만들고, 세 겹으로 매듭을 지은 뒤 나무 위로 던져 올려 가지에 단단히 붙잡아 맵니다. 나는 딛고 설 돌멩이를 판판한 땅바닥에 제대로 놓은 것을 확인하고는, 밧줄이 내 몸무게를 견딜 수 있는지 시험해 봅니다······

예루살렘. 니산 월 열엿새. 어제 예수 그리스도가 묻혔음. 안식일을 피하느라고 금요일 밤에 묻혔음. 아리마태아의 요셉이 그를 묻었음.

······그러고는 예루살렘으로 돌아갑니다.

내가 나의 나무 앞에서 헛소리를 하고 있을 동안 믿음이 깊은 사람들이 구세주를 묻었습니다. 대지가 사람의 아들에게 작별을 고하느라고 심하게 흔들린 직후, 아니면 사탄이 담즙을 뿜으며 인간에게 증오에 찬 작별을 고하는 바람에 대지가 심하게 흔들린 직후에 그분을 묻었던 것입니다. 사람들에게도 어떤 변화가 있었을까요? 가령 악몽에 시달리던 사람은 악몽이 물러가면서 마음이 가벼워지는 경험을 했을까요? 고통에 시달리던 사람은 고통으로부터 자유로워지는 경험을 했던 것일까요? 나는 자유를 느끼지 못했습니다. 나는 구원에서 제외되었던 모양입니다. 나와 내 어머니는, 만일에 자식이 있다면 자식까지도 구원에서 제외되었을 것입니다. 그러나 내가 거리에서 만난 예루살렘 사람들은 죄에서 자유로워진 사람들 같아 보이지 않았습니다. 오랜 세월 죄의식에 시달리면서 살던 전날과 별로 달라 보이지 않았습니다. 정결해진 것 같지도 않았습니다. 어젯밤, 마른 똥이 연기를 내면서 타는 화톳불 가에서 저녁을 먹거나 떠들고 있을 동안에 이루어진 구속의 역사를 그들은 알고 있는 것 같지도 않았습니다.

이제 그들은 처음부터 다시 시작할 수 있습니다. 이제 그들은 뱀의 꼬드김에 넘어가 금단의 과일을 먹을 수도 있습니다. 카인은 이제 다시 아벨을 죽일 수 있습니다. 이제 소돔의 매춘부들을 상대할 수도 있습니다. 미래의 야곱은 미래의 에사오를 속일 수도 있습니다. 요셉의 형들은 다시 요셉을 우물 속으로 밀어 넣을 수 있습니다. 이제 다시 황금 송아지를 돌며, 혹은 번쩍거리는 신상(神像) 같은 것을 돌면서 춤을 출 수 있습니다. 세상은 다시 한 장의 종이처럼 깨끗해졌습니다. 나만이 그 종이 위에 져 있는 얼룩입니다. 아무도 닦을 수 없던 얼룩입니다. 이 쓸쓸한 얼룩에서 신약과 구약이 하나 됩니다.

오지그릇 골목에서 게파를 만납니다. 게파는 나를, 예루살렘을 걷는 유다의 유령 보듯 합니다. 무리도 아닙니다. 예언에 따르면, 유다는 벌써 목을 매었을 시점이기 때문입니다. 물론 게파는, 내가 아직 목을 매지 않았다는 걸 알게 됩니다. 그는 놀라는 척합니다만, 사실은 내가 여전히 살아 있다는 것이 마음에 좋지 않은 것입니다.

아니, 유다, 왜 이렇게 어슬렁거리고 있나?

베드로, 죽을 기분도 아니고 죽을 이유도 별로 없어서요.

나는, 당신네들이 나를 엿보고 있었다는 걸 알아요. 힌놈 골짜기 위의 채석장에서 제베대오의 두 아들이 밤새도록 날 지켜보고 있었다는 걸 모를 줄 아시오? 가지를 고르고, 올가미를 가지에 걸고, 딛고 설 돌의 자리를 잡고, 그런 다음에 예루살렘으로 들어설 때, 어떤 꼴들을 하는지 그 양반들의 코빼기를 좀 보고 싶습니다.

그렇습니다. 이 거룩한 도성에 들어와서도 그 양반들은 미행을 그만두지 않습니다. 이 쓰레기 같은 자들은, 내가 저희들 구미에 맞으라고 자살하는 줄 아는 모양입니다. 내가 지금까지 맹목적으로 섬겨 오던, 미치광이 예언자들 좋으라고 자살하는 줄 아는 모양입니다. 미행을 하고 싶으면 하라지요. 지켜보고 싶으면 지켜보라지요. 내가 상관할 일은 아닙니다.

나는 내 뒤로, 이 둘의 진한 그림자를 끌고 다닙니다. 그림자는 내가 가는 대로 따라다닙니다. 숨을 가누려고 걸음을 멈추면 그림자도 멈춥니다. 앞으로 가면 요한이 있고, 뒤로 돌아서면 야고보가 있습니다. 오른쪽으로 돌면 또 야고보가 있고, 왼쪽으로 돌면 또 요한이 있습니다. 이 제베대오의 두 아들이 없는 곳은 없습니다. 어디로 고개를 돌려도, 아무 표정 없는 평평한 권투장이의 얼굴이 나를 기다리고는 합니다.

오후에 예루살렘을 떠날 참입니다. 유감스럽게도 안식일이어서 내가 합류하려고 하는 시돈의 대상(隊商)은 해 질 녘까지 움직이질 않습니다. 그게 율법입니다. 그러나 내게는 율법을 따를 시간이 없습니다. 기다릴 시간이 없습니다. 주님은 안식일에도 기적을 일으키지 않았던가요? 왜 유다는 안식일에 도망치면 안 된답니까? 이레째 되는 날에 쉬기 좋은 날이라면 나 자신을 구원하기에도 좋은 날일 터입니다.

야고보, 요한, 야고보. 요한, 야고보, 요한. 이자들이 바라는 게 무엇일까요? 아무도 나에게 말해 주지 않습니다. 그저 개처럼 내 뒤만 졸졸 따라다닐 뿐입니다. 도둑처럼 조용하게, 끈질기게 따라다닐 뿐입니다. 다른 형제들은 보이지 않습니다. 열한 사도를 모두 내 눈으로 확인할 수 있으면 좋겠습니다. 그러면 의도가 무엇인지 알아낼 수 있을 터입니다. 모두 내 생각을 하고 있다는 것은 분명합니다. 내 속이, 질식하리만치 뜨거운 것이 그 증거입니다. 그렇다면 그들이 하려는 짓은 무엇일까요? 언제 하려는 것일까요?

예루살렘만 빠져나가면 안전할 터입니다. 나는 게부라로 갈 생각입니다. 아니, 유다여, 너에게 믿음이 없는 터에 어째서 믿음 있는 자들의 땅 이름을 입에 올리느냐? 그래요? 그러면 나는 로마로 갈 생각입니다. 이방인에게 일자리가 많다니까요. 아니, 게부라로 가렵니다. 코크바로 가렵니다. 저주받을 예언자는 어느 누구도 내게서 믿음을 빼앗지 못합니다. 그들은 나의 죽음만을 말하고 있을 뿐, 어떻게 죽어야 하는가는 말하고 있지 않습니다. 그들은 내 육신에만 관심이 있습니다. 내 육신이 나무에 매달리는 것을 보고 싶은 것입니다. 유다가 신자로 죽든, 불신자로 죽든 어느 예언자가 관심할까요? 물론 로마로 가렵니다. 카이사리아에서 배를 타렵니다.

실겜으로 통하는 북문에는, 바르톨로메오와 알패오의 아들 야고보가 나를 지키고 있습니다.

로마의 유다인은 예루살렘의 유다인보다 그 수가 많을 터입니다. 거기에다 새 교회를 세우렵니다. 유다-야훼-예수, 즉 〈JJJ〉의 성삼위일체를 선포하렵니다. 거룩한 배반의 죄악을 통하여, 그 당연한 귀결을 통하여 믿음을 되찾으렵니다. 영광 가운데서, 어린 양의 전설 대신, 진정한 희생의 터전을 마련하렵니다. 지금까지는 외국어로만 언표되어 온 나의 믿음을 거기에서 선포하렵니다. 거기에서 사도를 뽑고, 『구약성서』를 고치고, 율법을 닦아 내고, 참 복음서를 쓰렵니다.

예리고 길 쪽으로 돌아가 봅니다. 필립보와 레위가 거기에서 나를 기다리고 있습니다.

다른 것은 온전히 그냥 남겨 놓고 가렵니다. 고난에 대한 거짓말, 희생에 대한 거짓말, 유다에 대한 거짓말은 그대로 두고 가렵니다. 나는 신약을 파기하러 가는 것이 아니고 성취시키러 갑니다. 주님, 맹세코 그래서 가는 것이니 부디 이 예루살렘을 빠져나가게 하여 주세요. 제가 믿음을 지키겠습니다. 행위는 행위의 주체에 선행하고 창조는 창조의 주체를 선행한다는 믿음을 지키겠습니다.

헤브론 문에는 시몬의 아들 안드레아와 세리 마태오가 나를 기다리고 있습니다.

오로지 야파로 통하는 길만 열려 있습니다. 아무래도 야파에서 배를 타야 할까 봅니다. 그런데 그게 안 됩니다. 게파와 가나안 사람 시몬이 서문에 진치고 있습니다. 예루살렘은 사방이 막혀 있습니다. 예루살렘은 죽어 가는 사람의 조막손처럼 손가락으로 나를 조여듭니다. 다시 한 차례, 「시편」 109편이, 즈가리야가, 이사야가 모여듭니다. 성서 말씀의 올가미가 유다의 목을 쵭니다.

해여, 지지를 마라……. 거리에 사람들이 오갈 동안은 아무 일도 일어나지 않을 터입니다. 그들의 눈 — 요한의 눈, 야고보의 눈 — 이 나를 어쩌겠습니까? 초점도 맞지 않는 흐리멍덩한 눈……. 오로지 나를 지키기 위해서 뚫려 있는 것 같습니다. 하지만 열려 있는 성문이 모두 닫히고, 예루살렘이 하나의 섬이 되고, 거리에는 개들이나 어슬렁거릴 때가 되면, 내 처지가 어떻게 될지는 아무도 모르는 일입니다.

동녘으로는 벌써 어둠이 묻어 듭니다. 어둠이, 나이가 들어 검버섯이 피는 낮의 얼굴에 깃들기 시작합니다.

총독의 보호를 요청할 수도 있습니다. 안토니아의 탑을 피난처로 삼을 수도 있습니다. 비번(非番)이라고 하더라도 군병들은 내가 요구하면 총독의 관저까지 나를 호위하는 것도 거절하지 않을 터입니다. 그러나 로마의 군병은 내가 바라는 것을 이해하지 못합니다. 그들은 아람어를 한마디도 알아듣지 못합니다. 군병들은 한동안 유심히 나를 바라보더니만 ─ 예루살렘에는 별의별 괴짜들이 다 모여 있습니다 ─ 그냥 지나칩니다.

자, 유다여, 저들을 따라가라! 기회를 놓치지 마라. 그런데, 이 두 군병이 어떤 피난처를 너에게 제공할 것이냐? 이 땅의 군병이 하늘의 전사(戰士)보다 권능이 더 하던가? 도대체 의사소통은 어느 나라 말로 할 것이냐? 쫓기는 곰이 여우 굴에 몸을 붙여도 좋은 것이냐?

아무래도 다른 문을 두드리는 게 좋을 듯합니다. 예루살렘에는 문이 많습니다. 하나씩 하나씩 부서지라고 두드릴 참입니다. 예루살렘이여, 자물쇠를 걸지 마세요. 개들뿐인 거리에다 나만 남겨 두지 마세요. 나는 유다라고요. 나는 예루살렘의 구세주라고요. 〈두드리라, 그러면 열릴 것〉이라는 말도 있지 않던가요? 그런데도 예루살렘이여, 그대는 귀머거리군요, 그대는 벌써 잠들었군요. 나는 예수가 한 말을 생각해 낸 장본인이랍니다.

석양. 야고보와 요한이 함께 기습해 옵니다. 우리 셋은 서로 동일한 밤의 한 부분이 됩니다. 성문이라는 성문은, 예루살렘의 나무 심장은 다 닫혀 버립니다. 푸줏간 옆 공터에서 들리는 개 짖는 소리가 우리 발걸음의 평화를 깨뜨립니다. 두 번째 문, 세 번째 문. 어느 문도 열리지 않습니다. 창문 하나 열리지 않습니다. 예루살렘의 눈은 멀어 버린 모양입니다. 예루살렘이여, 도와주세요. 문이라는 문은 모두 증오로 얼어붙은 얼굴 같습니다. 밤과 게파. 벗들이여, 유다를 살려 주시오. 이 무자비한 형제들이여, 유다를 살리시오. 레위, 알패오의 아들 야고보 그리고 밤. 달아나라, 유다여! 두드리고, 외치고, 짖어라! 문은 듣지 못한다. 나는, 〈두드리면 열릴 것〉이라는 말을 가르쳐 준 장본인이다! 그런데 어둠 속에 구멍이 하나 보입니다. 역시 문입니다.

문 두드리는 자가 누구요?

유다올시다.

어느 유다 말이오?

유다는 하나뿐이오.

내가 아는 유다는 고마라의 아들 유다뿐인데 이건 그자의 목소리가 아닌데?

밤과, 어둠 속의 바르톨로메오. 쇠스랑처럼 뻗어 나오는 두 팔. 어둠을 가르는 두 개의 하얀 줄. 예루살렘은 없습니다. 닫힌 채로 돌아가는, 끝없는 벽이 있을 뿐입니다. 눈이 없는 문. 치욕을 모르는 문. 이름이 없는 문. 필립보, 밤과 필립보.

유다여, 두드려라. 〈두드려라, 그러면 열릴 것이다!〉

다시 밤과 밤의 손님들. 게파, 필립보, 야고보, 안드레아, 가나안의 시몬, 요한, 또 하나의 야고보, 마태오, 레위, 바르톨로메오. 토마만 보이지 않습니다. 열 사람이 옥죄어 오는데 열리는 문은 하나도 없습니다. 저주를 받아라, 예루살렘아, 저주를 받아라, 이스라엘아! 순종을 모르다가 얼마나 오랜 세월을 방황하였느냐? 이제 은혜까지 모르니 영원히 방황하리라!

「나리, 이자들이 저를 박해합니다!」

의회당 앞의 입초(立哨)가 귀찮아합니다.

「나리, 제 친구가 농담을 하는 겁니다.」 게파가 웃으면서 너스레를 떱니다.

군병 역시 웃습니다. 위엄이 사라지지 않을 만큼 웃습니다.

「이자들이 저를 죽이려 합니다!」

「보세요, 농담을 하지 않습니까……」 가나안 사람 시몬이 부드럽게 내 팔을 잡으며 덧붙입니다. 「여보게, 너무 취했어. 가서 쓰러져 자자고.」

「나는, 그리스도를 배반한 유다라고요!」

「그래?」 군병이 묻습니다.

「성서의 말씀을 이루어지게 한답시고, 이자들은 저에게 자살을 강요하고 있답니다.」

입초 군병은 고개를 내두릅니다. 제베대오의 두 아들이 내 팔을 하나씩 잡습니다. 군병이 이 둘을 도와 나를 요한 쪽으로 밉니다. 명절이니까 취할 수도 있는 거지, 뭐.

「데려다 물에 처넣어!」

군병이 소리칩니다. 제베대오의 두 아들이 나를 자갈 위로 끕니다. 십자가를 지고 끌려가는 듯이 무릎에 자갈밭이 갈립니다. 내 십자가는, 제베대오의 두 아들의, 강철 들보 같은 팔뚝 네 개인 모양입니다. 내 십자가 좀 져줄 사람 없소? 지나가는 나그네 없소?

그런데 유다가 거기에서 풀려납니다. 누군가가 나를 도운 모양입니다. 내가 그런 것은 아닙니다. 나는 모르는 일입니다. 예루살렘이 내 옆을 달립니다. 성벽에서 휘파람 소리가 나고, 창가의 불빛이 내 옆을 번개처럼 스치고는 합니다. 막달라 마리아, 막달라 마리아에게 가야 한다! 어느 골목으로 가야 막달라 마리아의 집으로 가느냐?

밤. 다시 게파. 시몬. 야고보. 요한은 어디에 있지? 막달라 마리아, 사랑스러운 막달라 마리아. 창가에 앉아 불빛에 몸을 파는, 육신이 닫힌 막달라의 처녀여. 유곽의 문은 언제나 열려 있습니다. 심지어는 유다 앞에서도.

개기름이 번드르르한 시리아 사내가 문을 엽니다. 홀쭉한 이 사내는 내 뒤를 흘끔거립니다. 그는 다리가 부러진 사람처럼 걷습니다. 그런데 안에 있던 사람들이 황급히 이자를 안으로 끌어들입니다. 이자는 푸른빛이 도는 창을 가리킵니다. 안에 있던 사람들이 이자를 다른 데로 몰아내면서 소리칩니다.

「저리 비키지 못하느냐, 엘칸? 손님께서 편안히 들어오시게 하지 않고 무슨 짓이냐?」

아, 유다에게도 편안한 곳이 있을 모양입니다.

「막달라 마리아, 막달라 마리아는 어디에 있느냐? 그 문 닫지 못해, 이런 얼간이 같으니!」

「솔직하게 말씀드려서, 저 같으면 마리아는 찾지 않겠습니다. 제 생각 같아서는……」

「막달라 마리아를 불러 다오!」

「다른 아이를 추천할 만한 이유가 있어요.」

「마리아는 바쁘냐?」

「천만에요, 사실은……」

「문을 닫으라니까, 이런 개 같은 놈이……」

조금 전까지도 문을 열지 못해 안달을 부리던 내가 이제는 닫지 않는다고 성화를 부립니다. 누군가가 마리아를 부르러 올라갑니다. 그러나 기다릴 필요는 없습니다. 나무가 다 썩은 계단, 탐욕의 시큼한 냄새. 새하얀 벽과 그 위에서 누렇게 바래어 가는 낙서. 방 번호.

조그만 성처녀 막달라 마리아는 누워 있습니다. 마리아는 첫눈에 나를 알아봅니다.

「유다 아니신가요? 또 한 분은요?」

「또 한 분이라니?」

「내게서 마귀를 쫓아낸다면서 당신이 데리고 온 분요.」

「아, 고난을 당했지. 죽었다는 뜻이야.」

「그분이 죽어서 내게 득 될 거라도 있나요?」

「마리아, 놈들이 나를 쫓아와.」

「그분은 점잖은 손님으로 이곳을 다녀가셨는데……. 나이도 많지 않았어요.」

「마리아, 놈들이 나를 쫓고 있어. 창문을 닫아 줘.」

「바같은 시원했어요. 나는 옷을 벗고 있었어요. 그분은 옷을 입은 채로 저기에 앉아 나를 보고만 있었어요. 내가 가죽을 벗기고 속을 드러내기를 기다리는 사람처럼요.」

「마리아, 놈들이 나를 죽이려고 해.」

「그래요. 무슨 말인지 알겠어요. 편하게 앉으세요.」

「아래층에 있는 시리아인, 믿을 만한 사람이야?」

「이봐요, 옷 벗어요. 그동안의 이야기를 다 들려드릴 테니까. 어쨌든 당신 잘못이에요. 그분을 이리로 데려온 건 당신이니까요.」

「마리아, 이 집에 뒷문은 없나?」

「그때 그분이 다녀가신 뒤로는 나이를 천 살이나 먹은 기분이랍니다. 이제는 사람들을 즐겁게 해줄 수 없어요.」

「우리 말을 엿듣는 사람은 없나?」

「걱정 마세요. 다들 바쁠 테니까요.」

「마리아, 정신 차려.」

「그분이 내 육신을 닫았어요. 이곳 사람들은, 언젠가는 열리겠지, 하면서 장식품으로 나를 이곳에다 두고 있답니다.」

「마리아, 여기에 있다는 걸 놈들이 알면 날 죽이고 말 거라니까.」

「나는 닫혀 있지만, 어쩌면 당신이 날 열어 줄 수 있을지도 모르겠네요?」

「놈들이 나를 죽이려고 한다니까?」

「이것 보세요, 어서 옷을 벗어요, 유다 아저씨.」

「나는 저주를 받았어.」

「나는 억지로 성녀가 된 매춘부랍니다.」

「마리아!」

「옷이나 벗어, 이 잡놈아?」

「마리아, 제발 마리아.」

「잊어버려.」

「마리아!」

「다 그런 거라니까.」

「아래층에서 문을 두드리는 게 누구야?」

마리아는 한숨을 쉽니다.

「게파 아니야?」

「게파, 멋쟁이지……」

「누가 아래층으로 들어온다!」

「아무도 없어.」

창문 아래서 들리는 게 알패오의 목소리인가? 아니면 필립보의 목소리?

막달라 마리아는 알몸으로 침대 옆에 섭니다. 마리아의 험상궂은 시선이 나에게 충격을 줍니다. 마리아는 그런 눈으로 나를 노려보고 있다가는 옷을 주워 입고 뒤도 돌아보지 않고 나가 버립니다.

유다, 너는 죽어야 한다! 그래, 오너라, 성서의 말씀은 이루어져야 하니까.

매춘부는 성녀가 되어야 하고, 벙어리는 입을 열어야 하고, 소경은 보아야 하고, 미치광이는 정신을 차려야 합니다. 죽은 자는 살아나야 하고 살아 있는 유다는 죽어야 합니다. 그렇게 기록되어 있습니다.

내 조국 유다 땅이여, 죽은 자들의 손이 가꾸고, 죽은 입들이 물을 대고, 죽은 태양이 대기를 데우는 너 유다 땅은 죽은 땅이다. 네 땅을 부는 시원한 바람도 죽은 지 오래다. 죽은 바람이 너를 식히고, 죽은 비가 너를 위해 운다. 내 조상과 내 자손의 땅, 죽은 조상과, 태어나지 않고 죽은 자손의 땅이여, 너는 교수목 한 그루밖에는 나무도 없고, 목맬 사람의 발판 될 돌 하나밖에는 돌도 없는 힌놈의 골짜기다. 악취밖에는 냄새도 없고, 넘어가는 숨결밖에는 숨결도 없고, 묘지가 있을 뿐 피난처가 없는 힌놈 골짜기다. 오, 나의 조국, 나의……

(여기에서 가리옷 유다가 치부책(置簿冊)에 한 기록은 끝납니다.)

게파는 숨어서 이들을 지켜보고 있었습니다. 안드레아와 마태오는 정문을 지키고 있었습니다. 로마 군병들로 이루어진 순라군 때문에 바르톨로메오와 가나안의 시몬은 길옆에 망을 보고 있었습니다. 야고보와 레위는 뒷문을 지키고 있었습니다. 필립보는 창 밑에서 지키고 있었습니다. 막달라 마리아는, 게파를 앞세우고 들어오는 제베대오의 두 아들을 2층으로 안내했습니다. 실성한 엘칸은 아름다운 막달라 마리아에게 선물로 줄 염소 똥을 들고 틈만 노리고 있다가, 이들 사이에 묻어 드는 바람에 소원을 이룰 수 있었습니다.

유다는 치부를 옆에 놓은 채 침대 위에 쓰러져 있었습니다. 눈을 감은 채 꼼짝도 하지 않았습니다. 물론 말도 하지 않았습니다. 그의 손은 침대 아래로 내려와 바닥에 닿아 있었습니다. 제베대오의 두 아들에게 유다를 일으켜 세우는 것은 일거리도 아니었습니다. 그러나 한 걸음 내딛는 유다를 본 이들은 부축하기로 마음먹었습니다. 문 앞에 이르자 유다는 걸음을 멈추고 허리띠에서 돈주머니를 풀어 막달라 마리아의 손에 쥐어 주었습니다. 돈주머니는 비어 있었습니다만, 한때 은 서른 냥을 넣었던 것인 만큼 가치가 있기는 있을 것입니다. 마리아는 이제 매춘부가 아니라 성녀지만, 매춘부라고 하더라도 화대로는 모자라지 않을 타입니다.

모두 밖을 내다봅니다. 시리아인은 굽실거리면서, 자기 집의 여자들이 과월절이라서 예루살렘에만 정신이 팔려 있지만 명절이 끝나면 제정신이 들 것이고 화대도 적정한 만큼 다시 와주기를 바란다고 말했습니다.

바깥은 몹시 어두웠지만 힌놈으로 가는 길은 누구나 알고 있었습니다. 만일의 경우에 대비해서 모두 함께 가기로 한 만큼 죽음의 골짜기도 그리 무섭지 않았습니다. 적막이 감돌 뿐, 별것도 아니었습니다. 야고보와 요한이 양쪽에서 유다의 팔을 붙잡고 걸었고 나머지는, 집으로 돌아가기 전에 숙취를 깨울 요량으로 정신없이 걷는 술꾼들 같았습니다.

이윽고 일행은, 저에게 실릴 무게를 기다리고 서 있는 문제의 나무 앞에 이르렀습니다. 돌은 여전히 땅바닥에 놓여 있었고, 밧줄 올가미는 하늘에서 늘어뜨려진 듯이 여전히 나뭇가지에 매달려 있었습니다. 하늘에 보이는 조그만 불빛은 날개 달린 천사들의 눈빛이었을까요?

제베대오의 두 아들이 유다를 돌 위에 세웠고, 게파가 올가미를 유다의 목에 걸었습니다. 누군가가 돌을 걷어차기 직전에 유다가 정신을 차렸습니다. 유다가 속삭였습니다.

「그리스도 안의 형제들이여, 성서 말씀을 잊지 마세요. 장사한 지 사흘 만에 그분이 되살아난다고 했어요. 오늘이 바로 그날 밤이랍니다.」

유다가 죽었지만 땅은 흔들리지 않았습니다. 유다보다 먼저 죽어 버렸기 때문입니다.

모리야의 죽음

> 대사제들과 온 의회는 예수를 사형에 처하려고 그에 대한 거짓 증거를 찾고 있었다. 많은 사람이 와서 거짓 증언을 하였지만 이렇다 할 증거를 얻지 못하였다. 그러다가 마침내 두 사람이 나타나서…….
>
> ―「마태오의 복음서」 26:59, 60

몇 년 전까지만 하더라도 라마다임(라틴 말로는 〈아리마태아〉) 사람 발람의 인생살이에는, 태어날 때부터 두 다리가 마비되어 있었다는 것을 빼면 별 어려움이 없었습니다. 마비되어 쓸모없는 것이기는 하지만 그 다리는 거추장스럽다기보다는 발람의 인생살이에 보탬이 되는 경우가 더 많았습니다. 특히 그의 형들인 유스티노와 아리마이가 라멕 집안에 속하는 황무지를 엎고, 갈고, 써레질하는 등 땀 흘리며 일하는 것도 모자라는지, 한 달에 한 번씩 배가 장구통 같은 노새에다 곡식, 양고기, 과일 같은 것을 싣고 다윗 광장의 장터로 가느라고, 발람이 비럭질하는 헤브론 길을 지나는 것을 볼 때마다 발람은 다리가 마비되었다는 것이야말로 야훼의 선물이며, 하늘로부터 내려진 각별한 은총을 누리는 증거라고 확신하고는 했습니다. 발람은, 여느 때 보면 비천하고 게을러 보이는 부모님이 사실은 하느님을 기쁘게 할 만한 일, 가령 저택 문 앞에서 졸고 있는 로마인 고리대금업자의 옷을 벗겼다든가, 길 잃은 소를 마지못해 그 주인의 외양간으로 몰아넣어 주었다든가 하는, 말하자면 모세의 율법이 장려해 온 일을 한 데 대한 보답인지도 모른다고 여겼습니다. 어쨌거나 그런 선행을 했기에 하느님께서는 어머니의 배 속에 든 발람, 거추장스러워 보이는 다리를 아주 부러뜨려 주었을 터입니다.

오랫동안 발람의 부모는 발람의 마비된 다리를 보면서, 조상 대대로 게으르더니만 아들 대에 이르러서는 아주 앉은뱅이가 생기는 모양이라고 생각했을 뿐, 자기네들이 아주 특별한 은총을 입었기 때문에 앉은뱅이 아들이 태어났으리라고는 생각하지 못했습니다. 그런데 후일, 발람이 앉은뱅이로 태어난 것은 실은 하느님의 은총을 입었기 때문이라는 것이 분명해지면서부터 발람의 장래를 두고 가족회의가 무수히 열렸습니다. 아들이 천 날 만 날 갈대 방석에만 누워 있는 것을 본 발람의 아버지는 아들에게 예언자가 되어 보면 어떻겠느냐고 했습니다. 예언자라고 해서 예레미야처럼 온 나라를 돌아다니며 무시무시한 예언이나 하는 그런 예언자를 말하는 것이 아닙니다. 그가 생각하는 예언자는, 죄인과 독신자를 비롯하여, 온 천하 온갖 떨거지들은 다 모아 놓고 그들의 조국을 저주하고, 왕들을 저주하고, 최후의 심판으로 겁이나 주는 그런 예언자가 아닙니다. 그가 생각하는 예언자는, 사람들을 기쁘게 해주고, 사람이면 누구나 꾸게 되는 미래에 대한 꿈을 구체적인 그림으로 제시해 주는, 말하자면 벌이가 좀 되는 예언자인 것입니다.

그러나 발람의 형들은 아우가 그렇게 희망찬 환상을 구체화하기에는 좀 지둔하다고 생각했습니다. 그래서 형들은 아우에게, 하는 일 없이 앉아 있을 게 아니라 갈대로 바구니나 상자나 요람 같은 것이나 좀 짜주면 예루살렘 장터에 나갈 때마다 팔아 주겠노라고 했습니다. 발람은 형들의 생각을 옳게 여겨 한동안은 부모의 집을 떠나지 않고도 가용에 보탬이 될 만큼 제 몫의 일을 하기도 했습니다. 그러나 발람은 아무리 생각해도 하느님의 뜻은 그것이 아닌 것 같았습니다. 그래서 다리를 못 쓰게 하신 하느님의 자비로우신 뜻을 좇는 의미에서 거지가 되었습니다. 거지라고 하는 직업은, 수입을 따진다면야 세리나 사제나 목수만 못합니다. 그러나 약속의 땅에서 비럭질은 엄연히 전통적인 직업입니다. 훌륭한 지도자 중에 비럭질의 경험이 있는 지도자가 많은 것만 보아도 알 수 있습니다. 거지 중에 훌륭한 지도자 경험이 있는 거지가 없기는 하지만요…….

발람은 행인들로 하여금 적선을 하게 하되, 갈대 피리를 불어 광주리에 들어 있는 사막의 독사를 불러낸다거나 하는 등의 시시한 재주를 부림으로써 좀 더 많은 액수를 적선하게 하는 이른바 개명(開明)된 거지 노릇은 하지 않았습니다. 개명된 거지들은 있는 재주를 부리는 편이 오히려 하느님을 기쁘게 하는 길이라고 생각했습니다만 발람의 생각에 따르면, 그런 재주 부리기는 소경, 귀머거리, 미치광이, 문둥이로 만들어 준 하느님의 축복의 빛을 바래게 하는 것인 만큼 하느님의 은혜에 대한 올바른 갚음이 되지 못합니다. 그런 재주를 부리는 거지 중 하나가 바로 발람의 가장 가까운 이웃이자 의형제인 에녹의 아들 에녹입니다. 에녹은 비럭질을 하면서도 성심성의껏 갈대 피리를 불어 적선해 준 행인의 은혜에 보답합니다. 그러나 발람의 생각에 따르면 에녹은, 아무 보상도 바라지 않고 흔쾌하게 적선하는 행인으로부터 그 소박한 적선의 즐거움을 빼앗고 있는 만큼 그것은 은혜 갚음이 되지 못합니다.

그러나 그것은 그리 중요하지 않습니다. 정작 중요한 것은 발람의 행복을 산간의 암사슴처럼 사라지게 하고, 발람의 즐거움을 엔게디 포도원의 포도처럼 시들게 한 사건입니다.

이 모든 것은 키슬레브 월(月)의 첫 안식일, 아모낙의 술집에서 시작됩니다. 그날, 모압 땅 라바트에서 사르밧으로 가는 한 모압 사람이 그 술집에서, 오래지 않아 예루살렘 사람들은 오래지 않아 대단히 귀한 손님을 맞게 된다고 한 것입니다. 모압 사람은, 자세하게는 모르지만, 그 사람은 비유를 통해 설교한 뒤 그 비유를 설명하고, 장차 새 왕국이 선다면서 사람들을 위협하고 있다고 말했습니다. 그러나 모압 사람이 전해 준 소식이 발람에게는 별 흥미가 없었습니다. 거지의 왕국이 아닌 다음에야 새 왕국이든 헌 왕국이든, 사람들로 하여금 선행을 통하여 모세의 가르침을 따르고 하느님의 은혜에 보답하게 하자면 거지는 필요한 존재이기 마련입니다. 따라서 발람은, 새 왕국이라는 게 어떤 왕국인지는 모르지만 거지인 자기가 설 데는 분명히 있을 것이라고 확신했습니다. 그러니 달라질 것이 하나도 없는 새 왕국에 흥미가 있을 리 없습니다.

모압 사람의 이야기를 심드렁하게 들은 뒤 발람은 부지런히 팔꿈치로 기어 거리로 나왔습니다. 발람은 버드나무나 무화과나무 그늘을 찾아 한숨 잘 생각이었습니다. 그런데 발람을 본 의형 에녹이, 재미있는 소식이 좀 없느냐고 물었습니다. 발람은, 되풀이해서 말하고 싶을 만큼 재미있는 소식은 들은 것이 없다고 대답했습니다. 그러자 에녹이 말했습니다.

「벳파게에서 온 농부가 그러는데, 〈우레〉라는 별명이 붙은 예언자 엘리아스가 우리 동네로 온다더군.」

「예언자 같은 소리 하지도 마시오. 예언자에게는 땡전 한 닢도 없어요. 예언자가 우리 비렁뱅이들에게 주는 건 축복뿐인데, 사람이 어떻게 축복으로 산답니까?」

발람이 짜증을 부렸습니다.

「벳파게에서 온 농부 말로는, 그 예언자는 나귀와 새끼 나귀를 타고 온다더라.」

「당연하겠지요. 예언자들은 모두 다 나귀를 타고 다닌답디다. 예언자를 태울 나귀가 없어지면 예언할 예언자도 사라지겠지요.」

「벳파게에서 온 농부 말로는, 이 예언자는 앉은뱅이는 걷게 하고, 부정한 자는 정결하게 한다더라. 죄인에게는 죄를 용서해 준다더라.」

「누워서 먹을 걸 비럭질하는 데도 이젠 질린 모양이구려.」

「아니야, 내가 어디 라멕의 자손인 발람만큼 벌기나 하는가?」

「그러면 에녹의 아들 에녹답게 그 갈대 피리 좀 불지 말아요. 하느님의 자비를 우습게 아는 짓인 줄도 몰라요? 피리 불면서 구걸하는 건 이방인 거지들이나 하는 짓이라고요. 그러니까 비럭질을 하되 하셈의 뜻에 맞게 해야 해요. 징징 짜면서 적선하라는 소리나 하면 된다는 말입니다.」

에녹이 전하는 소식에 콧방귀를 뀌기는 했어도 발람은 덜컥 겁이 났습니다. 겁을 낸 까닭은 그가 라멕의 자손이기 때문입니다. 노아의 하인이었던 라멕은, 전나무 방주를 저었으면 구원을 받겠지만 그렇게 하지 않고 가만히 누워서 물에 빠져 죽는 편을 선택했던 사람입니다. 발람은 부들부들 떨었습니다. 창세 때부터 따져서 5천7백 명에 이르는 라멕 집안의 절름발이 조상들은 비렁뱅이 지팡이로 인도 땅의 파티알라에서부터 세쿠아니의 루테티아에 이르기까지, 메마른 파노니아 땅에서부터 열사(熱砂)의 데베스까지 온 세상을 누벼 왔었기 때문입니다. 발람이 떨자 발람의 피 속을 흐르는 온 라멕 집안이 떨었습니다. 발람은 열사병에 걸린 사람처럼 떨면서 하느님께 기도했습니다.

「만군의 주님이신 하느님, 하느님의 은혜를 입은 저의 거룩한 다리를 설마 오만불손한 혁명가 불한당에게 맡기시는 것은 아니겠지요? 다리 때문에 에덴동산에 쫓겨날 것을 알았더라면 아담도 틀림없이 온전하기를 거절했을 터인 그런 다리를, 설마 그런 자로 하여금 온전하게 하도록 내버려 두시는 것은 아니겠지요? 새 왕국이 서게 하시고 헌 왕국이 무너지게 하시는 것이야 저에게 무슨 상관이 있겠습니까만, 이로써 저의 왕국을 무너뜨리시는 것은 아니겠지요? 설마, 니므롯이 지브 빈 들에서 화살로써 사슴을 잡듯이, 설마 구원으로써 저를 죽이시는 것은 아니겠지요?」

열에 들뜬 나머지 그날 밤 발람은 아주 고약한 꿈을 꾸었습니다. 꿈속에서, 예언자는 이미 예루살렘에 이르러 앉은뱅이라는 앉은뱅이는 모두 온전하게 고쳐 주었습니다. 발람이 그 예언자의 손에 걸리지 않은 유일한 앉은뱅이였던 것은 그가 온다는 소문을 듣고 무덤에 숨어 있었기 때문입니다. 그런데, 혹 남아 있는 앉은뱅이는 없나 하고 바깥을 내다보던 발람은 그만 예언자의 한 제자의 눈에 뜨이고 맙니다. 예언자의 제자는 발 빠른 추종자들을 발람에게 보내면서, 어서 붙잡아 온전하게 고쳐 주자고 소리쳤습니다. 발람은 하는 수 없이 발 빠르기로 유명한 한 누미디아인을 고용하여, 자기를 업고 달리게 함으로써 무리의 손아귀에서 빠져나가고자 했습니다.

「하나 남은 병신이다, 잡아라!」

예언자의 추종자들이 뒤따라오면서 소리를 질렀습니다.

「하나 남은 병신이다, 잡아라!」

추종자의 추종자들이, 발람을 막다른 골목으로 몰면서 외쳤습니다.

「하나 남은 병신이다, 잡아라!」

앉은뱅이 신세를 면하고 추격대에 가담한 자들이 소리쳤습니다.

「하나 남은 병신이다, 잡아라!」

발람을 포위하면서 사람들이 외쳤습니다. 그러나 발람을 업고 달리는 자는, 막강한 티베리우스의 정복군에서 길들여진, 발 빠른 원시림의 짐승과 다름없는 검은 누미디아인입니다. 총독이 다음 전쟁에 쓸 발 빠른 전령을 모집하고 있다는 사실을 알고 있는 누미디아인은 달리는 속도를 배가시킴으로써, 자신이 수많은 전쟁에서 살아남을 수 있었던 까닭을 충분하게 보여 주었습니다.

꿈속에서 추격대에 가담하고 있는 예언자의 추종자들은 발람에게, 하나도 아프지 않으니까 두려워하지 말고 구원의 손길에 순순히 항복하라고 소리쳤습니다. 그들은 이어서, 새 왕국에서는 왕국의 화합을 저해하는 병신이 있어서는 안 되므로 조만간 장애가 있는 사람은 하나도 남김없이 신유의 은혜를 입을 터인즉 도망쳐 봐야 소용없다고 외쳤습니다. 물론 자신은 움직이고 있지 않습니다만, 발람은 사실은 한 예언자로부터 도망치고 있었던 것이 아니라 모든 예언자, 여선지자(女先知者), 구세주, 기적을 일으키는 사람들, 크고 작은 수많은 신들 — 이 가운데엔 다윗의 궁전같이 큰 신도 있는가 하면, 밀알같이 작은 신도 있고, 털북숭이 신이 있는가 하면 수염이 없는 신도 있고, 벌거숭이 신이 있는가 하면 누더기 차림을 한 신도 있고, 혼자서 떠돌아다니는 신이 있고, 군대와 기치창검을 거느린 신도 있습니다 — 로부터 도망치고 있었습니다. 이렇게 많은 자들이 쫓아와 발람을 붙잡아 땅바닥에 쓰러뜨리고는, 기적과 은혜와 은총과 자비를 쏟아 부었습니다. 쏟아진 것이 어찌나 많은지 발람으로서는 다 볼 수도 없고 다 헤아릴 수 없는 것은 물론이고 다 견딜 수도 없었습니다. 워낙 수가 많은 데다가 모두 각기 제 왕국의 이름으로 발람의 다리를 고치고 좋다는 것은 다 은총으로 쏟아 붓고는 떠났습니다. 그들이 떠나고 보니, 감각이 무수히 늘어나고, 몸과 마음에 무수한 변화가 생긴 것은 따로 말하지 않더라도 팔다리만 해도 열 쌍이 넘었습니다. 발람의 꿈 무대는 여기에서 어느 낯선 채석장으로 옮겨졌습니다(게으른 라멕의 자손에게 채석장은 생각만으로도 끔찍한 곳입니다). 발람은 여기에서 다른 사람들 사이에 섞여 중노동을 하다가 꿈을 깼습니다.

발람이 꿈을 깬 것은 어디에선가 왁자지껄하는 소리가 들렸기 때문입니다. 꿈을 깨고 보니 거지용 갈대 돗자리에 누워 있었습니다. 그런데 머리 위를 보니, 검은 구름 속에서 나온 태양 같은, 낯선 길손의, 사람 좋아 보이는 얼굴이 자기를 내려다보고 있는 것이 아니겠습니까? 발람은 처음에는 그 얼굴에 별로 신경을 쓰지 않고 시선을 거두어 버렸습니다. 그런데 놀랍게도, 전날까지만 해도 앉은뱅이였던 의형 에녹이 깡충깡충 뛰면서 그 낯선 길손에게 이렇게 말하고 있었습니다.

「주님, 이 친구가 바로 저의 의제(義弟)올습니다. 이 친구에게도 자비를 베푸시면 영원히 주님의 이름을 영광되게 할 것입니다.」

그러자, 발람이 두려워하고 있는 것을 잘못 해석한 그 길손이 이렇게 말했습니다.

「두려워하지 마라. 너의 죄는 사함을 얻었다. 그러니 일어나 네 돗자리를 들고 걸어가거라!」

라멕의 자손 발람은 주춤거리는 기색 한번 보이지 않고 벌떡 일어나 돗자리를 들고는 뒤도 안 돌아보고 제 집으로 달려가 버렸습니다. 이 광경을 눈으로 직접 본 사람들은 크게 놀라는 한편, 그런 기적을 일으킨 분이야말로 하느님의 이름으로 오신 분이며, 죄악과 온갖 불행으로부터 인류를 구하시고, 정결하게 하시어, 하느님 나라로 맞아들이시는 하느님의 독생자임을 믿어 의심치 않았습니다.

그로부터 몇 년이라는 세월이 흘렀습니다. 그동안 의형제인 발람과 에녹은, 앉은뱅이였던 저희들을 고쳐 준 사람에 관한 소식은 한마디도 들을 수 없었습니다. 그동안에 흐른 세월의 거의 전부를 발람과 에녹은 예루살렘에서 멀리 떨어진 에브라임의 채석장에서, 거지 시절에 번 것에 견주어 많지도 적지도 않은 돈을 버느라 어두운 새벽부터 그보다 더 어두운 밤까지 땀 흘리지 않으면 안 되었던 것입니다. 그러니까 다리가 성하게 되었는데도 불구하고 그들에게는 나아진 것이 하나도 없는 것입니다. 그들은 운반꾼의 어깨에 올려 주기 위해 돌을 들 때마다, 저희들의 다리를 고쳐 준 그 원수를 들어 올리는 상상을 했습니다. 들어 올리는 상상을 하는 데 그치는 것이 아니고, 높이 들어 올렸다가는 바위에다 태기장을 치는 상상을 했습니다. 그렇게 상상하노라면, 그 사람의 육신이 바위에 부딪혀 산산이 부서지는 소리가 들려온 듯하고는 했습니다.

발람에게는 에녹에게 화낼 이유가 얼마든지 있었습니다. 먼저 신유의 은혜를 입은 에녹은, 신유의 기적이 장차 얼마나 사람을 괴롭힐 것인지는 생각해 보지도 않고, 가만히 자는 사람을 가리키면서 예언자에게 비슷한 기적을 베풀어 달라고 했던 장본인이기 때문입니다. 에녹이 그러지 않았더라면 발람은 여전히 나무 그늘에 누워 낮잠을 자다가 이따금씩 행인에게 손을 벌리고 이렇게 해서 얻은 돈으로 배를 채우고 있을 터입니다. 그 시절의 삶에 견주어 채석장에서 보내는 삶은 조금도 나을 것이 없었습니다. 그러나 그런데도 불구하고 발람이 에녹을 비난하지 않았던 것은 에녹 역시 이를 갈면서 예언자를 증오하고 있었기 때문입니다. 예언자에 대한 에녹의 증오는 발람의 증오와는 비교도 되지 않으리만치 컸습니다.

한 해에 두 차례씩 돌을 져 내리는 철이 되면 발람과 에녹은 다른 채석장 인부들과 함께 돌을 지고 예루살렘으로 왔습니다. 총독은 그 돌로 공공건물도 짓게 하고 저희 로마 귀족들의 집도 짓게 했습니다. 암담할 수밖에 없는 미래인 만큼 설계하고 자시고 할 것도 없고, 후회스러울 수밖에 없는 과거인 만큼 의무를 다하고 자시고 할 것도 없는 이들은 이 거룩한 도성에 머무는 기간을 거의, 그동안에 모은 돈을 쓰는 데나, 단조로운 일상이라는 비좁은 굴레에 갇혀 있던 남정네들이 흔히 하는 짓이나 무미건조하게 하는 데 보냈습니다.

카이사르 티베리우스 클라디우스 네로(아우구스투스의 양자) 치세 15년째 되는 해 니산 월에도 의형제는 예루살렘으로 왔습니다. 성의 서벽(西壁)에서 가까운, 암벽으로 둘러싸인 공터에다 돌을 내려놓으면, 채석장으로 돌아가게 되어 있는 시간까지는 자유였습니다. 의형제 발람과 에녹은 여느 때와 마찬가지로, 비슷한 운명을 살고 있는 사람들의 모임터인 아모낙 술집으로 갔습니다. 거기에 모이는 사람들 대부분은, 그 예언자로부터 신유의 은혜를 입은, 전직(前職) 앉은뱅이 거지, 혹은 절름발이 거지들이었습니다. 그 예언자로부터 신유의 은혜를 입은 부위나 정도는 각각이었습니다만, 은혜를 입은 뒤 팔자가 나아진 사람은 하나도 없었습니다. 만일에 하느님이 자연을 창조하시지 않았더라면, 당신과 자연을 동일시하시지 않았더라면, 자연이 창조 행위라고 하는 폭거에 거칠게 항변하는 형국으로 비쳤을 터입니다. 공통의 불행이 이 전직 거지들을 한 동패로 묶었습니다. 그들은 같은 학교를 나온 동창들이 그러듯이, 같은 연대 출신의 군병들이 그러듯이 이따금씩 서로 만나 옛날을 회상하고는 했습니다.

이 동패에는 절름발이나 앉은뱅이 출신만 있었던 것이 아니고 유툴툰이라고 하는 이즈르엘 출신의 전직 벙어리 거지도 있었고, 나움이라고 하는 납달리 출신의 전직 소경 거지도 있었습니다. 외국인 행세하는, 근본이 전혀 알려지지 않은 즈불룬이라고 하는 전직 광인 거지도 있는가 하면, 심지어는 전직이 시체였던 사람도 있었습니다. 죽은 자 가운데서 살아난 이 사람은, 악령에 들려 있다는 핑계를 앞세워 자기 자신에 관한 이야기는 아무에게도 하지 않았습니다.

기박한 운명에 의해 맺어진 이들은 이날도 밑도 끝도 없이 술을 마시다가, 마침 뜨내기 시스트룸 연주자가 들어오자 저희네 자리로 부르고는, 시스트룸 가락에 맞추어 하나 둘씩 저희들이 받은 고난을 노래했습니다.

오소서, 복수의 하느님, 복수의 하느님이시여!
재판석에 앉으셔서, 죄 많은 자를 앞에다 세우소서.
그의 기도는 죄가 되게 하시고,
이제 그의 명을 끊고,
그의 직책일랑 남이 맡게 하소서.
빚쟁이가 그의 재산을 모조리 잡아 버리게 하시고
그를 동정하는 사람 하나 없게 하시고,
그 고아들에게도 불쌍히 여겨 주는 사람 하나 없게 하소서.
그 아비가 저지를 잘못이 잊히지 않게 하시고,
그 어미가 지는 죄가 지워지지 않게 하소서.
내리소서, 복수의 하느님, 복수의 하느님이시여!
그는 가난한 자와 앉은뱅이를 핍박하고,
내심 남의 죽음을 기뻐하였습니다.
남을 저주하기를 좋아했으니, 저주가 그에게 돌아가게 하소서.
저주를 겉옷처럼 걸치고 다니게 하소서.
저주가 물처럼 그 몸으로 흘러 들어가게 하시고
저주가 기름처럼 그 뼈로 스며들게 하소서.
오소서, 복수의 하느님, 복수의 하느님이시여!

노래가 끝날 즈음, 몸은 가냘픈데도 사지가 길고 얼굴이 험상궂은 길손이 하나 들어와 그들의 식탁에 합류했습니다. 그는 그 자리의 선객(先客)들에게, 저주하고 있는 것이, 하느님의 아들을 자칭하는 갈릴래아 땅 나자렛 사람인 요셉의 아들 예수냐고 물었습니다. 전직 병신 거지들은 그렇다고 대답했습니다. 그러자 그 길손이 말했습니다.

「그렇다면 내게 그대들이 반길 만한 소식이 하나 있소이다. 그 망나니는 얼마 전에, 하느님의 율법과 사람의 율법을 어긴 혐의, 이스라엘의 왕과 하느님의 아들을 참칭(僭稱)한 혐의, 새 왕국이 선다고 거짓 예언하고, 하느님 왕국에 대한 거짓 복음을 퍼뜨린 혐의로 기소되었소이다.」

전직 병신 거지들은 함성을 지르면서, 하느님께서 마침내 기도를 들어주시어, 그 무거운 지팡이로 원수의 머리를 내리치셨구나, 하면서 만족해했습니다. 발람과 에녹의 기쁨도 컸습니다. 채석장 인부 노릇을 시작한 이래 처음으로 반가운 소식을 들어 본 두 사람은 그 길손에게, 예언자의 불행을 축하하는 잔치를 벌이자고 했습니다.

길손은 묘하게 웃으면서 이런 말을 했습니다.

「축하하고 잔치를 벌이는 것은 이해가 갑니다만, 아직은 좋아하기가 이릅니다. 만일에 재판에서 이 예언자가 무죄로 풀려난다면 여러분의 실망만 커질 테니까요.」

전직 병신 거지들은 어안이 벙벙해졌습니다.

「아니, 누굴 놀리시오? 조금 전에 그 예언자가 감옥에 들어가 있다고 하지 않았소? 죽음의 고통으로 값을 치러야 할 만한 중죄를 짓고 재판을 기다리고 있다고 하지 않았소? 그런데 우리가 재판의 결과에 실망하게 되다니요?」

길손이 차근차근 설명했습니다.

「기소된다고 해서 다 실형을 선고받는 것은 아니라오. 실형이 선고되자면 기소를 보전하고, 그 진위를 확증할 증거가 있어야 하는 법입니다. 모세는 율법에서, 죄를 지은 사람을 재판하는 데는 하나의 증거로는 부족하다, 적어도 두세 가지 증거가 있어야 죄지은 사람에게 죗값을 물릴 수 있다고 되풀이해서 말하지 않았는가요? 따라서 모세의 율법에 따르면 하나의 증거, 한 사람의 증인만으로는 이 사람에게 죗값을 물릴 수 없어요. 그런데도 여러분은, 하느님을 모독했다고 하는 하나의 정황 증거밖에 없는데도 이 사람에게 실형이 떨어질 것으로 믿고 있어요. 여러분은 의회가 〈모세 오경〉에 의거해서 죄인을 재판한다는 것도 모르고 있나요? 〈모세 오경〉에 의거한다는 것은 곧 모세의 율법에 의거한다는 뜻이요, 모세의 율법에 의거한다는 것은 곧 하느님의 율법에 의거한다는 뜻이에요. 이 사람이 지고 있는 혐의는 무겁습니다만 불행히도 증인이 없어요. 혐의에는 알맹이가 없어요. 기소의 알맹이는 곧 증거, 혹은 증인이랍니다. 그래서 지금 의회가, 사람들 가운데서 이 나자렛 사람의 유죄를 확증할 만한 증인을 찾아왔지만, 아직 이렇다 할 증인은 나서지 않고 있어요. 증인이 더러 나타나기는 했지만 이들은 주로 이 예언자가 무슨 말을 하더라고 증언했을 뿐, 이 예언자가 무슨 짓을 했는가에 대해서는 전혀 증언하지 못하고 있어요. 말로써 지은 죄는 행위로써 지은 죄와 같지 못합니다. 따라서 이 예언자는, 혀로써 지은 죄가 인정될 경우가 되어도 가벼운 벌밖에는 받지 않게 될 것입니다. 하지만, 이 예언자는 여러분에게 행위로써 큰 죄를 지은 것 같은데 이렇게 혀로 지은 죄의 가벼운 죗값만 받고 풀려난다는 것은 사리에 어긋나는 일이 아닌가요? 그런데도 환희 작약할 일인가요? 하기야 환희 작약할 이유가 없기는 하지만 그렇다고 해서 아직은 실망할 단계도 아니기는 합니다. 여러분에게는 아직 희망이 없는 것은 아니니까요. 그러니까 여러분은 여러분이 스스로 예수가 당치 않은 행동을 했다는 것을 증거하는 증인이 되는 것입니다. 여러분을 고쳤다는 것이 증명되면 예언자 예수는 중죄를 지은 셈이 됩니다. 그 까닭은, 고친다는 행위 자체가 하느님의 율법을 어기는 행위이기 때문입니다. 그러니까 예언자 예수는 이로써, 기적은 하느님만 일으킬 수 있다는 하느님의 율법과, 인간은 외람되이 기적을 일으켜서는 안 된다는 인간의 율법을 공히 범한 셈이 됩니다. 나는 여러분의 노래를 듣고, 여러분이야말로 의회에 그의 죄상을 증언하기에 알맞은 사람들이라는 결론을 얻었습니다. 왜냐하면 여러분만이 의회의 판관들 앞에, 예수가 일으킨 기적의 산물인 여러분의 다리와 혀와 눈을 보여 줄 수 있을 것이기 때문입니다. 따라서 여러분은 여기에 앉아서 노래나 부르고 있을 것이 아니라 그 예언자에게 중벌이 떨어질 수 있도록 마땅히 행동으로 증언해야 할 것입니다.」

 길손의 말을 그럴듯하게 여긴 전직 병신 거지들은, 나자렛 사람 예수의 죄상을 증언하자면 어디로 가야 하느냐고 물었습니다.

「거룩한 의회당으로 가야 하지요.」

 이상하게도 이런 말을 하는 길손은, 이런 말을 하는 것 자체를 싫어하는 것 같기도 하고 좋아하는 것 같기도 했습니다. 전직 병신 거지들이 서둘러 빠져나가고 있는 중에, 발람이 그에게 물었습니다.

「당신은 누구요? 의회가 파견한 관리요?」

 그러자 길손이 무뚝뚝하게 대답했습니다.

「아니요. 나는 시몬의 아들 유다라는 사람이오. 사람들은 나를 가리옷 유다라고도 하지요.」

 길손은 이 말을 남기고는 어두컴컴한 술집 벽 그림자 속으로 몸을 감추었습니다. 거기에서 길손은 흐느끼면서 중얼거렸습니다.

「예언이 성취되게 하기 위해서, 성서 말씀이 이루어지게 하기 위해서, 이로써 세상이 구원받게 하기 위해서 이 유다가 더 해야 할 일은 없는가. 오, 전지전능하신 주님, 이 유다를 불쌍히 여기시고 유다에게도 제7일을, 안식일을 내리소서.」

의회의 사무실에서 전직 병신 거지들은 나자렛의 예언자의 죄상을 증언할 증인으로 등록했습니다. 발람과 에녹은 특히 열심을 내는 것 같아 보였습니다. 그들의 증언이 고려의 대상이 될 것임은 의심할 나위도 없었습니다. 의회의 고위 사제들은 모두, 병신 거지들이었던 증인들을 잘 알고 있었습니다. 그런데 그런 병신 거지들이 성한 몸으로 떼를 지어 의회에 나타났으니 얼마나 놀랐겠습니까?

전직 병신 거지들은 대기실에 있다가 호명을 받자 의회로 들어섰습니다. 그들은 의회에서 참으로 오랜만에 그 지지리도 밉살스러운 예언자를 만날 수 있었습니다. 나자렛 사람은 두 손을 밧줄에 묶인 채 두 정리(廷吏) 사이에 서 있었습니다. 채찍 맞은 자국과 상처 자국이, 그렇지 않아도 잿빛인 그의 살갗을, 흡사 잿더미 속에서 구르다 나온 사람의 살갗으로 보이게 했습니다. 한쪽 눈은 감겨 있었습니다. 눈 사이로, 땀에 젖은 지저분한 머리카락이 흘러 내려와 있었습니다. 그가 입은 누더기 사이로 여윈 허벅지와 가느다란 장딴지가 보였습니다. 모습이 초라한데도 불구하고 그에게는 여전히 위엄은 있어 보였습니다.

대사제는 발람과 에녹에게, 앞에 있는 피고를 알아보겠느냐고 물었습니다. 두 사람은, 유감스럽게도 너무 잘 알아보겠다고 대답했습니다. 그러자 대사제는 피고에게, 두 증인을 알아보겠느냐고 물었습니다. 피고는, 기억이 나지 않는다고 대답했습니다. 이른바 대질 심문이었습니다. 이어서 대사제는 발람과 에녹에게, 피고를 어디에서 만났느냐고 물었고,

두 사람은 헤브론 길에서, 벳파게 쪽에서 나귀를 타고 온 그를 만났다고 대답했습니다. 대사제는 피고에게, 전술(前述)된 짐승을 타고 그 길을 지난 적이 있느냐고 물었습니다. 그러자 피고가 대답했습니다.「그것은 네 말이다.」

이번에는 대사제가 두 증인에게, 증인이 피고를 만나려고 애를 썼느냐, 아니면 증인들에게는 만날 의사가 없었는데 피고가 불쑥 나타난 것이냐고 물었습니다. 전직 앉은뱅이 거지였던 두 증인은 앞을 다투어 가면서, 자기네들은 거지용 돗자리에서 평화롭게 낮잠을 즐기고 있는데 피고가 자의(自意)로 다가왔다고 대답했습니다.

두 증인의 증언이 맞느냐는 질문에 피고가 대답했습니다.
「그것은 네 말이다. 양 떼가 목자에게 가는 것을 보았느냐? 양 떼를 찾아가는 것, 그것이 목자의 소임인 것이다.」

이윽고 사제들이 증인들에게, 피고가 무슨 짓을 저지르더냐고 물었고 두 증인은 노기등등한 목소리로, 앉은뱅이였던 저희들을 온전하게 고쳤다고 대답했습니다.
「하면 너희 둘은 그때 앉은뱅이들이었다는 말이냐?」
사제들이 물었습니다.
「그렇습니다, 저희들은 앉은뱅이였습니다.」
증인들의 증언이 사실이냐는 질문을 받자 피고가 대답했습니다.
「그것은 네 말이다. 그 자리에서 기적이 일어났다면 그 기적을 일으킨 사람은 바로 나다. 하느님의 아들 말고 누가 또 기적을 일으킬 수 있겠느냐?」

이렇게 하느님을 모독하는 피고의 발언에, 사제들은 하늘을 향해 두 손을 벌리고 제각기 외쳤습니다.
「중벌을 내리시오! 중벌을 내리시오!」

「사형에 처하시오, 사형에!」

「파문하고 저주를 내리시오, 저주를 내리시오!」

대사제는 발람과 에녹에게 그만 가도 좋다고 말했습니다. 두 증인이, 시원하게 복수할 수 있게 된 것에 만족해하면서 의회를 나가는데, 피고가 둘을 돌아보면서 말했습니다.

「오늘 너희들은 내 아버지를 위해 큰일을 하였고 이로써 사람들에게도 영원한 복을 지었다. 잘 가거라!」

발람과 에녹은 이런 생각을 합니다. 저거 미친놈 아닌가? 우리의 증언이 저를 형장으로 보내고 있는 줄도 모르고 있으니 말이다. 대기실에서 기다리는 전직 병신 거지들에게, 저희들이 의회 안에서 한 일을 자랑스럽게 지껄이면서도 두 사람은 이런 생각을 합니다. 아니, 우리에게 고마워하다니? 죽음의 공포에 질린 나머지 돌아 버린 게 분명해.

그런데, 티마에우스의 아들 바르티마에우스라고 하는 노인이 두 사람에게 물었습니다. 「하면, 자네들이 의회에서, 기적이 있었고, 그 기적을 일으킨 사람이 바로 피고였다고 증언했다는 말인가?」 그의 눈이 있어야 할 자리에는 두 개의 시퍼런 구멍만 뚫려 있었습니다.

「아, 그렇다니까요, 노인장. 아니 그럼 그런 걸 그렇다고 하지, 그 자리에서 피고를 변호했어야 옳았다는 말이오?」

발람과 에녹은 자신만만하게 반문했습니다. 그러자 노인은 다른 전직 병신 거지들에게 물었습니다.

「자네들은 어떤가? 자네들은 무슨 증언을 했는가?」

「우리도 발람과 에녹과 같은 증언을 했지요. 그자가 우리를 고쳤노라고요. 그자가 우리에게 기적을 베풀었노라고요.」

다른 전직 병신 거지들이 대답했습니다. 발람이 노인장에게 대들었습니다.

「이것 보세요, 노인장은 기적의 은총을 받아 보지 못한 모양이오만, 만일에 그 은총을 받았더라면 노인장 역시 같은 말을 했을 것이오. 당한 것은 노인장이 아니라 우리니까 우리가 그자에게 복수하고자 하는 것은 당연한 것 아니오? 그자가 십자가에 못 박히는 걸 보기까지 우리의 영혼은 평화롭지가 못하다는 말이오.」

이 말을 들은 노인장이 엉뚱한 질문을 했습니다.

「그자가 바로 그걸 노리고 있다면 어쩌겠는가?」

「아니, 십자가에 못 박히는 걸 노리는 사람도 있답디까?」

「하면 그 사람이 왜 자네에게 고맙다고 했겠는가? 노리지 않았다면 자네를 원망해야 사리에 맞지 않는가?」

「그것은 그렇소……. 분명히 그 사람은 우리에게 고맙다고 하는 것 같았소. 그래서 우리는 그자가 돈 모양이라고 생각했던 것이오…….」

발람은 그제야 뭔가가 이상하게 돌아가고 있음을 깨달았습니다.

노인은 다른 증인들을 돌아다보면서 물었습니다.

「자네들은 어떤가? 그자가 자네들에게는 뭐라고 하던가?」

「같은 소리를 합디다.〈오늘 너희들은 내 아버지를 위해 큰일을 하였고 이로써 사람들에게도 영원한 복을 지었다. 잘 가거라!〉, 이러더군요. 정신이 어떻게 된 게 분명하지요?」

다른 증인들의 말을 들은 노인이 소리를 빽 질렀습니다.

「정신이 나간 것은 그 사람이 아니라 바로 자네들이야! 자네들 모두 정신들이 나갔어! 모두 엉뚱한 짓들을 한 게야.」

「그럼 우리가 그자에게 불리한 증언을 하지 않았다는 말인가요?」

에녹이 물었습니다.

「못했지. 네놈들의 증언 덕분에 그자는 평화를 얻었네. 이런 얼간이들! 네놈들은 그자가 누군지, 왜 이 세상에 왔는지 그것도 모른다는 말이냐?」

「죄악으로부터 세상을 구원하러 왔을 테지요.」

「어떻게?」

「그거야 우리가 어떻게 압니까?」

전직 병신 거지들이 이구동성으로 대답합니다.

「암, 알 턱이 있나? 네놈들이 무엇을 알겠어? 알았다면 이렇게 얼간이 같은 짓들은 하지 않았을 게야. 예언에 따르면 구세주는 죽음을 통하여 인간의 죄를 구속하게 되어 있다. 그자의 죽음이 없고는 구원도 없다. 그리고 그자가 유죄 판결을 받지 않으면 죽음도 당할 리 없다. 하면, 증인의 증언 없이 유죄 판결을 당할 수도 있겠느냐? 네놈들이 증언하지 않았더라면 그자의 죽음은 이루어지지 않는다. 그자가 죽음을 당하지 않으면 이 세상에 대한 구원도 이루어지지 않는다. 어리석은 것들아, 그래서 그자는 네놈들에게 고맙다고 한 것이다. 네놈들이 아니었더라면 그자는 앞으로도 오래오래 부랑자로, 사기꾼으로, 엉터리 예언자로 온 이스라엘 땅을 떠돌아야 한다. 그러니까 그자에게 복수하기는커녕 네놈들은 그자를 하느님의 품 안으로 보내 주었다. 너희들은 그자가 꾸미고 있는 음모의 가면을 벗기기는커녕 한몫을 너끈하게 맡아 준 것이다. 저주나 받아라, 골백번 저주나 받아라, 이 어리석은 것들아!」

이 말을 남기고, 예리고의 소경, 티마에우스의 아들 바르티마에우스는 의회의 대기실을 나가 버렸습니다.

재판은 끝났고, 의회의 대기실은 곧 텅 비었습니다. 그런데 그로부터 얼마 되지 않아 얼굴이 새파랗게 질린 의회의 관리들이 사제들에게 도무지 있을 성싶지 않은 일이 일어났다고 보고했습니다. 라멕의 자손 발람의 시체가 어느 방에서 발견되었다는 것이었습니다. 발람은, 성전의 하인들이 번제에 쓰일 양을 걸어 두는 갈고리에 목을 매고 죽어 있었던 것입니다.

에녹의 자손 에녹은 에브라임의 채석장으로 돌아갔습니다. 매년 봄 니산 월이 되면, 매년 가을 티스리 월이 되면 그는 그 튼튼한 어깨로 돌을 메고 예루살렘으로 오고는 했습니다.

세상이 어떻게 돌아가고 있건 입에 먹을거리는 벌어야 했으니까요.

가빠타의 죽음

〈해마다 과월절이 되면 나는 너희의 관례에 따라 죄인 하나를 놓아주곤 했는데 이번에는 이 유다인의 왕을 놓아주는 것이 어떻겠느냐〉 하고 물었다. 그러자 그들은 악을 쓰며, 〈그자는 안 됩니다. 바라빠를 놓아주시오〉 하고 소리를 질렀다. 바라빠는 강도였다.

—「요한의 복음서」 18:39~40

수많은 엄지손가락에 문질러지고 수많은 상인의 이빨에 깨물린 2드라크마짜리 은화처럼 닳고 찌그러진 바라빠, 모압 사막에서는 무법자 노릇, 유다 땅 쪽 요르단 강안에서 종살이를 한 경력이 있는 다핫의 아들 바라빠는, 감독관 티론을 기다리고 있었습니다. 간수장 티론이 와서 총독의 포고를 전해야만 유다 백성에 의해 선택된 바라빠는 감옥에서 풀려날 터입니다. 이미 대장장이가 와서 족쇄를 부수뜨린 지 오랩니다. 바라빠는 대장장이에게 애원해서, 그 족쇄를 고향 키르 모압에 있는 아들들에게 줄 선물로 얻어 두었습니다. 아이들은 분명히, 하느님의 성도(聖都)에서 아버지가 가져온 선물에 만족할 터입니다.

가난한 사람들이 대개 그렇듯이 바라빠 역시 차림에 유난히 신경을 썼습니다. 그의 사지 — 운명의 신탁인 벼락이라도 맞은 듯이 시커먼 — 는 무두질하지 않은 양가죽 부대 같은 통자루에서 비죽이 비어져 나와 있었습니다. 그의 손에는 넓적한 가죽 쪼가리가 들려 있었습니다. 그로서는 모자랍시고 들고 있는 모양이나 어디로 보아도 모자 같지는 않았습니다. 이따금씩 그는 모자를 쓴답시고 가죽을 머리에 얹고는 옥사장의 방패를 거울 삼아, 15년 동안이나 티베리우스 감옥의 옥내(獄內) 연자맷간의 쥐들이 쏠다 남긴 모압 강도 바라빠 위용의 잔해를 비춰 보고는, 돌아서서 침을 탁 뱉고 다시 옥사장 군병 쪽으로 돌아섰습니다.

「옥사장 나리……」 바라빠가 부르자 옥사장은 한 걸음 뒤로 물러서면서 창을 겨누었습니다.

「간수장 나리가 금방 오실 것 같습니까?」

「간수장 나리는 오시고 싶을 때 오실 게다. 그러니까 너 바라빠는 아가리를 닥치고 가만히 있어.」 옥사장인 로마 군병이 대답했습니다.

「아, 그래야겠지요만, 저는 아침부터 이렇게 기다리지 않았습니까?」 바라빠는 이러고는 입을 다물었습니다. 그러고는 방앗간 벽에 혹은 바라빠 자신의 추억에 메아리치는 연자매 돌아가는 소리에 귀를 기울였습니다. 그 소리가 방앗간 벽에서 되울리고 있는지 아니면 추억에서 되울리고 있는지 바라빠는 알 수 없었습니다. 바라빠는 하도 오랫동안 그 감옥 안 연자맷간에서 밀가루 냄새를 맡아 와서 콧속에 바늘이 하나 자리 잡은 기분이었습니다. 오죽했으면 거칠어질 대로 거칠어진 살갗에서도 그 밀가루 냄새가 났을까요.

바라빠의 귀에는 날이 새고 나서 세 번째로 의회당 앞에서 군중이 지르는 고함 소리가 들려왔습니다.

「그자를 십자가에! 그자를 십자가에!」 바라빠는 다시 한

번 기어들어 가는 목소리로 옥사장에게 말을 걸었습니다.

「옥사장 나리, 지난 몇 년 동안이나 이놈의 비렁뱅이 같은 귀는 저 이스라엘 백성의 구호를 듣는 데 익어 있습니다. 저 구호를 왜 공식적인 인사말로 채택하지 않는지 모르겠어요. 헤로데 왕 — 서방의 신들이시여, 이 어른을 지켜 주소서 — 께서 저 구호를 인사말로 채택한다는 포고령을 내리시면 좋을 텐데요.」

「닥치라고 했다, 바라빠!」 옥사장이 하품을 하면서 말했습니다.

「암요, 닥치지요. 이 다핫의 아들 바라빠는, 과월절에 죄인을 하나 놓아주는 유다인들의 관례가 마음에 든다, 이 말씀을 드리고 싶은 것뿐입니다.」

이렇게 말하면서 바라빠는 감옥의 마당 너머로 보이는, 올리브기름을 칠한 듯이 햇빛에 반짝이는 감옥의 정문을 흘끔거렸습니다. 밀가루 창고 앞에는 밤나무 세 그루가 서 있었는데, 이 나무에 달린, 거대한 비듬 같은 나뭇잎은 바람에 이리저리 흔들리고 있었습니다. 세 그루 중 똑바로 선 채로 둥치를 중심으로 가지를 흔드는 나무는 한 그루뿐이었습니다. 강도이기는 해도 마음은 여린 바라빠는 폭풍이 닥치고 있는 것을 고맙게 여겼습니다. 한줄기 소낙비는, 모압 사람인 바라빠 자신을 대신해서 그날 십자가에 못 박힐 사람에 대한 하늘의 조의(弔意)일 터이기 때문이었습니다.

하면, 너는 어떻게 그 사람의 죽음에 조의를 표할 테냐?

혹 소견머리 없는 것들에 의해 구세주라고 믿어지는 요셉의 아들 예수라는 자가 정말 온 인류를 구원하게 될지 여부는, 적어도 바라빠가 보기에는 의혹의 여지가 많아도, 그 인류 중에서 가장 불행한 사람 하나를 구원하는 것은 의심할 여지가 없습니다. 그러나 모압 사람 바라빠에게는, 예언자들에 의해 일찍이 사형 선고가 내려졌고, 의회에 의해 확인된 그 예수라는 사람에 대해 생각할 시간이 없었습니다. 바라빠에게는 바라빠 나름의 고민이 있었기 때문입니다. 당연히 바라빠의 고민은, 만일에 유다의 총독이 과월절의 특사로 자신의 죄를 사면하지 않았더라면 생기지 않았을 터입니다. 바라빠는, 나자렛의 신인(神人)이라는 구세주의 열정이 바라빠 자신으로부터 채찍을 맞아 가면서 준비했던, 감옥에서 편안하게 보낼 몇 년을 좋이 빼앗아 가버린 형국이 되었어도 그 그리스도라고 하는 자를 원망하지는 않았습니다. 그러나 그렇다고 해서 고맙게 여기지도 않았습니다. 그 까닭은, 감옥에서 석방될 바라빠에게는 세인의 기대와는 달리, 사해(死海) 가의 숲으로 꼬리를 감추는 폭풍처럼 아바림의 산속으로 사라져 버릴 의향이 전혀 없었기 때문입니다. 바라빠가 아는 한, 바라빠 자신의 수수께끼 같은 인생의 역정은, 하늘에 계시는 하느님 아버지의 오른쪽에 앉을지 왼쪽에 앉을지 그것만 걱정하는 구세주, 잘 익은 포도에서 포도주를 짜내듯이 유다인들로부터 노년의 연금(年金)이나 짜내고 있는 본디오 빌라도도, 가나안과 이집트 사이에서 모세가 바다를 가를 때 쓴 지팡이의 색깔 같은 데나 관심을 기울이는 바리사이파 사람들도, 전쟁이 터져야 하나의 인두(人頭)로 헤아려지는 여느 사람도 모를 터입니다. 바라빠에게 재산이 있다면 그것은 바로 이 비밀입니다. 이 비밀은 연자맷간의 밀가루를 파먹는 버러지들처럼 늘 바라빠를 갉아 대고 있었습니다.

암, 하늘에 맹세코, 간수장 루키우스 카이우스 티론에게 이렇게 말할 수 있으면 좋기야 하겠지.

「천번 만번 은혜로우신 어르신, 나는, 15년이라는 세월을 고스란히 카이사르의 연자맷간에서 보내면서, 이날 이때까지 기회 있을 때마다 당신을 기만해 왔다는 사실에 심심한 만족을 느끼는 바입니다. 아울러, 이제 이렇게 떠나는 마당에 — 이 이별이 영원하기를 바라는 바입니다만 — 한 말씀 드리는 영광을 누리자면, 그동안 당신이 나를 믿어 왔다는 사실로 미루어 판단하건대, 당신의 머리는 게으른 노예에게나 가당한 것이지 일국(一國)의 감옥 간수장에게는 천부당만부당하다는 것이 나의 결론이올시다.」

그러나, 이렇게 말할 수도 없거니와, 말한대도 성에 차지 않을 터입니다.

다핫의 외아들 바라빠야. 좋다, 좋아. 하지만 좀 단조롭기는 하구나. 너는 빈 오지그릇처럼 요란하게 군다만, 그동안 네 속에서 익어 온 욕지거리를 다 퍼붓고도 무사히 이 감옥을 나설 수 있을지는 하늘만 아실 게다. 암, 과월절 관례의 보호를 받는 한, 너 대신 나자렛의 저 정신 나간 혁명가를 십자가에 매달겠다는 총독의 약속이 유효한 한, 아무 일 없기야 할 것이다. 하지만, 〈나의 결론이올시다〉하는 대목은 고사하고 그보다 훨씬 이전의, 〈심심한 만족을 느끼는 바입니다〉하는 대목에서 덜컥 덜미를 잡힐지도 모르는 일 아닌가? 이두마이아에서 페니키아에 이르기까지 순진한 길손의 주머니를 털던 그때처럼 고소하면 뭘 하고 만족스러우면 뭘 하나?

문득 바라빠는, 15년이라는 고난에 찬 세월이, 장차 자신이 꾸릴 새 삶에 얼마나 무익한 세월이었던가를 고통스럽게 떠올렸습니다. 그래서 그는, 만일 감옥을 나서기 전에, 적당한 낱말, 독특한 낱말, 따라서 그때까지 아무도 쓰지 않았고 아무도 상상하지 못했던 낱말을 찾아내어 자기 나름의 문장을 다듬을 수만 있다면, 15년 동안 더 연자매를 돌릴 수도 있다고 생각했습니다. 그래서 이렇게 중얼거렸습니다.

「암, 바라빠에게는 아직 시간이 얼마든지 있고말고.」

「시간이 있으면 닥치고 있어. 내가 생각에 잠겨 있다는 것도 모르겠느냐?」 옥사장이 핀잔을 주었습니다.

바라빠는 제10군단의 그 젊은 용사가 부러웠습니다. 그렇게 소중한 분야에 대한 자신의 고통스러운 무지를 인정했기 때문에, 식자(識者)에 대한 존경심이 우러나온 것입니다. 식자를 존경하게 된 것도 바라빠에게는 최근의 일입니다. 그러니까, 간수장 티론에 대해 자신이 느끼는 악감정을 문장으로 다듬는 데 절망을 느끼고 나서부텁니다. 바라빠는 적절한 낱말을 찾아낼 수 없는 자신의 무지가, 낱말을 공들여 다듬을 수 없는 자신의 무능이 부끄러웠습니다. 예수를 대신해서 사면을 얻고 곧 감옥을 나설 바라빠는 생각합니다.

내가 이 로마 옥사장만큼 배운 사람이었다면, 내가 생각해 낸 문장은 대체 어떤 것이 되었을까? 학교를 조금만 다녔더라면 더 길고, 더 맵고, 더 분명하고, 더 강렬한 저주를 퍼부을 수 있을 것을……. 그러면 유다인들, 이두마이아인들, 우리 모압인들, 심지어는 자만심이 강한 로마 놈들 — 서부 광야의 누추하고 순진한 족속들은 말할 것도 없고 — 에게도 희망을 줄 수 있을 것을……. 그들의 대가리에도, 사마리아 포도원의 포도주처럼 영감을 줄 수 있을 것을……. 이런 감옥에는 교육받은 것들만 와야 한다. 연자매 돌리는 노예의 소금기 어린 땀방울만큼이나 절실한 고별사, 끝나되 끝나지 않는, 교훈적이고도 웅변적인 고별사를 남길 수 있는 현자(賢者)나 예언자들만 감옥살이를 해야 한다. 그래야 간수장이라는 것들에게, 영원히 타는 지옥불 같은 고별사를 남길 수 있을 것이 아닌가.

「아, 지혜가 아쉽구나.」 바라빠는 겸손하게 고백합니다.

바라빠가 생각하기에, 구세주라는 양반은 분명히 교육을 많이 받은 사람일 터입니다. 그러나 바라빠가 아는 한, 재판이 끝나고 그가 한 말은 끝나되 끝나지 않는 명언도 아니고, 지혜로운 경구(警句)도 아니었을뿐더러 더구나 웅변적인 것은 더욱 아니었습니다. 바라빠의 의견으로는 참으로 하찮은 발언이었습니다. 그래서 바라빠는 그 발언을 떠올리려는 노력도 해보지 않고 저 기적을 일으키는 인기 있는 사람 — 감옥의 신입자로부터 바라빠는 마을 장터에서 그가 대단한 인기를 누리더라는 말을 들은 적이 있습니다 — 의 고난의 경험을 자기의 경험 수준으로 한정시키고 맙니다.

그래, 나자렛의 예언자는 뭐라고 했더라? 나를 죽임으로써 하느님을 창조했으니 네가 복을 받아라…… 이랬던가?

아니다, 이게 아니었다.

나는 죽임을 당할 수가 없는데 네 선고가 내게 무슨 소용이랴…… 이랬던가?

아니다, 이것도 아니었다.

네가 나를 살려 주면 내 너를 섬기고 너를 위해 기적을 베풀어 주리라…… 이랬던가?

역시 아니다.

바라빠는, 바람이 작은 잎새의 그림자를 일렁거리게 하고 있는, 텅 빈 감옥의 뜰을 내다보았습니다. 길 잃은 햇살이 하릴없이 연자맷간 벽을 달구고 있었습니다.

나자렛의 예언자가 한 마지막 말이 기억나지 않았지만 바라빠는 그게 여느 말과는 다르면서도 메마르고 짧았다는 것은 잘 알고 있었습니다. 그렇다면 그런 문장은 짧아야 하는 모양입니다. 짧고도 불가사의하게 들리는 작별 인사……. 바라빠가 혼잣말을 잘한다는 것은 감옥 안에서도 잘 알려져 있습니다. 그러나 그동안 해온 혼잣말이라고 해봐야 1백 낱말도 채 안 될 터입니다. 그나마 반은 기도이고 반은 맹세 — 실제로는 하느님과 접촉하는 공식적인 통로인 기도 같은 맹세 — 인 이 혼잣말을 통하여 바라빠는, 하느님을 독대(獨對)한다는 친근한 느낌을 받고는 했습니다. 이제 모압 사람 바라빠는 서둘러야 합니다. 서둘러야 그 오랜 세월이 지나도록 하지 못했던 가시 돋친 말을 간수장에게 퍼부어 줄 수 있을 터입니다.

 조상들의 하느님이시여, 하지만 무슨 말을 해야 합니까? 독초(毒草) 여물로 큰 사막의 황소 같기도 하고 암소 같기도 한 이 바라빠는 대체 무슨 말을 어떻게 해야 합니까?

 간수들이 목에서 멍에를 벗기는 그 순간에, 독감(獨監)에서 누더기 보따리를 꾸리던 그 순간에, 간수들로부터, 밀랍판에 쓰여 있던 바라빠의 이름이 저 기적을 일으키는 자의 이름으로 바뀌어 있던 간수실에서 놀림을 당하던 — 그들은 놀리기는 놀리되, 이제 연자매와 채찍과 저주의 세월과는 인연이 없어진 그를 흡사 흉기를 다루듯이 조심스럽게 놀렸습니다 — 그 순간에 이미 바라빠는 자신이 짠 문장이 얼마나 잘못된 것인가를 알고 있었습니다. 바라빠는 고통의 세월이 한 철씩 흐를 때마다 한 낱말씩, 1년에 네 낱말씩, 그래서 고난의 15년 세월에 해당하는, 60낱말로 이루어진 문장을 입 안에 담고 루키우스 카이우스 티론을 모욕할 순서를 기다리고 있었던 것입니다. 그러나 실제로 문장은 60낱말을 넘었습니다. 총독으로부터 사면을 받지 못한다면 바라빠는 여분의 세월을 감옥에 머물면서 간수장으로부터 여분의 모욕을 당해야 할 터입니다. 그러니까 여분의 낱말은 이 여분의 모욕에 대한 복수용인 셈입니다.

그렇습니다. 바라빠는 장장 15년 동안이나 간수장에게 던질 촌철살인의 일문(一文)을 다듬어 온 것입니다. 배운 것이 없는 바라빠였던 만큼 졸문(拙文)을 면하기는 쉽지 않았을 것입니다. 그러나 그동안 바라빠의 문장은 질적으로 상당한 수준까지 향상될 수 있었습니다. 말하자면, 알렉산드리아의 귀족 거주지 출신인 소매치기로부터 낱말 고르는 법을 배운 덕분에 표현에는 위엄이 깃들었고, 사기꾼인 바알하르몬 사람 요카나안과 틈틈이 상의한 덕분에 표현에 힘이 들어갈 수 있었으며, 샤론의 빈 들에서 사람을 셋이나 죽인 살인자 솜나의 지도를 받은 덕분에 상당히 냉정하고 사무적인 어법도 구사할 수 있게 된 것입니다. 그는 이로써 조만간 스스로, 삼베로 싸고 역청을 칠한 횃불이 됨으로써 로마 여단의 졸병들을 위한 꼭두각시놀이 마당을 밝히는 영광을 누릴 수 있을 터입니다. 바라빠에게 그것은 참으로 오랫동안, 드러내지 않고 기다려 온 순간이기도 했습니다.

대중의 인정을 받지 못한 예술가가 가질 법한 수상한 긍지에 사로잡힌 채, 바라빠는 가만히, 15년이라고 하는 고통의 세월이 지날 동안 끊임없이 절차탁마해 온, 토씨까지 셈해서 60낱말 전후가 되는 문장을 곱씹어 보았습니다. 저 봄철인 시반 월(月), 에브라임 채석장에서 돌을 깎고 있을 때는, 근 한 달을 문장에는 손도 대어 보지 못한 채 보낸 적도 바라빠에게는 있습니다. 그러나 그때도 이 문장은 익사체의 목에 매달린 연추(鉛錘)가 되어, 늘 그의 몽롱한 기억의 가장자리에 무겁게 매달려 다니고는 했습니다. 그는 낱말의 원광석을 들어 올려 다른 낱말 사이에 끼웠다가도 그다음 순간에는 또 거기에서 뽑아 원래의 위치로 되돌려 놓아 보기도 했습니다.

그러나 그 자리 역시 마땅해 보이지는 않았습니다. 낱말만 그러는 것이 아니고 싸늘한 문장 자체를 들어 이리저리 옮겨도 보고 바꾸어도 보고는 했습니다만 완벽한 문장은 늘 어렵고 요원했습니다.

나자렛 사람이 자기의 말을 믿듯이 바라빠도 자기의 문장을 믿었습니다. 그러나 말이든 문장이든 말로 이루어진 것은 같아도 바라빠는 자기의 문장은 나자렛 사람의 말을 앞설 것이라고 믿었습니다. 그 까닭은, 바라빠의 문장은 아직 그의 입 밖으로 나간 적이 없고, 따라서 아직은 말썽의 씨앗이 됨으로써 각고의 15년 세월을 후회하게 하지는 않았기 때문입니다. 잘난 체하기를 좋아하는 나자렛의 예언자는 저 자신의 하찮은 생각의 틀을 한 번도 의심해 본 적이 없고, 자신이 주장하는 이른바 원수에 대한 사랑 — 그렇습니다, 그 예언자의 말은 늘 〈사랑〉, 혹은 〈자비〉 비슷한 것으로 시작되고는 합니다 — 은 균형 감각으로서의 복수에 대한 건강한 본능의 토대를 허물어뜨린다는 생각도 해본 적이 없을 터입니다. 그러나 바라빠는 짐승들 — 혹은 하는 짓으로 보아 뿔난 짐승과 다를 것이 없는 천한 노예들 — 과 동서하면서부터 끊임없이 자신의 생각과 문장을 의심해 온 터입니다. 완벽하게 다듬어질 경우 자기 문장의 몇 음절이 전능에 가까운 힘을 행사하리라는 믿음에서 바라빠는 에브라임의 채석장에서도 문장 다듬기를 쉬지 않았으며, 그 문장이 달달 외어지기까지 생각하고 또 생각하고는 했습니다. 그러나 바라빠는 그 문장이 어떤 소리를 지어내는지는, 들어 본 적이 없는 터라서 알지 못했습니다. 그 문장은, 말하자면, 죽어 있는 말, 육신이 없으되 살아 있는 그림자 같은 것이었습니다만 그런데도 불구하고 그것은 끊임없이 그의 기억을 오르내리고, 쉴 사이 없이 그의 마음 가를 맴돌고는 했습니다.

예루살렘 감옥의 칠흑같이 어두운 독감 안을 서성거리면서 다핫의 아들 바라빠는 요엘을 매수해야 했던 일을 기억해 내었습니다. 그 내력은 이렇습니다. 유다 교회당을 모독한 혐의로 바리사이파 사람들에 의해 기소된 요엘이라는 반편이가 있었는데, 바라빠는 대단히 어렵지만 그럴 필요가 있다는 생각에서 자기 몫의 보리죽을 포기하고, 그 대신 사슬에 묶인 채로 채석장의 돌을 깨면서 요엘로 하여금 자신이 그동안 공들여 다듬은 구원의 문장을 소리 내어 읽게 합니다. 간수장, 부간수장, 수석 간수장이 발소리를 죽이고 다니면서 일터를 기웃거리는 만큼 대단히 위험한 짓이기는 했습니다. 암탉 우는 소리 같기도 하고 휘파람 소리 같기도 한 요엘의 음성이 간수장들의 귀에 들리지 않게 하기 위해 바라빠는 초인간적인 힘으로 에브라임 채석장의 돌을 내려쳤습니다. 말하자면 초인적인 힘으로 일하는 모습을 보인 셈입니다. 바라빠가 이렇게 열심을 보였기 때문에 죄수들은 단체로 채찍을 맞았는데, 이때 바라빠의 등에는 적어도 열다섯 줄 이상의 채찍 자국이 나야 했습니다. 대단히 경제적인 로마인들은 필요 이상의 노동을 통해서건 꾀병을 통해서건 죄수가 자기의 존재를 드러내는 것을 용인하지 않았습니다. 게으름을 피움으로써 국고를 축내는 무신경한 노예를 의심하듯이 그들은 필요 이상의 열심을 보임으로써 사면을 노리는 노예 역시 경계했습니다. 그런다고 사면될 턱도 없겠지만 한 죄수가 사면되어 버리면 제국은 몇 년 좋이 강제 노역에 끌어다 댈 수 있는 노동력을 도둑맞는 셈이기 때문입니다.

요엘이 뜻도 모르는 채, 심한 북부 지방 농민의 사투리로 읽었기 때문이겠지만, 혹은 문장 자체가 미완성인 데다가 멋도 없고 전하는 바도 분명하지 않아서 그랬겠지만 하여튼 바라빠는 제 손으로 초안한 문장 읽는 소리를 듣고는 심한 수치심을 느꼈습니다. 딴에는 혼신의 힘을 기울여 자신의 삶을 요약한 웅변적인 문장의 울림이 흡사 무식한 시골 사람이 가래침을 뱉는 소리 같은 데 대해 바라빠는 견딜 수 없었습니다. 요엘은, 잡신(雜神)을 믿어 오다가 문득 종교적으로 뜻한 바도 있고, 또 약간의 헌금을 통해 은혜도 좀 누릴 생각도 있고 해서, 자기가 가진 유일한 통화(通貨)인 마른 똥 덩어리를 유다 교회당에 바쳤다가 회당을 욕보인 죄로 기소된 팔푼입니다. 그런 사람에게 문장을 읽게 했으니 그 소리가 실로암 연못에다 문둥이가 뱉은 가래침처럼 느질느질했을 수밖에 없을 터입니다. 요엘의 음성을 들으면서 바라빠는 아바림 고원 위로 떨어지는 썩은 과일을 상상했습니다.

「존경하는 간수장 양반. 이날 이때까지, 당신의 믿음을 기화로 나는 끊임없이 당신을 속여 왔습니다. 그래서 드리는 말씀인데요, 당신의 사람됨으로 보아 그 자리는 당신 자리가 아닌 듯합니다……」

결국 바라빠는, 같은 족가(足枷)를 나누어 차는 요엘의 목을 바로 그 족가의 사슬로 조르고 싶다는 유혹을 견디지 못했습니다. 바라빠는, 다음에는 좀 배운 죄수, 혹은 눈치 빠른 도회지 건달이라도 감옥으로 들어와 같은 족가를 차게 되기를 바랐습니다. 그래야 필생의 역작이 되어야 할 문장의 동사(動詞)가 잘못 발음되는 일은 생기지 않을 터입니다. 용케 로마 제국의 권위에 괘씸죄를 지은, 목청 좋은 배우라도 하나 들어오면 더 좋을 것입니다. 하기야 그런 죄를 짓고도, 형리의 손에 혀를 뽑히지 않은 채 감옥으로 들어와 바라빠와 같은 족가를 찰 가능성이야 지극히 희박하겠지만요.

그러나 불행히도 그런 사람은 하나도 오지 않았습니다. 로마 군병들은 요엘의 시체는 개들에게 던져 주고 바라빠를, 아람 말이라고는 한마디도 하지 못하는 짐승 같은 누미디아인과 한 사슬에다 엮었습니다. 바라빠는 실망하지 않고 — 그에게는 남은 세월이 많았습니다 — 그 누미디아 흑인에게 아람 말을 가르쳐 그 입을 통해 자기의 위대한 사상이 녹아 있는 그 문장의 울림을 듣고자 했습니다. 이 스승과 제자 관계는, 제자가 해 뜨고부터 해 질 때까지 운반해야 하는 일일 배당량을 채우지 못하고 숨을 거둘 때까지는 그런대로 잘 유지되었습니다. 그 누미디아인은 사신(死神)에게 항복하기 직전에 한마디 하기는 했습니다. 그러나 그것은 스승인 바라빠의 문장이 아니라, 살아 있는 사람은 아무도 알아들을 수 없는 누미디아인의 문장이었습니다.

「옥사장 나리, 기다리는 거야 얼마든지 기다릴 수 있습니다요. 하루 종일이라도 기다릴 수 있습니다요.」 바라빠가 옥사장 앞에서 중얼거렸습니다.

「그럼 기다려라. 네가 할 수 있는 건 그것뿐이다.」 옥사장이 심술궂게 말했습니다.

「밤새도록이라도 기다리지요. 그래 봐야 오십보백보인걸요, 뭐.」

그때, 날 새고 나서 네 번째로 또 한 무리의 군중이 의회 앞을 지나가면서, 불레셋과 싸울 때 외치던 구호를 앞세워 소리를 질렀습니다.

「죽이시오, 죽이시오, 유다의 왕을 십자가에 못 박아 죽이시오!」

무리가 외치는 소리는, 지하 감옥에서 연자매 돌아가는 소리와 어우러졌습니다. 바라빠에게는, 무리도 연자매도 관심이 없었습니다. 오로지 간수장 티론에게 던질 작별의 인사만이 그의 뇌리를 맴돌았습니다. 바라빠는, 작별 인사가 구투(舊套)에 가까우면 가까울수록 어수룩하게 들리면서도 결과적으로는 무자비한 인상을 줄 것이라고 생각했습니다.

바라빠에게는 한 가지 모습의 삶이 있었을 뿐입니다. 그것은 곧 기름진 음식, 편안한 잠이 보장되어 있는 삶, 길에는 조심성 없는 장사꾼이 우글거려서 생업이 쉬운 삶입니다. 이런 삶은, 좀 배운 사람이라면 틀림없이 나태라는 이름의 보석으로 빚어내는 데 성공했을 법한 그런 삶입니다. 그러나 바라빠에게는 삶을 그런 보석으로 빚어낼 능력이 없었습니다. 바라빠에게 보석일 수 있는 것은, 아득한 옛날부터 조상들을 무수한 전쟁과 악랄한 정복자와 거짓 신들과 세금과 이방의 관습으로부터 지켜 주었을 터인, 하느님으로부터 받은 율법밖에 없습니다. 대상로(隊商路)의 이글거리는 하늘 아래서 이 율법은 어렵사리 강도인 바라빠의 가슴으로 전해져 왔을 것이고, 바로 이 때문에 하느님의 높은 뜻을 경험하지 못한 바라빠 같은 사람은 예언자들이 경험한 환상의 아름다움에 저항할 수 없었을 것입니다. 그러니까 바라빠가 속한 무리는 바로 하느님께서 내리신 이러한 영감을 통해 사막에 그 모습을 드러내고, 사구(砂丘)를 의지가지로 삼는 불같은 선동자들의 인도를 받아 요르단 강 양안(兩岸)으로 퍼졌을 터입니다. 그러나 바라빠는, 유다 땅 윗녘에서 낙타몰이의 눈에다 모래를 끼얹던 저 사막의 폭풍 같은 선동자들, 저 수수께끼의 웅변가들이 바라빠 자신을 겨냥하고 뱉어 내던 그 아름다운 말을 다 기억해 낼 수 없었습니다. 가령, 기억나는 것이 있다면 그것은 〈자유〉 같은 낱말이었습니다. 〈자유〉 이외에도 〈청산〉 같기도 하고 〈복수〉 같기도 한 낱말이 있었는가 하면, 〈로마〉라는 낱말, 〈영원하신 하느님〉이라는 말도 있었습니다. 이 〈영원하신 하느님〉이라는 말은 바라빠의 어머니가 어린 시절의 바라빠를 재우기 위해, 혹은 위협하기 위해 이따금씩 쓰고는 하던 말이기도 했습니다. 바라빠가 생각하기에는, 〈반환〉이라는 낱말도 그중의 하나였던 것 같았습니다. 선동자들의 입에서 나오지 않았더라면 별로 큰 의미가 없었을 이러한 낱말은, 사해(死海)의 혀로 모압 땅의 하늘을 핥는 지진처럼 바라빠를 걷잡을 수 없이 흔들어 놓았습니다. 그래서 바라빠는, 몇 마디 사도(赦禱)를 중얼거린 뒤, 소몰이로 변장하고 대상의 모닥불 가에 앉아서 로마의 점령을 찬양하는 헤로데의 염탐꾼을 향해 주먹을 쥐었던 것입니다. 그러니까, 어차피 벗겨서 팔아야 하는 것인 만큼 바라빠는 그 염탐꾼의 옷에 피가 묻지 않도록 조심하면서 목뼈를 부러뜨린 뒤 옷을 벗기고는 시체는 모래에 묻었습니다. 복수의 일념에 사로잡혀 있었던 바라빠는 처음에는 시체의 머리를 로마가 있는 서쪽으로 향하게 하고 묻으려 했습니다만, 역시 믿음을 도외시할 수 없는 바라빠인지라 마음을 고쳐먹고 그 머리 방향을 동쪽으로 돌리고 묻었습니다.

그 뒤에 감옥의 연자맷간으로 왔던 것인데, 땀내와 밀가루 냄새가 낭자한 이 연자맷간 — 노예와 죄수들이 시체 썩는 냄새를 풍기며 열풍 속의 유령들처럼 빙글빙글 연자매 가름대를 잡고 도는 — 에서, 차라리 연자매에 머리를 집어넣는 것이 낫다는 생각이 들 때마다 유다인 선동자들로부터 들었던 낱말을 떠올리며, 이 선동가들이 하던 희망의 약속을 자기 구원의 공모자로 변용시키려고 있는 힘을 다했습니다. 그는 우선 생각나는 낱말을 하나의 문장으로, 다른 문장의 모체가 될 만한 하나의 문장으로 꾸며 냈습니다. 절망을 느낀 것은 아니지만 그렇다고 해서 흥분을 느낀 것도 아닌 그 문장은 다음과 같습니다.

「〈영원하신 하느님〉께서 〈로마〉에 〈복수〉하시고, 빼앗긴 우리 〈자유〉를 〈반환〉케 하실 것이다.」

문장을 꾸며 놓고 본즉 아귀가 잘 맞지 않는 대목도 있었습니다. 바라빠가 보기에 이 〈하느님〉이라는 말이 그랬습니다. 만일에 압제자와의 셈을 청산할 분이 하느님이라면, 그 일을 모압인인 바라빠 자신이 대신해서 해야 할 이유가 없고, 구원이라고 하는 것이 하느님만이 할 수 있는 것이라면, 순진한 강도의 안전을 보장해 달라고 기도하는 것이 아닌 바에야 구태여 그의 이름이 불려야 할 이유가 없을 터입니다. 바로 이런 모순을 발견한 순간부터 바라빠는 자신의 계획은 국가적인 것 — 야훼를 위한 것은 더더욱 — 이 아니라 철저하게 개인적인 것이어야 하며, 이 지극히 개인적인 진술에는 반드시 만악(萬惡)에 대한 바라빠 개인의 의견이 표현되어야 한다는 결론을 내렸습니다.

바라빠가, 개죽음을 기다리는 죄수에게서는 보기 드물게 구원의 가장 빠른 길, 가장 효과적인 길을 명상하는 철인(哲人)이 된 것은, 그 자신의 잘못도 아니고 헬라인들의 잘못도 아닙니다. 그의 명상을 도와준 것은 묵묵히 연자매를 돌리는 데 반드시 필요한 완벽한 체념과, 죽을 때까지 그 연자매를 돌려야 한다는 확신에서 오는 절망감이었습니다. 당시만 해도 바라빠의 정신과 육신의 상태는 썩 좋았습니다. 따라서 바라빠가 보기에도 가까운 장래 삶이 끝날 것 같지는 않았습니다. 결국 바라빠는, 사슬에 묶인 채로 연자매 굴대 주위를 무수히 돌아야 할 터이고, 언제 어느 날 밤에 수차를 돌리던 말처럼 죽게 될지 모르지만 그때까지는 가마니 수를 이루 다 헤아릴 수 없을 만큼 밀을 빻아야 함을 알고 있었습니다. 자기 처지를 되돌아본 바라빠는, 요엘의 목을 졸라 죽이기를 참 잘했다고 생각했습니다. 요엘을 구원함으로써 바라빠는 로마 군병들로부터 자기 두 팔이 얼마나 튼튼하고 얼마나 고분고분하고 또 얼마나 질긴 것인가를 충분히 보여 준 것입니다.

이 모체 되는 문장에서 그는 일반적이고 실천 불가능한 표현은 포기했습니다. 말하자면 바라빠로서는 그 개념을 잡을 수 없는 〈자유〉, 바라빠로서는 믿어 본 적이 없는 〈하느님〉, 바라빠가 두려워하고 있는 〈로마〉는 그래서 지웠고, 〈반환〉이라는 표현은 아무래도 미신적인 표현 같아서 지웠습니다. 바라빠에게는 다윗이니 솔로몬이니 하는 이스라엘 왕에 대해 아는 것이 하나도 없습니다. 그러니까 역사적인 지식이 하나도 없는 상태에서는, 〈반환〉받을 가치가 있는 과거라는 관념은 있을 수가 없는 것입니다. 결국 여러 개의 낱말 중 그가 그대로 남겨 둔 것은 〈복수〉뿐입니다. 그는 바로 이 낱말을 자기의 원대한 구상의 바탕으로 삼았습니다.

그가 처음으로 맞닥뜨린 문제는 어떻게 해야 우선 간수장 티론에게 되도록이면 험악한 악담을 퍼부을 수 있느냐 — 물론 상황이 좋아져서 사면을 받을 수 있게 될 경우의 일이기는 합니다 — 하는 것입니다. 해답을 찾기 위해 그는 먼저 간수장이라는 직업의 성격을 주의 깊게 고구(考究)했습니다. 여러 차례의 꽤 일관성 있는 고구 끝에 — 물론 고구하다가 태형을 맞은 일도 있고, 굶기는 벌을 받은 일도 있습니다 — 그는, 모든 간수장은 저희들이야말로 전지전능할 뿐만 아니라, 죄수의 농간에는 절대로 넘어가지 않는다고 믿는다는 사실을 알아내었습니다. 말하자면 이들은 저희들이야말로 약간 단순하기는 하지만 훨씬 능률적인 하느님으로 여긴다는 것입니다. 그래서 그는 그 중의 하나 — 되도록이면 가장 잘난 체하는 간수장 — 로 하여금 이것이 오해도 큰 오해라는 걸 보여 줄 생각이었습니다. 그래서 바라빠는, 첫 번째 문장과는 달리 전적으로 자기의 능력만으로 새 문장을 하나 꾸몄습니다. 겸손한 자기 고백의 형식으로 된 이 문장이 바로, 〈더없이 은혜로우신 어르신, 저는 당신을 속였습니다〉입니다. 이어서 그는 상대방으로 하여금 모욕감을 조금 더 느끼도록 이 문장에, 〈기회 있을 때마다〉를 넣어, 〈더없이 은혜로우신 어르신, 저는 기회 있을 때마다 당신을 속였습니다〉로 바꾸었습니다. 솔직히, 〈기회 있을 때마다〉는 별로 눈에 띄는 개선은 못 됩니다. 그러나 이 낱말 덕분에 문장이 길어지고, 상대방을 모욕하는 정도가 사뭇 달라진 것 같았습니다. 결국 바라빠에게는, 〈기회 있을 때마다〉라고 하는 이 한마디 — 흡사 번갯불과 같은 — 는 간수장을 두고두고 괴롭힐 것으로 보였습니다.

아니다, 티론이여. 나는 금방 드러날 순진한 거짓말이나 하고자 하는 것이 아니다. 이것은 한순간의 게으름도 아니요, 창고에서 훔쳐 온 한 덩어리의 빵도 아니다. 나는 너희의 노예 바라빠 벤 다핫이 너희 악취 나는 제국에 빼앗긴 세월이 얼마나 되고, 너희 군병들에게 빼앗긴 빵 더미가 얼마나 되는지 보여 주고 말겠다.

바라빠는, 한 해 여름에 자기 머리로 생각해 낸 문장에 지극히 개인적인 감정을 보탰다가 간수장으로부터 족가의 무게를 두 근이나 올리는 벌을 받은 것을 떠올렸습니다. 바라빠는 간수장이 왜 자기에게 그런 벌을 내렸는지 그 이유를 기억해 낼 수 없었습니다. 그때의 문장은 다음과 같이 썩 괜찮았는데도 말이지요.

「더없이 은혜로우신 어르신, 저는 기회 있을 때마다 당신을 속일 수 있었던 것을 퍽 기쁘게 생각합니다.」

자기 감정을 정련(精練)하는 데 놀라운 성공을 거둔 뒤로 그의 문장은 큰 변화의 시련을 겪지 않았습니다. 물론 한두 낱말이 빠지거나 덧붙여지기는 했습니다만 그것도 문장의 길이를 늘인다거나 문장을 세련되게 다듬는 수준에서 이루어진 것은 아니고 그저 문장을 가지고 손장난하는 그의 버릇에서 나온 것입니다. 가령 〈기회 있을 때마다〉의 자리에다 〈온 동안〉을 넣고, 그 앞에다 〈지금에 이르기까지〉를 보태어 본 것이 그것입니다. 그랬다가는 표현이 번잡해진 것이 마음에 들지 않아 〈지금에 이르기까지 온 동안〉을 들어내어 버리고 원래의 〈기회 있을 때마다〉로 되돌렸습니다. 그러나 이렇게 해놓고 보아도 꼴바꿈된 낱말이 겹치고, 낱말을 억지로 짜 맞춘 듯한 인상이 풍기는 것은 어찌할 수 없었습니다. 그래서 마지막으로 〈이날 이때까지〉를 덧붙였습니다. 그래서 고심에 고심이 거듭되면서 만들어진 구절은 〈이날 이때까지 기회 있을 때마다〉가 되었습니다.

족가의 무게가 늘어난 그해 겨울 바라빠는 이 문장에서 경칭을 빼먹기로 마음먹었습니다. 그가 이렇게 결심한 것은 석 달 동안이나 〈땀통〉에 감금되어 있다가 나온 직후의 일입니다. 〈땀통〉이라고 하는 것은, 간수의 명에 불복한 죄수, 혹은 간수의 부재중에 불복한 혐의를 받게 되는 죄수를 감금하게 되어 있는 독감입니다. 이 독감에는 앉아 있을 공간밖에 없어서 이곳에 들어가면 죄수는 누워 보지도 못하고 서보지도 못합니다. 그러나 경칭을 빼먹고 가만히 생각해 본즉 그럴 일은 아니어서, 그다음 해 봄 — 새로 입감한 죄수들로부터 풀냄새도 싱그러운 바깥세상 이야기를 듣는 중에 땀통의 기억도 슬그머니 그의 뇌리에서 사라지고 있었던 즈음입니다 ― 냉정히 자신을 되돌아보고는 역시, 〈더없이 은혜로우신 어르신〉이라는 경칭은 넣기로 했습니다. 이렇게 한 까닭은, 경칭이 빠진 문장은 절름발이 같은 인상을 줄 것 같고, 또 비아냥거림이 담겨 있다기보다는 변명이 담겨 있는 문장으로 들릴 우려가 있을 것 같아서였습니다.

자, 다핫의 아들 바라빠여. 조심해야 한다. 저 무도한 로마인은 너에게 어떤 심술이라도 부릴 수 있다는 것을 명심하여라. 저자가 너에게 할 수 있는 가장 잔인한 짓은, 짐짓 네 말을 이해하지 못하는 척하는 것이다. 생각해 보아라. 이것이야말로 얼마나 순진을 가장한 폭거가 되겠느냐? 간수장이, 너의 이 과장된 경칭에 담겨 있는 비아냥거림을 모르는 척한다는 것은……?

여기에서 바라빠는 〈더없이 은혜로우신 어르신〉이라는 말을 〈천번 만번 은혜로우신 어르신〉으로 바꾸기로 했습니다. 이것은 로마 제국의 영주들이 오로지 카이사르에게만 쓰는 의전 용어입니다. 일단 이렇게 어마어마한 경칭을 들으면, 간수장이 되었든 골병든 퇴역 장군이 되었든 듣는 사람은 일단 집정관들의 방패에 실려 황제의 자리까지 거양(擧揚)되는 느낌을 받을 터입니다. 그렇다면 간수장 티론도 깜짝 놀란 나머지, 말을 도중에 끊지 않고 바라빠가 욕지거리를 끝내기까지 귀를 기울일 터입니다.

그다음 해 겨울, 키슬레브 월의 하누카 명절을 전후해서 바라빠의 마음은 또 한 차례 흔들립니다. 어떤 의미에서는 처음부터 이 작문을 도와주었다고 볼 수 있는 솜나가, 문장이 너무 짧아서 티론의 주의를 끌지 못할지도 모른다는 우려를 표명했기 때문입니다.

그때 숨나는 이런 말을 했던 것입니다.

「간수장에게 시간을 좀 줄 필요가 있지 않을까? 간수장이, 〈음, 나는 지금 죄수의 말을 듣고 있다〉, 이런 생각을 하기까지는 약간의 시간이 필요할 것이야. 〈그런데 이자가 왜 나를 이렇게 추어올리고 있을까〉, 이런 생각을 하게 만들어야 하는데, 여기에도 시간이 필요하네. 간수장의 듣는 자세가 여기에 이르러 있어야 자네의 의도가 충분히 전해질 수 있지 않겠느냐, 이 말이야. 자네의 뜻이 충분히 전해지지 않을 경우, 그래서 간수장의 체면을 철저하게 뭉개어 놓지 못하면 간수장은 자네에게 아마 이럴 것일세. 〈이 모압의 개야, 총독은 너를 사면했다만, 몸조심하거라, 다시 만나게 되는 날 이 티론은 틀림없이 너를 십자가에 못 박아 줄 게다. 아니다, 네가 다시 이 티론을 만나게 되면 네 쪽에서, 제발 십자가에 못 박아 주십사고 애걸복걸할 게다. 그러니까 바라빠야, 네가 지금부터 어떻게 해야 하는지 가르쳐 주마. 되도록이면 이 티론을 만나지 않도록 해야 한다. 꿈속에서도 이 티론은 만나지 않도록 해야 한다. 그러자면 아바림 빈 들로 나가서, 죽을 때까지 왜가리처럼 외다리로 서서 살다가 죽어야 한다. 왜 외다리로 살아야 하는지 알겠느냐? 그래야 잠이 안 올 게 아니냐? 잠이 안 와야 꿈속에서 이 티론을 만나지 않을 것이 아니냐? 복수라고? 네 복수의 끝은 바로 거기이니라.〉」

기가 꽉 꺾인 바라빠는, 간수장의 입장에서 본 솜나의 견해를 옳게 여겼습니다. 바라빠는, 문장에 하등의 문제가 없어 보이는 것은 바라빠 자신의 입장만 생각했기 때문이었다는 것도 납득했습니다. 그러나 바라빠에게 할 말이 없는 것은 아닙니다.

「내 문장이, 호렙 산에서 하느님께서 모세에게 내리신 계명만큼이나 짧다는 것은 나도 아네. 하지만 티론 앞에 서서 한가하게, 티론이 어떻고, 로마 제국이 어떻고, 로마인이 어떻고 할 시간이 없지 않은가? 그렇거니 지금의 이 문장에도 희망이 없어 보이지는 않네. 이 문장에도, 내가 드러내지 못할 뜻, 나로서는 지금까지 존재하는 줄도 모르던 의미가 실린 것 같다는 말일세. 솜나, 이 사람아. 그렇다고 문장이 길어지면 숨도 안 쉬고 한달음에 저주를 끝마쳐야 하는데, 이 세상에 어떤 장사가 숨도 안 쉬고 그럴 수 있겠는가? 아침이면 아무 생각 없이 나오는 이 날숨도, 한 번만 안 쉬어도 살 수가 없는 법인데?」

솜나도, 날숨 한 번 안 쉬고 그 천둥 같은 분노에 실어 기나긴 저주를 토하는 것은 권능 있는 신들만이 할 수 있는 일임을 인정했습니다.

그해 겨울 바라빠는 문장 가다듬는 일은 던져둔 채, 한철을 죽어지냈습니다. 다음 해, 티론은 매듭이 아홉 개나 되는 채찍으로 바라빠를 때렸는데, 이때 흐른 피가 다시 바라빠의 적의에 불을 붙였습니다. 그러나 그다음 해 겨울에는 다시 자기가 문장을 가다듬고 있었다는 사실조차 잊은 채 죽어지냈습니다. 바라빠가 기억하기에 그 한철 동안 그가 느낀 것은 피곤뿐이었습니다. 그런데 그다음 해 겨울에 그 문장이 다시 기억에 떠오르면서 바라빠는, 무슨 기적 때문인지는 몰라도 자기가 여전히 살아 있음을 깨달았습니다. 살아 있으므로 그 살아 있는 까닭을 설명해야 한다는 것을 깨달았습니다.

예루살렘 지하 감옥의 칠흑 어둠 속에 선 채 백 살이 다 된 노예 라반을 바라보고 있었습니다. 바라빠는, 조만간 연자매 아래에서 숨을 거둘 수밖에 없는 라반이 부러웠습니다.

라반은, 폼페이우스 황제 시절에 만들어진 족가를 쩔렁거리면서 쓰레기 수레를 밀며 마당을 가로질러 가서는, 떨어진 나뭇잎과 잔가지 같은 것을 수레에다 깔끔하게 담고 있었습니다.

아, 내가 저 라반만큼 오래오래 이 감옥에 머물 수 있으면 얼마나 좋을까? 그러면 출애굽 이래로 사람들이 들어 본 적도 읽어 본 적도 없는 문장을 초할 수 있으련만……. 나를 사면한다는 총독의 포고가 착오였으면 얼마나 좋을까. 꼭지가 돈 군중이 마음을 고쳐먹고, 나자렛 사람은 풀어 주고 바라빠는 감옥에 그대로 두라고 탄원해 주면 얼마나 좋을까? 그러면 천천히 지혜를 짜내어 희대의 명문을 쓰고 이로써 간수장에게 전대미문의 저주를 내려 줄 수 있을 것을……. 그렇게만 되어 준다면 희대의 명문을 쓰지 못하더라도 저 자신의 불비한 재능을 탓하지 세월 탓은 않게 될 터입니다.

바라빠는 그리스도를 증오했습니다. 자기가 이 세상에서 해야 할 일에만 정신이 팔린 나머지, 바라빠가 사면당하는 상황을 빚어냄으로써 바라빠로부터 문장을 초안하는 데 필요한 귀중한 세월을 빼앗은 장본인이기 때문입니다. 바라빠는, 오랜 세월 목동이 불러왔던, 사울 왕의 분노를 가라앉히기 위해 다윗이 불렀던 노래를 부름으로써 자기의 분을 삭이고자 했습니다. 옥사장 군병은, 몇 년 동안 그렇게 잘 부르는 노래는 들어 본 적이 없노라고 했습니다.

이때 한 무리의 총독 관저 경비병들이 열주랑(列柱廊) 앞으로 나타났습니다. 기적을 일으키는 나자렛 사람을 형장으로 호송하는 군병들 무리였습니다. 자칭 유다의 왕은 벌거숭이나 다름이 없는 데다가 온몸은, 서투른 도부 손에 걸린 어린 양 같았습니다.

그리스도를 보는 순간 바라빠의 마음에 한 생각이 떠올랐습니다.

그렇다! 그리스도에게 물어보기로 하자! 그리스도 때문에 내가 이렇게 일찍이 사면되는 만큼 그리스도는 내게 그걸 가르쳐 줄 의무가 있는 사람이다. 그리스도가 아니었으면 나는 몇 해가 걸리든 느긋하게 연자매를 돌리면서 내 문장을 다듬을 수 있었을 것이 아니냐? 그래. 저 나자렛 사람이라면 간수장 앞에서 내가 읊을 명문의 고별사를 들려줄 수 있을 게다. 어차피 저 사람에게는 이미 그런 명문이 소용없을 것이므로……. 그래서 바라빠는 그리스도를 불렀습니다.

「주님, 근자에 저를 보고 뭐라고 하셨지요?」

근시처럼 눈을 찡그린 채, 예수는 누더기 차림의 털북숭이 바라빠를 바라보았습니다.

참 믿음에는 관심이 없고, 저승길로 가는 나를 붙잡고 한마디 얻어 건지고자 하는 저 견딜 수 없이 지겨운 위선자……. 예수는 바라빠를 이런 사람일 것이라고 지레짐작하고는, 〈나는 모른다〉 이러고는 고개를 돌려 버렸습니다. 그러나 예수를 그냥 보내 줄 수 없었던 바라빠는 이 나자렛 사람의 팔을 붙잡고 소리쳤습니다.

「주님, 가르쳐 주시오! 나도 주님이 한 것과 같은 말을 할 수 있게 해주시오. 내게도 당신의 왕국으로 들어갈 기회를 주시오!」

「그냥 가게 해다오. 내 꼴을 보아라. 내가 무엇을 기억할 수 있겠느냐?」 예수가 나직하게 말했습니다.

바라빠는 이 처량한 사나이에게 다가섰습니다. 예수는 위기를 느꼈는지 담벽에 등을 붙이고는 애처로운 눈으로 불한당 같은 바라빠를 보다가 의회당의 문 쪽으로 시선을 돌렸습니다. 의회당 문 앞에서는 무리가 소리를 지르고 있었습니다.

「대답하시라니까요!」 모압인 바라빠가 다시 소리쳤습니다.

「나는 모른다.」 나자렛 사람이 중얼거렸습니다.

군병들이 배를 잡고 웃었습니다. 군병 중 하나가 바라빠에게 창을 내밀었습니다. 바라빠는 창날을 잡은 채로 창자루로 예수를 두들기기 시작했습니다.

「모른다니까 왜 이러느냐……」

예수는 폭력을 행사하는 괴한에게 저항하고 있다기보다는 자기의 주의를 흐트러뜨리는 장난꾸러기에게 저항하는 것 같았습니다. 그러나 바라빠는 장난하고 있던 것이 아닙니다.

「나는 아무것도 모른다!」 마침내 예수는 이렇게 소리치고는 쓰러졌습니다.

곧, 똑같은 불한당이 벌이는 재미없는 실랑이에 식상한 군병들은 모압인 바라빠를 걷어차 담 모서리로 쫓아 버리고는 예수를 끌고, 예수를 기다리고 있는 형장으로 걷기 시작했습니다. 바라빠는 담 모서리에서 나와, 손에 묻은 피를 벽에 문질러 닦으면서 군병들을 향해 소리를 질렀습니다. 「나는 차라리 여기에 있겠소.」

바라빠에게는 한 가지 순박한 믿음이 있었습니다. 그것은 로마인들이 무자비하면 얼마나 무자비하겠느냐, 어느 족속, 어느 나라가 그만큼 무자비하게 굴지 않는다더냐, 하는 믿음이 그것이었습니다. 그는 그 믿음으로 자기 위안을 삼고는 했습니다. 그러나 문장을 초안하기로 하고 나서 몇 년이 흘렀는데도 진척이 없는 데다, 심지어는 기왕에 초해 놓은 것도 마음이 차지 않는 터였습니다. 겨울이 세 번이 지나도록 노새 무리와 함께 연자매를 돌리며 문장을 가다듬었는데도 불구하고 문장에다 낱말 몇 개를 덧붙인 데 지나지 못했습니다. 그러나 봄이 오자 바라빠는 그렇게 덧붙인 낱말을 점검하고, 그 뒤에는 문법이나 형식 같은 것을 따져 보았습니다. 우선 그는, 〈만족스럽게 생각하는 바입니다〉 앞에 〈지극히〉를 붙이고, 〈15년이라는 세월을 고스란히〉을 덧붙임으로써 문장이 힘 있게 들리도록 했습니다. 그는 〈15년이라는 세월을 고스란히〉라는 표현이 저주의 과녁에 대한 겨냥을 훨씬 정밀하게 할 수 있을 것으로 믿었습니다.

그해 봄부터 예루살렘은 무서운 가뭄을 겪었습니다. 그러나 바라빠에게는 이 가뭄이 오히려 득이 되었습니다. 죄수들이 픽픽 쓰러져 죽는 바람에 새 죄수들이 그만큼 더 들어왔기 때문입니다. 바라빠에게, 같은 족가를 차는 짝패가 자주 바뀐다는 것은 곧 자기가 초안한 문장에 대한 자문 상대가 자주 바뀐다는 뜻이었습니다. 그런데 이렇게 자주 자문을 받으면서 바라빠는 아주 중요한 언급이 빠져 있다는 사실을 발견하고는 소스라치게 놀랐습니다. 그 15년 세월을 썩은 곳, 즉 〈카이사르의 연자맷간〉이라는 말이 어디에도 들어가 있지 않은 것입니다! 〈15년이라는 세월을 고스란히〉라는 말은 〈카이사르의 연자맷간에서〉라는 표현과 아귀가 잘 맞았고, 결정적으로 간수장을 모욕하는 표현인, 〈당신을 속여 왔습니다〉는 〈당신이 나를 믿어 왔다는 사실로 미루어 판단하건대〉와 잘 어울렸습니다. 그는 두어 군데 손을 본 뒤에 문장을 한 번 읽어 보았습니다.

「천번 만번 은혜로우신 어르신, 나는, 15년이라는 세월을 고스란히 카이사르의 연자맷간에서 보내면서, 이날 이때까지 기회마다 당신을 속여 왔다는 사실을 지극히 만족스럽게 생각합니다. 그리고 당신이 나를 믿어 왔다는 사실로 미루어 판단하건대 나는, 당신은 이 자리에 맞지 않는 사람이라는 결론을 내리는 영광을 누리는 바입니다.」

 그런데 갑작스럽게 사면령이 내리는 바람에 그에게는 〈지극히 만족스럽게 생각합니다〉를 훨씬 유식하고, 훨씬 귀족적인 표현인, 〈심심한 만족을 느끼는 바입니다〉로 고친 것 이외에 한 것이 없었습니다. 그나마 바알하르몬 출신인 사기꾼 요카나안이 아니었으면 불가능했을 터입니다. 요카나안은, 〈속여 왔습니다〉도 좀 더 뻔뻔스러운 표현인 〈기만해 왔다〉로 바꾸라고 충고해 주었습니다. 이로써 바라빠는, 언어라는 것의 마술을 빌리면 그 본질은 그대로 두고도, 빙충이든 건달이든 카이사르로 둔갑하게 할 수 있고, 그 영광의 자리에 그대로 두고도 카이사르를 빙충이나 건달로 둔갑하게 할 수 있다는 사실을 알아내었습니다. 즉 문장의 결론 부분에서 속담에 나오는 노예의 근성을 언급하면서 그것을 깨달은 것입니다.

「천번 만번 은혜로우신 어르신, 나는, 15년이라는 세월을 고스란히 카이사르의 연자맷간에서 보내면서, 이날 이때까지 기회 있을 때마다 당신을 기만해 왔다는 사실에 심심한 만족을 느끼는 바입니다. 아울러, 이제 이렇게 떠나는 마당에 — 이 이별이 영원하기를 바라는 바입니다만 — 한 말씀 드리는 영광을 누리자면, 그동안 당신이 나를 믿어 왔다는 사실로 미루어 판단하건대, 당신의 머리는 게으른 노예에게나 가당한 것이지 일국(一國)의 감옥 간수장에게는 천부당만부당하다는 것이 나의 결론이올시다.」

 문장이 점차 매끄러워져 감에 따라, 바라빠의 몸은 그만큼 여위어 갔고, 몰골도 그만큼 흉측해져 갔습니다. 그러나 바라빠에게는 자위할 말이 있었습니다.

 중요한 것은 너 바라빠가 아니다. 바로 문장인 것이다. 바라빠야, 이 문장이야말로 너의 진수, 영원불멸하는 너의 유물, 너의 외아들인 것이다!

바라빠는 마당 끝에서, 5분마다 한 번씩 표정을 바꾸고 있는 해시계를 보았습니다. 해시계가 그렇게 표정을 바꾸듯이 바라빠도 표현을 바꾸어 보고 싶었습니다.

조금만 더, 조금만 더……. 조금만 더 시간이 있으면 이 지긋지긋한 문장을 마무리 지을 수 있을 텐데……. 아, 조상들의 하느님, 조금만 시간을 더 주시오. 당신의 그 영원한 시간에서 한 조각만 떼어 나에게 주시오. 당신은 어마어마한 시간의 부자이면서도 허투루 쓰지 않는다는 것도 나는 알고, 인간에게 유익하게는 쓰지 않는다는 것도 나는 압니다. 지독한 이기주의자, 눈에 보이지 않는 강도여, 조금만 떼어 주시오. 당신은 나에게 15년간이나 고통을 주었소. 그러니 준 김에 몇 시간만이라도 더 주시오.

바라빠의 머리는 빠른 속도로 돌기 시작합니다.

〈심심한 만족〉은 빼고…… 〈카이사르의 연자맷간에서〉도 빼고…… 그게 돼지우리지 어디 인간이 일을 하는 연자맷간이더냐?

〈연자맷간〉 대신 〈돼지우리〉를 넣고 보니, 〈기만해 왔다〉는 자기 고향의 농부들이 쓰는 지극히 효과적인 표현인 〈당신을 병신으로 만들어 왔다〉는 말이 좋을 듯합니다.

바라빠의 머리는 조금 전보다 더 빠른 속도로 돌기 시작합니다.

공연히 〈천번 만번 은혜로우신 어르신〉으로 허풍을 떨지 말자. 〈심심한 만족을 느끼는 바입니다〉라는 푸짐한 말 대신에, 〈지극히 기쁩니다〉를 쓰자. 〈15년이라는 세월〉이라면 되었지 〈이날 이때까지 기회 있을 때마다〉는 또 뭐람. 그리고,

〈이제 이렇게 떠나는 이 이별이 영원하기를 바라는 바입니다만 ─ 마당에〉라는 것은 또 무엇인가? 나는 티론에게, 우리에게는 다시 만나게 될 날이 올 것이라고 확신한다고 하자. 그렇다. 이렇게 하자.

「티론이여, 이 자리에서 죽는 한이 있어도, 나는 영원히 당신의 기억에, 요르단 강의 유다 땅 쪽 강안(江岸)에서 온 노예, 모압의 강도, 다핫의 아들 바라빠의 비아냥거리는 미소로 남아 있을 것입니다.」

바라빠의 머리는 걷잡을 수 없는 속도로 돌기 시작합니다.

루키우스 카이우스 티론 앞에 서면 우선, 〈어르신〉…… 하고 운을 떼다. 그다음이 뭐더라? 그래. 이렇게 된다.

「어르신, 이 돼지우리에서 15년을 썩으면서 나는 사실은 당신을 눙쳐 왔소. 이제 떠나면서 한 말씀 드리거니와 당신의 상식은 노예나 하면 어울리지 주인 노릇 하기에는 모자라는 듯싶소.」

여보, 구세주 양반, 당신의 도움은 필요 없소. 나는 당신 없이도 해낼 수 있다고요……. 그래, 그럴 게 아니라 간수장 티론 앞에 서면 이렇게 말하자.

「카이우스, 자네 알다시피 이렇게 떠나니 기분이 아주 좋군. 이 돼지우리에서 나는 사실 15년 동안 코를 꿰어 너를 몰고 다녔거든…….」

아도나이께 맹세코, 그래서는 안 된다. 이렇게 말해야 한다.

「야, 이 로마의 개새끼, 문둥이의 탯덩어리야……!」

그것도 안 된다. 아도나이께 맹세코, 그동안 내가 겪은 고통을 실어 이렇게 말해야 한다.

「너, 너…… 로마의 개새끼야!」

바로 이때 옥사장이 바라빠를 부릅니다. 「이봐, 바라빠. 가

봐, 간수장이 오셨다.」

바라빠는 간수장실로 들어갑니다. 이 세상에 태어나서 해 온 모든 생각을 지우고 오로지 조금 전에 한 생각만 되풀이하며 들어갑니다. 그는 들어가자마자 나왔습니다. 바라빠를 보고 옥사장은, 새로 온 마리우스 렌툴루스 간수장이 마음에 드느냐고 물었습니다.

아무 말 없이 다핫의 아들 바라빠는 감옥을 나서서 거룩한 도성을 향해 걸었습니다. 제 것 같지 않은 두 다리를 번갈아 끌면서 걸었습니다. 그제야 바라빠의 머리에, 자기가 나자렛 사람 예수에게 가르쳐 달라고 그렇게 애원하고 윽박지르고 하던 말이 생각났습니다. 그것은, 〈주님, 저 사람들을 용서하여 주십시오. 그들은 자기가 하는 일을 모르고 있습니다……〉 바로 이 한마디였습니다. 하지만 이제 그 말이 바라빠에게 무슨 소용이 있습니까? 이제 이승에는 그를 되살려 놓을 말이 없는데요.

바라빠가 거룩한 도성으로 들어간 지 한 시간 뒤, 한 노새 부리는 사람이 도랑에서 강도 바라빠의 시체를 발견했습니다. 바라빠를 친 수레는 이미 헤브론 길을 따라 멀리멀리 사라진 뒤였습니다.

골고타의 죽음

그들은 예수를 끌고 나가다가 시골에서 성안으로 들어오고 있던 시몬이라는 키레네 사람을 붙들어 십자가를 지우고 예수의 뒤를 따라가게 하였다.
—「루가의 복음서」 23:26

    그날 그가 체험한 것은 분명히 죽음이었습니다.
    그 죽음은, 다리의 힘줄을 꿰뚫고 나무에 박히는, 가시만큼이나 날카로운 고통의 모습, 네 군데나 십자가에 못 박히는 고통의 모습을 하고 그를 찾아왔습니다. 그는 네 갈래 고통의 나무에 못 박혔습니다. 그는 뜨거운 모래사장에서, 하늘에서 똑바로 골고타로 떨어지는, 투석기가 쏜 무시무시한 바위 같은 태양을 바라보고 있었습니다. 물에 담갔다 꺼낸 듯한 작고 가녀린 손바닥이 그의 눈 위를 지나 열기 속으로 사라졌습니다. 관목과 그루터기 위로 떨어지는 그림자는 흡사 검은 빨래 같았습니다. 동남쪽의, 시온 산의 벼랑 위로 새 하느님을 배반한 예루살렘이 우뚝 솟아 있었습니다. 예루살렘이 새 하느님을 박해함으로써 마침내 검은 금요일이 온 것입니다.

그의 왼쪽에서 불레셋 말로 욕지거리를 하는 소리가 들려왔습니다. 오른쪽에서는 십자가에 못 박혀 있는 또 한 죄수의, 해빈(海濱)에서 밀물이 자갈을 굴리는 소리 같은 숨소리가 들려왔습니다. 그의 발바닥 아래쪽 그늘에서는 총독의 군병들이 투구에다 넣고 흔드는 주사위 소리가 들려왔습니다. 먼, 아주 먼, 절망적이리만치 먼 침향(針香) 숲에서 그림자 하나가 웅크리고 앉아 통곡하고 있었습니다. 조용한 곳은 십자가 위뿐이었습니다. 세 십자가 위의 하늘은 텅 비어 있었습니다. 그해 여름 가뭄에 씨가 말라 버린 터여서 새 한 마리 그 위로 날아가지 않았습니다.

형장은 햇볕에 타들어 가는 것 같았습니다. 그래서 죽어 가는 죄수들이 멀리서도 아지랑이 속으로 똑똑하게 잘 보였습니다. 아지랑이 속으로 보이는 세 개의 십자가는 작대기처럼 휘청거리고는 했습니다.

죽음이 오는데도 쇠못이 박힌 두 손과 두 발에는 통증이 오지 않았습니다. 죽음이 고통스럽게 하는 곳은 사타구니였습니다. 사타구니가, 몸이 아래로 처지지 못하도록 십자가에다 박아 놓은, 누더기에 감긴 나무 쐐기에 걸려 있었기 때문입니다. 추저분해 보이는 죽음의 사자도 그를 견딜 수 없게 했습니다. 우스꽝스러운 모습으로, 죽어 가는 사람을 모욕하는 이 죽음의 사자는 진지하게 죽음의 편이 되어 주기는커녕, 죽어 가는 사람을 욕보이고, 죽어 가는 사람의 육신을 거대한 물집으로 만들고 있었습니다.

서쪽에서 자기의 겉옷을 가지겠다고 다투고 있는 사람들의 음성을 들으면서 그는 생각했습니다.

나의 하느님이 오시기는 오실까?

그는 사람들이 자기의 겉옷을 두고 다투는 것은, 때 묻고

피 묻은 그 누더기 같은 겉옷에 값이 있어서가 아니고, 죽은 사람의 머리 타래나 이빨이 그렇듯이 그 겉옷이 재수를 좋게 한다고, 형장에서 죽어 가고 있는 사람이, 중요한 죄인이면 중요한 죄인일수록 그만큼 겉옷 가진 자를 더 재수 있게 만들어 준다는 믿음 때문이라는 것을 잘 알았습니다. 그는 자기가 중요한 죄인이라고 믿어지는 것이 마음에 싫지 않았습니다. 자기의 유물이 액막이가 되어 병을 쫓고, 악마의 시선을 차단하고, 운명의 변덕을 사전에 막을 수 있게 된다는 것이 마음에 좋았습니다. 그래서 그는 약간 심술궂게 웃었습니다.

「오, 하느님, 저들을 용서하소서. 저들은 저희가 무슨 짓을 하는지 아나이다.」

사실 그 로마 군병들은 저희가 무슨 짓을 하는지 알지 못했습니다. 그들은 때늦은 다음에야, 말하자면 저희가 못 박힐 십자가, 하늘의 잔치를 위한 끝없는 십자가가 선 다음에야 알게 될 것입니다. 그는 무서운 오해를 하고 있는 사람이 자기뿐만이 아니라는 데 기쁨을 느꼈습니다. 그러나 그 기쁨은 곧 사라졌습니다. 그는 생각했습니다.

내가 나의 죽음을 통하여 사람들을 속이게 될 터인데 이게 어디 기뻐할 일이냐.

십자가에 못 박히고 보니, 흡사 관망대에 올라온 것 같아서 그의 눈에는, 빨간 벽돌로 지어져서 수많은 마디로 이루어진 듯한 키레네 사람들의 집 지붕이 보였습니다.

템나는 지금쯤 무엇을 하고 있을까? 향수 뿌려진 요 위에 누워, 아크라에서 온 친구를 부르기 전에, 저녁 상머리에서 나눌 예루살렘의 화젯거리를 고르고 있는 것일까? 아니면 자기 자신에게, 〈점심시간이 되어 가는데 우리 집 양반 시몬은 왜 오지 않는 것일까〉 하는 생각으로 가슴을 태우고 있을까?

아니면, 재로 은 접시를 닦는 하인들을 감독하고 있을까…….
아, 생각한들 무엇 하나. 열기에 숨은 턱턱 막혀 오는데…….
약속대로 하느님은 오실까? 아니면, 하느님의 하느님이 오
실까? 아무 약속도 하시지 않았지만 조만간 오시기는 오시
겠지…….

그러나 하느님은 오지 않고 오후의 시간은 자꾸만 흘러갔
습니다. 로마의 군병들은 보잘것없이 작은 그의 몸 그늘에
누워 코를 골고 있었습니다. 하느님은 오시지 않았지만 그는
여전히 하느님을 믿었습니다. 그는 루포가 그의 이름으로 맹
세했고, 이스라엘이 그의 기적으로 크게 기뻐한 것을 잘 기
억했습니다. 바리사이파 사람들은 유다 교회당에서, 늙은이
들은 장터에서 아니라고 외쳤지만, 그의 기적은 바빌론 마술
사가 죽을힘을 다해 부리는 마술보다도, 겜 땅의 부랑자들이
성전에서 보여 주는 손재주보다도, 아스다롯의 제니(祭尼)들
이 선보이는 마술보다도, 심지어는 모세의 기적보다도 더 기
적적이었습니다.

기적을 일으키는 사람의 기적은 독습(獨習)의 산물입니다.
그의 기적은 새롭고도 독창적이었습니다. 가치 자체는 차치
하고라도 그의 기적은 끝이 아닙니다. 그것은 사람들이 그
기적으로부터 도움을 받으려 했다기보다는 그 기적을 통하
여 달라지기를 바라기 때문입니다. 사람들이 이 위대한 기적
을 이용하되 현재를 왜곡시키는 데 이용하는 것이 아니고 미
래의 길을 밝히는 데 이용하기 때문입니다. 사람들은 결국
그를 확고하게 믿었습니다. 전적으로 믿었습니다. 갈릴래아
땅 가나의 물에 취했던 그는 혼인 잔치 술이 담겨 있어야 할
돌 항아리에 빗물밖에는, 구정물밖에는 없다는 것을 알았습
니다. 그러나 그걸 알았으면 정신이 번쩍 들었을 터인데도

그는 정신을 차리는 것 같지 않았습니다. 그와 잔치 손님들은「시편」의 노래를 부르고 예루살렘에서 유행하던 노래를 불렀습니다. 술에 취해 있을 때도 곰살스럽고 헌신적인 루포는 가나의 처녀의 허벅지에다 손톱으로 십자 모양을 그렸습니다. 그렇게, 믿어지지 않으리만치 어마어마한 기적은 일으킬 수 있을 터입니다. 아니면 술 담그는 솜씨가 귀신같은 술집 주인만이 일으킬 수 있을 터입니다. 그런데 하느님은 당신의 이름으로 그를 파멸케 하고는 떠나 버렸습니다.

이 얼빠진 나귀 같은 자야, 하느님의 주의를 끌어 마땅했던 네가 누구더냐? 버러지 중의 버러지, 하셈의 아들 중의 아들, 하셈으로부터 선택된 자들로부터 선택된 자, 바보 중의 바보가 아니었느냐? 유다 교의 회당을 돌아다니며, 시글락 십자로에서 단 십자로에 이르기까지, 예리고 십자로에서 요파 십자로까지 유다 땅 십자로라는 십자가는 다 돌아다니면서, 목마른 나그네의 눈앞에서 신기루같이 물러나는 하느님의 거짓 그림자를 쫓으면서, 새 소식을 전하던 네가 아니었느냐? 유다의 염소 가죽 돈주머니 — 이 세상 사람들이 흘린 귀중한 죽음의 땀방울인, 저 은 서른 냥이 들어갔던 바로 그 돈주머니 — 에 피땀 흘려 번 은전을 던져 넣어 준 것도 네가 아니었느냐? 노래에도 술에도 취하지 않은 채 — 루포만 그 자리에서 허망한 하늘의 그림자를 쫓게 해놓은 채 — 너는 하늘에다 너만의 자리를 마련하고 있지 않았느냐? 그러다 싫증이 나면 한 동이의 빗물로 그 은총까지도 씻어 내릴 수 있는 자가 누구냐, 그것이 바로 너다. 너는 누더기 차림으로 집집의 문을 두드리기도 했고, 문둥이 무리와 매춘부 무리와 사귀기도 했다. 너는 죽은 자들과, 귀신 들린 자들과 살아도 보았고, 보내는 자가 있기만 하면 악령을 받아들일 차비가 되어 있는 돼지 떼 속에서 살아도 보았다. 사람들은 너에게 돌멩이를 던졌고, 침을 뱉었으며, 목에 방울을 단 잡종 개도 아닌 너를 작대기로 쫓기도 했다. 너는 목에 방울을 두르는 대신, 방울 울리듯이 네 반역의 진리를 울리고 다녔다. 너는 네 육신과 피 돌보기를 거부하면서 그래야 새 왕국이 온다고 했다. 너는 조상들에게 내려진 계명을 비아냥거리면서 그래야 새 왕국이 온다고 했다. 심지어는 이웃까지 비방하면서, 이 땅이 아니면 갈 곳이 없는 너는 그래야 새 왕국이 온다고 했다. 새 왕국은 오지도 않았거니와 설사 왔다고 하더라도 네 수고의 값을 왕국은 셈하지 않을 것이다. 새 왕국이 무엇이더냐? 새 왕국 대신에 헌 십자가가 섰다. 하느님 앞에서는 누구나 평등해서 너는 이제 두 죄수 사이에서 죽어 간다. 혈족을 죽인 강도와 살인자 사이에서 죽어 간다. 보아라, 죽는 데는 너와 이들 사이에 아무런 차이가 없다.

이 얼간이야, 너는 더러운 푸줏간에서 껍질을 벗기는 멧돼지처럼 십자가에 걸려 있고, 베드로는 온 예루살렘의 불신자들에게 쫓기고 있고, 제베대오의 두 아들은 시온의 벽 앞에서 물에 젖은 지팡이에, 허리띠에, 회초리에 두들겨 맞고 있지만, 하느님은 하늘에 있는 당신의 침실로 살며시 들어가고 말았다.

우리 중에, 그분이 약속한 하느님은 없다. 그 하느님은 우리들에게서 달아났다. 산상(山上)에서 선포된 진리는 어디에 있느냐? 우리를 위해 그가 정복한 왕국은 어디에 있는가? 우리가 읽어야 할, 활짝 열린 생명의 책은 어디에 있는가? 아버지가 없는데, 아버지의 〈오른쪽〉은 어디에 있고, 〈왼쪽〉은 어디에 있는가? 피눈물에 젖은 내 눈길은 적막한 유다 땅의 빈 들을 헤맨다. 그 빈 들로 까마귀들이 검은 번개처럼 내리꽂

힌다.

 내가 죽어 가는 이 마당에 진리라는 게 대체 무엇이냐?
 내가 죽어 가는 이 마당에 진리는 도대체 어디에 있느냐?
 내가 죽은 뒤까지도 온전히 살아남을 진리라는 것이 대체 어떤 진리냐?
 내 십자가가 있는 이곳이, 하늘의 손길이 닿을 만한 곳이냐? 예언자들 말마따나 하늘이 두 팔을 벌리고 나를 맞을 것이냐? 말만 비단결 같은 매춘부여, 하늘의 이름으로 내린 매춘부여. 왜 내가 그대 손에 뽑혀 이렇게 죽어야 하느냐? 예언하는 매춘부여, 여물통에서 태어난 매춘부여, 이것이 그대의 천복이라는 말이냐?
 눈부시면서도 차가운 빛으로, 아직은 내 상처 위에 덮여 있는 빨갛게 달아오른 내 비늘로, 내 목에 뼛조각처럼 걸려 있는 죽음으로, 내 눈가의 가시나무꽃으로, 내 귓속에서 부글부글 끓어오르는 간헐천으로, 내 사타구니를 찢는 저 날개 달린 발톱으로 살아 있는 자들에게 고통을 안기려고, 내가 숨을 거두는 대로 내 가죽을 벗길 터인 저 무자비한 태양. 하느님, 대체 이런 일이 있을 수 있는 것입니까…….
 그에게 모든 것은 서늘한 그늘로 보였습니다. 실겜으로 통하는 길가에 무릎을 꿇고 앉아 있는 세 마리의 단봉 낙타는 모래 위에 찍힌 세 개의 더러운 얼룩, 빛의 홍수가 찍어 낸, 아무 의미도 없는 세 개의 그늘로 보였습니다. 골고타 상공을, 바퀴처럼 늘 한 곳에서 선회하는 육식조(肉食鳥)는 손바닥만 한 그늘이 되어 뻘 위로 내리꽂히고 있었습니다. 먼지 앉은 가시나무의 푸석푸석한 그늘, 십자가를 기대고 서 있는 로마 군 장창(長槍)의 날씬한 그늘, 땅 위로 길게 늘어진 십자가의 뾰족한 그늘, 거대한 바위의 뜨거운 그늘, 투구의 둥 그런 그늘, 그의 발밑에 놓은 식초 항아리의 평평한 그늘, 이 손에서 저 손으로 건너다니면서 그의 겉옷이 던지는 투명하고 거룩한 그늘, 형상이 없는 한숨의 그늘, 화살 같은 십자가 사이에 가만히 웅크리고 있는 죽음의 그늘…….

오늘이 며칠이더라? 금요일인가? 금요일이면, 엿새를 수고하고 안식일을 앞둔 날, 영원한 안식을 앞둔 마지막 날? 하얀 토요일을 하루 앞둔 검은 금요일?

그는 여윈 사람, 병약한 사람입니다. 그는 사흘 낮 사흘 밤이라도 십자가 위에서 버틸 것 같은, 양쪽의 두 죄수처럼 그렇게 오래 십자가에 걸려 있고 싶지는 않았습니다. 그 두 사람은, 가죽 벗기는 사람의 기둥에 걸려서도 끈질기게 목숨을 부지하는 염소 같았습니다. 그는, 양가죽 옷에 감싸인 채 십자가에 걸려 있는, 모세가 지팡이로 때렸던 바위같이 거칠고 강건해 보이는 불레셋 사람인 곰 같은 자를 곁눈질했습니다. 그의 몸에서 생명의 물이 흐르게 하려면 모세도 꽤 오래 두드리고 있어야 할 것 같았습니다.

아, 이자는 죽음과 사귀자면 꽤 시간이 걸릴 것 같다만 나는 곧 예언을 성취시켜야 한다. 한심하다. 예언의 옳고 그름을 증명하지 못한 것은. 그러나 그럴 시간이 없다. 군병들이 도끼로 내 다리뼈를 부수기 전에 나는 사신에게 굴복할 것이므로.

그 금요일에 십자가에 못 박힌 사람은 모두 셋이었습니다. 셋은 흡사 각자의 요람에라도 들어앉은 듯이 각자의 십자가에 못 박혀 있었습니다.

이 세상에 죽음이라고 하는 것은 하나밖에 없는 것인지도 모른다. 그래서 내게로 오면 그것은 나만의 죽음이 되는 것일 게다. 그 죽음은 내 오른쪽 십자가에 못 박혀 있는 즈가리야의 것도 아니고 내 왼쪽 십자가에 못 박혀 있는 곰 같은 자의 것도 아니다. 아, 나는 마침내 나만의 것을 얻었구나. 그러니 이것 역시 은혜로우신 카이사르와 나누지 않으면 안 된다. 내가 죽은 직후, 야훼의 성전 헌금함에 던져질 나의 십일조는, 제물로 바쳐질, 내 죽음이 거둔 첫 과물은 얼마나 될 것인가? 로마 제국의 세리에게 바쳐질 내 십일조는 얼마나 될까? 세리는 내 십일조의 무게와 순도(純度)를 어떻게 잴까? 저승의 문을 지키는 세리는, 내가 통과세를 바치면 이빨로 깨물어 볼까? 내가 죽으면 내 가족은 누가 돌볼까? 내가 죽어도 템나는 제 앞가림을 해나갈 수 있을까?

이런 생각을 하고 있으려니 힘이 솟는 것 같았습니다. 그는 그런 기분을 옆에 있는 강도와 살인자와 나누고 싶었습니다만 곧 그러지 않기로 했습니다.

하느님은 없는 것일까?

없다. 어디에도 없다.

없다.

너의 하느님은 도망쳤다.

너의 하느님은 도망쳤다……? 갈릴래아 사람들이 남의 혼인 잔치에 와서 하는 농담 같잖아?

「목이 마르오.」 그가 말했습니다. 턱에 빨간 수염이 잔뜩 난 백인대장(百人隊長)이 해면(海綿)을 창끝에 꿰어 가지고는 신 포도주에 담갔다가 십자가에 매달린 사람의 코 앞에 들이댔습니다. 그는 멋모르고 해면에 입을 축이다가는 얼굴을 찡그리면서 로마인의 콧잔등에다 누런 것을 뱉었습니다. 로마 군의 백인대장은, 입으로는 그를 저주했지만 그의 몸에 손을 대지는 못했습니다. 죽어 가는 사형수에게 손을 대어 숨을 거두는 시각에 영향을 주는 일이 군병들에게는 엄격하게 금지되어 있었습니다. 백인대장은 투덜대면서 즈가리야의 십자가가 드리우는 그늘 밑으로 되돌아갔습니다.

저놈의 즈가리야…….

즈가리야는 끊임없이 그에게 우는소리를 했습니다.

「주님, 왕이 되어 오실 때에 저를 꼭 기억하여 주십시오!」

이자가 무슨 소리를 하고 있나?

「무슨 헛소리냐, 이 얼빠진 자야!」

그가 소리를 질렀습니다.

「예언자 엘리야를 부르는구나.」

무리 중 한 여자가 친절하게 옆 사람들에게 설명했습니다.

그러나 그는 다른 이를 부른 것이 아니고 오로지, 결정적인 순간에 자기를 버린 하느님을 불렀던 것입니다. 타는 듯한 하늘에 걸린 덫으로 새를 꾀듯이, 아주 부드러운 음성으로, 달콤한 말로 하느님을 불렀던 것입니다.

엘리야를 불러? 그렇게 미욱한 자를 내가 왜 불러?

그는 상대가 누구든 동행할 기분이 아니었습니다.

벌써 4시가 되었는데도 하느님은 오시지 않는구나. 오신다는 징조조차 보이지 않는구나. 아무래도 오시지 않기가 쉬울 게다. 하느님께 답답하실 게 없지 않으냐? 어느 누가 고통을 안기기를 하나, 누가 손발에 쇠못을 박기를 하나, 누가 사타구니에다 쐐기를 끼우기를 하나, 누가 머리에 가시관을 씌우기를 하나, 어느 이글거리는 태양이 눈을 태우기나 하나, 혀 밑에서 핏빛 침이 끓고 있기나 하나…….

일요일에는 루포 친구의 혼인 잔치에 가게 돼 있었는데……. 도무지 가게 될 것 같지 않구나. 일이 잘되면 일요일에는 숨을 거둘 수 있을 테니. 숨을 거두면, 사람들은 싼 기름으로 내 육신을 방부(防腐)해서 돌무덤에 가둘 테지. 돌은, 적어도 싸늘할 테니까 좋다. 돌무덤에 들어가면, 무지막지한 이놈의 해는 꼴을 안 볼 수 있으니 얼마나 좋으냐. 남아 있는 사람들이 내 상처를 천으로 잘 동이고, 시신은 관대(棺臺)에 올려 주겠지. 그러면 피리 소리를 앞세워, 호곡(號哭)을 업으로 삼는 곡부(哭婦)들은, 이 시온의 십자가에 걸린 것은 쏙 빼고, 내가 한 일, 내가 베푼 인정을 찬양할 터이고, 템나는 옷자락을 움켜쥐고 울부짖을 것이고……. 그래도 루포는 친구의 혼인 잔치에 갈 테지. 제 아비 생각은 털끝만큼도 하지 않는 돼지 같은 놈이니까……. 하기야 나도 아비 생각은 털끝만큼도 하지 않았으니까……. 하늘에 있는 아비건 땅에 묻힌 아비건……. 하늘에 있는 아비? 하늘에 있는 아버지여, 어째서 이러십니까? 어째서 당신이 선택한 자로 하여금 내 코를 꿰어 이렇듯이 끌고 다니게 하십니까? 나무로 사람이나 빚고 있지 어쩌자고 이렇듯이 사람을 빚었답니까?

즈가리야와 곰 같은 자는, 죽음이 찾아올 때까지 시간을 죽이자면 서로 이야기라도 나누어야 하지 않겠느냐고 했습니다.

「하느님의 아들이여, 지금 무슨 생각을 하고 있습니까?」 즈가리야가 물었습니다.

「나는 하느님의 아들이 아니다.」 그가 대답했습니다.

하면 왜 십자가를 졌더냐 왜 뛰어들었더냐

나는 뛰어들지 않았다

뛰어들었다 너는 십자가에 못 박힐 기회와 구원의 기회를 놓칠까 봐 겁이 났던 게다

우연히 골고타로 가는 행렬을 만났던 것뿐이다

무슨 얼어 죽을 놈의 행운

죄악의 역사책 마지막 쪽을 봉인한 하느님의 봉인 같기도

하고 예언자들이 앞으로도 뒤로도 옮기지 못하고 지우지도 못한다고 못 박은 저 세상 종말의 징조와 같기도 한 예루살렘 성 그 성의 북문 한가운데 있는 정의의 문에서 밀치고 달치다가 어쩌다 얻어걸린 것에 지나지 않는다

그게 무슨 징조고 무슨 봉인이라더냐

붉은 옷 푸른 옷 노란 옷 하얀 옷 검은 옷 녹색 옷을 입은 무리 그 현란한 색깔의 회전목마 가운데서 오로지 한 사람만이 어찌할 바를 모르고 어린아이처럼 굴고 있더라

그게 너였느냐

내가 여기 이 십자가에 달려 죽은 뒤에야 누가 너와 내가 다르다 할 수 있겠느냐 내 죽음과 함께 다른 것이 닦이고 없어질 것을

너는 하느님을 위해 죽고 사람을 위해 죽는다

아니다 나는 하느님과 사람을 대신한 자리에서 나를 위하여 죽는다

견딜 수 없구나 알았더라면 내가 십자가를 지듯이 세상을 짊어져야 하는 것을 알았더라면 더욱 견딜 수 없었을 게다 아무도 모르는 것을 알아야 하고 어느 누구에게도 성취시킬 의무가 없는 것을 성취시키는 일은

아 내 끝을 알았더라면 얼마나 좋았을꼬 내가 이렇게 죽을 것을 알았더라면 이 고통을 내 사지를 치는 벼락 내 눈을 치는 번개를

그러나 이것은 나의 십자가가 아니다

나는 아무것도 알지 못했다 십자가는 무겁지도 않았다 그러나 내 것은 아니다 그가 제 주인을 위해 지고 다니는 짐이 짐꾼의 짐이 아니듯이

나는 골고타까지만 져다 놓으면 그것으로 족했다 내게는

무거워도 잠깐이요 고통스러워도 잠깐이었다
 그러나 템나는 저와의 잠자리를 마다하고 도망친 나를 용서하지 않을 게다
 어디 좀 따져 가면서 생각해 보자
 십자가는 사람의 침대이자 신들의 침대이다
 그의 죽음도 그러하다
 나의 죽음도 그러하다
 석쇠와 토끼가 한자리에 있는 형국이다
 여기에 있는 나는 무엇이며 여기에 있는 나는 누구더냐
 힘들이지 않고 십자가를 지고 있는 나를 보라 내 어깨 밑으로 빠져 나온 긴 가로대가 자갈밭에 그림자를 드리우고 있어도 나는 무섭지 않다 하여튼 튼튼한 십자가 튼튼한 고문대 여기에서 장차 올 세대가 자라고 살찔 게다
 긴 팔 짧은 팔 사이로 그의 다리가 수많은 이상한 다리 사이로 사라지는 게 보인다
 거기에는 참으로 많은 다리가 있었다
 빨갛고 파랗고 노랗고 희고 푸르고 검은 이상한 천에 싸인 다리가
 6시다 하늘이 병든 사람의 배처럼 잿빛으로 변한다 내 하느님은 분노로 인하여 시퍼렇게 변색한 배를 앞세우고 오실 모양인가 그러나 하느님이 오시는 대신 밤이 내린다
 불안정한 이상한 음성과 이상한 자비 내 이웃인 베로니카의 손수건으로 땀에 전 얼굴을 닦으면서 그가 사라지기까지 그러했다
 그러니까 나의 귀여운 비둘기 템나여 이제 십자가를 벗어버리기에는 너무 늦다 십자가가 무겁다 내 힘에 맞춘 것인 듯이 내 것인 듯이 너무 무겁다

고통스럽구나 이것이 얼마나 고통스러운지 그대는 모르리

그러나 차근차근 생각해 보아야 한다 위엄을 잃지 말아야 한다

돌아갈 수도 없다는 걸 안 때가 언제던가 하느님은 없다는 걸 안 때가 언제던가 그때부터 생각해 보자

시원한 그늘이 보이는구나 내 집의 지붕 내 집의 빨간 벽돌이 보이는구나 그대는 그 안에서 꿈을 꾸고 있구나 나의 신음 소리는 그대 창과 가까이 있다 그대가 손가락을 내밀면 닿을 터이니 새끼손가락을 포도주에 담갔다가 이 신음하는 내게로 내밀어 주렴

오 하느님 오 하느님 어찌하여 나를 버렸습니까

하느님을 부르라 네 짐은 네가 지거라 오랜 모색의 삶을 끝마칠 때가 왔다 진리와 가장 귀한 진리인 너 자신과 더불어 하느님을 만날 때가 왔다

네가 살아온 세월 너는 아느냐 네가 살아온 세월이 살아 있는 사막 위의 야트막한 발자국처럼 텅 비어 있으리라는 것을 너는 아느냐 그 허망함의 의미를

7시, 그는 숨소리를 들었습니다. 그것은 십자가에 못 박혀 있는 동료의 숨소리일 리가 없었습니다. 형장 주변에 있는 사람들이 웅성거리는 소리에 그만 정신이 산란해져 버린 그는, 어쩌면 만군의 주님이신 하느님이 오시는지도 모르겠구나, 하고 생각했습니다. 그러나 그것은 하느님이 아니라 시온 산에서 불어온 바람이었습니다. 바람 덕분에 그는 다소간 정신을 차릴 수 있었습니다. 고통을 느낄 수 있을 만큼은 정신을 수습할 수 있었습니다.

쐐기가 사타구니로 파고들어 고통스럽구나 이 쐐기가 내 가슴을 파고드는 것 같구나

생각을 가다듬어야 하는데

얼마나 더 있으면 죽게 될 것인가 죽어서 하느님 앞으로 가게 될 것인가 죽어서 내 어머니에게 복수할 수 있게 될 것인가

템나여, 내 손을 돌려 다오 그대가 잊어버린 내 손, 그대 안에서 사라져 버린 내 손을 돌려 다오 내게는 손이 필요하다 손이 있어야 나를 지킬 수 있겠다 그대 안에 있는 내 손에서 비명횡사한 자들을 돌려 다오 그대가 그것을 기억하고 이 고통스러운 죽음 지극히 고통스러운 죽음 앞에 그들을 데려다 놓을 수 있으면 얼마나 좋으랴 내 죽음과 하나 되게 하면 얼마나 좋으랴 나는 이 죽음이 싫구나 내 것이 아니어서 싫구나 그러나 나는 이 죽음을 그러쥐고 이 죽음의 머리채를 그러쥐고 내 것이 되어 달라고 애원했구나 이제 나는 이 죽음이 싫어서 임자에게 되돌려 주려고 한다 그러나 되돌려 줄 데가 없다 하느님은 빨갛고 파랗고 노랗고 하얗고 검은 옷 입은 무리 속에는 없다 예루살렘을 지나가는 수많은 다리 사이에도 그 죽음을 제단에 쌓인 먼지 구덩이에서 일으켜 세울 하느님은 없다 앞일을 훤히 아는 예언자들이 무엇 때문에 예언하고 성취되기를 간구하였겠느냐 예레미야도 이사야도 아모스도 하느님을 기다리고 이 예언자들을 위해 죽을 수 있는 이스라엘의 어린 백성들도 나에 대해서는 아무것도 알지 못하였다 내가 나가되 아무 증거 없이 나가면 야훼께서는 무엇이라고 할 것인가 그러나 나에게는 증거가 없다 이 땅에 사는 나를 두고 예언자가 예언을 했다는 증거가 없다 나는 이 모든 역사와 고통이 무엇을 위한 것인지 알지 못한다

개처럼 죽었을 목숨이 누구 오른편에 앉는지 알기만 했더라도 나는 그 오른편에 앉을 수 있을지도 모른다 그러나 나는 알지 못한다 물을 다오 진리 말고 물을 다오 로마인들아 물을 다오 이 개아들 놈들아 내가 바라는 것은 신 포도주가 아니다 내 아들 루포야 행렬이 정의의 문 앞을 지나가는데도 너는 어찌하여 십자가 진 것이 네 아비인 줄을 알지 못하느냐 그것은 네 아비였다 세상의 아비도 아니요 예루살렘의 아비도 아니요 이스라엘의 아비도 아니었다 네 아비가 남의 십자가 무게에 짓눌리고 있었다 내 아들아 믿지 마라 아무도 믿지 마라 물밖에는 아무것도 생각할 수가 없구나 물을 다오 나는 하느님이 되고 싶지 않았다 속은 자가 어떻게 하느님이 될 수 있겠느냐 길가에서 붙잡혀 도적의 수레에 묶인 나귀처럼 남의 십자가를 진 자가 어떻게 하느님이 될 수 있겠느냐 템나여 나를 떠나거라 아 하느님을 부르니 고통스럽구나 내 목에 매달려 있는 자는 라자로인가 눈 뜬 소경이 처음 본 사람 귀가 트인 귀머거리가 처음으로 들은 사람이 바로 나 아니던가 앉은뱅이가 뒤따른 사람 문둥이가 껴안은 사람 벙어리가 반가이 맞은 사람이 바로 나 아니던가 예언자들이여 그대들의 예언에서 나는 왜 빠져 있었는가 이 십자가를 지고 골고타로 가면 모든 예언이 성취되는 터에 어찌하여 내 이름이 빠져 있느냐 성서에 따르면 나는 말씀이 아니다 템나여 나는 죄악이다 물을 다오 거짓을 거짓이라고 부르는 자들에게 나는 이 세상의 유일한 거짓이다 나 이외의 것은 모두 진실이다 믿음이 없는 곳에는 거짓도 없다 내 고통은 세상의 고통보다 더하다 로마인들이여 나에게 물 탄 신 포도주를 다오 너희가 무슨 짓을 하고 있는지 알지 못해도 내일이면 고통이 온다 그러면 나는 메마른 히브리 말과 라틴 말과 헬라 말이 새겨진 이 십자가 위에서 죽는 것이 아니라 내 사랑하는 템나의 손을 잡고 서늘한 나무 그늘 밑 촉촉한 잎 위로 무성하게 돋은 시원한 풀밭에서 죽어 갈 게다 오 하느님 당신은 내가 그렇게 비는데도 내게 물을 주지 않았습니다 바라건대 신 포도주를 주십시오 내 형제들을 돌려주십시오 바라건대 물이 포도주로 변한 가나의 기적이 일어나게 하소서 신 포도주를 우리의 육신을 식히고 낫게 하고 힘을 솟게 하는 물이게 하소서

정신이 든 그의 귀에 바스락거리는 소리가 들린 듯했습니다. 그는, 하느님이 우시는 모양이라고 생각하면서 고소해했습니다. 그러나 그것은 빗소리였습니다. 비가 내려 그의 몸에서 피를 씻어 내리면서 새 고통을 맞을 준비를 하게 했습니다.

숲속의 여자들은 어째서 울고 있는 것이냐? 내가 저 여자들을 보내어 하느님을 불러오게 하면 안 될 것인가? 하지만 하느님이 어디에 있는 줄을 알아서? 내 숨이 넘어 가는 이 마당에, 누가 하느님을 좀 불러다 주지 않겠소? 누가 가서 템나를 좀 불러다 주지 않겠소? 그러나 여자들이 너무 멀리 있어서 내 모습이 보일 턱이 없다. 어떻게 보낸다지? 누가 가서 살로메나 글레오파 여자 마리아를 좀 불러 주지 않겠어요? 그들은 저희 눈앞에서 구세주가 죽어 가고 있는 줄, 저희 눈앞에서 구세주가 우주의 죄악을 구속하는 신비스러운 과정을 펼치고 있는 줄 안다. 저들은 나의 들숨 날숨에서 저희 몸에 낀 원죄의 때가 씻겨 나가는 것으로 믿는다.

그는 가시관을 쓴 머리를 양옆으로 흔들며 욕지거리를 했습니다.

이런 빌어먹을 것들아! 지중해의 버러지들아, 이집트의 벼룩들아, 소돔과 고모라의 상것들아, 승리의 월계관이 어디로 갈지 누가 알겠느냐? 늙은 건달 모세가 가나안으로 데리고 들어온 이스라엘의 벙어리 자손들 중에서도 상벙어리인 것들아! 너희 하느님은 무엇을 하고 있다더냐? 너희 하느님은 지금 어디에 있다더냐?

그는 곁눈질로, 그의 머리 위에 새겨져 있는 히브리 글, 라틴 글, 헬라 글을 보았습니다.

유다의 왕 나자렛의 예수.

「엘리, 엘리, 레마 사박타니!」

그가 흐느끼면서 외쳤습니다. 그것은 〈나의 하느님, 나의 하느님, 어찌하여 나를 버리셨습니까〉 하는 뜻입니다.

곰 같은 자가 소리를 빽 질렀습니다.

「이 개구멍받이야, 조용히 좀 죽게 해다오. 네가 만일에 하느님의 아들이라면 십자가에서 내려가 너도 살리고 우리도 좀 살려 다오. 하느님의 아들이 아니거든 가만히 닥치고 있어라!」

「아, 나는 하느님의 아들이 아니다.」

그의 말에 즈가리야가 말했습니다.

「불레셋의 건달인 이 곰 같은 자야. 목숨이 다하는 지금도 너는 물정을 모르는구나······.」

그리고는 두 사람 가운데서 죽어 가고 있는 그에게 말했습니다.

「하느님의 아들이여, 고향에 이르거든 나를 기억하소서.」

「나는 하느님의 아들이 아니다.」

「누구라도 상관없소. 집에 이르거든 나를 기억해 주시오.」

「그러자면 서둘러야 할 게다만 이르기도 전에 숨이 끊어질 것 같다. 고향은 무슨 놈의 고향? 이자는 그저 이렇게 죽어 가고 있는 것이야.」

곰 같은 자가 소리쳤습니다.

옳고말고. 나는 그저 이렇게 죽어 가고 있을 뿐이다. 내 이웃을 두고……. 오, 하느님.

「우리는 저 사람과 같은 사형 선고를 받았다. 그러나 우리에게는 저지른 악행이 있지만 저 사람에게는 없다.」

즈가리야가 말했습니다.

그 말을 곰 같은 자가 받았습니다.

「그래 나는 장사꾼 다섯을 털었다. 여섯을 털지 못한 게 한이다. 즈가리야, 너는 혈족을 범한 불한당에 지나지 않는다. 그러나 여기에 있는 이 개구멍받이는 이 세상의 모든 사내를 털었고 이 세상의 모든 계집과 잤다. 이자는 그렇게 간이 큰 자다. 그러니까 제 십자가를 지는 것이 당연하다.」

「이건 내 십자가가 아니다.」 그가 말했습니다.

「그러면 내려가거라, 하느님의 아들아.」

「나는 하느님의 아들이 아니다. 나는 하느님의 아들이라고 생각해 본 적도 없다. 이따금씩 템나에게 몹쓸 짓을 했고, 시간이 나면 이오니아의 철학 서적을 읽은 것을 제외하면, 나는 나쁜 일을 한 것이 없다. 그러나 나는 어리석었다. 그러니 이런 십자가를 져도 싸다.」

그는 더 이상 고통을 느끼지 않았습니다. 고통은 가려움증 같은 것으로 사그러져 있었습니다. 그는 더 이상은 신음하지도, 토하지도, 이를 갈지도 않았습니다. 죽어 가는 그의 눈은, 폭풍이 모으는 무서운 구름장을 보고 있었습니다. 첫 번째로 땅이 가볍게 요동했을 때 그는 하느님이 드디어 자기를 구하기 위해 오시는 모양이라고 여겼습니다. 그가 죽었는지 살아 있는지 확인하려고 칼로 그의 옆구리를 찔러 보는 군병의 투구 위로 별빛의 그림자가 녹아들고 있었습니다. 횃불 연기에 그을린 그의 얼굴은 그 자체가 뻥 뚫린 상처와 같아 보였습니다. 올리브 산 쪽에서 숲이 요동치는 소리가 들려왔습니다. 한가운데 세 개의 십자가가 서 있는 어두운 빈터에서는 모든 것이 확연하게 보이기 시작했습니다. 예루살렘의 검은 윤곽, 유다 산의 검은 덩어리, 번개에 찢긴 하늘의 검은 장막, 검은 모래 위에 선 로마 군병들이 분명히 드러나 보였습니다. 역시 가장 잘 보이는 것은 십자가 뒤의 검은 바위에 세워진 세 개의 횃불에서 오르는 흰 연기였습니다.

그에게 모든 것이 분명해졌습니다. 그러나 그는 기록을 정확히 남길 생각에서 외쳤습니다.

「엘리, 엘리, 레마 사박타니!」

「그렇게 소리 지르지 말라니까. 네가 만일에 하느님의 아들이면 십자가에서 내려서면 될 게 아니냐? 자, 뛰어내려. 유다의 왕, 나자렛의 예수야.」

곰 같은 자가 처음으로 친절하게 말했습니다.

「이 불레셋의 소같이 미련한 자야. 나는 나자렛의 예수가 아니다. 나는 유다의 왕도 아니다. 너는 하느님과 사람, 스승과 제자, 임금과 신하, 똑똑한 사람과 바보도 구별하지 못하느냐? 나는 키레네 사람 시몬이다……」 그는 지친 목소리로 말을 이었습니다. 「나는 밭에 나갔다가 오는 길에 구세주를 만났다. 구세주는 군병들의 손에 무서운 곳으로 끌려가고 있었다. 나, 키레네 사람 시몬은 새 왕국에 목말라 있는 사람이었다. 그래서 그에게 십자가를 지겠다고 했다. 그의 짐을 가볍게 해주는 대신 나는 내 영혼이 구원을 받기를 바랐다. 다행히도 그는 거절하지 않았다. 그는 본시 불행한 사람의 원은 거절하지 않는 사람이었다. 나는 그 십자가를 지고 구세주의 이름과 새로 설 왕국을 찬양했다. 그런데 찬양하다 보니, 하느님의 아들이 군중 속으로 사라지고 없었다. 그런데도 네놈들 로마 군병들은······.」

그는 백인대장의 투구에 침을 뱉고는 덧붙였습니다.

「술에 취해 그리스도를 찾을 수 없으니까 이렇듯이 나를 십자가에 못 박은 것이다. 자, 이제 나는 내 비밀을 네 손에 붙인다. 로마의 백인대장이여!」

그제야 그는 자기가 죽어 가고 있다는 것을 분명하게 실감했습니다.

아, 찬란한 태양이여. 이 골고타에서, 하늘과 땅 사이의 무서운 오해가 빚어지고 있다. 시몬이여, 너는 짐을 진 버러지이되, 제 고난으로, 세상을 제 꼬리로 끌고 다닐 버러지다. 말씀에, 세상은 구원을 받는다고 되어 있지 않더냐? 그러자면 십자가에 못 박혀야 하는 것은 요셉의 아들 예수이지 너 엘리에젤의 아들 시몬이 아니다. 나자렛 사람이 십자가에서 죽어야 하는 것이지 키레네 사람인 네가 죽어야 하는 것은 아니다. 그러므로 모든 것이 헛되다. 기적도, 예언도, 비유의 가르침도, 희생도, 죽음도 다 헛되다. 그러므로 세상은 구원되지 않았다. 원죄는 닦이지 않았다.

시몬은, 자기의 죽음이 야기할 소동과, 어처구니없는 이 오류를 믿고 따를 사람들을 생각했습니다.

사람이 어떻게 하느님의 자리에 놓일 수 있으며, 사람이 어떻게 황소를 차릴 제상에 벌레를 놓을 수 있고, 밀을 차릴 제상에 가라지를 놓고, 기름을 차릴 제상에 빗물을 놓을 수 있는가?

그는 모든 사람들의 얼굴을 떠올렸습니다. 강도의 얼굴,

로마 군병의 얼굴, 바로 그 순간부터는 동정녀가 아닌 그리스도의 어머니 마리아의 얼굴, 그 순간부터 신인(神人)일 수 없는 그리스도의 얼굴, 예루살렘의 얼굴, 이스라엘의 얼굴, 그리고 우주의 얼굴을 떠올렸습니다.

「너희는 구원을 얻지 못했다! 너희는 구원을 얻지 못했다! 너희는 구원을 얻지 못한 것이다!」

그러나 힘겹게 죽어 가고 있던 그는, 마지막 숨을 몰아 쉬고 있던 그는 귀에 들리는 소리가 불레셋인이 비아냥거리는 소리인지 조금 전에 시작된 천둥소리인지 알지 못했습니다. 사실은 그 두 소리가 어울린 소리였습니다.

키레네 사람 시몬을 십자가에서 내리면서 백인대장이 중얼거렸습니다. 「이 사람이야말로 죄 없는 사람이었구나.」

옳고 그른 것에 대단히 민감한 유다 총독이, 죄 없는 사람은 죽이고 죄수는 도망치게 했다는 것을 안다면 백인대장은 중벌을 면하지 못할 터입니다. 이것이 두려워서 백인대장은 전령으로 하여금, 그리스도라는 이름으로 알려진 예수가 숨을 거두었다는 발표를 하게 했습니다.

일요일에 그리스도는 글레오파 여자 마리아 — 알려져 있는 것처럼 막달라 여자 마리아가 아닙니다 — 에게 나타났습니다. 시몬 베드로, 불신하는 토마 그리고 그 밖의 제자들 가슴에 다시 한번 자신의 가르침을 심은 그는, 하늘나라 왕국의 복음을 전파하는 데 필요한 갖가지 지침을 내리고는 흑해 근방에 있는 머나먼 땅으로 사라졌습니다.

그 뒤로 오랫동안 그에 관한 소식은 들리지 않았습니다.

역자 해설
바꿔 놓고 생각하기

잘 알려져 있다시피 『신약 성서』의 가장 중요한 세 복음서는 같은 관점과 같은 서술 방법을 택하고 있는 세 기자(記者), 즉 마태오, 마르코, 루가에 의해 쓰인 책입니다. 그래서 이 세 복음서는 같은 관점에서 쓰였다고 해서 종종 〈공관 복음서(共觀福音書)〉라고 불리기도 합니다.

말하자면 이 세 권의 공관 복음서는 예수님이 일으킨 기적을 하나같이, 예수님이야말로 하느님의 독생자이고 구세주라는 것을 만장일치로 승인하는 데 필요한 증거로 기록하고 있는 것입니다.

공관 복음서 기자들의 관점에 대한 뒤집기의 시도가 별로 없었던 것을 두고 반드시 기독교의 삼엄한 교리와 그 막강한 교세 때문이었다고 할 수만은 없겠지요만 하여튼 인류의 문학사는 이 관점에 정면으로 도전한 굵은 문학 작품은 별로 기록하고 있지 않습니다. 신약 성서 시대를 배경으로 한 시엔키에비치의 『쿠오바디스』, 라게르크비스트의 『바라바』 같은 노벨 문학상 수상 작가들의 대표작이 있기는 합니다만 이런 작품은 관점의 뒤집기를 시도했다기보다는 오히려 종교적 감동의 폭을 넓히고 『신약 성서』의 기록을 역사적 사건으로 기정사실화하고 있다는 느낌을 줍니다.

그런데 보리슬라프 페키치에 의해 희대의 〈바꿔 놓고 생각하기〉가 시도됩니다. 『신약 성서』에는 예수님이 기적을 통하여 문둥이를 고치고, 벙어리의 입을 열고, 소경을 보게 하고, 귀신 들린 자, 매춘부를 온전하게 하고, 죽은 자를 살아나게 한 것으로 기록되어 있습니다. 그러나 이것은 공관 복음서 기자들의 시각(視角)에서만 기록되면서 예수님의 정통성을 확증하는 사례로 소개될 뿐 인간적인 시각에서의 조명은 생략되어 있습니다. 그런데 작가 페키치는 기적의 주체와 객체의 입장을 바꾸어 놓고 생각함으로써 이른바 〈기적의 소도구〉로 이용된 이들이 기적을 통해 받게 되는 인간적인 고통을 사실적인 필치로 생생하게 그려 냅니다. 언뜻 보면 신성을 모독하고 있다는 인상을 줄 만큼 정교하게, 때로는 포복절도하리만치 유머러스하게 페키치는 이들의 인간적인 갈등과 그 비극적인 종말을 그려 내는 것입니다. 독신(瀆神)일까요?

나에게는 그렇게 보이지 않습니다. 신성(神性)이라는 것이 감성이나 이성만으로도 만만하게 받아들일 수 있는 그런 것은 아닐 것입니다. 그렇다면 신성이나 영성(靈性)은 감성 너머, 이성 너머 아득한 데 존재하는 것, 감성과 이성을 뛰어넘는 무엇이 있어야 받아들일 수 있는 것이기 쉬울 터입니다. 나는, 페키치의 〈바꿔 놓고 생각하기〉가 신성 모독으로 보이는 독자에게는, 신성을 받아들이기에는 턱없이 모자라는 이들의 멘털리티[心的狀態]를 먼저 고려에 넣는 새로운 독법(讀法)을 권하고 싶습니다. 나는 페키치의 이 소설이 우리 사고의 지평을 넓히고 있을지언정 신성을 모독하고 있는 것은 아니라고 믿습니다.

붓다를 만나면 어떻게 하겠느냐는 질문을 받고 옛날의 한 선사(禪師)는, 〈갈가리 찢어 개에게 던져 주겠다〉고 대답했는데도 불구하고, 신성을 모독한 사람으로 지탄받기는커녕 붓다의 은혜를 제대로 갚은 사람이라고 칭송을 받았다지요?

 1930년 포드고리차에서 태어난 유고슬라비아 작가 페키치는 1948년 베오그라드 대학교 재학 시절 당시 정부에 반기를 들고 유고슬라비아 사회주의 민주 학생회를 결성한 죄목으로 기소되어 15년의 중노동형을 선고받고 6년을 복역합니다. 이 때문에 그는 1958년에야 대학을 졸업하게 됩니다. 졸업 직후인 1959년부터 전업 작가가 되어 소설, 희곡, 라디오 극, 시나리오를 쓰던 그는 1964년 영국으로 이주합니다. 그는 런던에 살면서 『아르세니에 네고반의 순례』, 『이카로스 구벨키얀의 비상과 추락』, 4부작 『금양모피(金羊毛皮)』 같은 소설, 「장군」, 「에덴에서 동쪽으로」, 「흡혈귀를 잡는 법」 같은 희곡, 「안녕, 동무여, 안녕」, 「테세우스여, 정말 미노타우로스를 죽였는가?」, 「내 불멸의 영혼은 누가 죽였는가」 등의 라디오 극 대본을 남깁니다. 이 책 『기적의 시대』가 영어로 번역 출간될 당시인 1976년 당시까지 계속 영국에서 살면서도 영국의 시민권 얻기를 거부했다는 그는, 유고슬라비아 국적을 버리지 않는 까닭을 묻는 기자에게, 〈이렇게 떨어져 있어야 내 조국이 처해 있는 상황이 객관적으로 보이기 때문에 영국에 머물고 있을 뿐〉이라고 대답했다고 합니다. 페키치는 1992년 런던에서 숨을 거두었습니다.

 『기적의 시대』를 우리말로 옮기면서 나는, 독백이 자주 등장하는 문체와 특이한 갈등 구조에서 희곡을 번역하고 있는 것 같다는 느낌을 받고는 했습니다. 이런 느낌은 근거 없는 것이 아니었습니다. 미국에서 출판된 『현대 작가 Contemporary

Author』의 연표를 통해 이 책 중에서 가리옷 유다가 중요한 역할을 하는 〈예루살렘의 기적〉, 〈가다라의 기적〉, 〈얍느엘의 기적〉은 1975년에 라디오 극으로 방송된 적이 있다는 사실을 확인할 수 있었기 때문입니다.

이윤기

보리슬라프 페키치 연보

1930년 출생 2월 4일 유고슬라비아 포드고리차에서 태어남.

1948년 18세 베오그라드 대학에서 심리학을 전공. 반정부 단체 〈유고슬라비아 사회주의 민주 학생회〉를 결성한 죄목으로 기소, 15년간 중노동형을 선고받고 6년간 복역함.

1954년 24세 사면. 복역한 시간 동안 감옥에서 성서 자료만을 탐독함.

1958년 28세 베오그라드 대학 졸업. 유고슬라비아의 메이저 영화 스튜디오들에서 시나리오를 쓰기 시작함. 그 외에도 소설, 희곡, 라디오 극 등을 왕성하게 발표했고, 그중 「14일Dan četrnaesti」은 1961년 칸 영화제에 출품되기도 함. 전 유고슬라비아 총리인 밀란 스토야디노비치의 조카, 릴랴나 글리시치와 결혼. 1년 후 딸 알렉산드라가 태어남.

1965년 35세 첫 소설 『기적의 시대 Vreme čuda』 발표. 예수의 신성과 전통성을 확증하는 공관 복음서의 기록자들과는 시각을 달리하여, 『신약 성서』상의 기적의 객체, 즉 인간의 입장에서 예수가 행한 기적의 이면을 조명함. 이 중 가리옷 유다가 중요한 역할을 하는 〈예루살렘의 기적〉, 〈가다라의 기적〉, 〈압느엘의 기적〉 등은 라디오 극으로 방송되어 큰 반향을 불러일으킴. 유고슬라비아 문학상 수상.

1968년 38세 『문학 신문 Knjizevne novine』에서 1년간 기자로 일함.

1970년 40세 두 번째 소설 『아르세니에 니에고반의 순례 Hodoc as ce

Arsenija Njegovana』 발표. 1968년 유고슬라비아의 격렬한 정치적 상황이 작품에 반영되었고, 이로써 페키치 자신과 권력의 관계는 한층 더 복잡해짐. NIN 최우수 유고슬라비아 소설상 수상.

1971년 41세   영국 런던으로 이민. 이때부터 1975년까지 페키치의 모든 작품이 유고슬라비아 내에서 판금 조치됨.

1975년 45세   『이카로스 구벨키얀의 비상과 추락*Uspenje i sunovrat Ikara Gubelkijana*』 발표. 후에, 폴란드, 헝가리, 체코, 프랑스 등에 번역 출간됨.

1976년 46세   『기적의 시대』가 영어로 번역 출간됨. 한 기자가 페키치에게 영국에서 살면서도 영국 시민권을 거부하고 유고슬라비아 국적을 버리지 않는 이유를 묻자, 〈이렇게 떨어져 있어야 내 조국이 처해 있는 상황이 객관적으로 보이기 때문에 영국에 머물고 있을 뿐〉이라고 대답함.

1977년 47세   2차 세계 대전을 배경으로 한 소설『방어와 마지막 날들 *Odbrana i poslednji dani*』 발표. 희곡『흡혈귀를 잡는 법*Kako upokojiti Vampira*』의 원고를 익명으로 유고슬라비아 문학상에 투고. 작가 협회가 작품의 우수성을 인정하여 그해 최우수 소설로 선정, 그 즉시 출간됨.

1978~1986년 48~56세   20년 이상 준비해 온 4부작 소설『금양모피 *Zlatno rano*』를 발표하기 시작함. 이 작품으로 가장 중요한 세르비아의 작가 중 한 사람으로 자리를 굳힘.

1983년 50세   『광견병*Besnilo*』 발표. 독자가 뽑은 올해 최고의 소설로 선정됨.

1984년 51세   『1999』 발표. 페키치 선집 출간, 세르비아 작가 협회상을 받음.

1987년 57세   『금양모피』로 몬테네그로 녜그시상을 받음.

1987~1990년 57~60세   『메뚜기떼가 휩쓸고 간 시절*Godine koje su pojeli skakavci*』 발표.

1988년 58세 『아틀란시스 *Atlantida*』 발표. 크로아티아 고란상 수상.

1989년 59세 『신 예루살렘 *Novi Jerusalim*』 발표.

1992년 62세 7월 2일 62세의 나이로 영국에서 사망. 사망 직전까지 꾸준히 창작과 정치 활동을 병행함.

열린책들 세계문학 048 기적의 시대

옮긴이 이윤기(1947~2010) 경북 군위에서 출생하여 성결교신학대 기독교학과를 수료했다. 1977년 단편소설 「하얀 헬리콥터」가 중앙일보 신춘문예에 당선되었으며, 1991년부터 1996년까지 미국 미시간 주립대학교 종교학 초빙 연구원으로 재직했다. 1998년 중편소설 「숨은 그림 찾기」로 동인 문학상을, 2000년 소설집 『두물머리』로 대산 문학상을 수상했다. 소설집으로 『하얀 헬리콥터』, 『외길보기 두길보기』, 『나비 넥타이』가 있으며 장편소설로 『하늘의 문』, 『사랑의 종자』, 『나무가 기도하는 집』이 있다. 그 밖에 『어른의 학교』, 『무지개와 프리즘』, 『이윤기의 그리스 로마 신화』, 『꽃아 꽃아 문 열어라』 등의 저서가 있으며, 움베르토 에코의 『장미의 이름』, 『장미의 이름 작가 노트』, 『푸코의 진자』, 『전날의 섬』을 비롯해 칼 구스타프 융의 『인간과 상징』, 니코스 카잔차키스의 『그리스인 조르바』, 『미할리스 대장』 등 다수의 책을 번역했다.

지은이 보리슬라프 페키치 **옮긴이** 이윤기 **발행인** 홍지웅·홍예빈
발행처 주식회사 열린책들 **주소** 경기도 파주시 문발로 253 파주출판도시
전화 031-955-4000 **팩스** 031-955-4004 **홈페이지** www.openbooks.co.kr
Copyright (C) 주식회사 열린책들, 1993, *Printed in Korea.*
ISBN 978-89-329-0965-3 04890 **ISBN** 978-89-329-1499-2 (세트)
발행일 1993년 5월 15일 초판 1쇄 2000년 1월 30일 신판 1쇄 2006년 2월 25일 보급판 1쇄 2006년 11월 25일 보급판 2쇄 2009년 11월 30일 세계문학판 1쇄 2018년 4월 30일 세계문학판 2쇄

이 도서의 국립중앙도서관 출판예정도서목록(CIP)은 서지정보유통지원시스템 홈페이지(http://seoji.nl.go.kr)와 국가자료공동목록시스템(http://www.nl.go.kr/kolisnet)에서 이용하실 수 있습니다.(CIP제어번호: CIP2009003412)

열린책들 세계문학
Open Books World Literature

001 죄와 벌 전2권
표도르 도스또예프스끼 장편소설 | 홍대화 옮김 | 각 408, 504면

죄와 벌의 심리 과정을 따라가며 혁명 사상의 실제적 문제를 제시하는 명작

- 고려대학교 선정 〈교양 명저 60선〉
- 미국 대학 위원회 선정 SAT 추천 도서

003 최초의 인간
알베르 카뮈 장편소설 | 김화영 옮김 | 392면

20세기 문학의 정점을 이룬 알베르 카뮈 최후의 육성

- 1957년 노벨 문학상 수상 작가

004 소설 전2권
제임스 미치너 장편소설 | 윤희기 옮김 | 각 280, 368면

〈소설이란 무엇인가〉라는 주제를 작가, 편집자, 비평가, 독자의 입장에서 풀어 나간 작품

- 〈이달의 청소년도서〉 선정
- 한국 간행물 윤리 위원회 선정 〈청소년 권장 도서〉

006 개를 데리고 다니는 부인
안똔 체호프 소설선집 | 오종우 옮김 | 368면

삶의 진실과 인간의 참모습을 웃음과 울음으로 드러내는 위대한 작품

- 1993년 서울대학교 선정 〈동서 고전 200선〉
- 2002년 노벨 연구소가 선정한 〈세계문학 100선〉

007 우주 만화
이탈로 칼비노 장편소설 | 김운찬 옮김 | 416면

25편 단편 속 신비로운 존재 〈크프우프크〉를 통해 환상적으로 창조된 우스팡스러운 우주

008 댈러웨이 부인
버지니아 울프 장편소설 | 최애리 옮김 | 296면

난해한 〈의식의 흐름〉 기법과 〈내적 독백〉을 시도한 영국 모더니즘 소설의 고전

- 2005년 『타임』지 선정 〈100대 영문 소설〉, 〈20세기 100선〉
- 2009년 『뉴스위크』 선정 〈세계 100대 명작〉

009 어머니
막심 고리끼 장편소설 | 최윤락 옮김 | 544면

혁명의 교과서이자 인간다운 삶의 권리를 일깨우는 영원한 고전

- 1912년 그리보예도프상
- 2006년 이고르 수히흐 교수 〈러시아 문학 20세기의 책 20권〉
- 서울대학교 권장 도서 100선

010 변신
프란츠 카프카 중단편집 | 홍성광 옮김 | 464면

어디에도 안주하지 못하는 인간의 모습을 초현실적으로 그려 낸 카프카의 주옥같은 단편들

- 서울대학교 권장 도서 100선

011 전도서에 바치는 장미
로저 젤라즈니 중단편집 | 김상훈 옮김 | 432면

신화와 SF의 융합, 흥미롭고 지적인 중단편 소설집

012 대위의 딸
알렉산드르 뿌쉬낀 장편소설 | 석영중 옮김 | 240면

역사적 대사건을 가정 소설과 연애 소설의 형식에 녹여 내어 조망한 산문 예술의 정점

- 2000년 한국 백상 출판 문화상 번역상

013 바다의 침묵
베르코르 소설집 | 이상해 옮김 | 256면

전쟁과 이데올로기에 가려진 인간성에 대하여 고찰한 레지스탕스 문학의 백미

014 원수들, 사랑 이야기
아이작 싱어 장편소설 | 김진준 옮김 | 320면

유대인 학살에서 살아남은 네 남녀의 사랑과 상처를 그린 소설

- 1978년 노벨 문학상 수상 작가

015 백치 전2권
표도르 도스또예프스끼 장편소설 | 김근식 옮김 | 각 500, 528면

백치 미쉬낀을 통해 구현하는 완전한 아름다움과 순수한 인간의 형상

- 피터 박스올 〈죽기 전에 읽어야 할 1001권의 책〉

017 1984년
조지 오웰 장편소설 | 박경서 옮김 | 392면

감시하고 통제하는 전체주의의 권력 앞에 무력해지는 인간의 삶

- 2009년 『뉴스위크』 선정 〈세계 100대 명작〉
- 『타임』지가 뽑은 〈20세기 100선〉

018 수용소군도
알렉산드르 솔제니찐 기록문학 | 김학수 옮김 | 480면

20세기 최고의 고발 문학이자 세계적인 휴먼 다큐멘터리

- 1970년 노벨 문학상
- 『타임』지가 뽑은 〈20세기 100선〉

019 이상한 나라의 앨리스
루이스 캐럴 환상동화 | 머빈 피크 그림 | 최용준 옮김 | 336면

시공을 초월하며 상상력과 호기심의 한계를 허무는 루이스 캐럴의 환상 동화

- 2003년 BBC 「빅리드」 조사 〈영국인들이 가장 사랑하는 소설 100편〉
- 2004년 〈한국 문인이 선호하는 세계 명작 소설 100선〉

020 베네치아에서의 죽음
토마스 만 중단편집 | 홍성광 옮김 | 432면

삶과 죽음, 예술과 일상이라는 양극의 주제를 다룬 걸작

- 1929년 노벨 문학상 수상 작가
- 피터 박스올 〈죽기 전에 읽어야 할 1001권의 책〉

021 그리스인 조르바
니코스 카잔차키스 장편소설 | 이윤기 옮김 | 488면

카잔차키스가 그려 낸 자유인 조르바의 영혼의 투쟁

- 2002년 노벨 연구소가 선정한 〈세계문학 100선〉
- 2004년 〈한국 문인이 선호하는 세계 명작 소설 100선〉
- 2005년 동아일보 선정 〈21세기 신고전 50선〉
- 피터 박스올 〈죽기 전에 읽어야 할 1001권의 책〉

022 벚꽃 동산
안톤 체호프 희곡집 | 오종우 옮김 | 336면

거창한 사상보다는 삶의 사소함을 객관적인 문체로 그린, 가장 완숙한 체호프의 작품

- 2006년 이고르 수히흐 교수 〈러시아 문학 20세기의 책 20권〉
- 미국 대학 위원회 선정 SAT 추천 도서
- 서울대학교 권장 도서 100선

023 연애 소설 읽는 노인
루이스 세풀베다 장편소설 | 정창 옮김 | 192면

담백하고 섬세한 문체와 간결한 내용에 인간의 탐욕과 자연의 거대함을 담은 환경 소설

- 1989년 티그레 후안상
- 1998년 전 세계 베스트셀러 8위

024 젊은 사자들 전2권
어윈 쇼 장편소설 | 정영문 옮김 | 각 416, 408면

인간의 어리석음, 광기, 우스꽝스러움을 탁월하게 포착한 전쟁 소설이자 심리 소설

- 1945년 오 헨리 문학상
- 1970년 플레이보이상

026 젊은 베르테르의 슬픔
요한 볼프강 폰 괴테 장편소설 | 김인순 옮김 | 240면

사랑의 열정을 앓는 전 세계 젊은이들의 영혼을 울린 감성 문학의 고전

- 2003년 크리스티아네 취른트 〈사람이 읽어야 할 모든 것, 책〉
- 피터 박스올 〈죽기 전에 읽어야 할 1001권의 책〉

027 시라노
에드몽 로스탕 희곡 | 이상해 옮김 | 256면

명랑한 영웅주의, 감미로운 연애 감정, 기발하고 화려한 시구들이 돋보이는 명작

- 미국 대학 위원회 선정 SAT 추천 도서

028 전망 좋은 방
E. M. 포스터 장편소설 | 고정아 옮김 | 352면

영국 사회의 계층 간 갈등과 가치관의 충돌을 날카롭게 포착한 걸작

- 1998년 랜덤하우스 모던 라이브러리 선정 〈최고의 영문 소설 100〉
- 피터 박스올 〈죽기 전에 읽어야 할 1001권의 책〉

029 까라마조프 씨네 형제들 전3권
표도르 도스또예프스끼 장편소설 | 이대우 옮김 | 각 496, 496, 460면

많은 인물군과 에피소드를 통해 심오한 사상과 예술적 깊이를 보여 주는 도스또예프스끼 40년 창작의 결산

- 국립중앙도서관 선정 청소년 권장 도서 50선
- 서울대학교 권장 도서 100선

032 프랑스 중위의 여자 전2권
존 파울즈 장편소설 | 김석희 옮김 | 각 344면

자유에 대한 정열이 고갈된 20세기에 대한 탁월한 우화

- 1969년 실버펜상
- 2005년 「타임」지 선정 〈100대 영문 소설〉

034 소립자
미셸 우엘벡 장편소설 | 이세욱 옮김 | 448면

성(性) 풍속의 변천 과정을 중심으로 전개되는 두 형제의 쓸쓸한 삶을 다룬 작품

- 1998년 「타임스 리터러리 서플러먼트」 선정 〈올해의 책〉
- 2002년 국제 IMPAC 더블린 문학상

035 영혼의 자서전 전2권
니코스 카잔차키스 자서전 | 안정효 옮김 | 각 352, 408면

카잔차키스 자신의 삶의 여정을 아름답게 묘사한 자전적 소설

037 우리들
예브게니 자먀찐 장편소설 | 석영중 옮김 | 320면

인간이 인간일 수 있음을 방해하는 모든 제도를 거부하는, 디스토피아 소설의 효시

- 2006년 이고르 수히흐 교수 〈러시아 문학 20세기의 책 20권〉
- 피터 박스올 〈죽기 전에 읽어야 할 1001권의 책〉

038 뉴욕 3부작
폴 오스터 장편소설 | 황보석 옮김 | 480면

추리 소설의 형식을 빌려 장르의 관습을 뒤엎어 버린, 가장 미국적인 소설

- 피터 박스올 〈죽기 전에 읽어야 할 1001권의 책〉

039 닥터 지바고 전2권
보리스 빠스쩨르나끄 장편소설 | 박형규 옮김 | 각 400, 512면

장엄한 시대의 증언으로 러시아 문학의 지평을 넓힌 해빙기 문학의 정수

- 1958년 노벨 문학상
- 미국 대학 위원회 선정 SAT 추천 도서
- 『타임』지가 뽑은 〈20세기 100선〉

041 고리오 영감
오노레 드 발자크 장편소설 | 임희근 옮김 | 456면

〈인간 희극〉 시리즈의 으뜸으로, 이후 방대한 소설 세계를 열어 주는 발자크의 대표작

- 2002년 노벨 연구소가 선정한 〈세계문학 100선〉
- 연세대학교 권장 도서 200권

042 뿌리 전2권
알렉스 헤일리 장편소설 | 안정효 옮김 | 각 400, 448면

10여 년간의 철저한 자료 조사로 재구성된 르포르타주 문학의 걸작

- 1977년 퓰리처상
- 1977년 전미 도서상
- 2004년 〈한국 문인이 선호하는 세계 명작 소설 100선〉
- 2005년 헨리 포드사 선정 〈75년간 미국을 뒤바꾼 75가지〉

044 백년보다 긴 하루
친기즈 아이뜨마또프 장편소설 | 황보석 옮김 | 560면

꿈꾸는 듯한 현실과 현실 같은 상상이 절묘하게 어우러진, 소비에트 문화권 최고의 스테디셀러

- 1983년 소비에트 문학상
- 1994년 오스트리아 유럽 문학상

045 최후의 세계
크리스토프 란스마이어 장편소설 | 장희권 옮김 | 264면

신화적 인물과 모티프를 현대적 관심사들과 결합시킨 지적 신화 소설

- 1988년 프랑크푸르트 도서전 선정 〈올해의 책〉
- 1988년 안톤 빌트간스상
- 1992년 독일 바이에른 주 학술원 대문학상
- 피터 박스올 〈죽기 전에 읽어야 할 1001권의 책〉

046 추운 나라에서 돌아온 스파이
존 르카레 장편소설 | 김석희 옮김 | 368면

20세기 냉전이 낳은 존 르카레 최고의 스릴러

- 1963년 서머싯 몸상
- 1963년 영국 추리작가 협회상
- 1963년 미국 추리작가 협회상
- 2005년 『타임』지 선정 〈100대 영문 소설〉

047 산도칸 ― 몸프라쳄의 호랑이
에밀리오 살가리 장편소설 | 유향란 옮김 | 428면

말레이시아 해를 배경으로 펼쳐지는 해적 산도칸과 그의 친구 야네스의 활약상

- 피터 박스올 〈죽기 전에 읽어야 할 1001권의 책〉

048 기적의 시대
보리슬라프 페키치 장편소설 | 이윤기 옮김 | 416면

예수가 행한 기적의 이면을 인간의 입장에서 조명한 기막힌 패러디

- 1965년 유고슬라비아 문학상

049 그리고 죽음
짐 크레이스 장편소설 | 김석희 옮김 | 224면

성장과 소멸, 삶과 죽음이 자연과 인간에게 주는 의미를 성찰하게 하는 걸작

- 1999년 전미 비평가 협회상
- 1999년 『가디언』 선정 〈올해의 책〉

050 세설 전2권
다니자키 준이치로 장편소설 | 송태욱 옮김 | 각 480면

몰락한 오사카 상류층의 네 자매의 결혼 이야기를 통해 당시의 풍속을 잔잔하게 그린 작품

052 세상이 끝날 때까지 아직 10억 년
스뜨루가츠키 형제 장편소설 | 석영중 옮김 | 224면

반유토피아 문학의 전통을 계승한 정치 풍자로 판금 조치를 당하기도 한 문제작

- 1988년 〈이달의 청소년 도서〉 선정

053 동물 농장
조지 오웰 장편소설 | 박경서 옮김 | 208면

스딸린 통치의 역사를 동물 우화에 빗댄 정치 알레고리 소설의 고전

- 2008년 영국 플레이닷컴 선정 〈역사상 가장 위대한 소설 10〉
- 2009년 『뉴스위크』 선정 〈세계 100대 명작〉

054 캉디드 혹은 낙관주의
볼테르 장편소설 | 이봉지 옮김 | 232면

해학과 풍자를 통해 작가 자신의 철학을 고스란히 담아 낸 철학적 콩트의 정수

- 1993년 서울대학교 선정 〈동서 고전 200선〉
- 미국 대학 위원회 선정 SAT 추천 도서

055 도적 떼
프리드리히 폰 실러 희곡 | 김인순 옮김 | 256면

〈형제의 반목〉이라는 모티프를 이용하여 자유와 반항을 설득력 있게 묘사한 비극

- 1993년 서울대학교 선정 〈동서 고전 200선〉
- 고려대학교 선정 〈교양 명저 60선〉

056 플로베르의 앵무새
줄리언 반스 장편소설 | 신재실 옮김 | 320면

예술 작품을 둘러싸고 벌어지는 인간 사회의 다양한 양상을 날카롭게 통찰한 작품

- 1986년 메디치상
- 1986년 E. M. 포스터상
- 1987년 구텐베르크상

057 악령 전3권
표도르 도스또예프스끼 장편소설 | 김연경 옮김 | 각 324, 396, 496면

실제 사건에 심리적, 형이상학적 색채를 가미한 위대한 비극

- 1966년 동아일보 선정 (한국 명사들의 추천 도서)
- 피터 박스올 (죽기 전에 읽어야 할 1001권의 책)

060 의심스러운 싸움
존 스타인벡 장편소설 | 윤희기 옮김 | 340면

1930년대 대공황기 캘리포니아 농장 지대의 파업을 극적으로 그린 소설

- 1937년 캘리포니아 커먼웰스 클럽 금상
- 1962년 노벨 문학상 수상 작가

061 몽유병자들 전2권
헤르만 브로흐 장편소설 | 김경연 옮김 | 각 568, 544면

현대 문명의 병폐와 가치의 붕괴를 상징적, 비판적으로 해석한 박물 소설이자 모든 문학적 표현 수단의 총체

063 몰타의 매
대실 해밋 장편소설 | 고정아 옮김 | 304면

하드보일드 소설의 창시자 대실 해밋의 세계 최초 탐정 소설

- 2009년 『뉴스위크』 선정 (세계 100대 명저)
- 뉴욕 추리 전문 서점 블랙 오키드 선정 (최고의 추리 소설 10)

064 마야꼬프스끼 선집
블라지미르 마야꼬프스끼 선집 | 석영중 옮김 | 320면

20세기 러시아의 위대한 혁명 시인 마야꼬프스끼의 대표적인 시와 산문 모음집

065 드라큘라 전2권
브램 스토커 장편소설 | 이세욱 옮김 | 각 340, 344면

공포와 성(性)을 결합시킨 환상 문학의 고전

- 2003년 크리스티아네 취른트 (사람이 읽어야 할 모든 것 책)
- 피터 박스올 (죽기 전에 읽어야 할 1001권의 책)

067 서부 전선 이상 없다
에리히 마리아 레마르크 장편소설 | 홍성광 옮김 | 336면

지극히 평범한 한 인간을 통해 전쟁의 본질을 보여 주는, 가장 위대한 전쟁 소설

- 미국 대학 위원회 선정 SAT 추천 도서
- 『타임』지가 뽑은 〈20세기 100선〉
- 피터 박스올 (죽기 전에 읽어야 할 1001권의 책)

068 적과 흑 전2권
스탕달 장편소설 | 임미경 옮김 | 각 376, 368면

〈출세〉를 향한 젊은이의 성공과 좌절을 통해 부조리한 사회 구조를 고발한 작품

- 2002년 노벨 연구소가 선정한 〈세계문학 100선〉
- 국립중앙도서관 선정 청소년 권장 도서 50선
- 서울대학교 권장 도서 100선

070 지상에서 영원으로 전3권
제임스 존스 장편소설 | 이종인 옮김 | 각 396, 380, 388면

제2차 세계 대전을 배경으로 두 쌍의 연인을 통해 하와이 주둔 미군 부대의 실상을 폭로한 자연주의 소설

- 1952년 전미 도서상
- 1998년 랜덤하우스 모던 라이브러리 선정 (최고의 영문 소설 100)

073 파우스트
요한 볼프강 폰 괴테 희곡 | 김인순 옮김 | 568면

진리를 찾는 파우스트를 통해 인간사의 모든 문제를 상징적으로 표현한 고전 중의 고전

- 2002년 노벨 연구소가 선정한 〈세계문학 100선〉
- 2003년 국립중앙도서관 선정 〈고전 100선〉
- 미국 대학 위원회 선정 SAT 추천 도서
- 서울대학교 권장 도서 100선
- 『뉴스위크』 선정 〈세상을 움직인 100권의 책〉

074 쾌걸 조로
존스턴 매컬리 장편소설 | 김훈 옮김 | 316면

마스크 뒤에 정체를 감추고 폭압에 맞서 싸우는 쾌걸 조로의 가슴 시원한 활약

075 거장과 마르가리따 전2권
미하일 불가꼬프 장편소설 | 홍대화 옮김 | 각 364, 328면

스딸린 치하의 소비에트 사회를 풍자하는 서늘한 공포와 유쾌한 웃음의 묘미

- 2006년 이고르 수히흐 교수 (러시아 문학 20세기의 책 20권)
- 피터 박스올 (죽기 전에 읽어야 할 1001권의 책)

077 순수의 시대
이디스 워튼 장편소설 | 고정아 옮김 | 448면

사랑과 결혼의 의미를 찾는 세 남녀의 이야기를 세밀하게 그려 낸 연애 소설의 고전

- 1998년 랜덤하우스 모던 라이브러리 선정 (최고의 영문 소설 100)
- 2009년 『뉴스위크』 선정 〈세계 100대 명저〉

078 검의 대가
아르투로 페레스 레베르테 장편소설 | 김수진 옮김 | 376면

1868년 마드리드, 역사적인 음모와 계략 그리고 화려한 검술이 엮어 내는 지적 미스터리

- 1993년 『리르』지 선정 〈10대 외국 소설가〉
- 1997년 코레오 그룹상
- 2000년 『뉴욕 타임스』 선정 〈올해의 포켓북〉

079 예브게니 오네긴
알렉산드르 뿌쉬낀 운문소설 | 석영중 옮김 | 328면

패러디의 소설이자 소설의 패러디. 러시아가 낳은 위대한 시인 뿌쉬낀의 장편 운문 소설

- 고려대학교 선정 〈교양 명저 60선〉
- 연세대학교 권장 도서 200권

080 장미의 이름 전2권
움베르토 에코 장편소설 | 이윤기 옮김 | 각 440, 448면

에코의 해박한 인류학적 지식과 기호학 이론이 녹아 있는 중세 추리 소설

- 1981년 스트레가상
- 1982년 메디치상
- 『타임』지가 뽑은 〈20세기 100선〉

082 향수
파트리크 쥐스킨트 장편소설 | 강명순 옮김 | 384면

지상 최고의 향수를 만들려는 한 악마적 천재의 기상천외한 이야기

- 2003년 BBC 「빅리드」 조사 〈영국인들이 가장 사랑하는 소설 100편〉
- 2008년 서울대학교 대출 도서 순위 20

083 여자를 안다는 것
아모스 오즈 장편소설 | 최창모 옮김 | 280면

현대 히브리 문학의 대표적 작가이자 평화 운동가인 아모스 오즈의 대표작

084 나는 고양이로소이다
나쓰메 소세키 장편소설 | 김난주 옮김 | 544면

고양이의 눈에 비친 인간들의 우스꽝스럽고도 서글픈 초상

085 웃는 남자 전2권
빅토르 위고 장편소설 | 이형식 옮김 | 각 472, 496면

17세기 영국 사회에 대한 묘사와 역사에 대한 통찰력이 돋보이는 위고의 최고 걸작

087 아웃 오브 아프리카
카렌 블릭센 장편소설 | 민승남 옮김 | 480면

아프리카에 바치는, 아프리카인과 나눈 사랑과 교감 그리고 우정과 깨달음의 기록

- 피터 박스올 〈죽기 전에 읽어야 할 1001권의 책〉

088 무엇을 할 것인가 전2권
니꼴라이 체르니셰프스끼 장편소설 | 서정록 옮김 | 각 360, 404면

젊은 지식인들에게 〈혁명의 교과서〉로 추앙받은 사회주의 이상 소설

090 도나 플로르와 그녀의 두 남편 전2권
조르지 아마두 장편소설 | 오숙은 옮김 | 각 328, 308면

브라질의 국민 작가 아마두의 관능적이고도 익살이 넘치는 대표작

092 미사고의 숲
로버트 홀드스톡 장편소설 | 김상훈 옮김 | 416면

신화의 원형과 〈숲〉으로 상징되는 집단 무의식의 본질을 유려한 문체로 형상화한 걸작

- 1985년 세계 환상 문학 대상
- 2003년 프랑스 환상 문학상 특별상

093 신곡 전3권
단테 알리기에리 장편서사시 | 김운찬 옮김 | 각 292, 296, 328면

총 1만 4233행으로 기록된, 단테의 일주일 동안의 저승 여행 이야기

- 2009년 『뉴스위크』 선정 〈세계 100대 명저〉
- 서울대학교 권장 도서 100선

096 교수
샬럿 브론테 장편소설 | 배미영 옮김 | 368면

권위와 위선을 거부하고 자립해 가는 인간들의 모순된 내면 심리에 대한 탁월한 묘사

097 노름꾼
표도르 도스또예프스끼 장편소설 | 이재필 옮김 | 320면

잡지의 실패, 형과 아내의 죽음, 빚……. 파국으로 치닫는 악몽 같은 이야기로 승화한 작가의 회상

098 하워즈 엔드
E. M. 포스터 장편소설 | 고정아 옮김 | 508면

정교한 플롯과 다채로운 인물 묘사가 돋보이는 E. M. 포스터의 역작

- 1998년 랜덤하우스 모던 라이브러리 선정 〈최고의 영문 소설 100〉
- 2004년 〈한국 문인이 선호하는 세계 명작 소설 100선〉

099 최후의 유혹 전2권
니코스 카잔차키스 장편소설 | 안정효 옮김 | 각 408면

예수뿐 아니라 그의 주변 인물들에게까지 생생한 살과 영혼을 부여한 소설

- 피터 박스올 〈죽기 전에 읽어야 할 1001권의 책〉

101 키리냐가
마이크 레스닉 장편소설 | 최용준 옮김 | 464면

모든 문제에 대한 해답이 존재했던, 잃어버린 유토피아에 관한 우화

- 1989년 휴고상

102 바스커빌가의 개
아서 코넌 도일 장편소설 | 조영학 옮김 | 264면

가장 매력적인 탐정 〈셜록 홈스〉를 창조해 낸 코넌 도일 최고의 장편소설

- 『히치콕 매거진』 선정 〈세계 10대 추리 소설〉
- 피터 박스올 〈죽기 전에 읽어야 할 1001권의 책〉

103 버마 시절
조지 오웰 장편소설 | 박경서 옮김 | 400면

〈인도 제국주의 경찰〉이라는 실제 경험을 바탕으로 완성한 조지 오웰의 첫 장편, 그 식민지의 기록

104 10 1/2장으로 쓴 세계 역사
줄리언 반스 장편소설 | 신재실 옮김 | 464면

패러디, 다큐멘터리, 에세이 등 다양한 형식을 통한 세계 역사의 포스트모더니즘적 전복

105 죽음의 집의 기록
표도르 도스또예프스끼 장편소설 | 이덕형 옮김 | 528면

도스또예프스끼의 실제 경험이 가장 많이 반영된 다큐멘터리적 소설

- 1955년 시카고 대학 그레이트 북스
- 피터 박스올 《죽기 전에 읽어야 할 1001권의 책》

106 소유 전2권
수전 바이어트 장편소설 | 윤희기 옮김 | 각 440, 480면

우연히 발견된 편지의 비밀을 좇으며 알아 가는 빅토리아 시대의 사랑, 그리고 현실의 사랑

- 1990년 부커상
- 1990년 영국 최고 영예 지도자상인 커맨데(CBE) 훈장
- 2005년 「타임」 선정 〈100대 영문 소설〉

108 미성년 전2권
표도르 도스또예프스끼 장편소설 | 이상룡 옮김 | 각 512, 544면

불행한 운명을 타고난 한 청년이 이상과 현실 사이에서 방황하는 모습을 그린 성장 소설

110 성 앙투안느의 유혹
귀스타브 플로베르 희곡소설 | 김융은 옮김 | 584면

〈낭만주의적 구도자〉 귀스타브 플로베르가 스스로 밝힌 〈평생의 작품〉

111 밤으로의 긴 여로
유진 오닐 희곡 | 강유나 옮김 | 240면

치솟는 애증과 한없는 연민의 다른 이름, 〈가족〉에 대한 유진 오닐의 자전적 고백

- 1936년 노벨 문학상 수상 작가
- 1957년 퓰리처상
- 미국 대학 위원회 선정 SAT 추천 도서
- 「타임」지가 뽑은 〈20세기 100선〉

112 마법사 전2권
존 파울즈 장편소설 | 정영문 옮김 | 각 512, 544면

중층적 책략과 거미줄처럼 깔린 복선, 다양한 상징이 어우러진 거대한 환상의 숲

- 2003년 BBC 「빅리드」 조사 (영국인들이 가장 사랑하는 소설 100편)
- 「타임」지 선정 〈100대 영문 소설〉

114 스쩨빤치꼬보 마을 사람들
표도르 도스또예프스끼 장편소설 | 변현태 옮김 | 416면

작가의 시베리아 유형 직후에 발표된 작품. 유쾌한 희극적 기법과 언어의 기막힌 패러디

115 플랑드르 거장의 그림
아르투로 페레스 레베르테 장편소설 | 정창 옮김 | 512면

그림에 감추어진 문장으로 과거를 추적해 가는 미스터리이자 역사 추리 소설

- 1993년 프랑스 추리 소설 대상
- 1993년 「리르」지 선정 〈10대 외국인 소설가〉

116 분신
표도르 도스또예프스끼 장편소설 | 석영중 옮김 | 288면

〈의식의 분열〉이라는 도스또예프스끼 창작의 가장 중요한 테마를 예고한 작품

117 가난한 사람들
표도르 도스또예프스끼 장편소설 | 석영중 옮김 | 256면

보잘것없는 하급 관리와 욕심 많은 지주의 아내가 되는 가엾은 처녀가 주고받은 편지

118 인형의 집
헨리크 입센 희곡 | 김창화 옮김 | 272면

누군가의 아내 혹은 어머니가 아닌, 〈인간〉으로서의 한 여성의 깨달음을 그린 화제작

- 미국 대학 위원회 선정 SAT 추천 도서
- 「뉴스위크」 선정 〈세상을 움직인 100권의 책〉

119 영원한 남편
표도르 도스또예프스끼 장편소설 | 정명자 외 옮김 | 448면

도스또예프스끼의 심화된 예술 세계를 보여 주는 단편 모음집

120 알코올
기욤 아폴리네르 시집 | 황현산 옮김 | 352면

파격적인 시풍과 유려한 내재율을 자랑하는 기욤 아폴리네르의 첫 시집

121 지하로부터의 수기
표도르 도스또예프스끼 장편소설 | 계동준 옮김 | 256면

선악의 충돌, 환경과 윤리의 갈등, 인간의 번민과 그리스도를 통한 구원에 관한 이야기들

122 어느 작가의 오후
페터 한트케 중편소설 | 홍성광 옮김 | 160면

세계적 작가 페터 한트케가 소설의 형식으로 써 내려간 독특한 〈작가론〉, 한트케식 글쓰기의 표본

123 아저씨의 꿈
표도르 도스또예프스끼 장편소설 | 박종소 옮김 | 304면

과장의 기법과 희화적 색채를 드러낸 도스또예프스끼의 풍자 드라마 혹은 사회 비판적 소설

124 네또츠까 네즈바노바
표도르 도스또예프스끼 장편소설 | 박재만 옮김 | 316면

네또츠까 네즈바노바라는 한 여성의 일대기를 다룬 도스또예프스끼 최초의 장편이자 미완성작

125 곤두박질
마이클 프레인 장편소설 | 최용준 옮김 | 528면

해박한 미술사적 지식을 토대로 한 예술 소설이자 역사적 배경 속에서 벌어지는 사회심리 코미디

- 1999년 「타임스 리터러리 서플러먼트」 선정 〈올해의 책〉
- 1999년 휫브레드상

126 백야 외
표도르 도스또예프스끼 소설선집 | 석영중 외 옮김 | 408면
도스또예프스끼의 유토피아적 사회주의 사상이 나타난 단편 모음으로, 뻬뜨로빠블로프스끄 감옥에 수감된 동안의 삶의 환희 등이 엿보이는 작품

127 살라미나의 병사들
하비에르 세르카스 장편소설 | 김창민 옮김 | 296면
1939년 프랑스 국경 숲 집단 총살에서 살아남은 작가이자 팔랑헤당의 핵심 멤버였던 산체스 마사스를 추적하는, 탐정 소설 형식을 띤 이야기
- 2001년 스페인 살람보상, 『케 레에르』지 독자상, 바르셀로나 시의 상
- 2004년 영국 「인디펜던트」 외국 소설상

128 뻬쩨르부르그 연대기 외
표도르 도스또예프스끼 소설선집 | 이항재 옮김 | 296면
새로운 테마와 방법으로 고심한 흔적이 나타나는, 당대 사회에 대한 날카로운 관찰자적 시각을 가지고 간결하고 세련된 문체를 사용한 작품

129 상처받은 사람들 전2권
표도르 도스또예프스끼 장편소설 | 윤우섭 옮김 | 각 296, 392면
19세기 중엽 뻬쩨르부르그 상류 사회의 이중적 삶과 하층민의 고통, 그로 인한 비극적 갈등과 모순을 그린 작품

131 악어 외
표도르 도스또예프스끼 소설선집 | 박혜경 외 옮김 | 312면
도스또예프스끼의 중기 단편, 점차 완숙해져 가는 작가의 예술적·사상적 세계관이 돋보이는 작품

132 허클베리 핀의 모험
마크 트웨인 장편소설 | 윤교찬 옮김 | 416면
모험 소설의 대가, 미국의 셰익스피어라 불리는 마크 트웨인의 대표작
- 미국 대학 위원회 선정 SAT 추천 도서
- 서울대학교 권장 도서 100선

133 부활 전2권
레프 똘스또이 장편소설 | 이대우 옮김 | 각 308, 416면
똘스또이의 세계관이 담긴 거대한 사상서, 끝없는 용서와 사랑으로 부활하는 인간성에 대한 이야기
- 2003년 국립중앙도서관 선정 〈고전 100선〉
- 2004년 〈한국 문인이 선호하는 세계 명작 소설 100선〉

135 보물섬
로버트 루이스 스티븐슨 장편소설 | 최용준 옮김 | 360면
백 년이 넘게 전 세계 독자들의 사랑을 받아 온 해양 모험 소설의 고전
- 2003년 BBC 「빅리드」 조사 〈영국인들이 가장 사랑하는 소설 100편〉
- 미국 대학 위원회 선정 SAT 추천 도서

136 천일야화 전6권
앙투안 갈랑 | 임호경 옮김 | 각 336, 328, 372, 392, 344, 320면
마법과 흥미진진한 모험 속에서 아랍의 문화와 관습은 물론 아랍인들의 세계관과 기질을 재미있게 전하는 앙투안 갈랑의 〈천일야화〉 완역판
- 2003년 국립중앙도서관 선정 〈고전 100선〉

142 아버지와 아들
이반 뚜르게네프 장편소설 | 이상원 옮김 | 328면
격변기 러시아의 세대 갈등, 〈보수〉와 〈진보〉가 대립하는 시대상을 묘사하여 논쟁을 불러일으킨 작품
- 1993년 서울대학교 선정 〈동서 고전 200선〉
- 미국 대학 위원회 선정 SAT 추천 도서

143 오만과 편견
제인 오스틴 장편소설 | 원유경 옮김 | 480면
오만과 편견에서 비롯된 모든 갈등과 모순은 결혼으로 해결된다. 셰익스피어에 버금가는 작가 제인 오스틴의 대표작
- 1954년 서머싯 몸이 추천한 세계 10대 소설
- 2002년 노벨 연구소가 선정한 〈세계 문학 100선〉
- 미국 대학 위원회 선정 SAT 추천 도서

144 천로 역정
존 버니언 우화소설 | 이동일 옮김 | 432면
좁은 문을 지나 천국에 이르는 순례자의 여정, 침례교 설교자 존 버니언의 대표작인 종교적 우화소설
- 1945년 호레이스 십 선정 〈세계를 움직인 책 10권〉
- 2003년 국립중앙도서관 선정 〈고전 100선〉
- 2004년 〈한국 문인이 선호하는 세계 명작 소설 100선〉

145 대주교에게 죽음이 오다
윌라 캐더 장편소설 | 윤명옥 옮김 | 352면
웅대한 자연환경과 함께 뉴멕시코 선교사들의 삶을 그린, 퓰리처상 수상 작가 윌라 캐더의 아름다운 신화적 소설
- 2005년 「타임」지 선정 〈100대 영문 소설〉
- 2009년 「뉴스위크」 선정 〈세계 100대 명작〉
- 미국 대학 위원회 선정 SAT 추천 도서

146 권력과 영광
그레이엄 그린 장편소설 | 김연수 옮김 | 384면
군사 혁명 시절의 멕시코, 범법자이자 도망자를 자처한 어느 사제의 이야기, 불가가 된 세상이 신의 대리인에게 내리는 가혹한 형벌, 혹은 놀라운 축복!
- 2005년 「타임」지 선정 〈100대 영문 소설〉

147 80일간의 세계 일주
쥘 베른 장편소설 | 고정아 옮김 | 352면
공상 과학 소설의 고전, 지금까지 전 세계에 가장 많은 번역 작품을 남긴 쥘 베른, 그가 그려 낸 80일 동안의 세계 일주
- 미국 대학 위원회 선정 SAT 추천 도서

148 바람과 함께 사라지다 전3권
마거릿 미첼 장편소설 | 안정효 옮김 | 각 616, 640, 640면

미국 문학사상 최고의 이야기꾼 마거릿 미첼의 대표작. 전쟁의 폐허 속에서 살아가는 여성의 이야기
- 1937년 퓰리처상
- 2009년 『뉴스위크』 선정 〈세계 100대 명저〉

151 기탄잘리
라빈드라나트 타고르 시집 | 장경렬 옮김 | 224면

먼 곳을 가깝게 하고 낯선 이를 형제로 만드는 타고르 시의 힘! 나그네, 연인…… 〈님〉을 그리는 가난한 마음들이 바치는 노래의 화환
- 1913년 노벨 문학상
- 2003년 국립중앙도서관 선정 〈고전 100선〉

152 도리언 그레이의 초상
오스카 와일드 장편소설 | 윤희기 옮김 | 384면

예술과 삶의 관계를 해명한 오스카 와일드의 유일한 장편소설
- 1996년 동아일보 선정 〈한국 명사들의 추천 도서〉
- 미국 대학 위원회 선정 SAT 추천 도서

153 레우코와의 대화
체사레 파베세 희곡소설 | 김운찬 옮김 | 280면

이탈리아 신사실주의 문학을 대표하는 파베세의 급진적인 신화 해석

154 햄릿
윌리엄 셰익스피어 희곡 | 박우수 옮김 | 256면

삶과 죽음, 도덕과 양심, 의지와 운명 등 다양한 문제를 존재 탐구의 여정
- 2002년 노벨 연구소가 선정한 〈세계문학 100선〉
- 미국 대학 위원회 선정 SAT 추천 도서

155 맥베스
윌리엄 셰익스피어 희곡 | 권오숙 옮김 | 176면

모순과 역설을 통해 인간 내면의 온갖 가치 충돌을 그려 낸, 셰익스피어 4대 비극의 마지막 작품
- 2002년 노벨 연구소가 선정한 〈세계문학 100선〉
- 미국 대학 위원회 선정 SAT 추천 도서

156 아들과 연인 전2권
D. H. 로렌스 장편소설 | 최희섭 옮김 | 각 464, 432면

19세기 말에서 20세기 초 영국 사회 하층 계급의 삶을 생생하게 묘사한 로렌스의 자전적 소설!
- 2002년 노벨 연구소가 선정한 〈세계문학 100선〉
- 2009년 『뉴스위크』 선정 〈세계 100대 명저〉

158 그리고 아무 말도 하지 않았다
하인리히 뵐 장편소설 | 홍성광 옮김 | 272면

〈전후 독일에서 쓰인 최고의 책〉이라고 극찬받은 작품. 섬세하게 묘사된 전후의 내면 풍경
- 1972년 노벨 문학상 수상 작가

159 미덕의 불운
싸드 장편소설 | 이형식 옮김 | 248면

신앙 깊고 정숙한 미덕의 화신 쥐스띤느에게 가해지는 잔혹한 운명. 〈싸디즘〉의 유래가 된 문제작

160 프랑켄슈타인
메리 W. 셸리 장편소설 | 오숙은 옮김 | 320면

공포 소설, 공상 과학 소설의 고전. 과학의 발전과 실험이 불러올지도 모를 끔찍한 재앙에 대한 경고
- 2009년 『뉴스위크』 선정 〈세계 100대 명저〉
- 미국 대학 위원회 선정 SAT 추천 도서

161 위대한 개츠비
프랜시스 스콧 피츠제럴드 장편소설 | 한애경 옮김 | 280면

개츠비, 닉, 톰이라는 세 캐릭터를 통해 시대적 불안을 뛰어나게 묘사한 고전
- 2005년 『타임』지 선정 〈100대 영문 소설〉
- 미국 대학 위원회 선정 SAT 추천 도서

162 아Q정전
루쉰 중단편집 | 김태성 옮김 | 320면

현대 중국의 문학과 인문 정신의 출발을 상징하는 루쉰의 소설집
- 1996년 『뉴욕 타임스』 선정 〈20세기에 가장 큰 영향을 끼친 그레이트 북스〉

163 로빈슨 크루소
대니얼 디포 장편소설 | 류경희 옮김 | 456면

최초의 본격 소설이자 근대 소설의 효시. 국적과 시대와 세대를 불문한 여행기 문학의 대표작
- 2003년 국립중앙도서관 선정 〈고전 100선〉
- 미국 대학 위원회 선정 SAT 추천 도서

164 타임머신
허버트 조지 웰스 소설선집 | 김석희 옮김 | 304면

SF의 거인 허버트 조지 웰스가 그려 낸 인류의 미래 그 잔혹한 기적
- 2003년 크리스토퍼레 휘튼고 〈사람이 읽어야 할 모든 것 책〉
- 피터 박스올 〈죽기 전에 읽어야 할 1001권의 책〉

165 제인 에어 전2권
샬럿 브론테 장편소설 | 이미선 옮김 | 각 392, 384면

가난한 고아 가정 교사 제인 에어와 부유하지만 불행한 로체스터의 사랑을 주제로 한 연애 소설
- 미국 대학 위원회 선정 SAT 추천 도서
- 피터 박스올 〈죽기 전에 읽어야 할 1001권의 책〉

167 풀잎
월트 휘트먼 시집 | 허현숙 옮김 | 280면

자유시의 선구자 월트 휘트먼. 40년간 수정과 증보를 거듭한 시집 『풀잎』의 초판 완역본
- 2002년 노벨 연구소가 선정한 〈세계문학 100선〉
- 2009년 『뉴스위크』 선정 〈세계 100대 명저〉

168 표류자들의 집
기예르모 로살레스 장편소설 | 최유정 옮김 | 216면

쿠바와 미국, 그 어느 땅에도 뿌리박기를 거부한 작가 기예르모 로살레스. 그가 생전에 남긴 단 한 권의 책
- 1987년 황금 문학상

169 배빗
싱클레어 루이스 장편소설 | 이종인 옮김 | 520면

일반 명사가 된 한 남자의 이야기. 미국의 중산 계급에 대한 풍자와 뛰어난 환경 묘사에 성공한 루이스의 최고 걸작!
- 1930년 노벨 문학상

170 이토록 긴 편지
마리아마 바 장편소설 | 백선희 옮김 | 192면

50대 여성 라마툴라이가 친구 아이사투에게 쓴 편지. 일부다처제를 둘러싼 두 여인의 고통과 선택, 새로운 삶에서의 번민을 담아낸 작품
- 1980년 노마상

171 느릅나무 아래 욕망
유진 오닐 희곡 | 손동호 옮김 | 168면

욕정과 물욕, 근친상간과 유아 살해. 욕망에서 비롯된 인간사 갈등의 극단점. 그러나 그 속에서도 아직 꺾이지 않는 사랑에 대한 이야기
- 1936년 노벨 문학상 수상 작가

172 이방인
알베르 카뮈 장편소설 | 김예령 옮김 | 208면

인간의 부조리를 성찰한 작가 알베르 카뮈의 처녀작. 죽음, 자유, 반항, 진실의 심연을 들여다본다
- 1957년 노벨 문학상 수상 작가
- 2002년 노벨 연구소가 선정한 〈세계 문학 100대 작품〉

173 미라마르
나기브 마푸즈 장편소설 | 허진 옮김 | 288면

아랍 문학계의 큰 별, 나기브 마푸즈가 파고든 두 차례의 혁명, 그 이후
- 1988년 노벨 문학상 수상 작가
- 피터 박스올 《죽기 전에 읽어야 할 1001권의 책》

174 지킬 박사와 하이드 씨
로버트 루이스 스티븐슨 소설선집 | 조영학 옮김 | 320면

인간 내면의 근원을 탐구한 탁월한 심리 묘사가 스티븐슨. 그가 선사하는 다섯 가지 기이한 이야기
- 2004년 《한국 문인이 선호하는 세계 명작 소설 100선》

175 루진
이반 뚜르게네프 장편소설 | 이항재 옮김 | 264면

한 〈잉여 인간〉의 삶과 죽음을 러시아 문단의 거인 뚜르게네프의 사실적 시선을 통해 엿본다

176 피그말리온
조지 버나드 쇼 희곡 | 김소임 옮김 | 256면

20세기 영국 사회의 허위와 모순에 대한 신랄한 풍자. 셰익스피어 이후 가장 위대한 극작가 조지 버나드 쇼의 대표작
- 1925년 노벨 문학상 수상 작가

177 목로주점 전2권
에밀 졸라 장편소설 | 유기환 옮김 | 각 336면

노동자의 언어로 쓰인 최초의 노동 소설. 19세기를 살아간 노동자의 고달픈 삶, 그 몰락의 연대기
- 피터 박스올 《죽기 전에 읽어야 할 1001권의 책》

179 엠마 전2권
제인 오스틴 장편소설 | 이미애 옮김 | 각 336, 360면

호기심과 오해가 빚어낸 사건들 속에서 완성되는 철부지 엠마의 좌충우돌 성장기
- 2007년 데보라 G. 펠터 《여성의 삶을 바꾼 책 50권》

181 비숍 살인 사건
S. S. 밴 다인 장편소설 | 최인자 옮김 | 464면

추리 소설의 황금시대를 장식한 S. S. 밴 다인의, 시와 문학을 접목시킨 연쇄 살인 사건

182 우신예찬
에라스무스 풍자문 | 김남우 옮김 | 296면

자유로운 세계주의자 에라스무스, 그의 눈에 비친 〈웃지 않을 수 없는〉 시대의 모습

183 하자르 사전
밀로라드 파비치 장편소설 | 신현철 옮김 | 488면

지중해에 실제로 존재했던 하자르 제국에 대한, 역사와 환상이 교묘하게 뒤섞인 역사 미스터리 사전(辭典) 소설

184 테스 전2권
토머스 하디 장편소설 | 김문숙 옮김 | 각 392, 336면

옹졸한 인습 속에서도 강인한 생명력과 자연의 회복력을 지닌 순수한 대지의 딸 테스의 삶과 죽음
- 미국 대학 위원회 선정 SAT 추천 도서

186 투명 인간
허버트 조지 웰스 장편소설 | 김석희 옮김 | 288면

SF의 거장 허버트 조지 웰스의 빛나는 상상력. 보이지 않는 인간이 보여 주는, 소외된 인간의 고독
- 미국 대학 위원회 선정 SAT 추천 도서

187 93년 전2권
빅토르 위고 장편소설 | 이형식 옮김 | 각 288, 360면

프랑스 대혁명 당시 가장 치열했던 방데 전투의 종말. 그리고 그곳에서, 사상과 인간성 간의 전쟁이 다시 시작된다

189 젊은 예술가의 초상
제임스 조이스 장편소설 | 성은애 옮김 | 384면

20세기 가장 혁명적인 문학가 제임스 조이스의 자전적 소설. 감수성을 억압하는 사회를 거부하고 예술의 길을 택한 한 소년의 성장기

190 소네트집
윌리엄 셰익스피어 연작시집 | 박우수 옮김 | 200면

아름다운 언어로 사랑과 고통을 그려 낸 소네트 문학의 최고 걸작
- 2009년 『뉴스위크』 선정 〈세계 100대 명작〉

191 메뚜기의 날
너새니얼 웨스트 장편소설 | 김진준 옮김 | 280면

할리우드 뒷골목의 하류 인생들! 그들의 적나라한 모습에서 헛된 꿈에 부푼 인간들의 모습을 본다
- 2009년 『뉴스위크』 선정 〈세계 100대 명작〉

192 나사의 회전
헨리 제임스 중편소설 | 이승은 옮김 | 256면

모호한 암시와 뒤에 숨겨진 반전 '현대 심리 소설의 아버지' 헨리 제임스의 대표작
- 미국 대학 위원회 선정 SAT 추천 도서
- 1955년 시카고 대학 〈그레이트 북스〉

193 오셀로
윌리엄 셰익스피어 희곡 | 권오숙 옮김 | 216면

인간의 사랑과 질투, 그리고 의심이라는 감정이 빚어내는 비극

194 소송
프란츠 카프카 장편소설 | 김재혁 옮김 | 376면

난데없는 소송과 운명적 소용돌이에 희생당하는 한 인간을 통해 카프카의 문학적 천재성을 본다
- 2002년 노벨 연구소가 선정한 〈세계 문학 100선〉
- 2005년 『타임』지 선정 〈100대 영문 소설〉

195 나의 안토니아
윌라 캐더 장편소설 | 전경자 옮김 | 368면

유토피아를 꿈꾸며 고향을 떠나온 이민자들의 삶, 황량한 초원에서 펼쳐진 그들의 아름다운 순간들
- 2007년 데보라 G. 펠더 〈여성의 삶을 바꾼 책 50권〉

196 자성록
마르쿠스 아우렐리우스 명상록 | 박민수 옮김 | 240면

로마 황제라는 화려함 뒤에 권력보다는 철학과 인간을 사랑했던 고독한 영웅이 있었다. 그의 성찰의 시간들을 엿본다

197 오레스테이아
아이스킬로스 비극 | 두행숙 옮김 | 336면

오레스테스를 중심으로 벌어지는 잔혹한 복수극을 통해 정의란 무엇인지에 대한 질문을 던진다

198 노인과 바다
어니스트 헤밍웨이 소설선집 | 이종인 옮김 | 320면

한 노인과 거대한 물고기의 사투를 통해 삶과 죽음에 대한 고민과 패배하지 않는 인간의 굳건한 의지를 그려 낸다
- 1952년 퓰리처상 수상작
- 1952년 노벨 문학상 수상 작가

199 무기여 잘 있거라
어니스트 헤밍웨이 장편소설 | 이종인 옮김 | 464면

체험에 뿌리를 내린 크나큰 비극. 미국 문학의 거장 헤밍웨이가 〈잃어버린 세대〉의 모습을 담는다
- 『타임』지가 뽑은 〈20세기 100선〉
- 미국 대학 위원회 선정 SAT 추천 도서

200 서푼짜리 오페라
베르톨트 브레히트 희곡선집 | 이은희 옮김 | 320면

이데올로기 속에 갇힌 인간의 모습을 그려 낸 「서푼짜리 오페라」와 「억척어멈과 자식들」을 만난다
- 『뉴욕 타임스』 선정 〈20세기 최고의 책 100선〉

201 리어 왕
윌리엄 셰익스피어 희곡 | 박우수 옮김 | 224면

자신의 정체성을 아는 자 누구인가? 오이디푸스의 후예 리어, 눈 있으되 보지 못하는 자의 고통
- 미국 대학 위원회 선정 SAT 추천 도서
- 2002년 노벨 연구소가 선정한 〈세계문학 100선〉

202 주홍 글자
너대니얼 호손 장편소설 | 곽영미 옮김 | 360면

미국 문학의 시대를 연 호손의 대표작. 가장 통속적인 곳에서 피어난 가장 숭고한 이야기
- 미국 대학 위원회 선정 SAT 추천 도서
- 서울대학교 선정 〈동서 고전 200선〉

203 모히칸족의 최후
제임스 페니모어 쿠퍼 장편소설 | 이나경 옮김 | 512면

자연과 문명, 인디언과 백인, 신화와 역사의 경계를 넘나드는 모히칸 전사의 최후 전투 기록
- 미국 대학 위원회 선정 SAT 추천 도서

204 곤충 극장
카렐 차페크 희곡선집 | 김선형 옮김 | 360면

양차 대전 사이 유럽을 살아간 휴머니스트 카렐 차페크의 치열한 고민, 그러나 위트 넘치는 기록들

205 누구를 위하여 종은 울리나 전2권
어니스트 헤밍웨이 장편소설 | 이종인 옮김 | 각 416, 400면

허무주의에서 평화를 위한 필사의 투쟁으로, 연대를 통한 실천 의식을 역설한 헤밍웨이의 역작
- 1953년 노벨 문학상 수상 작가
- 뉴스위크 선정 세계 100대 명저
- 르몽드 선정 〈20세기 최고의 책〉

207 타르튀프
몰리에르 희곡선집 | 신은영 옮김 | 416면

최고의 희극 배우이자 가장 위대한 극작가 몰리에르, 조롱과 웃음기로 무장한 투쟁의 궤적
- 1955년 시카고 대학 〈그레이트 북스〉
- 서울대학교 선정 〈동서 고전 200선〉

208 유토피아
토머스 모어 소설 | 전경자 옮김 | 288면

르네상스 시대의 휴머니즘과 종교적 관용, 성 평등을 주장한 근대 소설의 효시이자 사회사상사적 명저
- 『뉴스위크』 선정 세상을 움직인 100권의 책
- 스탠포드 대학 선정 〈세계의 결정적 책 15권〉

209 인간과 초인
조지 버나드 쇼 희곡 | 이후지 옮김 | 320면

니체의 초인 사상에 큰 영향을 받은 버나드 쇼의 인생관과 예술론이 흥미로운 설정과 희극적인 요소와 함께 펼쳐진다
- 1925년 노벨 문학상 수상
- 시카고 대학 그레이트 북스

210 페드르와 이폴리트
장 라신 희곡 | 신정아 옮김 | 200면

프랑스 신고전주의 희곡의 대가 라신의 대표작이자 정념을 다룬 비극의 정수
- 서울대학교 선정 〈동서 고전 200선〉
- 시카고 대학 그레이트 북스

211 말테의 수기
라이너 마리아 릴케 장편소설 | 안문영 옮김 | 320면

고독과 고난에 대한 기록, 20세기 초 독일어로 발표된 최초의 현대 소설이자 릴케의 유일한 장편소설
- 국립중앙도서관 선정 청소년 권장도서 50선
- 서울대학교 선정 〈동서 고전 200선〉

212 등대로
버지니아 울프 장편소설 | 최애리 옮김 | 328면

삶과 죽음, 세월을 바라보는 깊은 눈. 무수한 인상의 단면들을 아름답게 이어 간 울프의 자전적 소설
- 2002년 노벨 연구소가 선정한 〈세계문학 100선〉
- 2005년 『타임』지 선정 〈100대 영문 소설〉

213 개의 심장
미하일 불가꼬프 중편소설집 | 정연호 옮김 | 352면

혁명의 모순과 과학의 맹점을 파고든 〈불가꼬프적〉 상상력의 정수

214 모비 딕 전2권
허먼 멜빌 장편소설 | 강수정 옮김 | 각 464, 488면

고래에 관한 모든 것, 전율적인 모험, 자연과 인간에 대한 심오한 통찰을 담은 멜빌의 독보적 걸작
- 1954년 서머싯 몸이 추천한 〈세계 10대 소설〉
- 2002년 노벨 연구소가 선정한 〈세계문학 100선〉

216 더블린 사람들
제임스 조이스 단편소설집 | 이강훈 옮김 | 336면

마비된 도시 더블린에 갇힌 욕망과 환멸, 20세기 문학사를 새롭게 쓴 선구적 작가 제임스 조이스 문학의 출발점
- 2008년 〈하버드 서점〉이 뽑은 잘 팔리는 책 20
- 2004년 〈한국 문인이 선호하는 세계 명작 소설 100선〉

217 마의 산 전3권
토마스 만 장편소설 | 윤순식 옮김 | 각 496, 488, 512면

20세기 독일 문학의 거장 토마스 만 작품의 정수! 죽음이 지배하는 알프스의 호화 요양원 〈베르크호프〉에서 생(生)의 아름다움과 환희를 되묻다

220 비극의 탄생
프리드리히 니체 | 김남우 옮김 | 304면

아폴론과 디오뉘소스라는 두 가지 원리로 희랍 비극의 근원을 분석하고 서양 문화의 심층 구조를 드러낸다. 20세기 문학, 철학, 예술에 심대한 영향을 끼친 책

221 위대한 유산 전2권
찰스 디킨스 장편소설 | 류경희 옮김 | 각 432, 448면

세상만사를 꿰뚫어보는 깊은 통찰과 풍부한 서사, 유쾌한 해학이 담긴 19세기 대문호 찰스 디킨스의 작품
- 2002년 노벨 연구소가 선정한 〈세계문학 100선〉
- 2007년 영국 독자들이 뽑은 가장 귀중한 책

223 사람은 무엇으로 사는가
레프 똘스또이 소설선집 | 윤새라 옮김 | 464면

1852년부터 1907년까지, 13편을 선정해 60년에 이르는 똘스또이 작품 세계의 궤적을 담아낸 단편선

224 자살 클럽
로버트 루이스 스티븐슨 소설선집 | 임종기 옮김 | 280면

인간 내면에 도사린 본질적 탐욕과 이중성, 죄의식과 두려움을 다룬 기묘하고 환상적인 단편선

225 채털리 부인의 연인 전2권
데이비드 허버트 로런스 장편소설 | 이미선 옮김 | 각 336, 328면

20세기 문학계를 뒤흔든 D. H. 로런스의 문제작. 현대 산업 사회에 대한 비판과 인간성 회복에의 염원이 담긴 작품
- 르몽드 선정 〈20세기 최고의 책〉
- 피터 박스올 〈죽기 전에 읽어야 할 1001권의 책〉
- 2004년 〈한국 문인이 선호하는 세계 명작 소설 100선〉

227 데미안
헤르만 헤세 장편소설 | 김인순 옮김 | 272면

혼돈과 자아 상실의 시대를 살아가는 젊은이들에게 시대의 지성 헤르만 헤세가 바치는 작품
- 1946년 노벨 문학상 수상 작가
- 2004년 〈한국 문인이 선호하는 세계 명작 소설 100선〉

228 두이노의 비가
라이너 마리아 릴케 시 선집 | 손재준 옮김 | 504면

삶 속에서 죽음을 노래한 시인 릴케의 대표 시집 중 엄선한 170여 편의 주요 작품을 소개한 시 선집

- 동아일보 선정 〈세계를 움직인 100권의 책〉
- 고려대학교 선정 〈교양 명저 60선〉

229 페스트
알베르 카뮈 장편소설 | 최윤주 옮김 | 432면

죽음 앞에 선 인간의 고뇌와 역할에 대한 진지한 성찰이 담긴 〈제2차 세계 대전 이후 최대의 걸작〉

- 1957년 노벨 문학상 수상 작가
- 서울대학교 선정 권장 도서 100선
- 국립중앙도서관 선정 청소년 권장 도서 50선

230 여인의 초상 전2권
헨리 제임스 장편소설 | 정상준 옮김 | 각 520, 544면

자유로운 이상을 가진 한 여인의 이야기, 헨리 제임스의 심리적 사실주의를 대표하는 걸작

- 2004년 〈한국 문인이 선호하는 세계 명작 소설 100선〉
- 미국 대학 위원회 선정 SAT 추천 도서
- 서울대학교 선정 〈동서 고전 200선〉

232 성
프란츠 카프카 장편소설 | 이재황 옮김 | 560면

독일인이 뽑은 20세기 최고의 작가 카프카의 3대 장편소설 중 하나

- 2002년 노벨 연구소가 선정한 〈세계 문학 100선〉
- 피터 박스올 〈죽기 전에 읽어야 할 1001권의 책〉

233 차라투스트라는 이렇게 말했다
프리드리히 니체 산문시 | 김인순 옮김 | 464면

니체 철학의 가장 중심적인 사상들을 생동하는 문학적 언어로 녹여 낸 작품

- 국립중앙도서관 선정 고전 100선
- 동아일보 선정 〈세계를 움직이는 100권의 책〉

234 노래의 책
하인리히 하이네 시집 | 이재영 옮김 | 384면

독일을 대표하는 서정 시인이자 혁명적 저널리스트인 하이네의 시집. 실패한 사랑의 슬픔과 인습의 굴레에서 벗어나고자 했던 고아한 시성(詩聖)의 노래.

각 권 8,800~13,800원